한국의 기자

한국의 기자

좋은 저널리즘 연구회 기획

김경모 · 김창숙 · 문영은 · 박선이 · 박재영 · 배정근 · 송상근 · 이나연 · 이완수 · 이재경 · 이재훈 지음

A Study of Journalists in Korea

이화여자대학교출판문화원

한국의 기자 인물사

· 이재경

서재필과 구한말 논객들

한국 기자의 역사는 고난과 격동의 시간이었다.

1896년 4월 7일 서재필 선생이 주도하는 『독립신문』의 발간으로 한국에서 기자 역사가 시작됐다. 그 후 120여 년의 시간이 흘렀다. 한국의 역사는 구한말 외세의 각축시대를 지나 일제강점기를 거쳤다. 그리고 남북의 분단, 미군정시대, 한국전쟁을 겪어야 했다. 1960년대가 되자 군사정부가 들어서 1980년대 후반까지 나라를 통제했다.

돌아보면 지난 한 세기 한국에서 제대로 된 언론이 자리 잡을 수 있는 시간이 거의 없었다. 한국의 기자들은 이러한 현대사의 격랑 속에서 19세기 말에는 국민을 계몽하고 개화를 촉진하며 나라의 독립을 유지하기 위해 저널리즘에 헌신했다. 서재필과 함께 독립신문을 만든 인물들로는 윤치호, 헨리 아펜젤러Henry G. Appenzeller, 주시경, 손승용 등이 꼽힌다(정진석, 2001, p. 44). 정진석은 서재필을 "한국 언론의 비조鼻祖"로 부른다. 한국 근대언론의 전통이 그의 신문 발간 정신에서 비롯되었다는 것이 정진석의 생각이다. 서재필과 함께 격일간 순한글 신문을 만든 주시경, 손승용 등이 한국 기자 역사를 시작한 사람들이다. 당시 배

재학당 학생이었던 이승만도 독립신문에 적극적으로 참여했던 인물이다. 독립신문은 발행 부수가 많지는 않았지만 당시 사회적 영향력은, 특히 독립협회와의 연계 작업으로 상당히 강력했던 것으로 알려져 있다. 그러나 안타깝게도 독립신문은 4년을 못 채우고 1899년 12월 4일 폐간하게 된다.

구한말 조선에는 『황성신문』, 『뎨국신문』, 『매일신문』, 『대한매일신보』, 『만세보』 등 여러 신문이 있었다. 장지연, 신채호 같은 논객들의 우국충정을 담은 글들이 이들 매체에 실렸다. 한일강제병합 직전에는 이 신문들이 힘을 모아 전국적인 국채보상 운동을 실시하기도 했다. 그러나 일본제국의 조선강점과 함께 이들 신문은 모두 문을 닫아야 했다.

민족의 개화, 왕정의 민주화, 외세에 대한 저항 등 구한말 신문을 끌고 왔던 가치들과 당대의 척박한 시대 상황은 저널리즘이 무엇이고, 기자는 어떠한 직업인가를 공부하고 생각할 여유를 주지 않았다. 눈앞에 닥친 나라의 운명이 너무 절박했기 때문이다. 따라서 당대 기자들은 나라와 민족을 걱정하고 외세에 저항하는 지사와 논객의 기능을 주요 임무로 생각하고 일했던 것으로 판단된다.

정진석(2012)은 "이승만은 평생을 말과 글을 무기로 일제와 싸운 언론인"이었다고 썼다. 그는 또 박은식 역시 "나라를 빼앗기자 러시아와 중국을 떠돌면서도 언론 활동을 통한 구국 운동을 펼쳤다"고 설명했다. 이승만은 『협성회회보』에서부터 독립신문, 매일신문 등에 적극 참여하며 기자 활동을 했던 사람이고, 박은식은 주로 황성신문에 글을 썼다. 알려진 바와 같이 이 두 사람은 뒤에 임시정부에서 초대 대통령과 2대 대통령을 역임하게 된다. 이러한 정황은 당시 언론인들이 기자보다는 지사, 투사, 민족지도자적 역할 등으로 자신의 정체성을 더 강하게 인식해야 했던 상황을 확인하게 해준다.

1910년부터 1920년 초까지는 한국인이 발행하는 신문이 없었다.

일제총독부에서 허가를 해주지 않았기 때문이다. 이 시기는 총독부와 일본인들이 주도하는 신문만 발행이 허락된 기간이었다. 1919년 전국적으로 벌어진 3·1만세운동이 일제의 정책 기조를 바꾸는 계기가 됐다. 문화 영역의 자유가 조금씩 확대됐고, 새로운 민간 신문에 대한 규제가 풀리며, 1920년 『동아일보』와 『조선일보』 등의 창간이 허용되었다.

1920년대는 한국 신문계에 뛰어난 기자들이 나타나, 현대적 의미의 신문의 등장을 가능하게 한 시기였다. 이 시대를 대표하는 3대 기자들로 후대 기자들은 하몽 이상협, 천리구 김동성, 민세 안재홍을 꼽는다 (김을한, 1981, p. 137).

동아일보 창간의 주역 이상협

이상협은 1912년 일제총독부가 한글로 발행하던 『매일신보』에서 기자생활을 시작했다. 그때 그의 나이는 20세였다. 그는 시작하자마자 뛰어난 재능을 드러내기 시작했다. 조용만(1975)의 평가를 보면, 그는 "신문기자로서 뛰어난 재질을 발휘하여 외근과 편집에서 두각을 나타냈다." 능력을 인정받다 보니 1917년 25살의 나이에 그는 매일신보의 편집장으로 임명된다. "당시 이상협과 같이 근무하던 편집국 사람들의 이야기를 들으면, 그는 신문지면을 짜임새 있게 기사의 무게에 따라서, 크고 작게 잘 안배, 편집했다고 하며, 외근에서는 특히 덕수궁, 창덕궁 같은 궁가에 출입하며 취재하는 데 제일인자이었다고 한다."(조용만, 1975)

이상협은 3·1운동 이후 총독부가 한국인이 발행하는 민간신문을 허용하리라는 소식을 확인하고 매일신보를 퇴사한다. 그리고는 동아일보의 창간 준비에 착수해 자본가를 섭외하고 인재를 모으는 작업을 진행한다. 이상협은 창간 동아일보의 편집국장과 사회부장을 겸직했다. 당시 기자로 채용됐던 이서구(1965)에 따르면, 이상협은 "신문경영의 명참모"였다. "당시 동아일보에는 애국지사와 열혈남아가 운집한 가운데서, 혼자서 냉정 침착하게 허가수속, 당국 교섭, 활자주조, 광고주 유치에 이르기까지, 한 가지 한 가지 또박또박 처리하는 재간은 참으로 경탄함직했다." 이서구의 증언이다. 이서구는 이상협 국장이 동아일보의 초창기 토대를 탄탄하게 다져준 인물이라고 평가했다. 이상협은 후배 기자들이 기사를 잘못 써오면 붉은 붓으로 고치거나 본인이 다시 써서 인쇄소로 보내고, 수정된 기사는 다음 날 담당 기자에게 건네주며 원본과 어떻게 달라졌는지를 확인하도록 요구하는 에디팅 관행을 유지해 기자들을 긴장시켰다.

이상협은 동아일보에 <횡설수설> 칼럼을 만들고 스스로 집필해 커다란 인기를 끌었다. 이 칼럼은 창간 이후 현재까지 이어오고 있다. 1923년에는 도쿄에 대지진이 일어났다. 관동대지진으로 불리는 이 지진의 여파로 수많은 재일 한국인이 살해당하고 핍박받는 사태가 벌어졌다. 당시 국장이자 사회부장이던 이상협은 직접 현지 취재에 나섰다. 하지만 일본 현지에서 확인한 각종 기사를 송고했으나 신문에는 거의 실리지 못했다. 총독부의 검열에 걸렸기 때문이다. 현장을 중시했던 이상협은 젊은 기자들에게 늘 다음과 같이 강조했다고 한다. "신문에서 제1은 일선기자야. 사장보다 앞서 사를 대표하고, 편집국장보다 먼저 사건을 다룬단 말이야. 신문의 눈이요, 손이요, 발이 곧 일선기자지."(이서구, 1965, p. 72)

이상협은 경영진과 갈등이 생겨 1923년 동아일보를 떠난다. 이후 친일 세력이 만들었던 조선일보를 1924년 민족진영에서 인수하며 이상협은 이곳의 경영진으로 합류한다. 사장은 월남 이상재 선생이었고, 이상협의 지휘 아래 혁신 조선일보는 무섭게 독자를 늘려갔다. 조용만은 당시 조선일보 독자가 4만 명에 이르러 동아일보를 크게 앞질렀다고 썼다(조용만, 1975). 이상협은 조선일보를 하루 두 번 발행하는 조·석간으로 바꾸었고, 지면을 다양화하기 위해 정치, 경제, 사회 등 주요 지면 외에 가정면을 새로 만들었다. 부인 기자를 채용했고, <멍텅구리>라는 연재만화를 싣기 시작해 선풍적인 인기를 끌었다. 또 변장기자를 번화가에 내보내, 그를 발견하는 시민에게는 현상금을 지급하는 시도로 독자의 관심을 끌어모으기도 했다.

그러나 1920년대 후반, 조선일보는 좌익 기자들이 문제가 돼 총독부의 탄압이 강화되며 어려운 시간을 지나게 된다. 이상협은 그 뒤 다시 조선일보를 떠나 『중외일보』라는 신문으로 옮겼다가, 1930년대에는 생활고 때문에 안타깝게도 총독부 기관지인 매일신보 부사장으로 옮겨가 해방을 맞는다. 이 선택으로 이상협은 친일인사로 낙인이 찍혀 한국 언론사에서 잊혀진 인물이 되어버렸다. 조용만은 이상협이 대기자나 대 논객은 아니었다고 말한다. "그는 신문에 관한 백과사전적 지식을 가지고, 신문사를 만들고, 진용을 짜고, 지면을 안배하고 사원을 통솔하고, 수지를 맞추도록 경영을 합리화하는 데 천재적인 역량을 발휘한 순수한 신문인이었다"는 것이 조용만의 평가다.

천리구 김동성

김동성도 동아일보에서 창간 때부터 기자 생활을 시작했다. 그때 그의 나이 30세였다. 김동성은 1909년 중국을 거쳐 미국으로 유학을 떠났다. 당시로는 특이하게 오하이오주립대학에서 저널리즘을 공부했다. 최초의 저널리즘 유학생이었다. 이때는 미국 대학에서도 막 저널리즘 수업들이 등장하기 시작하던 시기였다. 공부를 마치고 귀국할 무렵 동아일보가 창간 준비를 하며 인재를 모으고 있어, 이상협의 소개로 자연스레 창간 기자로 참여하게 된다. 드물게 중국어와 영어를 잘 구사했던 김동성은 창간 전후로 국제적인 활동을 통해 자신과 동아일보의 명성을 널리 알리는 활약을 하게 된다.

김동성은 최초의 중국 특파원으로 임명돼 창간호가 나오기 전 베이징으로 향한다. 그에게 주어진 임무는 중국의 명사들로부터 창간 축하

메시지를 받아오는 일이었다. 시간은 6일밖에 없었다. 다행히 중국 쑤저우에 있던 동오대학 유학 시절 만났던 미국인 선생님이 베이징 정권의 고문으로 활동하고 있어서 이분의 도움으로 중국의 명사들을 만나 축하 메시지를 구할 수 있었다. 이 명사들에는 5·4운동의 아버지라 불리는 베이징대학 총장 채원배, 유명 사상가인 장병린,『음빙실문집飮氷室文集』(1903)의 저자 양계초 등 당대의 지성들이 모두 포함돼 있었다 (고제경, 1975). 고제경은 김동성을 "대大외교기자였다"고 묘사했다. 북경을 다녀온 이후 1921년 10월, 김동성은 하와이 호놀룰루에서 열린 범태평양 기자대회에 식민지였던 한국 대표로 참석해 적극적인 활동으로 동아일보의 위상을 높이고, 부회장으로 당선되는 쾌거를 이루기도 했다. 그는 거기에 그치지 않고 곧바로 워싱턴D.C.로 이동해 워싱턴 군축회의를 취재하고, 이승만 박사의 근황과 임정 대표부의 활동을 취재해 본사에 기사를 보내기도 했다. 김동성은 중요한 일이 있으면 스스로 길을 만들어 찾아가는 매우 적극적인 국제전문 기자의 면모를 가지고 있었다고 할 수 있다.

김동성은 동아일보 기자로 일하면서 여러 권의 책을 냈는데, 그중 하나가『신문학』(1924)이었다. 이 책은 그가 미국에서 공부한 취재와 보도에 관한 실무지식을 당시 한국 기자들이 필요한 내용을 중심으로 정리한, 한글로 된 최초의 저널리즘 교과서라 할 수 있다. 김동성은 1924년 이상협이 혁신 조선일보로 옮겨가자 그와의 의리를 지키기 위해 함께 회사를 옮겨간다. 조선일보에서 김동성은 편집국장으로 일하며 다양한 혁신을 시도해 조선일보의 전성기를 만들어낸다. 그는 혁신의 첫걸음으로 여기자를 채용하고 가정란을 신설한다. 신문의 대중성을 인식하고 독자의 관심을 유도하기 위해 한국에서는 처음으로 시도하는 일이었다. 게다가 연재만화를 신문에 게재하며 진정으로 민중이 원하는 신문이 되기 위한 발걸음을 시작했다. 그렇게 만들어진 연재만화가 <멍텅구리>였다. 이 만화는 주인공인 '최멍텅'을 중심으로 그의 애인 '신옥매', 다른 인물인 '윤바람'이 한데 어울려 탈선과 실패를 거듭하는 풍자만화였다(김을한, 1981). 김동성은 미국에서 공부할 때 조셉 퓰리처Joseph Pulitzer가 발행하는 신문 『더 뉴욕월드The New York World』에서 넬리 블라이Nellie Bly라는 여기자의 활약상을 알게 되고 크게 감동을 받았다. 블라이 기자는 퓰리처의 부탁으로 최단 기간에 세계일주를 하는 과정을 게재해 선풍적 인기를 끌며 이 신문의 부수를 크게 확장하는 공을 세웠다. 거기에 그치지 않고 블라이 기자는 스스로 정신병 환자로 가장해 문제가 있는 정신병원에 입원한 뒤 그 병원의 구조적 문제를 폭로하는 기사를 쓰는 등, 요즘으로 하면 강력한 탐사보도를 선도하는 상징적 인물이었다. 김동성은 조선일보에서 넬리 블라이를 롤모델로 활동할 수 있도록 최은희 기자를 채용하게 된다(김을한, 1981).

조선일보에서의 시간도 길지는 않았다. 이상협이 좌파기자들 문제로 회사를 떠나자 김동성도 떠나는 결정을 하게 된다. 1930년대는 문화의 암흑기였다. 해방 후 미군이 진주하고 미군정이 들어섰을 때, 김동성은 자신의 능력을 가장 잘 발휘할 수 있는 통신사를 설립하는 일에 뛰어든다. 그렇게 만들어진 통신사가 <합동통신>이다. 그는 이 회사의 사장으로서 해방 후 한국 통신업계의 초석을 다지는 역할을 하게 된다. <AP>와 계약을 위해 미국 출장을 갔다가 돌아오는 길, 김동성은 도쿄에서 맥아더 장군을 인터뷰할 기회를 잡는다. 그의 맥아더 장군 인터뷰 기사는 AP를 타고 전 세계로 타전돼 일본을 비롯한 세계 각국의 매체들이 대서특필하는 특종이 되었다. 김동성은 맥아더 장군과의 만남에서 세 가지 부탁을 했다고 한다. 첫째는 일본이 점령 기간 한국에서 가져간 문화재를 돌려달라는 내용이었고, 둘째는 미국이 일본과 평화조약을 체결할 때 한국 대표도 참가하게 해달라는 내용이었으며, 세 번째 부탁은 재일교포 문제의 해결이었다(김을한, 1981, p. 99).

통신사를 설립하고 안정을 위해 노력하던 김동성은 1948년 이승만 정부가 들어서면서, 공보처장의 일을 맡아 관직으로 자리를 옮긴다. 그의 뛰어난 국제적 업무 처리 능력이 절실하게 필요했던 정부의 발탁이었다. 그 뒤로 김동성은 국회의원으로 일하기도 했고, 인생 후반에는 한영사전의 증보판을 만드는 일에 노력을 기울이다 1969년 8월 세상을 떠난다.

민세 안재홍

안재홍은 이상협이나 김동성과는 결이 다른 인물이었다. 그는 박학다식한 지사였고 역사가였으며, 민족의 독립을 염원하는 투쟁가이기도 했다. 안재홍은 일제강점기 동안 무려 9차례나 체포돼 투옥을 당했다. 그가 했던 민족적 시민운동이 문제가 되기도 했고, 그가 신문에 썼던 글들이 문제가 되기도 했다. 안재홍은 그런 의미에서 신문의 편집이나 제작 등 실무적인 부문에서는 기여한 바가 적다.

안재홍은 와세다대학을 다닐 당시 도쿄를 방문했던 이승만을 만났다. 그리고 이승만이 하와이에서 발행하던 『태평양』 잡지의 기고자가 되고 도쿄 지국 일도 맡으면서 졸업할 때까지 『하와이국민보』의 원동 통신원으로 일했다. 그것이 그가 언론과 처음으로 인연을 맺은 일이었다(김덕형, 1974). 졸업 후 안재홍은 독립운동에 투신했다가 일제에 검거돼 심한 고문을 당하고 옥고를 치르게 된다.

1924년 안재홍은 다시 신문에 뜻을 두고 최남선과 함께 『시대일보』를 창간해 논설위원겸 이사직을 맡는다. 그러나 이 신문은 바로 재정난에 빠져 주인이 바뀌게 된다. 1924년 9월 조선일보가 민족 진영으로 넘어오고 이상협과 김동성 등이 혁신 조선일보의 기치를 올릴 무렵, 안재홍도 조선일보로 자리를 옮겨 논설위원으로 일을 시작한다. 그는 그 뒤 조선일보의 사장 겸 주필로 강력한 필봉을 휘두른다. 문제는 그가 쓴 글들이 총독부 눈에 거슬려 여러 차례 감옥을 드나들 수밖에 없었던 상황이다. 김덕형은 안재홍의 "글은 동서의 사실을 해박하게 나열하여, 우회적으로 일제의 검열 상황을 벗어나면서 우리의 주장이 햇

빛을 보도록 유도하는 필치를 구사했다"고 설명한다(김덕형, 1974, p. 61).

김덕형이 인용하는 이선근의 증언을 보면 당시 기자들이 안재홍을 얼마나 존경했는지가 잘 드러난다. 이선근은 안재홍의 소개로 조선일보 논설위원으로 채용되었고, 뒤에는 편집국장 일을 맡아 하기도 했던 사람이다. "민세의 논설들은 참말 대기자라고 할이 만큼 명문 중에 명문이었지요. 필화사건으로 옥고를 치르고 나와 조선일보에 쓰신 '문신을 찾아서' 라는 글을 읽고서는 저는 너무 감명이 깊어 그 일부를 욀 정도였는데, 사실상 읽은 사람이면 눈시울이 뜨겁지 않은 사람이 없을 정도로 대大문장이었지요."(김덕형, 1974, p. 62)

1930년대 초 안재홍은 다시 일제에 의해 필화를 겪고는 출옥 후 고향인 평택으로 내려가 쉬면서 8·15광복을 마주하게 된다. 광복 직후 잠시 건국준비위원회에 참가하기도 했으나 그만두고 나와 국민당을 조직, 당수로 일하기도 하고 한성일보 사장을 맡기도 했으나, 미군정이 들어서자 미 군사정부의 군정장관 일을 맡아보게 되었다. 안재홍은 한국전쟁 당시 안타깝게도 북한군에 납북돼 1965년 3월 평양에서 생을 마감한다.

1930년대 중반 이후에는 일제의 중국 침략과 제2차 세계대전의 확산으로 한국의 신문들도 극심한 탄압에 시달리다 대부분 정간이나 폐간을 하게 된다. 1945년 해방으로 미군정이 들어서고 1948년 대한민국 정부가 들어서며 언론계도 정상화가 진행되는 듯했으나, 곧바로 1950년 한국전쟁이 일어나면서 다시 언론은 전시체제에 적응하며 운영을 최소한으로 축소할 수밖에 없는 상황에 몰리게 된다.

1957년 관훈클럽의 탄생

전쟁이 휴전으로 멈추고 분단 체제가 차츰 안정되기 시작할 무렵 미국 정부에서 한국 기자들에 대한 미국 저널리즘 연수 프로그램을 만들었다. 선발은 공개 경쟁이었다. 그때가 1955년이었다. 지원자는 50명이 넘었으나 대사관에서 시험을 거쳐 선발한 인원은 11명이었다. 이때 선발된 사람은 합동통신에 다니던 노희엽, 박권상, 김인호 기자가 있었고, AP의 진철수 기자, <로이터통신>의 김사성 기자, 『코리아타임스』의 박중희, 『평화신문』의 조세형, 『서울신문』 엄기성 기자 등이었다. 지역신문기자 둘과 공보실 공무원 한 사람도 포함됐다(관훈클럽50년사편찬위원회, 2007).

이들은 1955년 9월 24일 서울을 떠난다. 목적지는 시카고 근처 에반스톤 시에 있던 노스웨스턴대학의 메딜저널리즘스쿨이었다. 이들 연수생은 6주 동안 메딜스쿨에서 미국 저널리즘 전반에 대한 강의를 듣는다. 한국 기자들이 미국 저널리즘을 기초부터 제대로 배우는 최초의 교육 프로그램이었다. 그 뒤 기자들은 두 달 정도 지역 매체에 분산 파견돼 뉴스의 현장을 직접 관찰하며 학습하는 기회를 갖는다. 미국 신문 현장에서 기사가 어떻게 취재되고 제작되는지를 직접 체험하는 시간이었다. 다음 단계로, 이들은 한 달 정도 미국 전역을 자유롭게 여행하고 다시 노스웨스턴대학으로 돌아와 5일 동안 세미나를 통해 그간의 교육과 현장 경험을 토론했다. 메딜스쿨 연수는 전체적으로 6개월 정도의 기간으로 진행됐다.

『관훈클럽 50년사』를 보면, "기자들이 연수 프로그램에 참여하는 동안 민주주의와 언론 자유의 선진국에서 받은 자극과 효과는 컸고, 이들이 갖는 자부심도 대단했다."(관훈클럽50년사편찬위원회, 2007, pp. 36-37) 이들은 저녁에는 주로 박권상 기자의 숙소에 모여 많은 토론을 했다. 결론은 서울로 돌아가면 기자들이 공부하며 친목도 다지는 연구단체를 만들어 미국 생활 6개월 동안 보고 배운 지식을 활용해 한국 언론의 수준을 높이는 활동을 하자는 방향으로 정리됐다.

노스웨스턴대학 연수팀은 귀국하며, 연수에 참가하지 않았던 국내 기자 가운데 특히 최병우 기자와 클럽의 성격과 운영 방식 등에 대해 깊이 있게 협의를 진행한다. 최병우 기자는 조선일보 외신부 차장으로 일하고 있었다. 최 기자는 기자들이 미국 연수를 다녀오기 전인 1955년 2월 영국을 시찰한 바 있고, 이때부터 이미 영국의 다양한 클럽 문화에 매료돼 있었다. 그는 박권상과 취재를 함께하며 영국의 클럽들이 영국 사회를 이끌어가는 원천이라는 설명과 함께 한국 언론계에서도 이러한 클럽의 형성이 필요하다고 강조했다. 자연스레 연장자이기도 한 최병우 기자는 공부하는 기자들 모임의 리더가 됐고, 관훈클럽은 그의 리더십 아래 첫발을 디디게 된다. 1957년 8월에 창간된 『회지』에 클럽 운동의 동기에 대한 설명이 잘 나타나 있다.

> 일제 수십 년과 그 뒤를 이은 불안정의 시기는 전진하는 세계에서 우리 사회를 후진케 했고, 신문에도 많은 불합리를 남겨놓았다. 이리하여 우리는 신문과 아울러 신문인인 우리 자신을 되돌아보지 않을 수 없게 되었다. 신문인은 그의 직업 사명에 투철하면서 모든 진실을 두려움 없이 보도-비판하고 공정과 정확에 철저할 신조에 살아야 할 것이며, 신문은 많은 점에서 더욱 연구 검토되어 점차 시정 향상되어야 할 것이다. (관훈클럽50년사편찬위원회, 2007, pp. 34-35)

1956년 4월 30일 관훈클럽의 창립 멤버가 결정되었다. 모두 10명으로, 최병우, 진철수, 박중희, 조세형, 노희엽, 김인호, 임방현, 정신양, 박권상과 이시호 기자였다. 임시의장은 최병우였고 박권상이 서기를 맡았다. 이들이 정한 회원의 자격요건은 세 가지였다.

> 첫째는 선진 문물을 흡수하는 연구 활동을 하기 위해서는 영어 등 외국어의 해독이 절대로 필요하다. 둘째는 친목이라는 또 하나의 목적을 위해서는 동년배들인 젊은 기자들이어야 한다. 셋

째로 신문계에 평생 투신할 뚜렷한 목적의식의 소지자라야 한다.
(관훈클럽50년사편찬위원회, 2007, p. 43)

1957년 관훈클럽이 공식적으로 출범하며 한국 언론계는 현대적인 언론생태계를 형성해나가기 위해 근본적인 제도의 수립에 적극적으로 착수하게 된다. 가장 먼저 시작한 일은 '신문의 날' 제정과 '신문주간'의 선포였다. 클럽 멤버들은 신문의 위상을 높이기 위해 언론사학자들과 협의해 4월 7일을 신문의 날로 정하기로 했다. 4월 7일은 1896년 독립신문이 창간된 날이었다. 행사는 신문편집인협회를 만들어 공식적으로 주관하도록 돕기로 했다. 그다음에는 심각하게 확산하는 취재보도의 윤리 문제를 다루기 위해 신문윤리강령의 제정을 추진했다. 윤리강령의 기초 수립은 천관우가 맡았다.

이승만 정부는 상대적으로 언론의 자유를 어느 정도 보장하는 정책을 취했으나, 언론이 권력의 물리적인 힘과 횡포에 맞서 싸우기에는 시대 상황도, 이론도 모두 부족한 상황이었다.

> 클럽은 이러한 상황을 타개하겠다는 의지를 품고 있었다. 미국의 발전된 언론을 보고 배운 젊은 기자들은 이전과는 다른 새로운 전략으로 접근했다. 항의와 투쟁이 아니라 이론으로 무장하고 합리적인 연구와 언론의 수준을 높이는 방법으로 대응했다. (관훈클럽50년사편찬위원회, 2007, p. 79)

관훈클럽 회원들은 기사 스타일북, 신문 문장연구, 합리적인 경영 문제 등 이론을 위한 이론이 아니라 언론의 자유, 언론인의 권익과 관련된 실천적인 문제들을 체계적으로 공부하고 토론했다. 박권상은 관훈클럽 출범 후 혼자서 다시 노스웨스턴대학 메딜저널리즘스쿨에 지원해 석사과정을 마치고 귀국한다. 그는 그 후 대학에서 저널리즘을 강의하기도 하며 신문학회 출범에도 중요한 기여를 한다.

1960년대 군사정부의 출현

1961년 박정희 군사정부의 등장은 기자들에게는 난세의 시작이었다. 1970년대 중반 동아일보와 조선일보의 대량 해고 사태가 벌어져 뛰어난 기자들이 회사에서 밀려나는 일이 있었고, 1980년대 초에는 전두환 정부가 일도일사—道—社를 원칙으로 전국의 언론사를 통폐합하며 1,000명에 가까운 기자들을 해고하는 일을 벌였다. 그야말로 폭력으로 통제한 암흑의 시대였다.

현대 한국 언론은 1980년대 후반 시작된 민주화시대의 산물이다. 앞에서 간략하게 요약했지만 한국 기자의 역사는 열강의 각축, 일제강점기, 군사정부의 폭력적 통제 등 시기를 민족과 함께 견디며 국민을 계몽하고 민주사회의 저변을 확장하기 위해 끊임없이 노력한 시간의 연속이었다. 그러나 안타깝게도 이러한 격동의 역사적 환경은 기자들이 견고하게 저널리즘 철학을 공부하고 실천할 수 있는 여건을 제공하지는 못했다. 1950년대 중반 시작된 관훈클럽 기자들의 새 시대를 위한 다양한 노력은 그나마 부족한 저널리즘 관련 제도와 취재보도에 관한 실천적 지식의 토대를 만드는 데 크게 기여한 것이 사실이다. 문제는 이러한 노력이 군사정부의 출범으로 동력을 잃게 된 점이다.

민주화가 시작된 1980년대 후반부터 한국의 언론계는 영호남 세력의 갈등, 보수와 진보 세력의 대립 등의 요인으로 인해, 역시 저널리즘의 본령이나 퀄리티 저널리즘에 대한 이해, 기자 직업의 독립성이나 전문성 등에 관심을 제대로 두지 못하고 30여 년을 지내왔다. 이러한 진영적 사고와 정파적 매체 운영이 계속 한국 언론계를 지배해서는 한국 언론의 미래가 없음은 물론이고, 우리의 민주주의도 심각한 위기에 처할 수밖에 없다.

이 책의 기획 의도

이 책은 이러한 기자의 현실이 미래에도 계속되면 안 된다는 생각에서 기획되었다. '좋은 저널리즘 연구회' 소속 필진은 이러한 인식을 바탕으로 기자를 키우는 한국 저널리즘 교육의 문제를 분석하고(1장), 기자 선발 방식과 편집국·보도국 안에서의 경력 관리에 대해 성찰하며(2장), 우리와는 전혀 다른 방식으로 기자를 교육하고 채용하는 미국의 현실을 짚었다(3장). 그리고 박종철 보도를 통해 본 편집국 독립의 의미와 그 이후의 변화를 살핀 후(4장) 취재와 보도 현장에서 기자들이 마주하는 윤리적 문제들을 분석했다(5장, 6장).

또한 열정을 가지고 퀄리티 저널리즘을 실천하기 위해 노력하는 젊은 기자들의 언론관(7장)과 젊은 기자들이 생각하는 기자에 대한 보상 체계의 현실(8장), 문화적 맥락의 차이가 변화시키는 기자의 기사 접근법(9장) 등의 다양한 현안도 체계적으로 분석했다. 나아가 척박한 여건에서 살아남아야 했던 여기자의 과거와 지속해서 확장하는 이들의 활동 지평(10장), 그리고 빠르게 디지털로 변화하는 취재보도 환경 속에서 경쟁사를 이기고 뉴스의 새로운 지평을 열어가려는 방송기자들의 새 시대를 위한 노력들(11장)에 대해서도 현장감 있게 정리했다.

필자가 쓴 '프롤로그'는 현대 한국 언론의 배경이랄 수 있는 과거 100여 년의 시간을 간략하게 요약하는 작업이었다. 그 과정을 통해 한국 언론사에서 기억해야 할 기자들을 조명해보고, 기자들이 어떠한 과정을 거쳐 직업의식을 형성해왔는가도 설명해보려 했다. 긴 시간을 짧은 글에 담는 일은 많은 중요한 요소를 생략하거나 누락할 수 있는 위험을 피할 수 없다. 이 글에서 부족한 부분의 책임은 모두 필자의 몫이다.

이 책에 실린 글들은 모두 연구자 각자의 주제 선택과 조사·연구를 토대로 작성되었다. 글쓰기 방식이 주제에 맞춰 개성 있게 선택된 점은 독자의 읽는 재미를 강화시켜줄 것으로 믿는다.

이번 작업 또한 서암 윤세영 재단의 후원을 받는 이화여자대학교 저널리즘 교육원의 지원을 받았다. 한국 저널리즘의 발전을 위해 지속적인 지원을 제공하고 있는 서암 윤세영 재단에 다시 깊은 감사를 표한다. 기자 지망생을 위해 최고의 학습공간과 교육 프로그램을 제공해주고 있는 이화여자대학교에도 깊이 감사한다.

이 책의 출간 역시 이화여자대학교출판문화원이 맡았다. 뛰어난 전문성으로 다양한 원고를 조화롭게 책으로 엮어준 편집자들의 노력에 감사한다.

차례

2부 기자 윤리

1부

기자 교육과
기자의 커리어

1장

다시, 한국의 저널리즘 교육
기자 교육의 현황과 문제점

이나연

1. 한국의 기자 교육, 무엇이 왜 문제인가

한국 대학에서 커뮤니케이션학 교육이 시작된 지 50년쯤 되었던 2005년, 이재경(이화여자대학교, 좋은 저널리즘 연구회)은 '한국의 저널리즘 교육: 어떻게 바꿔야 하는가'라는 주제의 연구를 한국언론학보에 게재했다. 한국과 미국의 저널리즘 교육, 그리고 한국과 싱가포르, 일본 등 아시아 주요 국가 대학의 저널리즘 교육을 비교한 뒤, 한국은 저널리즘 교육이 발달한 미국뿐 아니라 아시아의 홍콩이나 싱가포르와 비교해도 교육과정, 교수진, 강의 규모 등을 분석했을 때 '전문 직업인'으로서 기자를 양성하기에는 턱없이 부족하다고 결론지었다. 국내 대학의 경우에는 교과과정의 전문성이 부족하고 교수진의 수는 적을 뿐 아니라 실습을 가르칠 유경험자가 없고 실습 과목의 수강생도 지나치게 많았기 때문이다. 연구자는 한국의 대학교육이 기자라는 '전문직'을 양성하는 데에 실질적인 도움이 될 수 있을 것인지에 대해 회의적이라며, 저널리즘 교육이 획기적으로 변화해야 한다고 주문했다.[1]

이로부터 다시 약 20년이 흐른 2023년, 한국 대학의 저널리즘 교육은 얼마나 변화했을까? 만일 대학교육이 나아지지 않았다면 이를 대체하는 교육은 무엇인가? 기자 교육이 제대로 이뤄지지 않는 이유는 무엇이며 어떠한 결과로 이어지고 있을까? 그리고 한국의 기자는 어디서, 무엇을, 어떻게 배워 '기자'가 되는 것일까? 이 글은 이러한 물음들에서 시작되었다. 이 질문은 궁극적으로 기자가 수행하는 업무의 전문성을 인정할 것인가, 그리고 만일 기자의 전문성을 인정한다면 전문성을 교육하는 주체는 누구이며, 교육의 내용은 합당한가라는 질문과 맞닿아 있다. 다시 말해 대학에서 '전문직 기자'가 되기 위한 전문성을 교육하는가, 그리고 만일 대학에서 가르치지 못한다면, 그 전문성은 언제, 어디에서 익히는가라는 것이다.

아울러 이 글은 기자라는 직업이 '전문직'이라는 전제에서 작성되었다. 비록 기자가 '전문직profession'인가에 대해서는 많은 논의와 반론이 있지만(김경모·신의경, 2013; 김영욱, 2002; 정태철, 2005), 누구나 사건·사고 현장을 맞닥뜨렸다고 해서 제대로 취재하고 보도할 수 있는 것이 아니며 훈련받은 사람, 즉 전문적 교육을 받은 사람만이 규범적으로 요구되는 품질의 기사를 작성할 수 있다고 보기 때문이다. 다양한 이해

---

1   이재경(2005)은 연구를 진행할 당시 뉴스를 취재하고 생산하는 과정을 지칭하는 용어로서 언론학 대신 저널리즘을 사용했다. 한국 학계에서 언론학 혹은 언론정보학을 커뮤니케이션학, 신문학, 저널리즘 등을 포괄하는 용어로 사용했기 때문이다. 2023년 기준 한국 학계는 새로운 기술의 발전을 반영하여 언론학이나 신문방송학과 같이 특정 매체를 연상시키는 용어가 아닌 미디어학 혹은 미디어커뮤니케이션학이라는 용어를 주로 사용하고 있다. 이와는 별개로 윤석민과 배진아(2017)는 미디어 전공교육이라는 용어를 사용했는데, 대학에서 복합적으로 사용되는 신문학, 언론학, 언론정보학, 방송학, 저널리즘, 커뮤니케이션 등의 다양한 용어를 '미디어 전공교육'이 포괄하기 때문이라고 밝혔다. 이 글도 기자를 양성하는 교육과정에 초점을 둔 만큼, 저널리즘이라는 용어를 활용한다.

관계자가 어지럽게 얽혀 있는 사안을 불편부당하게 취재하고 복잡한 현장을 정확하고 빠르게 취재해, 시민들이 쉽게 이해할 수 있도록 전달하는 일은 '누구나' 할 수 있는 일은 아니라는 관점에서다.

하지만 오랫동안 한국의 기자 교육은 대학이 아닌 현장에서 이뤄졌다고 해도 과언이 아니다(강상현, 1999; 최석현·안동환, 2012). 한국의 언론 현장에선 '기자의 직업교육은 '도제徒弟식'으로 이뤄진다'고 공공연하게 말해왔다. 도제의 사전적 정의가 '서양의 중세 시절 직업에 필요한 기술과 지식을 배우기 위해 전문직 기술을 갖춘 스승 밑에서 일하던 어린 직공'이라는 사실에서 알 수 있듯 도제식 교육은 제도적으로 체계화된 교육이 아닌 '스승과 제자'의 일대일 교육을 의미한다. 국내 대학에서는 취재와 보도 같은 실무에 필요한 교육을 충분히 제공하지 못하기에 신입 기자들이 언론사에 입사한 뒤 선배 기자가 일하는 모습을 보며 실무를 배워야 했던 현실을 반영한 것이다. 이러한 현실에서 언론사도 언론 전공자의 실무 능력을 비非전공자보다 높게 평가하지 않았고(서정우, 1999), 결과적으로 한국은 국제적으로도 현장 기자 가운데 전공자의 비중이 가장 낮은 국가 중 하나가 되었다(Weaver & Willnat, 2020).

아울러 '도제식 교육'에 의존한 한국의 기자 육성 방식은 다음과 같은 다양한 문제로 이어졌다. 첫째, 대학에서의 교육과 연구가 현장과 유리됨에 따라 현장의 새로운 연구 결과가 실무에 유입되지 못한다. 이는 언론 현장에서의 취재 혹은 보도 방식이 과거에 머무를 가능성을 제시한다. 언론 현장의 방식이 모두 옳거나 최선일 수 없음에도 불구하고 잘못된 관행을 반복하기 쉽다는 것이다. 둘째, 과거의 관행에 기댄 훈련 방식은 새로운 기술과 사회환경에 적합한 인재를 길러내는 데에 최적화하지 못했다. 이 때문에 새로운 미디어 환경에서 발생하는 많은 취재에서의 문제점을 해결할 준거를 갖추지 못했다. 셋째, 기자가 생산하는 기사는 다양한 집단의 이해관계가 얽혀 있기에 취재하고 보도하는 '기술'에 못지않게 업무에 대한 원칙과 철학이 중요한데, 한국은 그 기반이 탄탄하지 못하다. 예를 들어 취재 방식이나 접근법이 논란이 된다면 어떤 기사도 좋은 기사로 평가받기 어렵다. 기사는 도공이 빚어낸 도자기와는 다를 수밖에 없다.

게다가 기자가 선임 기자나 언론사로부터 저널리즘의 철학과 원칙을 배우는 것은 바람직하지 않거나 위험할 수도 있다. 자칫 기자로서의 전문직 원칙이나 철학이 아닌 '기업으로서의 언론사'가 요구하는 원칙을 습득할 수 있기 때문이다. 이 문제는 기자나 기사의 객관성 혹은 독립성을 의심하게 할 빌미를 제공하며, 더 나아가 저널리즘에 대한 사회 전반의 신뢰를 흔들 수 있다.

실제 국내 한 지상파 방송사의 기자는 한국 기자 교육의 현실을 다음과 같이 진단했다. "방송사에는 체계화된 수습 교육은 없다. 새로 입사하는 수습기자 교육은 당해 캡, 바이스, 인사팀 등의 재량에 맡겨지기에 해마다 달라진다. 교육 주체도 해마다 1년차 기자(라인 말진), 5~7년차(일진) 등 그때그때 달라진다. 기자의 성향, 취재 방식 등에 편차가 커 교육도 제각각이다. 교육의 내용도 기사 작성 등 실무보다 현장에서 겪는 경험 위주 교육이라 돌발 상황이 발생했을 때 대처하기가 어렵다. 무리한 취재로 사고가 발생할 수 있는 구조다." 말 그대로 '도제식 교육'이란 '주먹구구식 교육'이라고 할 수 있다.

하지만 최근 저널리즘 현장은 과거 언론사에서 이뤄지던 도제식 교육마저도 기대하기 어려운 실정에 놓여 있다. 우선 언론사 내에서 과거에도 체계화된 교육은 이뤄지지 않았고, 어떤 선배를 만나느냐에 따라 기자 교육의 질이 결정됐다. 나아가 최근 우후죽순처럼 늘어나는 온라인매체의 경우에는 대부분이 소규모여서 신입 직원을 교육할 만한 여력도, 의지도 없는 게 현실이다. 주요 언론사도 상황은 다르지 않아, 수익성 악화와 온라인매체와의 속보 경쟁 등으로 기자 교육에 과거만큼도 투자하기 어렵다. 따라서 현장에서는 과거와 같은 '도제식 교육'이 제대로 이뤄지지 못한다는 기자들의 불만이 높다. 신입 기자들은 최소한으로 이뤄지던 교육도 받지 못한 채 바로 현장에 투입되어 기사부터 쓰는 것이다.

이러한 언론 상황을 반영해 주요 언론사들이 실무에 곧바로 투입할 수 있는 인력을 선발하기 위해 '실무 중심'으로 입사 시험을 바꾸었지만, 결과적으로 저널리즘에 대한 철학이나 원칙에 대한 교육 현실은 나아지지 못했다. 입사에 성공하기 위해 여전히 실무적인 교육에 치우치기 때문이다. 예를 들어 언론사 지망생들은 대학에서 저널리즘을 전공하고도 언론사에 입사하기 위해 짧게는 1년, 길게는 몇 년씩 시험을 준비한다. 그런데 많은 경우 개인 혹은 전문 교육기관의 준비 과정은 언론사의 입사 시험을 넘기 위해 자기소개서를 작성하고 실기 시험에 대비하는 데 그칠 뿐, 저널리즘의 원칙이나 철학을 배우는 것과는 거리가 있다. '저널리스트'의 사회적 역할이나 정체성, 원칙 등을 배우는 것이 아니라 기능만을 익히는 과정이 되어버렸기 때문이다.

특히 사회 각 집단의 이해관계가 첨예하게 대립하는 한국 사회에서 기자의 역할은 과거 그 어느 때보다 더 큰 전문성을 요구한다. 그러나 한국 기자가 직면한 현실은 '대학교육은 부실하고, 언론사 입사 제도는 기법 위주이며, 현장에서 이뤄지던 도제식 교육마저도 기대하기 어려운 상황'이다. 어쩌면 우리는 준비되지 않은 기자들이 전문성을 갖추지 못한 채 기사를 쏟아내는 사회에 살고 있는지도 모른다. 요약하면 이 글은 기자라는 직업이 '전문성'을 요구받는 직업인 만큼, 기자가 그 전문성을 배우고 익히는 과정을 획기적으로 바꿔야 한다는 것을 확인하기 위해 작성되었다. 즉 전문성을 단련하기에 적합한 교육과정을 거치는지, 그리고 그렇지 못한 환경이 어떠한 문제로 이어지고 있는지를 탐색해보고자 한다.

이 장에서는 한국의 기자 교육 현황을 분석하고, 이러한 환경에서 발생할 수 있는 다양한 문제 중 하나로서 '논쟁적 취재 상황'에서 기자가 어떠한 기준으로 취재 행위를 정당화하는지 분석하고자 한다.

우선 기자 교육 현황의 경우 한국만을 분석해서는 무엇이 문제인지 알 수 없기에 저널리즘을 실무적으로 교육하는 미국의 대학 교육과 비교하고자 했다. 구체적으로 한국과 미국 대학의 교육 제도와 커리큘럼이 어떻게 다른지를 역사와 현황의 관점에서 비교하고, 두 국가의 현업에서 전공자의 비율을 비교했다.

아울러 한국 기자들을 대상으로 '논쟁적 취재 사례'를 제시하고, 어떠한 기준으로 뉴스 가치와 취재의 정당성을 판단하는지를 분석했다. 논쟁적인 상황에서 취재의 정당성을 판단할 때 전문직으로서의 규율을 얼마나 중요하게 여기는지 알 수 있기 때문이다. 한편 대학교육의 분석은 2005년 발표된 이재경의 논문 분석 틀을 활용하면서 당시와 현재를 비교하고자 했다. 국내에서 저널리즘과 커뮤니케이션학을 아우르는 현재의 신문방송학 혹은 미디어커뮤니케이션학의 교육 프로그램에 대한 논의는 많았지만(윤석민·배진아, 2018; 이영희, 2023; 하종원, 2017), 저널리즘에 한정해 교육 프로그램의 문제를 분석한 연구는 많지 않다.

물론 과거에도 한국에서 광의의 언론학 교육의 문제를 제기하는 연구는 적지 않았다. 그럼에도 불구하고 다시 이 글에서 교육의 문제를 다루는 것은 저널리즘 교육의 문제가 해결되지 않았을 뿐 아니라, 한국의 기자를 '교육'이라는 키워드 없이는 이해하기 어렵기 때문이다. 좋은 기자를 육성하고 좋은 저널리즘을 구현함으로써 저널리즘의 기능을 되찾는 데에 이 글이 도움이 되기를 바란다.

2. 대학의 저널리즘 교육

이 절에서는 국내 대학교육의 현장을 판단하기 위해 미국과 유럽의 일부 국가에서 기자 교육이 어떠한 방식으로 이루어지고 있는지 간략히 살펴본다.

1) 미국 대학의 저널리즘 교육

미국 저널리즘 교육의 역사

2023년 7월 미국 대학 사회를 뜨겁게 달군 사건이 발생했다. 유명 사립대학인 스탠퍼드대학의 총장이 연구 부정의 책임을 지고 사퇴한 것이다. 놀랍게도 이 사실은 스탠퍼드대학의 학보사인 『스탠퍼드 데일리The Stanford Daily』의 기자이자 편집장인 테오 베이커Theo Baker(19)의 특종으로 밝혀진 것이었다. 그는 이 기사로 미국의 권위 있는 언론상인 조지포크상을 수상했다. 그는 향후 진로에 대해 언론인으로서의 꿈을 밝힌 바 있다. 흥미로운 점은 그가 유명 기자인 아버지와 유사한 진로를 겪게 될 것이라는 점이다. 그의 아버지인 피터 베이커Peter Baker도 『뉴욕타임스The New York Times』의 백악관 출입 기자를 역임하는 등 유명 언론인이다. 피터 베이커는 오베린컬리지 재학 시절, 학보사인 『오베린 리뷰The Oberlin Review』의 기자와 편집장을 지냈으며 이를 발판으로 『워싱턴타임스The Washington Times』, 『워싱턴포스트The Washington Post』 등의 기자로 일하게 되었다.

미국에서 피터 베이커의 경력은 특별하지 않다. 미국의 경우 언론계 진출을 희망하는 학생들은 대학에서 기자가 되기 위한 취재 글쓰기 철학 및 윤리 등에 대한 교육을 받는다. 한국은 언론사에서 신입 기자를 뽑아 기자 교육을 하지만, 미국은 대학에서 수습 교육을 맡는 것이다. 이러한 현실을 토대로 서수민(2019)은 "미국 언론사에는 우리가 생각하는 기자 교육이 없다"라며 "취재와 기사 쓰기 기본을 가르치는 한국식 초년기자 교육은 상당 부분 입사 전, 특히 대학에서 이뤄진다고 해도 과언이 아니다"(p. 86)라고 밝혔다. 또한 공채로 기자를 선발한 뒤 취재 및 기사 작성 방법을 교육하는 국내 언론과 달리, 미국 언론사에서 상시·경력 채용이 일반적이기에 미국에서 언론계로 진출하려는 학생들은 시험 준비를 하는 것이 아니라 학내 언론사 혹은 지역 언론에서 경력을 쌓고 능력을 발휘해 주요 언론사로 간다.

미국 대학의 저널리즘 교육은 실무적이다. 하지만 이러한 모습으로 갖춰지는 데에는 오랜 시간이 걸렸다. 미국의 저널리즘 학자인 위버와 윌호이트(Weaver & Wilhoit, 1986)는 미국의 저널리즘 교육이 4단계를 거쳐 발전했다며 다음과 같이 구체적 시기를 나열했다. ① 1700년대에서 1860년대의 도제식 교육apprenticeship 시기, ② 1860년대에서 1920년대 대학 내 저널리즘 과목 개설 시기, ③ 1920년대에서 1940년대 저널리즘 학과 출현 시기, ④ 1940년대 이후 대학이 저널리즘 학과를 운영하는 것뿐 아니라 연구 기능까지 수행한 시기이다. 연구자들이 분석한 각 시기의 구체적 특징은 다음과 같다.

먼저 미국의 저널리즘 교육도 우리와 마찬가지로 초기에는 도제식 교육에 의존했다. 벤자민 프랭클린Benjamin Franklin, 피터 젱거Peter Zenger 등도 도제식으로 기자 업무를 배웠다. 혹은 토마스 페인Thomas Paine과 같은 초기 기자의 경우에는 본업이 작가였으며, '평생교육학원school of life'에서 사회 이슈에 대한 교육을 받았다. 이러한 경험이 "기자는 특정 분야의 전문가specialist가 아니라 '재능을 갖춘 아마추어gifted amateur'이며, 저널리스트는 폭넓은 교육을 받아야 한다는 인식을 강화시켰다"고 연구자들은 분석했다(p. 42).

다음 단계는 대학에서 저널리즘에 대한 공식적인 교육이 시작된 시기이다. 그러나 이때에도 저널리즘 교육은 개별 학과로 독립하지는 못했으며, 영문학과 등의 다른 학과에 관련 수업이 개설되는 형식이었다. 구체적으로는 로버트 리Robert, E. Lee가 미국의 남북전쟁Civil War 직후 워싱턴앤드리대학Washington and Lee University에서 인쇄물에 대해 교육한 것을 시작으로 1873년 캔자스주립대학Kansas State College, 1878년 미주리대학University of Missouri, 1893년 펜실베이니아대학University of Pennsylvania 등이 인쇄물 제작에 대한 교육을 시작했다. 교육은 주로 전직 언론인이 담당했다. 예를 들어 『시카고트리뷴The Chicago Tribune』의 금융 담당 에디터였던 조세프 프렌치 존슨Joseph French Johnson은 펜실베이니아대학에서 강의를 맡았으며, 전직 기자였던 월터 윌리엄스Walter E. Williams도 1908년 미주리대학에 처음으로 독립 학부로 '저널리즘학부school of journalism'가 설립되자 교육을 맡았다. 대학에서의 초기 교육은 기사 작성법과 에디팅 방법 등을 학부 차원에서 교육하는 것이었으며 이후 석사과정을 개설했다.

세 번째 시기는 대학에서 저널리즘 프로그램이 독립 학과로 개편되는 등 보다 단단한 토대를 갖춘 시기로 본다. 곧 저널리즘 교육이 많은 대학에서 인문대학liberal arts 안의 독립 학과로 시작됐다. 이어 마지막 단계는 1940년대 이후 현재까지로, 대학 차원에서 저널리즘이 하나의 연구 분야로 자리 잡은 시기이다. 1943년에 아이오와대학university of Iowa을 시작으로 다른 '빅 텐Big ten' 주립대학들에서 박사과정을 설립했다. 초기 박사과정을 개설한 교수들은 사회학, 심리학, 정치학 등에서 박사학위를 받았다. 이 때문에 이들 교수가 육성한 학자들도 인문학이 아닌 사회과학적 연구 방법을 활용하며, 차츰 저널리즘은 인문학이 아닌 사회과학으로 발전했다.

요약하면 미국에서 저널리즘 교육은 등장 초기를 제외하고는 제도권 교육에 의존했던 것으로 판단된다. 즉 대학에서 직업교육 방식으로 기자를 육성하고, 이들을 현장에 배출한 것이다. 초기에는 영문학과 같은 인문대학의 한 학과로 존재하다 점차 독립했고, 다시 인문학에서 사회과학을 토대로 한 교육 및 학문으로 변화했다.

산학 공동의 교육 프로그램 인증 제도
미국 대학의 저널리즘 교육이 지닌 특징 중 하나는 학계와 언론사가 유기적으로 협력해 전문가 양성을 위한 교과과정을 만들기 위해 노력한다는 점이다. 즉 학자와 언론인의 협의체인 '미국 저널리즘 커뮤니케이션 교육협회ACEJMC: Accrediting Council on Education in Journalism and Mass Communication'라는 전문 협회에서 대학 내 교육 프로그램이 전문 인력을 양성하기에 적합한지 평가하고 그 결과를 공표한다. 협회가 권고하는 이론과 실습의 비율은 대략 일대일 정도다.

ACEJMC는 학자와 언론인으로 구성되었으며 1945년 "저널리즘과 대중매체에서 일할 우수하고 수준 높은 교육의 기준을 만들고 대학이 이를 준수하도록 독려하기 위한 목적"에서 인증을 시작했다(서수민, 2019; 이재경, 2005). 1945년 '미국 저널리즘 교육협회ACEJ: American Council on Education in Journalism'로 시작해 1980년 현재의 이름으로 바뀌어 운영되고 있다.

이들은 희망하는 대학을 대상으로 6년에 한 번씩 교과과정을 인증하며(이재경, 2005), 그 결과를 인증(혹은 재인증), 조건부 인증, 탈락 등으로 제시한다. 탈락한 학교는 2년이 지난 뒤에 다시 인증을 신청할 수 있으며 인증 결과는 학생들이 학교를 선택할 때 참고 자료로 활용된다. 미국에서 저널리즘 관련 프로그램을 운영하는 대학은 450여 곳이지만(서수민, 2019), 인증을 획득한 학교는 2023년 8월 현재 119곳 정도이다.[2]

인증 평가단은 9개의 기준standard에 대해 각각의 준수compliance 여부로 대학을 평가한다. 9개 기준은, ① 목표mission, 교수진governance, 행정administration, ② 교과과정, ③ 다양성과 포괄성, ④ 전업 및 비전업 교직원 비율, ⑤ 연구, 창의성, 직업 활동, ⑥ 학생에 대한 서비스, ⑦ 자원, 시설 및 장비, ⑧ 직업professional 및 공공 서비스public service, ⑨ 교육 결과에 대한 평가assessment of learning outcomes 등이다. 이 가운데 홍

---

2   최신 숫자는 교육인증위원회ACEJMC의 홈페이지http://www.acejmc.org/에서 인용했다.

미로운 항목은 8번째 기준이다. 이 기준은 졸업생(언론인)과의 교류를 통해 유기적으로 언론 현장과 소통하는 정도를 보는 것이다. 이러한 과정을 통해 자연스레 현장과의 협력을 이어가는 것으로 보인다.

평가 사례를 보면, 2022년 기준 미국 인디애나대학Indiana University의 경우 '조건부 인증'으로 평가되었다. 평가단은 39쪽에 이르는 평가 보고서를 제시하면서 9개의 기준 중 이 대학이 3번과 9번 기준을 준수하지 못했다고 평가했다. 협회의 기준을 준수한 것으로 평가받은 항목 중 교과과정을 살펴보면, 전공에서 수강해야 하는 최소 학점은 39학점이고 이에 더해 집중 전공 분야를 선택해야 한다. 인디애나대학에 개설된 집중 전공은 ① 뉴스 리포팅과 에디팅, ② PR로 구분된다. 39학점 중 6개 과목은 전공 필수이며 해당 과목은 '미디어입문Introduction to Media', '스토리랩Stroy Lab I·II', '미디어법Media Law', '통계Statistics', '미디어윤리Media Ethics' 등이다. 기자가 되기 위한 과정을 선택했다면 9학점을 저널리즘 관련 과목으로 수강해야 하며, 통합뉴스룸과 저널리즘 연구 중 1개 과목, 저널리즘 마스터Journalism Master와 저널리즘 중 1개 과목, 저널리즘 스킬 선택Journalism Skills Electives 중 1개 과목을 수강해야 한다.

또한 학계에서도 기자의 '전문성'을 높이기 위해 저널리즘 교육 문제에 꾸준히 관심을 기울이고 있다. 예를 들어 1944년부터 『저널리즘 앤드 매스커뮤니케이션 에듀케이터Journalism & Mass Comunication Educator』라는 학술지를 발간해 저널리즘 교육 문제를 다룬 연구를 소개한다. 이 학술지는 저널리즘에서의 교수법이나 교과과정 설계, 새로운 교과 등을 주로 다룬다. 예를 들어 2023년 6월에는 특별호를 발간하며 "글로벌 저널리즘에서의 트라우마 교육: 교육 의제를 추구하며 Trauma Literacy in Global Trend: Toward an Education Agenda"라는 주제를 다뤘다. 최근 세계적으로 기자에 대한 다양한 온라인/오프라인에서의 공격이 증가하고, 저널리즘을 떠나는 기자들이 많아지면서 젊은 기자들이 이를 대비하게 해야 한다는 요구가 강해진 데 따른 것으로 보인다.

이에 비해 국내 학계에서는 저널리즘 교육이나 교과과정에 대한 연구를 찾아보기 어렵다. 2023년 9월 기준 신문방송학 분야의 학술지에서 '기자 교육'을 검색하면 총 130건의 논문과 기고문이 나오지만, 이 가운데 '기자 교육의 문제'만을 다룬 논문은 10건도 되지 않는다. 그나마 교육에 대한 문제 제기조차 1990년대를 이후로 급격히 줄었다.

2) 한국 대학의 저널리즘 교육

오늘날 한국 대학의 저널리즘 교육이 지닌 문제를 파악하기 위해서는 언론학 교육이 어떠한 배경에서 태동했고, 또 어떻게 변화했는지를 살펴볼 필요가 있다. "현실은 역사적 산물"이라는 강현두(1994, p. 3)의 지적처럼, 어떠한 배경에서 기자 교육을 포함한 저널리즘과 언론학이 발전했는지를 이해하는 것이 문제의 근원을 분석하는 데에 도움이 되기 때문이다.

한국 저널리즘 교육의 역사

한국 대학에서 저널리즘 교육이 체계적으로 시작된 것은 제1공화국 시대에 교육법이 제정되고 시행 세칙이 생긴 이후이며, 홍익대학교에 처음으로 신문학과가 설립된 1954년 이후라는 시각이 일반적이다(양승목, 2005; 이민주·양승목, 2008).

그러나 미국과 마찬가지로 한국에서도 실질적인 저널리즘 교육이 시작된 것은 대학에서 정규 교육과정에 편성되기 이전이라고 본다. 즉 학자에 따라 조금씩 다르지만, 일반적으로는 일제시대에 저널리즘 교육이 출현한 것으로 본다. 김영희(2012)는 한국에서의 언론학 출현의 성격을 분석한 뒤 저널리즘 교육은 광복 전인 1925년 비정규 교육기관이던 조선전수학원 사회과에서 신문학을 교육한 것에서 시작되었다고 주장했다. 또한 대학의 정식 교과목으로 저널리즘이 교육된 시기는 1929년이며, 이화여자전문학교의 문과 교과과정에 개설된 신문학 Journalism이라고 소개했다. 이 과목에서는 이론 교육과 함께 스트레이트 칼럼 등 다양한 종류의 기사 작성 방법을 가르치고, 수업에서 직접 신문을 제작·발행했다(김영희, 2012).

광복 이후 주목할 만한 언론 교육기관은 1946년 설립된 조선신문연구소라고 본다. 조선신문연구소는 곧 신문과학연구소로 전환되었으며, 1947년 정부로부터 조선신문학원 설립 인가를 받았는데, 이 기관은 "건실한 저널리스트 양성을 위한 교육기관"을 표방하며 설립됐다(강현두, 1994; 김영희, 2012, p. 143). 전체 23개 과목 중 기사 작성법과 편집 이론 등 7개 과목이 실습이었고, 사회과학 전반에 대한 교육은 16개 과목이었다.

이 시기에 각 대학에서 저널리즘 관련 교과목은 주로 문리대에 개설되었다. 일제시대에 이어 이화여자대학교에서는 영어영문학과와 국어국문학과의 교과과정에 '신문학' 수업이 개설되었다. 연희대학교도 1946년 국어국문학과 교과목으로 '신문학I'을 개설했다가 1961년 정법대학 정치외교학과에 '신문과여론'이라는 과목을 개설했다. 서울대학교의 경우 1949년 '신문학개론'이 개설되어, 초기에는 언론인 출신 곽복산이 교육을 담당했으며 1950년대부터 매스커뮤니케이션 현상에 대한 학문적 관심이 높아지면서 1955년 사회학과에 '매스컴론'이 개설되었다.

이러한 분석을 토대로 강현두(1994)는 "신문기자였던 곽복산의 신문학개론은 신문의 특성을 이해하는 실무적 저널리즘 내용이었다면, 매스컴론은 사회학 전공 학생을 위한 대중론, 여론 형성, 미디어효과 등을 다룬 커뮤니케이션학이었다"는 사실에 주목했다. 즉 그는 한국 언론학 연구와 교육의 문제를 역사적으로 고찰한 뒤, 한국에선 초기부터 언론인 출신인 곽복산이 주도한 실무 중심의 저널리즘 교육과 사회과학 중심의 커뮤니케이션 교육이 있었다고 본 것이다. 하지만 1970년대에 이르면서 실무적 저널리즘 교육은 단절, 혹은 매스커뮤니케이션 연구에 흡수 통합되었다고 주장했다.

미국의 경우 학부는 인문주의적이며 실무 이론적이고 대학원은 사회과학적 연구 과정으로 이루어졌다면, 한국에서는 신문방송학과를 창설하고 이끈 초창기 교수들이 실무 경험이 부족해 학부를 미국처럼 실무 위주로 이끌지 못했다는 것이다. 특히 1970년대에는 미국의 이론과 방법론Theory and methodology이 새롭게 각광받았고, 이를 익히고 온 언론학 연구자들은 학부 과정의 인문주의적 언론학 교육이나 실무적 저널리즘 교육보다는 대학원 차원의 과학적 연구 활동을 선호했다. 이론과 방법론이 언론학 교수에게 새로운 학문적 지위를 부여했고, 또 학문적 권위의 상징이었기에 학부 학생을 가르치는 교육자보다는 연구자 또는 학자가 되고자 열망했다고 보았다. 그는 저널리즘 교육이 실무에서 멀어진 원인을 다음과 같이 정리했다.

> 한국의 대학에서 언론학 교육은 처음부터 실무적 저널리즘론의 언론학 과목과는 별도로 사회학적 매스컴론의 언론학이 있었다. 실무적 저널리즘의 신문학 강좌는 그 후 폐강되었고, 사회학적 언론학의 매스컴론은 천관우에 이어 1960년대 홍승면, 그리고 1961년에 김규환으로 이어졌다. 후자는 또한 1964년 서울대학교 신문연구소와 1968년 서울대학교 신문대학원 개설을 계기로 사회과학화된 새로운 학문 체계의 독립된 언론학으로 발전되어왔다. (강현두, 1994, p. 10)

같은 맥락에서 김영희(2012)도 일제강점기에서 1950년대에 이르는 초기 언론학 교육의 특성을 분석한 뒤, 신문학 이론은 신문 현상을 과학적으로 연구하는 것이며, 이를 통해 바람직한 신문기자 양성을 도모

하려 했으나 1950년대 후반부터 실무적인 언론학 성격의 과목은 중단되었고 대신 매스컴론이 개설되어 사회과학적인 언론학이 교육되었다고 보았다. 특히 1960년대 중반 이후 미국과 독일에서 공부한 연구자들이 대학에 자리를 잡으면서 실무 중심의 언론학이 아닌 연구 중심의 언론학 교육이 지배적인 경향으로 변화했다고 주장했다.

요약하면 국내 저널리즘 교육을 미국과 비교해볼 때, 일제시대인 1925년 비정규 교육기관에서 교육을 시작했고, 이후 대학의 영어영문학과나 국어국문학과 등의 인문대학에서 관련 수업이 개설되었다가 이후 사회과학으로 독립했다는 점에서 유사하다. 다만 미국과 달리 한국 대학의 저널리즘 교육은 초기에는 언론인 출신이 이끈 실무교육 중심이었으나, 점차 미국의 매스커뮤니케이션 연구로 박사학위를 받은 학자들이 대학에 대거 진입하면서 연구자로서의 역할이 강조되었고, 현재처럼 실무보다는 커뮤니케이션 현상을 연구하는 교육에 치중하게 된 것으로 판단된다.

기자 양성 교육 부족에 대한 비판

국내에서 저널리즘 교육에 대한 문제 제기는 꽤 오래전부터 시작되었다. 이재경(2005)은 저널리즘 교육의 문제점이 처음 지적된 시점을 1965년 『신문평론』에 실린 곽복산과 김규환 등의 좌담회에서 찾았다. 당시 좌담회에서 곽복산은 교재가 없고, 교수가 없고, 신문사 간부들이 교육을 도울 수도 있지만, 이는 경험담에 불과할 뿐 학술적인 강좌가 아니라고 지적했다. 이를 시작으로 다수의 학자들이 이론 중심으로 현장과 유리된 교육과정(송건호, 1973), 이에 따른 실습 과목의 부족 등을 지적했다(서정우, 1999).

교육의 문제를 지적한 학자들은 대부분 실무 혹은 실습 과목이 부족하며, 교육의 목표가 직업교육인지 이론 중심의 연구인지가 명확하지 못하다는 점을 문제로 들었다. 예를 들어 2001년 한국언론학회 자료

집에서도 실습 과목의 비중을 평균 27.8%로 보고했다. 다만 이 조사 결과는 실제 개설 과목이 아닌 설정해놓은 과목이며, 특히 저널리즘뿐 아니라 영상 제작, 광고, 홍보 등의 실습 과목까지 포함한 것으로 실제 개설된 저널리즘 과목으로만 보면 그 비율은 더 낮아질 수 있다. 이러한 현상에 대해 강현두(1994)는 언론학 연구는 40년 동안 세계적 수준으로 성장했으나, 학생 중심의 언론학 교육은 정체를 면치 못했을 뿐 아니라 교육의 성격 자체가 심하게 오도되었다고 비판했다. 각 대학의 최고 학력 수준을 갖춘 학생들이 입학하여 언론인·방송인·광고인이 되는 교육을 받지 못한다는 것이다.

한편 최근 언론학 교육 60주년을 맞아 강명구(2019)도 "신문학회 1세대가 기자 양성에 중심을 두었지만 이후 사회과학의 한 분야로 전락한 것은 지난 20여 년 동안 대학의 세계화와 경쟁력 강화를 내세운 교육부의 대학정책과 무관하지 않다"고 지적했다. 교육부의 정책으로 자연과학뿐 아니라 인문학과 사회과학 전반에서 논문 중심의 평가 체계와 외국 저널을 신성시하는 평가 운영 방식이 자리 잡게 되었으며, 이는 교수의 충원 및 평가의 기본 틀을 바꾸었다는 진단이다. 그는 이런 평가 체계가 교수들을 연구비 수주와 연구업적(특히 논문 편수)에 매몰되게 했고, 학부 교육은 사실상 관심사 바깥으로 밀려나게 했다고 밝혔다(p. 9).

한국 대학 저널리즘 교육의 커리큘럼 분석

한국 대학의 언론학 교과과정을 분석한 선행연구들은 이러한 우려를 뒷받침한다. 전반적으로 실무교육이 턱없이 부족하다는 것이다. 하종원(2017)은 비교적 최근에 한국의 커뮤니케이션학 교육 실태에 대해 포괄적으로 조사했다. 이 연구에 따르면 2016년 기준 국내 4년제 대학에는 총 105개의 커뮤니케이션 관련 학과와 학부가 설치되어 있다. 연구자는 이 중 광고와 홍보만을 가르치는 대학을 제외한 58개 학과의

2,620개 교과목을 분석했다. 먼저 선행연구에 따라 커뮤니케이션학을, ① 저널리즘 및 커뮤니케이션 일반, ② 방송 영상 및 뉴미디어, ③ 광고 및 홍보, ④ 참관 및 현장실습 등으로 구분했다.

분석 결과에 따르면 실습 과목은 저널리즘 및 커뮤니케이션 과목 중 25.7%, 방송 영상 및 뉴미디어 과목에서 40.4%를 차지했으며, 전체적으로는 약 36.1%인 것으로 나타났다. 연구자는 이러한 결과에 대해 2001년 한국언론학회 조사에서는 실습 과목의 비율이 27.8%였다고 밝히며, 실무교육의 중요성 및 취업과 관련된 학생들의 수요를 반영해 증가한 것이라고 보았다.

그러나 연구자의 주장에도 불구하고 저널리즘의 경우, 실습으로 볼 수 있는 과목은 '편집실습' 6.9%, 문장실습 6.2%, 매스컴어학실습 4.0% 등으로 17.1%에 불과하다. 또한 이러한 비중은 저널리즘 및 커뮤니케이션 교과 1,112개 과목 중에서 차지하는 비중이며, 실제 전체 과목을 기준으로 했을 때에는 더 크게 낮아질 수 있다.

또한 국내 주요 대학의 교과과정을 비교했던 이재경의 2005년 조사와 2023년 조사를 비교한 결과, 한국 대학의 저널리즘 교육은 크게 개선되지 못한 것으로 보인다(<표 1-1> 참조). 우선 4개 대학의 교직원 숫자는 다소 증가했다. 특히 고려대학교의 경우 2005년의 10명에 비해 2023년 9월 현재 18명으로 2배가량 늘었고, 서울대학교는 9명에서 15명, 이화여자대학교는 15명에서 18명으로 증가했다. 따라서 학생 1명당 교수 숫자의 경우에는 대폭 개선된 것으로 판단된다(다만 이 기간 국내 대학에서는 정원외로 선발하는 외국인 학생이 대폭 증가했지만, 정확한 수는 파악할 수 없었다).

그러나 저널리즘 실무교육의 수준은 크게 나아진 것으로 보이지 않는다. 교수자의 경우 고려대학교, 연세대학교, 이화여자대학교 등에서 실무 경험을 갖춘 교수진의 숫자가 다소 늘었지만, 서울대학교는 여전히 교수진 중 실무 경험자가 없다. 다만 서울대학교를 비롯해 고려대학

<표 1-1> 한국 대학 커뮤니케이션학 교육의 구조 비교

대학명 \ 년도	항목	학과명	소속 학부	교수 수
고려대학교	2004	언론학	언론학부	10명(학부)
	2023	미디어학	미디어학부	18명(학부)
서울대학교	2004	언론정보학	사회과학대학	9명(학과)
	2023	언론정보학	사회과학대학	15명(학과)
연세대학교	2004	신문방송학	사회과학대학	10명(학과)
	2023	언론홍보영상학	사회과학대학	12명(학과)
이화여자대학교	2004	언론정보학	사회과학대학	15명(학과)
	2023	커뮤니케이션·미디어학	사회과학대학	18명(학과)

* 2004년 자료는 이재경(2005)의 연구에서 인용.

교, 이화여자대학교 등은 언론인 경력자를 비전임으로 채용해 실습 과목을 가르치고 있다.

또한 교과과정을 분석한 결과, 실무 과목이 다소 늘기는 했지만 여전히 부족한 실정이다. 저널리즘 과목의 수업 내용을 구체적으로 살펴보면, 고려대학교의 경우 2023학년도 1학기에 총 32개의 과목이 개설되었으며 이 가운데 '저널리즘' 혹은 '언론'이라는 단어가 들어간 수업은 4개('저널리즘의이해', '저널리즘글쓰기' 3개) 등이다.

서울대학교의 경우 2023학년도 1학기에는 32개 과목이 개설되었으며, 언론 혹은 저널리즘 관련 과목은 '언론정보문화특강', '저널리즘의이해', '미래뉴스실습I', '언론현장실습' 등 4개 과목이었다. 그리고 2학기에는 30개 과목이 개설되었으며, 언론 혹은 저널리즘 관련 과목은 '언론정보문화특강', '미디어법률과제도', '저널리즘심층글쓰기', '미래뉴스실습II', '현대저널리즘이론과분석' 등 4개 과목이었다.

이화여자대학교가 저널리즘의 실무와 직접 관련된 과목이 가장 많이 개설되었다. 2023년 1학기에 40개 과목이 개설되었으며, 이 가운데 '미디어글쓰기와스피치'(동일 내용으로 5개 과목 개설), 'News Reporting & Writing', '포토그라피실습', '기사작성기초'(동일 내용으로 2개 과목 개설), '방송뉴스제작', '디지털영상특수효과'(동일 내용으로 2개 과목 개설), '표현의자유와언론윤리', '저널리즘비평', '다큐멘타리제작', '방송스피치', '디지털스토리텔링'(동일 내용으로 3개 과목) 등 19개 과목이 언론·저널리즘 관련 과목으로 개설되었다. 이밖에 '미디어와정치', '미디어와젠더' 등 유관 과목의 수업도 풍부했다. 2학기에는 34개 과목이 개설되었으며, 언론·저널리즘 관련 과목으로 1학기와 동일하게 '미디어글쓰기와스피치'(4개 과목), '취재보도실습', '기사작성기초'(2개 과목), '언론사상', '멀티플랫폼저널리즘실습' 등 9개 과목이 개설되었고, '영상커뮤니케이션이론', '미디어산업과저작권' 등 저널리즘과 관련한 과목도 2개 있었다.

연세대학교의 경우에는 2023년 1학기에 총 30개 과목이 개설되었으며, 이 중 저널리즘 관련 실습과목은 '영상제작실습', '고급영상제작', '실전취재보도', '디지털저널리즘실습', '저널리즘실습' 등 5개 과목, 저널리즘 이론 과목은 '저널리즘의지평', '방송저널리즘의이해' 등 2개 과목이었다. 2023년 2학기에는 28개 과목이 개설되었으며, 이 가운데 저널리즘 관련 실습 과목이 '고급영상제작', '시사논술작성실습', '탐사보도', '디지털저널리즘실습' 등 4개 과목, 저널리즘 이론 과목이 '저널리즘의이해', '미디어법제론', '온라인저널리즘' 등 3개 과목으로 총 7개 과목이었다. 여기서 전임교원이 담당하는 과목은 1학기에는 1개 과목, 2학기에는 2개 과목에 불과했다.

각 대학의 저널리즘 관련 과목을 분석한 결과, 일반적으로 저널리즘 역사·윤리·철학에 대한 과목은 아예 개설되지 않았거나 부족한 실정이었다. 대신 언론계 진출을 희망하는 학생들의 수요를 반영해 기사 작성 기술을 가르치는 과목 중심으로 개설된 것을 확인할 수 있었다. 실제 이영희(2023)가 2023년 8월 기준, 국내 언론 관련 학과가 개설한 교육과정을 분석한 결과가 이를 뒷받침한다. 총 70개 학과에서 저널리즘 관련 수업을 개설했으며, 이 가운데 미디어윤리, 미디어법, 언론법 등 윤리 및 법제 관련 강좌를 개설한 학과는 52개 학과였고, 이들이 개설한 과목은 총 59개에 불과했다. 특히 이마저도 언론이 아닌 미디어 관련 전반에 대한 교육을 진행하거나, 전임교원이 아닌 강사에게 수업을 맡긴 경우가 적지 않았다.

이에 비해 전문적인 저널리즘스쿨을 갖춘 세명대학교의 경우에는 미국의 실무 중심 교육과정을 담고 있다. 2023년 1학기와 2학기에 개설된 수업을 분석해보면 전체의 절반 이상이 실습 과목이다. 1학기에는 13개 과목이 개설되었는데, 교과목에 실습이 포함된 과목은 4과목('방송취재보도실습', '인턴과정현장실습II', '미디어제작실습', '저널리즘글쓰기I')이며, 준실습과목으로 여겨지는 과목은 6과목('방송제작론', '취재보도론', '방송PD연출론', '기획보도세미나I', '언론산업세미나I', '탐사보도이론과도구'), 그리고 나머지 3개 과목은 '미디어와법', '경제사회쟁점토론', '인문사회교양특강' 등이었다. 즉 교과과정이 실무 위주이지만, 언론법 등도 다루고 있었다. 2학기에 개설된 16개 과목도 1학기와 유사했다.

3) 한국과 미국 기자의 전공 비교

그렇다면 한국 기자들 중 저널리즘 유관 전공자는 얼마나 되는가? 이들은 대학에서 저널리즘 관련 과목을 배우기는 했었다는 점에서 일반 전공자들과 조금은 차별화할 것으로 기대할 수 있다.

국내에서 기자를 대상으로 대학 전공 등을 조사한 연구는 많지 않다. 하지만 한국언론진흥재단은 1999년부터 기자를 대상으로 '언론인 의식조사'를 수행했으며, 2005년부터 기자의 최종 학력과 전공이 무엇인지를 질문했다(<표 1-2> 참조). 이 조사는 한국에서 가장 대표성 있는

<표 1-2> 한국 기자 중 대졸 학력자 및 성별 유관 전공자 수·비중(단위: %, 명)

항목 \ 년도		2005	2007	2009	2013	2017	2019	2021
대졸 학력자		98.5	98.7	97.0	98.6	96.3	95.5	94.5
유관 전공자	여성	17.3	21.6	23.8	26.9	24.3	23.0	27.2
	남성	19.6	18.2	21.5	21.4	22.4	20.0	25.7
	전체	19.3	18.7	21.9	22.9	22.9	20.8	26.1
조사대상(명)		928	907	967	1,528	1,659	1,926	1,980

* '대졸 학력자'란 4년제 대학 졸업 이상의 학력자 비율을 합계한 수치.

기자 대상 연구로 여겨진다. 조사 결과를 보면, 지난 20년 동안 최종 학력이 4년제 대학 졸업 이상인 기자의 비중은 다소 줄어든 반면, 전공자인 기자의 비중은 서서히 증가한 것으로 보인다. 구체적으로, 우선 대학 졸업자의 비중은 2005년 98.5%, 2년 뒤에도 거의 유사한 98.7%였다. 사실상 거의 모든 기자가 대학 졸업자였다는 것을 의미한다. 그러나 가장 최근 조사인 2021년 조사에서는 대학 졸업 이상인 기자 비중이 94.5%로 줄었다. 반면 고졸이거나 2년제 대학 졸업자가 5.5%에 달했는데, 이러한 결과는 지난 20년 동안 인터넷 전용 매체 등 소규모 언론사가 급증한 데 따른 것으로 판단된다.

한편 저널리즘 유관 전공자의 비중은 2005년 19.3%에서 해마다 조금씩 높아져 2021년 조사에서는 26.1%를 차지했다. 2005년에는 5명 중 1명이 저널리즘 유관 전공자였다면, 2021년에는 네 명 중 한 명으로 높아진 것이다. 흥미로운 점은 2005년을 제외하면 여성 기자 중 전공자의 비율이 남성 기자보다 매년 더 조금씩 높았다는 점이다.

한편 미국의 경우 1970년대까지는 대학 졸업 이상의 학력자가 과반을 겨우 넘겼으며, 전공자도 다수가 아니었다(<표 1-3> 참조). 미국에서 기자에 대한 연구를 시작한 존스턴과 슬라스키, 보먼(Johnstone, Slawski, & Bowman, 1976)은 미국 기자의 특징 중 하나가 다양한 교육

<표 1-3> 미국 기자 중 대졸 학력자 및 유관 전공자 비중(단위: %)

항목 \ 년도	1971	1982	1992	2002	2013	2022
대졸 학력자	39.6	50.3	86.0	92.6	-	-
대졸 이상 학력자	58.2	70.1	82.1	89.3	92.1	96.4
대학 졸업자 중 저널리즘 전공	41.7	54.7	56.3	57.7	-	-

* 1971년 조사는 존스턴의 조사로, 저널리즘 전공자 비율은 학부이며, 석사학위의 경우 6.9%.
* 출처: Weaver & Wilhoit (1996, p. 39)와 Weaver & Willnat (Eds.). (2020, p. 44)에서 일부 인용.

배경이라고 밝혔다. 대학 학위를 보유하지 않은 기자가 많은 것뿐 아니라 전공도 다양했기 때문이었다. 실제 존스턴의 연구 당시 미국 기자 중 대졸 이상 학력자는 39.6%, 학위 보유자 중 저널리즘 전공자는 10명 중 4명 수준이었다.

하지만 약 10년 뒤인 1982년 데이비드 위버David H. Weaver와 클리블랜드 윌호이트G. Cleveland Wilhoit는 '기자 교육 배경의 이질성'이 많이 해소되었다고 평가했다. 이들에 따르면 대졸 이상의 학력자는 10명 중 7명 수준이었으며(Weaver & Wilhoit, 1986), 1982년 미국 인구 중 대학 졸업자가 16.3%에 불과했다는 점에서 미국에서도 기자는 엘리트 집단이었다고 평가했다. 특히 신문의 경우에는 대학 졸업자의 비율이 가장 높아서, 1971년 88.2%, 1982년에는 93.7%에 이르렀다. 한편 가장 최근 조사인 2022년 발표된 자료에 따르면 대졸자는 96.4%이며, 이는 2020년 미국 센서스 조사(32.9%)와 비교할 때 매우 높은 수준이다.

특히 대졸자 중 저널리즘 전공자의 비중은 한국보다 훨씬 높아서 조사가 시작된 1970년대부터 절반에 가까웠으나, 한국의 경우 최근 20년 동안 20% 내외에 머물고 있다.

한국과 미국 기자의 학력 및 대학 전공 비교를 요약하면, 한국의 경우 초기부터 대학 졸업 이상의 고학력자가 언론계에 진출했으며 최근 소규모 언론사가 급증하면서 오히려 대졸 이상 학력자의 비중은 소폭이나마 감소한 것으로 보인다. 아울러 전공자의 비중은 지속적으로 낮은 수준이나 최근 들어 아주 소폭 증가했다. 이에 비해, 미국은 초기에는 기자 중 대학 졸업 이상 고학력자의 비중이 낮았으나 지속적으로 높아졌다. 아울러 저널리즘 전공자의 비중도 초기 약 42%에서 현재는 60% 수준에 이른 것으로 판단된다.

3. 기자 교육의 현황에 대한 실증연구

1) 조사대상자 및 특성

이 연구는 한국기자협회 소속 203개 회원사 기자 1만 1,076명을 대상으로 온라인 설문조사를 진행했다.[3] 설문조사 인원은 751명이었고, 설문 응답자 중 여성은 29.4%, 남성은 70.6%였으며, 연령대별로는 20대가 4.3%, 30대 42.9%, 40대 32.6%, 50대 이상 20.3% 등으로 비교적 고르게 분포했다. 한편 언론사별로는 서울에 위치한 종합일간지가 21.3%로 가장 많았으며, 지상파 3사와 종합편성채널은 15.3%였다. 설문은 전문 조사업체인 한길리서치에 의뢰해 진행했으며, 기간은 2023년 4월 25일부터 7일 동안 이루어졌고, 설문 참여자에게는 소정의 사례품을 제공했다.

전공자의 비중

이 조사에서 저널리즘 관련 전공자의 비중은 32.1%, 저널리즘 관련 복수전공이나 부전공자 비중은 9.3% 등으로 전체의 41.4%였다(<표

---

3 이 연구는 한국기자협회와 연세대학교 커뮤니케이션연구소가 공동으로 진행한 '한국 기자의 역할 인식 및 언론윤리 인식'의 설문조사 결과를 일부 활용했다.

<표 1-4> 조사대상자 중 저널리즘 관련 전공자 수·비중(단위: 명, %)

항목　　　　　구분	전공자 수	전공자 비중(%)
저널리즘 관련 전공	241	32.1
저널리즘 관련 복수/부전공	70	9.3
저널리즘 윤리 수업 수강	95	12.6
경험 없음	345	45.9
합계	751	100.0

1-4> 참조). 이러한 비율은 대학에서 저널리즘 교육이 활성화되어 있는 미국과 비교할 때 낮은 편이다.

언론윤리 교육 정도

아울러 기자들을 대상으로 저널리즘에 대한 교육을 받은 경험을 질문한 결과 협회가 49.7%로 가장 많았고, 다음은 한국언론진흥재단(41.7%), 재직 중인 언론사(36.5%) 등의 순서였다(<표 1-5> 참조). 온라인을 통해 인터넷강의를 수강한 적이 있다는 응답은 57.4%, 스터디 모임에서 공부했다는 응답은 79.0%로, 제도화 혹은 비제도화된 교육이 아니라 개인 차원에서 학습이 이루어졌음을 알 수 있다.

<표 1-5> 언론윤리 교육기관 및 교육 방식 유무(단위: 명, %)

언론윤리 교육기관 및 교육 방식	있다	없다
한국언론진흥재단(신입 기자 교육 포함)	313(41.7)	438(58.3)
재직 중인 언론사(언론사 자체 교육)	274(36.5)	477(63.5)
대학/대학원(전공/부전공 등 과목 수강)	468(62.3)	283(37.7)
협회(기자협회, 방송기자협회 등)	373(49.7)	378(50.3)
기타 교육기관(저널리즘스쿨 등)	487(64.8)	264(35.2)
사이버 과목 수강(인터넷 강의)	431(57.4)	320(42.6)
스터디(공부) 모임	593(79.0)	158(21.0)

2) 윤리 결정에 영향을 주는 요인

이 조사에서는 선행연구(Berkowitz & Limor, 2003; Voakes, 1997)에 따라 기자가 취재 도중 윤리적 딜레마에 놓이는 세 가지 상황을 제시했다. 이어 이러한 상황에서 취재의 정당화 및 윤리적 판단은 무엇에 근거하는가를 사회적 계층 모델에 따라 동료, 취재 준칙, 소송 가능성 등 9개 요인에 대해 각각 5점 척도로 측정했다. 즉 설문 참가자에게 "위의 사례가 취재윤리에 맞는지 여부를 귀하가 판단해야 한다고 가정할 때 귀하의 의견에 근접한 답을 골라주십시오"라고 요구했다(1: 전혀 그렇지 않다 / 2: 그렇지 않다 / 3: 그저 그렇다 / 4: 그렇다 / 5: 매우 그렇다). [사례1]은 취재원과의 협상 과정에서 더 좋은 정보를 얻기 위해 취재원을 감추는 상황, [사례2]는 취재를 위해 신분을 속이는 상황, [사례3]도 취재원과의 협상을 통해 익명 취재원으로 보도하는 상황을 가정한 것이다. 각각의 상황에 대한 구체적 설명은 다음과 같다.

[사례1]

○○○ 기자는 최근 '가' 시청의 주요 부서에서 발생한 부정행위에 대해 알게 되었다. 기자는 해당 시청의 최고 책임자를 만나 해당 정보가 사실인지를 확인했다. 최고 책임자는 해당 이슈는 공익과 무관하다며, 해당 이슈를 취재하지 않는다면, 대신 다른 3개 도시의 주요 부정행위를 알려주겠다고 제안했다. 이 책임자는 3개 도시의 부정행위가 충분히 믿을 만한 것임을 확신시켰다. 기자는 이에 동의하고 '가' 시의 취재를 포기하는 대신 3개 도시를 취재해 보도했다. 이 기사들은 모두 매우 좋은 기사로 평가되었고 사회적으로도 크게 이슈가 되었다.

[사례2]

○○○ 기자에게 부모님을 요양병원 '가'에 입원시킨 제보자들이 찾아와 요양병원에서 불법 의료행위가 행해지고 있다고 제보했다. 적어도 한 명이 이러한 불법 행위 때문에 사망했다며 취재를 부탁했다. 기자는 해당 요양병원의 최고 담당자에게 방문해도 좋은지를 문의했으나 거절당했다. 제보자들은 기자에게 가족이라고 속이면 요양병원에 들어갈 수 있다고 제안했으며, 실제 제보자들과 함께 요양병원에 가족으로 등록하고 병원을 취재했다.

[사례3]

사회부에 소속된 ○○○ 기자에게 경찰의 한 고위 간부가 시장의 비위행위에 대한 정보를 알려주었다. 이 정보가 사실이라면 1면에 실릴 만한 내용이었다. 제보한 고위 간부는 기사화할 때 경찰에서 제보받은 것으로 하면 안 되며 시장의 측근으로 해달라고 부탁했다. 기자는 기사의 중요성 때문에 이러한 조건에 동의하는 조건으로 정보를 얻었다. 또한 조건에 맞춰 경찰이 아닌 시장의 측근이 익명 제보한 것으로 보도했다.

3) 연구 결과

분석 결과, 한국 기자들은 미국 기자들과는 다소 다른 응답 패턴을 보였다. 선행연구에서 미국의 기자들은 상황에 따라 다른 기준을 적용했으나 대체로 각각의 상황에서 '과거 동료들이 겪은 유사한 경험'이나 '존중하는 동료나 선배 기자의 조언' 등과 같은 체계적이지 않은 기준에 의존하는 것이 아니라 '취재 준칙Code of ethics', '기자라는 전문직에 적합한 것인지', '언론의 공익 추구에 부합하는지' 등을 토대로 판단하는 것으로 나타났다.

<표 1-6> 논쟁적 상황에서 판단에 영향을 주는 요인

항목 \ 사례 / 국가	사례 1 : 취재원과 협상		사례 2 : 신분 속이기		사례 3 : 취재원 감추기	
	미국	한국	미국	한국	미국	한국
동료들의 유사한 과거 경험	3.2	3.6	4.1	3.6	4.6	3.6
존중하는 동료들의 조언	6.1	3.7	6.1	3.6	6.2	3.9
회사에 대한 기여도	5.4	3.6	4.8	3.7	5.4	3.5
취재 준칙	7.8	3.6	8.1	3.6	8.1	3.4
전문직 행동으로서 적합성	9.1	3.6	9.1	3.6	9.0	3.5
공공의 이익에 대한 기여도	8.3	3.5	8.2	3.6	8.2	3.5
내 자신의 논리와 감정	7.8	3.5	8.0	3.6	8.0	3.3
유사한 판결	-	3.5	-	3.6	-	3.5
나 혹은 회사의 소송 가능성	-	3.6	-	3.6	-	3.7

* 미국 사례는 Berkowitz & Limor (2003)의 연구 결과로 10점 척도이며 국내도 동일한 사례를 활용함.

구체적으로, <표 1-6>을 보면 '동료들이 과거에 겪은 유사한 경험'은 각각의 사례별로 10점 만점 중 가장 낮은 점수인 3.2점, 4.1점, 4.6점 등이었다(1점= 전혀 그렇지 않다, 10점= 매우 그렇다). '존중하는 동료기자들의 조언'도 각각 6.1점, 6.1점, 6.2점 등의 순서였다. 이에 비해 '전문직으로서 적합한 행동인지'의 경우는 각각 9.1점, 9.1점, 9.0점으로 가장 높았으며, '공익에 대한 기여', '취재 준칙' 등도 각각 8.3점, 8.2점, 8.2점과 7.8점, 8.1점, 8.1점 등으로 높았다. 이러한 결과는, 미국 기자들의 경우 논쟁적인 취재 상황에서 취재 행동을 결정하는 데에 있어 전문직으로서의 타당성, 즉 취재 준칙, 공익 기여, 전문직 행동으로서의 적합성을 기준으로 판단한다고 볼 수 있다.

한국 기자들의 응답은 이와는 매우 다른 유형을 보였다. 첫 번째로, 각 영향요인의 점수 차이가 크지 않다는 것이다. 따라서 한국 기자들의 경우 여러 요인 중 특정 요인이 더 영향을 미친다고 판단하기 어려웠다. 두 번째로, 이러한 응답의 경향이 사례에 따라 크게 차이가 없었다는 점이다. 세 번째는 세 사례 중 가장 높은 점수를 받은 기준이 [사례 3]의 '존중하는 동료들의 조언'이었다는 점이다(3.9점). 이러한 결과는 한국 기자들이 기자 훈련을 도제식으로 받으며, 따라서 이들에게는 존경하는 선배와 동료의 조언이 가장 중요함을 보여주는 것으로 볼 수 있다.

특히 이러한 경향은 어린 기자일수록 심한 것으로 나타났다. 예를 들어 동료들의 유사한 경험이나 존중하는 동료들의 조언 등에 의존한다는 응답은 평기자 3.7, 차장·부장급 3.6, 국장급 이상 3.5로 유의한 차이를 보였다. 특히 익명 및 취재원 감추기의 경우에는 이러한 차이가 커서 평기자 3.83, 차장·부장급 3.67, 국장급 이상 3.46이었다. 이는 익명 취재원 사용법이나 자신이 취재한 취재원을 감추는 방법 등을 평기자일수록 취재 준칙 등에 의존하는 것이 아니라 동료들의 행위를 보고 배운다는 의미이다.

4. 기자 교육의 문제와 미래 방향

이 연구의 주요 결과는 다음과 같다.

첫째, 한국 대학의 저널리즘 교육은 커뮤니케이션의 일부로서 다뤄지고 있으나, 대학은 대학평가 등을 위한 연구 역량 중심의 교육을 수행하느라 저널리즘 실무교육이 부족한 실정이다. 양적으로 부족할 뿐 아니라 질적으로도 문제인 것이, 실습의 경우 대부분의 대학이 강사에게 의존하고 있기 때문이다. 특히 이영희(2023)가 지적했듯, 역사·철학·윤리·법제 등과 같이 기자들의 사고 틀을 가르치는 수업도 거의 부족하다. 이러한 현실은 강현두(1994)가 "미국의 저널리즘 교육은 처음부터 산학협동적인 차원에서 출발했고, 따라서 현실에서 이론이 나와 만들어진 학문"(p. 13)이라고 지적한 것과 거리가 있다. 실제 강명구(2019) 서울대학교 교수가 한국언론학회 창립 60주년을 기념하며 발표한, '언론학교육 60년, 어디로 가고 있는가, 어디로 가야 하는 것인가'라는 주제의 논문에서도 "초기 신문학회의 당면 과제는 기자 양성에 있었으나 이후 사회과학의 한 분과학문 분야로 간주하는 흐름이 나타났다"고 밝힌 바 있다.

둘째, 한국의 기자는 초기부터 대학교육을 받은 엘리트 중심이었으나, 현재 현직 기자 중 커뮤니케이션(저널리즘 포함) 전공자의 비중은 매우 낮으며 이러한 경향은 지난 수십 년 동안 크게 개선되지 못했다. 한국언론진흥재단의 '언론인 의식조사'에 따르면 대학에서 커뮤니케이션을 전공한 언론인의 비중은 2005년 19.3%에서 2019년에는 20.3%, 2021년에는 26.1%였다. 2021년의 수치가 다른 해에 비해 크게 증가한 만큼, 전반적인 추세를 확인하기 위해서는 2023년 조사 결과를 확인해야 한다. 그러나 한국 대학의 교육과정을 볼 때 언론사가 전공자를 뽑지 않는 것은 어쩌면 합리적 선택일 수 있다.

셋째, 대학에 산학협력 프로그램이 사실상 없다. 한국 대학에는 미국과 달리 교육과정을 산학이 함께 인증하는 프로그램이 없으며, 학계와 업계의 상호작용 또한 거의 없다. 이러한 현실은 현직 기자 중 저널리즘 전공자는 물론, 비전공자가 저널리즘에 대한 체계적인 교육을 받을 기회가 희박하다는 사실을 보여준다. 실제 국내 선행연구는 한국 기자들이 윤리교육을 거의 받지 못했다고 밝히고 있다(문선아 · 김봉근 · 강진숙, 2015; 이영희, 2023). 문선아 등(2015)은 사회부에서 근무한 경험이 있는 기자 9명을 심층 인터뷰한 결과, 성폭력 사건과 관련해 기초적인 윤리교육이 되어 있지 않고, 한국에서 이뤄지는 기자 교육은 대부분 한국언론진흥재단이나 협회 등과 같이 언론사 외부의 교육으로 이뤄지며, 이러한 교육 내용의 대부분도 영상 제작, 사진 촬영 등과 같은 기술중심적 내용임을 보고했다(문선아 · 김봉근 · 강진숙, 2015).

넷째, 이러한 현실에서 한국 기자들은 논쟁적인 취재 상황에 놓였을 때 취재의 타당성 등을 판단할 기준standards을 갖추지 못하는 것으로 나타났다. 즉 미국의 선행연구 결과에 따르면, 미국 기자들은 취재 상황이 논쟁적일 때 의사결정에 영향을 미치는 다양한 사회적 요인 중 동료나 자신의 판단 기준 혹은 소송 가능성 등에 비해 '전문직으로서의 행동 적합성', '취재 준칙', '공익에 대한 기여도'를 중요한 잣대로 활용하는 반면, 한국 기자들은 어떠한 기준을 판단의 근거로 삼는지가 명확하지 않았다. 또한 한국 기자들은 일부 상황에서 '동료의 조언', '회사의 소송 가능성' 등을 다소 중요하게 여기는 것으로 나타났다.

이러한 결과가 제시하는 바는 명확하다.

첫째, 대학에서 기자라는 전문직을 배출하기 위해 필요한 최소한의 교육과정을 확보해야 한다. 한국 대학들이 처한 현실(교육부 평가 등)을 감안할 때 대대적인 교육과정의 개편은 불가능할 것이다. 이 경우 서울대학교가 개편한 교육과정은 참고할 만하다. 윤석민과 배진아(2017)의 연구에 따르면 서울대학교는 2015~2016년에 걸쳐 교육과정을 다음과 같이 전면 개편했다. 즉 ① 이론과 방법론, ② 저널리즘과 전략커뮤니케이션, ③ 미디어와 기술, ④ 문화와 이미지 등의 4개 세부 영역을 나누고, 이 가운데 저널리즘 교육과 관련해서 그전까지는 실습 교육이 전무했지만, 개편안에 따라 현장 몰입형 저널리즘 과목으로 '미래뉴스실습'(6학점)과 저널리즘 이론 교육을 체계화하고 디지털 저널리즘 교육을 도입했다.

둘째, 저널리즘 이론 교육에 언론의 역할 및 언론인상, 저널리즘 기본원칙, 언론의 자유와 책임, 언론의 역사, 언론 산업의 변화, 언론윤리 법제 등을 포함해야 한다. 또한 컴퓨테이셔널 저널리즘을 위해 데이터 저널리즘과 로봇 저널리즘 등의 주요 관련 토픽 및 데이터 분석 방법 등을 가르쳐야 한다.

셋째, 산학협력을 도입해야 한다. 최근 들어 국내 언론사들은 다양한 인턴 기회를 제공하고 인턴과 취업을 연계하는 등의 시도를 하고 있다. 이러한 과정 중 일부를 전공자에게 허용할 필요가 있다. 다만 이에 앞서 대학에 '기자 인턴'을 위해 꼭 필요한 교육과정을 개설하도록 요구해야 한다. 장기적으로는 미국처럼 산학이 공동으로 기자 교육에 필요한 교육과정을 설계·인증하는 일이 필요하다. 이러한 상호 노력과 협력을 통해 대학이 현장에서 요구하는 과정을 거친 졸업생을 배출한다면 저널리즘 현장에서 전공자의 비율은 높아질 것이다. 다시 말해 현업에서 요구하는 교육과정을 만들고, 교육과정을 통해 전문성을 갖춘 기자를 배출하면, 현업에서 일하는 전공자의 비중이 늘고 윤리나 철학의 문제도 지금보다는 상황이 개선될 수 있다.

넷째, 대학 등의 저널리즘 교육에서 기사 작성법이나 취재 기법 등의 실무교육보다 저널리즘 역사·윤리·철학 등의 교육을 강조해야 한다. 최근 국내 언론사들이 신입 기자 채용 시험에 실무를 포함하다 보니 대학에서도 학생들의 요구와 실적을 위해 실무 위주의 과목을 편성하고 있다. 그러나 윤리·철학·원칙 등을 갖추지 못한 채 기사 작성법과 취재법만을 익힌 뒤 현업에 뛰어든 기자는 논쟁적인 상황에서 쉽게 길을 잃는다. 그럼에도 국내 학계는 윤리의 문제에 대해 사실상 외면하고 있다. 대학교육이 미비할 뿐 아니라 관련 연구도 극소수에 불과하다 (이영희, 2023). 최근 발표한 이영희(2023)의 연구 결과에 따르면, 2000년대 들어 언론윤리 관련 국내 연구는 20건에 그친다. 그는 이를 토대로, "예비 언론인은 기자가 되기 위해 도움이 되는 과목을 취재·기사 쓰기·방송제작 등의 실습 과목과 저널리즘 일반이론으로 생각하고 있으나, 정작 기자가 된 후에는 언론윤리 및 법제가 가장 중요한 것으로 여기는 경우가 많았다. 이는 언론윤리 인식과 언론법제 지식이 언론사 시험에서 크게 영향을 미치지 않기 때문에 발생하는 아이러니한 현상"이라고 지적했다.

교육은 느리지만 강력한 힘을 발휘한다. 샌더스와 한나, 베르간자,

아란다(Sanders, Hanna, Berganza, & Aranda, 2008)에 따르면 스페인의 경우 대학에서 저널리즘을 가르치기 시작한 것은 1971년이었으나, 이후 저널리즘 교육이 확산되어 1999년에는 92%의 스페인 저널리스트가 면허 학위licentiate degree를 보유하게 되었다. 샌더스 등(Sanders et al., 2008)은 이처럼 대학교육에 기반한 저널리즘 교육이 저널리즘 문화에 변화를 일으키는 중요한 역할을 했다고 밝혔다.

최근 『방송기자』에 실린 한 편의 글은 한국 저널리즘 교육의 심각성을 보여준다. 주식시장을 취재하는 한 기자가, '주위에 미공개 정보를 토대로 투자하는 기자가 적지 않지만, 이러한 행위를 해도 되는지를 명확히 아는 기자는 많지 않을 것'이라고 쓴 글이었다. 그는 기자들의 투자를 막을 것이 아니라 "구체적이고 명확한 기준과 교육이 필요한 시점"이라고 했다(김용갑, 2021). 이처럼 기본적인 취재윤리에 대해서도 알지 못하는 기자들이 많다는 사실은 저널리즘 교육의 시급함을 보여준다.

한국 저널리즘이 길을 잃은 이유는 한국 기자가 스스로 무엇을 하는 사람이며, 어떤 방식으로 해내야 하는가를 알지 못하는 탓이 크다. 이에 대한 답을 가진 기자만이 혼돈의 시대를 헤쳐 나갈 수 있다. 대학은 적어도 이들이 답을 찾아가는 여정에 나침반이 되어야 할 의무가 있다.

2장

한국 방송기자 현실의 개선을 위한 대안 탐구

미국과 일본의 방송기자 제도 비교연구

이재경

1. 한국 방송기자 제도의 문제들[1]

1961년 말 KBS TV가 개국한 이래 한국 텔레비전 뉴스의 역사는 60년을 넘겼다. 그동안 한국 방송사들은 많은 인재를 키워내며 한국형 방송기자의 채용과 인재 양성 체제를 만들어왔다. 공채시험을 통한 기자의 채용은 1960년대부터 표준화된 기자 충원 방식으로 자리 잡았다 (최창봉·강현두, 2001). 그리고 이러한 제도를 통해 채용된 기자들은 데스크가 되는 경력 15~20년차까지는 보도국(본부) 안에서 보직 순환 과정을 통해 다양한 취재와 편집 부문 업무를 경험한다. 그러다 50대 중반이 되면 임원이 되는 소수를 제외하고는 대부분 정년 규정에 따라

---

1 이 장의 내용은 2013년 출간된 『한국형 저널리즘 모델: 한국 저널리즘 선진화를 위한 성찰』의 8장을 일부 수정한 것임을 밝힌다.

회사를 떠날 준비를 한다. 20년에서 30여 년 정도 기간을 기자로 일하고, 60세가 되면 모두가 직장을 떠나는 인력 운영 제도가 한국형 기자 제도로 고정된 셈이다. 이러한 상황은 KBS와 MBC, SBS, YTN, JTBC, 채널A, TV조선 등 모든 방송사 사이에 별다른 차이가 없다.

이렇게 고정된 한국형 방송기자 제도는 분명한 장점과 단점이 있다. 가장 큰 장점은 평등한 기회의 제공이다. 이는 공채시험이 누구에게나 열려 있는 점으로 대표된다. 두 번째 장점은 채용에 특별한 관계가 개입될 소지가 적다는 점이다. 혈연, 지연, 학연 등 다양한 인연이 구조화돼 있는 한국 사회에서 시험을 통한 공채 방식은 채용 과정의 투명성을 확보하는 중요한 장치가 되어왔다. 회사가 인력 운용의 효율성을 추구할 수 있는 점은 또 다른 장점이다. 승진이나 부서 이동 과정에서 개개인의 특별한 능력이나 적성을 우선적으로 고려하지 않아도 되고, 일정한 나이가 되면 모두 퇴직시킬 수 있는 관행은 회사를 경영하는 사람에게는 효율성을 추구하기에 매우 좋은 여건을 제공한다.

한국식 기자 제도는 지난 60여 년의 경험을 통해 이러한 장점과 함께 몇 가지 단점도 드러냈다. 첫 번째 문제는 기자 인력의 전문화를 이루기 어렵다는 점이다. 집단적·무차별적 인사 관행은 기본적으로 개별 기자가 전문적 능력을 함양하도록 격려하고 지원하지 않는다. 따라서 방송기자들은 날로 전문화하는 외부 세계의 지식 수준을 따라잡기가 어렵다. 그러다 보니 취재와 보도의 수준이 취재원이나 시청자가 원하는 수준보다 뒤처지는 경우도 자주 발생한다. 1990년대부터 방송사별로 의학, 환경 등의 분야에서 선임기자나 전문기자 제도를 설치해 이러한 문제에 대응하고는 있으나 방송기자 인력의 전반적인 능력 강화와는 거리가 있는 미봉책들이다.

한국 체제의 두 번째 문제는 뉴스나 시사 프로그램의 취재·제작 과정에서 프로듀서와 기자의 역할이 명료하게 구분되지 않는 점이다. 기자들이 만드는 시사매거진은 프로듀서 개념이 도입되지 않은 상태이고, 교양 PD들이 만드는 시사 프로그램은 작가가 글을 쓰고 프로듀서가 리포팅을 책임지는, 해외에서는 유례를 찾기 어려운 독특한 제작 관행을 형성해왔다.

세 번째 문제는 원숙한 기자가 활동할 공간이 제공되지 않는 점이다. 미국 CBS는 마이크 월레스Mike Wallas나 돈 휴이트Don Hewitt 같은 사람들이 80세가 넘어서도 <60 Minutes> 프로그램에서 기자와 프로듀서로 일할 수 있도록 했다. 댄 래더Dan Rather 앵커도 은퇴할 때 나이가 75세였다. 이들의 방송기자 경력은 모두 50년을 넘어선다. 그만큼 전문성과 권위가 축적돼 있다. 한국 방송사에서는 생각할 수 없는 가능성이다.

한국 방송사들은 지난 60여 년 동안 프로그램 기획이나 방송 제도 개선 작업을 진행하며 선진국인 미국과 영국, 일본 등의 방송 제도를 연구하고 벤치마킹해왔다. 그러나 기자 채용·양성 제도에 관해서는 체계적이고 실증적인 조사나 분석이 시도되지 않았다. 따라서 미국이나 일본의 주요 방송사가 어떻게 기자 제도를 운영하는지에 대해 참고할 수 있는 체계적인 자료는 찾기가 어려운 게 현실이다. 이 연구는 이러한 공백을 조금이나마 메우려는 시도다.

2. 한국 기자 제도에 관한 과거 논의

이 장에서는 한국의 방송기자 제도를 개선할 수 있는 대안을 모색해보고자 한다. 우선 기자 제도에 관한 과거 연구 가운데 방송기자에 집중한 연구를 찾아보았으나 발견하기가 어려웠다. 그러한 이유로 이 연구의 문헌 검토는 주로 신문기자를 바탕으로 한 일반적인 한국 언론의 현실에 대한 성찰 작업들을 중심으로 진행했다. 다행인 점은 한국의 방송기자 제도가 신문기자 제도의 운영 방식을 바탕으로 성장해왔기 때문에, 기존 논의가 신문 중심이긴 하지만 방송의 현실에 그대로 적용해도 문제가 되지 않는다는 점이다.

"떠나는 기자들을 잡아라." 성한용『한겨레』편집국장이 2011년 봄호『관훈저널』에 기고한 글의 제목이다. 그에 따르면 2007~2008년 기자들이 대거 정계에 진출했다. 일부는 국회의원이 됐고, 다른 이들은 청와대와 행정부, 정부 투자기관으로 옮겨갔다. "보도국장으로 거론되던 방송사 간부는 한 식품업체 부사장으로 갔고, 다른 국장급 기자는 주류업체 전무가 됐다."(p. 4) 성한용은 이러한 추세가 2000년대 초에 급격히 빨라졌다고 말한다.

그가 진단하는 핵심 원인은 인사 제도다. 현장을 떠나 데스크가 되고 편집 간부가 되지 않으면 설 곳이 없는 한국식 기자 인사 제도는 나이 든 기자들을 "영원한 주변인"으로 만든다는 것이 성한용의 판단이다. 해결책은 제도의 개선이다. 나이 든 기자를 취재 현장에 복귀시켜야 하고, 경영진은 더 많은 투자로, 후배 기자들은 따뜻한 시선으로 이들의 현장 복귀를 격려해야 한다는 것이 그의 제언이다.

이러한 제안은 과거에도 있었다(한국언론연구원, 1994; 1997; 박영상, 2001 등). 그러나 현실은 변하지 않았다. 그 원인은 베커(Becker, 2003)가 여러 나라의 기자 교육 제도 차이를 설명하기 위해 했던 말에서 단서를 찾을 수 있다. 베커는 세계 여러 나라의 기자 교육 체제를 소개하는 책의 머리말에서 다음과 같이 말했다.

> 한 사회의 교육 구조와 기관들은 우연히 만들어진 결과물들이 아니다. 그들은 한 사회에 자리 잡고 있는 사회 세력들의 결과물이고, 그렇기 때문에 결과적으로 그러한 사회 세력의 힘을 반영한다. (p. xi)

이러한 베커의 관점을 통해 보면, 현재 한국 언론사들이 운용하는 기자 제도는 당연히 한국적 언론 경영의 역사와 관습의 결과물이다. 여기에는 채용과 경력 관리, 퇴직 등에 관한 관행이 핵심 요소로 자리한다. 그리고 이러한 관행은 길게는 1920년 『동아일보』와 『조선일보』의 창간부터, 짧게는 해방 이후 정부 수립과 함께 활성화한 신문, 방송사들의 설립 시기부터 다양한 관련 세력들의 참여를 통해 형성돼왔다. 관련 세력은 일차적으로는 언론사 경영자들과 기자들, 관훈클럽 같은 언론인 전문직 단체, 노동조합, 그리고 언론사 경영에 영향력을 행사하는 정부 부처와 산하기관 등을 포함한다. 채용 제도와 경력자 교육 제도에 영향력을 행사할 수 있는 세력에는 언론학 전공교육을 담당하는 대학을 추가해야 한다. 또 기자 선발 방식에 영향을 주는 요소에서는 공무원이나 기업의 인재 채용 제도를 배제할 수 없는 것이 현실이다. 고려 시대부터 이어온 과거제의 유산이 여전히 강하게 남아 있기 때문이다.

따라서 기자 제도를 제대로 개선하려면 종합적이고 다원적인 접근이 필요하다. 그러나 한국의 언론학계와 저널리즘 업계에서 진행돼온 이 문제에 대한 논의는 지극히 분절적인 관점으로 제한돼왔다. 그 또한 현장의 변화를 추구하는 데 필요한 실천 계획이 결여된, 일회성 보고서의 작성에 그치는 경우가 대부분이었다. 과거 기자 제도에 대한 학술적 논의는 크게 두 주제에 대한 토론으로 국한된다. 하나는 전문기자제 또는 기자의 전문화에 대한 논의이고, 다른 한 갈래는 신입기자 양성이나 기자 재교육에 관련된 저널리즘 교육 제도 연구 작업이다.

초기 전문기자에 관한 논의는 1968년으로 거슬러 올라간다. 이때는 주로 『신문과방송』 잡지가 토론의 공간으로 사용됐다. 신영철(1968)과 임방현(1968) 등은 『신문과방송』 기고문에서 기자 전문화의 필요성을 강조하며, 현장 취재 인력의 빈곤화와 간부 관리직의 과잉현상을 앓고 있는 인사 제도의 개선을 촉구했다. 1980년대에는 손광식(1983), 김성호(1983), 이광재(1988) 등이 전문기자제의 도입을 강조하는 글을 『신문과방송』에 실었다. 이들은 한국적 언론 환경의 한계를 인정하면서도 변화하는 외부 환경에 상응하는 기자 전문화가 매우 시급하다는 점을 강조했다.

1990년대에는 한국언론연구원(현 한국언론진흥재단)이 중심이 돼 전문기자제의 활성화에 대한 체계적인 보고서를 두 차례 발행했다. 첫 번째는 「전문기자」라는 제목의 보고서로, 1994년 발행됐다. 이 보고서에서 강명구(1994)는 전문기자제 도입과 확산의 필요성을 강조했다. 그는 이 글에서 1980년대 후반 민주화 진행 이후로 신문과 방송 산업이 활성화하는 국면에서 분화하는 독자층을 붙잡기 위한, 주로 상업적 기획으로서의 전문기자제 도입이 시도되는 현상은 바람직하지 않다고 말했다. 그는 이러한 전문화는 언론 기업의 경쟁 논리에서 촉발되기 때문에 이상적 전문기자 제도로 자리 잡기 어렵다고 주장했다. 그리고 이러한 전문화의 대안으로 독립적 지식인으로서의 전문기자 육성을 강조했다.

같은 보고서에서 이재경(1994)은 1960년대부터 1990년대 초반까지 제시된 현업 기자와 학자들의 의견을 종합적으로 정리해 전문기자제 실시에 방해가 되고 있는 요인들을 체계화했다. <표 2-1>은 이 글

<표 2-1> 전문기자제 실시의 장애 요인

요인	내용
문화적 요인	• 언론기관의 관료화에 의한 조직 논리의 지배 • 한국 특유의 직책 중심 인사 문화로 경험 많은 평기자 존재 어려움 • 기자직의 샐러리맨화와 소시민화 • 수습기자 공채 방식에서 유래되는 기수 이기주의
경영적 요인	• 경영자의 안목 부족 • 전문기자제 도입에 따른 인력 비용 증가 감당 의지 부재 • 언론 경영이 언론보다 정치적 고려에 더 치중하는 풍토 • 전문지보다 종합지를 지향하는 무개성주의
취재관행적 요인	• 출입처 고정출입제도의 배타성 • 편집국 내의 무원칙한 순환근무 관행 • 철저하지 않은 기사 쓰기 관행 • 개성 있는 인재 양성에 인색한 편집국 분위기

* 출처: 이재경(1994), p. 47.

<표 2-2> 전문기자제 정착을 위한 개선 방향

방향	내용
제도 측면	• 공채 중심의 단원적인 언론사 인사 제도의 다층적인 개선 • 신입사원 채용 방법의 다양화 • 전문기자를 위한 장기 경력 관리 모델 제시
취재 측면	• 현행 출입처 제도 운용의 개방화 • 전문기자의 영역과 활동 반경 확보 • 전문기자와 일반기자의 업무 협조를 위한 장치 마련 • 기사 유형의 다양화를 통한 새로운 글쓰기 방식 장려
교육 측면	• 국내·해외 기자 연수의 내실화 • 특색 있는 중·장기 전문화 교육과정 개설

* 출처: 이재경(1994), p. 55.

에 포함된 전문기자제 정착의 장애 요인을 정리한 내용이다. 이 표에서 제시한 원인 분석을 토대로 이재경은 같은 글에서 <표 2-2>에 정리된 내용과 같은 개선 방향을 제시했다.

한국언론연구원은 1997년 다시 한 번 언론인 전문화에 관한 보고서를 발행한다(언론연구원, 1997). 서정우, 강현두, 김우룡, 김학수, 강상현 등이 연구원으로 참여한 이 보고서는 대학에서의 언론학 교육, 기자 채용, 언론사 내의 자체 교육 현황과 사외연수 실태 등을 체계적으로 다뤘다. 또한 마지막 부분에 언론인의 전문성을 강화하기 위한 분야별 개선책을 포함시켰다. 행위 주체별로 단기적 대응에서부터 중·장기 대책까지 정리된 개선책들은 언론인 전문화를 강화하기 위한 사내외의 내실 있는 교육 체제를 구축하는 데 초점을 두었다(pp. 162-164).

이 보고서가 제시한 중·장기 개선안 가운데 눈길을 끄는 내용은, 대학에서 실무교육을 이수한 사람 중심으로 기자 채용 제도를 변화시켜야 한다는 제안이다.

한국언론재단은 2000년, 전문기자에 대한 실태조사 보고서를 다시 발행했다(한국언론재단, 2000). 1990년대에 몇몇 언론사가 전문기자제를 도입한 이후 한국 언론계에서 전문기자제가 어떻게 정착돼가는지를 확인하고, 발전 방향을 모색하려는 시도였다. 이 보고서에 따르면 2000년 당시 신문에 근무하는 전문기자는 『세계일보』, 『조선일보』, 『중앙일보』 등 5개 신문사에 32명이었고, 방송사에는 전문기자 직함을 가진 기자가 4명만 종사하는 것으로 조사됐다.

이 보고서는 신문사에 근무하는 10명의 전문기자를 심층 인터뷰해 그들이 제기하는 문제와 개선안을 정리했다. 그 가운데 주목을 끄는 내용은 두 가지다. 하나는 해마다 기수별로 시행되는 기자 채용 제도를 바꿔야 한다는 것이다. 대안으로는 상시채용과 경력기자 스카우트제 도입이 제시됐다.

두 번째 제안은 잦은 인사 이동을 탈피하라는 내용이다. 1~2년에 한 번씩 출입처와 근무부서를 바꿔서는 한 분야에서 깊이 있는 지식을 축적하고 전문성 있는 기사를 써내기가 불가능하다는 것이 그들의 주장이었다. 경력기자 스카우트 제도는 2010년 이후 대부분 신문과 방송에서 중요한 채용 제도로 자리 잡았다. 그러나 잦은 인사 이동 체제는 여전히 그대로 유지되고 있다.

임영호는 2007년 한국형 언론인 직업 모델을 분석하는 글을 발표했다. 이 글에서 그는 전문화를 네 가지 유형으로 나누었다. 첫 번째는 독립적 직업 영역으로서의 저널리즘 전문직 유형이다. 두 번째 유형은 특정 주제나 분야에서 심층적 지식을 갖추는 전문화 개념이다. 임영호가 제시하는 세 번째 의미의 전문화는 사회 현상을 깊이 있게 꿰뚫는 통찰력을 갖춘, 르네상스형 지식인을 의미하며, 네 번째는 언론 기능의 매체별 전문화·다원화를 뜻한다. 이러한 유형 구분을 토대로 그는 한국 언론계는 첫 번째 개념 일변도에서 탈피하는 일이 시급하다고 주장했다.

여기서 가장 두드러진 특징은 지금까지 우리가 관행이란 이름으로 붕어빵처럼 획일적인 저널리즘 구조와 문화 속에서 지내왔다는 것이다. 이 획일성은 다양한 형태의 전문적 언론인을 양성하는 구조를 정착시키지 못했다는 데에도 원인이 있을 것이다. (…) 이러한 구조적 한계는 기자 채용에서 경력관리, 재교육에 이르기까지 언론인 커리어 구조를 관통하는 특성으로 자리 잡고 있다. 공채와 보직 순환을 근간으로 하는 인사 제도, 형식적이고 목적 없는 재교육 제도는 어떤 형태로든 언론인의 전문화 시도를 사실상 무력화하는 구조적 한계를 안고 있다. (임영호, 2007, pp. 277-278)

이 인용문에서 드러나듯이, 임영호는 한국 언론계에서 기자 전문화가 제대로 진행되지 않는 원인을 한국식으로 운영되는 기자 제도의 구조에서 찾는다. 한국식 기자 제도가 근본적으로 변하지 않으면 기자의 전문화도 어렵다는 뜻이다.

기자 전문화에 관한 논의가 어느 정도 연구를 축적했다면, 신입기자 양성을 위한 대학의 저널리즘 교육이나 경력기자 재교육 제도들에 관한 연구는 지극히 제한적인 결과물이 있을 뿐이다. 대학의 저널리즘 교육에 대해서는 이재경(2005)의 작업이 있고, 경력기자 교육과 해외 저널리즘스쿨 현황에 대한 보고서는 한국언론재단(2007)이 발간한 책이 비교적 체계적이다. 이재경(2005)의 작업은 한국 주요 대학 언론학과의 교과과정과 미국 대학, 그리고 홍콩, 싱가포르 등 아시아 주요 대학의 교과과정을 비교한 연구이다. 이 논문의 핵심 주장은 백화점식으로 저널리즘과 통신, 광고, 방송제작 등 커뮤니케이션 전 분야를 하나의 전공으로 유지해온 한국식 대학교육은 언론사가 원하는 훈련된 인재를 배출할 수 없는 제도라는 점이다. 그리고 이처럼 부실한 대학교육 체제는 언론사의 기자 채용 제도를 현재와 같은 고시형 공채 제도로 유지시키는 주요한 원인을 제공하고 있다는 것이다.

한국언론재단(2007)의 보고서는 장기적인 기자 교육 체제의 개선을 위한 기초자료로, 해외 주요 국가들이 어떠한 제도적 틀 속에서 신입

기자를 배출하고, 경력기자들의 능력 향상을 위해서는 어떠한 교육 제도를 유지하는지를 제시했다. 이 보고서는 미국과 영국, 독일, 프랑스, 일본 등 주요 선진국으로 조사 대상을 집중해 기자 교육 제도를 조명함으로써 한국 언론계의 현실 개선에 구체적인 사례로 활용될 자료를 제공하고자 했다.

이렇게 과거 논의를 살펴보면, 한국의 기자 제도에 대한 토론은 주로 기자의 전문화에 집중돼 있음을 확인할 수 있다. 지극히 일부 논의가 대학의 저널리즘 교육 현실을 다뤘고, 기자 재교육 제도를 조명했다. 기자의 전문화와 기자 교육 제도는 모두 저널리즘 현실의 핵심 쟁점들이다. 그리고 한국 사회가 선진화하면 할수록 더욱 주목해야 할 주제들이기도 하다. 그러나 이들 주제를 하나씩 떼어서 분석하게 되면 한국형 기자 제도가 규정하는 고정형을 벗어나서 생각할 기회를 가질 수가 없다. 한국 언론계가 경험하는 기자 전문화의 어려움이나 신입기자 공채 제도의 문제, 경력기자의 보직 배치 관행 등은 모두 '한국형 기자 제도'라는 테두리 속에서 일어나는 종속적 현상들이기 때문이다.

이러한 한계를 극복하기 위해 이 연구는 과거 작업들과 달리 한국 언론계라는 맥락 밖으로 나가 해외 사례를 살펴보았다. 관찰 관점은 전문화나 기자 교육 등의 소주제에 중심을 두는 접근법이 아니라 기자 경력 전체를 조망하려는 의도에서 '기자 제도'에 주목하는 접근법을 선택했다. 매체는 연구설계 과정부터 방송을 택했다. 연구자의 방송기자직 경험이 분석 대상 해외 사례들과 한국 방송기자의 경력 관리 상황을 더 잘 이해할 수 있도록 한다는 점도 고려했다.

3. CBS와 NHK 기자 제도 비교연구

1) 연구 문제

이 연구에서 다룬 연구 문제는 크게 네 가지이다.

- 연구 문제 1. 미국 네트워크 TV CBS와 일본 공영방송 NHK는 어떠한 방식으로 신입 기자를 채용하는가?
  - 연구 문제 1-1: CBS와 NHK는 어떠한 자격의 인재를 어떠한 절차를 거쳐 신입기자로 채용하는가?
  - 연구 문제 1-2: CBS와 NHK는 신입기자의 업무 분야를 구분해서 채용하는가, 채용 뒤 나누는가?
  - 연구 문제 1-3: CBS와 NHK는 신입기자들에게 어떠한 직무능력 관련 교육을 제공하는가?

- 연구 문제 2. 미국 네트워크 TV CBS와 일본 공영방송 NHK는 채용 이후 기자의 경력을 어떠한 제도적 장치를 통해 관리하는가?
  - 연구 문제 2-1: CBS와 NHK의 방송기자직 보직 순환 제도는 어떻게 운영되는가?
  - 연구 문제 2-2: CBS와 NHK 기자들의 정년 규정은 어떠한가?
  - 연구 문제 2-3: CBS와 NHK의 앵커 선발 과정은 어떠한가? 앵커에게는 어떠한 책임과 권한이 부여되는가?

- 연구 문제 3. 미국 네트워크 TV CBS와 일본 공영방송 NHK는 교양·시사 프로그램의 제작 인력을 어떻게 구성하는가?

- 연구 문제 3-1: CBS와 NHK의 시사·교양 프로그램 제작 인력은 어떻게 구성되는가?
- 연구 문제 3-2: CBS와 NHK의 시사·교양 프로그램 제작 과정에서 기자와 프로듀서의 역할은 어떻게 구분되는가?

- 연구 문제 4: 미국 네트워크 TV CBS와 일본 공영방송 NHK 기자 운용 체제의 공통점과 차이점은 무엇이고, 미국, 일본의 기자 제도가 한국방송에 주는 함의는 무엇인가?

2) 연구 방법

이 연구는 비교연구Comparative Study적 관점을 바탕으로 설계됐다. 비교연구적 관점을 사용하는 이유는, 첫째, 역사와 제도적 맥락이 전혀 다른 두 방송사(미국의 CBS와 일본의 NHK)가 운영해온 기자 제도를 분석하기 때문이다. 둘째, 두 방송사의 공통점과 차이점들에 대한 발견이 한 방송의 사례만을 분석하는 경우보다 한국 방송기자 제도의 현실을 돌아보고 개선 방향을 모색하는 데 훨씬 다양하고 유연한 대안을 제시할 것으로 기대되기 때문이다. 비교연구의 장점은 블럼러와 맥레오드, 로즌그렌(Blumler, McLeod, & Rosengren, 1992)이 밝혔듯이 다른 사회적 맥락과 비교함으로써 한 사회의 맥락 속에서만 관찰해서는 발견할 수 없는 중요한 특징이나 문제점들을 확연하게 드러낼 수 있는 분석틀을 제공한다는 점이다.

이 연구가 사용하는 비교연구 방법은, 그러나 에델스타인(Edelstein, 1982)이나 핼린과 만치니(Hallin & Mancini, 2004) 등이 사용한 것처럼 비교대상object of analysis과 측정도구measurement의 등가성equivalence을 철저하게 지키는 접근법은 아니다. 비교연구 대상인 CBS와 NHK에 대한 자료조사의 방법이 달랐기 때문이다.

결국 이 연구가 택한 방법은 사례연구Case Study적 접근법을 활용한 비교연구라고 할 수 있다. 사례연구는 체계화된 연구 문제를 가지고 분석 대상 사례를 종합적으로 조사하는 접근법이다. 이 연구 방법은 다양한 대상에 대해 일반화가 가능한 보편적 법칙을 찾는 데는 사용할 수 없지만, 특정한 사회에서 어느 한 조직이나 제도가 어떻게 운영되는지를 살펴보는 데는 유용한 도구이다.

이 연구에서는 미국 CBS의 기자 제도를 분석하는 작업을 위해 저명한 기자들의 자서전과 전기를 주요 분석 자료로 활용했다. 분석 대상으로 선택한 CBS 기자들 대다수가 세부 사실이 충실한 자서전을 출판했기 때문이다. 그러나 NHK의 경우는 이러한 선택이 불가능했다. 일본 기자들은 미국 기자들과 달리 자서전을 펴낸 경우가 거의 없었다. 그래서 NHK의 기자 제도 분석을 위해서는 NHK에 근무하는 주요 관계자들을 대상으로 심층 인터뷰를 실시해 일본 공영방송의 방송기자 제도에 관한 사실들을 수집했다. 현직에 근무하는 상대적으로 젊은 미국 기자들의 경우는 자서전을 낸 사례가 드물어 CBS 뉴스 홈페이지에 정리된 인적사항에 관한 자료를 활용했다.

CBS와 NHK를 선택한 이유

CBS는 미국 방송 저널리즘을 대표하는 회사다. 데이비드 핼버스탬 David Halberstam은 현대 미국의 대표적 미디어들의 성장 과정을 다룬 논픽션 저서 *The Powers That Be*(1975)에서 CBS를 "보석처럼 빛나는 네트워크The Tiffany Network"라고 불렀다. 1926년 윌리엄 페일리William Paley가 인수한 이후 CBS는 당대 최고의 보도인력을 결집시켜 탁월한 뉴스 보도 체제를 유지했기 때문이다. 특히 제2차 세계대전을 영국에서 보도한 에드워드 머로우Edward Murrow와 그가 스카우트한 머로우 보이즈Murrow Boys들의 활약은 CBS 보도가 NBC 등 다른 방송이 따라올 수 없는 수준임을 입증했다. 제2차 세계대전 이후에도 조셉 매카시 Joseph McCarthy의 광풍을 잠재운 <See It Now> 프로그램이나 월터 크롱카이트Walter Cronkite가 주도한 이브닝 뉴스의 장악력, 그리고 세계적으로 TV 뉴스 매거진 붐을 일으킨 <60 Minutes> 프로그램의 창설은 TV 저널리즘에서 CBS의 지속적 우위를 유지시킨 요소들이다. 따라서 CBS의 기자 제도에 대한 연구는 미국 방송가에서도 가장 우수한 기자 집단을 만들어낸 기반에 대한 이해를 높이는 기회라 생각해 시도했다.

한편 NHK는 일본을 대표하는 공영방송이다. 직원이 1만 명이 넘고, 기자는 1,600명에 달한다(한국언론진흥재단, 2019, p. 185). 방송채널은 라디오, TV, 위성TV, 국제방송 등을 모두 포함한다. 1926년 처음 라디오 방송으로 시작한 NHK는 1950년 TV 방송, 1959년 교육TV를 개국했다(이연, 2006). 영국의 BBC를 모델로 성장해온 NHK는 특히 보도와 다큐멘터리 분야에서는 일본 방송계를 주도하는 영향력을 유지하고 있다. 한국의 공영방송인 KBS와 MBC는 주요 뉴스의 편성이나 보도 양식 등의 측면에서 지속적으로 NHK의 영향을 받아왔다. 이것이 이 연구가 NHK를 사례연구 대상으로 선택한 이유로, 이 방송이 일본의 여타 민영방송들과는 비교할 수 없을 정도로 뉴스를 중요시하고 그에 걸맞은 기자 제도를 유지하고 있기 때문이다.

분석 대상 CBS 기자들

이 연구는 세대별 분포를 고려해 CBS 기자들 가운데 20명을 분석 대상으로 선택했다. 저명한 과거 기자들은 자서전이나 전기가 있는 경우를 대상으로 택했고, 현재 기자로 일하고 있는 사람들은 CBS 뉴스의 인적 자료 사이트를 통해 나이와 취재 영역, 성별 등을 고려해 대상을 선택했다. 그러나 이러한 선택은 체계적 절차에 따른 무작위 추출은 아니다. 이 연구의 분석 대상으로 선택된 CBS 기자들의 명단은 <표

구분 번호	이름	직종	성별	보직	자서전 또는 전기
1	에드워드 머로우	기자	남	뉴스 진행	Finkelstein, 1997 Edwards, 2004
2	프레드 프렌들리	PD	남	뉴스 PD, 사장	Engelman, 2009
3	돈 휴이트	PD	남	뉴스 PD	Hewitt, 2001
4	앤디 루니	기자, 작가	남	60 Minutes	Rooney, 2009
5	월터 크롱카이트	기자	남	앵커	Cronkite, 1996
6	다니엘 쇼	기자	남	탐사 기자	Schorr, 2001
7	로저 머드	기자	남	정치 주말앵커	Mudd, 2008
8	댄 래더	기자	남	앵커	Rather, 1994
9	마이크 월레스	기자	남	60 Minutes	CBS 뉴스 인적자료
10	몰리 세이퍼	기자	남	60 Minutes	CBS 뉴스 인적자료
11	밥 쉬퍼	기자	남	앵커	Schieffer, 2004
12	레슬리 스탈	기자	여	60 Minutes	Stahl, 1999
13	앤서니 메이슨	기자	남	경제 기자	CBS 뉴스 인적자료
14	스콧 펠리	기자	남	앵커	CBS 뉴스 인적자료
15	셰릴 앳킨슨	기자	여	탐사기자	CBS 뉴스 인적자료
16	짐 액셀로드	기자	남	전국 뉴스	CBS 뉴스 인적자료
17	케이티 쿠릭	기자	여	앵커	Klein, 2007
18	낸시 코르데스	기자	여	정치기자	CBS 뉴스 인적자료
19	제프 글로르	기자	남	모닝 뉴스 앵커	CBS 뉴스 인적자료
20	일레인 퀴하노	기자	여	사회기자	CBS 뉴스 인적자료

2-3>과 같다.

분석 대상 인물들의 성별 분포는 남자 15명, 여자 5명이다. 20명 가운데 8명은 사망했거나 은퇴한 사람들이고, 1명은 타 방송사로 적을 옮긴 전직 기자다. 나머지 11명은 모두 2011년 9월 기준 CBS 뉴스에서 기자나 앵커로 일하고 있던 사람들이다. 분석 대상 20명 가운데 자서전을 펴낸 사람은 8명, 다른 작가가 전기를 출판한 사람이 3명이었다. 18명은 기자였고, 뉴스 프로듀서로 일한 사람은 2명이었다.

NHK 심층면접 대상자들

NHK 기자 제도에 대한 조사는 2011년 1월 24일부터 1월 29일까지 도쿄에 있는 NHK 본사와 NHK 방송문화연구소를 방문해 실시했다. NHK 기자 제도에 관한 조사를 위해 심층 인터뷰를 실시한 사람들은 모두 6명이었다. 도쿄를 방문하기 전 NHK 서울 지국을 방문해 지국장과 사전 준비를 위한 인터뷰를 실시했고, 자료를 정리하면서는 중요한 사실들의 확인을 위해 다시 서울 지국의 특파원을 만나 인터뷰했다. 이 연구를 위해 면담한 NHK 소속 대상자들은 <표 2-4>의 내용과 같다.

NHK 관계자들과는 한 시간에서 두 시간 정도의 인터뷰를 실시했다. 한국어를 구사하는 타나카 연구원 및 서울 지국 근무자들과는 한국어로 인터뷰를 실시했다. 사이쇼 홍보부 부부장과는 영어로, 오마타 교

<표 2-4> NHK 심층면접 대상자들

구분 번호	이름	직책	성별	경력
1	이토 료지	기자, NHK 서울 지국장	남	NHK 서울 지국장, 국제부 기자
2	오마타 잇페이	도쿄도시 대학교수, 전직 기자	남	1976년 NHK 입사, 사회부 기자, 사회부장, NHK 방송문화연구소 전문위원
3	사이쇼 레이코	기자, 홍보부 부부장	여	국제부 기자, 런던 특파원, 홍보부 부부장
4	타나카 노리히로	프로듀서, 연구원	남	한국 전문 프로듀서, NHK 방송문화연구소 연구원
5	키타카 사토미	기자, 보도국 총무부 부부장	남	사회부 기자, 데스크
6	와카스키 마치	서울 특파원	여	NHK 서울 지국 특파원, 국제부 기자

수와 키타카 부부장과는 통역을 통해 일본어로 대화했다. 인터뷰 대상 6명 가운데 5명은 기자였고, 프로듀서는 타나카 씨 1명이었다. NHK 입사 시기별로는 1970년대 입사자 1명, 1980년대 입사자 3명, 1990년대 입사자 2명의 분포를 보였다. 오마타 교수는 2년 전 NHK를 퇴직한 전직기자이고, 다른 5명은 모두 현직에 근무하는 사람들이다.

3) 연구 결과

신입기자 관리

① 신입기자 채용 방식

CBS는 수시채용 방식으로 신입기자를 선발한다. 공식 절차는 홈페이지www.cbsnews.com의 채용Career 코너에 설명돼 있다. 이곳을 찾아가면 CBS 뉴스 부문에서 지원 가능한 일자리 정보를 지역별·직종별로 검색할 수 있도록 돼 있고, 지원자는 자신의 지원 의사를 담은 이력서를 곧바로 제출할 수 있다. 이곳에서는 인턴십을 원하는 사람을 위한 기회도 제공한다.

그러나 뉴스 프로그램이나 뉴스 매거진 프로그램에 등장하는 기자들의 경우는, 프로그램 책임자나 지역 또는 부문 에디터들이 타 매체의 경력기자들을 스카우트하는 방식으로 채용한다. 프로그램별 재량권이 인정되고, 지역별 채용 권한도 허용된다는 뜻이다. 더욱 중요한 점은 리포트하는 분야에서 상당 기간의 평가를 통해 방송기자로서의 역량이 인정돼야 한다는 사실이다. 채용은 회사와 지원 의사가 확인된 기자의 계약을 통해 마무리된다. 계약 내용에는 개인의 자질과 요구에 따라 직급, 연봉, 기간 등 근무 조건이 세밀하게 기록된다. 조사 대상 기자들의 사례에서는 채용 과정에 실무시험을 거친 사람도 있고, 채용 후 부여되는 권한의 폭을 예견적으로 확대할 수 있게 하는 조항을 포함시킨 사람도 있다. 또 자신에게 광고나 협찬 등의 업무는 강요할 수 없다는 계약 내용을 관철시킨 사례도 있었다. 그만큼 채용 계약이 개인적이고 구체적이라는 뜻이다. 또한 CBS는 방송저널리즘에 관심이 있는 대학이나 대학원 재학생에게는 인턴십 기회를, 졸업생에게는 견습생apprenticership 기회를 제공한다.

NHK는 한국처럼 공채 방식으로 신입기자를 채용한다. 선발 절차는 입사 지원서entry sheet 심사, 필기시험(상식, 영어(외국어), 소논문), 그리고 두세 차례의 면접과 토론 등의 단계로 구성돼 있다. 2009년에는 이러한 절차를 거쳐 기자 70명, 영상취재기자 9명, 편집기자 6명을 선발했다. 경쟁률은 100:1을 넘었고, 지원자들의 전공은 다양하게 분포돼 있었다. 신입기자는 대체로 매년 3월까지 선발을 마치고 4월 초에 입사한다. 인터뷰 대상자들에 따르면, 2000년대 들어 젊은 기자들이 이직하는 사례가 늘었다. 그래서 가을에는 경력기자를 거의 정례적으로 채용한다. 경력기자의 경우에는 타 신문이나 방송의 저널리즘 경력자를 포함해, 증권이나 연구소 등 타 직종의 전문 능력을 갖춘 지원자를 선발하는 사례도 꾸준히 느는 추세다. 경력기자도 선발 절차는 입사 지원서부터 시작한다. 필기시험과 면접 가운데는 전문 분야별 면접이 중요한 비중을 차지한다.

② 신입기자의 자격

CBS에 기자로 채용되려면 상당 기간의 기자 경력이 반드시 필요하다. 방송 능력이 검증되지 않은 사람은 기자로 뽑지 않는다는 뜻이다. 이 연구를 위해 조사한 CBS 기자들의 사례를 보면, CBS 이적 전에 타 방송에서 가장 오랜 시간을 근무한 사람은 CNN과 NBC에서 27년을 일하다 2006년 이브닝 뉴스 앵커로 선발된 케이티 쿠릭이다. 월터 크롱카이트는 1950년 CBS로 옮기기 전 UPI 통신에서 15년을 근무했고, 댄 래더는 텍사스 지역 방송에서 12년, 로저 머드는 버지니아 지역

신문과 방송에서 8년을 일한 뒤 CBS 워싱턴 지국으로 스카우트됐다. 이들은 모두 그 뒤 CBS를 대표하는 앵커로 활약한 사람들이다. 현직에서 활발하게 보도하는 앤서니 메이슨(6년), 셰릴 앳킨슨(11년), 짐 액셀로드(10년), 낸시 코르데스(12년) 등의 기자도 작은 지역 방송에서 긴 시간을 보냈다. 2011년 CBS 이브닝 뉴스 앵커가 된 스콧 펠리 기자는 14년이나 텍사스 지역 방송에서 경력을 축적한 뒤 CBS에 갈 수 있었다.

그러나 NHK는 30세 이하, 대학 졸업 예정자면 신입기자 지원 자격을 준다. 현장 경험을 절대적으로 중요시하는 CBS와는 전혀 다른 접근법이다. NHK는 전공에 대한 제한이나 특별한 고려도 없다. 대학 졸업자 가운데 우수한 인력을 선발한 뒤 직무에 관한 능력을 자사에서 실시하는 교육을 통해 함양시킨다는 기본 정책 방향을 유지한다. 이러한 공채 제도는 제2차 세계대전 직후인 1945년 무렵부터 계속돼온 관행이다.

③ 신입기자의 업무 구분 채용 여부

CBS는 채용 시 계약이 개인적으로 이루어지기 때문에 채용 후 하는 일이 구체적으로 명시된다. 의회, 백악관, 금융, 탐사보도 등 출입처 혹은 분야를 분명하게 합의한 뒤 채용하며, 출연 뉴스 프로그램도 계약 주체에 따라 모닝 뉴스와 이브닝 뉴스, 일요일 뉴스 등을 구분하기도 한다. <60 Minutes> 같은 매거진은 별도의 계약을 통해 보도기자를 결정한다. 취재보도기자와 뉴스 프로듀서, 자료 조사만을 전문으로 하는 조사전문기자도 업무가 분명히 나뉜다.

NHK는 신입기자 모집 단계부터 취재, 영상취재, 편집, 뉴스 프로듀서(디렉터)의 직역을 분명히 나눠서 공고하고, 그대로 채용한다. 그리고 이러한 직역 구분은 NHK에서 근무하는 동안 계속 유지된다. 특별한 경우 기자 개인의 희망과 회사의 필요에 따라 업무 분야를 바꾸는 사례도 있다.

④ 신입기자의 교육

CBS는 채용 시점에 이미 해당 업무에 대한 능력이 검증된 사람을 스카우트하는 체제이기 때문에 회사의 업무 흐름을 익히는 현장 적응 교육 외에는 신입기자를 위해 별다른 구조화된 사내 교육을 실시하지 않는다.

NHK는 매년 4월 한 달을 신입사원 연수 기간으로 활용한다. 기자 뿐 아니라 아나운서, 기술·경영직 사원들도 모두 NHK 방송연수센터에서 기초 직무 교육을 받는다. 이러한 기초 연수는 1961년 연수센터가 세워진 이래 계속되는 전통이다. 기자 교육을 담당하는 강사는 모두 보도국의 핵심 요원들로 주로 사회부장을 역임한 사람이 신입기자 연수를 주도한다. 교육 내용은 '취재의 기본과 규칙'을 중심으로 출입처와의 신뢰 관계, 보도와 인권, 취재원 보호, 재해와 선거보도, 용어와 표기 등의 내용을 포함한다. 또 취재보도와 관련된 법률, 사건·사고 기사의 원고 작성, 지역 방송사에서 실시하는 2박 3일간의 취재 실습 등도 기초 연수의 중요한 요소들이다.

NHK는 5월 초 신입기자들을 모두 각 지역 방송국으로 발령한다. 그리고 첫해에는 6개월 후와 1년 후 단기 연수를 두 차례 더 실시하고, 2년차부터는 매년 가을 한 차례씩 직무 능력을 강화하는 교육을 실시한다. 교육 내용은 선거보도의 구체적 기법에 대한 연수, 탐사보도의 요령, 알기 쉽게 리포트하기, 재해보도 등 중견기자가 되는 데 필요한 실무 지식 중심으로 짜인다. 입사 4년차 연수는 지역 근무를 마치고 도쿄 본사의 희망 취재부서로 불려올 사람들을 대상으로 실시한다. 이 교육은 기자들이 구체적으로 희망 부서를 정하기 전에 정치, 경제, 사회, 국제 등 각 분야를 순환 근무하게 하는 방식으로 진행된다.

경력기자로 채용된 사람들을 대상으로는 2주간의 단기 집중교육이 실시된다. 2010년 1월 채용된 10명의 기자(취재 4명, 영상취재 6명)를 대상으로는 공영방송 저널리스트의 자세, 재해보도, 선거보도 등을 교육했고, 뉴스 원고의 기본, 사고 및 재해 원고의 실습 등에 대한 내용도 강의했다. 이러한 강의실 교육이 끝나면, 이들은 방송센터로 이동해 도쿄도청의 기자실에서 원고 실습과 영상편집 실습 교육을 받으며 실무 투입에 대비한다.

뉴스 프로듀서 교육은 집필 교육에 초점이 주어진다. 그리고 그러한 기초 지식을 바탕으로 지역 방송국에서 적응하는 데 필요한 기획취재의 정석을 학습한다. 뉴스 프로듀서 교육은 독립된 방송물의 기획과 제작이 중심 개념으로, 기획안에 대한 강사와의 상담, 기획안을 영상과 도표 등을 활용해 완성된 방송물로 만드는 과정 등에 초점을 맞춰 진행한다.

⑤ 채용 후 기자의 경력 관리

CBS 기자의 경력 관리는 기본적으로 기자 개인과 회사의 계약 관계에 의해 이루어진다. 계약 내용에는 기자가 담당할 업무가 분명히 제시되고, 임금과 복지 조건, 계약 기간도 정확히 기록된다. 기자와의 계약은 아침 프로그램이나 이브닝 뉴스, <60 Minutes> 등의 프로그램 책임프로듀서Executive Producer가 주도해 진행한다. 물론 이브닝 뉴스 앵커 등 중요한 인물에 대한 결정은 뉴스 담당 사장이 주도한다. 따라서 CBS 뉴스에서는 워싱턴에서 정치 문제를 취재하는 기자가 계속 워싱턴 정치를 취재하고, 국방 문제를 다루는 기자는 같은 출입처를 줄곧 담당하는 식이다. 금융이나 과학, 교육, 의학 등의 분야를 담당하는 기자도 마찬가지다. <60 Minutes> 팀 같은 경우에는 30~40년씩 계속 리포트를 담당하는 기자들이 여럿 있다.

보직 이동이 필요한 경우에는 특정 기자를 원하는 프로그램의 책임프로듀서가 해당 기자와 접촉해 새롭게 계약서를 작성한다. 레슬리 스탈 기자의 경우 1972년 워싱턴 지국에 채용돼 워터게이트 사건 등 정치 문제를 취재하다 1991년 책임프로듀서인 돈 휴이트에게 스카우트

돼 <60 Minutes> 팀으로 옮겨 일했다. 댄 래더 기자는 1962년 워싱턴 지국에서 일을 시작해 존슨과 닉슨 대통령의 백악관을 취재했다. 그러다 1981년 월터 크롱카이트가 은퇴하며 이브닝 뉴스의 앵커로 발탁돼, 그 뒤 20여 년간 뉴욕 본사의 앵커 겸 보도국장으로 재직했다. <표 2-5>는 이 연구의 조사 대상인 CBS 기자 20명의 저널리즘 경력을 정리한 내용이다.

<표 2-5> CBS 기자들의 재직 기간과 주요 보직 현황(2013년 기준)

이름	직종	성별	CBS 재직 기간	년수	현직 또는 마지막 보직	다른 매체 재직 기간(년수)	전체 저널리즘 경력(년수)
에드워드 머로우	기자	남	1935~1961	26	뉴스 매거진 앵커	0	26
프레드 프렌들리	PD	남	1948~1966	18	CBS 뉴스 사장 뉴스 프로듀서	1935~1948(13) 프로덕션, NBC	31
돈 휴이트	PD	남	1948~2004	56	<60 Minutes> 책임 PD	1942~1948(6)	62
앤디 루니	기자 작가	남	1948~2013	63	<60 Minutes> 기자	-	65
월터 크롱카이트	기자	남	1950~1981	31	Evening News 앵커	1935~1950(15) UPI	46 (은퇴 이후 20여 년 방송 활동 계속)
다니엘 쇼	기자	남	1953~1977	24	워싱턴 기자	1939~1953(14)/ 1977~2010(33) CNN, PBS, NPR	71
로저 머드	기자	남	1961~1980	19	정치부 기자 주말 뉴스 앵커	1953~1961(8)/ 1980~2004(24) NBC, PBS, History 채널	51
댄 래더	기자	남	1962~2005	43	이브닝 뉴스 앵커	1950~1962(12) AP, UPI, 지역 TV	55
마이크 월레스	기자	남	1963~2006	43	<60 Minutes> 기자	1939~1963(24) 뉴스캐스터, 호스트	67
몰리 세이퍼	기자	남	1964~2013	47	<60 Minutes> 기자	1954~1964(10) CBC	59

이름	직종	성별	CBS 재직 기간	년수	현직 또는 마지막 보직	다른 매체 재직 기간(년수)	전체 저널리즘 경력(년수)
밥 쉬퍼	기자	남	1969~2013	42	주말 앵커 정치기자	1963~1969(6)	50
레슬리 스탈	기자	여	1972~2013	39	<60 Minutes> 기자	1970~1972(2)	43
앤서니 메이슨	기자	남	1986~2013	25	경제 선임기자	1980~1986(6)	33
스콧 펠리	기자	남	1989~2013	22	<60 Minutes> 앵커	1975~1989(14)	38
셰릴 앳킨슨	기자	여	1993~2013	18	탐사기자	1982~1993(11)	31
짐 액셀로드	기자	남	1999~2013	12	전국 뉴스 기자	1989~1999(10)	24
케이티 쿠릭	기자	여	2006~2013	5	앵커	1979~2006(27)	34
낸시 코르데스	기자	여	2007~2013	4	의회기자	1995~2007(12)	18
제프 글로르	기자	남	2007~2013	4	모닝 뉴스 진행 기자	1997~2007(10)	16
일레인 퀴하노	기자	여	2010~2013	1	기자	2001~2010(10)	12

이 자료를 보면 CBS 기자들은 회사와 계약이 유효한 동안은 계속 같은 보직에서 길게는 40년 이상을 일한다. 구조적으로 기자의 전문 영역을 철저하게 인정해주는 인사 제도다. 마이크 월레스 기자는 1970 년대 <60 Minutes> 프로그램의 초기부터 2006년 은퇴할 때까지 지 속적으로 <60 Minutes>를 위해 리포트했다. 역시 초창기 직원인 앤 디 루니는 1948년부터 2013년까지 65년여간 <60 Minutes>의 마지 막 유머 코너를 거의 매주 방송했다. 밥 쉬퍼는 40여 년을 정치기자로 일했고, 앤서니 메이슨은 채용되던 1986년부터 2013년까지 경제기자 로 활약했다.

CBS에서도 다니엘 쇼처럼 기자 개인의 의사와 관계없이 특파원 발령을 받기도 하고, 돈 휴이트처럼 이브닝 뉴스의 책임 프로듀서를 하다 하루아침에 사장(프레드 프렌들리)의 명령으로 한직으로 밀려나기도 했다. 그러나 그러한 경우는 지극히 이례적인 상황들이다.

NHK 기자들은 4월 한 달 동안 계속되는 신입기자 연수가 끝나면 전원이 전국 47개 지국에 배치돼 지역 기자로 일하게 된다. 지역 방송국에 근무하는 기간은 대체로 5~6년이다. 초년 기자들은 지역에서 근무하며 사건·재해·선거·경제 보도 등 다양한 영역 취재의 경험을 축적한다. 그러면서 자신들에게 적합한 취재 분야를 탐색해나간다. NHK는, 앞서 교육 분야에서 기술한 것처럼 기자들을 위해 해마다 정기적인 연차별 연수를 실시한다. 특히 4년차가 되면 도쿄 본사의 다양한 취재 부문에서 직접 실습을 통해 기자 개개인의 적성을 확인하는 교육을 실시한다. 지역 방송국에서 근무하는 기자 가운데 절반가량은 5년차 이후 도쿄 보도국에 근무하기를 희망한다. 신입기자의 한 기수 가운데 5~6년차에 도쿄로 발령을 받는 사람은 30% 정도라는 게 심층 인터뷰 대상 기자들의 답변이다.

NHK는 기자 직급을 1급(신입)부터 6급까지 두고 있다. 20년 이상을 근무하면 6급 기자가 될 수 있으며, 통상 6급이면 부장이나 국장 등 간부직이 될 수 있다. 부장Editor이 되려면 22~25년 정도가 소요된다. 50세 전후 기자들이 각 부의 부장을 맡는다. NHK 방송에는 기자 1,100명 정도, 카메라기자는 400여 명, 프로듀서는 2,500여 명 정도가 근무한다. '캐스터'라고 불리는 아나운서의 수는 450명 정도다.

전문기자는 50세 이상 기자 가운데 현장 근무를 원하는 사람이 있으면 임명한다. 그러나 이 나이대의 기자들은 본사 보도국 각 부서와 지역 방송의 데스크로 일하기를 원하는 경우가 많아 전문기자의 수는 적다. 특히 도쿄 보도국의 경우 정치부나 사회부에는 전문기자가 없다. 숫자는 적지만 전문기자는 오히려 지역 방송국에서 지역 전문가로 활동하는 사례가 많다. 이들은 대체로 도쿄 등 타 지역으로의 이동을 원하지 않는다. 전문성을 추구하기에는 해설위원이 더 편하다. NHK 보도 부문에는 46명쯤의 분야별 해설위원이 있다. 현장 취재기자 가운데 가장 나이가 많은 경우는 50세 정도다.

NHK 기자의 남녀 비율은 86:14 정도다. 그러나 최근 추세는 여기자의 비중이 크게 늘고 있는 상황이다. 2023년 기준 지난 3~4년간의 채용 비중을 보면 남녀 비율이 65:35쯤으로 확인된다. 여기자들은 여전히 결혼과 동시에 직장을 그만두는 사례가 많아, 기자 전체에서는 상대적으로 적은 비중을 유지한다.

해외 특파원은 취재기자의 언어 능력과 지역 전문성 등을 고려해 임명한다. 대체로 보도국 국제부에서 오랫동안 해당 지역 보도를 책임져 온 사람을 특파원으로 임명한다. 전체 특파원의 85% 정도가 국제부 기자 출신이다.

⑥ 정년 규정

1980년대까지 CBS 기자의 정년퇴직 연령은 65세였다. 월터 크롱카이트는 자신의 정년이 되는 해인 1981년 이브닝 뉴스의 앵커 자리에서 물러났다. 프랭크 스탠턴 CBS 사장도 65세가 되던 해 40년 이상 유지하던 이인자 자리를 떠나야 했다. 그러나 이러한 정년퇴직 규정은 대학 등 사회 다른 분야에서 규칙을 바꾸면서 다원적 방식으로 진화했다. 기자 개인의 희망과 회사의 인력 필요에 대한 판단에 따라, 특히 스타 앵커나 선임기자Correspondent의 경우 능력이 유지되는 동안은 계속해서 일을 할 수 있는 제도로 바뀌었다. <60 Minutes> 팀에서 일했던 마이크 월레스와 돈 휴이트는 이러한 제도 덕분에 80대 중반까지 현역을 유지했다. 방송 경력이 60년이 넘는 앤디 루니와 몰리 세이퍼는 80세를 크게 넘겼지만 2013년에도 현역으로 일했다. 이브닝 뉴스 팀에도 70세를 넘긴 기자는 많았다. 댄 래더가 조지 부시 대통령의 병역 문제 오보로 불명예스럽게 앵커를 그만두던 2005년, 그의 CBS 경력은

43년, 전체 방송 경력은 55년을 기록했다. 20대 초반에 일을 시작한 래더는 은퇴하던 75세까지 현직에서 일했다. 워싱턴 지국에서 정치부 기자로 주말 뉴스와 <Face the Nation>이라는 일요일 오전 토론 프로그램을 진행한 밥 쉬퍼 또한 70세를 넘겨서도 현역으로 일했다.

NHK는 56세였던 정년퇴직 연령을 60세로 늦췄다. 고령화하는 사회환경에 대응한 조치였다. 그러나 최근 일본의 재정 적자가 심각해지며 정부가 연금 지급 연령을 65세로 미루는 상황이 전개되자 NHK도 최대한 퇴직 연령을 연장해주려는 노력을 제도화하는 추세다. 물론 희망하는 기자들에게는 조기 퇴직의 기회도 제공한다.

50대 후반과 60세 이후의 일자리는 NHK 47개 지역 방송이나 26개 자회사에서 마련한다. 급여도 본사와는 어느 정도 차이가 있다. 지역이나 자회사 근무는 대체로 3~4년으로 기간이 제한된다. 이러한 정년퇴직 연령 연장 추세는 NHK 조직 전체가 노령화하는 결과로 이어지고, 일부 젊은 기자와 프로듀서의 경우 진급 기회가 지체되거나 축소되는 현실에 불만을 표시하기도 한다. 이들은 또 이러한 변화 때문에 회사 운영 체제를 개혁하는 일이 구조적으로 불가능해지는 것을 두려워하기도 한다.

⑦ 뉴스 앵커의 자격과 역할

CBS 이브닝 뉴스의 앵커는 미국 방송 저널리즘에서 가장 주목받는 자리였다. 특히 월터 크롱카이트가 앵커를 맡은 1962년부터는 더욱 그러했다. 영향력이 대통령에 비견될 정도로 대중의 신뢰가 컸기 때문이다. 앵커라는 용어가 뉴스 진행자를 지칭하도록 고정시킨 방송도 CBS였다. 1950년대 대통령 후보를 선출하는 민주당과 공화당의 전당 대회 중계 과정에서 돈 휴이트 프로듀서의 제안으로 육상 계주 경기의 마지막 주자를 의미하는 앵커라는 말을 사용한 것이 시초로, 이후 저녁 종합 뉴스 진행자를 앵커로 지칭하기 시작했다.

그만큼 중요한 보직이기 때문에 CBS 뉴스 앵커는 방송 현장 경험의 축적을 통해 충분히 검증된 사람 가운데 선택한다. 크롱카이트는 앵커가 되기 전 UPI 통신에서 15년, CBS에서 11년의 기자 경력을 쌓았다. 뉴스 진행과 특별 프로그램의 진행 경험이 충분히 축적됐던 것은 물론이다. 1981년 앵커가 된 댄 래더 또한 당시 CBS 기자로서의 경험만 20년이었다. 이처럼 백악관과 의회 등 핵심 출입처 경험이 앵커 선발의 중요한 고려 사항이었다. 2011년 6월 앵커를 그만둔 케이티 쿠릭도 CNN과 NBC에서 27년의 취재와 진행 경험을 갖고 있었다. 쿠릭의 뒤를 이어 앵커를 맡았던 스콧 펠리는 1989년 CBS로 이적한 뒤 백악관 출입기자 10여년에 <60 Minutes> 팀에서 또 10년쯤 보도하는 등 다양한 프로그램을 통해 앵커의 자질을 검증받은 사람이다.

CBS는 앵커로서의 자질이 인정되는 기자의 경우 아침 프로그램의 진행이나 토요일·일요일 뉴스의 진행 등을 경험하게 하며 오랜 시간 동안 검증의 기회로 사용한다. 이러한 관행은 한편으로는 몇 사람의 후보자를 시간을 두고 경쟁시키는 장치로 활용되기도 한다. 2013년 모닝 뉴스를 진행했던 제프 글로르 기자는 이러한 경로를 통해 앵커 수업에 투입된 경우로 생각할 수 있다. 1981년 댄 래더 기자가 앵커로 선발되며 NBC로 이적했던 로저 머드 기자는, 래더 기자가 앵커로 확정되기 직전까지 주말 뉴스 앵커를 하며 이브닝 뉴스 앵커 자리를 준비했으나 마지막 단계에서 좌절한 사례다. 이브닝 뉴스 앵커 선발의 중심인물은 CBS 뉴스 부문 사장이다. 물론 회장과 이브닝 뉴스 책임 프로듀서Executive Producer의 역할도 중요하다.

CBS 앵커직의 주목할 특징은 앵커가 보도국장을 겸하도록 하는 점이다. 1962년 월터 크롱카이트가 앵커로 취임하며 내세워 관철한 제도인 이 겸직제는, 앵커를 단순한 뉴스 진행자가 아니라 CBS 뉴스의 실질적인 최고 결정권자로 만드는 장치이다. 뉴스에 대한 편집권과 기자들에 대한 인사권까지 몰아주는 이 제도는 크롱카이트 이후 래더와 쿠릭, 펠리에 이르기까지 지속적으로 유지되고 있다.

CBS 앵커 제도의 또 다른 특징은 앵커의 재직 기간이 매우 긴 점이다. 크롱카이트는 1962년부터 1981년까지 19년, 댄 래더는 1981년부터 2005년까지 24년에 걸쳐서 이브닝 뉴스의 앵커로 재직했다. 앵커 겸 보도국장으로 이처럼 장기간 근무하도록 하는 것은 앵커 개인의 권위와 신뢰도가 CBS 뉴스의 가치를 높여준다는 믿음을 기반으로 한다. NBC의 톰 브로코우와 ABC의 피터 제닝스가 댄 래더와 마찬가지로 20여 년을 앵커로 재직한 것도 이러한 미국식 사고의 반영이다.

NHK는 주요 뉴스 프로그램을 5개 정도 갖고 있다. 아침에는 <오하요 니폰>이 방송되고 저녁 7시에 <뉴스 7>과 저녁 9시에 <뉴스워치 9>이 편성돼 있다. 그리고 매거진 스타일 프로그램인 <클로즈업 겐다이>와 <추적 A to Z>가 주요 뉴스 프로그램으로 꼽힌다. 이들 프로그램 가운데 2011년 봄 현재 기자가 앵커로 진행하는 프로그램은 <뉴스워치 9>과 <추적 A to Z>의 2개다. 다른 세 프로그램은 캐스터라고 불리는 아나운서가 진행한다. 그리고 앵커에게 강조되는 가치도 CBS처럼 기자로서의 권위나 신뢰도 등보다는 시청자에게 기사를 연결해주는 전달력을 더 중시한다. 앵커 개인의 개성은 덜 강조되고, 친화력 있는 가치 중립적 이미지가 앵커를 선발하는 중요한 기준이 된다.

NHK에서는 앵커에게 편집권을 행사할 수 있는 직책을 동시에 부여하는 일이 없다. 뉴스 프로그램의 편집 책임자는 보통 4명의 데스크급 인사들인데, 이들은 2명의 기자와 2명의 프로듀서(디렉터)로 짜인다. 기자 데스크들은 기사의 선택과 기사 원고에 대한 에디팅 등을 책임진다면, 프로듀서(디렉터) 데스크들은 각 리포트의 제작과 방송 순서, 영상 편집, CG 등 보충 자료 등의 활용에 집중한다. 이러한 지원 구조 때문에 NHK에서 앵커가 차지하는 역할은 주로 개별 리포트들의 매끄러운 전달로 제한된다. NHK에서는 특히 대부분의 기사 원고를 현장 기자가 읽는 게 아니라 앵커가 스튜디오에서 읽는 양식을 유지한다. 이러한 보도 양식 때문에 현장 기자들은 앵커가 읽는 기사 중간쯤 현장성을 보여주기 위해 삽입되는 "스탠드업" 화면을 통해서만 시청자에게 존재감을 드러낸다.

기자와 프로듀서의 역할 분담

① 뉴스 프로그램의 역할 분담

CBS는 이브닝 뉴스나 <60 Minutes> 등 주요 프로그램에 대한 전체적인 책임자로 책임 프로듀서Executive Producer를 임명한다. 책임 프로듀서는 자신이 담당하는 프로그램의 기획, 제작, 송출 등 모든 과정을 총괄하는 사람이다. 프레드 프랜들리는 <See It Now>, <CBS Report> 등 프로그램의 책임 프로듀서였고, 돈 휴이트는 <CBS Evening News>, <60 Minutes> 프로그램의 책임 프로듀서였다. <CBS Evening News>는 앵커 겸 보도국장이 뉴스의 취재, 기사 출고 등의 분야를 책임지고, 프로듀서들은 개별 리포트의 제작과 뉴스 방송의 진행 등에 집중한다. 이브닝 뉴스는 화면에 나와 리포트하는 현장 취재기자들의 역할이 지배적일 수밖에 없다. 개별 리포트에 투입되는 프로듀서들은 취재의 진행이 원활하도록 스케줄을 정리하고, 영상 지원과 인터뷰 섭외 등에 대한 책임을 나눠 진다. 돈 휴이트는 자서전에서, 이브닝 뉴스의 경우 기자와 프로듀서가 함께 일할 때 일에 대한 책임의 비중이 기자가 90%라면 프로듀서는 10% 정도라고 말했다.

② 시사매거진 프로그램의 역할 분담

시사매거진 프로그램에서는 프로듀서의 역할이 크게 확장된다. <60 Minutes> 같은 경우 기자와 프로듀서의 일 부담은 50:50이라는 것이 휴이트의 설명이다. 여기서는 5명의 기자correspondent가 각자 3~4명의 프로듀서들과 팀을 이뤄 팀별로 기사 아이디어를 제출하고 취재와 제작 작업을 진행한다. 휴이트에 따르면 각 기자 팀은 항상 3~4개의 완성된 리포트를 준비하고 있다. 그리고 매주 일요일 이 중 가장 적합한 3개의 기사가 방송된다. <60 Minutes> 팀에서는 기자와 프로듀서, 카메라 담당, 편집자 등을 포함해 모두 100명 정도의 인력이 함께 일한다. 기자는 기획취재, 인터뷰, 기사 쓰기, 리포트 등의 일을 책임지고, 프로듀서는 기획과 취재의 진행, 영상 보조자료, 리포트의 제작 등에 주로 기여한다.

휴이트에 따르면 <60 Minutes> 팀에서는 선임 프로듀서 한 사람에게 특별한 임무를 부여한다. 이 프로듀서가 하는 일은 완성된 기사를 원본 테이프들과 비교하며 리포트가 의도적으로 왜곡되거나 취재원의 얘기를 부당하게 인용하지 않았는지 확인하는 작업이다. 기사 리포트와 편집 작업에 대한 사실 확인 업무를 프로듀서가 수행한다는 뜻이다. 당연히 보도되는 기사에는 담당 프로듀서의 이름이 보도기자와 나란히 제시된다. 그러나 프로듀서가 화면에 나와 자신의 목소리로 기사를 보도하는 역할은 수행하지 않는다.

<CBS Report>처럼 한 시간씩 진행되는 장편 다큐멘터리는 기획부터 취재, 제작까지가 모두 프로듀서의 주도로 이루어진다. 기자는 내레이션을 위해 마지막 단계에서 투입되는 것이 보통이다. 이러한 경우 기자와 프로듀서의 업무 분담 비율은 대체로 10(기자):90(프로듀서)이라는 것이 휴이트의 말이다.

③ NHK 역할 분담 체제

NHK는 모든 뉴스와 시사 프로그램에서 기자와 프로듀서의 협업 체제를 유지한다. <뉴스 7>, <뉴스워치 9>, <오하요 니폰>, <NHK 스페셜> 등 주요 프로그램이 기자+디렉터 체제에 의해 제작되는데, 기자는 기사 취재와 기사 쓰기를, 디렉터는 방송 제작에 필요한 모든 업무 처리를 하는 것이 기본적인 업무 분담 원칙이다. 따라서 기사를 디렉터가 고치는 일은 없으며, 디렉터가 뉴스 캐스터 역을 맡는 경우도 없다.

NHK 사회부장을 역임한 도쿄도시대학의 오마타 잇페이 교수에 따르면 "디렉터의 자리는 카메라의 뒤쪽"이라는 말로 요약된다고 한다. NHK에는 제작기자라는 직군이 있다. 이들의 업무는 현장 기자들이 보내오는 기사를 각 방송 프로그램의 필요에 맞게 고쳐 쓰는 일이다. 기사를 윤문하는 일을 전담하는 내근 기자들이라 볼 수 있다. 이들은 모두 현장 취재 경험을 축적한 기자들이다.

④ NHK 교양 프로듀서의 업무

NHK에서는 시사·교양 프로그램을 디렉터가 제작한다. 이 경우 내레이터는 대부분 아나운서를 사용한다. NHK방송연구소의 다나카 프로듀서에 따르면, 이러한 경우 별도로 작가를 고용하는 사례는 없다고 한다. 프로그램 원고를 쓰는 일은 담당 프로듀서의 책임이다. 그렇기 때문에 프로듀서는 숫자, 이름 등 사실관계를 정확하게 쓰는 교육을 지속적으로 받는다. 자신이 만드는 프로그램의 원고에 대한 팩트 체크도 프로듀서의 책임이다.

NHK는 프로듀서 특파원 제도도 운영한다. 이들은 워싱턴, 뉴욕, 런던 등 주요 도시에 파견돼 국제 프로그램을 제작하는 일에 투입된다. 서울 지국에도 프로듀서가 1명 파견돼 있다. 그는 주로 중계 위성채널의 확보 등 제작과 송출 지원 업무에 집중한다고 한다. 그러나 기자들처럼 고정적인 출입처를 유지하는 취재는 이들에게 허용되지 않는다.

4. CBS와 NHK 기자 제도의 공통점과 차이점

기자의 채용과 경력 관리, 앵커 제도와 프로듀서의 역할 등에서 CBS 뉴스와 NHK 보도 부문은 매우 다른 인사 제도를 운영하고 있다. 어찌 보면 두 회사 모두 방송 뉴스와 시사 프로그램을 제작해 송출한다는 사실 말고는 공통점이 거의 발견되지 않는다고까지 할 수 있는 상황이다. 상업방송과 공영방송이라는 소유 구조의 차이, 그리고 미국과 일본이라는 문화적 문맥의 차이가 만들어낸 결과로 볼 수 있다. 이 두 방송사 기자 제도의 특징들을 표로 정리한 내용은 <표 2-6>과 같다.

미국의 CBS와 일본의 NHK는 각자 두 나라를 대표하는 방송보도 기관이다. 그러나 앞의 표에서 보듯이 두 방송사가 운영하는 기자 제도는 완전히 다르다. CBS가 개별 뉴스 프로그램에 필요한 스타기자를 육성하는 기자 제도를 갖고 있다면, NHK는 47개 지역 방송국을 거느

<표 2-6> CBS와 NHK 기자 제도의 특징 비교

구분 항목	CBS	NHK
신입기자 채용	수시, 개인별 계약	정시 공채, 기수별 채용
지원 자격	방송기자 경력 필수	30세 이하, 대졸 예정자
신입기자 교육	CBS 적응 현장 교육	1개월 신입 연수, 첫해 2회 단기 연수
초기 경력 관리	개인 전문 영역 역량 강화, 사실상 전문기자제	5년 지방 지국 근무, 5년차까지 매년 직무 연수
정년퇴직	유연 퇴직 제도, 사실상 정년퇴직제 폐지	60세, 65세까지 지방·자회사 기회 제공
앵커 제도	스타 시스템, 검증된 기자 경력, 강력한 앵커, 보도국장 겸직	전달력 중시, 기자보다 캐스터 활용
기자 리포트	보도기자 책임, 완제품 제작	기자는 기사 초고 작성, 방송용 기사는 보도국에서 완성, 기자 스탠드업만 사용
기사의 주체	보도기자	에디터
온에어 기자 수	50~60명	1,100명
인사의 중심 고려 사항	프로그램에 필요한 인재 여부, 개인 기자의 능력과 신뢰도	본사 보도국과 47개 지역 방송, 뉴스 팀의 원활한 운영

린 거대한 보도 조직을 효율적으로 운영하기 위한 에디터 중심의 기자 제도를 발전시켜왔다.

5. CBS와 NHK 기자 제도가 한국 방송 저널리즘 현실에 갖는 함의

KBS와 MBC, SBS 등 한국의 주요 방송사가 운영하는 기자 제도는 미국적 요소와 일본적 요소가 혼합돼 있다. 거기에 한국의 방송 맥락이 가미돼 한국식 방송기자제로 고정돼왔다. 우선 식민지 경험과 지리·문화적 인접성으로 일제시대 경성방송 시기부터 오랫동안 한국 방송 기자제는 일본 NHK의 영향을 받아왔다. 가장 두드러진 요소는 신입 기자의 선발 방식이다. 기자의 정기적 공채 제도는 일본과 한국에서만 볼 수 있는 기자 채용 제도다. 한국 방송사들이 상식과 외국어 논술, 면접, 토론 등의 시험 절차를 구조화한 것도 일본의 영향을 받은 결과다. 기자들의 부서 이동이나 내·외근 배치 등, 경력 관리 과정에서 개인의 전문성보다는 회사의 필요나 관리자의 권한 등이 더 우선시되는 인사 관행도 대규모 기자 인력을 운영하는 NHK적 관리 제도를 학습한 결과로 판단된다. 부분적이기는 하지만 뉴스 프로그램에 전달력이 강한 여성 아나운서를 활용하는 제도도 NHK식 캐스터 제도의 원용으로 보인다.

그런가 하면 기자 리포트를 완전히 개인 기자가 통제하게 하는 리포트 완제품 제도는 NHK에서는 보기 어려운 미국적 요소다. 보도기자의 재량권과 개인적 특성을 드러내도록 허용하기 때문이다. 8시·9시 뉴스와 아침·심야 뉴스 진행을 기자 출신 앵커에게 맡기는 앵커 제도 또한 NHK보다는 CBS식 방송 제도를 활용한 결과다. MBC와 KBS가 주말에 편성하는 1시간짜리 뉴스 매거진 프로그램은 완전히 CBS의

<60 Minutes>를 모방한 것이다. 가장 먼저 시작한 MBC의 <시사매거진 2580>은 1994년 기획 단계부터 <60 Minutes>의 양식과 제작 기법 등을 철저히 벤치마킹했다.

그러나 이처럼 CBS와 NHK 등 미국·일본 방송의 기자 제도들 가운데 여러 가지 요소를 선택적으로 수용해 형성된 한국의 기자 제도는 상당한 시간 동안 한국 방송 현실의 특수한 조건들이 작용하면서 CBS나 NHK 체제와는 확연히 다른 한국 방송만의 특성을 고착화했다. 그리고 그러는 과정에서 적어도 세 가지 중요한 사회적·직업적 문제를 체질화해왔다.

첫 번째 문제는 방송 저널리즘을 상징하고 대표할 만한 인물을 배출하지 못한 점이다. KBS TV가 개국한 1961년 이후 50년은 짧은 시간이 아니다. CBS의 에드워드 머로우는 30년이 채 안 되는 기자 생활을 통해 댄 래더 앵커 같은 미국 방송기자들의 역할 모델이 됐고, 나아가 방송 저널리즘의 상징이 될 수 있었다. 크롱카이트는 양대 정당의 수많은 유혹이 있었지만 정치 지도자의 길을 거부했다. 명예로운 방송기자의 길이 자신의 길이라 생각했기 때문이다. 프로듀서 가운데는 프렌들리와 휴이트 같은 인물이 평생을 저널리즘 발전을 위해 헌신했다. 한국 방송 저널리즘에는 이들 같은 영웅이 없다. 성한용(2011)의 걱정처럼 50세를 전후해 정치와 기업의 문을 두드리는 은퇴 준비자들이 있을 뿐이다.

한국 방송기자제의 두 번째 문제는, 이론적 논의에서도 다뤘듯이 취재보도 인력의 전문성 강화가 불가능하다는 점이다. 1, 2년 만에 무원칙하게, 또는 정치적 요인에 의해 결정되는 순환식 인사 제도를 유지해서는 '방송기자의 전문화'는 현실화할 수 없는 목표일 수밖에 없다. 사회가 급속히 선진화하는 외부 조건을 고려할 때 전문성이 뒷받침되지 않는 방송보도는 그 존재가치가 유지되기 어렵다.

한국 방송 저널리즘이 당면한 세 번째 문제는 프로듀서 역할의 혼란이다. 한국의 대표적인 방송사들은 모두 프로듀서가 진행도 하고 리포트도 하는 프로그램을 갖고 있다. CBS와 NHK 방송의 사례를 살펴보면 방송 진행과 리포트는 프로듀서의 직무가 아니다. 프로그램의 포맷을 기획하고, 인력과 장비를 동원하고, 제작 과정을 지원하는 일이 이들이 책임지는 업무들이다. 또 그러한 업무들이 프로듀서라는 직무에 합당한 내용이기도 하다. 방송은 만드는 사람들이 아니라 시청자들을 위해 존재한다. 그러한 의미에서 한국식 프로듀서 저널리즘은 그 정체성에 대한 정리가 시급하다.

이러한 한국형 방송기자제의 문제점에 비추어볼 때, CBS와 NHK의 기자 제도를 비교연구 관점에서 분석한 이 작업은 한국형 방송기자 제도가 적어도 네 가지 측면에서 근본적 개선책을 모색해야 한다는 필요성을 제시한다.

첫째, 기자 정년퇴직 제도에 대한 새로운 접근의 필요성이다. 한국 방송사들은 60세면 모든 기자를 퇴직시킨다. 이는 빠르게 진행되는 사회의 노령화 추세를 고려하면 지나치게 젊은 나이다. 더 큰 문제는, 정년퇴직 연령이 60세이기 때문에 기자들은 사실상 50대 중반이 되면 현직에서 물러나라는 압력을 받는다는 점이다. 그렇기 때문에 퇴직을 앞둔 3~4년의 시간은 일을 하지 않고 조직에 얹혀 지내는 기자가 대부분이다. 이러한 현실은 성한용(2011)이 말한 "영원한 주변인"이란 표현에 잘 담겨 있다. 이 주변인들은 어쩔 수 없이 방송사의 생산성을 떨어뜨리고, 자신들의 전문성과 자신감도 상실할 수밖에 없다. CBS 모델은 한국 현실과는 전혀 다른 대안이다. 80세가 되도록 방송 현업에서 활동하는 사람이 한둘이 아니기 때문이다. CBS식 인사 제도는 당연히 방송의 품격과 신뢰도를 크게 향상시킨다. 50~60년의 취재 경험이 방송에 활용되면 취재원과 시청자가 방송 저널리즘을 대하는 자세가 달라질 수밖에 없다. 물론 하루아침에 CBS식 인사 제도를 전면적으로 도입하기란 불가능하다. 그러나 이러한 모델이 부분적으로라도 한국

방송에 도입될 수 있으면 40대 후반부터 정치나 정부, 기업 부문을 기웃거려야 하는 기자들의 처지를 크게 개선시킬 수 있다. 더 중요한 점은 완숙한 기자들이 취재 현장에서 계속 활동하게 되면 사회적으로 방송 저널리즘의 상대적 위상이 향상될 수 있다는 사실이다.

둘째, 정년퇴직 제도와 맞물려 있는 과제로서 기자의 전문성 강화다. NHK의 경우는 거대한 공영 조직의 원활한 운영을 우선시하기 때문에 기자 관리가 관료적 성격을 띠는 경향이 강하다. 기자의 전문성에 대한 존중보다 회사의 인재 배치 필요가 더 중요하다는 뜻이다. 이에 따라 지역 취재를 강요하고, 내근직인 제작기자 업무에도 취재기자가 투입된다. 그러나 CBS는 기자의 취재 영역을 여간해서는 강제로 바꾸도록 하지 않는다. 기자들을 자신들의 분야에 10년, 20년 집중하도록 함으로써 전문성을 강화시켜주는 제도를 유지한다. 이는 차장과 부장 등 보직 중심 인사제와는 전혀 다른 접근법이다. 한국 방송사들도 다양한 기자 전문화 방안을 시도해왔으나 제대로 정착시키지 못했다. 보직 중심주의가 여전히 인사 제도의 핵심이기 때문이다. 기자 정년 제도에 대한 새로운 접근과 함께, 전문화를 구조적으로 가로막는 순환 보직 인사 제도를 더 늦기 전에 개혁해야 한다. 그렇게 바꿔야 보도국 내부 권력 구조의 변화와 관계없이 꾸준히 자신의 취재 영역을 지키는 원로 기자가 설 공간이 만들어진다.

셋째, 신입기자의 충원 방식에도 근본적인 변화가 필요하다. 현재 한국 방송기자 제도가 갖는 가장 큰 문제는 기수중심주의다. 적게는 5명쯤에서 많게는 30명 정도까지의 기자를 동시에 채용하는 현재의 방식은, 이들의 진급과 퇴직을 같은 집단의 움직임으로 관리해야 하기 때문에 개인 특성을 인사에 반영하는 데 커다란 장애 요소로 작용한다. 또 NHK의 경우를 보면 이들을 교육시키기 위해 적지 않은 인력과 예산을 제도적으로 투입하고 있다. 이제 이러한 공채 제도는 버릴 때가 됐다. 수요가 있는 부서에서 기자직에 관심이 있는 인재들을 인턴으로 선발해 6개월 정도 훈련시켜보면, 현재의 시험을 통한 선발 방식보다 훨씬 정확한 판단을 할 수 있게 된다. 그 사이 기초적인 실무 능력을 갖추는 효과도 기대할 수 있다. 그리고 이처럼 개인적 계약을 통해 인재를 충원하는 관행이 자리 잡는다면 단체 행동 성향이 강한 공채 기수들의 폐해도 사라질 수 있다. 또 개별 기자의 전문화 추구에도 한결 수월한 환경을 조성할 수 있다.

넷째, 기자와 프로듀서의 정확한 역할 구분이 필요하다. CBS와 NHK는 모두 프로듀서의 역할을 중시한다. CBS는 거의 모든 리포트에 프로듀서가 투입되고, 시사매거진이나 다큐멘터리는 기획·제작의 전 과정이 프로듀서 주도로 진행된다. NHK 역시 주요 뉴스 프로그램의 제작·편집·진행 과정에서 프로듀서(디렉터)가 핵심적 역할을 담당한다. 그러나 두 방송사 어느 곳에서도 프로듀서가 프로그램을 진행하거나 스튜디오에 출연해 뉴스를 전달하지는 않는다. 그러한 영역은 프로듀서가 하는 일이 아니기 때문이다. 그러나 한국 방송사에는 프로듀서들이 진행하고 리포트하는 프로그램의 예가 적지 않다. 이는 시청자들에게 심각한 혼란을 야기하는 현상으로서 시급한 개선이 필요할 것이다.

3장 기자의 탄생

한·미 기자 채용과 수습 교육 비교연구

문영은

1. 기자 채용과 교육을 연구하는 이유

메사추세츠주에서 태어난 한 소년은 어려서부터 축구를 좋아했다. 고등축구부 테일백Tail Back 주장으로 활동했지만 팀 성적은 매번 부진을 면치 못했다. 미식축구로 대학을 간다는 것은 그에게 도무지 불가능한 일이었다. 대신 그는 『보스턴글로브The Boston Globe』의 스포츠 섹션을 탐독했던 경험을 토대로 3학년부터 교내 신문기자로 활동하기로 했다(Trout, 2021). 이 활동을 계기로 노스이스턴대학 저널리즘스쿨에 진학, 저널리즘스쿨이 운영하는 『헌팅턴뉴스The Huntington News』와 <WRBB> 라디오에서 대학 스포츠에 대한 취재를 이어나갔다. 동시에 방학 중에는 남아메리카의 『케이프타임스The Cape Times』에서 2014년 세계

디자인 수도에 대한 독점 시리즈를 작성하기도 했다. 방학 기간을 이용해서는 요르단으로 아랍어를 배우러 떠나기도 하고, 대학이 제공하는 Co-OP 프로그램(직무교육과 실제 산업 경험-인턴십을 통합하는 교육 형태)을 통해 틈틈이 학교와 연계된 보스턴글로브 스포츠/메트로 팀 활동, 그리고 『유에스에이투데이USA Today』의 인턴십 경험을 하며 학점도 취득했다. 대학 시절 동안 총 세 곳의 인턴십을 거친 셈이다. 그는 인턴 시절 경찰 데스크 야간 근무를 하며 스캐너 소리를 듣고, 범죄사건을 취재하고, 마감 시간에 뉴스룸이 어떻게 운영되는지를 배웠다. 케이프타임스 인턴 시기에는 기사의 작은 오류 때문에 다음 날 40통의 불만 전화를 받았던 곤욕스러운 기억도 있지만, 그에게 대학 시절은 어떻게 취재가 이루어지고 데스크와는 어떻게 소통해야 하는지를 현장에서 직접 배울 수 있었던 소중한 시간이었다. 대학 과정을 충실히 기자로 살았던 덕에 그는 『월스트리트저널 The Wall Street Journal』 메트로/경찰 팀에 채용된다. 3년 남짓의 시간 동안 그는 이곳에서 일하며 미 비밀경호국United States Secret Service, 이민 문제, 시위, 국가 비상사태와 극단주의에 대한 연방정부의 대응을 다룬 기사를 쏟아냈고, 『뉴욕타임스The New York Times』에서 메트로 기자로 일할 기회를 거머쥐게 된다. 검증된 기사 작성 기술, 독점 시리즈 기획 능력, 요르단에서의 경험 등도 이직에 도움이 되었다. 이로 인해 그는 뉴욕타임스로 이직 후 텍사스−멕시코 국경 지역 이민자 수용소 내 국경 순찰대의 상황을, 그리고 트럼프 행정부의 이민 단속으로 인해 이민자들이 악어가 횡행하는 죽음의 강을 건너게 된 상황을 생생하게 취재한 기사를 쓸 수 있었고, 이 기사는 『뉴욕타임스The New York Times』 1면을 장식했다. (Zhang, 2019)

이것은 현재 백악관 취재기자로 왕성하게 활동하고 있는 졸란 카노영스Zolan Kanno-Youngs 기자의 이야기다. 텍사스 국경 리오그란데Rio Grande강을 통한 이민 문제를 다룬 기사를 인정받아 그는 2021년부터 백악관 취재기자로 난민, 이민 정책, 치안 유지, 아프가니스탄 철수 및 1월 6일 시위 여파에 대한 취재를 이어가고 있다. 카노영스 기자의 이야기는 미국에서 기자가 되는 전형적인 경로를 보여준다. 그의 여정에 '하루아침에 취준생에서 메이저 신문의 기자가 되는' 신데렐라 스토리는 그 어디에도 없다. 그는 뉴욕타임스에 입사하기 위해 수천 명과 함께 책상 앞에 앉아 논술과 작문, 상식 시험 경쟁을 치르지도 않았다. 그에게 미국 최고 권력자에게 직접 질문할 수 있는 기회를 가져다준 것은 다름 아닌 고등학교 시절부터 현재에 이르기까지 버릴 것 하나 없었던 충실한 시간의 축적이었다.

퓨리서치 조사에 따르면 2020년 기준 미국 언론사 직원의 30%는 저널리즘 학위를 가지고 있으며, 이는 뉴스룸 내에서 가장 흔한 전공이다. 그 밖에는 커뮤니케이션(13%), 영문학(11%), 매스미디어(7%) 등이 뒤를 이었다. 대학 학위를 가진 직원의 23%가량이 인문사회 이외의 학문을 전공으로 하는 점, 한국 실정으로 생각하면 저널리즘, 매스미디어, 커뮤니케이션이 모두 한 전공으로 묶인다는 점을 함께 감안하면 미디어 전공자 비율은 압도적인 수치다. 학생들은 재학 중에 언론사에서 인턴으로 활동하고, 실무 경험을 바탕으로 언론사에 입사한다. 대부분 작은 언론사에서 시작해 경력을 쌓다가 실력을 인정받으면 메이저 언론사로 이직하는 단계를 밟는다. 가장 중요한 평가 기준이 다름 아닌 현장 경험과 업무 능력이기 때문이다(Greico, 2020).

한국의 실정은 어떠할까? 언론사 입사 지망생들의 온라인 커뮤니티인 <언론인을 꿈꾸는 카페-아랑> 한 줄 메모장에는 지원자들의 고민이 고스란히 담겨 있다. 언론사 지원자가 줄었다고는 하나 쉽사리 오지 않는 기회인 탓에 이들에게는 사소한 것까지 걱정이 앞선다.

NCS 모고 푸는 중인데 혹시 몇 개쯤 틀려야 좋은 점수일까요?

서울신문이랑 CBS랑 필기 날짜 겹치는데 조정해주겠죠?

MBC 서류 합격하고 필기 안 가면 다음에 지원할 때 불이익 있나요?

이들이 이러한 소모적인 고민을 하게 만든 원인은 어디에 있는가? 선행연구들이 제시했듯 한국의 기자 채용 제도, 수습교육의 문제는 한국 언론만의 특수한 현실이다(이재경, 2013). 그렇다면 선진화된 저널리즘을 구현하고 있는 국가의 언론사들은 기자를 어떻게 채용하고 교육하는가? 서로 다른 채용 방식은 어떠한 결과를 불러오는가? 어떻게 채용해야 좋은 인재를 채용할 수 있는가? 이렇게 뽑힌 기자들은 채용 과정과 수습 기간 동안 무엇을 학습하는가? 이 장에서는 한국의 기자 채용 제도가 무엇이 문제이고 왜 그렇게 운용하고 있는지 한국적 현상의 원인을 넘어 사회문화적 전제 조건을 보다 분명하게 드러내 보이기 위해 비교저널리즘 관점에서 한국의 현실을 조명해보고자 한다.

채용과 수습교육은 분리할 수 없는 문제이기에, 미국의 경우 주요 언론사(『뉴욕타임스The New York Times』, 『워싱턴포스트The Washington Post』, 『월스트리트 저널The Wall Street Journal』, 『마이애미헤럴드The Miami Herald』, <AP>, <CNN>)의 기자 채용 공고와 더불어 저널리즘스쿨 5곳(애리조나주립대학 월터크롱카이트저널리즘스쿨Arizona State University - Walter Cronkite School of Journalism & Mass Communication, 미주리대학 저널리즘스쿨University of Missouri – Missouri School of Journalism, 노스이스턴대학 저널리즘스쿨 Northeastern University School of Journalism, 오리건대학 저널리즘스쿨University of Oregon School of Journalism & Communication, 텍사스주립대학 저널리즘스쿨 University of Texas at Austin School of Journalism & Media)의 인턴십 교육 및 실무교육 커리큘럼을 참고했다. 또한 크롱카이트스쿨 커리어센터의 카렌보들러Karen Bordeleau 교수, <모건 머피Morgan Murphy>, <허스트Hearst>, <맥클래치McClatchy>의 시니어 에디터Senior Editor, 인력개발전문가Talent

Acquisition Specialist, 뉴스 재능 리쿠르터News Talent Recruiter 6명과의 인터뷰를 기반으로 미국의 채용 과정을 조사했다. 한국 자료의 경우, 주요 언론사 7곳(조선일보, 중앙일보, 동아미디어그룹, 경향, 한겨레, 한국일보, SBS)을 중심으로 연구를 진행했다. 언론사 입사 필기시험 문제는 각 언론사가 공개하지 않기에 언론고시 준비생들의 온라인 커뮤니티 <언론인을 꿈꾸는 카페-아랑>의 시험문제 복기 글들을 참고하여 시험 내용의 성격을 파악하고자 했다. 추가적으로 『관훈저널』, 『기자협회보』 등 현업 상황을 주로 다루는 업계 전문지에 실린 글들은 현장기자들이 느끼는 한계점 등을 조명하는 데 도움이 되었다. 마지막으로 현역으로 활동하는 종합일간지 기자 및 언론사 입사 준비생과의 인터뷰를 통해 추가 확인을 거치는 방식으로 진행했다.

2. 미국과 한국의 기자 채용 역사

한국이든 미국이든 메이저 언론의 기자가 되는 것은 쉬운 일이 아니다. 최근 몇 년간 미 전역에서 인력을 자체적으로 축소하는 언론사가 많은 데다(Grieco, 2020), 미국 언론사 채용의 30%가량이 5개 대도시 지역에 집중되어 있어 경쟁이 더 치열해진 것도 있다. 그렇다면 이제 막 필드에 진입하려는 지원자들은 어떠한 경로를 통해 이 취업 시장에 뛰어드는가? 가장 접근이 쉬운 경로는 대학 미디어에서의 기자 경력 혹은 인턴십이다. 미국 언론사 인턴십의 역사는 300년 전으로 거슬러 올라간다. 인쇄업을 배우고자 하는 학생들이 영국의 식민지 지배에 반대하여 팜플렛·신문 등의 제작을 도왔다고 한다(Granger, 1974). 견습생들이 영국 정부에 불만을 표하는 기사와 사설을 쓰는 것을 도왔고, 이를 통해 미국인들은 중요한 정보를 습득할 수 있었다고 한다.

미국 저널리즘의 황금기라 불리는 1940년대부터 1980년대까지의 미국의 채용 루트는 어땠을까? 미국 내 전설적인 기자들의 커리어를 추적해보면 답을 유추해볼 수 있다. 월터 크롱카이트Walter Cronkite는 1935년 텍사스대학 3학년 당시 학교를 그만두고 오클라호마시티의 <WKY>에서 라디오 진행자 일을 시작했다. 이때까지만 해도 학사학위가 취업의 필수 요건이 아니었기 때문에 가능한 일이었다. 이후 그는 <UPIUnited Press international>로 자리를 옮겼고, 그의 이름이 알려지기 시작하자 소위 '머로우보이Murrow Boy'로서 <CBS News>의 에드워드 머로우에게 스카우트 되었다.

데이비드 핼버스탬David Halberstam은 하버드대학신문 『하버드크림슨The Harvard Crimson』에서 에디터를 맡았다. 그러나 그가 대학 졸업 후 바로 구할 수 있었던 직장은 미시시피주에서 가장 작은 일간지인 『데일리타임스리더The Daily Times Leader』에 불과했다. 이후 그는 테네시주의 『테네시안The Tennessean』으로 이직했고, 여기서 중요한 기회가 찾아왔다. 바로 내슈빌에서 일어난 흑인 학생 민권운동을 취재하게 된 것이다.[1] 사회적인 분위기 탓이었는지 다른 연유가 있었는지는 확실치 않으나, 당시 내슈빌에서 이 사건을 취재한 기자는 핼버스탬 혼자였다고 한다. 실제로는 비폭력 운동이었지만 시위대를 폭력적이고 위험한 존재로 묘사한 당국의 위선을 드러내며 주목을 받았고, 이후 그는 1960년 뉴욕타임스로 스카우트된다.

지금은 역사의 뒤안길로 사라졌지만 한때는 카피보이copyboy로 시작해 언론에 입문하는 일도 흔했다. 카피보이는 언론사에서 잔심부름이나 데스크 간에 서류를 옮기는 작업을 하는 말단 직원을 지칭한다. 워터게이트 사건을 파헤쳐 닉슨 대통령의 하야를 촉발했던 칼 번스타인Carl Bernstein 기자가 『워싱턴스타The Washington Star』의 카피보이 출신이

---

1 그는 내슈빌에서의 취재 경험이 자신에게는 대학원 과정이나 다름없는 교육 기회를 제공했다고 회고하기도 했다.

었고, 독특한 인물 묘사로 저널리즘의 한 장르를 개척했다고 불리는 게이 탤리즈Gay Talese 역시 1953년 앨라배마대학 졸업 후 뉴욕타임스에서 카피보이로 시작해 이후 정식 기자로 채용됐다.

20세기 후반에는 이러한 경력 중심의 교육이 확실하게 자리 잡기 시작해 대학에서 저널리즘 관련 인턴십을 이수하는 것이 학생들에게 더욱 중요해졌다(Folkerts, 2014). 일반적인 신문기자직의 잡콜Job call을 보면 저널리즘 관련 학사학위가 최소 자격이지만, 중소 규모 언론사들의 경우도 인턴 경험 혹은 이전의 직장 경험이 있는 지원자들을 선호한다. 실제 인턴 경험이 풍부할수록 훨씬 더 좋은 조건으로 원하는 언론사에 취업할 가능성이 높다는 것이 실증적으로도 입증된 바 있다(Neidorf, 2008). 따라서 인턴십을 통해 실무 경험을 쌓는 것은 이제 갓 졸업한 엔트리 레벨의 기자들에게 필수적이다(Gardner, 2012). 이렇게 시작된 인턴십은, 이제 인쇄매체를 넘어 급격하게 발전한 미디어 기술과 함께 다양한 플랫폼을 위한 뉴스를 실제로 작성하며 실무 경험을 쌓고 신입들이 네트워크를 구축할 수 있도록 하는 중요한 통로가 되어 왔다. 작성을 실제로 하면서 신입들이 네트워크를 구축할 수 있게 하는 중요한 통로가 되어왔다(Daugherty, 2011; Tsymbal et al., 2020; Valencia-Forrester, 2020).

한국의 경우는 어떨까? 해방 이후부터 1960년대 초반까지 기자직 채용은 당대 문필가로 알려진 사람들 혹은 '글깨나 쓴다고 소문난' 사람들을 알음알음 스카우트하는 방식이 일반적이었다. 이후 『서울신문』(1963년)과 『한국일보』(1964년)를 신호탄으로 거의 모든 언론사가 공채 제도를 도입하게 됐다(김창남, 2015; 천세익, 2006). 이른바 외압에 의한 채용과 그에 따른 공정성 시비에서 벗어나 널리 인재를 구해보자는 나름의 시대상을 반영한 채용 방식이었다. 그러나 실제로 이러한 채용 방식은 1950년 후반에도 이루어졌던 것으로 보인다. 다음은 각각 1958년 『경향신문』, 1959년 『조선일보』, 1961년 『동아일보』 기사다.

이화여고집합 본사기자 응모자들

십이일로 마감된 본사견습기자 모집에 응모한 분은 많은 수에 달하고 있는데 지원하신 분은 다음 요령에 의하여 행동하여주시기를 바라고 있다.

일, 지원자는 수험표와 연필, 고무를 휴대할 것

일, 지원자는 십사일상 팔시 삼십분 시험장소 이화여고 신관으로 집합할 것.

1958년 12월 13일 경향신문

본사견습기자 모집

본사에서는 다음과 같은 요령으로 견습기자를 전형채용합니다.

일, 모집인원 = 약간명

일, 응모자격 = 삼십세이하로서 대학 졸업자 및 이에 준하는 학력을 가진 남·여, 단 병역을 필한자 환영함

일, 지원 마감 = 일월이십삼일 금, 하오시까지 본사서무부로

일, 지원서류 = 이력서이통, 사진이매, 명함판 이력서에 첨부, 단 제출서류는 일절 반환치 않음

일, 필기전형일자 = 일월 이십오일 일, 오십시부타 본사에서

일, 필기전형과목 = 1) 작문, 2) 외국어(영, 독, 불어) 중에서 택일(단 이력서 상란에 응시할 외국어를 주서할 것), 3) 상식

일, 최종전형 = 필기전형에 합격한 응시자에 한하여 다시 필기 및 면접시문을 시행하여 최종결정함.

1959년 1월 7일 조선일보

661명 응모 본사 견습기자시험

본사견습기자시험지원은 28일로 마감되었는데 18명의 여학사를 포함한 661명의 원서가 접수되었다. 일반공무원의 모집시험도 아

니고 갖가지 고난이 예상되는 신문기자라는 특수분야에 이렇듯 많은 지원자가 쇄도했다는 것은 우리 사회가 당면하고 있는 심각한 인텔리 실업문제를 반영한 것으로 보여지고 있다.

동아일보 1961년 3월 2일

이처럼 1960년대로 가면서 한자릿수 모집에 600~700명대의 지원자 규모를 유지하다가, 1980년 이후 민주화와 함께 독과점 체제에서 벗어남에 따라 산업 전반이 호황을 누리며 수천 명 중에 소수만을 뽑아 말 그대로 언론 '고시'를 방불케 했다(김창남, 2015). 『매일경제신문』의 1985년 12월 9일자 기사에 따르면 수습기자 모집에 2,300명의 지원자가 응모했으며, 이처럼 서류-필기-면접을 골조로 언론사가 고등학교나 대학을 빌려 수백, 수천 명의 지원자를 시험하는 제도는 70년 가까운 기간 동안 유지되어온 것으로 보인다. 다만 최근에 들어서는 언론사가 검증된 경력직 채용 및 채용형 인턴제를 확대하고 있으며, 공채에서도 실무역량평가를 강화하는 추세다(김한나, 2021). KBS, MBC, EBS, 한겨레, 경향신문 등의 경우 블라인드 채용도 실시하고 있다. 다만 서류 심사 자체는 블라인드 채용 방식을 택하더라도 면접에서 결국 지원자의 배경에 대한 질문이 가능해 큰 실효성은 없다는 지적도 꾸준히 나온다(강아영, 2018).

3. 미국과 한국의 서로 다른 기자 지원자 평가 방식

한국은 현재 기자 선발 제도에 있어 수습 공채 모집과 경력자 채용을 병행하고 있다. 인턴제, 경력기자 채용이 늘고 있는 것은 사실이지만(김성후, 2015), 처음으로 기자가 되기를 원하는 지원자의 경우 인턴에 뽑히기 위해서는 수습 공채와 거의 동일한 시험을 치거나 언론고시라 불리는 공개 채용을 통해서 지원하는 것이 일반적이다. 게다가 조선일보의 경우에는 경력기자도 필기시험의 관문을 통과해야 한다. 대개 1차는 서류전형, 2차는 필기시험이고, 필기시험의 경우 상식시험, 논술과 작문으로 이루어진다. 영어는 토익이나 토플 등 공인 성적으로 대체한다. 3차는 약 일주일 간의 실무 면접을 통해 기사를 작성하고, 이를 통과하면 최종 임원 면접을 보게 된다. 수험생 입장에서 서류 및 공인 영어성적의 경우 지원 시점에 바뀔 여지가 크지 않기에 가장 부담이 되는 것은 필기시험일 수밖에 없다. 이 때문에 학생들은 삼삼오오 모여 스터디를 조직해 예상문제 중심으로 자료를 모으고 글을 쓰는 연습에 몰두하게 된다. 그렇다면 그들은 어떠한 시험을 치르게 되는가? <표 3-1>은 2023년 주요 언론사 필기시험 주제다. 개별 언론사에서 필기시험 문제를 공개하지는 않기에 <언론인을 꿈꾸는 까페-아랑>의 필기 복원방에 올라온 글들을 참고했다.

논술시험의 경우 해당 시험이 치뤄지던 시기의 정치·사회 이슈, 가령 집회와 시위의 자유, 교권 침해 사례, 윤 대통령의 자유관에 대한 평가, 정부의 가사도우미 정책 등이 출제됐다. 간단히 말해 자신의 입장이 어느 쪽인지를 정하고, 그에 대한 논거를 나열하는 식이다. 한 시간 남짓에 자신의 주장을 빠르게 표현하는 능력을 보겠다는 평가 방식이다.

<표 3-1> 2023년 기준 주요 언론사 필기시험 주제

언론사	주제
조선일보 (채용형 인턴)	집회와 시위의 자유 관련 민주노총 사례. 야간집회 정당한가, 공권력 개입 가능한가, 집회와 시위의 자유는 어디까지 보장해야 하고 문제가 발생할 경우 어떻게 해결해야 하는가. 칼럼 형식으로 작성하시오.
채널A	최근 교권 침해 사례가 증가하고 있는데 원인을 학생인권조례라고 하는 의견들이 있다. 학생인권조례와 교권 침해는 상관관계가 있을까, 없을까. 학생인권조례는 폐지 또는 개정을 해야 하는가. 학생 인권 조례에 대한 종합적인 의견을 서술하시오.

언론사	주제
한겨레	작문(50분): 여행을 앞둔 지인을 독자로 삼아, 가장 기억에 남는 자신의 여행 경험을 1200자 안팎의 글로 쓰시오. (여행에 대한 묘사와 그 여행이 가장 기억에 남는 이유를 포함할 것) 논술(70분): 4개 중 하나를 골라, 두 키워드 간의 관계를 사례를 들어 논술하시오. (1500자 이내) ① 교권과 학생 인권 ② 물가 안정과 자유 시장의 원리 ③ 중대범죄자의 신상공개와 인권 보호 ④ 고령화시대의 정년 연장과 청년 취업
SBS	언론은 어젠다 세팅, 의제 설정 기능을 해왔다. 의제 설정이란 언론이 중요시한 문제를 다수 대중이 비슷한 문제로 인식하도록 영향을 끼치는 걸 말한다. 그런데 디지털미디어 환경에서 분위기가 바뀌고 있다. 언론이 의제를 설정하기보다, 인터넷 커뮤니티와 SNS에서 던져진 화제를 언론이 정리·전달하는 것에 가까운 '역의제 설정'이 이뤄지고 있다. 이런 상황에서 언론의 의제 설정 기능은 유효한가? 본인의 입장을 정하고, 구체적인 사례를 통해 논하라.
경향신문	1) 윤석열 대통령이 지난해 5월 취임 후 국내외 연설에서 가장 자주 사용하는 단어는 자유입니다. 자유는 취임사에서 25차례 언급됐고, 정치·외교와 경제·노동·복지·집회·시위까지 국정 전반에 소환하고 있습니다. 정부는 교과서 속 민주주의도 자유민주주의로 고치고 있습니다. 응시자가 이해하는 자유의 의미를 바탕으로 윤 대통령의 자유관을 평가하시오. 긍정적이든 부정적이든 하나의 입장을 취해 구체적인 정책·사건을 사례로 들어 논술하시오. 2) 지난해 카타르월드컵에서 한국 축구대표팀이 16강에 진출하며 '중요한 것은 꺾이지 않는 마음'이라는 말이 유명해졌습니다. 한국은 이념·세대·빈부·지역·젠더 갈등을 정치·사회적으로 풀지 못하고 있고, '포스트 코로나'와 '신냉전' 속에서 맞닥뜨린 국가적 현안도 많습니다. 지금 한국에서 '중꺾마'가 가장 필요한 분야는 무엇이고, 그 해결 방안이나 대안은 무엇이 있을지 논하시오. 미니작문(200자 원고지 / 재기 있게 요약 / 핵심 내용 살리기) 1. 2023년 4월 소비자 물가 동향 / 건설노조분신 통화 + 강기훈 유서 조작사건 택1 2. 경향 230422 이은수의 아이겐밸류 /우리가 명함이 없지 일을 안 했냐(경향기사) 택1
한국일보	작문 50분 제시어: 전쟁(1200자 이내, 1050자 원고지 2장 제공) 논술 70분 논제: 외국인 가사도우미 도입 찬반 정부에서 출산율을 높이기 위해 외국인 가사도우미 도입 정책을 추진하고 있지만, 가사 돌봄노동 질 저하와 차별 등의 문제가 있고 출산율에 큰 효과가 없다는 반대론도 있다. 둘 중 한 입장을 선택하여 논리적으로 서술하시오. (1500자 내외, 1050자 원고지 2장 제공)

심지어 인턴을 뽑는 시험에서조차 '칼럼 형식' 글의 작성을 요구하거나 사회과학 논문급의 거시적 이슈에 대한 생각을 묻는 경우가 대다수다. 이러한 칼럼 형식의 글을 짧게는 6개월, 길게는 몇 년에 걸쳐 준비해 입사한다고 한들 인턴 기간 동안 논술 실력을 발휘할 칼럼 형식의 기사를 작성하는 이가 몇이나 될까? 정치·사회적 이슈에 대한 자신의 주장을 펼치기 위해 다른 사람의 지식을 끌어다 제시하는 능력, 그리고 주관적 생각을 강화하는 글쓰기 능력을 평가하고(논술), 상상력을 발휘해 글을 흥미롭고 유려하게 쓰는 테크닉을 보겠다는(작문) 시험은 실제 기자들이 언론사에 입사해 사실을 기반으로 기사를 작성하는 능력과는 전혀 다른 종류의 능력을 요구하고 있는 셈이다(송상근, 2019). 이재경은 『한겨레21』과의 인터뷰에서 "주로 작문·논술 공부에 매달려 있는데 이는 나중에 기자가 되더라도 저널리즘을 망치는 길이다. 테크닉을 발휘하는 법만 익히게 되니까. 언론사가 원하는 방식의 글쓰기를 흉내 내는 경우가 많아서 저널리스트로 크는 데 큰 도움이 안 된다"고 설명했다(김효실, 2015).

그렇다면 미국 언론사들은 어떤 식으로 기자를 모집할까? 미국은 한국식으로 이야기하면, 수습기자도 경력 채용처럼 뽑는다. 실제 바로 투입이 가능한 인력을 뽑는다는 이야기다. 언론사는 기사 작성의 기초를 가르쳐주는 곳이 아니라는 사고방식이 일반적이기 때문에 엔트리 레벨의 기자도 이미 취재 능력이 검증된 훈련된 기자만을 채용한다. 상황이 이렇기에 미국에서 저널리즘스쿨은 언론사에 주요한 인력풀이다. 엔트리 레벨 기자의 경우 언론사에서 직접 리크루팅을 오는데, 허스트의 뉴스 탤런트 리크루터인 시난 사다Sinan Sada는 이러한 저널리즘스쿨을 통한 채용이 디지털미디어시대에 더더욱 중요해졌다고 말한다. 그는 "능력 있는 저널리즘스쿨 학생들은 유튜버나 틱토커가 돼 1년에 5만 달러를 버는 쪽이 더 쉬울지도 모른다. 이제 우리는 그런 플랫폼들과 인재를 두고 경쟁해야 하는 시대"라고 강조했다.

탁월한 인력을 포섭하기 위해 언론사가 학교로 찾아오는 것이 미국에서는 전혀 낯선 풍경이 아니다. 각 언론사의 채용 담당자[2]들은 일 년에 두 번, 12월과 7월에 저널리즘스쿨로부터 모집 연락을 받게 된다. 이때 언론사들은 단순 기자 직군뿐만 아니라 사진기자, 테크니컬 디렉터, 뉴스 분석가 등의 채용 규모와 직군을 알려주고, 방문 면접 시 지원자에게 어떠한 서류나 자료를 요구할 것인지도 알려준다. 대부분의 언론사가 원하는 서류는 이력서resume, 릴reel(자신의 기자 경력을 소개하는 3~5분의 짧은 동영상), 온라인 포트폴리오online portfolio 혹은 샘플 기사다.[3] 연구를 진행하던 2023년 10월만 해도 애리조나주립대학에는 대형 언론사 5~6개, 미국에서 두 번째로 큰 방송사인 <그레이티비Gray TV>, <폴리티코Politico>, 허스트, 모건 머피 등이 리쿠르터 비지트를 진행했다. CNN이나 뉴욕타임스도 인턴십 및 신입 채용을 위해 학교에 방문하곤 한다.

미국의 경우 기자를 뽑는 데 '시험'을 친다는 사고 자체가 없기 때문에 시험 예상문제나 기출문제는 없다. 대신 언론사별로 구인광고 격의 잡콜Job call은 모두에게 공개되어 있다. 주요 언론사 위주로 살펴보면, 가장 먼저 눈에 띄는 것은 한국처럼 '취재기자' 한 직군으로 통칭해 뽑는 것이 아니라, 구체적으로 어느 데스크(혹은 비트beat: 한국식으로 출입처 개념)에서 일할 것인지 그 출입처별로 기자를 모집한다는 것이다 (<표 3-2> 참조). 한국의 경우에는 기자 직군을 채용할 때조차 출입처별로 채용하는 경우가 드물지만,[4] 미국은 경력이나 엔트리 레벨도 분야별

---

2 언론사별로 리쿠르터의 직책명은 다르다. Recruiting Manager, Talent Aquisition Specialist, News Talent Recruiter 등의 직책명이 사용된다.

3 한국의 경우 <채널A>에서 제출하게 하는 'A클립'과 같은 1~2분 남짓의 자기소개 동영상과는 구분된다. 단순히 자기소개가 아니라 자신의 과거 기자 경험을 소개하는 형식이어야 한다.

4 부서를 수시로 순환시키는 한국 언론사 사정상 경력기자 역시 출입처별·분야별로 뽑는 것이 아니라 정치·경제·사회·정책·국제외교·문화 부문이라고 통칭해 뽑거나 분야

<AP>: 비디오 저널리스트, 민주주의와 허위정보 팀Democracy and Misinformation

- 일간지, 방송국, 온라인 또는 디지털 뉴스 매체, AP 통신사에서 뉴스룸 개발자나 비주얼 저널리스트로 2년 이상 근무한 경력
- 어도비 프리미어 사용 동영상 촬영 및 편집에 대한 고급 수준의 전문 역량
- 고급 수준의 영어 쓰기 및 말하기 전문 역량
- 영어 이외의 다른 언어에 대한 전문 역량
- 뛰어난 대인관계, 조직력, 기획력, 다양한 형식의 여러 프로젝트 처리 능력, 복잡하고 까다로운 기사 구조에 대한 이해력
- 연중무휴 24시간/7일 운영되는 AP의 특성상 취재 요구에 따라 야간과 주말을 포함한 모든 교대 근무를 기꺼이 할 수 있어야 함
- AP의 오보 데스크를 포함한 모든 플랫폼 동료들과 협업하여 비디오 스토리를 제작하게 됨

『마이애미헤럴드』: 인턴

- 주 40시간 기준으로 급여 지급(10주 과정)
- 주말 또는 야간 근무 포함되어 있을 수 있음
- 업무는 주로 현장 또는 뉴스룸 사무실에서 직접 수행, 휴일 근무 ×
- 인턴은 현재 대학 또는 대학 학위 프로그램에 재학 중이거나 최근 졸업한 학생
- 약물검사를 통과한 자

※ 지원자가 제출해야 할 사항
- 이력서
- 커버레터
- 4~6개의 작품 샘플, 사진작가의 경우 20장의 이미지, 비디오그래퍼의 경우 5개의 동영상. 또는 위의 모든 것을 조합하여 제출해도 무방함
- 추천인 3명의 이름과 연락 방법

『워싱턴포스트』: 정치속보팀National Politics Breaking News Reporter

※ 지원 절차 및 지원 시 유의 사항
- 이력서와 짧은 설명이 포함된 5~7개 클립(샘플 기사), 그리고 출입처beat에 대한 비전을 한 페이지를 넘지 않는 메모로 제출: 왜 이 5~7개 샘플 기사가 자신이 해당 출입처를 가장 효과적으로 취재할 수 있는 근거인지를 서술
- 직무에 대한 비전을 담은 자기소개서와 이력서 및 자신이 작성한 3개의 기사 샘플을 취업 포털에 업로드할 것
- 지원서는 채용이 마감될 때까지 수시 검토하지만rolling base, 2023년 9월 5일까지 접수된 지원서를 우선 검토하겠음
- 커버레터는 필립 러커 신임 전국 편집장, 댄 에겐 선임 정치부 편집장, 존 와그너 정치속보부 편집장, 마테아 골드 신임 편집장 수신으로 작성할 것

※ 업무 내용
- 2024년 대선 보도에서 핵심적인 역할을 담당할 전국 정치속보팀에 합류
- 속보팀은 그날의 가장 중요한 정치 기사를 골라내고 대통령 연설, 의회 표결, 대법원 판결, 후보자 토론회, 선거의 밤 등 주요 이벤트의 실시간 보도를 주도

- 촉박한 마감일에도 권위와 정확성, 정밀성을 갖춘 글을 작성하는 데 탁월한 능력
- 정치 취재에 대한 전문성, 빠르게 전개되는 기사에 관점과 현명한 맥락을 제공할 수 있는 능력
- 이 직책은 워싱턴 뉴스룸에서 근무하며, 주말 또는 저녁 근무가 일부 포함될 수 있음

『워싱턴포스트』: 국가안보팀State Department Reporter

- 국무부와 미국 외교 정책에 대한 기사를 제공하는 국가안보팀에 합류할 기자
- 미국 외교 기관에 대해 중요한 특종이나 심층적으로 보도한 실적이 있는 기자
- 미국 외교 정책의 구조와 현대사에 대한 깊은 이해가 필요, 국무부 또는 해외 취재 경험이 있는 자를 선호
- 이상적인 지원자는 국무부와 국가안보회의, 워싱턴과 외국 수도에 걸쳐 탄탄한 취재원 네트워크를 포스트로 가져올 수 있어야 함
- 워싱턴 뉴스룸에서 근무, 출장이 가능해야 함
- 우크라이나 전쟁, 대만을 둘러싼 정세, 중동 분쟁과 같은 주요 스토리에 대한 새롭고 설득력 있는 정보를 더해줄 기사를 작성하는 역할
- 국가안보팀에서 경쟁적인 감각과 창의적이고 협력적인 스토리텔링의 안목을 발휘하여 포스트 뉴스룸의 다른 기자들과 원활하게 협력할 수 있는 인재
- 현재 이 직책에 적합한 내부 후보자가 있지만, 취재에 기여할 수 있는 자격을 갖춘 지원자 환영
- 지원자는 커버레터, 이력서, 3~5개의 샘플 기사를 채용 포털에 업로드할 것
- 지원서는 직책이 채워질 때까지 수시로 검토, 2023년 5월 12일까지 접수된 지원서를 우선 검토하겠음
- 기자로서의 전문 경력을 기재, 고용 이력에 공백이 있는 경우 추가 설명할 것
- 커버레터는 내셔널 에디터 마테아 골드, 내셔널 데스크 에디터 필립 러커, 국가안보 에디터 벤 포커 수신으로 작성할 것

『뉴욕타임스』: 건강/라이프스타일 팀

※ 기본 자격 요건
- 5년 이상 디지털 라이프스타일 및/또는 건강 리포터로 활동한 경력
- 커뮤니케이션 및 조직 기술
- 건강 및/또는 라이프스타일 저널리즘을 생산한 입증된 실력

※ 일의 성격
- 한 달에 수 건의 기사 작성을 맡게 됨
- 뉴스 모니터링 및 관련 스토리 아이디어를 생성하는 역할
- 최신 건강 연구 및 트렌드를 모니터링하여 참신하고 설득력 있는 스토리 아이디어 구상
- 기사에 대해 비주얼 에디터와 공동 작업
- 뉴욕타임스의 편집 기준을 준수
- 다양한 목소리와 관점을 포함한 스토리 전개
- 기사 아이디어 제공

로 나누어서 같이 일하는 팀의 국장과 동료들이 채용하는 경우를 흔하게 찾아볼 수 있다.[5]

개인별 계약 과정을 거치기에 급여뿐 아니라 해당 기자가 수행해야 할 업무 영역까지 분명하게 명시해주는 것도 특징이다. 건강/라이프스타일 데스크에서 모집하는 포지션의 경우 최신 건강 연구 및 트렌드를 모니터링해 기사 아이디어를 구상하는 일을 담당하는 반면, 사법부 취재의 경우 미국 법제도 및 법률 프로세스에 대한 취재 등을 담당한다는 내용을 포함해 일의 성격을 지원자가 가늠할 수 있게 한다. 법무부 기자Legal Affairs Correspondent의 경우 미국변호사협회American Bar Association와 연방협회Federalist Society, 국무부 출입기자의 경우 국무부 취재원/네트워크를 확보해 이러한 무형의 자산을 자신의 회사로 가져올 수 있는 지원자를 선호한다는, 그 자질에 대한 언급도 돋보인다. 내부에 가능성이 높은 지원자가 있다면 그것 또한 투명하게 공개하는 것도 한국 정서로 보면 독특한 점 중 하나다.

미국의 경우 워싱턴포스트나 뉴욕타임스 같은 대형 언론사 기자들은 대부분 지역지에서 탄탄하게 경험을 쌓고 오는 경우가 많다. 게다가 수습과 경력이 칼로 베듯 구분되는 것이 아니라 커리어가 선형적으로 이어지는 형태이기 때문에 한국식 '수습기자'직의 공고는 대형 언론사의 경우 없지는 않지만 드물다.[6] 이러한 사정을 고려해 미국 언론 채용 시장을 전체적으로 조망하기 위해 지역지의 인턴십부터 대형

를 명시하지 않고 뽑는 경우가 대다수다. 한 가지 예외로, 중앙일보의 경우 산업/IT 뉴스레터를 위해 미국과 비슷한 형태의 경력기자 채용 광고를 낸 적이 있다. 그러나 이는 지극히 예외적인 사례에 불과하다.

5 역시나 언론사별로 사정은 조금씩 다르다. 인턴-엔트리 레벨은 한 직군으로 뽑고 5년 이상 경력부터 출입처 기준으로 뽑는 경우도 있고, 엔트리 레벨부터 각 데스크가 뽑는 경우도 많다.

6 지역지의 경우 'General Assignment reporter'직 공고도 나오지만 주요 일간지의 경우 분야별 모집 공고 수가 훨씬 많다.

언론사 5년 이상 경력을 요구하는 경력직까지 함께 <표 3-2>에 포함했다.

엔트리 레벨 기자의 경우 최소 2~3년의 기사 작성 경험을 요구하는데, 이러한 2~3년간의 경험을 주로 미국 학생들은 인턴십이나 대학신문 혹은 방송사에서 기자로 일하며 쌓게 된다. 이 기간 동안 학생들은 기자로 활동하면서 자신의 대표 기사 몇 건을 만들 수 있고, 이 기사들이 언론사 기자 채용의 기본 요건이 된다. 인턴을 뽑을 때도 자신의 기사 샘플 4~6건을 제출하게 되어 있는데, 학생들은 이전 인턴이나 학교 수업 과정에서 쓴 기사 샘플을 제출할 수 있으니 학교 정규 과정을 충실히만 마친다면 별도의 언론사 입사 준비를 하지 않아도 되는 것이다.

4. 채용의 관문: 인턴십과 저널리즘스쿨의 커리어센터[7]

미국 저널리즘스쿨 커리어센터 디렉터는 학교에서 매우 중요한 역할을 한다. 20~30년 이상 현역기자로 활동한 전직 기자 출신들이 이 커리어센터의 디렉터 자리를 맡는 경우가 많다. 커리어센터의 역할은 크게 두 가지다. 첫 번째는 졸업 요건에 필수적으로 들어가 있는 인턴십 학점을 관리하는 일이고, 두 번째는 리쿠르터 비지트를 조율해 적

---

7   약 500개에 달하는 저널리즘스쿨의 커리어센터는 학교별로 제각각의 방식으로 인턴십을 운영하고 있다. 예를 들면 오리건대학University of Oregon, 텍사스주립대학University of Texas과 같이 'Handshake'라는 프로그램을 이용해 커리어 코치와 면담하고 인턴십을 지원해 채용 담당자에게 직접 인턴십 원서가 전달되는 방식을 취하는 학교가 있는 반면, 미주리대학University of Missouri, Columbia이나 애리조나주립대학Arizona State University, 노스이스턴대학Northeatern University처럼 자체 웹포털을 통해 인턴 잡을 연결해주거나 디렉터와 커리어센터 직원들이 학생들의 강점 등을 파악해 중개해주는 방식을 택하는 학교도 있다. 이 장에서는 대부분 애리조나주립대학과 노스이스턴대학의 사례를 토대로 작성했음을 밝힌다.

합한 학생을 매치해주는 일이다. 저널리즘스쿨의 경우 인턴십은 졸업 전 인턴십Pregraduate internship과 졸업생을 대상으로 하는 졸업 후 인턴십Post graduate internship으로 나뉜다. 뉴욕타임스나 워싱턴포스트는 졸업 후 인턴십 혹은 소위 'Senior intership'을 4학년생 대상으로 여름에 진행하고 있다. 저널리즘스쿨에서 진행하는 인턴십 과정은 해당 인턴십을 완수하면 학점을 받도록 되어 있다.

학생들은 1, 2학년 때 배운 기사 작성 과목을 토대로 실무·제작에 바로 투입되기 때문에 'prerequisite course'를 이수하기 전에는 인턴십 과목을 이수할 수 없도록 규정되어 있다. 이러한 이유로 1~2년간 기사와 취재보도 필수과목을 수강하고 나면 나머지 기간은 인턴십을 통해 초년기자로서 일하고, 이후 졸업과 동시에 취업이 되는 구조인 셈이다. 학생이 자신의 기자로서의 능력을 입증할 경우 언론사는 인턴십을 몇 학기 더 연장해줄 것을 요청하는 경우가 많고, 이렇게 서너 번 연장된 인턴십의 경우에는 대개 정식 고용으로 이어진다. 이러한 방식이 학교가 바라는 가장 이상적인 루트이기도 하다. 저널리즘스쿨이 연결해주는 인턴십은 유급이 원칙이며(몇 가지 특정한 교육 목적의 인턴십을 제외하고 90% 이상이 유급) 시간당 페이는 평균적으로 15~25달러다. 인턴 학생에게 행정 및 사무 관련 업무를 부과할 경우 학생의 전체 업무 시간 중 20% 미만으로 제한해야 하며, 실제 취재와 보도에 80% 이상의 시간을 쓰도록 해야 한다는 조항도 있다. 학생들이 수련이 아닌 저임금으로 사무·행정 일만 하다 오는 불상사를 막기 위한 일종의 학생 보호장치다.

특히나 이러한 인턴십을 통한 채용은 방송사에서 훨씬 활발하게 이루어진다. 실제로 크롱카이트스쿨의 경우 해당 학기에 147명의 학생이 언론사 인턴을 진행하고 있었는데, 그들은 단순한 사무나 취재 보조 역할이 아니라 지역 보궐선거 기사를 작성하거나 TV 스테이션에서의 제작 일을 하고 있었다. 처음에는 <트림 미디어Trim Media>와 같은 소규모

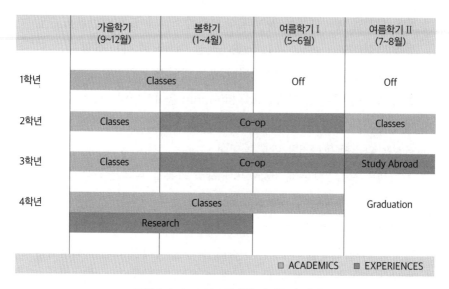

	가을학기 (9~12월)	봄학기 (1~4월)	여름학기 I (5~6월)	여름학기 II (7~8월)
1학년	Classes		Off	Off
2학년	Classes	Co-op		Classes
3학년	Classes	Co-op		Study Abroad
4학년	Classes			Graduation
	Research			

□ ACADEMICS ■ EXPERIENCES

<그림 3-1> 노스이스턴대학 커리큘럼 예시

* Co-op: 실무 중심 교육을 말하며, 직접 언론사나 미디어 기업에서 학습하도록 하는 것으로서
이러한 기간은 2, 3학년의 절반을 차지할 정도로 중요하다.

언론사로 시작했다가 <애리조나 리퍼블릭The Arizona Republic>과 같은 대형 언론사 인턴을 거치기도 하고, 학생의 관심사에 따라 처음에는 속보팀에서 일하다가 그다음 학기에는 정치팀 인턴을 지원하기도 한다.

인턴십을 학점으로 인정받으려면 한 학기 215시간 이상을 현장에서 활동해야 한다는 것이 의무화되어 있다.[8] 의무적으로 들어야 하는 취재보도 수업을 일찍 1학년 때 이수한다면 2학년 때부터 바로 인턴십에 지원할 수 있다. 2학년 말이 되면 학생들은 탐사저널리즘 기사 작성, 고급방송 제작 과목인 'advanced multimedia writing'과 같은 고급 과정을 모두 이수할 수 있기 때문에 현장에 바로 투입되어도 무리가 없다고 카렌 보들러 교수는 설명했다.

인턴십은 일반적으로 교수의 추천서나 학점보다 훨씬 중요한 요소

---

8 과목별·학점수별로 조금씩 상이하다. 저학년이 듣는 인턴십의 경우 125시간만 요구하
는 경우도 있다.

이며(Poindexter, 2014), 단 한 번의 여름 일자리 또는 학생 미디어 경험만으로는 학생들이 직장에서의 요구에 대비하는 데 충분하지 않은 것으로 간주된다(Freedman & Poulson, 2015, pp. 187-188). 이러한 이유로 일찌감치 기사 작성 기본 과목과 고급 과목을 이수하고 3~4곳에서 인턴십을 하는 경우도 허다하다.

실무 중심 교육과 인턴십 프로그램의 유무가 미국 저널리즘 교육 인증제 ACEJMCAccredited Education in Journalism and Mass Communications의 중요한 요소로 작용하는 만큼, 학생들에게 보다 다양한 인턴십 기회를 제공하기 위해 언론사와 강력한 네트워크를 형성하는 것도 저널리즘 스쿨의 중요한 업무 중 하나다. 예를 들어 애리조나주립대학의 경우 『월스트리트저널』, 『다우존스 펀드뉴스』와 좋은 관계를 유지하고 있어 인턴십 기회에 혜택을 제공하며, 지역지인 『달라스 모닝 뉴스』, 『아틀란타 저널』 등에도 꾸준히 학생을 보내고 있다. 미주리대학 저널리즘 스쿨의 경우 NBC, CBS와, 컬럼비아대학 저널리즘스쿨의 경우 ABC와 긴밀한 협력 네트워크를 갖추었다.

크롱카이트스쿨 커리어센터의 경우 대부분 세 가지 방법으로 인턴십을 제공한다. 첫째, 학생들의 약 70%가 참여하는 인턴십 인터뷰 데이다. 1년에 8번을 개최하는데, 스포츠저널리즘, 방송저널리즘, 신문, 디지털, 피알 등으로 나뉘어 학생들은 최소 세 회사와의 인터뷰에 응하도록 권장된다. 당연히 뉴욕타임스나 CNN 같은 유수 언론사에 학생들의 지원이 몰리기 때문에 이를 걸러내고 분배하는 것도 커리어센터의 몫이다. 학생은 1순위부터 3순위까지 자신이 원하는 회사를 적어내고, 언론사 리쿠르터들 역시 자신들의 우선순위 학생을 써내면 커리어센터가 중매자 역할을 하며 매치를 해준다. 커리어센터의 허가를 받지 않고는 학생이 자체적으로 인턴십을 할 수 없게 되어 있는 구조다.

둘째, 오픈 인턴십 잡보드를 통하는 방법이다. 학교가 언론사의 급여 수준, 규모, 시스템들을 평가해 잡보드에 올리면 학생들이 바로 인턴십에 지원하는 방식이다. 같은 방식으로 매치가 성사되면, 학생과 언론사는 저널리즘스쿨을 통해 계약서를 작성해야 한다.

셋째, 학생들이 스스로 알아서 인턴십을 지원하고자 하는 경우인데, 예를 들어 방학에 마이너리그 야구팀을 취재하기 위해 타 지역 소규모 언론사들에서의 인턴을 희망하는 학생들이 종종 있다. 이러한 경우 역시 커리어센터의 승인을 받아야 하며, 학생이 담당할 업무의 성격과 시급, 평가 방식 등에 대해 모두 저널리즘스쿨 커리어센터와 상의를 거쳐야만 한다. 조율이 끝나면 언론사와 학교는 학생 배치 계약서 student placement agreement에 사인을 하게 되며, 계약서는 모두 커리어센터가 관리한다. 이러한 인턴십은 저널리즘스쿨 학생들에게는 졸업을 위한 필수 요건이며,[9] 언론사는 학생의 저널리스트로서의 역량에 대한 평가서를 받아 학교에 의무적으로 제출해야 한다. 학생들이 작성하는 기사와 뉴스룸에서의 학생에 대한 평가는 모두 학교에서 추적이 가능하도록 되어 있다.

이렇게 학교와 언론사가 함께 진행하는 인턴십의 목적은 단순하다. 학생들이 기자직에 지원하려면 샘플 기사와 릴이 있어야 하는데, 이를 인턴십을 통해 완성할 수 있기 때문이다. 또한 엔트리 레벨의 기자들은 최소 2~3년의 경력을 요구받는데, 학교의 스페셜 프로그램과 인턴십을 통하면 자연스레 2~3년의 경력을 채울 수 있어 학생 입장에서는 마다할 이유가 없다. 커리어센터는 재학생뿐 아니라 3~5년의 경력을 요구하는 경력직 자리에 지원할 수 있도록 졸업생들에게도 기회를 공유해 이들이 면접에 임할 수 있도록 지속적인 커리어 개발을 돕는다. 연구 기간 동안 크롱카이트스쿨에 리크루팅을 위해 방문했던 그레이 티비

---

9 학교별로 요건은 상이하다. 노스웨스턴대학 메딜저널리즘스쿨의 경우 역시 인턴십을 통해 학점 취득이 가능한데, 파트타임인지 풀타임In-residency인지에 따라 취득할 수 있는 학점 수도 달라진다.

의 경우 실무 수업을 지도했던 교수들과 일대일로 면담을 가져 지원자의 자질을 묻거나, 면접에 응하지는 않았지만 추천할 만한 탁월한 학생들이 있는지를 묻기도 했다.

면접에 응했다가 2번 이상 취소한 적이 있을 경우 나머지 학기 동안 그 학생은 다시는 면접 기회를 얻지 못한다는 나름의 규칙도 엄격하게 적용되고 있다. 학생들 개개인이 곧 학교의 평가·명성과 직결되기 때문이다. 한국 언론고시생들은 과도한 인턴 기간과 낮은 전환율이 가혹하다고 하지만, 미국에서도 인턴 전환율은 높지 않다. 모건 머피 채용 담당자에 따르면 7~8명의 인턴 중 1명을 정식 기자로 채용하는 수준인데, 그마저도 전환하지 않는 경우도 많다고 한다.

한국에도 언론사 인턴십은 있다. 조선일보는 신입기자 채용을 공채와 인턴기자제로 이원화해 일정 기간 근무를 시킨 뒤, 이들 가운데 상당수를 기자로 채용하는 제도를 도입해 시행 중이다. 동아일보의 경우 공채 시험 응시자 가운데 자사 인턴 경험이 있는 사람은 초기 전형을 면제해주기도 하고, 최종 합격자를 결정할 때도 인턴 출신을 우대하는 혜택을 주기도 한다. 한겨레, 한국일보도 비슷한 종류의 인턴십을 운영하고 있다. 한국일보는 아예 신입 채용 방식을 채용 연계형 인턴기자제로 전환하기도 했다. 그러나 인턴을 뽑기 위해 언론사들은 여전히 기존의 채용 전형인 '서류-필기-실무 평가-면접'을 치른다.

사실 이러한 인턴 제도는 미국의 그것과 이름만 같을 뿐 제대로 들여다보면 상황은 전혀 다른 것이다. 시험으로 지원자를 뽑는 한국적인 방식은 바뀌지 않았기 때문에 일반 공채 전형과 다름없는 비용과 시간, 노력을 투입해야 한다는 부담이 지원자에게 오롯이 더해진다. "아이템 발제부터 최종 출고까지 인턴들이 다 해도" 바이라인을 못 건지는 경우도 종종 벌어진다(윤유경, 2022). 미국과 달리 인턴의 업무 내용에 관한 가이드라인도, 관리 주체도 모두 언론사의 몫으로 넘어가 있어 포럼 같은 언론사 자체 행사에 불려 다니기 일쑤에 인권 사각지대에 놓이는 경우도 허다하다. 한국 인턴기자들 중 인턴 후 언론사 입사 자체를 포기하게 된 이들도 있다고 했다.

> 이들은 회사로부터 '방치됐다'고 느끼기도 했다. 인턴을 많이 뽑아놨지만, 정작 인턴을 위한 체계도 없고 근무 시간도 지켜지지 않았다는 설명이다. 현직 기자인 F씨는 "인턴 당시 나를 너무 방치하는 것 같았다. 업무도 자의적이고, 인턴을 위한 체계가 하나도 없었다. '이럴 거면 왜 뽑았지'라는 생각이 들었다. 다른 인턴에게 물어보니 인턴은 원래 그런 것이라고 했다. (윤유경·박재령, 2022)

채용 연계형 인턴제가 오히려 부담이라는 수험생의 입장도 이해는 간다. 한국 실정에서는 인턴에서 채용으로 이어지는 경우가 아니라면 인턴 기간이 버리는 시간이 돼버리기 때문이다. 기자 채용 과정에서 인턴 과정 중 작성한 기사를 토대로 평가가 이루어지지 않으니 도돌이표처럼 돌아가 다시 상식·필기 시험을 준비해야 하는 아이러니가 벌어지는 것이다. 언제 나올지도 모르는 공채 시험의 응시 기회는 한정되어 있는데, 인턴을 하다 보면 다른 언론사 채용을 놓칠 수 있다는 것도 큰 부담이다. 지원자들은 인턴십의 부담을 토로하고, "다른 취업 기회가 제한되는 게 가장 큰 타격"이라며 "채용형은 채용 과정에서 탈락했다는 인식 때문에 자기소개서에 쓰기 어렵다"고 밝혔다(김달아, 2021).

5. 대학병원식 Teaching Hospital 저널리즘 교육과 사쓰마와리

현장과 밀접한 교류를 유지하고 있는 미국 저널리즘스쿨이 적극적으로 표방하는 기치는 대학병원식 교육 모델Teaching Hospital이다(Anderson, Glaisyer, Smith, & Rothfeld, 2011). 컬럼비아대학 저널리즘대학원의 전 학장 니콜라스 레먼Nicholas Lemann과 애리조나주립대학의 에릭 뉴턴Eric Newton 같은 저널리즘 리더들이 발전시킨 개념이다. 미국 저널리즘 교육과 관련해 자주 회자되는 이 메타포는 '직접 체험해야 진정으로 배울 수 있다'는 생각에서 나왔다. 즉 의과대 학생들이 의대 교수의 지도 하에 채혈하는 법, 카테터 삽입법을 직접 환자를 치료하며 배우는 것처럼, 대학에서부터 기자로 활동해야 비로소 저널리즘을 깨우칠 수 있다는 뜻이다. 자연스레 실무 교수의 규모도 한국이 비할 바가 못 된다. 미국에서 저널리즘스쿨 실습전담교수Professor of Practice의 규모와 실무 중심 커리큘럼으로 유명한 애리조나주립대학의 경우 겸임이나 초빙 등의 'Associate faculty/Affiliate faculty'를 제외하고 전임 패컬티 멤버 67명 중 48명은 'Professor of Practice'(실습 전담교수)다. 오리건대학의 경우에는 63명 중 26명이 'Professor of Practice' 혹은 'Practice (Senior) instructor'의 직함으로 실무 교육을 맡고 있다.

미국 저널리즘스쿨이 운영하는 대학 언론은 우리가 흔히 상상하는 규모를 넘어선다. 미주리대학 저널리즘스쿨의 경우 NBC 방송의 제휴 방송국인 <KOMU-TV 8>을 운영하고 있다. 방송저널리즘을 전공하는 학생들의 실험장a working laboratory for broadcast journalism students으로, 단순히 교내 문제만을 취재하지 않는다. KOMU는 미주리주 중부 15개 카운티의 4만 가구에 방송이 송출되는 어엿한 상업 방송사다. 스스로 독립적 방송사로서의 능력을 지역민들에게 인정받기 위해 대학이나 주 정부로부터 어떠한 지원금도 받지 않고 있다. 방송 기술 운영과 투자는 전적으로 실제 광고 및 재전송 수익으로 충당한다. 학생들이 기자로 활동하지만 다른 지역 언론사와 경쟁해도 수익을 낼 수 있다는, 완성품에 대한 자신감이 있기 때문이다. 데스크급 인력은 이미 현장 경험이 있는 실습전담교수들이 겸직하고, 기자나 PD직은 학생들이 직접 맡는다.

　애리조나주립대학은 산학협력 노력의 일환으로 약 20년 전 과감하게 애리조나주의 가장 큰 방송사인 <Arizona PBS>를 학교 건물 안에 입주시켰다. 총 6층으로 이루어진 저널리즘스쿨 건물 안에서 1층부터 4층까지가 교실, 5·6층은 언론사가 쓰는 셈이다. PBS 임원들은 매달 열리는 교수회의에 참여해 디지털 중심의 커리큘럼에 대해 이야기한다. 이는 다시 학생 및 교수 집단의 평가를 받고, 현업 전문가들과 실제 현장에 필요한 핵심 능력을 교육과정에 빠르게 도입한다(문영은, 2022). 자연스레 이 학교의 커리큘럼은 산업 현장에 밀착한 방향의 교과목으로 구성돼, 학생들은 학교에서 수습교육 딱지는 뗄 정도로 수련을 마치게 된다. 로스앤젤레스와 워싱턴D.C.에 지국을 둔 '크롱카이트뉴스 Cronkite News' 운영도 미주리대학과 비슷한 모습으로 이뤄진다. 저널리즘 전공 학생들에게 집중적인 전문 보도 경험을 제공하는데, '크롱카이트뉴스: 워싱턴' 과목을 수강하는 경우 학생들은 미국의 수도인 D.C.에서 한 학기를 보내며 새로운 법안의 입법 과정, 각종 시위, 대통령의 발표 등 애리조나 주민들에게 영향을 미치는 뉴스와 관련된 소재에 대해 의회에서부터 대법원까지 취재한다. 크롱카이트스쿨 학생들은 디지털, 인쇄, 방송 플랫폼을 넘나들며 속보를 다루고, 크롱카이트뉴스에서 발행되는 탐사기사를 작성한다. 이러한 경력은 모두 이후 채용에 중요한 포트폴리오를 완성할 수 있게 하는 경험이 된다. 기본 자질을 키우는 것을 넘어, 단순한 실습 수준을 벗어나 바로 직업 저널리스트로서 활동하는 것이다.

　이러한 미국 저널리즘 교육의 혁신은 미국정부가 주도한 일이 아니다. 그간의 언론의 미래와 혁신에 대한 고민 뒤에는 기업, 자산가들이 운영하는 재단들의 숨은 조력이 있었다. 마이애미헤럴드를 소유한 매클래치 재단, 언론 재벌로 불리는 나이트 재단, 『트리뷴』의 매코믹 재단, 스크립스 하워드 재단 등은 2012년 8월 3일, "미국 500여 개 대학

총장들에게 보내는 공개 서한"이라는 공동 성명서를 발표하여 대학병원식 모델의 보다 광범위한 채택을 촉구했다. 다음은 그 공식 서한의 내용 중 일부다.

우리는 저널리즘 교육과 혁신에 자금을 투자하고자 합니다. 우리는 새로운 디지털시대에 'Teaching Hospital'(대학병원식) 모델이 큰 잠재력을 가지고 있다고 믿습니다. 이 모델은 근본적으로 대학에 상주하는 최고의 전문가를 필요로 합니다. 우리가 보기에는 더 심각하고 구조적인 문제가 있습니다. 우리는 저널리즘 및 커뮤니케이션 학교가 뉴스 크리에이터와 혁신가로서 중요한 역할을 성공적으로 수행하려면 스스로를 기꺼이 재창조해야 한다고 믿습니다. 일부 선도적인 학교는 이러한 노력을 기울이고 있지만 대부분은 그렇지 않습니다. 학장들은 이러한 변화를 가로막는 장애물이 지역 인증 기관과 대학 행정부에 있다고 핑계를 돌립니다. 하지만 우리가 보기에는 더 심각하고 조직적인 문제가 있습니다. 우리는 각 대학 학장 및 총장님들께 저널리즘 교육의 개혁을 지지하는 데 동참해줄 것을 요청합니다. (…) 완전히 달라진 디지털커뮤니케이션시대를 반영하여 커리큘럼을 업데이트하고 교수진을 업그레이드하지 않는 대학은 우리 재단들로부터 펀딩을 받기 어려울 것입니다. 우리는 저널리즘 및 매스커뮤니케이션 교육 인증 위원회가 학생들에게 저널리스트-기업가 또는 저널리즘-기술자로서의 진로를 추구할 수 있는 능력을 제공해야 한다는 점에 동의하는 바이며, 기술과 혁신의 중요성을 강조하는 인증 표준을 개발해야 한다고 생각합니다. 대학 시설은 최신 상태로 유지되어야 합니다. 현재 많은 대학이 그렇지 않습니다. 저널리즘 기금 지원자들은 학계가 개혁 노력에 저항하지 말고 앞장서야 한다고 믿습니다. 대학은 학교를 넘어 민주주의의 핵심에 서 있는 산업을 활성화하는 데 강력한 파트너가 되어야 합니다. 현상 유지를 선호하여 디지털 전환에 뒤처지는 학교는 민간 자금 지원자들과 학생들 모두에게 무의미한 존재가 될 것이기 때문입니다.

에릭 뉴튼Eric Newton, 나이트 재단Knight Foundation 선임 고문 senior adviser

클라크 벨Clark Bell, 맥코믹 재단McCormick Foundation 저널리즘 프로그램 디렉터journalism program director

밥 로스Bob Ross, 저널리즘 윤리 및 우수성 재단Ethics and Excellence in Journalism Foundation 사장president 겸 CEO

마이크 필립스Mike Philipps, 스크립스 하워드 재단Scripps Howard Foundation 사장president 겸 CEO

린다 슈메이커Linda Shoemaker, 브렛 패밀리 재단Brett Family Foundation 회장president

데이비드 하스David Haas, 윈코트 재단Wyncote Foundation 이사장 chair

이처럼 미국 학생들은 저널리즘스쿨에서의 실무 교육을 시작으로 점진적·단계적으로 대학 미디어, 인턴, 지역 소규모 언론사 등을 통해 각자의 방식대로 수습 기간을 거치며, 취재와 기사 작성을 익힌다. 그러는 사이 한국 언론고시생들의 수습교육은 합격 후 3개월 동안 본격적으로 시작된다. 언론 관련 학과를 졸업해도 실습 과목 2~3개 들은 것으로는 수습교육을 대체할 수 없기 때문이다. 한국에서는 일찍이 1960년대부터 곽복산이 한국 언론학의 특성과 한계를 논하며 "실습

기간이 있어야 되겠는데 그것은 전연 없어요"라고 토로하기도 했고(곽복산 외, 1965), 최준은 "입사한 기자를 보면 신문방송학과 출신들이 두각을 나타내지 못하고 있다. 대학교육이 이론 교육에 치우치기 때문이 아닌가 생각한다"라고 밝힌 바 있다(김창렬·최준, 1977). 1970년대에 비하면 한국의 실무 교육은 늘어났으나 미국에 비해서는 지극히 제한적이며, 대학 언론의 운영 역시 교내 영역을 벗어나지 못하는 경우가 대다수다. 사설 아카데미나 스터디를 거치면서 언론이 짜놓은 공채 제도에 맞춰오다 보니 정작 채용 후 기사를 쓰는 교육은 언론사 책임으로 넘어가는 것이다. 공채라는 바늘구멍을 뚫고 나면 그 인력들은 언론진흥재단에서 2주간의 짧은 교육을 마친 뒤, 소위 '사쓰마와리(경찰서 순회기자)'부터 직장 내 교육 방식으로 이뤄진다.[10] 연차가 낮은 사회부 경찰 출입기자가 일대일 도제식으로 취재 방법과 기사 작성법을 가르치는 것이 일반적인 수습교육인 셈이다. 기사를 쓰는 법 역시 1진을 포함한 그 누구도 가르쳐주지 않으니 취재 능력을 눈치로 익히는 것이 한국의 기자들에겐 흔한 수습 기간 풍경이다. "뉴스라는 제품을 만드는 데 필요한 기술과 기본을 별로 가르쳐주지 않으니 배울 게 없고 체계적이고 진지한 배움이 아니라 즉흥적이고 감각적인 따라하기"(박재영, 2014)에 불과하다는 것이다. 결국 "대개 1진 기자는 뜬금없이 지시를 내리고 막무가내로 다그치면", "2진 기자의 하루는 욕 먹으며 시작해 욕 먹으며 끝난다." 그리고 점차 '다', '나', '까'로 문장 맺음 어투가 변하고, 경찰서 마와리를 돌며 경찰에게 "형님, 별일 없습니까"를 묻는 게 전부가 되는, 전투력만을 배우는 것이 한국의 기자 수습 교육인 셈이다(박재영, 2014).

---

10 마와리와 함께 경찰서에서 먹고 자는 하리꼬미는 없어졌으며, 주 52시간제 도입 이후 마와리 악습도 엷어지고 있다는 주장도 있다. 그러나 신입기자들의 합격수기를 보면 2023년에도 마와리 관행은 여전히 진행되고 있는 것을 확인할 수 있다(고유찬 외, 2023).

6. 데모 릴스를 통한 이직과 세분화된 디지털 직군

미국 언론사들의 경우 기자를 상시로 모집하는 데다 이직이 잦은 탓에 한국식 기수 문화라는 것은 상상할 수 없다. 대신 철저한 능력 위주 평가가 이뤄지는데, 퀄리티 있는 기사나 특종, 기획 구성력, 탁월한 방송 진행 능력 등이 인정되면 다른 언론사가 더 많은 연봉을 제시하며 스카우트 제의를 해온다. 그야말로 능력별 오픈마켓 시스템이다. 혹은 기자들의 경우 자신의 샘플 취재기사인 '데모 릴스Demo reels'를 유튜브에 올리기도 한다.

실제로 'MMJMultimedia Journalist'를 유튜브에 검색하면 여러 기자들의 릴스 영상을 볼 수 있다. 일반적으로 7~10분 분량의 릴스에는 기자의 이름, 이메일 주소, 휴대폰 번호, 소셜미디어 핸들이 포함된 화면으로 시작해, 카메라 앞에서의 1분간의 스탠드업, 가장 영향력 있는 자신의 저널리즘 작품 2~3분 분량이 연이어 담겨 있다. 여기에 실제로 해당 기사가 지역사회에 어떤 영향력을 불러왔는지에 대한 설명, 또는 수상 경력이 추가되기도 한다. 기본적으로 해당 기사는 2~3개월 이내의 최신 자료로 작성하도록 권장되며, 6~8개월이 지난 기사이면 이미 오래된 것으로 간주된다(NBCU Academy, 2023). 기자들이 소셜미디어에 대놓고 이직을 원하고 있다는 의사를 피력하는 것이나 다름없는데, 집단의 목표보다 개인의 동기와 만족을 우선하는 미국의 조직문화상 회사에서도 이에 대해 크게 개의치 않으며 오히려 잦은 이직은 하나의 관행처럼 자리 잡았다.

실제로 미국 주요 매체에는 기자 스카우트 담당자Talent Aquisition Specialist, News Talent Recruiter 직함을 가진 직원들이 있다. 이러한 영상이나 기사들을 수시로 확인해 전국의 기자들 가운데 우수 인력에 대한 자료를 축적하는 것이 이들의 주요 업무 중 하나다. 저널리즘스쿨과 연락을 지속하는 것도 이들의 몫이다. 한국에서 경력기자를 채용할 때 온라인 인성검사나 실무 면접(편집기자의 경우 실기 테스트)을 통한 역량 평가를 거치는 것과는 전혀 다른 접근법이다.

미 언론사 채용의 또 다른 특징은 직군이 상상 이상으로 다양하다는 점이다. 최근 들어 공격적으로 채용하고 있는 직군은 소셜미디어 에디터/매니저Social Media Editor/Manager, 독자 관여 에디터Audience Engagement Editor, 인게이지먼트 전략가Engagement Strategist, 틱톡 프로듀서TikTok Host/Producer, 디지털 오디언스 분석가Digital Audience Analyst 등이다. 한국 실정에서는 생소한 직군이지만, 미국 뉴스룸에서는 독자를 자신의 플랫폼으로 끌어오는 인게이지먼트 능력이 중요해지면서 언론사들이 앞다투어 모집하기 시작했다. 이들의 역할은 각종 뉴스룸 소셜미디어 계정에 올라가는 영상, 이를테면 인스타그램이나 틱톡에 올라오는 클립들, 혹은 라이브 방송, 독자와의 Q&A 세션 실시간 이벤트, 온라인 뉴스레터 기획/관리 등이다. 경우에 따라서 각 언론사 소속 기자들의 소셜미디어 계정에 올라갈 기사의 요약 방식을 조언하는 일도 포함된다. 단순히 구독자의 페이지뷰를 확인하고 유입 키워드 정도를 분석하는 미디어 경영 직군과는 다른 영역이다. 이미 기자들이 취재해온 뉴스 완성품들을 각 플랫폼에 적합한 방식으로 편집하고 디자인하는 일인데, 이러한 과정에는 분명 저널리즘적 윤리와 가치판단 등이 개입되기 때문이다. 따라서 미국에서 이 직군은 모두 저널리스트로 불린다.

미국의 저널리즘스쿨들에서는 이러한 직군에 학생들을 대비시키기 위해 디지털 독자The Digital Audience, 디지털 전략Digital Strategy, 소셜미디어 이론과 실습Social Media Foundations and Practice, 뉴스룸 컨텐츠 제작 Newsroom Content Creation, 소셜미디어 캠페인, 독자 관여Social Media Campaigns, Engagement and Research, Search Engine Research and Strategy 등의 과목을 활발하게 가르치고 있다. 새로 생겨나는 직군들도 모두 미래의 기자들이 맡아야 할 일이라고 생각하기 때문이다. 실제로 신입생부터 듣게 되는 멀티미디어 저널리즘 과목에는 팟캐스트, 트위터/인스타그램 라이브로 속보를 전하는 과제, 인터랙티브 그래픽을 구성하는 과제가 포함된다. 고작해야 기사 작성 기초나 방송뉴스 제작 과목을 통해 실무 감각을 익히는 한국 대학의 실무 교육과는 차원이 다른 학습이 이루어지고 있는 것이다.

한국에도 비슷한 시도를 하는 언론사가 있다. JTBC나 <뉴스핌>이 디지털 기자를 경력으로 채용하고, 조선일보가 디지털 콘텐츠 PD를 경력직으로 채용하겠다고 공고를 낸 사례 등이 있다. 하지만 미국처럼 디지털 내에서는 어떤 영역을 담당하는지 업무 내용이 세분화되어 있지 않고, 그저 '유튜브 채널을 운영할 사람'이라고만 되어 있다. 이러한 직군 자체가 기자 채용의 한 분야로 완전하게 자리 잡지는 않았기 때문이다. 요즘 젊은 독자들은 신문은커녕 TV 뉴스도 보지 않고 인스타그램이나 틱톡, 유튜브 쇼츠를 통해 이스라엘 전쟁 소식을 접한다. 앞으로는 이러한 인구가 사회의 주류가 될 것이므로, 뉴스 형식의 경계는 점차 더 넓어질 것이다. 뉴스를 데이터 시각화, 디지털 인터랙티브 차트 등 메시지를 만드는 하나의 저널리즘으로 바라보고 이에 맞는 다양한 직군을 역량에 맞게 채용해야 한다. 저널리즘 가치를 지키면서 이러한 컨텐츠를 생산해내는 일은 하나의 전문 직종이 되었다. 따라서 이에 걸맞은 고급 교육에 대한 과목을 가르치는 일 또한 필요한데, 한국 저널리즘 교육은 디지털 기술이 발달한 속도만큼 이를 따라잡지는 못한 것이 현실이다.

7. 기자의 탄생에는 버리는 시간이 없어야 한다

이 글에서는 한국과 미국에서의 기자 예비 과정, 수습기자 채용, 채용 준비 내용과 방식, 입사 후 경력 관리가 어떻게 이루어지는지를 살펴보았다. 전통 언론의 디지털 혁신과 그 채용 방식에는 어떤 관련이 있는지도 짚었다. 이를 표로 정리하면 <표 3-3>과 같다.

최근 한국 언론사들이 보이는 채용 추세(첫째, 신입을 뽑아 육성하는 투자보다 비용 절감을 위해 이미 검증된 경력직을 선호하는 추세[특히 KBS가 공채 대신 필요 부서에서 수시로 경력기자를 채용한 방식], 둘째, 채용 전환용 인턴 선발 확대 추세, 셋째, 전문기자 채용 확대 추세[4차 산업과 AI 등장 등으로 공대 출신의 인력 채용 확대]; 김한나, 2021)는 상당 부분 미국 채용 방식과의 차이를 좁혀가고 있는 것으로 보인다. 다만 미국이, 이전 단계의 교육과 학습이 그다음 단계의 경력으로 이어지는 형태로 경력을 더해가며 전문가로 성장하는 길이 이미 제도로 정착돼 있다면,[11] 한국에서는 신입 공채 제도가 줄어들고 있다고는 하나 그래도 여전히 시험을 쳐서 인재를 구하는 과거제 방식이 인턴 채용, 경력 채용 곳곳에 남아 있다. 그렇다 보니 대학 교육, 채용 제도, 경력 관리가 각 단계별로 연결되지 못하고 분절되는 것을 확인할 수 있다. 설상가상 순환형 인사·보직 제도는 그렇지 않아도 전문가로 성장하기 힘든 환경을 악화시키는 요소로 작용한다.

한국의 기자 채용 제도를 단기간에 미국식으로 바꾸는 것은 사회문화적 구조상 불가능할 수 있다. 미국처럼 오랜 역사 기반과 대학의 인프라 등을 갖추지 못한 한국 상황에서 이를 단번에 미국식으로 개혁한다는 것 역시 비현실적인 이야기다. 따라서 현재의 한국적 현실 안에서 가능한 조건과 자원들을 확인해 효율적으로 운영할 수 있는 방법을 찾

---

11 '한국의 저널리즘' 시리즈에서 여러 번 강조하는바, 한국 기자 채용의 문제점을 구조적으로 드러내 보여주기 위해 미국의 사례를 분석했지만, 미국의 사례가 늘 이상적인 모범답안은 아니다. 미국의 경우 한국과 같이 50대 중반~60세까지는 안정적으로 일할 수 있는 환경이 아니며, 능력을 인정받지 못할 경우 하루아침에 해고당하는 일도 허다하기 때문이다. 일례로 워싱턴포스트와 같은 유력지 역시도 2023년 240명의 직원 해고를 발표했다. 『로스앤젤레스타임스The Los Angeles Times』 역시 74명의 뉴스룸 스탭의 해고를 발표했다. 이러한 수치는 2023년 정점을 찍어 1만 7,436개의 미디어 관련 직장이 사라진 것으로 보고됐다(Fisher, 2023).

<表 3-3> 한국과 미국의 기자 채용 제도

국가 항목	한국	미국
인턴십 (입사 전 경력)	• 채용 연계형 인턴 • 인턴 채용은 공채와 똑같이 서류-필기-실무-면접 과정을 거침 • 대학 언론에서 기자 경험은 가능하나 미국과 같은 수준의 인프라를 갖춘 대학 언론은 부재 • 이러한 대학 언론 기자 경력이 채용으로 직결되는 경우는 드묾	• 저널리즘스쿨 학생의 경우 졸업 전 인턴십Pre-graduate internship, '인턴십 데이' 등을 통해 스쿨커리어센터에서 중개 • 졸업 후 인턴십Post graduate internship • 수준급 대학 언론에서 기자로 활동
신입기자 채용	• 공채시험 • 인턴십을 통해 일부 채용으로 전환(최근 이 비율을 늘리는 시도가 진행 중)	• 상시, 개인 계약(인턴십의 경우 저널리즘스쿨이 계약을 중개) • 각 언론사 리쿠르터들이 학교로 방문 시 면접에 응시 • 잡콜Job call이 열리면 직접 지원
준비 내용	• 자기소개서 • 상식 시험, 논문·작문 준비 • 실무/최종 면접	• 레쥬메 • 커버레터(레쥬메는 활동을 이력서 식으로 작성한다면, 커버레터에는 그동안의 기자로서의 경력, 지원자의 동기, 저널리스트로서의 자질을 어필할 수 있는 내용을 2장 내외로 작성) • 온라인 포트폴리오, 릴reel, 혹은 샘플 기사
대비 방식	• 언론사에서 운영하는 언론고시 대비 아카데미 혹은 저널리즘스쿨 • 소규모 스터디	• 인턴십을 통한 실제 기사 작성을 통해 언론사 지원 시 제출할 샘플 기사를 작성 • 대학 언론 활동을 통해 샘플 기사/릴 준비
경력기자 채용	• 경력 공채시험 • 특별채용	• 스카우트제(방송사의 경우, 유튜브 등에 데모 릴reporter/MMJ demo reel을 올리면서 연락처를 함께 올리거나, 직접 채용 담당자에게 이메일을 보내면 이를 보고 스카우터가 연락, 면접 후 이직) • '링크드인www.linkedin.com'을 통한 구인
기자의 전문화 과정	• 대학교육, 채용 제도, 경력 관리가 연결되지 못하는 분절식 • 보직 순환형 인사 제도	• 단계적 인력 흡수(이전 단계의 교육과 학습이 그다음 경력으로 이어지는 형태) • 각 단계를 거쳐 'generalist'보다 'specialist'로서의 전문성을 요구받게 되며, 이 전문 분야를 경력이 더해지며 심화시키는 구조

* 출처: 이재경(2013)의 내용을 토대로 업데이트/보완함.

아야 한다. 이 과정에서 '교육-채용-경력 관리'로 이어지는 동안 버리는 시간 없이 기자의 전문성을 키우려면 어떤 방식을 택해야 하는지, 최근 경력 채용 규모 확대와 이직의 활성화 바람을 타고 고민해 봐야 하는 과도기적 시점에 와 있다. 기자란 누구인가, 어떤 일을 하는 사람인가, 그리고 어떤 기자를 사회가 키워내야 하는가를 고민하며 채용제도를 개선해나가는 일은 언론의 평생 과제. 한국 저널리즘 업계는 인재에 대한 투자 개념이 얕다. 그러나 결국 언론은 사람을 쓰는 비즈니스인 만큼 채용뿐만 아니라 부서 배치와 조직 구조, 경력 관리, 재교육 방식을 정비해 대체 불가능한 기자들을 양성할 수 있어야 한다. 그리고 이를 위해 어떠한 지원을 어떻게 제공할 것인가의 문제는 언론혁신의 핵심적인 고민이 되어야만 한다.

2부

기자 윤리

4장

기자 1987
자율성 그리고 용기

송상근

1. 모두 두려웠다

동아일보 장병수 기자는 서울시경(현 서울경찰청) 기자실에 혼자 있었다. 다른 언론사 기자는 썰물 빠지듯이 나가고 없었다. 점심시간, 정적이 흘렀다. 회사에 전화했더니 데스크가 자리를 지켰다. 이들은 신문이 나오고 도망가지 않았다.

당국이 꼬투리를 잡기 쉽지 않겠다, 크게 또 많이 보도했으니까 하나하나 시비를 걸기가 어렵겠다고 봤다. 그러면서도 불안감을 느꼈다. "정보기관에서 나를 부르지 않을까. 왜냐하면 분위기 자체가, 당시만 하더라도 보도지침에 어긋나는 건 조금 써도 난리를 치는데…. 대대적으로, 완전히 왕 펀치를 날렸으니, 나도 조만간 부를지 모르겠다고 생각했다."[*1]

장 기자의 머리가 복잡한 날은 1987년 1월 19일 월요일이었다. 동아일보는 당시 석간으로 낮 12시 정도에 발행됐다. 박종철 보도가 12개 면에서 6개 면에 나왔다. 스트레이트, 스케치, 시리즈, 해설, 사설. 모든 유형을 활용해서 언론계 표현으로는 기사를 확 깔았고 지면에 쫙 펼쳤다.

정구종 동아일보 사회부장의 회고. "각 출입처 기자실마다 '동아일보 쇼크'로 술렁댔다. 모회사 사회부장은 필자에게 전화를 걸어 '4·19 이후 가장 인상 깊은 지면이었다. 부디 몸조심하면서…'라고 격려해주었다."(정구종, 1992, p. 152) 한국일보 배정근 기자도 놀랐다. "당시 환경에서 과감한 결단이었다. 민주화운동 보도는 한 언론이 치고 나가면 다른 언론도 그만큼 또는 그 이상 보도할 명분이 생기기 때문에 동아 보도는 그야말로 견인 역할을 했다. 젊은 경찰기자 사이에서는 우린 뭐 하는 거냐는 불만도 터져 나오게 됐다."[2]

장병수 기자는 서울시경을 담당하면서 사건팀을 이끌었다. 그는 "중요한 것만 몇 개 나갈 줄 알았다. 그렇게 다 덮을 줄은 몰랐다"라면서 "나도 두려워서 도망가고 싶었다. 전부 도망가고 싶었겠지"라고 말했다.[3] 동아일보 보도에 언론계가 놀라고 기자가 두려워한 이유는 무엇일까? 상황을 알려면 두 단어를 이해해야 한다. 고문과 보도지침.

전두환 국군보안사령관은 1979년 12월 12일 쿠데타로 군부를 장악하고 1980년 5월 광주민주화운동을 진압했다. 이어서 국가보위비상대책위원회 상임위원장으로서 최규하 정부를 무력화하고 실권을 행사하

---

* 박종철은 서울대학교 학생으로 치안본부 대공분실(서울 용산구 남영동)에서 조사받다가 1987년 1월 14일 숨졌다. 당시 21세였는데 언론은 미성년자 이름 뒤에 쓰는 의존명사 '…군'을 붙여 표기했다. 이 글에서는 '박종철 씨'로 쓰고 고문치사 기사를 '박종철 보도'로 약칭한다. 언론인 직책은 보도 시점을 기준으로 했다. 또 당시 기사와 사사 등 문헌을 인용하면서 한자를 한글로 바꾸고, 기호와 띄어쓰기를 고쳤다.

1 필자의 장병수 인터뷰(2023. 9. 22. 전화)
2 필자의 배정근 인터뷰(2023. 9. 25. SNS)
3 필자의 장병수 인터뷰(2023. 9. 24 전화)

다가 1980년 9월 1일 대통령이 됐다. 그리고 헌법을 개정해서 1981년 2월 25일 대통령에 다시 취임했다.

5공화국은 쿠데타 성공으로 탄생했다. 김재규 중앙정보부장이 박정희 대통령을 1979년 10월 26일 살해한 직후에 정승화 계엄사령관(육군참모총장) 지시로 체포됐다. 김재규는 국군보안사령부가 주도한 합동수사본부에서 고문당했다. 합수부는 사건 연관성을 조사한다는 명목으로 정승화 계엄사령관을 강제 연행해서 혹독하게 다뤘다. 또 전두환 중심의 신군부는 광주민주화운동을 진압함과 동시에 정치인, 대학교수, 언론인을 체포하고 조사하는 과정에서 고문을 일삼았다(김충식, 2022a; 2022b; 정승화, 1987; 조갑제, 1988; 2013). 고문은 정권 내내 계속됐다. 1985년 2월 12일 치른 제12대 국회의원 선거에서 김영삼·김대중 중심의 새 야당(신한민주당)이 돌풍을 일으켰다. 민주화 요구에 정권은 강경책으로 대응했다. 영장 없이 재야인사와 대학생을 연행해서 고문했다.

언론인 역시 마찬가지였다. 동아일보 기자 3명이 1985년 8월 29일과 30일, 국가안전기획부(현 국가정보원)에 차례로 끌려갔다. 이채주 편집국장, 그리고 정치부의 이상하 부장과 김충식 기자가 인간 이하의 대우를 받았다. 옷을 벗기고, 온몸을 패고, 구두를 입에 물게 하고…. 조사 도중에 국장급 간부가 협박했다. "동아일보 편집국장의 인신처리는 우리 마음대로 할 수 있다. 각하도 양해한 사실이다. 당신을 비행기에 태워 제주도로 가다가 바다에 떨어뜨려버릴 수도 있고, 자동차로 대관령 깊은 골짜기에 데려가 아무도 모르게 땅에 묻어버릴 수도 있다. (…) 회사 최고경영자에게 전하시오. 국가 장래를 생각하지 않고 무책임한 야당인사들을 선동하여 신문을 팔아 돈을 버는 생각을 버리라고."(이채주, 2003, pp. 273-278) 장세동 안기부장은 흰색 운동복을 입고 김 기자의 고문 현장에 나타나 "이 새끼들 죄여 버려"라고 말했다(황호택, 2017, p. 27).

기자 3명을 왜 끌고 갔을까? 중국 폭격기가 8월 24일 전북 이리(현

익산) 상공을 배회하다가 논바닥에 떨어졌다. 조종사는 타이완으로 망명하기를, 통신사는 중국으로 돌아가기를 원했다. 정부는 국제 관례에 따라 두 사람 희망대로 처리하기로 했다. 공식 발표 전에 김충식 기자가 8월 29일 보도했다. 엠바고(일시적 보도 유예)가 없었는데도 파기했다며 지하실에서 구타하고 모욕을 주면서 그동안의 보도를 문제 삼았다.

이채주 국장에게는 기사 스크랩 보따리를 가져와 2·12 총선 이후 정권에 비협조적인 기사를 들이댔다. 또 김대중 씨가 2월 8일 미국에서 귀국하던 날, 가장 큰 특호활자로 1면에 보도한 저의가 무엇이냐고 추궁했다(김충식, 2022b, pp. 171-178). 동아일보는 총선을 전후한 1개월 동안에 △ 1면 톱 19건, △ 사설 27건, △ 사회면 톱기사 10건, △ 특집 기사 83건을 게재했다(동아일보사, 1996, pp. 205-215). 선거 결과, 신민당이 창당 한 달 만에 제1 야당이 되자 안기부가 중국 폭격기 보도를 핑계 삼아서 손봤다. 고문은 기자들에게 악몽이자 상처가 됐다.

그때의 모든 기억은 사라지고, 남은 것은 신문과 주황빛 전등 아래서의 혹독한 고문의 기억, 편집국장과 함께 그 시대를 살았던 편집국 동료들의 고난의 모습뿐이다. (이채주, 2003, p. 10)

밀폐된 지하실, 법과 제도의 사각에서 벌어지는 광분한 권력의 행패에 정신 이상이 되지 않고 불구가 되지 않은 것이 신기할 정도였다. (한국기자협회, 2008)

연행과 고문에 항의하려고 동아일보 기자 80여 명이 9월 1일 저녁, 편집국에 모였다. 이들은 총회에서 결의문을 채택하고 분노를 표시했다. 다음 날에는 신민당이 당국을 규탄하고 국회 내무위와 문공위 소집을 요구했다. 또 민주화추진협의회(9월 3일)와 한국기독학생회총연맹

(9월 5일)이 성명을 발표했다. 외신이 잇따라 보도하면서 미국 정부가 '심각한 우려'를 표명하고 국제신문인협회IPI 총회가 규탄 성명을 냈다 (동아일보사, 1996, pp. 240-244). 기자들이 기사화를 요구했는데도 지면에 실리지 않았다. 보도지침 때문이었다.

전두환 정권의 문화공보부(현 문화체육관광부)는 보도 여부, 그리고 방향과 내용과 형식을 정해서 언론에 수시로 보냈다. 문공부 홍보정책실의 홍보조정관이 통보하는 식이었다. 한국일보가 내용을 일지 형식으로 보관했는데, 민주언론운동협의회가 입수해서 월간 『말』지誌의 1986년 9월호 특집을 통해 실체를 알렸다. 제목은 "보도지침: 권력과 언론의 음모- 권력이 언론에 보내는 비밀통신문"이고 분량은 64쪽이다(민주언론운동협의회, 1986).

사례를 보자. 김영삼 민주화추진협의회 공동의장과 이민우 신민당 총재가 1985년 10월 19일 민추협 사무실에서 기자회견을 열고 "재야인사, 언론인, 운동권 학생, 노동자 등에 대해 연행 및 가혹행위가 잇따르고 있다", "반인간적이고 반문명적인 고문 행위와 인권 유린 행위는 이 땅에서 영원히 추방돼야 한다"라고 말했다. 보도지침은 이렇다. "△ 최근 연행, 억압사건에 관한 건. ① 김영삼, 이민우 민추협 사무실에서 기자회견. ② 이 회견에 합류하려던 김대중, 문익환, 송건호 씨 등 재야인사, 가택연금. ③ 이 회견과 관련한 미 국무성 논평. 이상 3건은 일체 보도하지 말 것." 10월 20일, 전두환 대통령의 민속박물관과 현대미술관 시찰은 "충실하게 보도해 주기 바람", 기능올림픽 6연패는 "특히 일본서 올린 쾌거이므로 크게 보도 요망"이라고 나온다. 월드컵 축구 예선 1차 한일전에서 한국이 승리하자 "대통령이 선수단에게 전화했으니 1면 톱기사로 써주었으면 좋겠음"이라고 했다.

보도하지 말 것, …로 다뤄주기 바람, 가급적 빨리 사전 심사(검열)받을 것, 반드시 넣을 것, 보도량도 많지 않게, …라는 식으로 보도하지 말 것, …때까지 보도 보류, 해설기사도 요망, 크게 보도 요망, 비판적 시각으로 다뤄줄 것, 사진 쓰지 않도록, …는 문구는 일체 쓰지 말 것, 제복에서 …는 식으로 할 것, 요란하게 보도하지 말 것, …한 사항을 연말 및 송년 특집에서 다루지 말 것, … 때로는 지시형, 때로는 권유형 표현을 통해 언론을 통제했다. 『말』지가 폭로한 내용은 1985년 10월 19일부터 1986년 8월 8일까지다. 언론인 출신의 저서와 회고를 보면 이 기간의 전후에도, 즉 전두환 정권 내내 보도지침이 존재했다.

2. 기자들 움직이다

서울대학생 박종철 씨는 1987년 1월 14일 서울 용산구 남영동의 치안본부 대공분실에서 조사를 받다가 숨졌다. 중앙일보 신성호 기자는 1월 15일 오전 서울형사지법을 거쳐 대검찰청을 돌면서 기사화할 내용을 확인했다. 마감을 앞두고 늘 하던 일. 그런데 오전 9시 50분경, 대검 공안4과장(이홍규)에게서 "경찰, 큰일 났어"라는 말을 들었다. 신 기자가 "그러게 말입니다. 요즘 경찰들 너무 기세등등했어요"라고 아는 체를 하자, 공안4과장은 "그 친구 서울대생이라지. 서울대생이라며?"라고 했다. 신 기자는 내용을 전혀 모르면서 "아침에 경찰 출입하는 후배 기자에게서 그렇다고 들었습니다"라고 맞장구를 쳤다(신성호, 2012, pp. 67-71; 2017, pp. 21-38; 전국언론노동조합연맹, 1993, pp. 22-31).

사건 윤곽을 회사에 보고하고 신 기자는 대검 중앙수사부 1과장(이진강), 서울지검 1차장(최명부), 서울지검 공안부 학원 담당 검사(김재기)를 차례로 찾아가 학과, 학년 그리고 이름에서 두 글자를 알아냈다. 데스크 지시로 서울대학교 담당 기자가 이름 세 글자와 주소를 알아냈고, 부산 주재 기자가 박종철 씨 집에 가서 가족을 만났다. 신 기자가 첫 단서를 듣고 신문이 나오기까지 2시간 정도 걸렸다. 평소 마감보다 늦어서 인쇄 중이던 윤전기를 멈추고 1월 15일 7면(사회면)에 2단 크기로 게재했다. 제목은 "경찰에서 조사받던 대학생 '쇼크사'"이다. 기사는 7개 문장으로, 첫 세 문장이 핵심이다.

14일 연행되어 치안본부에서 조사를 받아오던 공안사건 관련 피의자 박종철 군(21 · 서울대 언어학과 3년)이 이날 하오 경찰조사를 받던 중 숨졌다.
경찰은 박 군의 사인을 쇼크사라고 검찰에 보고했다.
그러나 검찰은 박 군이 수사기관의 가혹행위로 인해 숨졌을 가능성에 대해 수사 중이다.

제목에서는 쇼크사라고 했는데 본문에는 가혹행위라는 표현이 나온다. 박 씨가 고문당했다는 사실을 1월 15일 오전에는 검찰이 확인하지 못했고, 신성호 기자 역시 마찬가지였다. 재야인사와 대학생이 안기부와 경찰에서 고문당하는 일이 많았기에, 박 씨 역시 고문치사 가능성이 높다고 검찰과 기자 모두 생각했다. 하지만 검찰이 파악한 정보가 제한적이었고, 기자 역시 마감이 지나서 1보를 써야 하므로 고문치사로 단정하기가 어려웠다.

박 씨 후배는 신문을 보고 술집에서 다른 학생들과 같이 울면서 복수하겠다고 다짐했는데, 커다란 공안사건이 계속 터지는 때라서 일과성으로 묻힐 거라고 생각했다(6월민주항쟁계승사업회 · 민주화운동기념사업회, 2007, pp. 74-81). 전두환 정권에서 의문사가 끊이지 않았으니 다른 희생자처럼 덮어질 뻔했다. 하지만 여러 요인이 맞물려 누구도 예상하지 못한 방향으로 흘러갔다. 박 씨가 고문받다가 의식을 잃었다 → 경찰이 살리려고 의사(중앙대학교부속병원 오연상)를 조사실에 데려갔다 → 오 씨는 자신이 도착하기 전에 박 씨가 숨졌음을 확인했다 → 경찰이 가족 동의 없이 화장하려고 했다 → 경찰이 변사체로 처리하려고 보고해서 검찰이 박 씨 사망을 알았다.

다른 의문사와 다른 점은 박 씨가 숨진 날에 목격자(오연상)가 있었고, 하루 만에 검찰이 알았다는 사실이다. 박 씨 사망 기사가 중앙일보에 처음 나오자 다른 언론이 후속 보도에 나섰다. 동아일보는 박 씨 기사를 1월 16일 11면(사회면)에 사이드 톱(두 번째 큰 기사)으로 보도했다. 세로쓰기 신문의 맨 위에서 맨 아래까지 기사가 흘렀다. 분량이 톱(가장 큰 기사)보다 길어서 지면 절반을 차지했다. 제목은 "대학생 경찰 조사 받다 사망"이다. 경찰과 검찰, 진료의와 부검 입회자, 박 씨 가족을 취재한 결과다.

부검에 입회한 박동호 박사(한양대병원 마취과)의 설명이 중요하다. 사체에서 탁구공 크기의 출혈반이 발견됐다, 특별한 치명상은 발견되지 않았다, 목과 가슴 주위에 피멍이 많이 발견됐다고 했다. 기사에는 "경찰 관계자에 따르면"이라고 나온다. 동아일보 황열헌 기자가 신분을 밝히고 취재하니까 박 박사가 거절했다. 황 기자 요청으로 KBS 기자가 안기부 과장 같은 목소리로 전화를 걸어 시신 상태를 확인했고, 황 기자가 같이 들으면서 받아 적었다. 그리고 취재원을 보호하려고 '경찰 관계자'로 썼다(황호택, 2017, pp. 86-96).

동아일보 기사의 첫 문장은 이렇다. "교내시위 주동 혐의 등으로 치안본부 대공수사 2단에 연행돼 조사를 받던 서울대 박종철 군(21·인문대 언어학과 3년)이 14일 조사 도중 갑자기 쓰러져 병원으로 옮기던 중 숨졌다." 중앙일보 첫 보도에 대해 치안본부가 밝힌 내용을 위주로 작성했다. 그런데 기사 중간에는 앞부분과 다른 내용이 나온다.

숨진 박 군을 치안본부 조사실에서 처음으로 진료한 중앙대부속용산병원 내과의 오연상 씨(32)는 "도착 즉시 박 군의 눈동자를 살펴보고 심전도 및 호흡 상태를 살펴본 결과 이미 숨진 상태였었다"며 "그 뒤 기관지에 튜브를 집어넣어 인공호흡을 시키고 충격

요법으로 사용되는 캠플 주사를 놓고 심장마사지를 약 30분 동안
이나 계속했으나 박 군의 심폐기능은 소생되지 않았다"고 말했다.

오 씨는 또 "심장마사지 과정에서는 가슴뼈를 심하게 때리거나
폐 부근을 강하게 누르게 돼 있어 폐와 가슴뼈 등에 상처가 나는
수도 있다"고 밝히고 "그러나 이날 심장마사지 도중 전기충격요법
은 전혀 사용하지 않았다"고 말했다.

중앙일보 첫 보도를 계기로 치안본부가 1월 16일 오전, 기자들에게
설명했다. 오 씨 이름이 알려지면서 기자들이 중앙대병원으로 몰려갔
다. 치안본부는 박 씨가 조사 도중 숨졌다고 했지만, 오 씨는 이미 숨진
상태라고 말했다. 은폐 조작을 뒤집는 중요 내용인데도, 중간에 짧게
들어갔다. 동아일보가 낮 12시 정도에 발행하는 석간이어서, 점심 직
전에 들은 오 씨 이야기에서 일부만 기사에 급히 넣었기 때문으로 보
인다.

오 씨 취재는 동아일보 윤상삼 기자가 맡았다. 취재기에는 오 씨가
입을 열기까지 30분 정도 망설였다는 식으로 썼다. 또 다른 언론사 기
자를 전혀 언급하지 않아 윤 기자가 혼자 만난 인상을 준다(한국기자협
회, 2010, pp. 41-43; 전국언론노동조합연맹, 1993, pp. 32-43). 영화
<1987>에는 기자가 화장실에 숨은 장면이 나와서 오해를 부추긴다.
다음은 오 씨 설명.

오전 진료가 거의 끝날 때쯤 밖이 소란스러웠다. 형사가 기자들
을 못 들어가게 막으려고 그랬던 것 같은데, 기자들이 30명 가까
이 왔다. 사진 기자 포함해서. 그러니까 형사 1명이 그걸 감당하지
못했다.

이거를 말하면 내가 무슨 해를 당할까 그런 고민이 아니었다.
어떻게 말해야 기사가 좀 써지고, 대공분실이나 검찰에서 트집을

못 잡으려면 어떻게 해야 하는지를 고민했다. 나중에 번복할 수 없게 다 말해야 가장 효과적이고, 나에게도 가장 안전한 방법이라고 결론을 내렸다. 입을 열기 시작하고 나서는 남김없이 다 이야기했다. 물과 관련된 내용을 최대한 언급하면서, 심지어 물고문과 관련이 없지만 일반인이 들으면 물고문을 떠올릴 수포음까지 의도적으로 넣었다.[4]

그가 기자들에게 뭔가를 말하려던 심정은 현장에 있던 한국일보 배정근 기자도 느꼈다. "가면서 기대는 안 했다. 왜냐하면 민감한 사안이고, 이 사람이 경찰로부터 말조심하라는 얘기도 들었을 거고. 얘기를 제대로 안 할 거라고 생각하고 갔는데, 의외로 말을 술술했다. 그래서 굉장히 놀랐다. (…) 뭔가 적극적으로 알려주려는 태도처럼 느껴졌다. (…) 얘기하는 걸 듣고 소름 끼쳤다. 이게 물고문이구나."[5]

오 씨는 청진기를 댔더니 꾸르륵 꾸르륵 소리, 즉 수포음이 들렸다고 말했다. 의학적으로 수포음은 물고문과 상관없다. 그럼에도 일반인은 폐에 물이 들어가서 나는 소리로 생각할 거라고 봤다. 박 씨가 고문당하는 모습을 오 씨는 보지 못했다. 하지만 대공분실에 가면서 경찰이 했던 말(물을 많이 먹었다), 시신 상태, 조사실 모습을 종합하면 물고문이라는 심증이 강하게 들었다. 물고문이라는 단어를 사용하지 않고 수포음이라는 단어를 언급한 이유다.[6]

---

4   필자의 오연상 인터뷰(2023. 9. 21. 대면)
5   필자의 배정근 인터뷰(2023. 9. 24. 전화)
6   한국기자협회 취재기에는 "윤상삼은 박 군 사체를 처음으로 검시한 오연상 박사를 경찰병원 화장실에서 단독 인터뷰했다. 오 박사는 시체에서 수포음이 들렸고 물고문의 흔적이 있었다고 과감히 고발했다"라고 나온다(2010, p. 42). 여기서 단독 인터뷰, 경찰병원 화장실, 박사, 검시, 물고문 흔적의 고발은 틀린 내용이다. 윤 기자는 다른 언론사 기자들과 같이 오 씨를 만났고, 장소는 중앙대병원 진료실이었으며, 오 씨는 박사가 아니었다. 또 급한 환자가 있다고 경찰이 말했으므로 오 씨는 사체 검시가 아니라 응급처치로 생각했다. 오 씨는 "물고문 단어를 의도적으로 사용하지 않았다. 또 환자가 살아

또 하나 중요한 내용. 대공분실 조사실 바닥에 물이 흥건했다고 말했다. 수포음과 함께 이런 모습이 물고문을 알려주는 확실한 근거라고 생각했기에 기자들이 빨리 보고하려고 우르르 나갔다.[7] 실제로 윤상삼 기자는 △ 대공분실에 도착했더니 박종철 씨가 이미 숨져 있었다, △ 바닥에 물이 흥건했다, △ 수포음이 들렸다고 회사에 보고하면서 수포음이 핵심이라고 강조했다.

오 씨 이야기에서 동아일보는 이미 숨졌다, 인공호흡을 했다, 캠플 주사를 놓았다는 내용만 1월 16일 11면(사회면) 사이드 톱에 넣었다.[8] 수포음 언급은 다음 날 신문, 즉 1월 17일 조간에 먼저 나왔다. 11면(사회면)에서 조선일보는 4단 크기, 한국일보는 3단 크기였다. 동아일보는 이보다 늦게, 1월 17일 석간에 수포음과 조사실 모습을 7면(사회면) 2단 크기로 넣었다. 시간순으로 보자. 1월 15일에는 중앙일보가 사회면에 작지만 가장 먼저 보도했다. 1월 16일에는 동아일보가 사회면 사이드 톱으로 가장 크게 보도했다. 1월 17일에는 조선일보와 한국일보가 사회면의 세 번째 큰 기사로 보도했다.

동아일보 사건팀은 1월 17일 기사가 작게 나오자 불만이었다. 고참인 윤상삼·황열헌 기자가 주도해서 회사에 복귀하지 않았다. 항의 성격의 미귀未歸 스트라이크였다. "캡(장병수 기자)이 들어오라고 하는데

나기를 기대하면서 심폐소생술을 하므로 의사라면 사체에서 수포음이 들렸다고 말하지 않는다"라고 설명했다(필자의 오연상 인터뷰, 2023년 10월 13일 SNS).

7   누가 질문했는지를 필자가 인터뷰했던 2명은 다르게 기억한다. 오연상은 "(동아일보) 윤상삼 기자가 바닥에 물이 있었냐고 물어서 (내가) 그렇다고 대답했다"라고 말했다. 배정근은 "중앙일보 기자가 그때 바닥이 어떠했냐고 묻자 오연상 씨가 물이 흥건히 고였다고 했다"라고 말했다. 문답이 마지막에 나왔다는 데는 일치한다.

8   중앙일보 이두석 부장은 "다음 날(16일) 동아일보는 '왜곡·축소'한 경찰의 발표를 뒤집었다. 1면 머리기사로 '박군이 쇼크사가 아닌 고문에 의해 죽었을 가능성이 크며, 부검 의師檢醫 등의 증언이 이를 뒷받침하고 있다'는 보도내용이었다"라고 썼다(이두석, 2011, p. 105). 하지만 동아일보 1월 16일 지면에는 1면 머리기사가 아니고 11면(사회면) 사이드 톱으로 나왔다.

아무도 안 들어갔다. 사실 캡도 동조했다. 회의에서 결정하고 취재하고 출고한 내용이 나가지 않으니까. 의사 표현은 당연히 할 일이고, 항의할 만하다고 모두 생각했다."[9] 장병수 기자도 생각이 같았다. "기자들도 안다, 보도지침이 있다는 걸. (동아일보) 전체가 큰 결단을 내려야 한다고 생각했다. 보도지침 타파하는. 전에도 조금씩 어겼지만, 전면 타파해야 한다고 생각했다. 국장과 데스크에게 압박을 가하려 했다."[10]

사건팀이 스트라이크를 했던 1월 17일, 눈길을 끄는 기사가 동아일보에 실렸다. 사회 2면(6면) 고정 코너인 <창窓>이다. 박종철 씨 가족이 1월 15일 서울로 올라오고, 벽제화장장(현 서울시립승화원·경기 고양시)으로 이튿날 오전에 가는 과정을 먼저 묘사했다. 그리고 아버지가 아들 유골을 강에 뿌리는 과정을 마지막에 보여준다. 기사에는 임진강 지류라고 나오는데 현장에 갔던 사진부 기자가 공릉천(경기 고양시)임을 확인했다.[11]

황열헌 기자에게는 취재차가 배치되지 않았다. 역사의 현장이니 같이 가자고 한국일보 기자에게 얘기해서 한국일보 취재차로 갔다.[12] 박 씨 아버지는 유골을 뿌리면서 통곡을 삼키고 허공을 향해 외쳤다. "철아, 잘 가그래이-. 이 아부지는 아무 할 말이 없다이-." 영화 <1987>은 윤상삼 기자가 취재했다고 사실과 다르게 설정했다. 황 기자가 <창>에 넣은 문장, "철아, 잘 가그래이-. 이 아부지는 아무 할 말이 없다이-"는 많은 국민을 울렸다. 시위 현장의 플래카드에 계속 등장했고, 정부 관계자들에게도 깊은 인상을 남겼다.

이날 석간이 배달된 뒤 문공부 홍보조정실의 동아일보 담당 서

---

9   필자의 황열헌 인터뷰(2023. 9. 19. 대면)
10 필자의 장병수 인터뷰(2023. 9. 18. 대면)
11 필자의 김경제 인터뷰(2023. 9. 26. 대면)
12 필자의 황열헌 인터뷰(2023. 9. 19. 대면)

병호 국장이 필자(사회부장)에게 전화를 걸어왔다.

"부장님, 나 오늘 <창> 보고 울었습니다. 홍보 조정이고 뭐고, 일할 생각 안 납니다…."

그는 그 뒤부터 필자에게 전과 같은 협조 요청의 전화를 거의 걸어오지 않았다. (정구종, 1992, p. 153)

3. 편집국장 결단하다

장병수 기자는 1월 17일 저녁, 뭔가 이상하다고 느꼈다. 기사를 논의해야 하는데 편집국에 사건팀이 보이지 않았다. 그 시각 기자들은 회사 근처에 모였다. 빨리 들어오라고 하는데도 후배들이 말을 듣지 않았다. 이유를 짐작했기에 속으로 생각했다. "자식들이 놀고 있네. 다 알면서 말이야. 간이 부었나. 전 언론이 못 쓸 정도로 공포 분위기인데…."[13]

시간이 조금 더 지나면서 심각성을 알고 장 기자가 수석 차장(전만길)에게 보고했다. 사건팀과 장 기자 사이에 거친 말이 오가지 않았다. 또 장 기자와 데스크 사이에 많은 말이 오가지 않았다. 공포가 짓누르는 시대, 보도지침에 억눌린 언론 환경을 모두가 알았다. 상황을 타파해야 한다는 데 이심전심이었다. 황열헌 기자는 "우리가 하는 게 부장과 국장을 도와준다고 생각했다. 그래야 그분들도 '기자들이 저러니까'라며 밖에다 대고 말하는 명분이 된다"라고 미귀 의도를 설명했다.[14]

남시욱 편집국장은 정구종 사회부장을 통해서 사건팀 분위기를 파악했다. 그리고 간단명료하게 말했다. "사실로 확인되는 것은 다 써도

---

13 필자의 장병수 인터뷰(2023. 9. 24. 전화)
14 필자의 황열헌 인터뷰(2023. 9. 19. 대면)

좋다." 데스크가 국장 생각을 전했더니 사건팀이 바로 복귀했다.[15] 남 국장은 누구와도 상의하지 않았다. 경영진에게 보고하거나 허락받아야 겠다고 생각하지 않았다. 스스로 판단하고 스스로 결정했다.

중앙일보 1월 15일 기사를 오후에 보고 남 국장은 이상하게 생각했 다. 사회면 2단 기사가 눈에 띄었다. "경찰에서 조사받던 대학생 '쇼크 사'". 동아일보에 없는 내용이라 사회부에 물었다. 경찰이 아니라 검찰 기사라고 사회부 차장이 말하자 남 국장은 출처를 따지지 말고 확인해 서 쓰라고 했다.

취재를 지시한 시각은 확실하지 않다. 남 국장의 저서(1997)에는 '오 후 4시경'으로 나온다. 당시 법조팀이던 황호택 기자의 저서(2017)에는 "이날 오후 남시욱 편집국장은 밖에서 점심식사를 마치고 회사로 돌아 와"라고 나온다. 동아일보 사사社史에는 다음과 같이 나온다. "87년 1월 15일 오후 3시경 본사 편집국 사회부는 중앙일보(석간)의 1판 사회면 기사를 보고 크게 술렁거렸다. '서울대학생 박종철 군이 서울 시내 갈월 동 소재 치안본부 대공수사단에서 조사를 받다 숨겼다'는 짤막한 2단 짜리 기사였다."(동아일보사, 1996, p. 287)

중앙일보 1월 15일 기사를 보고 동아일보가 그날 3판(지방판)부터 크게 보도했다는 데는 모든 기록이 일치한다. 지방판 마감은 오후 5시 경이었다. 남 국장 말대로 오후 4시경 지시했다면 확인할 시간이 충분 하지 않다. 고문치사로 추정되는 중대 사안을 제대로 취재하지 않고 지 방판에서 사회면 사이드 톱으로 키우기는 당시 분위기에서 힘들었다. 이 글을 위해 필자는 남시욱 국장을 세 번 만났다. 취재 지시 시각이 기록마다 다르다고 했더니 그는 "(오후 4시는) 미스프린트. 내가 잘못 썼거나. 그게 잘못됐구나. 난 지금까지 그렇게 쓴지도 몰랐네"라고 간

---

15 미귀 스트라이크를 얼마나 했는지에 대해서는 기억이 엇갈린다. 장병수는 이틀 정도라고 했고, 정구종과 황열헌은 아주 짧았다고 했다.

단하게 대답했다. 구체적 얘기를 다시 부탁했더니 이렇게 설명했다.

> 어떻게 그렇게 차이가 났을까. 아니에요. 3시경은 (중앙일보 기사
> 를) 뒤따라가지 못해요. 시간적으로 늦죠. 점심 먹고 들어오니까,
> 내가 국장 방에 앉으니까 비서가 신문을 가져와요. 보니까 2단으
> 로 났어요. 그거 보고 사회부에 누가 있냐고 그랬더니 부장은 없
> 고, 차장 중 한 분이 있다고 그래요. 오라고 했어요. 마침 이 친구
> 가 치안본부(현 경찰청) 출입기자예요. 검찰 기사라고 말하길래 어
> 디인지 따지지 말고 빨리 취재해서 내라고 했어요. 그래서 3판에
> 들어갔죠. 지방판에.[16]

박종철 씨는 1월 14일 남영동 대공분실에 끌려가서 숨졌다. 남 국장
은 1월 1일 편집국장이 됐다. 취임 2주 만에 사건이 터졌다. 사안이 심
각함을 느끼고 그는 후속 보도를 신속하게 하라고 사회부에 지시했다.
그리고 사건팀 미귀 이유를 듣고 사실로 확인되면 다 쓰라고 했다.

그가 출판국장으로 근무하던 시절(1983. 5. ~ 1986. 12.)에 월간 『신동
아』가 인기를 끌었다. 1984년 7월호가 10만 부, 1985년 4월호와 7월
호가 각각 20만 부와 30만 부, 1987년 4월호가 40만 부를 넘었다. 예
민한 사안을 신문과 방송보다 자주, 심층적으로 다룬 결과다.

신동아가 광주민주화운동 특집을 1985년 7월호에 실었다. 제목은
"특별기획 광주사태"로, 기사는 모두 6건이다. 보안사가 이정윤 부장
과 윤재걸 기자를 1985년 6월 25일, 남시욱 국장을 6월 26일 연행했
다. 전시와 계엄 상황이 아닌데도 언론인이 군 정보기관에 끌려간 사실
은 전두환 정권이 얼마나 폭압적인지를 보여준다. 이 부장과 윤 기자는
36시간 동안 조사받으면서 가혹행위를 심하게 당했다. 남 국장도 12시

---

16 필자의 남시욱 인터뷰(2023. 3. 23. 대면)

간 동안 조사받았는데 가혹행위는 당하지 않았다. 안기부는 그 전후에
도 신동아를 수시로 탄압했다. <표 4-1>은 주요 사례다(동아일보사,
1996, pp. 245-246).

신동아는 특히 고문에 주목했다. 1986년 2월호(고문과 인권·김중배)
와 7월호(학생들의 죽음을 어찌할 것인가·한완상)에 사내외 필자의 원고
를 넣었다. 남시욱 국장과 이정윤 부장이 1986년 7월 23일 안기부 조
사를 받기 전에 성고문 사건이 폭로됐다. 서울대학생 권인숙 씨가 위장
취업하고 노동운동을 하다가 경기 부천경찰서에 연행됐고, 조사 과정
에서 고문을 당했다. 권 씨는 조영래·홍성우·이상수 변호사의 도움을

<표 4-1> 안기부의 신동아 탄압 사례

권호	내용
1984년 8월호	정래혁 사건 관계 기사가 안기부 압력으로 게재되지 못함
1984년 10월호	신동아 공개 대토론-1988(서울힐튼호텔에서 공개적으로 개최됨) 이 당국 제재로 실리지 못함
1985년 9월호	기획 기사 "김대중의 미국 체류기"가 당국 제재로 게재되지 못함
1986년 6월호	개헌 대토론 특집 중 "김대중 씨가 말하는 개헌 방향" 삭제를 안기부가 요구. 거부하자 수사요원 4명을 인쇄처에 파견해 인쇄를 중단시키고 삭제
1986년 6월호	인터뷰 "홍남순 변호사"가 당국 압력에 의해 게재되지 못함
1986년 7월호	인쇄 중이던 신상우 씨의 민한당 창당 관계 기사를 안기부가 삭제
1986년 7월호	남시욱 국장과 이정윤 부장이 "문익환은 말한다" 기사로 1986년 6월 27일 오후 4시 안기부 수사과 호출을 받고 2시간 조사받음
1986년 7월호	이정윤 부장과 황의봉 기자가 "최루탄 피해" 기사로 1986년 6월 28일 오전 10시 반 보안사 면담 요청을 받고 출두, 14시간 조사받음
1986년 7월호	남시욱 국장과 이정윤 부장이 "박정권의 용공 좌경 조작 시말" 기사로 1986년 7월 23일 오전 11시 반 안기부에 연행돼 조사받음
1986년 9월호	부천서 성고문 사건 기사가 안기부 압력으로 절반 이상 삭제
1986년 10월호	재미 한인사회의 반체제운동 기사가 안기부 제재로 게재되지 못함
1986년 12월호	인터뷰 "박형규 목사"가 당국 압력으로 게재되지 못함
1987년 1월호	유신체제하의 고문 기사가 실리지 못함

얻어 7월 3일 인천지검에 고소하며 진상규명을 요구했다. 이를 계기로 신동아가 1986년 9월호에 "특별기획·고문" 원고 4건을 실었다. 그리고 10월호부터 1987년 1월호까지 "고문추방을 위한 특별기획"을 시리즈로 4회 게재했다.

출판국 부장과 기자가 1985년 6월 보안사에서, 동아일보 편집국장과 부장과 기자가 1985년 8월 안기부에서 고문당했다. 남시욱 출판국장 역시 1985년 보안사에 한 번, 1986년 안기부에 두 번 끌려갔다. 편집국 정치부 차장이던 1973년에도 중앙정보부에서 조사받았다. 운이 좋아서인지 그는 고문당하지 않았다. 하지만 자신이 강제 연행되어 강압적 조사를 받고 선후배가 고문당하는 모습을 지켜보면서 다짐했다.

당시 5공 치하에서 민주투사들에 대해 고문이 가해진다는 갖가지 소문을 들은 필자는 정권을 잡은 사람들이 아무리 독재를 **하더라고** 고문만은 절대로 용인할 수 없다고 분개했던 것이다. 고문 시리즈가 나가니까 고문 관련 책을 포함한 자료들이 들어왔다. 편집국장의 대임을 맡게 되자 필자는 마음속으로 고문 같은 인권침해는 이번에는 신문에서 철저히 규명하겠다는 각오를 하고 있던 참이었다. (남시욱, 1997, p. 415)[17]

정권은 박종철 사건 초기부터 보도 통제를 시도했다. 박 씨 사망을 처음 알린 중앙일보 1월 15일 신문이 나오니까 문화공보부 홍보조정관이 전화해서 기사를 빼라고 했다. 금창태 편집국장 대리가 거절하자 욕을 퍼부었다고 한다. 이어서 오후 3~4시에는 강민창 치안본부장이 이두석 사회부장에게 전화를 걸어 고문치사가 아니고 변사이니 오보에 책임지라고 협박했다. 그러면서 조사 중에 책상을 '탁' 하고 치니까

---

17 굵은 글씨는 '하더라도'의 오타誤打로 보인다.

'억' 하고 쓰려졌다고 말했다(신성호, 2012, p. 85; 2017, pp. 121-122; 이두석, 2011, p. 105).

이날 KBS는 보도지침에 따라 침묵을 지켰다. MBC는 달랐다. 사회부장이 국장단과 싸우고, 국장단이 청와대와 싸우면서 단신 코너(<보도국입니다>)에 넣기로 했다.[18] 법조를 담당한 신경민 기자가 평소 단신보다 길게 원고를 읽었다.

> 어제 낮 12시쯤 서울 용산구 갈월동 치안본부 대공분실에서 조사를 받던 서울대학교 언어학과 21살 박종철 군이 갑자기 쓰려져 병원으로 옮기다가 숨졌습니다.
> 숨진 박 군은 서울대 민민투 책임자로서 수배 중인 사회복지학과 박종운 군을 숨겨준 혐의로 어제 오전 경찰에 연행됐습니다.
> 지금까지 간추린 뉴스였습니다. (황호택, 2017, pp. 181-183)

남시욱 국장은 박 씨 사망의 심각성을 느끼고 편집국이 합심해서 진상을 끝까지 파헤치도록 이끌었다. 부장 회의에서 사회부뿐 아니라 정치부·외신부(현 국제부)·문화부의 데스크도 열의를 갖고 이 야만적인 사건을 입체적으로 보도하기 위해 최선을 다하라고 지시했다. 예를 들어 정치부는 사건에 대한 정부 방침과 정치권 움직임을, 외신부는 국제사회 반응을, 문화부는 고문에 대한 학술적 문제를 다루도록 당부했다(황호택, 2017, p. 99).

---

18 필자의 신경민 인터뷰(2023. 9. 24. 전화)

4. 사회부장 지휘하다

남시욱 편집국장이 결단을 내렸다. 공이 사회부로 넘어왔다. 기자들이 제대로 취재하도록 정구종 사회부장이 이끌어야 했다. 그는 3년 반 동안의 일본 특파원 생활을 마치고 귀국해서 1985년 6월 사회부장이 됐다. 그해 2·12 총선을 계기로 민주화를 요구하는 목소리가 커지던 시기. 대학생, 재야단체, 종교계가 집회와 시위에 나서고 성명을 발표했다. 보도지침에 막히자 정 부장은 돌파구를 찾았다.

명동성당 집회를 보도지침에 따라 1단 기사로 출고하지 않고, 주최 측 움직임, 경찰 대응, 주변 상가와 주민 반응을 묶었다. 또 대학가 집회와 시위를 통계로 보여주면서 동원된 경찰과 부상자 숫자, 최루탄 양을 기사에 같이 넣었다. 상황을 종합해서 사회면 톱으로 올리면 당국은 놀라고 당황하면서도 시비를 걸지 못했다(정구종, 1992, pp. 146-148).

정 부장 역시 평기자 시절, 중앙정보부에서 조사를 받았다. 서울 동대문경찰서를 담당하던 1974년 1월 17일, 종로구 기독교회관에서 목사들의 유신반대 성명을 취재했다는 이유로 끌려가 피의자(긴급조치위반)가 됐다. 옆방에서 목사들이 구타당하는 소리가 들렸다. 어떤 이유에서인지 기자들은 그냥 석방됐다. 그해 4월에는 민청학련 사건과 관련한 수배 학생 명단을 특종 보도했다가 회사로 뛰어오는 기관원들을 피했다(정구종 2017, pp. 119-126).

사건팀 미귀는 오연상 씨의 말이 1월 17일 사회면에 2단 크기로 보도되자 젊은 기자들이 실망하고 반발하면서 일어났다. 기사가 작게 나온 이유를 정 부장은 어떻게 생각했을까? "기자들의 걱정과 기우에서 비롯된 일이다. 오 씨 말을 검증하지 않고 썼기에 편집국장이나 편집부가 아주 크게 키우기에는 문제가 있다고 판단했을 수 있다. 하지만 기자들은 동아일보가 1단의 벽을 깨고 사회면 중간 톱으로 올리는 독자적인 보도 태세에 돌입했기 때문에 시국 기사가 다시 후퇴하는 것 아닌가…라고 생각하면서 미귀가 있었다."[19]

국장이 사실로 확인되면 다 써도 좋다고 하면서 미귀가 끝났다. 박종철 씨가 숨지고 처음 맞은 주말(17~18일), 사회부가 총력 체제로 바뀌었다. 정 부장은 특별취재반 구성을 지시하면서 이렇게 격려했다. "동아 사회부가 이번 박 군 사망 사건을 집중 취재보도해 경찰 스스로가 고문치사 사실을 밝히도록 선도적으로 이끈 만큼, 특별취재반은 철저히 이 사건에 뛰어들어 사명감을 갖고 지면을 빛내 달라." 일요일 회의에서는 고문 시리즈 10회분을 확정해 월요일부터 연재하고, 박 씨연행에서 사망과 화장에 이르기까지의 생생한 다큐멘터리, 사건 뒷이야기, 해설을 준비하기로 했다(동아일보사, 1987, pp. 32-33; 정구종 2017, pp. 134-138).

시리즈 제목은 "고문, 사라져야 한다(추방 캠페인)". 기자 8명이 담당했다. 장병수 기자는 사건팀을 현장 중심으로 움직였다. 박 씨가 하숙집에서 대공분실까지 가는 과정, 대공분실에서 벌어진 일, 한양대학교병원에서의 부검, 그리고 가족 움직임을 입체적으로 구성하기 위해서였다. 이를 위해 윤상삼 기자는 부산에 가서 가족을 만났고, 아버지 박정기 씨와 함께 1월 18일 서울로 돌아왔다. 박정기 씨는 이날 장병수·윤상삼 기자와 저녁을 함께하면서 이야기를 나눴다. 그리고 윤 기자가잡아준 여관에서 하루를 보냈다.[20] 주말이 지나 1월 19일. 동아일보 지면에 박종철 씨 기사가 21건 실려 언론계를 놀라게 했다.

정구종 부장도 소신에 따라 움직였다. 지면을 구상하고 지시하면서 스스로 판단하고 스스로 결정했다. 고문 추방 캠페인 등 정권에 정면도전하는 신문을 제작하면서 기사가 잘못되면 책임이 사회부장에게로

---

19 필자의 정구종 인터뷰(2023. 4. 22. 대면, 9. 22. 이메일)
20 필자의 장병수 인터뷰(2023. 9. 18. 대면)

향한다. 스스로 판단하고 스스로 결정했지만 언론 환경이 엄혹했으므로 용기가 필요했고, 동시에 치밀함이 중요했다.

사회부장 역할과 임무를 이행하면서 모든 기사가 사건의 실체적 진실을 밝히는 데 도움이 되어야 하고 검증 과정은 사회과학적 접근방식으로 치밀해야 했다. 거기에 분초를 다투는 마감 시간을 앞두고 하는 긴박한 프로세스였다. 누구와 상의할 시간도, 여유도 없고 그런 관행도 없는 신문 제작 환경이어서 편집국장과 사전 상의할 의무도, 시간도, 여유도 없이 사회부장의 독자적 판단으로 최종 출고를 결정해야 했다.[21]

남시욱 국장은 박종철 보도에서 중앙일보가 속보 특종을 했다면 동아일보는 발굴 특종을 했다고 평가했다(남시욱, 2004, p. 502). 중앙일보 이두석 부장은 박 씨 사망을 처음 보도하고 "이후 1년 동안 이 사건과 관련해 동아일보는 메가톤급 특종 세 가지를 연속 터뜨려 '중앙 사회부'를 코너로 몰았다"라고 표현했다(이두석, 2011, pp. 103-106). 박 씨가 숨진 사실을 중앙일보가 1월 15일 처음 보도했다. 속보 특종이 확실하다. 동아일보의 발굴 특종, 혹은 메가톤급 특종은 무엇일까?

동아일보 쪽 자료를 정리하면 <표 4-2>와 같다. 『박종철 탐사보도와 6월 항쟁』(황호택, 2017)이라는 책이 이 부분을 자세하게 다뤘다. 박 씨 고문치사 및 6월항쟁 30주년을 맞아서 출간했다. 시대적 배경에서 시작해 고문치사, 언론의 취재보도, 내각 총사퇴와 6월항쟁에 이르는 과정을 다뤘다. 여기서는 사건 초기 보도를 이렇게 정리했다.

②판 신문에 박종철 사건 첫 보도를 했던 중앙일보는 1월 16일

---

21 필자의 정구종 인터뷰(2023. 9. 27. 이메일)

<표 4-2> 박종철 보도의 문헌별 내용

문헌	쪽수	내용
동아일보사(1996)	290	(17일자) 오 씨의 증언은 박 군 고문치사 사건의 진상을 밝히는 데 결정적 역할을 했다.
동아일보사(2000)	481-482	16일자 보도에서…단순한 쇼크사가 아님을 처음으로 주장…17일자부터는…오연상과…박동호의 증언을 상세히 보도했다.
남시욱(2004)	505	'동아일보'의 결정적인 특종기사는 17일자에 나왔다.
정구종(2017)	136	오연상 씨로부터 "박 군이 이미 대공분실에서 숨져 있었다"라는 사실을 확인, 동아일보가 단독 보도함으로써…
황호택(2017)	94	다른 신문들이 보도지침으로 손을 놓고 있는 사이 동아일보가 경찰발표 쇼크사를 고문치사로 뒤집는 특종을 한 것이다.
남시욱(2023)	117	동아일보는…오연상으로부터…고문에 의한 요절 가능성을 처음으로 제기했다.

자 신문에는 단 한 줄도 쓰지 않았다. 조선일보는 1월 17일자 사회면에 "사인 19일께 판명, 대학생 변사사건 머리-가슴 피멍 흔적"이라는 제목의 4단 기사에서 동아일보 1월 16일자 기사의 핵심적인 내용을 그대로 옮기다시피 했다. 다른 신문들이 보도지침으로 손을 놓고 있는 사이 동아일보가 경찰발표 쇼크사를 고문치사로 뒤집는 특종을 한 것이다. (…)

1보를 특종 보도한 중앙일보는 16일자 석간에 박 군 관련기사를 왜 쓰지 않았을까. (황호택, 2017, pp. 93-94)

요약하면 중앙일보가 처음 보도했는데, 동아일보가 다음 날부터 오연상 씨와 박동호 박사의 증언을 특종으로 또는 상세하게 보도함으로써 사건 성격을 쇼크사에서 고문치사로 바꿨다는 얘기다. 하지만 "중앙일보는 1월 16일자 신문에는 단 한 줄도 쓰지 않았다"라거나 "다른 신문들이 보도지침으로 손을 놓고 있는 사이 동아일보가 경찰발표 쇼크사를 고문치사로 뒤집는 특종을 한 것"이라는 부분은 재검토가 필요하다.

시간순으로 보자. 오연상 씨 증언의 핵심은 ① 박 씨를 조사실에서 처음 봤을 때는 이미 숨진 상태였다, ② 폐에서 사망 시 등에 들리는 수포음이 전체적으로 들렸다, ③ 조사실 바닥에 물기가 있었다는 내용이다. 여기서 ①은 동아일보 1월 16일 11면(사회면) 사이드 톱에 먼저 나온다. 이날 점심 직전에 대부분 언론사 기자가 오 씨를 같이 만나서 같이 취재했는데, 동아일보는 마감 시간 때문에 1판(서울 가판)에 넣지 못하고 2판(서울 배달판)에 끼워 넣었다. 중앙일보 2판에는 ①이 보이지 않고 지방으로 가는 3판에 ②, ③만 나온다.

다음 날 1월 17일 조간신문. 조선일보는 11면(사회면)의 4단 크기 기사에 ①, ②, ③을, 한국일보는 11면(사회면)의 3단 크기 기사에 ①, ②를 넣었다. 이날 오후에 나온 동아일보와 중앙일보는 7면(사회면)에 ①, ②, ③을 모두 넣었다. 동아일보는 2단 크기, 중앙일보는 4단 크기였다. 조간은 물론 같은 석간과 비교해서 1월 17일은 동아일보 기사가 가장 작았다.

대부분 언론사가 같이 취재해서 같은 내용을 들었다. 마감 시간이 달라서 지면 반영에 차이가 조금 있을 뿐이다. 이 시점을 기준으로, 또 기사 내용을 기준으로 하면 동아일보가 오 씨 증언을 특종했고 결정적 역할을 했다는 기록은 사실과 맞지 않는다. 그렇다면 동아일보의 발굴특종, 혹은 메가톤급 특종은 언제, 어떻게 나왔을까?

광주민주화운동 7주년을 맞아 5월 18일 전국 교회와 성당, 대학가에서 추모행사가 열렸다. 이날 서울 명동성당에서 미사가 끝나고 천주교정의구현전국사제단 김승훈 신부가 "박종철 군 고문치사 사건의 진상이 조작되었다"라는 제목의 유인물을 읽었다. 그리고 이틀 뒤인 동아일보 5월 20일, 11면(사회면).

검찰과 경찰은 20일 박종철 군 고문치사 사건의 진범이 따로 있다는 천주교정의구현전국사제단의 성명 발표에 대해 '상식적으로 불가능한 일'이라며 이 같은 주장이 나오게 된 경위에 대해 자체 조사를 펴고 있다.

검찰의 한 관계자는 "고문치사의 경우 법정형이 최고 무기징역까지 규정되어 있고 이 사건의 경우 피고인들에게 실제로 징역 10년 이상이 선고될 수 있을 것으로 보는데 어느 누가 자신이 진범이라고 허위자백 하겠느냐"며 "공범이 더 있을지도 모른다는 주장은 몰라도 진범이 조작됐다는 주장은 전혀 터무니없는 것"이라고 말했다.

법조팀 황호택 기자의 1단 기사다. 두 번째 문장에서 "공범이 더 있을지도 모른다는 주장은 몰라도"라는 표현이 중요하다. 기사에 나오는 '검찰의 한 관계자'는 고문치사를 수사하던 안상수 검사였다. 황 기자가 "진범이 따로 있다는데 사실입니까"라고 물어서 안 검사가 기사처럼 답변했다. 중요 단서를 동아일보가 놓쳤다. 고문 경찰이 3명 더 있다고 서울지검이 다음 날인 5월 21일 발표했다.

정구종 부장은 축소 조작에 누가 개입했는지를 알아보라고 지시했다. 이에 따라 치안본부 담당 기자가 상급자 3명임을 확인했다. 기사는 5월 22일 1면 톱, "관련 상사 모임에서 범인 축소 조작 모의"라는 제목으로 나갔다. 조선일보와 한국일보는 검찰 발표만 전했다. 동아일보 법조팀은 법무부와 검찰 고위관계자의 축소 조작 묵인까지 알아냈다. 기사는 5월 23일 1면 톱, "법무부·검찰 고위관계자, 석 달 전부터 조작안 듯"이라는 제목으로 나갔다. 동아일보 단독 기사 2개는 민주화운동에 다시 불을 지폈다. 고문치사에 은폐·축소 조작까지 드러나자 전두환 대통령이 5월 26일 대대적 개각으로 민심을 달래려 했다. 노신영 국무총리, 김만제 부총리, 장세동 안기부장, 정호용 내무장관, 김성기법무장관, 서동권 검찰총장이 물러나고, 재무장관과 법제처장까지 바뀌었다.

해가 바뀌고 정 부장은 박종철 1주기 특집을 만들라고 지시했다. 황호택·임채청 기자가 검사 옷을 벗은 안상수 변호사를 만나서 관계기관 대책 회의 그리고 부검의(국립과학수사연구소 황적준 박사)에 대한 경찰 고위층 압력 행사 내용을 들었다. 정 부장이 황 박사를 만나라고 해서 치안본부 담당 기자가 찾아가 당시 일기를 건네받았다. 안 변호사와 황 박사 증언은 1988년 1월 12일 11면(사회면) 톱으로 나갔다. 검찰이 재수사에 나서 부검 당시 치안본부장을 1월 15일 구속했다. 박종철 씨 사망이 세상에 알려지고 1년 뒤였다.

5. 보도지침을 타파하다

동아일보는 박종철 보도로 한국기자협회가 선정하는 한국기자상을 1987년에 중앙일보와 같이, 1988년에는 독자적으로 수상했다. 두 신문의 영광이자 한국 언론의 빛나는 성취다. 『월간조선』이 특종 시리즈를 게재하기 위해 언론계 원로와 고참 기자를 상대로 실시한 설문조사에서 가장 많은 사람이, 그리고 단 한 사람의 예외도 없이 꼽은 사례가 박종철 보도였다(허용범. 2000, p. 250). 중앙일보보다 1보가 늦었지만, 동아일보는 몇 가지 국면에서 돋보였다. 사건 전개 과정에서 어떠한 역할을 했을까?

첫 번째는 의제 설정이다. 동아일보는 박종철 씨 사망을 1987년 1월 16일, 사회면에서 사이드 톱으로 보도했다. 하루 전의 중앙일보(사회면 2단)보다 기사를 훨씬 키움으로써 사안이 심각함을 알렸다. 박 씨 사망을 처음 알린 중앙일보 신성호 기자 역시 "보도지침을 처음으로 깬 것은 동아일보였다"라고 인정했다(신성호, 2017, p. 115). 언론사 간부와 기자가 1~2년 전까지만 해도 정보기관에 끌려가 고문당하고, 보도지침에 따라 시국 사건을 1~2단 크기로 쓰던 시절이니 기사 판단과 결정에 용기가 필요했다.

사건팀 미귀 스트라이크를 계기로 동아일보는 고문치사 기사를 1월 19일, 전체 12개 면에서 6개 면에 반영했다. 신문을 보고 유시춘 씨가 "우리 쪽에서 발행한 지하地下신문인 줄 알았다. 언론이 제 기능을 발휘할 때 공동체의 건강한 발전에 큰 힘이 된다는 진리를 그때 동아일보 지면은 눈부시게 보여주었다"라고 말한 이유다(황호택, 2017, p. 302).[22] 동아일보의 대대적 보도는 다음 날 조간에 영향을 미쳐, 조선일보와 한국일보가 전체 12개 면에서 6개 면에 비슷한 기사를 넣었다. 전두환 정권 내내 할 말을 제대로 못 했지만, 언론은 박 씨가 대공분실에서 숨진 뒤에 고문치사를 국민적 관심사로 만들었다.

동아일보가 다른 신문보다 더 많이, 그리고 더 크게 박종철 보도를 했음은 권순택의 연구(2009)를 통해 확인된다. 기사 998건을 분석했더니 동아일보는 1면과 사회면의 스트레이트 기사가 가장 많았는데, 특히 중요 기사(5단 이상 크기)가 94건으로 조선일보(76건), 서울신문(59건)보다 많았다. 또 동아일보는 독자 취재를 통해 정부 여당을 가장 많이 비판하고, 의견 기사에서 비판적 내용을 가장 많이 게재했다. 전체 기사는 비슷했는데, 동아일보 보도와 기획을 조선일보가 뒤따라간 사례가 많았다. 또 6·10 대회를 동아일보가 중립적으로 다뤘는데, 조선일보는 정부를 대변하는 기사를 다수 실었고, 서울신문은 정부 여당을 계속 대변했다.

두 번째는 권력 감시다. 고문치사를 계기로 국민이 분노와 함께 대통령 직선제 요구를 강하게 표출하자 전두환 대통령은 헌법을 유지하

---

22 유시춘 씨는 6월항쟁을 주도한 '호헌철폐 및 민주헌법쟁취 국민운동본부'의 상임집행 위원이었다. 인용문은 2017년 6월 7일 황호택(2017)의 북 콘서트에서 했던 연설 내용이다.

겠다고 발표했다. 이른바 4·3 호헌護憲 조치로 국민의 민주화 요구를 정면으로 거부했다. 이런 상황에서 동아일보가 치안본부 상급자의 범인 축소 조작을 5월 22일, 법무부와 검찰의 묵인을 5월 23일 폭로했다.

동아일보 5월 22일 보도로 청와대에서 대책 회의가 열렸다. 강경파와 온건파가 이틀 동안 대립하다가 결국 온건파가 승리했다. 회의가 끝나고 청와대 비서실장이 남시욱 국장에게 전화를 걸어 "남 형 축하해. 귀지貴紙가 이겼어. 진상을 밝히기로 결정했어!"라고 전했다. 그리고 5월 26일 노신영 국무총리와 장세동 안기부장을 포함해 문책성 개각이 있었다(남시욱, 1997, pp. 420-422).

재야 세력과 종교계는 박종철 씨 추도회 이후부터 연대를 모색하다가 야당과 함께 '호헌철폐 및 민주헌법쟁취 국민운동본부'를 5월 27일 출범시켰다. 그리고 국민대회를 6월 10일 전국 각지에서 열기로 했다. '호헌철폐 독재타도'를 주된 슬로건으로 하면서 '행동하는 국민 속에 박종철은 부활한다', '고문 없는 세상에서 살고 싶다'라는 구호를 같이 외치기로 했다(6월민주항쟁계승사업회 민주화운동기념사업회, 2007). 고문 치사와 축소 조작이 언론 보도로 드러나지 않았다면, 각계를 하나로 모으고 국민 참여를 이끌기가 쉽지 않았다. 민심을 거스를 수 없다고 판단해 노태우 민주정의당 대표위원 겸 대통령 후보가 6월 29일 전두환 대통령에게 8개 항을 제안했다.

인권 관련이 네 번째 항목에 나온다. 인간의 존엄성은 더욱 존중되어야 한다, 국민 개개인의 기본적인 인권은 최대한 신장되어야 한다, 정부는 인권침해 사례가 없도록 특별히 유의하여야 한다, 인권침해 사례의 즉각적 시정과 제도적 개선을 추구하는 등 실질적 효과 거양에 주력하여야 한다….

언론 자유는 5번째 항목에 나온다. 언론 자유의 창달을 위해 관련 제도와 관행을 획기적으로 개선해야 한다, 언론의 자율성을 최대한 보장해야 한다, 정부는 언론을 장악할 수도 없고 장악하려고 시도해서도 안 된다, 국가안전보장을 저해하지 않는 한 언론은 제약받아서는 안 된다, 언론을 심판할 수 있는 것은 독립된 사법부와 개개인의 국민이다(동아일보, 1987. 6. 29, 3면).

전두환 정권은 두 가지 수단으로 언론을 탄압하고 통제했다. 하나는 고문이고, 다른 하나는 보도지침이다. 고문이 언론인을 신체적으로 압박했고, 보도지침이 언론을 심리적으로 압박했다. 언론인은 심신 양면에서 두려움을 느꼈다. 이런 시절에 동아일보가 사건 초기부터 기사를 대담하게 배치하고 대대적으로 보도함으로써 다른 언론이 후속 보도에 나설 분위기를 만들었다. 언론을 짓누르던 보도지침을 서서히 무너뜨렸고, 전두환 대통령이 6·29 선언을 이틀 뒤에 수용함으로써 언론이 질곡에서 벗어나는 계기가 됐다. 무엇이 동아일보의 결정적 역할을 가능하게 했을까?

첫째, 남시욱 편집국장의 결단이다. 그는 출판국장 시절부터 고문에 분개하다가 편집국장이 되자 진상을 철저하게 규명하겠다고 각오했다. 그리고 보름 만에 박종철 씨가 숨지고, 사건팀 젊은 기자들이 항의성 스트라이크를 하자 "사실로 확인되는 것은 다 써도 좋다"고 주저 없이 말했다.

사실로 확인되면 다 써도 좋다! 말로 하기가 쉽지, 실천하기는 쉽지 않았다. 첫 보도가 나가고 일주일쯤 후에 장세동 안기부장이 편집국장들을 저녁 식사에 초대해서 정부 발표 전까지는 거론하지 말라고 요청했다. 말씨는 부드러웠지만 분위기가 무겁고 어떤 순간에는 위협적이었다고 한다. 아무 말도 하지 않으면 묵시적 동의로 여겨질 수 있어서 남 국장은 "사건 보도를 갑자기 뚝 그친다면 그것은 도리어 이상한 일이므로 당분간은 속보를 안 쓸 수가 없지요"라고 의사를 표시했다(남시욱, 1997, p. 418).

남 국장은 경북 의성에서 태어나 경북고등학교를 나왔다. 이른바 TK 출신이어서 정권 실세와 지연·학연으로 얽혔다. 예를 들어 김윤환 대통령 정무1수석비서관과 서동권 검찰총장이 고등학교 선배였다. 또한 그는 출판국장 시절에 보안사 조사를 받았는데, 당시 보안사령관은 고등학교 동기였다. 하지만 남 국장은 지연과 학연을 포함해 전방위적으로 들어오는 압력을 혼자서 감당했다.

아쉬운 점이 있기는 하다. 박종철 씨가 고문당하는 모습이 1월 19일 11면(사회면)에 나갔다. 사진이 없어서 화백이 삽화로 그렸다. 흑백 색깔이라 강렬한 인상을 주는데, 1판에 실리고 2판부터는 빠졌다. 당국의 부탁과 압력이 집요했기 때문이다. "지금 생각하면 아쉽지만, 서울 일부에라도 배달됐고 정부 관계자 체면을 살려줄 겸 해서 뺐다."[23] 고문 시리즈는 1월 22일 4회를 마지막으로 '끝'이라는 표시 없이 중단됐다(황호택, 2017, p. 168). 미리 준비한 5회 기사는 시리즈 문패 없이 1월 23일 게재했다.

남 국장이 외압을 잘 버텼음은 동아일보 기자 대부분이 동의한다. 속보가 나갈수록 외압이 강해지자 남 국장은 신변에 무슨 일이 일어날 것 같은 불안을 느껴, "만약 내가 어떻게 되더라도 박 군 사건은 끝까지 파헤쳐야 한다"라고 부국장에게 당부했다(남시욱, 1997, p. 418). 스스로 판단하고 스스로 결정해서 나온 보도를 그는 자랑스럽게 생각했다.

언론인이 역사의 소용돌이 중심에 서는 것처럼 벅찬 일도 없을 것이다. 더구나 그 역사를 전진하도록 하는 데 일조를 할 수 있다면 그처럼 보람 있고 영광스러운 경험도 없을 것이다. 물론 그 보람과 영광에는 갖은 어려움과 고통이 따르고, 경우에 따라서는 신변의 위험까지도 각오해야 한다. 필자에게 박종철 군 고문치사사건이 바로 그것이다. 이 사건은 한국의 민주화를 촉진시켰고, 당시 필자가 일하던 동아일보에는 그야말로 '한국을 뒤흔든' 연속특종

---

23 필자의 남시욱 인터뷰(2023. 3. 23. 대면, 2023. 4. 6. 대면)

(連續特種)을 가져다주었다. (남시욱, 1997, p. 414)

둘째, 정구종 사회부장의 지휘다. 편집국장이 결단을 내렸으므로 부장이 지면에 반영해야 했다. 정 부장은 특별취재반 구성, 취재 계획과 역할 분담을 구체적으로 지시했다. 특히 4·3 호헌 조치로 정권이 강경책을 구사하던 국면에서 천주교정의구현전국사제단의 폭로를 계기로 축소 조작을 파헤치라고 기자를 독려함으로써 발굴 특종을 이끌었다.

> 누가 뭐라 해도 내가 타협하지 않고 우리 기자들을 지켜줘야겠다고 생각했다. 기자를 지킨다는 게 지면을, 동아일보를 지키는 거고, 동아일보를 지킴으로써 사회의 민주화 질서를 찾는 데 기여한다고 생각했다. 이건 우리가 해야 한다는 마음이 먼저 생겼고, 그런 마음이 일관해서, 흔들림 없이 갔다는 것이 지금 내가 생각해도 이상하다.[24]

정권이 폭압적이었기에 기자와 지면을 지키려면 용기가 필요했다. "지금 내가 생각해도 이상하다"고 표현한 마음은 스스로 판단하고 스스로 결정했기에 가능했다. 남시욱 국장이 전략을 세우고 정구종 부장이 전술을 만들었다면 사회부 일선 기자는 전투를 치렀다. 전략, 전술, 전투. 세 가지 중에서 하나라도 부족했다면 독재정권과의 대결에서 이기기 힘들었다.

셋째, 경영진의 보호다. 편집국이 스스로 판단하고 스스로 결정했기에 경영진은 보도 방향과 내용을 신문이 나온 뒤에 알았다. 경영진이 편집국에 간섭과 개입을 하지 않은 사실은 동아일보 기자의 여러 저서, 취재기, 회고와 일치한다.

---

24 필자의 정구종 인터뷰(2023. 4. 22. 대면)

남시욱 국장이 김상만 명예회장과 점심을 먹는 자리에서 박종철 보도 이야기가 나왔다. 명예회장이 근심하는 표정을 짓기에 남 국장이 "이런 기사는 자연스럽게 '페이드 어웨이'되는 수밖에 없습니다"라고 말씀드렸더니 "그래, 그래, 자연스럽게 페이드 어웨이 해야지!" 하고 격려했다면서 정부 당국이 압력을 안 넣었을 리가 없었을 텐데도 김 명예회장이 편집에 간여하지 않았다고 회고했다(남시욱, 1997, p. 420).

김성열 사장은 박종철 보도가 지면에 대대적으로 나오던 1월 19일 오전, 공무국을 시찰했다. 당시는 활자를 하나씩 뽑아서 신문지면 크기의 활판에 옮기고, 그 위에 잉크를 묻혀서 찍은 대장臺帳을 보면서 제작했다. 그는 대장에서 고문 시리즈를 보고 "기자를 보호해야 한다"라며 이름을 빼라고 지시했다(황호택, 2017, pp. 153-154). 이렇듯 박종철 보도는 동아일보라는 조직이 혼연일체로 움직인 덕분이라며 남 국장은 고마움과 자부심을 다음과 같이 표현했다.

당시 편집국장이라는 중책을 맡고 있던 나는 이 점에서 편집국과 논설위원실의 동료들, 그리고 경영진 모두에게 깊은 감사의 마음을 갖고 있다. 우리들의 헌신적인 노력이 한국 민주주의 발전에 크게 기여했다는 점에서 긍지를 느낀다. 한마디로 이 무렵이 언론인으로서 내 생애 최고의 시절이었다고 감히 말할 수 있다. (황호택, 2017, p. 12)

6. 질문이 필요하다

남시욱 국장이 언론인으로서 생애 최고라고 말한 시절에는 납 성분의 활자로 신문을 만들었다. 한자로는 '活字'. 기자들이 현장에서 확인한 사실, 즉 살아 있는活 글자字가 지면에 박종철 보도로 나오고, 이런 지면을 독자가 읽으면서 고문치사에 대한 슬픔이 독재정권을 향한 분노로 바뀌었다. "언론에게 있어 6월항쟁은 붓으로 싸운 민주화 투쟁이며, 6월항쟁에서 언론은 국민 동원을 위한 조직역과 선전역을 맡은 것이라 해도 과언이 아니다."(남시욱, 2004, pp. 501-502)

'붓으로 싸운 민주화 투쟁'으로서 박종철 보도는 지금 시점에서 어떤 의미를 갖는가? 동아일보는 자랑스러운 역사로 언급한다. 다른 언론과 전현직 기자 역시 높게 평가한다. 그렇다면 동아일보를 포함한 언론계는 박종철 보도에서 무엇을 성찰해야 하는지에 대해서 각자 질문하고 각자 대답해야 한다.

동아일보는 기자와 데스크, 편집국장이 혼연일체로 박종철 보도를 만들었다. 지위 고하를 막론하고 기자들이 스스로 판단하고 스스로 결정했다. 용기가 있어서 자율적 판단과 자율적 결정이 가능했다. 남 국장은 "당시에 오로지 필요한 건 용기였다"라고 회고했다.[25] MBC 신경민 기자도 "그날, 그 순간의 판단이 중요하다. 판단을 잘하려면 용기가 있어야 하고, 판단력을 길러야 하는데, 회사 분위기가 중요하다. 동아일보가 당시에 참 좋은 언론이었다"라고 말했다.[26] 국장을 비롯한 기자들의 용기, 여기서 나온 판단과 결정을 경영진이 보호함으로써 지면이 빛났다. 지금은 어떤가. 동아일보 편집국이 스스로 판단하고 결정하는가. 경영진이 편집국을 보호하는가.

다른 언론은 어떤가. 박종철 보도를 다른 언론은 당시에 왜 동아일보처럼 하지 못했는가. 기자와 데스크와 편집국장의 자율성이 부족했는가. 아니면 경영진이 보호하지 않았는가. 지금은 얼마나 스스로 판단하고 스스로 결정하는가. 독재정권에 맞서려면 용기가 필요했다. 지금은 어떤 용기가 필요한가. 동아일보가 1987년에 보인 자율성과 용기

---

25 필자의 남시욱 인터뷰(2023. 4. 25. 대면)
26 필자의 신경민 인터뷰(2023. 9. 24. 전화)

를 다른 언론은 그 이후에 얼마나 실천했는가.

언론계가 질문하고 대답할 문제는 편집국과 경영진의 관계이고, 편집국 내부 구조다. 기자가 스스로 판단하고 데스크가 스스로 결정하는가. 기자와 데스크를 편집국장이 얼마나 존중하는가. 또 편집국이 스스로 판단하고 스스로 결정하면, 경영진이 얼마나 이해하고 보호하는가. 사례 몇 가지를 보자.

첫째, 한국일보의 편집국장 경질과 YTN 인수 추진 건이다. 사장은 편집국장을 2012년 4월 30일 물러나게 하면서 "광고 매출의 점진적인 감소와 협찬 증대 추세 속에서 편집국장의 역할론에 대한 논의가 가열돼왔음은 주지의 사실"이라고 밝혔다. 그해 1분기 광고 협찬 매출이 1년 전 같은 기간에 비해 18억 원 줄어드는 등 경영수지상 하락세를 기록했다는 게 주된 배경이었다(한국기자협회, 2012a). 기자들이 반발하자 사장이 절차상의 잘못을 인정하면서도 인사 철회를 거부했다(한국기자협회, 2012b).

한국일보는 2015년 동화기업에 넘어갔다. 윤석열 정부가 공공기관의 YTN 지분을 매각하기로 하면서 동화기업이 인수를 추진하자, 보도를 제한하는 기류가 편집국에 감지됐다고 한다. "정부를 비판하는 기사는 발제 단계에서부터 압박이 들어오고 우여곡절 끝에 출고가 되더라도 온라인 제목을 수정하라는 지시에 시달려야 했고, 지면에 실리지 않거나 기사가 축소 굴절되는 사례가 발생하고 있다. 기자들 사이에선 적어도 당분간은 현 정부와 각을 세우는 기획이나 기사를 쓰기 힘들어진 게 아니냐는 자조적인 분위기가 팽배하다."(전국언론노동조합 한국일보지부, 2023, p. 1)

둘째, 한겨레신문 젊은 기자들의 항의 성명이다. 기자 31명(7년차 이하)이 2019년 9월 6일 성명을 발표하고 편집국장을 포함한 국장단 사퇴를 요구했다. 이들은 조국 법무부 장관 후보자를 비판하는 칼럼이 국장 지시라는 이유로 삭제되고, 조 후보자와 가족을 둘러싼 의혹에 한겨레신문이 침묵했다고 비판했다(최승영, 2019).

노조 역시 조국 후보자 보도를 둘러싼 대내외적 비판 앞에서 자사가 방향을 잃고 망망대해에서 표류했다고 전했다. 초기부터 검증팀을 꾸려 적극 보도에 나서지 않은 편집국장 책임이기도 하지만, 촛불혁명으로 탄생한 문재인 정권과 '거리두기'에 어려움을 겪어온 한겨레의 '구조적 어려움'을 반영하는 문제이기도 하다(전국언론노동조합 한겨레신문지부, 2019, pp. 1, 7).

두 신문 사례는 편집권과 경영권의 충돌, 그리고 편집국 내부의 충돌을 상징한다. 편집국보다 경영진 판단과 결정이 우위에 있으면, 즉 경영진 목소리가 강해질수록 편집국 목소리가 약해지기 쉽다. 또 편집국 언로言路가 막히면 이견이나 갈등이 제작 회의에서가 아니라 성명 형식으로 갑자기 드러난다. 동아일보 노조는 공정보도위원회를 통해 자사 보도를 검토했는데, 소식지 『공보위광장』이 2008년 12월을 마지막으로 4년 6개월 동안 중단됐다(동아일보노동조합, 2013, p. 1).

한국언론진흥재단은 국내 언론인 의식을 2년 주기로 조사한다. 응답자(2,014명)에게 언론 자유를 직간접으로 제한하는 요인을 제시하고 복수 선택을 허용했더니 △ 광고주 62.4%, △ 편집 보도국 간부 47%, △ 사주/사장 43.4%로 나타났다(한국언론진흥재단, 2021). 내부에서는 편집 보도국 간부와 경영진이, 외부에서는 광고주 입김이 언론 자유에 부정적 영향을 미친다고 생각한다는 뜻이다. 방송은 정치권력이라는 변수로 인해 문제가 더욱 심각하다. 정권이 바뀔 때마다 KBS와 MBC 이사회 및 경영진이 교체된다. 정부·여당이 장악하려고 시도하면서 방송사·야당과 충돌하고, 방송사 구성원끼리 갈등을 빚는다. 외풍이 강하니 내부에서 스스로 판단하고 스스로 결정하기 어려운 구조다.

조직에서 권한이 큰 만큼, 경영진은 언론을 자유롭게 하는 내부 환경을 먼저 만들어야 한다. 편집권이 법적으로 어디에 귀속되느냐의 문제와 관련 없이, 경영진이 편집 책임자와 취재진에게 고도의 자율성을 부여하지 않는다면 언론인의 자율적 판단과 자율적 결정은 불가능하다. 하지만 편집 책임자와 취재진이 자율성을 확보하기 위해 목소리를 높이지 않는다면 경영진이 귀를 기울이지 않고, 바람직하지 못한 관행을 계속 유지할 가능성이 높다.

> 언론인 생활을 해본 사람이면 누구나 아는 일이지만 기사에 관한 압력 중에 가장 어려운 것이 언론사 내부의 압력이다. (…) 편집국장의 입장에서 보면 직무상 상사란 바로 경영층이 되기 때문에 경영주가 언론자유를 지킬 의지와 능력이 없으면 아무리 편집책임자가 발버둥쳐 보아야 소용이 없는 것이다. 5공 치하에서 많은 언론사가 언론자유를 빼앗긴 것은 경영진을 통해서 압력이 내려왔기 때문이다. 언론자유는 경영주, 편집 책임자, 취재진이 모두 이를 지킬 때 가능한 것이다. (남시욱, 1997, p. 420)

남시욱 국장은 자율적 판단과 자율적 결정을 당시 경영진이 전적으로 이해하고 지지했다고 했다. 그러면서 편집 책임자와 취재진의 자세 및 역할이 중요하다고 강조했다. 박종철 보도로부터 36년이 지난 시점. 언론 자유를 광고주와 편집 책임자와 경영진이 제한한다고 상당수 기자가 인식하는 상황에서 누가 문제를 제기하고, 누가 수용해야 하는가.

5장

한국 기자의 역할 수행 인식과 비윤리적 취재 관행

이나연·김경모

1. 기자의 역할은 무엇인가

최근 한국 사회를 뒤흔든 정치 스캔들의 주역은 언론인이다. 대통령 선거를 앞두고 특정 후보에 유리하도록 인터뷰를 한 뒤 투표일 직전에 기사로 내보냈고 그 대가로 거액을 받았다는 의혹이다. 의혹의 진위를 차치하더라도 기자가 인터뷰 기사를 작성하고 인터뷰이로부터 돈을 받은 행위를 공개하지 않았다는 점은 그 자체로 명백한 취재윤리 위반이다. 이 사건의 심각성은 여기서 그치지 않는다. 사건에 연루된 전·현직 기자들의 일탈뿐 아니라 주요 방송사와 신문사가 이를 후속 보도하는 과정에서도 한국 언론의 비윤리적 취재 관행이 고스란히 드러났기 때문이다. 이들은 마감 시간에 쫓긴다는 이유로 적절한 대체 취재나 충실한 사실확인 없이 타 언론사가 보도한 내용을 베껴 썼다. 한국 언론사의 받아쓰기 행태는 이제 예외적 상황이 아닌 일상의 '관행'에 가깝다. 낡은 관행의 무사유적 의존이 윤리성 부재의 논란을 더욱 키워버린 셈이다.

한국 언론의 비윤리적 혹은 논쟁적 취재가 팽배한 원인은 무엇인가. 한국 언론의 비윤리적 행위 혹은 논쟁적 취재 방식에 대한 우려는 오래전부터 제기되었지만(강명구, 1991; 김경모·신의경, 2013; 김선남·정현욱, 2007; 김정기, 1999; 남재일, 2010; 문선아·김봉근·강진숙, 2015; 박기효·홍성완·신태범, 2017; 박영상·성병욱·유재천, 2002; 이재진, 2005), 언론계는 물론 학계에서도 언론윤리에 주목한 것은 비교적 근래의 일이라 할 수 있다. 많은 연구자는 한국의 민주화 기점인 1987년까지 취재윤리는 언론이나 학계의 주된 관심이 아니었고 우리 사회가 언론에 강력하게 요구한 덕목도 아니었다고 본다(김정기, 1999; 남재일, 2010; 박영상·성병욱·유재천, 2002).

한국에서 기자들이 구성한 협회가 윤리강령을 처음 제정한 것은 1957년이지만, 기자의 취재윤리가 본격 논의된 시점은 1990년대 이후여서(김정기, 1999; 남재일, 2010) 그 이전까지는 관련 연구도 거의 없었다(이재진, 2005). 예를 들어 남재일(2010)은 한국 언론의 윤리가 전문직으로서 기자 자신을 성찰적으로 규제하려고 고안된 것이 아니라 정부의 간섭을 배제하고 언론의 독립과 자율을 지키기 위한 방편으로 만들어진 것이라고 보았다. 이 때문에 윤리에 대한 전반적 인식은 "지키면 좋지만, 현실적으로 완전한 윤리적 취재보도는 불가능한 것"(p. 73)이라고 주장했다.

이런 점에서 윤리에 둔감했던 원인 중 하나를 언론의 역할 정체성에서 찾을 수 있다. 오랜 기간 군사정부에 대항하는 '지사적 기자'로서 직업 정체성을 내세우던 관성이 유지되다 보니, 1990년대 이후에도 강한 적과 맞서 싸운다는 명분이 전문 직업인으로서 지켜야 할 구체적인 행동 윤리를 정립하는 데에 오히려 장애가 되어버렸다(김정기, 1999). 이런 조건이 민주화 이후에도 윤리적인 전문 직업인을 요구하는 사회적 요구에 적절하게 대응하지 못하는 결과로 이어진 것이다.

해외의 관련 선행연구도 기자로서의 역할 인식은 취재 방식과 관련될 수 있음을 보여준다. 위버 등(Weaver & Wilhoit, 1986; 1996; Weaver, Beam, Brownlee, et al., 2009; Willnat, Weaver, & Wilhoit, 2019)이 수행한 '미국의 기자들The American Journalists'에 따르면, 기자는 '정보 전달자 disseminator', '해석가interpretive', '적대자adversary', 그리고 '동원가 mobilizer'로 자기 역할을 인식하며, 이러한 역할 인식은 '정보를 얻기 위해 대가를 지불한다' 또는 '취재를 위해 신분을 속인다' 같은 논쟁적 취재 방법의 허용 정도와 관련된다고 밝혔다.

국내 언론의 경우 기자의 논쟁적 취재 방식 또는 윤리 준수에 대한 문제 제기는 많지만, 기자를 대상으로 취재윤리를 얼마나 준수하는지, 그리고 그것이 역할 인식과 어떠한 관계를 갖는지 그 연관성을 분석한 경험연구는 부족한 편이다(김선남·정현욱, 2007; 문선아·김봉근·강진숙, 2015; 박기효·홍성완·신태범, 2017; 신혜선·이영주, 2021; 이강형·남재일, 2019; 전진오·김형지·김성태, 2020).[1] 한국 기자의 취재윤리 인식과 준수 수준이 낮다는 일부 선행연구에도 불구하고 그 원인을 파악하려는 연구 역시 드물다. 대부분의 연구는 기자를 대상으로 윤리 인식을 검증하는 수준에 그치며(문선아·김봉근·강진숙, 2015; 오현경, 2021), 일부는 역사적·문화적 분석에 그쳤다(남재일, 2010; 이은택, 2002; 이창근, 1999).

이 같은 현실을 배경으로 이 장에서는 한국 기자를 대상으로 무엇을 기자의 역할이라고 인식하는지 조사하고, 비윤리적 혹은 논쟁적contro-versial 취재 방식에 대한 기자의 허용도를 알아보고자 한다. 특히 이러한 역할 인식이 취재윤리와 어떠한 연관성을 띠는지 집중 분석한다.

---

1 한국언론진흥재단에서 격년으로 실시하는 '한국의 언론인'의 경우 기자의 근무 여건 등 업무 실태에 중점을 두고 있으나, 취재윤리 관련 문항은 제한적이다. 가령 2021년 조사에서 취재윤리와 직접적으로 관련한 문항은 3개에 불과했다. '인격권 침해'에 대한 인식, '뉴스, 정보와 관련한 문제점' 같이 법윤리적 문제를 다루고 있는 정도다.

2. 기자의 역할 인식과 정체성, 취재윤리에 관한 과거 논의

1) 기자의 역할 인식과 정체성

민주주의 사회에서 기자의 역할이 무엇인가에 관한 논의는 다양하다. 주요 논의의 하나는 기자 역할을 '중립적 관찰자'와 '적극적 참여자'로 구분한다. 전자는 저널리즘의 객관주의objectivity 원칙에 따라 기자의 역할은 특정 사안을 다룰 때 주관적 판단은 유보하고 중립적으로 관찰한 결과를 시민에게 객관적으로 전달해야 하는 것이라고 주장한다. 반면 후자는 기자의 역할은 단순 전달에 그치는 것이 아니라 옳고 그름을 판단하고 나아갈 바를 제시하는 주창advocator이라고 본다 (Janowitz, 1975). 적극적 참여자의 역할은 기자의 적극적인 개입을 지지하므로 주창 저널리즘 또는 의견 저널리즘으로 이어진다(윤영철, 2007). 이러한 역할 인식의 차이가 중요한 이유는 '중립적 관찰자'는 저널리즘의 주요 규범인 객관주의를 더 중요하게 여긴다는 점 때문이다. 역할 지향의 차이는 실제 취재보도 현장에서 기자가 부닥치는 다양한 윤리 이슈를 풀어가는 과정에서 각기 다른 접근 방식을 선택하도록 유도할 수 있다.

스스로 인식하는 기자의 역할이 무엇인지를 조사한 기자 대상 연구로는 '미국의 기자들The American journalists'이 대표적이다. 1971년 사회학자 존스턴과 슬라스키, 보면(Johnstone, Slawski, & Bowman, 1976)을 토대 삼아 위버를 주축으로 한 동료 연구자들은 최근까지 거의 10년 단위로 교육, 인종, 나이, 수입 같은 인구사회학 실태를 파악하고 역할, 윤리의식, 만족도 등에 대한 인식을 조사했다. 존스턴과 슬라스키, 보면(Johnstone, Slawski, & Bowman, 1976)은 중립적 관찰자 역할neutral을 '많은 국민이 관여된, 검증할 수 있는 사실을, 빠르게 보도하는 역할을 중요하게 인식하는지' 같은 질문으로 측정했다. 반면 적극적 참여자 역할participants은 '정부의 주장이 옳고 그른지를 검증하고, 사회문제에 대한 해석을 제공하며, 정부 정책에 대해 논의하는 등의 역할을 중요하게 여기는지' 등을 측정했다. 분석에 따르면 미국의 기자는 적극적 참여자를 중립적 관찰자보다 더 중요한 역할로 인식하는 것으로 나타났다.

위버 등은 이를 확장한 1982년 첫 연구에서 기자의 역할을 '정보 전달자disseminator', '해석가interpretive', '적대자adversary'의 3개 유형으로 구분했다(<표 5-1> 참조). 후속 연구는 1992년부터 의제를 설정하고 공론장에 시민을 참여시키는 '동원가mobilizer' 역할을 추가했다. 4회에 걸친 연구(1982~2013)에서 미국의 기자들이 어떤 역할에 무게를 두었는지는 시기마다 다르지만, 전반적으로 전달자보다 해석가 역할을 중요하게 여기는 것으로 나타났다. 예를 들어 해석가 역할 중 하나인 '정부 주장 검증'은 67%에서 71%로, '분석과 해석 제공'은 48%에서 51%로 각각 높아진 반면, 전달자 역할인 '정보를 빠르게 전달'은 69%에서 59%로, '많은 국민이 관련된 사안에 대한 보도'는 20%에서 15%로 감소했다(단, '검증 가능한 사실에 대한 보도'는 49%에서 52%로 소폭 상승).

기자 역할에 관한 국내의 여러 조사도 위버 등의 연구에 토대를 두고 있다. 대다수 연구는 위버 연구를 원용해 한국언론진흥재단이 1989년부터 격년으로 실시하는 '언론인 의식조사'의 설문 데이터를 주로 활용했다(이강형·남재일, 2019; 전진오·김형지·김성태, 2020). 예를 들어 전진오와 김형지, 김성태(2020)는 2003~2017년 언론인 의식조사 자료를 활용해 한국 기자의 역할 인식 변화를 탐색적으로 분석했다. 분석에 따르면 한국의 기자들은 4개의 역할 유형에서 자신을 해석적 언론인이라고 답한 비율이 34.9%로 가장 높았으며, 객관적 언론인(25.3%), 비판적 언론인(21.3%), 시의적 언론인(18.5%) 순으로 역할 인식을 하는 것으로 나타났다. 이 기간 동안 해석적 언론인 인식은 2003년 51.9%에서 2017년 34.9%로 감소한 반면, 객관적 언론인 인식은 15.6%에서

<표 5-1> 미국 기자의 역할 인식에 대한 년도별 변화

역할 인식 ＼ 년도	1971	1982~1983	1992	2002	2013
해석적-감시적 역할					
정부의 주장을 검증	76	66	67	71	78
사회문제에 대해 분석과 해석을 제공	61	49	48	51	69
정부 정책에 대해 논의	55	38	39	40	39
정부의 해외 정책(외교)에 대해 논의	-	-	-	48	51
적대적 역할					
기업의 적대자 역할	-	15	14	18	19
정부의 적대자 역할	-	20	21	20	22
정보 전달자 역할					
중요한 정보를 시민들에게 빠르게 전달	56	60	69	59	47
많은 국민이 관련된 사안에 대해 보도	39	36	20	15	12
시민들에게 오락과 휴식을 제공	17	20	14	11	9
대중적-선동가 역할					
시민들의 지적·문화적 흥미를 유도	30	24	18	17	21
시민에게 공적 이슈에 대한 의견 표명 기회 부여	-	-	48	39	31
시민이 (사회 이슈에) 참여하도록 동기를 부여	-	-	-	39	38
가능한 해결책을 제시	-	-	-	24	32
기타					
검증할 수 있는 사실 보도(검증할 수 없는 내용을 다루지 않음, 2013)	51	50	49	52	45
정치적 의제를 설정	-	5	3	2	

* 이 구분은 2013년 분석을 중심으로 한다(발표는 2019년). 년도별로 각 역할의 하위 영역은 조금씩 달랐다. 예를 들어 1992년의 경우 검증할 수 있는 사실 보도는 정보 전달자 역할에 포함되었고, 정치적 의제를 설정하는 것은 대중적 선동가 역할에 포함되었다.
* 각 연구의 조사 대상 기자 총수(N)와 대표 연구진(논문 및 저서 발표년도)은 다음과 같다.
  - 1971년 연구: 1,313명, Johnstone.
  - 1982~1983년 연구: 1,001명, Weaver(1986).
  - 1992년 연구: 1,156명, Weaver(1996).
  - 2002년 연구: 1,149명, Weaver(2007).
  - 2013년 연구: 1,080명, Weaver(2019).

25.3%로, 비판적 언론인 인식은 5.8%에서 21.3%로 각각 높아졌다. 그런데 이 연구는 언론인 의식조사 자료에서 '정부와 공인에 대한 비판 및 감시', '기업 활동에 대한 비판 및 감시', '사회 현안에 대한 해설 및 비평 제공'이 '취재 원칙'에서 얼마나 중요한지를 측정한 문항을 역할 인식의 대리 변수proxy variable로 활용했다. 기자 역할 인식을 직접 측정한 것이 아니라 취재 원칙상의 중요도를 쟀다는 점에서 어느 정도 타당도의 한계가 있다는 것이다. 동일 데이터를 활용한 이강형과 남재일(2019)은 한국의 기자는 취재 원칙에서 정확성과 탐사성을 중요하게 인식하는 정도가 꾸준히 높아졌지만, 신속성과 흥미성에 대한 중요도는 낮아졌다면서 분석 결과의 의미를 윤리적 관점에서 해석했다.

이러한 선행연구를 종합하면, 기자의 다양한 역할 가운데 무엇을 중시하느냐role-setting가 기자의 자기정체성을 규정한다고 볼 수 있다. 예를 들어 정보를 빠르게 전달하는 일, 정확하게 전달하는 일, 검증할 수 있는 사실을 전달하는 일, 많은 국민과 관련된 정보를 전달하는 일 등을 강조하는 것은 '전달자'로, 정부 정책을 논의하거나 사회문제 및 이슈에 대해 분석과 해석을 제공하는 일 등은 '해석가'로, 정부나 정치인의 일을 비판하고 감시하는 일이나 기업의 활동을 비판하는 일은 '적대자'로, 그리고 여론에 영향을 미치고, 시민이 공적 이슈에 의견을 갖도록 하는 일 등은 '동원가'로 각각의 정체성을 정의할 수 있다.

그러나 국내에서 이처럼 한국의 기자를 대상으로 자신의 역할을 의미 규정하며 기자의 역할과 정체성 인식이 윤리적 측면에서 함의하는 바를 체계적으로 분석한 연구는 찾아보기 어렵다. 따라서 한국 기자의 역할 인식에 따른 역할 유형은 어떠한지 살펴볼 필요가 있다.

2) 기자의 취재윤리 준수

미국 저널리즘에서 윤리의 중요성에 대한 인식은 상대적으로 빨리 정착된 것으로 보인다. 윤리 교과서가 발간된 것은 거의 100년 전이지만, 저널리즘대학에서 윤리 교과목이 본격적으로 개설된 것은 1980년대로 알려져 있다. 1924년 미국 캔자스주립대학의 넬슨 크로퍼드 Nelson A. Crawford가 저널리즘 윤리 교재를 발간했지만, 1980년대에 와서야 대학에서 윤리 과목 개설 붐이 일었던 것은 주요 언론사 기자의 비윤리적 취재 행위가 사회적 이슈로 부각되면서부터다. 널리 알려진 바와 같이 1980년대에 『워싱턴포스트』 자넷 쿡 기자의 기사가 조작으로 밝혀지며 퓰리처상 수상이 철회되고 기자는 해임되었던 사건, 1993년 NBC가 GM트럭의 화재 위험을 보도하면서 화면을 조작하는 사건 등으로 심각한 윤리적 성찰이 요청되었던 사례 등이 있다(Weaver & Wilhoit, 1996). 미국 기자의 취재윤리 인식도 이러한 사회적 분위기에 따라 달라졌다.

위버 등도 1992년 비윤리적 취재 관행에 관한 조사를 본격화했는데, '논쟁적 취재 방식controversial reporting methods'에 대한 기자들의 허용도는 크게 개선된 것으로 밝혀졌다. 예를 들어 내부 정보를 얻기 위한 위장취업의 경우 '특정한 상황에서 정당화할 수 있을 것'이라는 응답은 1982년 67%에서 2013년 25%로 낮아졌다. 같은 기간 '취재를 위해 신분을 속이는 행위'에 대해서는 20%에서 7%로, '돈을 주고 정보를 사는 행위'는 27%에서 5%로 각각 낮아졌다.[2] 엄기열(2010)은 미국의 언론계도 사회의 비리와 부조리를 폭로하기 위해 자신의 신분을 위장하거나 잠입하는 방식을 사용했으나, 1990년대에 이르러 이런 취재 관행이 권위 있는 일간지에서는 사라졌다고 평가했다.

한국 언론의 경우 기자 윤리를 지적하는 문제 제기는 오래되었지만, 성찰을 지도할 관련 연구의 부재로 이 문제에 적절하게 대응하지는 못

2　논쟁적 취재 방식이란 '윤리적으로 논란을 부르는 취재 방식'으로 해석할 수 있다. 뉴스를 취재하고 보도하는 과정에서 기자가 선택하는 취재 방식이 윤리적 논란을 초래하거나 도덕적 딜레마에 봉착하는 상황을 말한다.

했다. 사회적 분위기나 학계의 관심 모두 민주화 이전까지는 윤리 문제에 크게 관심을 두지 않았던 탓이다. 물론 언론학계는 이러한 실태의 원인을 한국 고유의 정치적·역사적 배경에서 찾는다. 한국 언론계 전반의 낮은 윤리의식이나 확고한 직업전문적 윤리 가이드라인을 계발하지 못한 이유를 두고, 박영상과 성병욱, 유재천(2002)은 민주화 이전인 1987년까지 언론의 주된 관심이 "권력의 압력으로부터 벗어나 필요한 기사를 어떻게 더 많이 써야 하는가에 있었기 때문"(p. 40)이라고 진단했다. 한마디로 윤리적으로 취재를 하는 것보다 다소 비윤리적이더라도 정치권력을 감시하고 권력이 감추려는 잘못된 사안을 폭로해 보도하는 데 중점을 두는 것이 더 정당하고 화급한 문제였다는 것이다. 김정기(1999)는 일제강점기와 군사정권을 거치면서 기자들은 강한 적과 맞서기 위해 수단과 방법을 가리지 않았다며 직업에 맞는 행동 윤리를 발전시키는 데 소홀했다고 분석했다. 역사적인, 또는 정치적인 특수성으로 인해 계몽적 지사로 자신의 정체성을 받아들이며 정작 전문직으로서 지켜야 할 기자의 행동 윤리를 실천하지 못했다는 것이다(김경모·신의경, 2013).

비슷한 맥락에서, 1957년 처음 도입된 언론윤리강령이 내부의 실천을 안내할 규범을 만들기 위한 것이 아니라 군사정부 같은 외부 개입과 압력을 저지하는 방어적 도구에 불과했다고 보는 시각도 있다. 남재일(2010)은 1960~1980년대 당시 기자는 직업적 처지가 "직업윤리보다 언론 자유를 우선시하는 지사적 위치"(p. 85)였으며, 군사정부의 법적 통제를 회피하는 수단으로서 '자율규제'를 내세웠다고 해석했다. 남재일에 따르면 윤리 문제가 본격화한 것은 1990년대 초반 기자의 촌지 수수 사건으로 시민사회의 비판이 거세지자 언론사들이 앞다퉈 윤리강령을 제정했던 사례라 할 수 있다. 그럼에도 1990년대까지 언론현장에서 윤리강령은 잘 지켜지지 않아 실효성이 거의 없었으며, 사실상 사문화되다시피 했다(이재진, 2005). 실제로 1990년대 말 언론인 대상 조사에 따르면 "윤리강령을 한 번도 읽어보지 않았다"는 응답이 32.6%에 이르렀다(한국언론연구원, 1997). 학계도 별반 다르지 않았다. 이재진(2005)은 2001년 학술대회에서 발표된 자료를 인용해 "1990년부터 2000년 사이에 발표된 언론윤리 관련 학술논문은 단 1건에 불과했다"(p. 13)고 지적했다. 다만 1990년대를 기점으로 이후부터 학계에서 윤리 문제에 본격적인 관심을 기울인 것으로 보인다(김옥조, 2004 참조).

한국에서는 논쟁적 취재 행위가 사회적 이슈로 부각된 뒤에도 윤리 인식이 개선되지 못했을 뿐 아니라 국제 수준과 비교할 때 크게 뒤떨어진 것으로 조사됐다. 2014년 수행된 '세계의 기자들The Global Journalist' 프로젝트를 보더라도 한국 기자는 다른 국가의 기자에 비해 논쟁적 취재 방식에 훨씬 더 허용적인 태도를 드러냈다. 예를 들어 취재를 위해 '신분을 위장하기'에 대해 국내 기자의 약 85.9%는 허용적인 태도를 보였으나('항상 허용된다' 4.8%, '경우에 따라 허용된다' 81.1%), 미국의 경우 허용적인 태도는 약 22%에 불과했다(Weaver & Wilhoit, 1996). '허락 없이 정부나 기업의 비밀문서를 활용할 수 있다'는 문항에 대해 한국 기자는 81.9%가 '경우에 따라 허용된다'고 답했으나, 미국 기자들은 같은 응답 비율이 58%에 머물렀다.

한국 기자의 이 같은 취재윤리 인식 수준은 결국 윤리적으로 논란을 부르거나 비도덕적 취재 행위로 이어질 개연성을 높인다. 최근까지도 몰래카메라, 위장취업 등과 같은 논쟁적 취재 행위가 문제로 지적된다(엄기열, 2010; 이승선, 2001; 이재진, 2020; 이창근, 1999). 논쟁적 취재 행위에 대해 허용적이다 보니 실제로 비윤리적인 취재 행위가 현장에서 반복되는 것이다. 이런 점에서 한국 기자를 대상으로 다양한 분야에 대한 취재윤리의식을 알아볼 필요가 있다. 특히 취재보도와 직접 연관되는 윤리 문제뿐만 아니라 기자와 언론사가 시민으로부터 신뢰받기 위해 고수해야 할 가치 기준과 행동규범(김우룡, 2002)으로서 언론윤리 전반을 조사하는 연구가 요청된다.

이를 고려하면, 프라이(Fry, 1989)는 언론윤리 전반에 대한 기자 인식을 실증적으로 풍부하게 분석하고 있어 참조할 만하다. 프라이는 윤리 영역을, ① 이익의 충돌, ② 공짜 혜택, ③ 표절, ④ 익명 및 정치인 사생활 침해, ⑤ 위장 혹은 신분 속이기의 5개 영역에 걸쳐 22개 가상 상황을 제시한 후 인턴 기자를 대상으로 취재윤리를 위반한 것인지, 그리고 어떻게 대처할 것인지 등을 조사한 바 있다. 분석 결과 응답자들은 전반적으로 엄격한 윤리의식을 지닌 것으로 나타났다. 취재 대상 기업의 주식 보유나 취재 대상 정치인의 캠페인에 참여하는 문제에 대해 각각 87%, 88%가 취재윤리 위반이라고 응답했다. 특히 표절에 대해 매우 엄격한 윤리 인식을 보였다. ① 경쟁 언론사의 보도를 확인 없이 보도하는 행위 91%, ② 책에서 읽은 내용을 취재원 적시 없이 기억에 의존해 기사에 사용하는 행위 87%, ③ 유사한 주제를 다룬 다른 언론사의 기사에서 취재원 적시 없이 문장을 거의 유사하게 사용하는 행위 87%로 표절을 상당히 위중한 취재윤리 위반으로 평가하는 것으로 나타났다.

한편 최근에는 시장경쟁이 가속화되는 미디어 환경 변화로 다양한 윤리 이슈가 새롭게 제기된다. 언론사의 경영 악화에 따라 기사와 광고를 연계하거나 기자가 광고 영업에 나서는 식의 비윤리적 이슈가 문제로 지적된 바 있다(배정근, 2012). 새로운 미디어 기술의 도입으로 기사의 생산과 유통이 전통적인 미디어 제작 환경과 확연히 달라진 데 따른 문제도 떠오른다. 온라인에서 손쉽게 타사 기사를 베껴 쓰고, 온라인 커뮤니티에 게재된 글을 사실 확인 없이 기사로 작성하거나, 정치인이나 연예인이 소셜미디어에 올린 글을 추가 취재 없이 일방적으로 옮겨 적는 문제가 수시로 지적된다(설진아·전승, 2022; 안수찬·박재영, 2022; 유수정, 2021).

이처럼 취재보도 환경의 변화가 수반하는 다양한 윤리 문제에도 불구하고 이들 비윤리적 취재 행위에 대한 기자의 인식을 알아본 연구는 거의 없다. 이에 따라 이 연구는 한국의 기자가 비윤리적 취재 상황에 대해 얼마나 허용적인지, 한국 기자의 비윤리적 취재 상황에 대한 허용 정도는 해외 연구와 비교할 때 어떠한지 등을 알아보고자 했다.

3) 정체성과 취재윤리

기자의 취재윤리에 영향을 미치는 요인은 크게 개인 요인과 비非개인 요인으로 구분할 수 있다. 개인 요인에 주목한 연구는 기자의 종교적 배경, 교육, 가정환경, 정치적 성향 등에 중점을 두었다(Plaisance, Skewes, & Hanitzsch, 2012). 위버 등의 연구도 시기에 따라 조금씩 다른 결과를 보였지만, 일반적으로 기자의 경력이나 정치적 성향, 교육 수준 등에 따라 논쟁적 취재 행위에 대한 태도가 달라지는 것을 알 수 있다. 반면 비개인 요인으로는 언론사나 뉴스룸의 규모(크기)가 취재윤리와 연관성을 지니는 것으로 나타났다. 리더(Reader, 2006)는 언론사의 규모가 클수록 자체적인 전문직 준칙을 취재 과정에서 중요하게 여기지만, 규모가 작을수록 취재원과의 관계, 지역사회의 가치 등을 중요한 잣대로 여긴다고 밝혔다. 조직 차원에서 소유주 형태, 시장경쟁 등도 취재윤리 준수에 영향을 미치는 것으로 나타났다(Plaisance, Skewes, & Hanitzsch, 2012).

개인·비개인 요인을 통합적으로 다룬 여러 연구는 개인적 요인보다 사회적 요인이 기자의 취재윤리에 큰 영향을 미친다고 밝혔다. 사회적 영향 모델에 근거한 이들 연구는 기자의 취재 관행에 영향을 미치는 요인을 체계화한 슈메이커와 리스(Shoemaker & Reese, 1996)의 위계 모형hierarchy of influence에 기초해, 기자 개인/동료집단/언론사 조직/경쟁 상황/전문직 윤리/외적 요인/법적 제재 등의 7개 요인으로 설명한다(Reese, 2001). 관련 연구는 개인적 요인의 영향은 상대적으로 미약한 반면(Berkowitz, Limor, & Singer, 2004; Plaisance & Skewes, 2003; Voakes, 1997), 사회적 요인이 더 큰 영향을 미친다는 것을 일관되게 보여준다(Reader, 2006; Reese, 2001). 이는 뉴스 의사결정으로서 게이트키핑 과정의 조직적 상호작용이 뉴스 생산의 지배적 요인이라는 사회적 영향 모델의 이론 명제와 일치하는 결과다. 위버와 윌호이트(Weaver & Wilhoit, 1986) 역시 미국 기자의 취재 과정에서 윤리적 의사 선택이, 주로 뉴스룸 내 동료 기자나 선배 기자와의 상호작용에서 결정되는 현실을 보여준다. 위계 모형과 기자 인터뷰에 기반해 사실 확인이 미흡한 보도의 원인과 해결책을 제시한 신혜선과 이영주(2021)는, 윤리교육의 부재를 지적하고 언론 조직 내부에서 적극적으로 윤리문제에 대응할 것을 주문했다.

한편 기자의 역할 인식 혹은 정체성이 기자의 논쟁적 취재 방식에 영향을 미치는지에 주목한 연구도 있다. 빔과 위버, 브라운리(Beam, Weaver, & Brownlee, 2009)는 공격적인 취재 방법에 대한 지지는 역할 인식과 유의한 관계를 보인다고 밝혔다. 돈을 주고 정보를 사는 것 같은 논쟁적 취재 행위에 대해 정보 전달자 역할을 중요하게 인식할수록 부정적으로 평가하지만, 해석적-감시적 역할을 강조할수록 긍정적으로 인식한다는 것이다. 비슷한 맥락에서 이강형과 남재일(2019)은 역할 인식이 취재윤리에 영향을 미칠 가능성을 제시했다. 이들은 취재보도 원칙, 그리고 위장취업 및 사적 문서 이용 등에 관한 윤리의식 간의 관계를 분석했다. 한국언론진흥재단의 언론인 의식조사 자료(2003~2017)를 분석한 결과 탐사성을 중요하게 여길수록 비윤리적 행위를 용인하는 반면, 객관성을 강조할수록 비윤리적 취재에 부정적이었다. 여기서 취재 원칙의 중요성을 측정한 다수 질문이 위버 등이 '역할 인식'을 측정할 때 사용한 문항인 만큼, 이런 결과는 역할 인식과 윤리의 관계로 치환해서 해석할 수 있다. 탐사성을 측정한 '공직자와 기업인의 활동을 비판적으로 감시' 문항은 사실상 '적대적 감시자' 역할의 측정 문항과 같기 때문이다. 따라서 기자의 정체성 인식에 따라 논쟁적인 취재 방법의 허용 정도에 차이를 보이는지를 분석해볼 필요가 있다.

3. 한국 기자의 역할과 취재윤리 관행에 대한 인식

1) 설문조사 개요와 자료 수집

이 연구는 한국 기자의 역할과 취재윤리 관행에 대한 인식을 알아보기 위해 한국기자협회 소속 203개 회원사 기자 1만 1,076명을 대상으로 온라인 설문조사를 진행했다.[3] 2023년 4월 27일부터 일주일 동안 진행된 설문조사에 참가한 최종 인원은 751명이었다(응답률 6.78%). 응답자 분포는 여성 29.4%(221명), 남성 70.6%(530명)였다. 연령별로는 20대 4.3%(32명), 30대 42.9%(322명), 40대 32.6%(245명), 50대 이상 20.3%(152명)로 비교적 고르게 분포했다. 언론사별로 보면 서울 소재 종합일간지가 21.3%(160명)로 가장 많았으며, 지상파 3사와 종합편성채널은 15.3%(115명)였다. 온라인 설문조사는 전문 조사업체 한길리서치가 진행했으며, 조사 참여자에게 소정의 사례품을 제공했다. 응답자의 주요 특성은 <표 5-2>와 같다.

---

3   이번 조사는 한국기자협회와 연세대학교 커뮤니케이션연구소가 공동 진행했다. 이 연구의 초기 분석 결과 일부를 2023년 한국언론학회 봄철 정기학술대회의 한국언론진흥재단 특별 세션인 '한국 저널리즘 현주소에 대한 윤리적 고찰' 세미나에서 발표한 바 있다.

<표 5-2> 설문 응답자의 인구사회학적 특성

구분	응답자(%)
연령	20대 4.3, 30대 42.9, 40대 32.6, 50대 이상 20.3
성	여성 29.4, 남성 70.6
기자 경력	1~5년 15.8, 6~10년 25.3, 11~15년 20.9, 16~20년 18.1, 21~30년 16.6, 31년 이상 3.1
대학 전공	저널리즘 관련 전공 32.1, 저널리즘 복수/부전공 9.3, 그 외 58.8
소속 매체	종합일간지 21.3, 지역 일간지 19.2, 경제 일간지 15.8, 지상파 3사 7.6, 종합편성채널 7.7, 지역 방송사 3.7, 인터넷신문 10.3, 뉴스통신사 9.3, 스포츠/외국어 1.2, 기타 3.8
언론사 편집국 규모	10명 이하 3.2, 11~30명 8.9, 31~50명 13.3, 51~100명 21.7, 101~200명 25.2, 201~300명 16.6, 300명 이상 11.1
지역	서울 72.8, 수도권 4.9, 지역 22.3

2) 주요 변수의 개념화와 측정

기자의 역할 인식에 따른 정체성

이 연구는 기자들이 어떤 역할을 더 중요하게 여기는지를 토대로 정체성을 분류했다. 존스턴과 슬라스키, 보먼(Johnstone, Slawski, & Bowman, 1976)과 위버 등(Weaver & Wilhoit, 1986; 1996; Weaver, Beam, Brownlee, et al., 2009; Willnat, Weaver, & Wilhoit, 2019)을 토대로 기자의 정체성을 해석가, (정보)전달자, 적대자, 동원가의 4개 유형으로 구분했다. 선행연구에서 개별 정체성을 측정한 문항은 시기에 따라 다소 다르지만, 이 연구는 가장 최근 연구를 참고해 총 13개 문항으로 정체성을 확인할 수 있도록 측정했다(Weaver, Willnat, & Wilhoit, 2019). 각 문항에 대해 "귀하는 다음의 저널리즘(저널리스트) 역할에 대해 얼마나 중요하다고 인식하십니까?"라고 질문한 뒤, '전혀 그렇지 않다'(1점) ~ '매우 그렇다'(5점)의 5점 척도에 답하도록 요청했다.

세부 역할 항목을 보면, 전달자는 "중요한 정보를 시민들에게 빠르게 전달하는 일", "중요한 정보를 시민들에게 정확하게 전달하는 일", "검증할 수 있는 사실facts을 보도하는 일", "많은 국민이 관련된 사안에 대해 보도하는 일"의 4개 문항으로 측정했다($M = 4.36$ $SD = .48$, $Range = 2.0~5.0$). 해석가는 "사회문제 및 이슈의 분석과 해석을 제공하는 일", "정부의 주장을 검증하고 조사하는 일", "정부 정책에 대해 논의하는 일" 등 3개 문항으로 측정했다($M = 4.33$, $SD = .54$, $Range = 2.33~5.0$). 적대자는 "정부나 정치인의 일을 비판하고 감시하는 일", "기업이나 기업가의 일을 비판하고 감시하는 일"의 2개 문항이며($M = 4.27$, $SD = .62$, $Range = 1.5~5.0$), 동원가는 "정치적으로 중요한 의제를 설정하는 일", "여론에 영향을 미치는 일", "시민이 공적 이슈에 의견을 표명하도록 기회를 주는 일", "시민들의 지적이고 문화적인 흥미를 이끌어내는 일" 등 4개 문항이다($M = 4.25$, $SD = .52$, $Range = 1.75~5.0$).

기자의 취재윤리 인식

이 연구는 기자의 취재윤리에 대한 인식을 종합적으로 알아보고자 '논쟁적 취재 기법', '언론윤리', '한국적 취재윤리'로 구분해 측정했다. 먼저 논쟁적 취재 기법은 선행연구에서 가장 광범위하게 측정되었는데(Weaver & Wilhoit, 1986; 1996; Weaver, Beam, Brownlee, et al., 2009; Willnat, Weaver, & Wilhoit, 2019), 이들 연구에 공통적으로 포함된 9개 문항에 주목했다.

다음으로 언론윤리는 취재뿐 아니라 기자의 행동 전반에 걸친 윤리를 말하는데(김우룡, 2002), 프라이(Fry, 1989)에 따라 4개 하위 영역으로 구분해 측정했다.[4]

---

4 프라이의 연구에서는 '위장 혹은 신분 속이기' 항목을 '취재를 위해 기자라는 신분을 속이는 행위', '위장취업하는 행위', '잠입 취재하기'의 3개 문항으로 측정했으나 이 연구의 경우 논쟁적 취재 기법에서 이미 위장취업, 신분 속이기의 2개 항목을 포함하고 있어 언론윤리에서는 제외했다.

마지막으로 한국적 취재윤리는 주로 국내 연구에서 윤리적 문제 행위로 지적된 바 있는 5개 항목의 취재 관행에 대한 기자들의 도덕적 인식을 말한다. 비록 해당 이슈가 국내에 한정된 것인지는 단정하기 어려우나, 주로 국내 문헌에서 조명된다는 점에서 이렇게 이름 붙였다. "중요한 뉴스를 취재하는 과정에서 다음의 상황이 발생한다면 귀하께서는 다음의 각 행위에 대해 어느 정도로 정당화할 수 있다고 여기십니까?"라고 관련 상황을 제시한 뒤 '전혀 정당화할 수 없다'(1점) ~ '항상 정당화할 수 있다'(5점)의 5점 척도로 답하도록 요청했다. 각 항목의 구체적인 측정 문항은 다음과 같다.

① 논쟁적 취재 기법에 대한 인식

미국과 유럽의 선행연구에서 '논쟁적 취재 기법'에 대한 기자 인식을 측정하는 데에 활용된 문항을 사용했다(Weaver & Wilhoit, 1986, 1996; Willnat, Weaver, & Wilhoit, 2019). 연구마다 약간 상이하지만, 이들은 대체로 다음 9개 문항을 포함한다. '내부 정보를 얻기 위한 위장 취업', '정부나 기업의 공적 문서 무단 사용', '정보를 얻기 위해 취재원을 지속적으로 회유하는 행위', '일반인의 문서나 사진을 무단으로 사용하는 행위', '돈을 주고 정보를 사는 행위', '취재를 위해 신분을 속이는 행위', '몰래카메라를 사용하는 행위', '사건·사고 보도를 위해 재연 영상을 사용하는 행위', '피해자의 신원이나 사진을 공개하는 행위' 등으로, 논쟁적 취재 행위에 대한 인식은 이 9개 문항 응답의 평균으로 처리했다(M = 2.58, SD = .55, $Range$ = 1.0~4.56).

② 언론윤리 전반에 대한 인식

프라이(Fry, 1989)를 토대로 다음 4개 영역의 14개 문항으로 언론윤리를 측정했다.

- 이익의 충돌: '출입처 주식을 취득하거나 보유하는 행위', '배우자가 출입처 주식을 보유하는 행위', '정치부 기자가 자신이 담당하는 정치인의 선거 캠페인에 참여하는 행위', '비정치부 기자가 정치인의 선거 캠페인에 참여하는 행위', '정치부 기자가 국회의원 혹은 정부 대변인으로 진출하는 행위' 등 5개 문항의 평균을 구했다($M = 2.55$, $SD = .62$, $Range = 1.0{\sim}4.40$).

- 표절: '취재원 적시 없이 책이나 취재원 발언을 기억에 의존해 기사에 쓰는 행위', '연합뉴스 등 통신사 기사를 확인 없이 받아쓰는 행위', '타사의 보도를 사실 확인 없이 다소 고쳐서rewrite 보도하는 행위' 등 3개 문항의 평균으로 측정했다($M = 2.60$, $SD = .75$, $Range = 1.0{\sim}5.0$).

- 무료 혜택이나 향응: '일상적 취재 대상으로부터 공짜 혹은 할인 혜택을 받는 행위', '같은 언론사 기자가 준 무료 티켓을 사용하는 행위', '정부나 기업 등 출입처에서 무료로 제공하는 취재 출장' 등 3개 문항의 평균을 측정값으로 삼았다($M = 2.64$, $SD = .77$, $Range = 1.0{\sim}5.0$).

- 취재원 혹은 사생활 보호: '공인 가족에 대한 사생활 보도', '공인의 사생활 보도', '공인 취재원 집 앞에서 대기하기' 등 3개 문항으로 측정했다($M = 2.60$, $SD = .76$, $Range = 1.0{\sim}5.0$).

③ 한국적 취재윤리 문제에 대한 인식

한국적 취재윤리는 다음의 5개 문항으로 측정했다(배정근, 2012; 설진아·전승, 2022; 안수찬·박재영, 2022; 유수정, 2021): '온라인 커뮤니티 등에 실린 내용을 사실 확인 없이 인용하기', '정치인이나 연예인 등이 소셜미디어에 쓴 특정 내용을 확인 없이 인용하기', '언론사 광고 등 판촉 확장 캠페인에 참여하는 행위', '언론사 광고 및 영업과 연계된 기사를 작성하기', '꾸미와 같은 타사 기자와의 공동 취재' 등이다. 한국적 취재윤리는 이들 5개 문항에 대한 응답의 평균을 측정 점수로 사용했다(M = 2.59, SD = .64, $Range$ = 1.0~4.6).

4. 한국 기자의 정체성과 취재윤리 인식의 현주소

이 연구는 한국 기자들이 중요하게 여기는 '기자 역할'에 따른 정체성 인식을 파악하고, ① 논쟁적 취재 기법에 대한 인식, ② 언론윤리 전반에 대한 인식, ③ 한국적 취재윤리 문제에 대한 인식을 알아보고자 했다. 아울러 정체성 인식에 따라 취재윤리 인식이 다른지를 알아보고자 했다.

1) 기자의 정체성

이 조사에 참여한 한국 기자들이 4개 정체성을 유의미하게 구분하는지를 알아보기 위해 대응표본 T검정을 실시했다. 우선 응답자들은 4개 역할 중 전달자 역할(M = 4.36)을 가장 중요하게 인식하고 있었다. 다음은 해석가(M = 4.33), 적대자(M = 4.27), 동원가(M = 4.25)의 순서인 것으로 나타났다. 역할 유형별 차이를 검토하고자 대응표본 T검정을 실시한 결과 전달자와 해석가 간에는 유의한 차이가 없었고, 적대자와 동원가의 역할에서도 유의한 차이를 보이지 않았다(<표 5-3> 참조). 구체적으로 살펴보면, ① 전달자와 해석가로서의 정체성에는 유의한 차이를 보이지 않았고, 적대가와 동원가로서의 정체성에도 유의한 차이를 보이지 않았다. ② 대체로 전달자와 해석가로서 역할-정체성을, 대체로 적대자와 동원가로서 역할-정체성보다 유의한 수준에서 더 중요하게 인식했다.

한편 이러한 결과는 한국 기자들의 역할 중요도와, 이를 토대로 구

기자 정체성		통계치(t)	df	p
전달자	해석가	1.771	750	.077
전달자	적대자	3.78	750	.000
전달자	동원가	5.44	750	.000
해석가	적대자	2.19	750	.029
해석가	동원가	3.54	750	.000
적대자	동원가	.81	750	.421

분한 기자 정체성 측면에서 중요한 함의를 시사한다. 즉 전달자-해석가 정체성은 저널리즘의 객관주의를 중요하게 여기는 것이며, 적대자-동원가 정체성은 주창주의에 대한 강조와 관련성을 보이는 만큼, 한국 기자들은 여전히 객관주의 전통을 주창주의 전통보다 중시한다는 해석이 일정 정도 가능하다.

실제 기자 정체성의 4개 유형을 전달자-해석가(객관주의)와 적대자-동원가(주창주의)의 2개 집단으로 재분류한 뒤 대응표본 T검정을 실시한 결과, 전달자-해석가 정체성(M= 4.32, SD= .44)을 적대자-동원가 정체성(M = 4.26, SD =.48)에 비해 유의한 수준에서 더 중요하게 여기는 것으로 나타났다[t(750) = 4.933, p < .001].

2) 윤리 인식 및 정체성

논쟁적 취재 기법

첫 번째로 한국 기자들은 논쟁적 취재 기법의 9개 항목에 대해 얼마나 허용적인지를 알아보고 이를 미국 기자들의 연구 결과와 비교했다. 국내 기자들은 논쟁적 취재 기법에 대해 대체로 미국 기자보다 허용적인 것으로 나타났다. <표 5-4>가 보여주듯, '전혀 정당화할 수 없

<표 5-4> 한국 기자의 정체성 인식 및 차이

국가 / 항목	한국						미국	
년도	2023						2002	2013
논쟁적 취재 행위	1	2	3	4	5	평균	-	-
위장취업(내부 정보를 얻기 위한)	19.7	30.5	27.7	20.0	2.1	2.54	54	25
정부나 기업의 공적 문서 무단 사용	19.0	28.9	28.5	20.2	3.3	2.60	78	58
정보 취득 목적의 취재원 지속 회유	16.6	34.8	21.6	25.4	1.6	2.61	52	38
일반인의 문서나 사진 무단 사용	21.4	29.0	26.8	20.5	2.3	2.53	41	25
돈을 주고 정보를 사는 행위	20.2	30.2	24.4	23.6	1.6	2.56	17	5
취재를 위해 신분을 속이는 행위	21.0	27.2	26.1	22.2	3.5	2.60	14	7
익명 약속한 뒤 지키지 않는 행위	-	-	-	-	-	-	8	2
몰래카메라 사용	17.7	31.3	28.5	20.2	2.3	2.58	60	47
사건·사고 보도를 위한 재연 영상	18.0	30.1	29.7	20.2	2.0	2.58	29	12
피해자의 이름 등 신원 공개	18.0	30.6	28.1	21.2	2.1	2.66	36	15

* '전혀 정당화 할 수 없다'(1점), '대체로 정당화할 수 없다'(2점), '특정 경우에만 정당화할 수 있다'(3점), '대체로 정당화할 수 있다'(4점), '항상 정당화할 수 있다'(5점)로 측정
* 미국에서 이뤄진 위버 등의 조사는 '특정한 상황에서 정당화할 수 있을 것', '어떤 상황에서도 정당화할 수 없을 것', '잘 모르겠다' 등 3개로 질문했고, 표의 수치는 '특정한 상황에서 정당화할 수 있을 것'에 대한 응답 비율이다. '피해자의 이름 등 신원 공개'의 경우 미국은 '성폭력 피해자의 이름 등 신원 공개'이다.

다'(1점), '대체로 정당화할 수 없다'(2점), '특정 경우에만 정당화할 수 있다'(3점), '대체로 정당화할 수 있다'(4점), '항상 정당화할 수 있다'(5점)와 같이 5점 척도로 측정한 결과, 9개 문항의 평균이 2.58점으로 '특정 경우에 정당화할 수 있다'(3점)에 가까웠고 문항별 평균이 크게 다르지 않았다.

전체적으로 볼 때 한국 기자들에게서 윤리적 논란을 부르기 쉬운 취재 행위에 대해 '허용 가능하다'(대체로 허용 + 항상 허용)는 응답 비율은 22.1%(위장취업)~27.0%(취재원 지속 회유)에 달할 정도로 상당히 높은 비중(9개 항목 전체 평균 24.0%)을 차지하는 것으로 나타났다. 그에 비해

비윤리적 취재 행위를 '허용해선 안 된다'(항상 불가 + 대체로 불가)는 비율은 47.9%(정부와 기업의 문서자료 무단 사용)~51.4%(취재원 지속 회유)에 지나지 않아, 응답 기자의 절반은 취재보도 과정의 윤리 문제를 상당히 편의적으로 해석하고 있었다(9개 항목 전체 평균 49.1%). 비슷한 맥락에서, '특정 상황에서 제한적으로 허용 가능하다'는 조건부 허용의 응답 비율은 21.6%(취재원 지속 회유)~29.7%(재연 영상 사용)에 머물렀다(9개 항목 전체 평균 26.9%). 이런 분포는 미국 기자를 대상으로 한 의식 조사의 결과와 사뭇 다르다. 기자의 역할 가치 지향에 관계없이 기본적으로 도덕적 감수성이 떨어진다는 의미로 해석할 여지가 충분하다. 실제로 현장 기자를 대상으로 하는 사내외 윤리교육이 체계적이지 못하고 자기성찰의 기회가 드문 언론계 윤리 실태의 방증이기도 하다.

구체적으로 몇몇 항목을 미국에서 조사된 연구 결과의 응답 비율과 비교해보면 이런 현실은 더욱더 분명해진다. 위장취업의 경우 미국은 '특정 상황에서 정당화할 수 있을 것'이라는 응답이 2002년 54%에서 2013년에는 25%로 크게 낮아졌으나, 한국의 경우 2023년 기준 '특정한 경우에 정당화할 수 있을 것'이 27.7%, '대체로 정당화할 수 있을 것' 20.0%, '항상 정당화할 수 있을 것' 2.1%로 정당화할 수 있다는 응답이 49.8%에 이른다. 특히 취재를 위해 신분을 속이는 행위에 대해 미국의 경우 7%만이 '특정한 경우에 정당화할 수 있다'고 응답했으나, 한국은 '특정 경우에만 정당화' 26.1%, '대체로 정당화' 22.2%, '항상 정당화' 3.5%로 긍정적 응답 비율이 51.8%에 이르는 것으로 나타났다. 무려 응답 기자의 절반가량이 사회적 용인의 수준을 넘어서는 논쟁적 취재 행위를 정당하다거나 가능하다고 보고 있는 것이다.

다음으로 한국의 기자들은 자신의 정체성 인식에 따라 윤리적으로 논란을 부르는 취재상의 쟁점에 대해 어떤 차이를 드러내는지 살펴보았다. 선행연구는 기자 역할에서 중시하는 가치에 따라 크게 네 유형의 역할 집합(전달자, 해석가, 적대자, 동원가)을 구분한다. 그런데 한국의 기자들을 대상으로 한 이번 윤리의식 조사에서 이들 역할 집합은 크게 객관주의 저널리즘 전통과 친화성이 높은 전달-해석 유형, 그리고 주창주의 저널리즘 전통과 더 밀접한 적대-동원 유형으로 나뉘는 것으로 나타났다.

이를 토대로 특정 역할을 상대적으로 더 중시하는 역할 집단의 패턴을 따라, ① 역할 가치 불투명형($n = 259$), ② 객관주의 가치 중시형($n = 140$), ③ 주창주의 가치 중시형($n = 103$), ④ 객관-주창 가치 동시 중시형($n = 249$)을 구분했다. 여기서 역할 가치 불투명형은 동료 기자들에 비해 객관주의와 주창주의의 역할 가치가 모두 별로 중요하지 않다고 평가한 집단을 말한다. 반면 객관주의 가치 중시형은 객관주의 저널리즘에서 강조하는 역할의 가치를 상대적으로 훨씬 더 중요하게 여기는 집단, 주창주의 가치 중시형은 주창주의 저널리즘이 강조하는 역할이 상대적으로 더 중요하다고 응답한 집단이다. 마지막으로 객관-주창 가치 동시 중시형은 특정 저널리즘과 연계된 가치 지향을 보이는 것이 아니라 역할 대부분이 기자 직무 수행에서 모두 중요하다고 평가한 집단을 말한다. 역할 가치 불투명형 집단과 대척점에 서 있는 기자군이라 보면 된다.

<표 5-5>는 이들 네 집단별로 일상의 뉴스 취재 현장에서 윤리적 논쟁을 초래하거나 딜레마에 빠질 수 있는 제반 취재 행위에 대해 얼마나 허용할 수 있는지 물은 결과를 보여준다. 집단별 상대적 분포에

<표 5-5> 정체성 인식과 논쟁적 취재윤리에 대한 인식

항목 \ 구분	역할 가치 불투명형	객관주의 가치 중시형	주창주의 가치 중시형	객관-주창 동시 중시형
위장취업				
허용 불가	48.3	50.7	53.4	50.6
조건부 허용	27.4	25.7	31.1	27.7
허용 가능	24.3	23.6	15.5	21.7

항목 \ 구분	역할 가치 불투명형	객관주의 가치 중시형	주창주의 가치 중시형	객관-주창 동시 중시형
정부·기업 문서 무단 사용				
허용 불가	45.9	51.4	45.6	49.0
조건부 허용	32.0	25.7	22.3	28.9
허용 가능	22.0	22.9	32.0	22.1
취재원 지속 회유				
허용 불가	48.3	51.4	57.3	52.2
조건부 허용	24.3	24.3	20.4	17.7
허용 가능	27.4	24.3	22.3	30.1
일반인 문서 사진 무단 사용				
허용 불가	47.1	56.4	53.4	49.4
조건부 허용	30.5	20.0	26.2	26.9
허용 가능	22.4	23.6	20.4	23.7
신분 속이기				
허용 불가	46.7	50.7	53.4	53.0
조건부 허용	29.3	25.7	13.6	22.9
허용 가능	23.9	23.6	33.0	24.1
몰래카메라 이용				
허용 불가	49.8	50.0	51.5	46.4
조건부 허용	27.8	31.4	29.1	27.3
상시 허용	22.4	18.6	19.4	26.1
재연 영상 사용				
허용 불가	40.2	51.4	52.4	52.6
조건부 허용	38.6	25.0	27.2	24.2
허용 가능	21.2	23.6	20.4	23.3
피해자 신원 공개				
허용 불가	40.5	45.0	52.4	49.0
조건부 허용	32.0	33.6	27.7	23.7
허용 가능	27.4	21.4	20.4	27.3

따르면 전체적으로 9개 항목의 논쟁적 취재 방식 대부분에서 역할 가치 불투명형 집단이 나머지 세 집단보다 비윤리적 행위에 대해 허용할 수 있다고 보는 정도가 약간 더 높게 나타나는 일정한 패턴을 띰을 알 수 있다. 하지만 일부 항목을 제외하고 세 집단은 윤리적으로 논란을 부르는 행위의 허용 정도에서 뚜렷한 차이를 보이지 않았다. 기자에게 요청되는 역할 대다수를 중시한다는 객관-주창 가치 동시 중시형 집단이라고 해서 특별히 엄격한 윤리기준을 가지고 있는 것 같지도 않다. 객관주의 가치 중시형과 주창주의 가치 중시형 역시 취재보도 과정의 윤리적 엄격함에서 서로 크게 다를 것이 없었다.

언론윤리 및 한국적 관행과 정체성 인식

다음은 프라이의 언론윤리 전반에 대한 한국 기자의 인식을 알아보았다.

분석 결과 <표 5-6>에서 나타나듯, 이익 충돌의 경우 정치부 경력 기자가 국회의원이나 대변인으로 진출하는 것에 대해 가장 부정적인 ($M = 2.52$) 반면, '경제부 혹은 취재 영역이 주식 관련인 기자의 주식 투자'에 대해서는 덜 부정적이었다($M = 2.61$). 표절과 관련해서는 '타사

<표 5-6> 윤리 영역별 정당화에 대한 동의 정도

항목 \ 정도	1	2	3	4	5	평균
이익의 충돌						
경제부/취재 영역이 주식 관련인 기자의 주식 투자	18.5	28.4	29.8	20.2	3.1	2.61
기자의 배우자, 가족, 친지가 취재 기업 주식에 투자	17.8	29.4	30.5	20.4	1.9	2.59
정치부 기자의 정치 캠페인 참여	17.6	31.0	26.6	22.2	2.5	2.61
비정치부 기자의 정치 캠페인 참여	21.7	32.8	27.3	17.3	0.9	2.43
정치부 경력의 기자가 국회의원/정부 대변인으로 진출	19.2	32.9	27.0	18.4	2.5	2.52
평균	-	-	-	-	-	2.55

항목　　　　　　　　　　　　　　　　정도	1	2	3	4	5	평균
표절 이슈						
타사의 보도를 보고 사실 확인 없이 작성하기	21.2	28.8	28.8	19.2	2.1	2.52
기자가 취재원 인용 없이 책이나 취재원 발언을 사용	17.3	27.4	30.0	22.0	3.3	2.67
연합뉴스 등 통신사 기사를 확인 없이 받아쓰기	15.6	32.5	30.5	19.0	2.4	2.60
평균	-	-	-	-	-	2.60
취재원 / 사생활 보호						
공인의 사생활 보도	18.5	31.0	26.6	21.2	2.7	2.58
공인 가족에 대한 사생활 보도	18.6	28.0	30.8	19.4	3.2	2.61
공인 취재원 집 앞에서 대기하기	19.0	27.6	29.8	21.3	2.3	2.60
평균	-	-	-	-	-	2.60
무료 혜택						
일상적 취재 대상으로부터 받은 할인이나 무료 혜택	17.0	31.7	27.4	21.4	2.4	2.60
같은 언론사 취재 기자가 준 무료 티켓 이용	15.2	30.5	30.0	21.8	2.5	2.66
정부나 기업 등 출입처에서 제공한 취재 출장	15.7	29.7	31.2	20.4	3.1	2.65
평균	-	-	-	-	-	2.64
한국적 취재 관행						
온라인 카페 등에 실린 내용을 사실 확인 없이 인용하기	17.3	27.7	31.2	21.7	2.7	2.64
정치인 등의 소셜미디어를 확인 없이 인용	18.5	29.7	28.5	20.8	2.5	2.59
언론사 광고 및 영업과 연계된 기사 작성	16.5	31.4	28.8	20.5	2.8	2.62
언론사 광고 및 판촉 확장 캠페인에 참여	18.1	31.3	25.3	22.1	3.2	2.61
꾸미禑와 같은 타사 기자와의 공통 취재	20.9	30.6	28.6	18.0	1.9	2.60
평균	-	-	-	-	-	2.59

* "전혀 정당화할 수 없다"(1점), "대체로 정당화할 수 없다"(2점), "특정 경우에만 정당화할 수 있다"(3점), "대체로 정당화할 수 있다"(4점), "항상 정당화할 수 있다"(5점).

의 보도를 사실 확인 없이 기사로 작성하는 것'에 대해 가장 정당화하기 어렵다고 응답했고(M =2.52), '취재원 인용 없이 책이나 취재원 발언을 사용하는 것'에 대해서는 허용적이었다(M =2.67). 이에 비해 공인의 사생활 보호에 대해서는 대체로 항목별로 정당화 동의 정도에 큰 차이가 없었다. 혜택의 경우에는 일상적 취재 대상으로부터 받은 할인이나 무료 혜택보다는 같은 언론사 취재기자가 주는 무료 티켓의 이용에 대해 더 허용적이었다(M = 2.66).

다음으로 선행연구에서 한국의 문제적 취재 관행으로 자주 지목된 5개 취재 방식에 대한 정당화 정도를 측정했다(M = 2.59, SD = .64, $Range$ = 1.0~4.6). 항목별로는 '온라인 카페 등에 실린 내용을 사실 확인 없이 인용하는 것'에 대해 가장 허용적이었고, '정치인/연예인 등이 소셜미디어에 쓴 특정 사실을 확인 없이 인용하는 것'에 대해 가장 덜 허용적이었다. 특히 언론사 광고 및 영업과 연계된 기사 작성에 대해 '대체로 정당화할 수 없다'와 '절대 정당화할 수 없다'는 응답이 47.9%로 '대체로 정당화할 수 있다'와 '항상 정당화할 수 있다'의 23.3%에 비해 2배가량 높았다. 한편 한국적 취재윤리에 대한 정당화 동의 정도는 이익 충돌, 표절, 무료 혜택, 취재원 사생활 보호에 대한 인식과 유의한 차이를 보이지 않았다.

이러한 결과가 시사하는 바는 다음과 같다. 이익 충돌은 법조문(이른바 '김영란법')으로 명시되어 있는 현실을 고려할 때 한국 사회 전체가 다소 민감하게 반응하고 주의하는 항목에 해당한다. 김영란법의 적용에서 기자가 직접 그 대상은 아니지만, 법 제정의 취재보도 과정을 통해 사정과 내용을 잘 알고 있을 것으로 예상된다. 따라서 기자가 자칫 실수하면 사회적 지탄을 받기 쉽고, 이에 대한 기자사회의 도덕적 민감성도 여타 윤리 항목에 비해선 다소 높다고 볼 수 있다.

반면 표절(이른바 '우라까이'), 사생활 침해(직업적 특권 의식), 무료 혜택(물질적 특권 의식) 등은 한국 사회에서 언론계의 비윤리적 관행으로 평소 가장 많은 지적과 비판을 받는 부분이라 할 수 있다. 때에 따라 사회적 지탄의 대상이 되거나 심한 경우 법적으로 처벌받는 사례도 심심찮게 발견된다. 물론 이와 관련된 기자사회의 비윤리적 실태에 대해 일반 시민이 얼마나 주목하거나 속속들이 사정을 알고 있는지는 논외로 하더라도, <표 5-6>의 전반적인 응답 분포는 그 자체로 한국 기자들의 비윤리적 의식세계의 한 단면을 보여준다는 해석이 가능하다.

그나마 네 영역의 응답 점수 분포는 윤리적 상황주의보다 윤리적 객관주의의 비중이 조금 더 높게 나타나, 언론계의 도덕적 민감성이 전혀 없다고 할 수는 없다. 하지만 외국 기자를 대상으로 한 윤리의식 조사 결과와 비교할 때 한국 기자들의 윤리의식 수준이 어떠한지 엄격하게 비교 해석해볼 여지는 있다. 프라이(Fry, 1989)가 강조한 4개 영역의 언론윤리 관련 항목의 답변 분포는, 이렇든 저렇든 한국의 기자들이 저널리즘이라는 공익적 직무 수행을 위해서는 표절이나 사생활 침해 같은 취재 관행을 어느 정도 용인할 수 있다고 보는 것으로 읽힌다. 말하자면 평소 기자들이 직업적 특권 의식에 물들어 있거나 무료로 제공되는 물질적·금전적 혜택을 일종의 보상 체계로 이해하는 도덕적 둔감성을 보인다는 것이다. 국민의 알 권리와 표현의 자유라는 사회 전체의 공익을 위해서라면 얼마간의 비윤리적 취재 행위를 용인할 수 있다는 의식은 그 자체로 왜곡된 공리주의 윤리관을 대변한다. 본래적 가치가 선하지 않은 비윤리적 행위가 공익이라는 사회적 가치를 정당화할 수는 없다. 또 그런 행위 준칙maxim은 보편성 검사universali-zation test를 통과할 수 없다는 점에서 의무론적 윤리관과도 결코 부합하지 않는다.

한편 국내 기자들은 이익의 충돌, 취재원의 사생활 보호, 표절, 무료 혜택 등 4개 영역 중 이익의 충돌에 대해 가장 덜 허용적이었고 (M = 2.55) 혜택에 대해 가장 허용적이었다(M = 2.64). 이러한 차이가 유의한지를 대응표본 T검정으로 분석한 결과(<표 5-7> 참조), 이익의 충돌과 혜택의 평균 차이는 유의한 것으로 나타났다[$t(750)$ = -3.16, p < .01]. 이에 비해 이익의 충돌과 취재원 사생활 보호[$t(750)$ = -1.71, p = 088], 이익의 충돌과 표절[$t(750)$ = -1.67, p = . 095]의 차이는 유의하지 않았다.

<표 5-7> 윤리 영역별 평균 차이 분석

윤리 영역별 비교		통계치(t)	df	p
이익의 충돌	표절	-1.710	750	.088
	취재원 사생활	-1.669	750	.095
	무료 혜택	-3.159	750	.002
	한국적 윤리	-1.713	750	.087
표절	취재원 사생활	.015	750	.988
	무료 혜택	-1.436	750	.152
	한국적 윤리	.251	750	.802
취재원 사생활	무료 혜택	-1.330	750	.184
	한국적 윤리	1.838	750	.066
무료 혜택	한국적 윤리	.253	750	.800

프라이(Fry, 1989)가 강조한 언론윤리 4개 영역(이익 충돌, 표절, 취재원 사생활 보호, 무료 혜택)과 한국적 취재 관행을 중심으로 기자들의 역할 가치 지향에 따른 도덕성 준수 여부를 가늠할 수 있는지 조사했다. 분석 결과 <표 5-8>에서 알 수 있듯, 전체적으로 5개 윤리 영역의 거의 모든 항목에서 다른 세 집단에 비해 역할 가치 불투명 집단이 비윤리적 행위와 관행에 엄격하게 처신하는 비율이 조금씩 낮은 일관된 패턴이 관찰되었다.

<표 5-8> 정체성 인식과 분야별 언론윤리 인식

영역	항목	집단 역할 가치 불투명형	객관주의 가치 중시형	주창주의 가치 중시형	객관-주창 동시 중시형
이익의 충돌		경제부기자 주식 투자			
	허용 불가	42.5	52.1	44.7	49.4
	조건부 허용	35.9	25.7	33.0	24.5
	허용 가능	21.6	22.1	22.3	26.1

영역	항목	집단	역할 가치 불투명형	객관주의 가치 중시형	주창주의 가치 중시형	객관-주창 동시 중시형
이익의 충돌		배우자 등의 주식 투자				
		허용 불가	42.5	44.3	49.5	53.0
		조건부 허용	31.7	32.9	34.0	24.5
		허용 가능	25.9	22.9	16.5	20.5
		정치부 기자의 정치 캠페인 참여				
		허용 불가	45.2	51.4	47.6	51.0
		조건부 허용	29.7	22.9	28.2	24.9
		허용 가능	25.1	25.9	24.3	24.1
		비정치부 기자의 정치 캠페인 참여				
		허용 불가	52.9	53.6	55.3	56.2
		조건부 허용	30.5	27.9	25.2	24.5
		허용 가능	16.6	18.6	19.4	19.3
		정치부 경력기자의 정치 진출				
		허용 불가	44.0	51.4	66.0	55.0
		조건부 허용	31.3	27.9	18.4	25.7
		허용 가능	24.7	20.7	15.5	19.3
표절		타사 보도 확인 없이 따라 작성				
		허용 불가	46.3	40.0	52.4	50.6
		조건부 허용	34.0	33.6	23.3	26.1
		상시 허용	19.7	26.4	24.3	23.3
		취재원 책 및 취재원 발언 무단 인용				
		허용 불가	40.9	46.4	55.3	43.4
		조건부 허용	34.4	30.0	21.4	28.9
		허용 가능	24.7	23.6	23.3	27.7
		통신사 기사 확인 없이 받아쓰기				
		허용 불가	41.7	52.9	50.5	51.0
		조건부 허용	37.1	24.3	28.2	28.1
		허용 가능	21.2	22.9	21.4	20.9

영역	항목	집단	역할 가치 불투명형	객관주의 가치 중시형	주창주의 가치 중시형	객관-주창 동시 중시형
취재원 사생활 보호	공인의 사생활 보도					
	허용 불가		44.8	52.9	51.5	51.8
	조건부 허용		30.5	24.3	28.2	23.3
	허용 가능		24.7	22.9	20.4	24.9
	공인 가족에 대한 사생활 보도					
	허용 불가		43.6	53.6	49.5	49.4
	조건부 허용		34.7	29.3	26.2	23.7
	허용 가능		21.6	17.1	24.3	26.9
	공인 취재원 집 앞에서 대기하기					
	허용 불가		39.0	53.6	49.5	49.4
	조건부 허용		37.5	29.3	26.2	23.7
	허용 가능		23.6	17.1	24.3	27.9
무료 혜택	일상적 취재 대상에게 할인 혜택					
	허용 불가		47.5	45.7	50.5	51.0
	조건부 허용		28.2	36.4	24.3	22.9
	허용 가능		24.3	17.9	25.2	26.1
	같은 언론사 기자의 무료 티켓 이용					
	허용 불가		42.5	46.4	49.5	47.0
	조건부 허용		34.4	24.3	31.1	28.1
	허용 가능		23.2	29.3	19.4	24.9
	출입처 제공 취재 출장					
	허용 불가		39.4	47.9	46.6	49.8
	조건부 허용		35.5	29.3	30.1	28.1
	허용 가능		25.1	22.9	23.3	22.1
한국적 취재 관행	온라인 카페 내용을 확인 없이 인용					
	허용 불가		43.6	40.0	49.5	47.4
	조건부 허용		31.3	40.0	27.2	27.7
	허용 가능		25.1	20.0	23.3	24.9

영역 \ 항목 \ 집단	역할 가치 불투명형	객관주의 가치 중시형	주창주의 가치 중시형	객관-주창 동시 중시형
	정치인 등 소셜미디어 확인 없이 인용			
허용 불가	44.4	45.7	55.3	50.6
조건부 허용	34.7	27.1	22.3	25.3
허용 가능	20.8	27.1	22.3	24.1
	언론사 광고 연계 기사 작성			
허용 불가	45.6	47.1	50.5	49.8
조건부 허용	31.3	29.3	20.4	29.3
허용 가능	23.2	23.6	29.1	20.9
	언론사 광고 판촉 캠페인 참여			
허용 불가	45.2	47.1	51.5	54.2
조건부 허용	28.6	28.6	21.4	21.7
허용 가능	26.3	24.3	27.2	24.1
	꾸미 등 타사 기자와 공동취재			
허용 불가	47.1	50.0	55.3	55.4
조건부 허용	30.9	27.9	26.2	27.7
허용 가능	22.0	22.1	18.4	16.9

(영역: 한국적 취재 관행)

나머지 세 유형(객관주의 가치 중시형, 주창주의 가치 중시형, 객관-주창 가치 동시 중시형)은 일부 항목을 빼고 대체로 서로 비슷한 비율의 분포를 보였다. 따라서 비윤리적 취재 행위에 대한 의식과 관행이 적어도 기자의 역할 가치 지향과는 큰 관련이 없다는 것을 알 수 있다. 하지만 여기서 주목해야 할 대목은 한국 언론계에 만연한, 엄격한 윤리의식의 부재와 느슨한 실천 의지다. 신중하고 사려 깊은 취재의 윤리성이 요청됨에도 문제가 되는 취재 관행을 용인하는 정도(대체로 허용 + 항상 허용)가 18.2%(비정치부 기자의 정치 캠페인 참여)~25.3%(취재원 인용 없이 책이나 발언을 사용, 언론사 광고와 판촉 확장 캠페인에 참여)에 달하는 높은 수준이었기 때문이다. 반대로 5개 영역의 비윤리적 취재 관행에 대해

<표 5-9> 기자의 역할-정체성 유형과 취재윤리 영역별 상관관계

영역\유형	이익의 충돌	표절	향응	취재원 보호	위장취업	한국적 윤리
전달자-해석가	-.078*	-.035	-.043	-.064+	-.049	-.062+
적대자-동원가	-.120**	-.026	-.063+	-.057	-.064+	-.137***

※ + *p* <.10, * *p* <.05, ** *p* <.01, *** *p* <.001에서 통계적으로 유의함.

'허용해서는 안 된다'(항상 불가 + 대체로 불가)는 응답 비율은 거의 모든 항목에서 절반(50%)을 넘지 못했다. 이들 결과는 조사에 참여한 기자들 절반은 언론윤리 전반에 상당히 둔감하다는 것을 시사한다.

마지막으로 기자들의 정체성과 윤리 영역별 취재 정당화 인식의 상관관계를 분석했다. <표 5-9>에 따르면 기자들이 객관주의 저널리즘 전통의 전달자-해석가 역할을 중시할수록 이익 충돌과 취재원 보호, 그리고 한국적 상황의 비윤리적 행동을 허용하지 않는다는 약한 수준의 상관관계를 보였다. 반면 주창주의 저널리즘 전통의 적대자-동원가 역할을 강조할수록 이익 충돌, 향응, 위장취업, 그리고 한국적 상황의 비윤리적 행동을 허용하지 않는다는 약한 수준의 상관성을 보였다. 적어도 이익의 충돌과 한국적 상황의 비윤리적 취재 행위에 대해서는 두 역할-정체성 유형이 비슷한 연관성의 정향을 보인다는 것을 알 수 있다. 약한 수준이지만 이들 문제만큼은 윤리적으로 민감한 태도를 유지한다는 것이다.

한편 표절에 대해서는 두 역할-정체성 유형 모두 윤리적으로 둔감하다는 사실을 읽을 수 있다. 부분적인 통계적 유의미성에 관계없이, 사실상 향응, 취재원 보호, 위장취업 역시 그 연관성 수준이 상당히 낮다는 점에서 문제 소지가 크다고 할 수 있다. 종합적으로 볼 때, 윤리적 실천 의지가 저널리즘의 가치 전통에 따라 달라지는 패턴의 차이는 없다 하더라도, 대체로 상관관계 점수가 매우 낮은 수준이라는 점에서 한국 언론계 전반의 윤리적 성찰이 새롭게 요청되는 대목이다. 객관주의 저널리즘 전통이든 주창주의 저널리즘 전통이든 언론윤리의식이 희박하다는 점은 둘 다 마찬가지라는 것이다.

5. 취재 과정 전반의 윤리성 제고를 위한 과제

이 연구는 한국 기자가 중요하게 여기는 역할은 무엇인지 알아보고, 이를 토대로 기자 정체성을 구분하고자 했다. 또한 기자들이 다양한 윤리적 상황에 대해 얼마나 허용적인지를 알아보았다. 마지막으로 선행연구의 결과와 같이(이강형·남재일, 2019; Beam, Weaver, & Brownlee, 2009), 기자의 정체성 인식에 따라 비윤리적 혹은 논쟁적 취재 기법에 대한 정당화의 정도가 달라지는지를 분석했다. 주요한 분석 결과는 다음과 같다.

첫째, 위버 등의 선행연구를 토대로 13개의 기자 역할 중 무엇을 더 중요하게 인식하는지에 대해 기자 정체성을 (정보)전달자, 해석가, 적대자, 동원가 등의 4개 유형으로 구분해 살펴본 결과, 전달자 역할을 가장 중요하게 인식했고, 다음은 해석가, 적대자, 동원가 등의 순서였다. 위버 등의 연구에서 해석가의 역할이 가장 중요했던 것과는 다소 차이를 보였다.

4개 정체성 유형의 중요도 인식이 유의하게 다른지를 분석한 결과 전달자-해석가 사이에는 유의한 차이를 보이지 않았고, 적대자-동원가 사이에도 유의한 차이를 보이지 않았다. 그러나 전달자는 적대자, 동원가와 각각 유의한 차이를 보였고, 해석가도 적대자, 동원가와 각각 유의한 차이를 보였다. 즉 객관주의 저널리즘에서 중요한 전달자 및 해석가의 역할 중요도에는 차이가 없으며, 주창주의 저널리즘에서 중요한 적대가 및 동원가의 역할에서도 유의한 차이가 발견되지 않은 것이다.

이러한 결과는 조사에 응한 한국 기자들이 객관주의 저널리즘(전달자-해석가)을 주창주의 저널리즘(적대자-동원가)보다 중요하게 인식하는 것으로 해석할 수 있다.

둘째, 이 연구는 기자들의 언론윤리 인식을 위버 등의 '논쟁적 Controversial 취재 기법'과 프라이의 언론윤리 전반에 대한 항목으로 구분해서 알아보았다. 논쟁적 취재 기법은 주로 취재 과정에서 경험하는 상황을 다룬다면, 언론윤리는 취재뿐 아니라 저널리스트가 경험하는 다양한 비윤리적 상황을 다룬다. 이 연구는 또한 한국적 비윤리적 관행으로 선행연구에서 지적된 표절(베껴 쓰기), 꾸미와 같은 공동 취재 등에 대한 인식도 분석에 포함했다.

우선 논쟁적 취재 기법의 경우 한국 기자들은 미국 기자에 비해 전반적으로 매우 허용적인 태도를 보였다. 위장취업, 신분 속이기 등에서 미국 기자들은 '특정 경우에만 허용할 수 있다'는 응답이 각각 25%, 7%에 불과한 반면(2013년 조사), 국내 기자들의 경우 '특정 경우에만 허용할 수 있다'는 응답이 각각 28%, 26%였고, '대체로 혹은 항상 정당화할 수 있다'는 응답도 각각 22%, 26%에 이르렀다.

또한 프라이의 언론윤리 유형 중 △ 이익의 충돌, △ 취재원 보호, △ 표절, △ 무료 혜택 등 4개 항목을 14개 문항으로, 한국적 비윤리적 관행을 5개 문항으로 질문한 결과, 이익의 충돌에 대해 가장 허용도가 낮았고, 무료 혜택에 대해 가장 허용적이었다. 이러한 결과는, 이익의 충돌은 '부정청탁및금품등수수의금지에관한법'(이른바 김영란법)에 기자를 포함할 만큼 한국 사회가 민감하게 여기는 상황이기에 기자들의 경각심도 다소 높아진 데 따른 결과로 보인다. 이에 비해 기사 작성을 위한 '표절'이나 취재원의 사생활 침해 등에 대해서는 대체로 둔감한 것으로 나타났다. 한국적 취재 관행 중 '온라인 카페 등에 실린 내용을 사실 확인 없이 인용하기' 등에 대해 허용도가 높은 것도 같은 맥락으로 해석할 수 있다. 아울러 회사의 이익을 위한 광고 연계 판촉 활동이나 기사 작성에는 다소 허용적이었다는 점도 눈여겨볼 만하다.

마지막으로 기자의 정체성 인식에 따른 언론윤리 허용 정도는 예상과 다르게 뚜렷한 관련성을 보이지 않았다. 즉 전체적으로 볼 때 허용도에서 정체성 인식에 따른 차이를 보이지 않은 것이다. 또한 전달-해석 역할을 중시하는 '객관주의 가치형'과 적대-동원 역할 중시의 '주창주의 가치형'으로 구분한 결과 '정부·기업 문서 무단 사용'의 경우에는 객관주의 가치형이 덜 허용적인 반면, '취재원 지속 회유'나 '피해자 신원 공개'의 경우에는 주창주의 가치형이 덜 허용적이었다. 다만 프라이의 언론윤리 4개 영역과 한국적 취재 관행에서는 전반적으로 '역할 가치 불투명형'의 경우 비윤리적 행위와 관행에 대해 더 허용적인 태도를 보였다.

이러한 연구 결과가 제시하는 함의는 다음과 같다. 우선 한국 기자들은 자신의 역할과 정체성에 대한 인식이 불투명하다. 그러다 보니 역할에 맞는 행동(비윤리적 행위 허용도) 관련 준칙도 뚜렷하지 않다. 이러한 문제가 정체성에 따른 허용도에 유의한 차이를 나타내지 않은 결과로 연결된 것으로 보인다. 이 때문에 객관주의 저널리즘을 실천하는지, 주창주의 저널리즘을 실천하는지에 따른 취재 방식이 별반 다르지 않다. 윤리원칙에 대한 강력한 실천의지가 뒷받침되지 않는 저널리즘 가치 지향성은 그것이 객관주의든 주창주의든 단지 개인적(또는 집단적) 선호나 취향에 머물고 말 개연성이 크다는 것을 말한다.

흥미로운 점은 역할이나 정체성 구분보다 '역할 중요도'에 따라 비윤리적 행위에 대한 허용도에서 약간의 차이를 보인다는 점이다. 예를 들어 '객관-주창 가치 동시 중시형'의 경우(모든 역할 중요도 점수가 평균 이상인 집단) '논쟁적 취재 기법' 중 '취재원 지속 회유', '몰래카메라 사용', '재연 영상 사용', '피해자 신원 공개' 등에서 대체로 가장 허용적이었다. 또한 언론윤리 전반 중 취재원 사생활 보호 영역에 해당하는 '공인의 사생활 보도', '공인 가족에 대한 사생활 보도', '공인 취재원

집 앞에서 대기하기' 등에서도 가장 허용적이었다.

이러한 응답 경향은 한국 기자들의 왜곡된 공리주의 윤리관을 보여주는 것으로 해석될 수 있다. 실제 사회적 공기公器라는 언론의 공적 가치를 위해서라면 개인 차원의 비윤리적 행위는 허용될 수 있다는 결과주의 윤리론consequential ethics에 가까운 응답의 상대적 비율 또한 상당한 수준(대체로 25% 안팎)을 보여준다. 이 때문에 "한국의 기자들은 공익적 보도를 목적으로 하는 전문직으로서의 인식이 매우 강하다"는 오현경(2021)의 진단이 윤리적 실천에서는 긍정적으로 작동하지 않을 가능성이 있다.

또한 선행연구가 '국내 기자는 취재윤리에서 상대성보다는 절대성을 지지한다'고 밝힌 바 있으나, 이번 연구는 이와는 다소 다른 결과를 보여준다. 즉 취재윤리의 준수를 절대적 가치로 여기는지, 혹은 상황이나 취재 여건에 따라 준수 여부 및 정도가 달라진다고 여기는지를 분석한 선행연구에서 절대적이라는 응답은 86.5%(오현경, 2021)로 압도적이었다. 그러나 이번 조사의 응답 분포는 비윤리적 취재보도 행위를 절대로 용인할 수 없다는 의무론적 윤리론deontological ethics에 가까운 응답의 상대적 비중이 그리 높지 않았으며(대체로 50% 안팎), 상황주의 윤리론situational ethics에 가까운 응답의 상대적 비율은 대체로 25% 안팎이었다.

물론 이번 조사 결과의 수치들을 앞의 선행연구(오현경, 2021)와 직접 비교하기는 어렵다. 하지만 언론윤리는 단순한 태도가 아니라 의지와 실천의 문제라는 점에서 행동 지침으로서의 실효성을 지녀야 하며, 실질적인 도덕 실천으로 이어지지 않으면 안 된다(Christians & Fackler, 2022). 이번 조사의 비율 분포는 한국 언론계의 윤리의식 실태와 실천 의지가 위험한 수준이라는 것을 간접적으로 보여주고 있다.

마지막으로 강조하고 싶은 것은 이 연구가 초점을 둔 윤리의식은 촌지나 혜택 등과 같은 개인적 도덕성과 관련되어 있다기보다는 취재 과정에서 나타나는 비윤리적 혹은 논쟁적 취재 기법의 정당화와 관련되어 있다는 점이다. 실제 조사 결과에서도 기자들은 일상적 취재 대상으로부터 받는 혜택에 대해서는 다소 엄격한 허용도를 보였다. 하지만 취재 대상이 아닌 같은 언론사 기자가 주는 무료 혜택이나 출장 기회 등에 대해서는 다소 허용적인 것으로 나타났다. 이제는 언론윤리의 문제에 있어 기자 개인의 일탈이나 비도덕적 행위뿐 아니라 취재 과정 전반의 윤리성 제고에 주목해야 함을 시사하는 결과라고 할 수 있다.

6장 한국 언론인은 누구이며 무엇을 생각하는가

배정근

한국의 언론인은 어떤 사람일까? 만약 당신이 우연히 기자를 만나게 된다면 그는 40세 남성이고 대학에서 신문방송 계열이나 인문학 계열을 전공했으며, 기자 경력 12년차에 기혼자로 5,200만 원대 연봉을 받고 있을 확률이 높다. 한국언론진흥재단이 2021년 실시한 언론인 의식조사에서 나타난 평균적 언론인의 모습이 그렇기 때문이다. 그들은 하루 평균 8시간 55분을 일하며, 일주일에 평균 14건의 지면 기사와 15건의 온라인 기사를 작성한다.

그러나 시곗바늘을 뒤로 돌려 1993년으로 돌아가면 그는 37세 남성으로 기자 경력 10년차의 훨씬 젊은이이고 월 100~150만 원대 급여를 받고 있을 것이다. 그들은 주당 평균 9건의 스트레이트 기사와 3건의 기획·해설·칼럼 기사를 썼다. 1993년 '전국기자 직업의식조사'에 나타난 평균 언론인이다. 이 시기 언론인은 82.3%가 신문에 종사했을 정도로 신문기자가 대세였고, 나머지는 방송사(14.4%)와 통신사(3.3%)

소속이었다. 지금은 순수 인터넷신문에서 일하는 기자들이 레거시 미디어로 불리는 이들 신문·방송·통신사 기자보다 많다.

뉴스는 언론인이 만든다. 그들은 수많은 현실 가운데 보도할 가치가 있는 뉴스를 선별하고 중요도를 정하며 해당 사안을 바라보는 관점을 제시함으로써 시민들의 현실 인식에 영향을 미친다. 그럼에도 저널리즘 연구에서 언론인은 그리 주목받는 대상이 아니다. 뉴스 내용을 분석하는 수많은 연구 논문과 언론의 규범성에 대한 방대한 비평에도 불구하고 정작 이를 만들어내는 언론인에 대한 학술적 연구는 상대적으로 빈약하다. 여기에는 접근성의 한계 같은 현실적 이유도 있지만 뉴스 생산에 있어 언론인 개인보다는 이를 제약하고 통제하는 조직과 사회체계를 더 중시하는 연구 흐름 등도 관련이 있다. 뉴스 결정에 영향을 미치는 모든 요인을 언론인 개인, 관행, 언론사 조직, 사회제도, 사회체계의 다섯 가지 동심원 구조로 모델화하면서 가장 중심에 있는 개인은 다른 바깥 원의 통제를 받는 것으로 전제하는 슈메이커와 리스(Shoemaker & Reese, 1996)의 위계모형이 이를 대변한다.

그러나 같은 논리에서 한국의 저널리즘 현실은 이를 실천하는 언론인의 인식과 경험에 그대로 녹아 있다고 할 수 있다. 언론인의 인식에는 뉴스 결정에 영향을 미치는 취재보도의 관행과 언론사 조직의 요구를 비롯해 산업과 시장 환경, 기술의 변화, 법과 제도, 취재원 관계 같은 외부 환경이 가하는 제약이 반영되어 있기 때문이다. 그런 점에서 한국언론진흥재단이 1989년부터 정기적으로 실시하고 있는 언론인 대상의 조사 결과는 한국 언론의 현실과 언론인의 의식세계를 다양한 관점에서 분석할 수 있게 하는 귀중한 데이터이다.

이 연구는 한국언론진흥재단이 1989년부터 2021년까지 15차례에 걸쳐 시행한 언론인 의식조사[1] 데이터를 저널리즘 차원에서 의미 있는

---

1   이 조사는 1~5회는 '전국기자 직업의식조사', 6~8회는 '전국 신문·방송·통신사 기자

주제를 중심으로 통시적이고 공시적으로 분석했다. 주요 분석 주제는 언론인의 인구사회학적 특성, 직업관, 언론 현실에 대한 인식, 직업 만족도, 윤리의식 등이다. 이 조사는 시기에 따라 설문 문항이 다르고 비슷한 취지의 설문도 내용이 그때그때 조금씩 달라지거나 조사 척도가 변경된 경우가 많아 시계열적으로 일관성 있는 분석을 하기에 어려움이 많다. 또한 미디어 환경의 변화에 따라 조사대상 표본의 구성과 규모에도 변화가 많았다. 예컨대 2003년까지는 신문·방송·통신사 기자가 대상이었으나 2005년에는 인터넷 언론사 기자가 포함되었고, 2021년 조사에서는 그 비중도 24.4%까지 늘었다.[2]

분석 방법은 한국 언론인의 직업 정체성을 잘 보여주는 주요 문항을 선별하여 통계량 중심의 기술통계 데이터를 시공간적으로 비교분석해서 의미 있는 변화를 추적했다. 동시에 공개된 원시데이터 자료를 활용해 문항 간의 인과성 같은 추리통계 분석을 시도한 학술 연구 결과도 함께 다루었다. 또한 해외 언론인에 대한 의식조사 자료와의 국제적 비교분석도 병행했다. 국내 언론인 의식조사는 데이비드 위버David H. Weaver와 클리블랜드 윌호이트G. Cleveland Wilhoit를 중심으로 한 미국 언론학자들이 1971년부터 약 10년 간격으로 조사하는 '미국의 언론인'[3] 조사 내용을 상당 부분 차용한 것이어서 비교 가치가 높다. 국

의식조사', 9회는 '전국 신문·방송·통신·인터넷 기자 의식조사', 10, 11회는 '기자 의식조사', 12, 13회는 '언론인 의식조사', 14, 15회는 '언론인 의식조사'라는 명칭을 사용했다. 6회인 1999년부터는 '한국의 언론인 1999'식으로 매번 조사년도가 들어간 부제를 사용해 이러한 형식의 제목이 널리 사용되기도 한다. 이 장에서는 '언론인 의식조사'로 통칭한다. 1989년부터 2년 간격으로 조사했으나 12회(2013년)와 13회(2017년)는 4년 간격으로 조사했다.

2 여기서 인터넷 언론은 네이버 및 다음 포털과 제휴를 맺고 뉴스를 공급하는 언론사를 표본으로 삼았다.

3 이 조사는 시카고 일리노이대학의 존 존스턴John Johnstone 교수 팀이 1971년 전국 단위의 조사를 처음 실시했고, 이를 이어받아 인디애나대학의 데이비드 위버David H. Weaver와 클리블랜드 윌호이트G. Cleveland Wihoit 교수 등이 1982~1983년, 1992년, 2002년, 2013년에 10년 간격으로 조사해오고 있다.

제적 규모의 언론인 의식조사 연구로는 윌넛과 위버, 최지향(Willnat, Weaver, & Choi, 2013)이 1996~2011년 미국, 브라질, 영국, 일본, 중국 등 31개국 언론인 2만 9,000명을 대상으로 조사한 연구를 참고했다.[4]

1. 인구사회학적 특성과 직업관

1) 뉴스룸의 다양성과 여성 기자의 증가

지난 30년간 언론인의 인구사회학적 특성에서 가장 주목할 만한 변화는 단연 남녀 성비이다. 한국의 언론사 조직은 상명하복의 권위적이고 위계적인 구조와 남성중심적 조직 문화로 인해 오랫동안 여성의 참여가 제한되어왔다(김경희, 2017). 실제로 1989년 첫 조사에 참여한 672명 가운데 여성은 48명으로 7.1%에 불과했다. 이 비율은 1995년에는 한때 12.7%로 두 자릿수를 넘기도 했지만 1999년에는 다시 7.0%로 추락했다가 2003년에야 10.4%로 두 자릿수를 회복했다. 통계청의 경제활동인구조사에서 1999년 여성의 경제활동 참가율이 47.6%였다는 점을 감안하면 언론계가 여성에게 얼마나 닫혀 있었는지 알 수 있다. 1997년에도 10.9%로 증가 추세이던 여성 비율이 1999년에 갑자기 7%로 역주행한 사실도 여성 차별과 무관치 않다. 이 시기에 발생한 외환위기로 인한 대량 해고 사태에서 여성 기자들이 상대적으로 더 많이 희생됐음을 암시하기 때문이다. 국가 통계에서도 여성의 경제활동참가율은 1997년 49.8%로 상승세였으나 1998년 47.1%로 떨어졌다.

그러나 이후 여성 기자 비율은 꾸준히 증가해 2013년에 28.2%까지

---

4 이 연구에서 사용한 한국 데이터는 한국언론재단의 '한국의 언론인 2009' 조사 결과다.

<표 6-1> 응답자의 성비 추이(단위: %)

년도 성별	1989 (n=672)	1993 (n=727)	1997 (n=1,000)	2001 (n=780)	2005 (n=1,032)	2009 (n=1,040)	2013 (n=1,527)	2017 (n=1,677)	2021 (n=1,956)
남성	92.9	91.8	89.1	90.9	87.8	81.4	71.8	72.6	68.0
여성	7.1	8.2	10.9	9.1	12.2	18.6	28.2	27.4	32.0

늘었고, 2021년에는 32%로 더욱 가속이 붙었다(<표 6-1> 참조). 2000년 이후 언론사 공채 시험에서 남성보다 여성 합격자가 많은 현상이 지속되고 있는 것이 주요 원인으로 꼽힌다. 절대적 숫자는 증가했으나 상위 직급에서는 여전히 젠더 불균형이 심하다. 남성 기자의 경우 부장급 이상이 33.2%, 차장급 이하가 66.8%인 반면, 여성 기자는 부장급 이상이 8.7%, 차장급 이하가 91.3%로 고위직으로 갈수록 남성 비율이 높아진다.

미국과 영국 언론계의 경우 연차가 낮은 기자군에서는 여성이 남성보다 많지만 경력이 쌓일수록 남성이 증가하는 현상이 관찰된다. 미국 언론인에 대한 시계열 조사에 따르면 여성 기자 비율은 1971년 20.3%에서 1982~1983년 33.8%, 1992년 34%, 2002년 33%, 2013년 37.5%로 1980년대 이후에는 30%대에서 정체되어 있다. 그러나 경력 4년 이하의 저연차 기자 집단에서는 대체로 여성이 남성보다 많았다. 영국 언론계도 사정은 마찬가지이다. 로이터저널리즘연구소의 2015년 '영국 언론인 조사보고서Journalists in the UK'에 따르면 경력 2년 이하에서는 여성의 비율이 65%에 달하지만 경력이 많아질수록 비율이 감소해 11~20년은 42%, 30년 이상은 33%로 줄어든다. 남성에게 유리한 조직 문화, 일-가사 병행의 어려움, 타 직종으로의 이직 등이 원인으로 꼽힌다. 이는 국내 언론계 환경도 마찬가지여서 앞으로도 여성 기자 비율이 계속 증가할지는 지켜봐야 할 대목이다.

한국 기자들의 또 다른 인구사회학적 특성은 상당히 동질성이 강한 집단이라는 점이다. 우선 2021년 기준 70.4%가 4년제 대학 출신이며, 석사와 박사(과정 포함)까지 합하면 94.4%에 달하는 고학력 집단이다. 어느 사회에서나 기자는 지식인 그룹에 속하지만, 31개국 언론인을 대상으로 한 비교조사 연구에 따르면 한국의 학위 소지자 비율은 조사 국가 가운데 가장 높았다. 대학에서의 전공도 인문·사회 계열 출신이 다수를 점하고 있다. 1989년 1차 조사에서 나타난 언론인들의 대학 전공 비율은 사회계열 35.4%, 인문계열 32.3%, 경상계열 11.2%, 이공·의학 계열 6.3% 순이었다. 단일 전공으로 보면 정치외교학과 출신이 11.3%로 가장 많았다. 2021년 조사에서는 신문방송계열이 26.1%로 가장 많았고, 인문계열 21.5%, 법정계열 14.6%, 경상계열 13.2%, 이공계열 9.0% 순으로 인문·사회 계열 중심인 것에는 별 차이가 없었다. 과거보다 신문방송계열 전공자가 크게 늘어났지만 31개국 비교조사를 보면 언론학 전공자의 국제 평균 비중은 42.5%로 상대적으로 더 높다. 브라질은 이 비율이 100%였고, 일본은 우리보다 더 낮은 15%, 미국은 36%였다.

언론사 내부 구조와 제도의 변화도 엿볼 수 있다. 1989년 조사에서 신문사(469명, 전체의 69.8%) 응답자들의 소속 부서별 분포를 보면 편집부가 110명(23.5%)으로 가장 많았고 이어 사회부 87명(18.6%), 교정부 32명(6.8%), 정치부 30명(6.4%), 문화부 28명(6%), 경제부 27명(5.8%) 순이었다. 사회부가 경제부보다 3배 이상 많았다. 반면 2021년 조사에서는 전체적으로 경제/산업부가 20.8%로 가장 많았고, 다음이 사회부 16.4%, 취재일반 8.2%, 소셜미디어/디지털뉴스부 7.3%, 정치부 7.2% 순이었다. 특히 인터넷언론사의 경우에는 경제/산업부가 37.1%로 압도적으로 많았다. 이러한 부서 배치는 해당 분야 언론사들이 어떤 뉴스에 전략적으로 집중하고 있는지를 보여준다. 말하자면 인터넷 언론사들은 경제/산업 뉴스에 집중하고, 신문사는 사회와 경제/산업 뉴스를 중시하며, 과거에는 없던 소셜미디어/디지털뉴스부가 모든 언론에서 중시되는 경향을 확인할 수 있다.

기자 채용 방식에도 큰 변화의 흐름이 보인다. 국내 언론사들은 오랫동안 회사별 공개 채용 방식을 통해 기자를 충원해왔다. 1980년대 중반 국내 신문사의 기자 선발 제도를 분석한 강인섭(1985)은, 언론인을 꿈꾸는 젊은이들이 두드릴 수 있는 유일한 관문은 각사의 공채시험을 통과하는 것뿐이라고 진단했다. 그러나 공채식 선발 방식의 적절성에 대한 비판이 끊이지 않고, 이직을 자연스럽게 받아들이는 문화가 자리 잡으면서 경력직 채용이 크게 증가하는 추세다. 지금 근무하는 언론사에 경력으로 채용된 비율이 2013년 조사에서는 35.3% 수준이었으나 꾸준히 증가해 2021년에는 48.1%로 절반에 육박했다. 그만큼 언론계 내부에서 기자들의 이동이 활발해지고 있는 것이다. 이러한 변화는 기자들에게 자신의 전문성과 경쟁력을 적극적으로 계발하도록 하는 유인 동기로 작용하고 있다. 2021년 한국의 언론인 의식조사에서 응답자들은 언론인 재교육에 가장 필요한 프로그램으로 '취재보도 관련 전문 지식'(41.1%)을 꼽았다. 다음은 '탐사보도(심층취재) 기법'(38.9%), '취재보도 관련 윤리 및 법제'(35.4%), '팩트체크 기법'(34.5%) 등의 순으로 필요성을 느끼고 있었다.

2) 직업 선택 동기는 내재적 매력에서 사회적 역할로 변화

지금은 잘 상상이 가지 않지만 외환위기 직전인 1990년대 전반까지만 해도 국내의 이름 있는 언론사 입사 시험은 수백 대 일의 높은 경쟁률을 기록할 만큼, 기자직은 선망의 대상이었다. 유력 언론사의 연봉은 대기업보다 높았다. 미디어비평 매체 <미디어오늘>은 1995년 5월 "그곳에 가면 돈과 권력이 있다"라는 제목으로 언론사에 인재가 몰리는 실태를 다루었다. 언론 환경이 악화하면서 지금은 갈수록 지원자가 감소하는 추세에 있지만, 여전히 기자가 되려는 희망자는 적지 않다. 그사이 직업 선택의 동기도 달라졌을까? 1989년 첫 조사에서는 직업 선택의 동기를 묻는 질문에 '창조적이고 능동적 직업이라서'(36%)라는 답변이 가장 많았다. 이후 2009년 조사까지도 마찬가지였다(<표 6-2> 참조). 두 번째로 중요하게 꼽은 동기는 '사회정의를 구현하고자'였다(1989년, 2009년). 다만 1997년 조사에서는 '폭넓고 다양한 체험을 할 수 있어서'가 두 번째 동기로 꼽혔다. 그런데 2019년 조사부터는 사회정의 구현 문항이 '좀 더 나은 사회를 만드는 데 기여할 수 있어서'로 바뀌었는데, 복수 응답에서 절반 이상이 이를 택했다.

이 결과가 보여주듯 개인마다 천차만별인 직업 선택 동기를 몇 가지 제한된 유형으로 다 포괄하기는 어렵고, 또 제시문이 바뀌면 답변 경향도 크게 달라지는 맹점도 있다. 선행연구에서는 다양한 직업 선택 동기를 △ 직업 자체가 가진 내재적 매력, △ 사회적 역할의 중요성, △ 과거의 경험과 이력, △ 역동적이고 가변적인 업무 방식의 네 유형으로 구분했다(Weaver, Beam, Brownlee, et al., 2007). 이 분류를 적용해본다면 '창조적이고 능동적 직업'과 '폭넓고 다양한 체험'은 기자직이 가진 내

<표 6-2> 언론인의 직업 선택 동기(단위: %)

년도 항목	1989 (n=672)	1997 (n=1,000)	2009 (n=970)	2019 (n=1,677)
사회적·정치적 영향력 행사	5.7	9.6	10.3	30.0
사회정의 구현*	26.3	10.3	24.4	-
좀 더 나은 사회를 만드는 데 기여	-	-	-	53.6
창조적이고 능동적 직업	36.0	51.4	35.8	17.2
폭넓고 다양한 체험	9.4	24.3	14.8	-
구속받지 않는 자유로운 직업	16.3	-	8.9	24.3
내 적성에 맞아서	-	-	-	30.0

* 이 문항의 원문은 '사회의 문제점을 정확히 파악하여 사회정의를 구현하고자'였다가 2019년 '좀 더 나은 사회를 만드는 데 기여할 수 있어서'로 바뀌었다. 또 '창조적이고 능동적 직업'은 '능동적'이란 수식어가 빠지고 '내 적성에 맞아서' 문항이 신설되었다.
* 2019년은 복수응답. 2009년은 오프라인 기자(970명) 대상.

재적 매력에 해당한다. 반면 '사회정의 구현', '더 나은 사회를 만드는 데 기여', '사회적·정치적 영향력 행사' 같은 동기는 역할의 중요성으로 분류할 수 있다. 그렇게 보면 국내 언론인들은 과거에는 직업의 내재적 매력에 끌려 기자의 길에 들어섰다면 최근에는 사회적으로 수행하는 역할에 의미를 부여하는 변화의 흐름이 있다고 해석할 수 있다.

3) 자신은 진보, 회사는 보수라고 인식하며 정권 성향에 동조하는 경향도 발견

기자들이 세상과 우리 사회를 바라보는 인식은 어떠할까? 사회 전반에 이념적 대립이 격화되고, 언론의 정파성이 저널리즘의 공정성 가치를 옥죄는 한국적 현실에서 기자들의 이념 성향은 매우 예민한 주제이다. 역대 조사에서 기자 자신과 소속 언론사의 이념 성향 인식은 일관된 패턴을 보인다. 기자 자신보다 소속 언론사가 더 보수적이라고 생각하는 경향이다. 예를 들어 이 항목 조사가 처음 시작된 2003년에 11점 척도(0=가장 진보, 5=중도, 10=가장 보수)로 개인의 이념적 성향과 '소속 언론사의 편집 방향이나 논조의 이념 성향'을 측정한 결과 기자 개인은 4.3점으로 다소 진보적이고, 소속 언론사는 5.5점으로 자신보다 보수적이라는 태도를 보였다. 시계열로 보면 개인의 이념 성향은 2009년 4.58점으로 중도 쪽으로 다소 이동했다가 2013년에는 5.54점으로 한층 보수 쪽으로 옮겨갔다. 그러나 2017년에는 4.39점으로 다시 진보 성향을 보였다.

흥미로운 사실은 기자들의 인식 변화가 당시 집권 세력의 이념 성향과 같은 방향으로 움직인다는 점이다. 즉 보수 정권 시기에는 기자들의 성향이 보수 방향으로, 진보 정권 시기에는 진보 방향으로 조금씩 이동했다(<표 6-3> 참조). 소속 언론사의 이념 성향에 대해서는 박근혜 정부 시기인 2013년에 7.0점으로 가장 보수적으로 인식했고, 문재인 정

<표 6-3> 기자 개인과 소속 언론사의 이념 성향(단위: 점, 11점 척도)

항목 \ 년도	2003 (노무현 정부)	2009 (이명박 정부)	2013 (박근혜 정부)	2017 (문재인 정부)
기자 개인	4.3	4.6	5.5	4.4
소속 언론사	5.5	5.6	7.0	6.0

부 시기인 2017년에도 6.0점으로 비교적 보수적이라고 생각했다. 자신의 이념 지향이 소속 언론사와 다를 경우 기자들은 내적 갈등을 피할 수 없고, 이는 기자직 수행과 진로에도 영향을 미치게 된다. 2017년 조사 결과를 매체 유형별로 보면 지상파 3사의 기자 개인(4.1점)과 소속 언론사의 이념 성향(7.6점)이 가장 큰 격차를 보였고, 경제일간지의 기자 개인(4.5점)과 소속 언론사(7.0점) 사이 격차가 다음으로 컸다. 뒤에서 다시 설명하겠지만 개인 이념 성향과 소속 언론사의 이념 성향 차이는 직업에 대한 만족도와 언론 공정성에 대한 인식 등에 영향을 미친다.

미국에서는 기자들이 전반적으로 진보 성향을 강하게 가지고 있어 '진보 편향liberal bias' 보도를 한다는 논쟁이 끊이지 않는다(Domke, Watts, Shah, & Fan, 1999; Lee, 2005). 미국 언론인에 대한 시계열 연구는 보도의 편향성과 무관하게 적어도 개인 이념 성향에서는 이 같은 주장이 틀리지 않음을 보여준다. 자신의 정치 성향에 대해 공화당Republican 성향이라고 밝힌 언론인은 1971년 조사의 25.7%에서 2013년에는 7.1%로 급감했다. 그렇지만 민주당Democrat 성향이라고 답한 비율은 1971년 35.5%에서 2013년에는 28.1%로 감소 폭이 크지 않았다. 대신 독립적이라고 답한 비율은 1971년 32.5%에서 2013년 50.2%로 크게 늘어나 탈정치 경향이 두드러졌다.

언론이 진보 편향적이라는 선입관으로 인해 미국 공화당 지지층의 뉴스미디어에 대한 불신은 심각한 수준이다. 언론 지원 사업을 활발하게 펼치는 비영리재단인 나이트 재단이 여론조사기관 갤럽과 함께 조사한 2020 미국 뉴스미디어 신뢰 조사에서 공화당 지지자의 67%는 언론에 회의적 태도를 보였다. 반면에 민주당 지지자 중에서는 20%, 무당파에서는 48%가 회의적 태도를 보여 대조를 이루었다.

4) 변하지 않는 평등 지향성: 사회 현안 해결 1순위는 언제나 빈부격차 해소

언론은 사회가 당면한 많은 현안 가운데 무엇이 가장 중요한 의제인지를 지목하고 해당 의제를 해석하는 관점을 제시함으로써 여론 형성에 기여한다(McCombs & Estrada, 1997). 자연히 언론인이 어떠한 사회 의제를 가장 중요하거나 시급히 해결해야 할 현안으로 인식하는지는 곧바로 뉴스 선택과 보도 관점에 영향을 미치게 된다. 2005년부터 시작된 관련 항목 조사에서 언론인들이 가장 시급한 사회 현안으로 꼽은 과제는 '빈부격차 해소'였으며, '경제 성장 및 안정', '정치 개혁', '부정부패 청산' 등도 비중 있게 다뤄야 할 의제로 생각하는 것으로 나타났다. 2005년 조사에서 1순위, 2순위, 3순위를 모두 합산한 결과, 오프라인 기자와 온라인 기자 모두 최우선 과제로 '빈부격차 해소'를 꼽았다(각각 46.1%, 57.8%). 또한 이후 조사에서도 변함없이 가장 우선순위가 높았다. 2021년 조사에서는 제시된 15개 사회 현안 가운데 41.7%가 '경제 양극화 해소'를 꼽았고 다음으로 '정치 및 공공 영역 부정부패 청산'(38.9%), '경제 성장 및 일자리 창출'(38.0%), '성별·이념·세대 갈등 해소'(34.8%) 등이 뒤를 이었다(중복 답변).

빈부격차 또는 사회적 양극화를 시급히 치유해야 한다는 인식에는 평등의 가치를 중시하는 세계관이 담겨 있다. 자유와 평등 또는 성장과 복지 가운데 무엇을 우선해야 하는지는 흔히 보수와 진보를 나누는 준거로 활용된다. 그런 점에서 진보적 가치를 우선한다고 해석할 수도 있지만, 동시에 경제 성장 및 일자리 창출 같은 성장의 가치도 못지않게 중요시하고 있다는 점에서 중도 실용주의 가치관에 가깝다고 볼 수 있다.

갠즈(Gans, 1979)는 미국 언론인들의 기사 가치 판단의 바탕을 이루는 가치관 유형을 '이타적 민주주의altruistic democracy', '책임 있는 자본주의responsible capitalism', '자민족중심주의ethnocentrism', '개인주의 individualism', '온건주의moderatism' 등 여덟 가지로 요약했다. 이 가운데 번영을 위한 경쟁을 지향하면서도 대기업의 독점과 횡포에 비판적이며 소비자/노동자와의 형평적 관계를 중시하는 책임 있는 자본주의 가치관은 국내 기자들의 보편적인 가치관과 유사한 부분이 있다.

2. 언론 자유와 통제에 대한 인식

1) 자유도 인식은 2017년에 바닥을 찍고 회복 추세

언론의 자유는 언론인이 공익을 위해 보도할 가치가 있다고 판단되는 사안에 대해 자유롭게 취재보도할 수 있는 자유를 의미한다. 따라서 언론인이 느끼는 직무 수행의 자유 수준은 그 나라의 언론 자유의 수준을 가늠케 하는 상징적 척도다. 언론인은 언론 자유를 직간접적으로 제약하는 정부, 광고주, 수용자, 이익단체, 법과 제도 같은 외부 환경은 물론 언론사 사주와 경영진, 편집 간부의 통제 같은 내부 요인으로부터도 영향을 받는다. 이러한 요인들은 언론의 역할 수행과 기능에 제약을 가할 뿐 아니라 언론인 개인의 자율성 인식이나 직무 만족도에 민감하게 영향을 미친다는 점에서 주목할 필요가 있다.

한국언론진흥재단의 언론인 의식조사는 2003년부터 "언론 활동을 수행함에 있어 얼마나 자유롭다고 생각하는가?"라는 질문을 통해 자유도 인식을 조사해왔다. 2003년에 '자유롭다'는 응답은 47.2%('매우 자유롭다' 2.7%, '대체로 자유로운 편이다' 44.5%)였고, '자유롭지 못하다'는 25.9%('전혀 자유롭지 못하다' 1.8%, '별로 자유롭지 못한 편이다' 24.1%)였다. 5점 척도로 3.22점이다. 이후 추세는 2007년이 3.35점으로 가장 높았다가 하락세로 돌아서 2017년에는 2.85점으로 최저치를 보였다. 이후 다시 상승 추세로 반전해 2019년 3.31점, 2021년 3.44점을 기록했다.

2) 언론 자유 제약 요인은 외환위기 이후 광고주가 압도적, 지상파 3사는 정치권력

그렇다면 언론 자유를 제약하는 요인은 무엇일까? 1997년 외환위기 이전까지 기자들은 공정보도 저해 요인을 언론사 내부에서 찾았다. 예를 들어 1995년 조사에서는 '언론사의 노력 부족'(27.5%), '언론인의 노력 또는 자질 부족'(25.3%), '간부의 간섭과 통제'(21.3%), '정부의 간섭과 통제'(14.4%), '광고주의 압력'(9.7%) 순이었다. 그러나 1997년 조사에서 처음으로 '광고주의 압력'이 14.2%로 '정부의 간섭과 통제'(11.9%)를 초과하며 영향력이 커졌다고 인식했다. 설문이 '언론 자유를 직간접적으로 제약하는 요인'을 3순위까지 제시하는 방식으로 바뀐 이후 광고주는 2005년부터 항상 가장 강력한 제약 요인으로 지목되었다(<표 6-4> 참조).

3) 지상파 방송기자의 경우 보수정권에서 자유도가 급격히 추락

자유도 조사 결과를 매체 유형별로 보면 국내 방송 저널리즘을 특징 짓는 주목할 만한 현상이 눈에 들어온다. 바로 2013~2017년 기간에 지상파 3사 기자들의 자유도 인식이 급락했다는 점이다(<그림 6-1> 참

<표 6-4> 언론 자유를 직간접적으로 제약하는 요인(단위: %)

항목 \ 년도	2003 (n=713)	2013 (n=1,527)	2017 (n=1,677)	2021 (n=1,956)
정치권력	60.3	-	-	-
정부와 정치권	-	56.4	30.3	32.4
언론 관련 법제도	22.7	11.3	10.6	30.3
광고주	44.5	64.8	74.2	62.4
이익단체	22.8	9.5	15.1	21.8
시민단체	22.5	4.8	7.4	12.2
독자/시청자/네티즌	27.9	12.0	17.4	21.9
편집·보도국 내적 구조	77.1	-	-	-
사주/사장	-	50.6	57.2	43.4
편집·보도국 간부	-	53.2	58.4	47.0

* 중복 응답. 3순위까지 합계. '정치권력' 문항은 2013년부터 '정부와 정치권'으로 변경. '편집·보도국 내적 구조' 문항은 2005년부터 '사주/사장'과 '편집·보도국 간부'로 분리. 빈칸은 당시 설문 문항에 없던 항목.

조). 2009년까지는 상대적으로 타 매체에 비해 높았던 수치가 2013년에는 2.78점으로 크게 하락했고, 2017년에는 2.5점까지 더 떨어졌다. 전국 종합일간지가 전 기간에 걸쳐 3.1점 안팎의 일정 수준을 유지하는 모습과는 매우 대조적이다. 결국 언론인 전체의 자유도 인식이 2017년에 최저점을 기록한 것은 지상파 3사 기자 집단의 영향이 컸다고 볼 수 있다. 이 기간은 이명박 정부 말기부터 박근혜 정부 말기까지에 해당한다. 이명박 정부 시기에는 지상파 3사에서 동시 파업이 벌어지고, 이후에는 MBC와 YTN에서 기자 해직 사태가 발생했으며, 지상파와 경쟁하게 될 종합편성채널이 정부 허가를 받아 출범했다. 이러한 상황을 기자들은 정부가 임명한 경영진을 통한 언론 통제 시도로 인식함으로써 자유도가 크게 위축됐다는 해석이 가능하다. 실제로 2017년 조사에서 기사를 작성하는 과정의 자율성을 3단계(기사화 여부 결정, 기

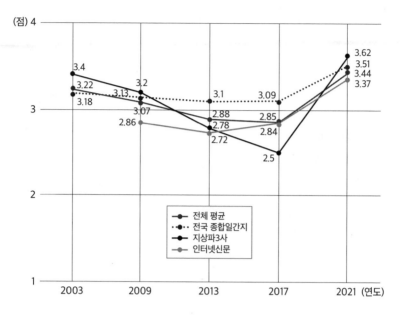

<그림 6-1> 언론 자유도에 대한 인식(단위: 점, 5점 척도)

* 매체 유형에서 전국 종합일간지와 지상파 3사는 2003년에는 신문사와 방송사,
2009년에는 중앙신문사와 중앙방송사로만 구분해 조사.

사 작성, 최종 보도)로 물어본 바 있는데, 이 항목에서는 평균적으로 75.4~84.9%의 응답자가 '자유롭다'고 답했으나 유독 지상파 3사는 그 수치가 39.4~58.3%로 매우 낮았다. 또한 언론 자유를 제약하는 요인 (2013~2021년)에 대한 질문에서도 다른 매체와 달리 지상파 3사는 '정부와 정치권'을 1위로 꼽았다.

기자들이 느끼는 자유도 또는 자율성의 감소는 미국의 언론인 대상 시계열 조사에서 두드러지게 나타나는 현상이다. 기사 스토리 선정에서 '완전히 자유롭다'는 응답이 1971년에는 60%였으나 2002년 40%, 2013년에는 34%로 감소했다. 기사의 강조 포인트를 결정하는 데서 '완전히 자유롭다'는 응답도 1971년 76%에서 2002년 42%, 2013년 38%로 줄었다. 시장 경쟁이 심해지면서 저널리즘 가치보다 이윤 추구를 중시하는 '시장추동저널리즘market-driven journalism'이 확장되고, 수용자의 주목을 끌어 클릭 수를 높여야 하는 온라인 환경이 조성된 것 등이 그 원인으로 지목된다.

3. 언론 기능과 역할 인식

1) 언론인의 양대 역할 정체성: 전달자와 해석자

언론은 어떠한 가치를 지향하며 무엇을 목적으로 하는가? 언론의 사회적 역할은, 이를 수행하는 언론인들이 언론이 궁극적으로 추구하는 목적 가치를 어디에 두고 어떠한 기능에 우선순위를 두는지에 좌우될 수밖에 없다. 언론인의 역할 인식은 그들이 지향하는 저널리즘의 방향성을 결정하고 취재보도 행위로 이어지며, 기사의 주제와 프레임, 취재원 선택 같은 내용 구성에 영향을 미치게 된다(Weaver, Beam, Brownlee, et al., 2007).

인식이 행위를 결정한다는 점에서 언론인의 역할 정체성은 저널리즘 분야에서 오랫동안 주목해온 주제이다. 선행연구들은 이론적으로 또는 실증적인 방법을 통해 언론인의 역할을 유형화하고 그러한 역할 인식이 언론 활동 실천에 미치는 함의를 규명하려고 시도했다(김연식, 2009; 남재일·이강형, 2017; 전진오·김형지·김성태, 2020; Carpenter, Boehmer, & Fico, 2016; Cohen, 1963; Johnstone, Slawski, & Bowman, 1976, 1976; Weaver, Beam, Brownlee, et al., 2007, Willnat, Weaver, & Wilhoit, 2019). 예를 들어 언론인의 역할 인식 유형을 코헨(Cohen, 1963)은 '중립적 관찰자neutral observer'와 '참여자participants'로, 야노위츠(Janowitz, 1975)는 '게이트키퍼gaterkeeper'와 '주창자advocate'로, 존스턴과 슬라스키, 보먼(Johnstone, Slawski, & Bowman, 1976)은 '중립자neutral'와 '참여자participant'로, 남재일과 이강형(2017)은 '전달자'와 '주

창자'로 각각 이분화했다.[5]

이를 종합하면 제시된 언론인의 역할 유형은 네 가지이다. 크게는 '전달자dissemination'와 '해석자interpretive'로 대별되지만, 세부적으로는 '대항자adversaries'와 '동원자mobilizer' 유형을 추가할 수 있다. 전달자(또는 전파자) 유형은 정확한 사실을 객관적이고 중립적인 방식으로 신속히 전달하는 것을 중시한다. 해석자 유형은 '개입자', '주창자'로 분류되기도 하는데, 사실 전달을 넘어 사안의 맥락과 의미, 구조적 요인 등을 적극적으로 해석하고 주장함으로써 사안에 대한 총체적 이해를 지향한다. 육하원칙으로 보면 전달자 유형은 '누가', '언제', '어디서', '무엇을'에 집중하지만, 해석자 유형은 '왜'와 '어떻게'를 중요시한다 (Carpenter, Boehmer, & Fico, 2016).

대항자 유형은 정부와 경제계 같은 권력 집단을 회의적으로 바라보며 비행을 감시하고 비판하는 것을 중시하는 경향인데, 미국에서는 1970년대 리처드 닉슨Richard Nixon 전 대통령의 퇴임을 촉발한 워터게이트 파문 이후 이런 역할에 대한 언론인 인식이 고조되었다(Weaver, Beam, Brownlee, et al., 2007). 동원자 유형은 시민들이 지역사회와 공공 활동에 적극적으로 참여함으로써 긍정적 변화를 이끌어내는 것을 중시하는 언론인이다. 1990년대 미국에서 기성 언론의 대안 모델로 등장한 '공공저널리즘public journalism'이 추구하는 가치와 일맥상통한다.

언론인의 네 가지 역할 유형은 미국 언론인에 대한 시계열 인식조사를 통해서 실증적으로 확인되고 보완되어왔다. 이 조사는 15가지의 언론인 역할을 제시하고 각 항목의 중요도에 대한 인식을 묻는 설문 방식으로 이뤄졌다. 예를 들어 '공중에게 정보를 신속히 전달'(전달자 유형)하는 것을 '매우 중요하다'고 응답한 비율은 1971년 조사에서 56%

---

5 각 연구가 언론인의 역할 유형을 서로 다른 명칭으로 사용하고 있어 원문 표현보다는 의미를 살려 인물식으로 표기를 통일했다.

였다가 1992년에는 69%까지 상승했으나 2013년에는 47%로 크게 낮아졌다. 미국 기자들이 가장 중요하게 생각하는 기능은 '정부의 주장을 조사'(해석자 유형)하는 것으로 다섯 차례의 순차적 조사에서 66%(1982년)~78%(2013년) 수준의 높은 동의율을 보였다. 역시 해석자 유형에 해당하는 문항인 '복잡한 문제에 대한 분석 제시'가 중요하다는 응답도 48%(1992년)~69%(2013년) 수준으로 매우 높은 편이다. 반면 '정부의 대항자로 역할'(대항자 유형)하는 것을 중시하는 응답은 모든 기간에 걸쳐 20%대에 그쳤다. '시민들이 관여하도록 동기를 부여'(동원자 유형)하는 것을 중시한다는 답변도 2013년 38%를 기록했다. 정리하자면 뉴스의 기본적 속성인 정보의 신속한 전달은 과거보다 덜 중요하게 보고, 정부의 주장을 검증하거나 복잡한 현안에 대해 해설하는 감시자watchdog 역할의 중요성은 더 높게 평가하는 인식의 변화를 읽을 수 있다.

2) 국내 언론인의 역할 인식: 객관보도 지향에서 개입보도 지향으로

그렇다면 국내 언론인들의 역할 인식은 어떻게 나타나고 또 어떻게 변화하고 있을까? 미국 언론인의 역할 인식에 대한 조사 항목은 1993년부터 국내 언론인 의식조사에서도 활용되어, 언론의 역할들을 열거하고 각 항목이 얼마나 중요한지(중요도)와 이를 실제 어느 정도 수행하는지(실행도)를 묻는 방식으로 활용되고 있다. 1993년 첫 조사에서는 11가지 사회적 책임[6]에 대한 수행 정도만을 평가했다. 그 결과 '정보를

---

6 이 설문은 1993년 첫 조사에서는 '사회적 책임 수행'이라고 정의했다가 1999년 조사부터는 '취재보도 원칙의 중요도와 실행도'로 표제를 바꾸고 12개 항목을 조사했다. 2017년부터는 문항들이 크게 바뀌어 '보도의 중요성', '보도의 심층성', '보도의 정확성', '보도의 신속성', '보도의 흥미성'이 새로 들어가면서 9개 문항으로 줄었다. 2021년 조사에서는 다시 언론의 역할에 대한 7개 문항을 제시하면서 중요도와 실행도를 물었다.

대중에게 빨리 전달하는 일'을 잘 수행한다('잘 수행한다'+'매우 잘 수행한다')는 응답이 79.4%로 가장 높았다. '가급적이면 대중의 흥미를 끄는 뉴스를 중점 보도하는 일'도 잘 수행한다는 응답이 74.1%로 두 번째로 높았다. 반면 '정부의 주장이나 발표 내용의 진실 여부를 조사하는 일'을 잘하고 있다는 응답은 10.5%로 가장 낮았다. '기업인의 업무를 비판적으로 감시하는 일'도 12.7%로 낮았다.

중요도와 실행도를 동시에 조사하기 시작한 1999년에서 2013년 사이 기간에 언론인들이 가장 중요하게 생각한 기능은 정확한 사실 보도였다(<표 6-5> 참조). 첫 조사부터 20년 동안 늘 1위를 고수했다. 또 '근거 없는 소문을 기사화하지 않음', '공직자의 활동을 비판적으로 감시', '기업 활동을 비판적으로 감시' 등이 시기에 따라 2~3위를 차지하며 우선순위에서 앞섰다. '중립적 보도 자세 견지'는 1999년 두 번째로 중요하게 평가됐지만, 이후 중요도가 감소하는 경향을 보였다. 특히 '뉴스를 보다 빨리 전달'하는 신속성의 중요도는 미국 언론인의 인식 변화처럼 갈수록 감소하는 추세이다.

그러나 2019년부터는 '정부와 공인에 대한 비판과 감시' 항목이 1위로 올라서고 '정확한 사실 보도'는 2위로 내려앉았다. 2021년 조사에서도 마찬가지였다. 즉 전통적으로 가장 중요시하던 역할인 '정확한 사실 보도' 기능보다 '정부와 공인에 대한 비판과 감시' 기능을 더 중시하는 변화가 2019년과 2021년 조사를 통해 뚜렷해졌다. 미국 언론인들의 인식처럼 감시견 역할을 더 중시하며 해석자의 유형에 가까워지고 있는 셈이다. 그러나 국제적 비교연구를 보면 이러한 역할 인식의 중요도는 나라마다 상당한 편차를 보인다. 예를 들어 12개국 언론인 비교연구(Willnat, Weaver, & Wilhoit, 2019)를 보면 '정부에 대한 감시견 역할이 매우 중요하다'고 응답한 비율은 한국의 경우 40%로 전체 평균(39.2%)에 가깝지만 일본은 2.5%, 독일은 7.0%에 불과했다.

국내 연구에서도 언론인의 역할 유형을 독자적으로 제시한 시도가

<표 6-5> 언론 역할의 중요도와 실행도(단위: 점, 5점 척도)

항목 \ 년도 구분	1999(n=703) 중요도	1999(n=703) 실행도	2013(n=1,527) 중요도	2013(n=1,527) 실행도	2021(n=1,956) 중요도	2021(n=1,956) 실행도
사실을 정확하게 취재 (사회 현안에 대한 정확한 정보 제공)	3.91	3.21	3.72	3.34	(4.42)	(3.74)
공직자의 활동을 비판적으로 감시 (정부, 공인에 대한 비판과 감시)	-	-	3.40	2.88	(4.50)	(3.44)
기업의 활동을 비판적으로 감시	-	-	3.38	2.75	4.36	3.19
정부 정책을 비판적으로 파고들기	3.24	2.80	3.36	2.87	-	-
중립적인 보도 자세 견지	3.67	3.13	3.20	3.07	-	-
중요 뉴스에 대한 해설과 비평 제공 (중요 사회문제를 의제로 제시)	3.26	2.84	3.03	2.76	(4.26)	(3.53)
주요 사안에 대한 일반 시민의 의견 표출 기회 제공	3.20	2.78	2.97	2.53	-	-
정책 현안에 대한 공개적 토론 제공 (사회 현안에 대한 다양한 의견 제시)	-	-	2.80	2.42	(3.81)	(3.18)
뉴스를 보다 빨리 전달	3.34	3.26	2.64	2.82	-	-
수용자가 관심을 가질 뉴스 제공	3.20	3.11	2.69	2.80	-	-
사회 현안에 대한 적극적 자기주장 (사회 현안에 대한 해결책 제시)	-	-	2.48	2.50	(3.81)	(3.18)
사회적 약자 대변	-	-	-	-	4.40	3.42

* 2021년 조사에서는 같은 설문 문항이 괄호 속 내용으로 바뀌어 해당 설문의 중요도와 실행도 역시 괄호로 표시.

있다. 전진오와 김형지, 김성태(2020)는 2003~2017년 한국의 언론인 의식조사 원시데이터에 대한 군집분석을 통해 언론인은 '객관적', '해설적', '시의적', '비판적'의 4개 집단으로 분류했다. 해외 선행연구처럼 상위 분류로는 '객관보도 지향'과 '개입보도 지향'으로 나누었는데, 객관적·시의적 언론인이 객관보도 지향에 속하고 해설적·비판적 언론인은 개입보도 지향 유형이다. 이 가운데 비판적 유형은 정부와 기업에 대한 비판·감시를 중시하는 유형이다. 이 연구는 각 집단별 언론인 비율을 객관적 25.5%, 해설적 34.9%, 시의적 18.5%, 비판적

21.3%라고 밝히고, 분석 기간 동안 '해석적 언론인'의 비중이 지속해서 감소 추세를 보인 반면, '비판적 언론인'은 급격한 증가 추세를 보였다고 주장했다.

남재일과 이강형(2017)은 이상적 언론으로서의 '좋은 저널리즘'의 규범적 가치를 정확성, 진실성, 중립성, 사회정의의 네 가지 구성요소로 개념화하고, 1997년에서 2013년 사이 언론인 의식조사 원시데이터를 통해 변화를 추적했다. 그 결과 정확성, 중립성 등과 같은 객관주의 저널리즘의 규범적 가치는 상대적으로 중요성이 약화되고, 실체적 진실, 사회정의와 같은 주창저널리즘의 규범적 가치에 대한 강조가 두드러지게 나타났다고 밝혔다.

3) 권력 감시 기능을 중요도만큼 실행하지 못한다는 자괴감

국내 언론인의 이러한 인식 변화는 무엇을 의미할까? 사실을 있는 그대로 정확히 보도한다는 목표는 현대 언론이 오랫동안 지지해온 객관주의 보도의 실행 원칙이자 언론인의 규범이다. 그러나 언론의 주관적 판단을 외면하는 인식론적 한계와 소극적이고 무책임한 보도를 정당화하는 논리라는 비판 등으로 인해 객관주의 보도 원칙은 최근 규범력을 잃어가고 있다(남재일, 2008; Schudson, 2001; Tuchman, 1972). 단순한 사실 전달에 그치는 소극적 보도로는 진실에 다가갈 수 없다는 자성은 하나의 사안을 깊게 파고드는 탐사보도에 대한 관심으로 이어졌고, 그 주 대상은 정부와 공인, 기업 같은 사회 권력집단이 되었다. 박근혜 전 대통령을 권좌에서 끌어내린 2016년, 최순실 국정농단 탐사보도는 언론이 갖고 있는 권력 감시 기능의 막강한 위력을 상징적으로 보여주었다(배정근, 2017). 그런 점에서 이 사건을 계기로 기자들이 직간접적으로 체험한 권력 감시의 효능감이 2019년 기자들의 인식 변화에 영향을 미쳤을 개연성도 충분하다. 이 변화는 사소하게 느껴질 수도 있지만 언론인들이 자신의 역할을 '정보를 전달하는 메신저'보다 '사회를 감시하는 감시견'으로 상정하게 됐다는 점에서 새로운 각성이다.

그러나 언론인들이 중요도에 비해 제대로 실행하지 못하고 스스로 자책하는 분야도 바로 권력 감시 기능이다. 특히 기업의 활동을 비판적으로 감시하는 역할은 조사 초기부터 최근까지 중요도와 실행도 격차가 매번 가장 크게 나타났다. <표 6-5>에서 볼 수 있듯이 2021년 조사에서는 기업 활동 비판 및 감시의 중요도와 실행도 사이 격차(1.17점)가 7개 항목 가운데 가장 컸다. 정부나 공인에 대한 비판 및 감시의 중요도와 실행도 격차(1.06점)도 그다음으로 컸다. 언론인들이 자신의 가장 중요한 사명이라고 생각하는 역할을 가장 제대로 수행하고 있지 못하다는 평가에서 그들의 직업의식 속에 숨어 있는 자괴감이 그대로 드러난다.

권력 감시, 그중에서도 기업 활동을 대상으로 한 비판과 감시의 실행에 대한 인식은 다른 항목과는 다르게 소속 매체 유형에 따라 상당한 차이를 보이는 점도 주목된다. 2021년 조사 결과를 보면 실행도의 전체 평균은 3.19점인데, 경제일간지는 2.72점으로 11개 매체 유형 가운데 가장 낮았고, 지상파 3사는 3.49점으로 가장 높았다. 기업이 가장 비중 있는 취재 대상이자 동시에 광고주인 경제일간지 기자들의 내적 갈등이 간접적으로 드러난다.

4. 기자 직업과 환경에 대한 만족도

1) 직업 만족도, 2017년 최저점에서 회복 추세지만
국제 비교에서는 최하위

직업 만족도는 개인 차원에서는 자신의 일을 대하는 태도를 결정하고, 조직 차원에서는 조직의 성과를 좌우하며, 저널리즘 차원에서는 언론 기능의 활성화 여부에 영향을 미치는 중요한 바로미터이다(김인경, 2012). 이를 반영하듯 직업 만족도 문항은 그동안 15차례의 한국 언론인 의식조사에서 한 번도 빠진 적이 없다. 지난 30여 년간 언론인의 직업 만족도는 시기에 따라 조금씩 부침이 있었지만, 1997년과 2017년 두 차례 크게 급락하는 양상을 보였다. 구체적으로는 '매우 만족'과 '다소 만족'을 합한 일반 만족도 수치가 1993년 75.4%, 1995년 70.5%로 조금씩 감소하다가 1997년에는 63.3%까지 큰 폭으로 떨어졌고, 이후 다시 1999년에 75.4%로 크게 상승했다. 1997년은 외환위기로 언론계 전체가 구조조정의 어려움을 겪은 시기다. 2000년대 들어와서는 11점 척도(0=매우 불만족, 5=보통, 10=매우 만족)로 측정 방식이 변했는데, 2013년이 평균 6.97점으로 가장 높았고, 2017년은 5.99점으로 가장 낮아 두 기간 사이 변동 폭이 매우 컸다. 2019년 이후에는 다시 상승하는 추세다. 윌넛과 위버, 최지향(Willnat, Weaver, & Choi, 2013)의 글로벌 연구에서는 18개국 언론인의 '매우 만족한다'는 응답 비율로 만족도를 상호 비교했는데, 한국 언론인 만족도는 5.7%로 대만(5.5%), 홍콩(2.5%)과 함께 최하위 수준이었다. 여기서 18개국 평균치는 25.7%였다.

2) 자율성 인식은 직업 만족도 높여

그렇다면 언론인의 직업 만족도를 결정하는 요인은 무엇일까? 선행 연구들과 언론인 의식조사는 만족도를 예측하는 변인에 대해 상당히 공통된 결과들을 보여준다. 먼저 많은 개별적 요인들을 범주화하면 '언론 환경', '언론사 조직의 정책과 문화', '저널리즘 수행 성과', '개인적 인식' 등이 관련성이 높다. '언론 환경' 차원에서는 '언론의 전반적인 자유도와 기능 수행에 대한 인식'(이정기, 2019; Chan, Pan, & Lee,

2004) 또는 '시민이 언론을 신뢰하는 정도에 대한 추정 인식'(장정헌·김활빈, 2021) 등이 만족도에 영향을 준다. 언론이 자유롭고, 제 기능을 수행하며, 대중으로부터 신뢰를 받고 있다고 생각할수록 직업 만족도도 높아진다는 뜻이다.

'언론사 조직의 정책과 문화' 차원에서는 회사의 편집·편성 정책, 경영 방식, 기자에 대한 통제 정도 등이 영향을 주는데, 예를 들어 회사가 저널리즘 가치보다 수익성을 강조하거나 권위적인 경영 방식으로 구성원을 통제한다고 생각할수록 직업 만족도는 낮아진다(김인경, 2012; 이건혁·원숙경·정준희·안차수, 2020; Stamm & Underwood, 1993, Weaver, Beam, & Brownlee, 2007). '저널리즘 수행 성과' 차원에서는 '보도의 질적 수준에 대한 인식', '공중을 위한 봉사 또는 공익 기능을 수행하는 정도에 대한 인식'이 직업 만족도를 높이거나 낮추는 경향이 있다(이건혁·원숙경·정준희·안차수, 2020; Stamm & Underwood, 1993; Weaver, Beam, & Brownlee, 2007). 예를 들어 자신이 속해 있는 언론사의 보도 품질이 높아진다고 생각할수록 만족도가 오르고, 충분한 검토와 후속 취재가 부족한 상태에서 기사를 쓰거나 속보에 치중한다고 인식할수록 직업 만족도는 낮았다.

그러나 언론인의 직업 만족도에 무엇보다 강력하게 개입하는 변인은 업무의 자율성에 대한 '개인적 인식'이다. 개인 차원에서 자신이 뉴스 가치가 있다고 판단하는 사안을 뉴스로 선택하고 보도의 관점을 결정할 수 있는 자유와 재량의 정도를 말한다(김인경, 2012; 전진오·김형지·김성태, 2020; 조재희, 2019). 언론인을 의사, 변호사와 같은 전문직, 또는 거기에는 미치지 못하지만 유사 전문직으로 분류하는 논거의 하나도 상당한 수준의 자율성이 부여되는 직업이라는 점이다. 18개국 비교연구에서 한국은 자율성과 만족도 사이의 상관관계가 가장 높은 나라였다. 개인 차원에서는 또한 상사로부터 듣는 평가, 취재원으로부터의 평가 등도 만족도 인식에 영향을 미치는 것으로 나타났다.

<표 6-6> 직업환경 요인의 중요도와 만족도(단위: 점)

항목 \ 년도 구분	2001년(4점 척도) (n=780)		2013년(4점 척도) (n=1,527)		2021(5점 척도) (n=1,956)	
	중요도	만족도	중요도	만족도	중요도	만족도
전문성 계발 기회	3.45	2.05	3.32	2.21	-	2.78
보수	3.39	2.17	3.26	2.33	-	2.74
업무의 자율성	3.36	2.70	3.37	2.72	-	3.51
직업 안정성	3.36	2.29	3.36	2.55	-	2.99
회사 편집·편성정책	3.33	2.26	3.21	2.43	-	-
후생/복지	3.29	1.94	3.31	2.14	-	2.62
독자/시청자에 봉사	3.27	2.36	3.01	2.36	-	-
국가/사회에 기여	3.22	2.44	3.09	2.49	-	-
승진 가능성	2.77	2.53	2.73	2.53	-	2.89
노후 준비	-	-	3.19	1.95	-	2.22
업무 강도	-	-	-	-	-	2.93
직업의 성장 가능성	-	-	-	-	-	2.55

　　직업 만족도에 작용하는 요인을 보다 자세히 살펴보기 위해 2001년부터 조사 항목에 포함된 '직업환경 요인'에 대한 인식에서도 업무의 자율성을 기자들이 매우 중시하고 있음이 잘 드러난다. 이 항목은 언론인이 중요시하는 직무 환경 요인 8~10가지를 추출해 각 요인에 대한 중요도와 만족도를 측정해왔다. <표 6-6>에서 볼 수 있듯이 '업무의 자율성'에 대한 중요도는 2001년에는 3위로 나타났지만 2013년 조사에서는 가장 중요하다고 평가되었고, 만족도 역시 매번 가장 높게 나왔을 뿐 아니라 다른 요인들과의 격차도 상당한 것으로 나타났다.

3) 조직의 크기와 자율성은 반대 방향

　　언론인의 직업 만족도 인식에는 언론사 조직의 특성과 개인의 자율성 인식이 어떻게 상호작용하는지를 보여주는 흥미로운 포인트가 몇 가지 있다. 첫째, 온라인 기자들이 오프라인 기자들보다 평균적으로 만족도가 높다는 점이다. 온라인 매체가 처음 조사에 포함된 2005년에 오프라인 기자의 만족도는 6.05점이었지만 온라인(닷컴신문 + 독립인터넷신문) 기자의 만족도는 6.99점으로 비교적 격차가 컸다. 이 추세는 이후에도 달라지지 않았다. 여기에는 업무 자율성에 대한 인식이 크게 작용하는 것으로 보인다. 선행연구에 따르면 언론사 조직의 크기와 자율성 인식은 반대 방향으로 작용한다(Weaver, Beam, & Brownlee, 2007). 큰 조직에 속해 있는 기자일수록 자율성이 적다고 생각하는 경향이 있다. 이는 국내 언론인 의식조사에서도 확인된다. 매체 유형별로 업무의 자율성에 대한 인식을 2021년 조사 결과로 비교하면 인터넷 언론사(3.73점)가 뉴스통신사(3.64점), 신문사(3.45점), 방송사(3.35점) 집단보다 높았다. 조직이 크면 게이트키핑의 단계가 늘어나면서 기사 내용에 대한 간섭과 통제도 커지기 때문으로 해석된다. 결국 자율성에 대한 인식이 직업 만족도에 미치는 영향이 크므로 만족도 역시 높게 나오는 것이라고 추론할 수 있다.

둘째, 조직의 이념 성향과 개인의 이념 성향 차이가 직업 만족도에도 영향을 미친다는 점이다. 선행연구에 따르면 개인적 가치 인식과 조직의 가치 인식이 일치할수록 직무 만족도가 상승하며(Chan, Pan, & Lee, 2004), 자신의 이념 성향과 언론사의 이념 성향이 다르다고 인식할수록 직무스트레스가 올라간다(조수선·정선호, 2017). 2017년 언론인 의식조사 원시데이터를 회귀분석한 조재희(2019)는 언론인과 언론사의 이념적 괴리가 클수록 언론인의 직무 피로도가 상승하고 직무 만족도도 낮아지는 경향을 확인했다.

셋째, 언론인의 직업 만족도는 보수 같은 물질적 요소보다는 자율성 같은 가치적 요소에 더 좌우되는 경향이 있다는 점이다. 여기서 물질적 요소에는 <표 6-6>에서 제시된 직업 환경 요인 가운데 '보수',

'승진 가능성', '후생/복지', '노후 준비' 등이 해당하며, 가치적 요소에 는 '업무 자율성', '독자/시청자에 봉사', '국가/사회에 기여', '전문성 계 발 기회' 등이 해당한다(조재희, 2019). 매체 유형별로 보면 지상파 3사 기자들의 만족도 인식은 앞에서 살펴본 자유도 인식과 매우 유사한 양 상을 나타냈다. 즉 2005년에서 2009년까지의 기간에 다른 매체에 비 해 제일 높은 만족도 수준(6.91~7.11점)을 보이다가, 2013년부터 하락 세로 반전해 2017년에는 5.94점으로 바닥을 찍은 뒤, 2019년 이후에 는 조금씩 다시 상승하는 추세를 보였다. 조재희(2019)는 지상파 3사 기자들이 높은 보수로 인해 물질적 만족도는 높지만 자율성과 사회적 역할 같은 가치적 만족도는 낮았고, 그것이 언론인 전체의 만족도 수 준 변화에 크게 영향을 주었다고 평가했다.

5. 젊은 기자들의 탈언론 현상

2022년 10월 경향신문은 창간특집 기획기사의 하나로 젊은 기자들 의 탈언론 현상을 '기렉시트'(언론인의 멸칭인 '기레기'와 출구를 뜻하는 '엑시트exit'의 합성어)라는 신조어를 사용해 다루었다. 실제로 2020년대 들어 각 언론사에서는 입사 10년 미만의 젊은 기자들이 기업으로 대거 이직하는 사례가 줄을 잇고 있다. 언론사의 규모나 성격, 정파성 유무 와 무관하게 많은 신문사에서 공통적으로 겪고 있는 현상이라는 점에 서 심각성이 더하다(이석호·이오현, 2019).

1989년 첫 번째 언론인 의식조사에서 적극적으로 전직을 희망한다 는 응답은 11.1%에 불과했다. 질문의 내용이 조금 다르기는 하지만 2021년 조사에서 언론이 아닌 타 분야로 이직을 생각한 적이 있는지 를 물어본 결과 56.8%가 그렇다고 답했다. 탈언론 현상은 기자들의 사 기 및 직업 만족도 저하와 관련되어 있다. 2021년 조사에서는 응답자의 58.5%가 편집·보도국의 사기가 저하됐다고 답했다. 최악의 수준이었던 2017년(76.8%)보다는 나아진 수치이지만 여전히 절반이 넘는 수준이다. 사기 저하의 원인으로는 '직업에 대한 장기적 비전 부재'(58%)를 가장 많이 꼽았고, '낮은 임금과 복지'(51.4%), '업무를 통한 성취감 및 만족감 부재'(39.9%), '언론인에 대한 사회적 평가 하락'(35.6%), '과중한 업무량과 업무 강도'(32.2%)가 뒤를 이었다.

국내 언론인이 자기 직업에 자부심을 갖지 못하고 있는 현실은 언론 전반에 대한 업무 수행 평가에서도 그대로 드러난다. 2021년 조사에서 공정성은 2.59점(5점 척도)으로 2007년(3.03점)에 비해 악화되었고, 전문성도 같은 기간 2.91점에서 2.72점으로 뒷걸음질했다. 정확성(2.88점)과 신뢰도(2.90점) 역시 보통 수준(3.00점)에 미치지 못했다.

디지털 온라인 뉴스 환경으로 인해 언론인들은 속보 경쟁에 참여해야 하고, 여러 채널에 실시간 뉴스를 공급해야 함에 따라 업무량이 증가하고 있다. 쌍방향 미디어 환경으로 인해 대중의 비판과 공격에 직면하는 등 심리적 스트레스와 정서적 탈진도 심각한 상황이다(정재민·김영주, 2011; 조수선·정선호, 2017). 2021년 언론인 의식조사 결과를 보면, '지난 1년 동안 취재보도 과정에서 취재원, 취재 대상 또는 독자로부터 괴롭힘을 당한 경험이 있다'는 응답이 31.4%에 달했다. 또한 19.7%는 트라우마를 겪은 적도 있다고 답했다.

6. 높아진 윤리의식, 달라지는 관행

초기 언론인 의식조사에서는 이른바 '촌지' 수수에 대한 설문이 상당한 분량을 차지했다. 그만큼 언론인들이 취재원으로부터 금품을 받는 촌지 관행이 너무 일상적이었기 때문일 것이다. 실제로 1989년 첫 조사에서 응답자의 92.6%가 적든 많든 촌지 수수가 이루어지고 있다고 답했다. 그러나 시간이 지나면서 금품 수수는 줄어들고 선물 또는 향응이나 접대가 더 일반적인 관행이 되어가고 있다. 예를 들어 2017년 조사에서 '자주 수수된다' 혹은 '수수되는 편이다'라고 응답한 비율은 경우에 따라 '향응이나 접대(고가의 식사 및 골프 접대 포함)' 50.5%, '무료 티켓 수수' 39.1%, '선물 수수' 37.7%, '취재원이 경비를 부담하는 국내외 출장' 31.7%, '금전 수수' 13.4% 순으로 나타났다. 그러나 김영란법이 2016년 시행에 들어가면서 2019년 조사에서는 85%의 응답자가 촌지 수수와 접대 관행이 줄었다는 반응을 보였다.

과거에 비해 언론인들의 윤리의식이 높아지고 있다는 사실은 비윤리적 취재 방식의 정당성에 대한 인식 변화에서도 확인된다. <표 6-7>이

<표 6-7> 취재 방식의 정당성 인식(단위: %)

취재 방식 \ 년도	1993 (n=727)	2003 (n=713)	2013 (n=1,527)	2019 (n=1,677)
내부 정보를 얻기 위해 위장 취재하는 행위	36.8	25.2	40.4	33.3
기업·정부 등 비밀문서를 허가 없이 사용하는 행위	49.8	43.7	51.9	35.5
기사 작성을 위해 취재원이 귀찮아 하더라도 계속 취재하는 행위	17.0	63.8	68.0	42.6
편지·사진 등 사적 문서를 허가 없이 사용하는 행위	26.8	19.4	17.9	17.1
비밀 정보를 얻기 위해 돈을 주는 행위	23.7	17.5	19.1	9.2
취재원에게 자신의 신분을 감추는 행위	58.7	39.1	47.0	24.1
비밀을 지킬 것을 동의하고 이행하지 않는 행위	9.2	17.3	16.8	-
비보도(오프더레코드)를 약속하고 이행하지 않는 행위	-	-	-	5.9
취재원과 합의된 보도시점 (엠바고)을 지키지 않는 행위	-	-	-	5.1

보여주듯 논란이 많은 여러 취재보도 방식에 대해 정당하다고 생각하는 인식('매우 정당하다'와 '약간 정당하다'는 응답 비율)이 과거에 비해 크게 줄었다. 대표적으로 취재원에게 신분을 감추는 행위는, 1993년 조사에서는 절반 이상이 정당하다고 답했지만 2019년 조사에서는 동의율이 24.1%로 감소했다. 반면에 '기사 작성을 위해 취재원이 귀찮아하더라도 계속 취재하는 행위'는 오히려 과거보다 정당하다는 응답이 늘어났다.

* * *

한국 언론 역사에서 지난 30년은 매우 짧은 기간이지만 언론의 지형과 미디어 환경은 전례 없는 변화를 경험한 격변기였다. 무엇보다 등록된 인터넷 언론사만 1만 개를 넘어서는 매체의 홍수로 언론인 집단 자체가 급팽창했다. 과거에는 학력이나 경력 등에서 매우 동질적이었던 언론인의 인구사회학적 속성도 그만큼 다양해지고 이질성이 커졌다. 무엇보다 여성 기자의 비중이 크게 늘어나 젠더 다양성이 개선되고 있지만 편집 간부 수준에서는 여전히 그렇지 못하다.

언론인 역할 및 직업 정체성 차원에서 이 연구의 결과를 요약하면, 첫째, 한국 기자들은 좀 더 나은 사회를 만드는 데 기여하겠다는 사회 혁신 의지와 공적 소명의식이 강하다는 특징이 있다. 기자직을 선택하는 동기로서 직업 자체가 가지는 매력보다는 사회적 역할을 중시한다는 것이다. 보수 같은 물질적 만족도보다는 자율성 같은 가치적 만족도를 중시하는 경향도 같은 맥락이다. 언론의 공적 기능을 감안할 때 기자들의 이러한 공공심은 바람직하다고 볼 수 있지만, 언론을 사회 혁신이나 정의 실현을 위한 도구로 여기는 '도구주의 언론관'(이재경, 2005)으로 변질될 위험성은 경계해야 한다.

둘째, 한국 기자들은 빈부격차 또는 사회적 양극화를 가장 시급히 해결해야 할 사회문제로 생각할 정도로 평등주의 의식이 강한 편이지만 경제 성장과 일자리 창출도 중시하는 실용주의적 가치관을 가지고 있다. 기자들의 이념 성향은 시기에 따라 조금씩 변하고, 정권의 이념 성향에 동조하는 경향도 보였지만 대체로 중도에 가까운 진보로 스스로를 평가했다. 개인의 이념 성향과 소속 회사의 이념 성향이 다를 경우 업무의 자율성이나 직업에 대한 만족도는 낮았다.

셋째, 한국 기자들은 언론인으로서 자신의 역할에 대해, 정확한 정보를 신속하게 보다 많은 사람에게 전달하는 객관적 전달자이기보다는 권력을 비판·감시하고 사회 현안에 대한 적극적 해석과 주장을 제기하는 해석자(또는 개입자, 주창자)로 자리매김하는 변화를 보이고 있다. 이러한 역할 인식 변화는 서구 언론인에 대한 연구에서도 비슷하게 나타난다. 그 배경에는 다매체 환경에서 단순한 사실 보도가 더 이상 가치를 갖기 어렵다는 판단, 그리고 깊이 있는 분석과 해설을 통해 차별성을 확보해야 하는 언론 전반의 전략적 필요성이 있다. 또한 객관주의를 가장한 편파적 보도보다는 현실 문제에 적극 개입하고 가치판단을 해야 한다는 탈객관주의적 흐름도 변화를 자극한다고 볼 수 있다. 그러나 이러한 역할 인식 변화가 언론의 기본적 책무인 정확한 사실 확인 기능을 경시하고 공정성을 무시하는 주관적·편파적 보도로 이어지는 측면도 간과되어서는 곤란하다. 언론의 정파성이 강화함에 따라 기사의 내용 및 스타일에서도 주관적 의견을 마치 사실처럼 쓰는 경향이 최근 두드러지고 있다는 점에서 더욱 그러하다.

넷째, 한국 기자들은 자신들이 수행하는 역할에 대해 스스로 부정적으로 평가하고, 직업에 대한 자부심과 만족도도 갈수록 낮아지고 있다. 이들은 한국 언론 전반의 공정성, 전문성, 정확성 수준을 모두 보통 이하로 낮게 평가했다. 이는 같은 시기에 한국언론진흥재단이 시행한 '2022 언론수용자조사'에서 같은 항목에 대해 수용자들이 보통 수준 이상(5점 척도, 3.07~3.36점)으로 평가한 것과 대조된다. 언론인들이 자신의 역할로 가장 중시하는 '정부와 기업에 대한 감시' 기능이 중요도와 실행도 사이 격차가 가장 컸다는 사실이나, 기자들의 직업 만족도가 국제 비교에서 최하위 수준이라는 점 등도 이들의 낮은 자존감을 반영한다.

다섯째, 한국 기자들은 언론사의 취약한 재정 사정으로 인해 광고주가 언론 자유를 심각하게 제약하고 있다고 우려한다. 그러면서 기자들은 기업에 대한 홍보성 기사를 대가로 광고·협찬을 받는 음성적 관행을 어쩔 수 없는 것으로 받아들이는 태도도 보인다. 2019년 조사에서 광고·홍보 목적의 협찬 기사가 필요하다는 응답(34.8%)이 필요하지 않다는 응답(31.2%)보다 많았던 것이 그 근거다. 자본 권력이라고 할 수 있는 기업에 대한 감시 역할을 제대로 하지 못하고 있다는 자조적 평가가 나오는 이유다. 물적 기반의 불안정이 한국 언론의 독립성과 공정한 보도를 해치는 치명적 아킬레스건으로 작용하고 있는 셈이다.

여섯째, 한국 기자들의 역할 평가와 만족도에는 무엇보다 자율성 인식이 영향을 미치는 것으로 확인되었다. 특히 지상파 3사 기자들이 2013~2017년 조사에서 보여준 부정적인 자율성 인식은 전체 조사 결과에 많은 영향을 미친 것으로 보인다. 이 기간에 '전반적인 언론 자유도', '정부나 정치권에 의한 언론 자유 제약', '업무 자율성 인식', '회사와 자신의 이념 성향 격차' 등에서 지상파 3사 기자들은 가장 부정적 인식을 보였다. 2017년 이후에는 이들 항목 대부분에 걸쳐 점차 긍정적으로 인식이 변하고 있으나, 윤석열 정부가 KBS와 MBC의 이사진 및 사장을 강제 해임하고, 보도의 편파성을 바로 잡겠다며 강한 압박을 가하고 있어 과거 양상이 다시 재현될 우려가 있다.

3부

기자의
현재와 미래상

7장 기자라서 기쁜 기자들

박재영

1. 기자직의 노동과 교훈

일 중독자

　힘들지만 즐겁게 일하는 젊은 기자를 연구하려고 경력 6년 이하의 기자 10명을 선정하여(<표 7-1> 참조), 첫 인터뷰로 2023년 7월 14일 금요일 이비슬 뉴스1 기자를 만났다. 이비슬 기자는 전날 갑자기 사회부에서 정치부로 발령 났지만, 실제 근무는 그다음 주 월요일이었으므로 3일간 기사는 물론이고 발제 걱정도 없었다. 기자에게 이런 날은 없다. 그래서 이 기자는 금요일 외출을 준비하면서 옷장 깊숙이 처박혀 있던 치마를 꺼내 입을지 고민했다. 그러나 이내 그 생각을 접었다. 혹시라도 어디에선가 불이 나면 곧장 달려갈 텐데, 그러기에 치마는 역시 불편했다. 그는 **뼛속 깊이 사건기자**였다.

　이비슬 기자는 4년간 아낌없이 자신을 일에 갈아 넣었다. 숨이 막히

<표 7-1> 인터뷰 대상 기자들의 성명과 소속, 경력(2023. 12. 기준)[1]

성명	소속	경력
공병선	아시아경제 사회부	경력 3년
구아모	조선일보 사회부	경력 3년(서울경제신문 포함)
변은샘	부산일보 기획취재부	경력 3년
안희재	SBS 정치부	경력 5년 3개월
이비슬	뉴스1 정치부	경력 4년 2개월
이희령	JTBC 밀착카메라팀	경력 5년
장현은	한겨레 사회정책부	경력 2년 3개월
조민희	부산MBC 사회부	경력 2년 9개월
조소진	한국일보 경제부	경력 4년 6개월
조응형	동아일보 경제부	경력 6년 3개월

고 손이 떨리고 머리카락이 빠지면서 기사를 썼다. 하루에 18개까지 써봤다. 당장 그만둬도 후회 없을 정도로 일했다. 그러는 사이 '배터리 효율'은 절반으로 떨어졌다. 정치부로 가는 기분이 어떠냐고 물으니 "착잡하다"고 답했다. 이비슬 기자는 한 번도 정치부 일을 해본 적이 없다. 그래서 걱정과 설렘이 교차했을 것이다. 과연 그는 정치부에 안착할 수 있을까?

이비슬 기자는 뉴스통신사 소속이어서 일복이 많았다지만, 공병선 아시아경제 사건팀 기자는 2023년 초 회사 사정상 사회부 인원이 줄면서 극한노동에 시달렸다. 원래 사건전담기자는 6명이었는데, 전담기자 4명에 겸직기자 2명으로 바뀌면서 결국 중이염이 도졌다. 그의 하루 최다 기사 작성 기록은 33개다. 그나마 시간을 낼 수 있다는 금요일 저녁 6시에 만났는데, 그는 인터뷰하는 1시간 15분 동안 타사 보도와 푸시알림을 확인하느라 스무 번 넘게 휴대전화를 들여다봤다. 여자친

---

1 바쁜 와중에도 소중한 시간을 내어 인터뷰에 응해준 기자들에게 감사를 전한다.

구와 함께 있을 때도 그러냐고 물으니, 휴대전화를 확인하지 않으면 여자친구가 채근하듯이 "일 안 해도 돼?"라고 말한다고 했다. 천생연분이다. 조소진 한국일보 기자의 별명은 '경주마'다. 자기가 몇 바퀴 돌았는지도 모른 채 앞으로 내달리기만 하는 말 같다고 해서 선배가 붙여줬다. 이비슬 기자에게 여행은 언제 가느냐고 물어보니 "사회부는 매일 여행 같다"고 답했다. 그러면서 혼잣말로 "일 중독인가?"라고 했다. 인터뷰했던 기자들은 미친 듯이 일하는 사람처럼 보였다. 당연한 말이겠지만, 이들은 뉴스를 좋아한다. 엄청나게 좋아한다. 거기에는 어릴 때의 뉴스 경험이 큰 영향을 끼쳤다.

기자 계기

이희령 JTBC 기자는 신문 읽기를 권장하는 학교에 다닌 덕에 기사를 읽으면서 자랐다. 구아모 조선일보 기자는 신문 읽기를 의무화한 학교에 다녔는데, 1교시를 시작하기 전 0교시의 특별활동 시간에 학생들 각자가 집에서 구독하는 신문을 가져와서 읽었다. 안희재 SBS 기자는 다둥이 가정을 지원한다는 정부의 말과 달리 세 남매인 자기 집에는 지원이 없던 차에, 신성식 중앙일보 복지 전문기자가 바로 그 점을 지적한 기사를 읽고 "새로운 걸 가르쳐주는" 기자의 매력에 반했다. 공병선 기자는 중학생 때 집에서 구독하던 조선일보로 2009년 쌍용자동차 노조의 평택공장 점거 농성 사건을 알게 됐는데, 친구의 아버지가 한국일보 기자여서 우연히 보게 된 한국일보 기사와는 사뭇 달랐다. 그때부터 그는 "예능 프로그램 보듯이" 여러 신문을 비교하며 읽었다. 이비슬 기자는 조선일보 독자 아버지와 한겨레 독자 어머니를 둔 덕분에 뉴스를 놓고 난상토론하는 집안 분위기에서 자랐다. 부모는 각자의 신문을 오랫동안 고집하다가 언제부턴가 신문을 바꿔서 읽는다. 부모가 뉴스를 즐기면, 그것을 보고 자란 자녀도 그렇게 된다. 역시 습관이 뉴스와 신문 읽기의 가장 큰 영향변수다.

기자 일을 해보면 기자에 대한 막연한 기대감이 사라지는 동시에 걱정도 준다. 이 상태가 기자에게 최적이다. 그래서 기자 지망생은 학보사 기자나 언론사 인턴을 해보는 게 좋다. 최근의 한 연구에서도 기자 체험이 언론사 시험 합격에 영향을 끼치는 유일한 요인으로 밝혀졌다(허만섭·박재영, 2023). 조소진 기자는 대학 입학 후 며칠이 지나지 않은 어느 날 우연히 집어든 학보에서 강사들의 부당한 처우를 지적한 기사를 읽다가 "이런 걸 어떻게 알아내서 쓰지?"라는 호기심에 이끌려 학보사에 들어갔고 편집국장까지 했다. 하지만 조소진 기자의 경우와 달리, 많은 학생은 기자 체험을 해보고 기자 생각을 접는다. 학생들은 인턴기자를 하면서 언론사의 전근대적인 문화를 목격하며 선배들로부터 '기자 하지 말라'는 말을 듣는다. 언론사 고위 간부들도 무심코 '나 때는 그나마 할 만했지만…'이라고 말한다. 변은샘 부산일보 기자도 모 신문사 인턴을 하면서 고위 간부에게 회의적인 말을 종종 들었다. 하지만 그는 그 푸념에 동조하기보다 그런 희생이 기자라는 직업을 의미 있게 만든다고 생각했다. 그래서 "기자는 선의로 돌아가는 직업"이라고 믿게 됐다. 패배 의식에 젖은 자조적인 선배들과 비교할 수 없을 정도로 현명하고 성숙하다. 조민희 부산MBC 기자도 "당사자의 목소리가 담긴 기사로 사회를 좀 더 낫게 만드는 선의"를 강조했다. 좋은 의도로 취재하고 좋은 결과까지 내는 기자가 그의 목표다. 이희령 기자는 회사의 부속품이 되기 싫어서 일반 기업에 가지 않았는데, 막상 들어와 보니 기자도 언론사라는 회사를 위해 일하는 직원임을 알게 됐다. 그래도 뉴스를 만들 때 회사나 사주의 이익을 위한다는 생각은 별로 안 들고, 작은 변화라도 유발해보려는 공적 활동을 한다는 자부심을 느낀다고 했다. 이 역시 선의라 할 수 있다.

구아모 기자는 "기자들은 하여간 이상한 또라이"라고 했다. "기자는 멀쩡한 돌다리를 공연히 두들겨보고 건너가고, 남들이 안 다녀서 없던 길을 굳이 만들어 가고, 잘 굴러갈 것 같은 일도 애써 의심하는 유별난 사람들이다." 그가 조선일보 입사 지원서에 적은 내용이다. 장현은 한겨레 기자는 입사 지원서에 "기자는 반대로 가는 사람이다. 가장 위험할 때 대피하지 않고 오히려 그곳을 들어간다. 남들이 관심 두지 않는 사안을 기록하기 위해 마지막으로 남는 한 사람이 돼야 한다"라고 썼다. 위험지역에 가장 먼저 들어가서 가장 나중에 나온다first in last out는 점에서 기자와 소방관은 똑같다.

조응형 동아일보 기자는 입사 지원서에 자신을 "목표와 타협하지 않는 사람"이라고 썼는데, 지금은 그 정도는 아니라고 했다. 기자 일은 계획하고 의도한 대로 흘러가기보다 여러 변수가 개입하여 예기치 않은 모습으로 마무리되기도 한다. 기사는 과학이라기보다 예술에 가깝다. 그래서 그는 "취재는 낚싯바늘 던지기"라고 했다. 사람 많이 만나고, 전화 많이 걸고, 무엇이든지 일단 시도하다 보면 기사는 걸려들 수 있다. 그러면서도 그는 결과물의 질을 높인다는 목표를 잊지 않는다. 기자 스스로 자신이 없고 취재가 부족하면, 기사는 에디터의 손을 거치면서 엉뚱한 방향으로 가기 마련이다.

인터뷰를 거듭하면서 이들은 우리 사회의 수호신 같다는 느낌이 들었다. 건전하고 성실하고 듬직했다. 이런 느낌은 그간에 이들이 일궈낸 업적으로 볼 때 결코 과찬이 아니다.

성과

기자의 업적으로는 당장 특종이 떠오른다. 인터뷰했던 기자들은 당연히 특종 경험이 있었다. 3년 6개월 동안 사내외에서 상을 24개나 받은 기자도 있다. 기자들은 자기의 특종을 얘기할 때 뿌듯해했지만, 마냥 자랑스러워하지는 않았다. 겸손해서 그럴 수 있겠지만, 또 다른 이유가 있었다.

2020년 11월 법무부 차관 물망에 올랐던 이용구 변호사는 만취해 택시로 귀가하던 중 택시 기사를 폭행했는데, 경찰은 택시 블랙박스에서 그의 폭행 장면을 확인하고도 사건을 내사 종결했다. 얼마 후 이용구는 법무부 차관이 됐지만, 곧바로 경찰의 봐주기 수사 의혹이 제기되어 결국 2021년 5월 28일 사임했다. 이 6개월 동안 그의 폭행에 대한 진실게임이 격렬하게 이어졌지만, 가장 결정적 증거인 블랙박스 영상은 전혀 공개되지 않았다. 그 영상을 안희재 기자가 택시 기사에게서 건네받아 2021년 6월 2일 특종 보도했다. 영상을 달라고 했던 기자가 많았지만 안 기자만큼 진정성 있게 자기를 대해준 기자는 없었다고 택시 기사는 전언했다.

변은샘 기자는 이상동기 범죄(일명 묻지마 범죄)의 대명사가 된 '부산 돌려차기 사건'의 특종 기자다. 2022년 5월 22일 오전 5시쯤 부산의 번화가인 서면에서 한 남성이 오피스텔의 엘리베이터를 기다리던 여성을 뒤에서 발로 차고 머리를 짓밟았다. 여성은 두피가 찢어지고, 뇌손상을 입고, 오른쪽 다리가 마비됐으며 기억을 잃었다. 사건 다음 날, 피해자의 지인이 오피스텔 입주민들의 채팅방에 피해자 사진을 올렸으며 부산일보에도 제보가 들어왔다. 변은샘 기자는 오피스텔로 가서 입주민들의 이야기를 듣고 경찰의 사실 확인을 거쳐 첫 보도를 냈다. 하지만 이 특종 보도는 서막에 불과했다. 용의자가 검거되고 검찰 송치도 끝난, 사건 5개월 후인 2022년 10월 첫 재판 때 피해 여성은 법정에서 자기가 돌려차기로 얻어맞는 장면을 처음 봤다. 가만히 있다간 자기 사건이 여느 폭행 사건의 하나로 묻힐 터였다. 여성은 민사 소송을 걸어 영상을 포함한 사건 자료를 받아내 인스타그램과 유튜브, 언론에 내보냈다. 이로써 피해자도 몰랐던 사건의 전말이 '돌려차기 사건'이라는 이름으로 전국에 알려졌는데, 변은샘 기자는 1년간의 그 과정을 '제3자가 된 피해자'라는 제목으로 연속 보도했다. 단발 특종에 만족하지 않은 이 후속 보도가 그의 빛나는 업적이다.

기자라면 누구나 특종을 갈구하며, 변은샘 기자도 여러 번 특종상을 받았다. 하지만 그는 특종 보도에 경계심을 지니고 있다. 주폭, 스토킹, 마약 등 전형적 범죄 사건은 대개 경찰이 먼저 인지하고 기자는 경찰을 통해 정보를 얻는다. 기자는 특종에 몸이 달아 있어서 사건 당사자인 가해자나 피해자는 만나보지도 않은 채 경찰 말만 듣고 기사를 쓴다. 변은샘 기자는 경찰 정보에 의존하는 특종 보도는 "찜찜하고 위험하다"고 했다. 그 때문인지 그는 다음과 같은 기사를 자랑삼아 소개했다.

2021년 부산 동구청은 '초량천 예술정원' 사업의 하나로 초량전통시장 입구에 솥과 냄비, 그릇, 세숫대야 등 살림살이 도구와 폐자재 3,000여 개를 쌓아 올린 6미터짜리 조형물을 설치했다. 변은샘 기자는 그 조형물이 흉물스럽다는 주민들의 반응과 함께, 명색이 공공미술 사업인데 주민 의견 수렴 없이 사업이 진행됐음을 연속 보도했다. 구민들은 기사 댓글과 이메일, 전화로 변은샘 기자를 응원했다. 반면에 부산 동구청과 문화예술계는 부산일보 간부들에게 기사가 잘못됐다고 항의하고, 다시 보도하라고 요청했다. "그 사건은 기자로서 내가 누구를 대변해야 하는지를 분명하게 알게 해주었습니다." 변 기자는 저널리즘의 가장 중요한 가치인 시민 소통과 공감을 이 경험으로, 그것도 수습기자 때 알게 됐다. 그래서 이 보도가 돌려차기 특종보다 더 의미 있다고 했다.

조민희 기자도 "단독이나 특종 보도는 우쭐함 정도에 그친다"고 말했다. 그래서 그런지 그는 '또래 여성 살해 사건'으로 알려진 정유정 사건의 전국적 보도를 선도했으면서도 그것을 대수롭지 않게 생각한다. 이 사건은 경찰이 기자들에게 먼저 알려줬는데, 막상 언론 보도가 나가자 유족이 반발했으며 경찰은 이후의 취재를 완전히 차단했다. 조민희 기자는 처음에 경찰이 공개했던 사진 한 장으로 정유정의 집을 찾아내 사건의 조각들을 이어 붙이며 보도를 주도했다. 하지만 그것은 현장을 뛰는 기자로서 최선을 다한 것일 뿐이지 저널리즘적으로 큰 의미가 있지는 않다고 그는 말했다. 그러면서 '기장 동백항 차량 추락 사건'을 자신의 의미 있는 보도로 소개했다.

2022년 5월 부산시 기장군 동백항에서 여동생이 운전하던 차량이 바다로 추락해 여동생은 숨지고 조수석에 타고 있던 오빠는 탈출해 살았다. 오빠는 뇌종양을 앓는 여동생의 운전 미숙 때문에 사고가 발생했다고 주장했다. 울산 해경과 경찰은 기자들에게 피의사실공표죄를 들이대며 정보를 통제하면서 사건을 숨기려고 했다. 이때 조민희 기자가 사고 직전 운전석에 앉아 있던 오빠가 조수석의 여동생과 자리를 바꾸는 모습이 담긴 CCTV 영상을 입수하여 보도했다. 경찰은 이 보도를 보고 사건을 의심하면서도 단순 사고사인지, 동반 자살 시도인지, 살인인지, 범행 동기는 무엇인지 등을 전혀 파악하지 못해 수사 방향조차 잡지 못하고 있었다. 다시, 조민희 기자는 사고 직전에 오빠가 여동생의 보험금을 올린 사실을 찾아냈으며, 10개월 전 여동생과 비슷하게 차가 강에 빠지면서 숨진 아버지의 시신에서 약물이 검출됐다는 부검 결과서를 입수하여 보도했다. 그 약물은 사망한 여성의 오빠가 사고 직전에 아버지에게 투입한 것과 같은 것이었다. 이 두 사망 사건이 단순 사고사가 아니라 보험금을 노린 살인 및 보험사기 사건임을 조민희 기자가 입증했다. 울산 해경도 조민희 기자의 보도를 보며 수사 방향을 잡았다고 시인했다. 경찰의 정보 통제를 뚫고, 파묻힌 비밀을 들춰내고, 억울한 죽음의 진실을 밝혀내는 보도. 조민희 기자에게 저널리즘은 이런 것이다.

위 기사의 여동생처럼 가슴에 맺힌 한을 풀어주는 신원伸寃은, 저널리즘 교과서에는 없지만 많은 기자가 자임하는 언론의 역할 중 하나다. 안희재 기자도 이용구 사건 특종보다 더 보람 있는 사례로 신원 기사를 꼽았다. 2021년 9월 육군 수도기계화보병사단의 하사가 중사의 거듭된 요구를 못 이겨 함께 계곡에 놀러 갔다가 익사하는 사고가 발생했다. 하사는 물을 무서워해서 물가에도 안 가던 사람이었지만, 중사는 하사에게 물에 빠지면 구해주겠다고 하면서 뛰어들게 했다. 유족은 진실을 요구하며 반 년 넘게 장례를 치르지 않았고, 안희재 기자는 이 사고와 유족의 사연을 여러 번 보도했다. 타사는 여전히 이를 보도하지 않았기 때문에 이슈는 커지지 않았다. 유족이 안 기자에게 보낸 장문의 감사 편지가 유일한 기사 효과였다. 안 기자는 아무도 알아주지 않더라도 누군가를 대신해서 소리를 내는 것이 기자의 역할이라고 믿고 있다.

배움

기자들은 그리 길지 않은 경력에도 소중한 교훈을 많이 얻었다. 예를 들어 변은샘 기자는 돌려차기 특종 보도에 이어 '제3자가 된 피해자' 연속 보도를 하면서 피해자의 서사를 줄거리로 삼아 보도했는데(변은샘, 2023), 이에 대해 그는 기자 준비생 때 '범죄 사건을 피해자 중심으로 보도하라'라는 저널리즘 규범을 배운 덕분이라고 했다. 부산시 부산진구의 노인 공유주택 도란도란하우스를 다룬 '황혼에 만난 마지막 가족'은 네이버가 완독률 중심의 새로운 기사 열독 지표를 제시하면서 사례로 들었던 기사다. 변은샘 기자는 이 두 기사를 통해 인물의 경험을 이야기로 풀어내는 스토리텔링의 위력을 체험할 수 있었다.

신문기자는 현장에서 놓친 사항을 전화로 알아보고 기사에 반영할 수 있지만, 방송기자는 현장을 다시 가지 않는 한 놓친 사항을 리포트에 담기가 어렵다. 그래서 이희령 기자는 "현장에서 할 수 있는 것은 모두 다 해놓자"라는 원칙을 갖게 됐다. 현장에서 끝장을 보자는 식이다. 사소하고 군더더기 같아 보여도 일단 취재하고 영상에 담아 놓는다. 살아 있는 싱크(코멘트)를 구하기 위해 한 사람이라도 더 인터뷰한다. 예를 들어 김포골드라인을 취재하면서 "어마어마하게 무서워. 하나만 넘어지면 다 죽는 거야, 이제. 이런 데가 없잖아, 김포만 이러지. 이런 데서 산다는 게 아주 치가 떨려"라고 말한 한 중년 여성을 영상에 담았다. 이를 본 한 시청자는 "너무 와닿는다 ㅜㅜ 끔찍하다"라는 댓글을 달았다. "와이프 출퇴근 경로인데, 영상으로 보니 울컥하네요", "좁은 열차에 저렇게 끼어 있는 모습이 정말 소름 끼칩니다. 무슨 일이라도 생길까 봐 너무 무서워요"라는 댓글도 붙었다. 생생하게 보여주면 생생하게 반응이 온다, 디테일이 핵심이다, 그 사람에게서만 들을 수 있는 싱크를 따야 한다, 좋은 리포트를 위해선 좋은 취재원이 필요하다…. 이희령 기자가 배운 교훈이다.

기자라고 하면 재바른 모습만을 떠올리겠지만, 기자는 느리고 기다릴 줄도 알아야 한다. 시간이 조금 걸릴 뿐이지 기다림은 반드시 보답으로 돌아온다. 장현은 기자와 조소진 기자는 그 진리를 일찌감치 배웠다. 산재 사고가 나면 기자들은 득달같이 사고 현장으로 달려가고, 망자의 빈소를 찾아가 다짜고짜 유족을 취재한다. 2022년 10월 15일 SPC그룹 계열사인 SPL의 경기도 평택 제빵공장에서 여성 직원이 기계에 끼여 숨졌을 때도 그랬다. 몇몇 기자는 속보에 쫓겨 유족을 무례하게 대했고, 피해자를 측은지심의 프레임으로 다루었으며 사실관계를 끝까지 확인하지 않은 채 서둘러 보도했다. 유족은 곧장 취재를 거부했다. 장현은 기자는 빈소를 방문한 첫날 피해자의 어머니를 만나 몇 가지 정보를 얻었지만, 비보도 요청을 받고 그대로 지켰다. 둘째 날에 '이런 사고가 반복되지 않도록 어머니의 말씀이 필요하다'라는 메모를 적어 어머니에게 전했지만, 여전히 어머니는 비보도를 요청했다. 이틀 뒤, 봉안당에서 마주쳤을 때 어머니가 먼저 장 기자를 불러 "이대로는 억울해서 안 되겠다"고 말하며 딸이 일하면서 고통을 하소연했던 카카오톡 메시지를 다 보여주었다. 그날 이후 이 사건 보도는 장 기자가 도맡았다. 장 기자는 기자 준비생 때 '취재원을 윽박지르기보다 설득하라'라고 배웠다. 서두르지 말고 기다려라, 한 번 뚫리면 일사천리다. 그가 얻은 교훈이다. 조소진 기자도 이와 유사한 경험을 했다.

이태원 참사가 발생하고 몇 시간 지나지 않은 2022년 10월 30일 새벽에 한국일보 사회부는 기자 전원 현장 투입을 결정했으며 탐사팀의 조소진 기자도 오전 10시쯤 강북삼성병원에 불려 나와 영안실에 환자 1명이 와 있음을 확인했다. 조 기자는 유족을 만나야겠다고 생각하고 병원 1층 로비에 서 있던 중에 휘청거리는 한 사람을 발견했다. 그 사람과 함께 온 친구를 통해 그가 사망한 딸의 아버지임을 알게 됐으나 지금 너무 힘들어하니 조금 기다려 달라는 친구의 말을 듣고 기다리기로 했다. 강북삼성병원에는 장례식장이 없어서 유족은 사망진단서를 받아 타 병원으로 가야 하는 상황이었다. 오후 1시쯤 아버지가 서류 봉투를 손에 쥐고 원무과에서 나오다가 쓰러지려고 하자, 조 기자가 달려가 아버지를 끌어안았다. 작은 체구의 아버지는 온몸으로 울었고, 조 기자는 "괜찮으신가요?"라고 나지막이 물었다. 그러면서 자기가 기자이며, 힘든 상황에 말을 걸게 되어 죄송하지만, 이것이 자기의 역할이라고 하면서 어떤 따님이었으며 언제 연락을 받았는지 알고 싶다고 말했다. 그러자 아버지는 딸의 카카오톡 대화방을 모두 보여주었다. 조 기자는 그 상황에서 카카오톡 화면을 촬영해야 하는 자기가 너무도 싫었지만, 그래도 아버지의 허락을 받고 사진을 찍었다. 기사는 10월 31일 보도됐으며 그 기사를 본 윤석열 대통령이 11월 1일 경기도 부천시에 마련된 빈소를 방문했다. 그날 밤, 조소진 기자도 빈소를 방문하여 포스트잇에 "따님의 가는 길을 배웅하고 싶다"고 적어 아버지에게 전했고, 아버지는 빈소 입구로 나와서 조 기자에게 "우리 딸이 마지막으로 차린 식사이니 꼭 먹고 갔으면 좋겠다"고 답했다. 아버지가 혼자 키운 딸이었으며 아버지에게 골수이식을 해준 딸이었다. 이후 조 기자는 아버지와 문자메시지를 주고받으며 딸의 사십구재에도 갔다. 그해 연말에 아버지와 남동생이 사는 집에서 저녁을 함께 먹었으며, 다음 해 설날과 어버이날엔 조 기자가 아버지에게 케이크와 카네이션을 선물했다. 아버지는 '이태원 참사 유가족 협의회'에 참여하지 않은 채 홀로 외로움을 이기고 있다.

그날 조 기자는 아버지를 만나려고 3시간을 기다렸다. 그 취재가 안 된다면 다른 병원으로 이동해야 할 상황이었다. "사망진단서를 손에 들고 쓰러지는 아버지를 보자마자 그냥 내 몸이 움직였습니다. 아버지도 로비를 오가면서 하염없이 자기를 바라보며 서 있는 저를 봤을 겁니다. 다른 직업은 도저히 경험할 수 없는, 너무나 잔인한 경험이었습니다." 조소진 기자는 한국일보 전설의 대선배 안병찬의 '주인공 추적 취재법'처럼 평생을 두고 이 아버지를 추적하는 기사를 써보려고 한다 (김영희, 2020 참조). 부모가 자식을 잃었을 때 어떻게 무너지며, 또 어떻게 참척의 슬픔을 딛고 일어서는가가 기사 주제다.

2. 직장 일과 자기 생활

고충

기사만 안 쓰면 기자는 최고의 직업이라고 하지만, 이들에겐 기사 쓰기가 최고의 낙이다. 그래도 그것은 어떤 기사를 쓰느냐에 달렸다. 정치부는 많은 기자가 선호하는, 편집국장이나 보도국장으로 가는 징검다리 부서다. 예나 지금이나 유명하고 영향력 있는 언론인은 거의 모두 정치부 출신이다. 그런 정치부에서 조소진 기자는 별 재미를 못 봤다. 수습 기간을 끝내고 곧바로 정치부 정당팀 말진에 배치되어 정치인을 따라다니며 주로 그들의 말을 듣는 일을 했다. 처음에 분명히 A라고 말했다가 이후에 다시 질문하면 자신에게 유리하게 A'로 바꿔 말하는 정치인들을 보면서 "도대체 뭐가 진실일까?"라는 생각이 들었다. 정치기사는 기자의 발이 아니라 정치인의 말로 쓰는 기사였다. 실체적 사실을 찾기보다 정치인들끼리 말싸움을 붙이고 있는 것 같았다. 왜 밤마다 몸 버려가며 그들과 술을 마셔야 하는지 의문도 들었다. 무엇보다도, 기자가 정치인에게 휘둘린다는 점이 싫었다. "자칫 잘못하다간 기자가 플레이어가 되기 쉬운 곳"이 정치부였다. 자기한테 맞지 않는 가면을 썼으니 힘들 수밖에 없었다.

공병선 아시아경제 기자는 "하고 싶은 일을 하지 못할 때가 제일 괴롭다"고 했다. 그는 올 초에 사건 전담기자가 줄면서 일상적 업무만으로도 녹초가 됐기 때문에 자기가 취재하고 싶었던 아이템은 손도 대지 못했다. "아무리 힘들어도 내 일을 할 수 있다면 버틸 수 있는데…" 공 기자의 말이다. 못마땅한 일을 억지로 해야 하는 경우는 어떨까? 일을 하다 보면 부장이 시켜서 기사를 쓸 때가 있는데, 상황이 이해되면서도 자존심이 상한다. 모 기자는 그런 지시를 받을 때 제일 힘 빠진다고 했다. 또 다른 기자는 별 아이템이 아닌데도 굳이 기사로 쓰라는 지시를 따라야만 할 때 가장 마음이 상한다고 했다. 그럴 때 "마루타 느낌이 든다"고 말한 기자도 있다. 안희재 SBS 기자는 이와 조금 다른 고충을 얘기했다.

8월 3일 저녁 7시 안희재 기자와 인터뷰하면서 기자의 괴로움을 물어보자, 그는 바로 조금 전에 그런 일을 겪었다고 털어놨다. 그날 오후 5시 56분 최원종은 수인분당선 서현역과 연결된 AK플라자 백화점 앞 보도에서 2명을 죽이고 12명을 다치게 했다. 이런 사건이 터지면 시민들이 휴대전화로 찍어 제보한 현장 영상이 기자들 사이에 도는데, 영상의 가치를 판단하려면 일단 파일을 열어서 직접 봐야 한다. 이날도 안 기자는 시민들이 보내준 서현역의 그 영상을 봤다. 최원종이 차로 사람들을 덮치고, 사람들은 차에 부딪히고 깔리고, 그가 회칼로 사람들을 긋고 찌르고, 사람들은 배와 등을 칼에 찔리고 베여 피를 흘리며 바닥에 쓰러지는 장면이 생생하게 담겼다. 이것이 '묻지마 살인'의 실체다. 그간에 안 기자는 사람이 차에 부딪혀 튕겨 나가고, 옥상에서 떨어지고, 불타고, 피 흘리는 모습을 많이 봤다. 그는 트라우마를 달고 산다. 싫지만 그런 장면을 봐야 하고, 그러면서도 그것을 추구해야 하는 게 방송기자의 숙명이다. 그는 이 감정의 해리가 가장 괴롭다고 말했다. 이비슬 기자도 감정의 해리를 언급했다.

2022년 10월 29일 시민 159명이 사망한 이태원 참사는 한국 언론

역사상 기자들이 가장 심하게 트라우마를 겪었던 사건이다. 구급대원이 길바닥에서 숨을 못 쉬는 사람에게 심폐소생술을 하고, 시신이 길거리에 널브러져 있고, 아버지가 딸을 찾으려고 미친 듯이 뛰어다니고, 병원을 찾아온 어머니가 펄쩍펄쩍 뛰면서 우는 장면만으로도 많은 기자는 충격을 받고 트라우마를 호소했다. 그 와중에 이비슬 뉴스1 기자는 자기의 또 다른 모습을 보게 됐다. 취재수첩에 '어머니 쓰러짐', '유가족 오열'이라고 적던 그 모습. "울부짖는 어머니를 붙잡고 '어떡해요, 어머니…'라며 함께 우는 기자도 있는데, 저는 그 순간을 기록하는 것이 프로라고 배웠어요. 인간은 슬픔에 울고 기쁨에 웃어야 하잖아요? 그렇지 않으면 인간이 아니죠." 이비슬 기자는 인간으로서 자신에게 솔직할 수 없었던 그 상황에 감정의 해리를 겪었다고 했다. 하지만 이내 다른 일로 바빠지면서 그 고통의 기억은 잊었다. 그래서 자기는 괜찮다고 생각했는데, 회사의 권유로 정신과 병원에 가보니 스트레스, 불안, 우울 증상이 최고치로 나왔다. 의사는 일기 쓰기를 제안했다. 이 기자는 큰 사건, 특히 빈소를 취재한 날은 펜 잡을 힘이 없을 정도로 녹초 상태여도 꼭 일기를 쓴다. 향냄새, 국화꽃 냄새, 육개장 냄새, 검은색 옷, 울부짖음, 기자를 바라보는 유족의 차가운 눈빛, 모욕적인 말로 야단맞고 쫓겨났던 기억을 글로 적는다. "그렇게 다 쏟아내고 닦아내야 하루를 마칠 수 있어요. 살려고 그렇게 하는 것 같아요." 이비슬 기자의 고백이다.

술자리

기자의 고충 중 하나는 워라밸work and life balance이 잘 안 된다는 점인데(장덕진, 2021), 주된 원인 중 하나는 저녁 이후의 삶이 없기 때문이다. 아직도 많은 기자는 저녁에, 그리고 밤늦도록 사람들을 만나 식사하고 술을 마신다. 그런 자리를 취재원과 갖기도 하지만, 자기 회사나 타사의 선후배와 하는 경우도 많다. 회식과 술자리는 기자의 즐거움이

자 괴로움이다.

안희재 기자는 사회부 법조팀을 거쳐 현재 정치부 정당팀에 있으면서 취재원과 저녁 자리를 가지는 날이 많았다. 언론사를 불문하고 저녁에 취재원과 가장 많은 시간을 보내는 기자들이 이 두 팀이다. 다른 기자들도 그에 못지않게 저녁에 취재원을 만난다. 조응형 동아일보 기자는 6개월 전에 경제부로 와 기재부를 맡게 되면서 세종시 오피스텔에 혼자 산다. 대개 목요일 밤에 서울 본가로 왔다가 일요일에 다시 세종시로 간다. 그래서 월, 화, 수요일 내리 3일은 모두 저녁 자리가 잡혀 있다. 주로 기재부 사람들과 두세 시간 동안 밥 먹고 술 마시며 일상과 업무를 얘기한다. 조 기자나 기재부 사람들은 술을 적당히 마시는 편이지만, 세게 마시는 기자와 취재원도 많다. 여전히 기자가 술을 잘하면 일하기 편하다.

조선일보 사회부 기동팀의 구아모 기자는 주 3~4회 술자리를 가진다. 주로 경찰관과의 자리이며 회사 선배들과 회식하거나 자기가 후배를 챙기는 자리도 있다. 20대 후반인 구 기자가 만나는 경찰관은 대개 40~50대 과장급 아저씨들이어서 삶의 접점이 적고 할 얘기도 별로 없다. 그래도 이들과 안면을 트고 친숙해지려고 만나는데, 구 기자가 술을 제법 잘하니까 분위기가 좋다고 한다. 그래서 구 기자도 무리하게 되고, 술자리는 새벽 3시까지 가기도 한다. "그런 날은 '차력 쇼'를 한 기분이 든다"고 구 기자는 말했다. 대화거리도 없는데 줄곧 술을 마시며 '한번 붙어보자'는 식으로 기 싸움을 하는 날이다. 그 덕에 속을 많이 버렸다. 장현은 한겨레 기자도 술에 지지 않는 편이어서 저녁 자리가 많다. 취재원들은 체구가 작은데도 술을 끝까지 마시는 장 기자와 즐겁게 잘 어울린다. 장 기자도 그런 자리가 반갑지만, 술을 마실 때는 마시고 안 마실 때는 안 마시는 쪽으로 분명한 원칙을 세웠다.

기자 중에는 알코올의존증을 보이는 사람들이 제법 있다. 그런 사람을 보면, 일이 아니라 술을 마시기 위해 회사에 다닌다는 느낌을 받는다. 변은샘 부산일보 기자는 술을 싫어하지 않는 편이라고 말하면서도 많은 부분을 술로 해결하려는 기자 문화의 지속가능성에 의문을 표했다. 과음하면 당연히 몸에서 이상 반응이 온다. 그럴 때면 "'내가 뭘 하고 있는 거지?'라는 식으로 '현타'가 온다"고 그는 말했다. 기자들은 취재를 위해 술자리를 갖는다고 하면서도 종종 취재원이 아니라 자기 회사 사람들과 술을 마신다. 조민희 부산MBC 기자는 입사 첫해에 주 3회 이상 그런 자리를 가졌다. 선배에게서 회사 정보와 취재 조언을 듣고 덕담이 오가는 좋은 자리였다. 무지막지하게 과음해도 다음 날 예외 없이 정상적으로 근무했다. 하지만 2년차만 돼도 그런 술자리는 별 의미 없는 반복임을 알게 된다. 술을 못 하지 않으며 술자리 대화도 좋아하지만, 의미 없는 대화는 질색이다. 3년차인 지금, 조 기자는 그런 술을 다 받아먹을 필요는 없다고 생각한다. '일과 일상이 함께 가야 한다. 내가 중심을 잡아야 한다.' 조 기자의 좌우명이다.

운동

낮에 단내나도록 일한 것도 모자라 새벽까지 술자리를 갖는데 몸에 아무 이상이 없다면 그 사람이 이상한 사람이다. 노동이 과하면 몸도 마음도 망가지기 마련이다. 기자들의 탈진이나 심리적 소진은 어제오늘의 일이 아니며(김동률, 2009; 정재민·김영주, 2011; 한국언론진흥재단, 2021), 그로 인해 직무 만족도가 떨어지고 이직 의도는 높아진다는 연구가 이미 나와 있다(박재영 외, 2016; 조재희, 2019). 인터뷰했던 기자 상당수도 '번 아웃burn out'이나 '방전'을 언급했다. 이비슬 기자는 사회부에서 한창 일할 때의 배터리 효율은 입사 초기의 50%밖에 안 됐다고 말했다. 공병선 기자는 "너무 갈아 넣으면 발제 애정이 없어진다"고 했다. 아이템 발제야말로 열정의 증거인데, 그게 없어진다면 기자정신도 사라진다는 뜻이다. 몇몇 기자는 인터뷰하는 동안 구체적인 질문을 받으면 기억이 잘 안 난다고 하면서 휴대전화와 노트북컴퓨터를 찾아

봤다. 그중 한 명은 농담처럼 "기억하지 못할 정도로 일을 많이 한다"고 했다. 주니어 기자 대다수는 조로 상태였는데, 한국 언론계와 개별 언론사의 미래 차원에서 숙제라는 느낌이 들었다. 이런 상황이 회사 차원에서 개선될 가능성이 작다는 점에서, 기자 개개인이 뭐라도 해야 할 것 같았다. 그래서 개인적으로 어떤 노력을 하는지 물어봤다.

이비슬 기자는 뉴스1 소속이어서 여느 기자들보다 비상이 걸리는 날이 많다. 사건이 터지면 처음에 속보 쓰고 이어서 상보 쓰고, 종합 1, 2, 3보까지 쓴다. 이게 한 세트인데, 이걸 하고 나면 3시간이 후딱 지나간다. 가만히 앉아 있어도 땀이 나고 심장이 동동 뛴다. 일이 몰렸을 때 두 세트, 세 세트도 해봤다. 그는 "하루 체력이 100인데 150을 쓰니 야밤에 귀가하면 진짜 팍 쓰러져서 아무것도 할 수가 없고 숨도 깔딱깔딱 쉴 정도"라고 말했다. 겨우 씻고 잠드는데, 다음 날 6시부터 똑같은 하루를 또 보내야 한다. 생존을 위해 무언가를 할 수밖에 없었다. 주중에 시간을 내지 못하므로 주말에 몰아서 집 근처 헬스장에서 운동을 한다. 컴퓨터 키보드를 하도 두드리느라 상체가 구부정해져서 어깨와 팔 운동을 많이 하며 허벅지 근육 단련도 한다. 운동을 하니 '에너지 탱크'가 커진 느낌이 든다고 했다. 공병선 기자는 저녁 방송뉴스를 모니터하고 회사에서 오는 전화까지 다 받고 나면 밤 10시쯤 일과가 끝난다. 그때부터 40분간 집 근처 정릉천의 산책로 5~6킬로미터를 달린다. 대학생 때부터 해오던 습관이다. 저녁에 시간을 낼 수 없다면 아침 운동이 좋은 선택이다. 조응형 기자는 6시쯤 일어나 세종시 공유자전거 '어울링'을 타고 10분 거리의 기재부 헬스장으로 가서 1시간 동안 운동을 한 뒤 세수와 면도 등 출근 준비를 끝낸다. 대개 전날 저녁에 식사 자리를 가졌기 때문에 영양 과다 상태이므로 아침밥은 거른다. 정신을 멀쩡하게 유지하는 데도 공복이 좋다고 했다.

조소진 기자는 사회부 탐사팀 시절에 기사 마감 때마다 사나흘 연속 밤샘을 하면서 체력 저하를 실감했다. 이대론 안 되겠다 싶어서 스쿼시를 배웠으며 세종시 기재부로 가서는 테니스를 치기 시작했다. 정부세종청사엔 테니스 코트가 잘돼 있어서 테니스 치는 기자들이 많다. 이희령 JTBC 기자는 체력이 안 되면 기자 일을 계속할 수 없을 것 같아서 운동을 시작했다. 밀착카메라 요일 중에 이희령 기자의 방송이 나가는 날은 목요일이고, 그다음 주 월요일에 자기 아이템이 확정되므로 이 두 요일의 저녁 시간이 그나마 여유로워서 이때 발레를 배우러 간다. 밀착카메라팀 이전에는 주 2회 수영을 배웠다. 변은샘 기자는 그간에 수영과 필라테스 등 여러 운동을 해봤다. "운동을 하지 않으면 모든 게 망가진다"고 믿으면서도 한 가지를 꾸준히 하지 못하는 자신에게 불만이 있다. 구아모 기자는 "기자들은 일의 맺고 끊음이 분명치 않으므로 적절하게 스위치를 꺼서 뇌를 다른 쪽으로 활성화할 필요가 있다"고 말했다. 그는 주 1회 1시간 30분 동안 댄스 학원에서 전신을 스트레칭하고 발놀림과 손놀림 위주의 왁킹waacking으로 몸을 푼다.

기자 누구나 언론사 시험 준비생 시절과 낙방의 경험이 있다. 언론사 시험은 많이 떨어져본 사람이 결국 붙는다지만, 낙방의 순간은 괴롭기 그지없다. 조민희 기자는 부산 출신이라 조선일보 인턴기자를 하면서 서울 생활을 시작하여, 인턴 후에도 약 9개월간 고시텔에서 혼자 살았다. 그러던 중 언론사 3곳에서 한꺼번에 낙방 통보를 받은 날, 그는 고시텔 옥상에 우두커니 서서 언제까지 이렇게 살아야 하는지, 이쯤에서 귀향해야 하는 것은 아닌지 심각하게 고민했다. 일은 안 풀리고 정신은 흔들려서 마음을 다잡아야 했는데, 그전에 몸을 챙겨야겠다고 생각하여 운동을 시작했다. 지금은 운동이 일만큼이나 중요한 일과다. 아침 6시 헬스장에서 유산소 운동을 하고, 저녁 8시 퇴근 후엔 집에서 유튜브를 보며 요가를 한다. "몸이 무너지면 마음이 힘들고, 마음을 가다듬지 못하면 일도 할 수 없다." 조민희 기자는 육체가 정신을 지배한다고 믿는다.

공부

기자 직업도 하나의 삶이고 생활이다. 아무리 일에 중독된 기자라 하더라도 카페에서 커피를 즐기고, 영화를 보고, 친구를 만나고, 간혹 여행도 다닌다. 안희재 기자는 시간이 나면 혼자 드라마를 보거나 한강 자전거길에서 '따릉이'를 탄다. 사람과 부대껴야 하는 일상에서 최대한 벗어나보려는 심산이다. 공병선 기자는 최근에 영화 <스포트라이트>를 다시 봤다. 미국 가톨릭 사제들의 아동성추행 사건을 들춰내 2003년 퓰리처상을 받았던 『보스턴글로브』 탐사보도팀을 그린 영화다. 그는 자기가 왜 기자를 하고 싶었는지 잘 기억나지 않아서 이 영화를 다시 봤다고 했다. 이비슬 기자는 방에 빔프로젝터와 스크린을 설치하여 영화를 보는데, 목적이 색다르다. 일이 많거나 야근이 걸린 날, 자정까지 전화 통화를 하며 열을 올리고 귀가하면 새벽 3시가 넘도록 잠을 이루지 못한다. 이때 <라라랜드>나 <리틀 포레스트> 같은 조용한 영화를 30분 정도 보면 몸의 열기가 식고 스르르 잠이 든다. 같은 장면을 100번이나 봤지만, 개의치 않는다. 영화관처럼 어두컴컴한 데서 영화를 봤다는 게 중요하기 때문이다.

변은샘 기자는 매일 성장하는 사람이 되고 싶었는데, 게으르다 보니 그것을 강제할 수 있는 직업을 찾다가 기자가 됐다. 그는 매일 책을 한 페이지라도 읽는다. 서점에서 사거나 부산시 수영구립도서관에서 빌려 읽는다. 사회과학 서적이든 소설이든 가리지 않는다. 최근에는 이라영 작가의 『말을 부수는 말』을 읽었다. 안희재 기자는 정치부에서 일하며 차가운 글만 계속 보게 되는 것 같아 중화 차원에서 최은영의 『쇼코의 미소』와 같은 가벼운 소설을 즐겨 읽는다. 조응형 기자도 기재부를 맡고서 숫자만 보다 보니 스토리를 읽고 싶은 반작용이 생겨서 최근에 다시 소설을 읽는다. 그는 양귀자의 『모순』이나 『나는 소망한다 내게 금지된 것을』 같은 소설은 여성 서사를 넘어 인물 묘사이며 인간 탐구라고 했다. 기재부의 정책도 결국 사람이 하는 일이라는 점에서, 그는 담당자의 캐릭터를 통해 정책을 이야기로 풀어내는 기사를 써보려고 한다. 구아모 기자는 기사를 쓰다 보니 어느새 글의 호흡이 빨라졌으며 휴대전화 때문에 주의력도 흐트러져서 책을 읽게 됐다. 수습기자 때는 긴 책을 읽을 시간이 없어서 최승자나 안희연의 시집을 읽었고, 요즘 엔 성격이 정반대인 두 종류의 책을 주말에 몰아서 본다. 인터뷰를 했던 날이 마침 토요일이라 인터뷰 후에 카페에서 읽으려고 책 두 권을 가방에 넣어왔다. 한 권은 존 윌리엄스의 장편소설 『스토너』인데, 안희재 기자도 그랬듯이 매일 직업적으로 보는 딱딱한 글을 중화하기 위한 용도다. 나머지 한 권은 2019년 성착취물을 제작·유포했던 n번방을 들춰낸 '추적단 불꽃'의 르포에세이 『우리가 우리를 우리라고 부를 때』 였다. 그는 취재 기법을 배우기 위해 기자가 쓴 책을 즐겨 읽는다고 했다. 조민희 기자는 저녁 8시 넘어서 귀가하면 1시간 동안 요가를 하고 책을 본다. 기자 준비생 때 읽었던 사회과학 서적을 요즘 다시 꺼내 읽는다. 리처드 윌킨스와 케이트 피킷의 『불평등 트라우마』 같은 책은 개별 사안에 매몰되기 쉬운 기자에게 '사회를 움직이는 큰 판'을 알게 해준다고 했다. "기자의 요체는 문제의식인데, 그걸 갖추려면 책을 읽어야 하지 않나요?" 그는 독서는 데스크 설득용으로도 좋다고 했다.

몇몇 기자는 모임을 만들어서 함께 책을 읽거나 공부한다. 공병선 기자가 가입한 독서 모임은 기자, 기자 준비생, 대학원생 등 6명이 매달 책 두 권을 읽고 독후감을 써서 토론한다. 최근에는 마누엘 푸익의 『거미 여인의 키스』와 수 클리볼드의 『나는 가해자의 엄마입니다』를 읽었다. 클리볼드는 1999년 미국 콜럼바인고등학교에서 총기를 난사하여 학생과 교사 13명을 죽이고 자살한 가해자 2명 중 한 명의 어머니인데, 사건의 발생 이유와 가해자 스토리 및 가해자 가족의 슬픈 고백을 책에 담았다. 확실히 이야기 형식의 글이 흡인력이 있음을 알게 됐다. 여유 시간이 없다고 하면서 왜 굳이 책을 읽느냐고 묻자, 그는 이렇게 답했다. "이거라도 안 하면 정말 의미를 찾기가 힘들어요. 직장인이 되기 싫어서 이러는 것 같습니다. 기자는 어떤 건지 잘 모르겠는데 직장인은 어떤 건지 알거든요."

공부 모임이라면, 장현은 기자는 중독자다. 우선, 지인과 매달 책 한 권을 읽고 독후감을 써서 카카오톡에 인증하는 독서모임을 한다. 최근에 장은교 전 경향신문 기자가 자신의 역작 기사를 동명의 책으로 펴낸 『우리가 명함이 없지 일을 안 했냐』를 읽었다. 타사 선배 주도로 여러 언론사 기자 10명이 한 달에 한 번 만나는 '국제경제스터디'는 자기 취재 분야가 아니지만 배워두면 좋을 것 같아서 일단 가입했다. 최근에는 코빗리서치센터 센터장을 초청하여 가상화폐 쪽 얘기를 들었으며 기자 출신 회계 전문가의 기업공시와 관련된 특강도 들었다. 한겨레 사내 모임 2개에도 가입했다. '사회정책공부모임'은 사회정책부 기자들과 이창곤 논설위원이 함께하는 독서모임으로서 힐러리 코텀의 『래디컬 헬프』와 김용익의 『복지의 문법』과 같은 현대 복지의 문제점과 개선책을 다룬 책을 읽는다. 또 다른 사내 모임인 '조직소통모임'은 다양한 연차의 선후배 7명이 모여서 소통 방안과 리더십을 공부한다. 동기들과 모임을 구성해 데이터저널리즘 강의를 듣거나 '밀리의 서재'에 가입하여 월정액을 내고 원하는 책을 골라 읽기도 한다.

요즘 이희령 기자는 새로 영어 공부를 시작했다. 우연히 소셜미디어에서 한 영어 번역가가 영문법을 공부할 사람을 모은다기에 동참했는데, 번역가가 정해준 문제집을 풀고 카카오톡에 인증하는 식으로 공부한다. 참여자 8명은 대학생, 직장인, 퇴사자 등으로 다양하며 모두 모르는 사람들이다. 또한 CNN이나 BBC 등 해외 유명 방송을 보면서 기자 스탠드업이나 르포 취재와 같은 방송뉴스리포팅 공부도 많이 한다.

구아모 기자는 서울경제신문에서 1년 일하다 조선일보에 '중고 신입'으로 입사했다. 선배에게서 모든 걸 배울 수 없으며, 취재 노하우는 잘 전수되지 않는다는 사실을 두 신문에서 경험했다. 그래서 어느 회사 소속이든 마음에 드는 선배를 찾아다니며 취재를 공부한다. 취재를 배우려고 선배를 취재하는 식이다. 서울경제신문 법조팀에서 일하며 전직 법조 담당인 조권형 기자(현 동아일보 정치부)를 따로 만나 기획부동산 분야의 취재 기법을 물어보았으며, 경향신문 법조기자인 전현진 기자도 개인적으로 여러 번 만나서 판결 기사의 새로운 구조와 글쓰기를 배웠다. 기자들이 자기 홈페이지나 언론상 지원서에 적은 취재기를 찾아 읽는 것도 잊지 않는다. 구 기자는 학생 때 읽었던 장은교 전 경향신문 기자의 미아리텍사스 약사 이미선 씨 기사를 잊지 못해 2021년 초에 기자 신분으로 이미선 씨를 찾아갔던 적이 있다. 그때 이미선 씨는 장은교 기자가 사전에 거의 모든 것을 취재한 상태에서 자기를 만나러 왔더라고 알려주었다. 무엇이 취재의 전범인지를 그렇게 알게 됐다.

조소진 기자는 경제부 배속이 처음이며, 그것도 가장 어렵다는 기재부에 배치되는 바람에 공부할 게 무척 많다. 세종시에 온 후에 생긴 습관 중 하나는 밤 10시에 귀가하여 그날의 기사 원고 3개를 비교하는 일이다. 낮에 자기가 쓴 원고와 팀장의 1차 첨삭 원고, 부장의 최종 첨삭 원고를 출력하여 기사 구조와 표현 면에서 수정되거나 삭제·보완된 부분을 펜으로 표시하고 메모한다. 기재부 기사의 문법을 배우는 셈인데, 사안을 종합적 시각으로 바라보면서 '살을 붙이는' 팀장과 부장의 안목에 놀랄 때가 많다. 종전의 탐사팀 때와 달리, 기재부에서는 공개된 정보에서 인사이트를 뽑아내는 경쟁을 배우고 있다. 과거 기사를 검토하는 공부도 한다. 세법 개정안과 같은 큰 건이 예정돼 있으면, 한국일보의 과거 3년간 관련 기사를 뽑아서 미리 공부해둔다. 취재원을 만날 때마다 기재부를 공부하려면 무엇을 해야 하는지 물어보는 것도 하나의 습관이 됐다. 이재면 기재부 조세정책과장을 처음 만났을 때도 책을 추천해달라고 했으며 김낙회의 『세금의 모든 것』을 추천받아 밑줄을 그으며 읽었다.

인간관계

일반적으로 회사나 조직 생활에서 만족 또는 행복의 중요한 요인은 인간관계다. 언론사도 마찬가지일 텐데, 인터뷰했던 젊은 기자들은 모두 선배나 에디터와의 인간관계가 가장 중요한 요인이라고 했다. 예를 들어 이희령 JTBC 기자 같은 방송기자는 공동 작업을 하므로 여러 사람과의 협업이 제일 중요하다. 호흡이 잘 맞는 카메라기자와 현장 취재를 나가면 일이 즐겁다. 현재는 VJ, 영상편집팀과도 호흡이 잘 맞아서 만족도 최고의 상태다. 모 기자는 어느 부서에서 일하느냐보다 누구와 일하느냐가 훨씬 더 중요하다고 말했다. 함께 일하는 선배의 영향력이 지대하다는 뜻이다. 기자마다 자기 고유의 일하는 방식이 있을 텐데, 어떠한 사안도 놓치지 않고 챙기는 타입이 있는 반면에 일의 경중을 가려서 중요한 일은 확실하게 챙기고 사소한 일은 과감하게 버리는 타입도 있다. 후배들은 후자를 조금 더 선호할 수 있다. 그렇다고 빡빡한 선배가 마냥 회피 대상은 아니다. 장현은 기자는 초창기에 일 잘하는 선배 밑에서 정말 빡센 훈련을 받았지만, 추후의 홀로서기에 큰 도움이 됐다고 말했다.

후배를 챙겨주는 선배라면 더 바랄 나위가 없다. 이비슬 뉴스1 기자는 후배를 보살피고 칭찬하는 선배를 따를 수밖에 없더라고 했다. 입사 후 산업부에 배치되어 당황하던 어느 날 오전, 같은 부서의 선배인 박동해 기자는 기업을 어떻게 취재할 거냐고 물었고 이비슬 기자는 제대로 답하지 못했다. 그날 오후에 박동해 기자는 이비슬 기자에게 『기업 공시 완전정복』이라는 책을 사주며 읽어보라고 했는데, 이비슬 기자는 지금까지도 그것을 잊지 못한다고 했다.

"결국 좋은 선배 밑에서 좋은 후배가 나옵니다." 이 말을 한 모 기자는 주니어 때 바쁜 와중에도 짬을 내서 심층 기획을 해봤던 선배는 후배에게도 자기처럼 할 수 있는 기회와 시간을 주며 취재 노하우도 전수해주더라고 덧붙였다. 그러면 선순환이 이루어져서 뉴스룸은 더 탄탄해진다. 그와 반대로, 하루하루 마감에 급급하기만 했던 선배는 후배를 키울 생각조차 하지 않는다. "특히 부장이 기자의 만족도에 결정적입니다. 부장과 마음이 맞지 않으면 반발감이 생기고, 무기력해지고, 일하기 싫고, 불만만 쌓입니다." 모 기자가 한 말이다.

선배 입장이 돼보면, 함께 일하는 후배가 만족도의 중요한 요인이다. 조응형 기자는 2022년에 코로나19 백신의 위험성을 다룬 '접종의 책임' 기획을 후배 3명과 함께했는데, 특별팀이 꾸려진 게 아니라 각자 자기 출입처 일을 원래대로 하면서 짬짬이 기획 일을 병행했다. 그러던 어느 주말에 지시하거나 부탁하지도 않았는데 후배들이 스스로 회사에 나와 '자기 시간을 갈아 넣는' 모습을 보면서 조응형 기자는 큰 기쁨과 배움을 동시에 느꼈다. 조 기자는 다른 사람의 모범적인 모습에서 에너지를 얻는 타입이라 열심히 일하는 선후배와 공무원을 보면 자기도 그렇게 된다고 했다.

3. 직업적 목표와 전망

목표

요즘 많은 기자가 부장이 되고 싶지 않다고 대놓고 말한다. 회사에서 내근하는 선배들을 보고 있자니 한숨만 나오고, 저렇게 종일 매사에 노심초사하며 살고 싶지는 않다는 생각이 든다. 안희재 SBS 기자는 현장에서 일할 수 있을 때까지 일하는 게 목표다. 후배에게 욕 안 먹는 선배, 후배가 배울 게 있는 선배가 되고 싶기도 하다. 기사 댓글이나 기자에게 오는 이메일을 안 보는 기자들이 있지만, 안 기자는 거의 다 본다. "기분 좋은 것만 볼 수는 없어요. 기자를 비난하는 말을 적는 것도 시청자의 정성이라고 생각합니다. 그걸 읽는 것도 기자의 임무입니다." 안 기자의 말이다.

구아모 조선일보 기자의 목표는 '인생 기사'를 쓰는 것이다. 좋은 기사, 재밌는 기사, 많이 읽히는 기사, 없던 것을 새로 만들어내는 좋은 기획기사가 그런 기사일 것이다. 조민희 부산MBC 기자는 사람들이 믿을 수 있는 기자가 되고 싶다고 했다. 조소진 한국일보 기자는 '저 기자의 기사는 믿고 볼 수 있다. 취재는 확실하게 하고 썼다'는 말을 듣고 싶다고 했다. 변은샘 부산일보 기자는 '시민과의 접촉면'을 강조했다. 기사에 공감하는 시민이 많을수록 기사의 폭발력은 커질 것이다. 대개 한겨레 지원자는 한겨레 외의 언론사에는 별로 관심이 없는데, 장현은 기자도 한겨레가 '원픽one pick'이었다. "한겨레에서 하고 싶은 일을 공책에 한 장 넘게 적어두었는데, 지금은 많이 잊어버렸습니다. 초심을 유지하기가 이렇게 어렵네요." 기자 누구나 그렇듯이, 장 기자도 처음에 긴장했다가 조금 지나니 익숙해졌고, 앞으로 몇 년이 더 지나면 더 그럴지 모른다. 그는 "그런 매너리즘이 가장 두렵다"고 말했다. 묵혀서 봐도 좋을, 오래도록 읽히는 기사를 쓰는 게 그의 목표다. 영화감독처럼 도입과 엔딩까지 잘 아는 기자, 다른 사람들이 특수성 있는 사안을 찾을 때 보편적 이야기 속에서 특수성을 끌어내는 기자가 되고 싶다고 했다. 또한 사실을 주장하지 않고 보여주는 기사와 같은 좋은 보도가 수익을 만들어내고, 그 수익이 다시 좋은 보도에 투자되는 선순환을 강조했다. 변은샘 기자의 좌우명은 '멈춰 있지 말자, 내 세계에 갇혀 있지 말자'이다. 변 기자는 자기가 기자라는 직함에 함몰될까 걱정한다. 그러지 않기 위해 매일 자신에게 새로운 자극을 주려고 한다.

조응형 동아일보 기자는 기자 준비생 때 글 잘 쓰는 기자가 되고 싶다고 말한 적이 있는데, 글쓰기에 관심 있는 기자는 의외로 거의 없음을 알게 됐다. 그는 취재원에 대한 어지간한 정보를 거의 모두 구글 독스Googlel Docs에 저장한다. "점심시간 직후에 만났는데 이어폰 꽂고 음악 듣고 있었음. 그간에 중매를 많이 섰음. 운동 좋아함. 와인 애호가. 세종시에 혼자 사는 국장인데, 자기가 방바닥을 닦아야 한다고 푸념…" 최근에는 요리 취미를 살려서 일요일 저녁에 지인 기자와 기재부 공무원을 초대하여 저녁밥을 함께 먹는다. 기자나 기재부 공무원 가운데 세종시에 혼자 사는 사람은 일요일 저녁밥이 제일 골칫거리다. 그래서 조응형 기자가 만드는 감자탕, 대파와 연어를 넣은 크림수프, 와인을 넣은 쇠고기 스튜인 뵈프 브루기뇽 등은 인기가 좋다. 별다른 의도 없이 독신자들이 동병상련하는 자리인데, 이런 데서 나오는 그들의 인간적 면모는 잊지 않고 기록해둔다. 조응형 기자는 사람을 통해 정책을 풀어내는 내러티브 형식의 정책 기사를 써보려고 한다. 취재원의 인상기 정보는 그런 기사를 더욱 풍요롭게 만들 것이다.

전망

인터뷰를 진행하면서 기자들이 듬직하고 자랑스럽다는 생각이 들면서도 미디어 환경이 더욱 악화하는 가운데 얼마나 더 버텨낼 수 있을지 걱정이 되기도 했다. 아무래도 챗GPT 같은 생성형AI가 가장 큰 위협 요인인데, 조소진 기자는 아무리 미디어 기술이 발달해도 기자는 끝까지 살아남을 것으로 예측했다. AI는 인간의 지시로 일할 뿐이어서 공백을 찾아내고, 정보의 불일치를 잡아내고, 직접 현장을 보고 묘사하는 일은 여전히 사람만 할 수 있다고 했다. 구아모 기자도 "AI는 있는 데서 새로운 것을 만들지만, 기자는 없는 데서 새것을 만든다"고 했다. 2023년 9월 20일 '저널리즘클럽Q'가 주최한 세미나에서 김태균 연합뉴스 AI팀장은 "뉴스는 포털 입점 매체가 진열대 용으로 제공하는 상품 차원news for display을 넘어 정보에 의미를 부여하는 차원news for data으로 넘어왔다"고 말했다. 그러면서 챗GPT는 무언가를 그럴싸하게 포장해줄 수 있을 뿐이지 오리지널 콘텐츠는 만들지 못한다고 강조했다.

혹자는 미디어 기술보다 인재난이 언론계의 더 큰 위협 요인이라고 말할지 모른다. 최근 5년간 언론사 입사 시험 응시자는 절반으로 줄었다(김창숙, 2022). 한 예로, 2022년 KBS 기자직 지원자는 창사 이래 처음으로 세자릿수로 떨어졌다. '기렉시트'라는 말이 생길 정도로 기자직을 이탈하는 기자가 증가하고 있다(곽희양, 2022). 20년 이상 기자 준비생을 가르친 경험에서 보더라도 언론직을 희망하는 대학생은 많이 줄었다. 하지만 요즘 기자 준비생의 다수는 저널리즘 교육과 취재보도 실무 훈련을 받았기 때문에 기자직에 대한 진정성과 충실도는 과거보다 더 높다. 인터뷰했던 몇몇 기자도 이 부분을 언급하면서 언론의 밝은 미래를 예측했다. 이비슬 뉴스1 기자는 요즘 입사하는 후배 기자들은 똑똑하고 생각이 바르고 건전하고 성실해서 희망적이라고 했다. 공병선 아시아경제 기자는 좋은 기사를 쓰는 기자가 많으며, 좋아지려고 하는 기자도 많아지고 있다고 했다. 변은샘 기자는 동아일보 히어로콘텐츠팀의 '표류'를 최근에 나온 좋은 기사의 예로 소개했다.

지금도 디지털 기술은 앞서가고 일하는 방식은 뒤처져 있는데, 이 격차는 앞으로 더 커질 수 있다. 뉴스룸이 혁신적으로 변화해야 하지만, 간부들은 선뜻 나서지 못하고 있다. 사람들은 방송뉴스를 텔레비전 앞에 앉아서 '본방사수'하는 대신에 유튜브 콘텐츠 보듯이 2~3분짜리 개별 기사로 소비한다. 시청률에 얽매이는 관행에서 벗어나 개별 뉴스의 유통에 더 관심을 가질 필요가 있다. "확실히 방송뉴스는 건건이 소비되는 경우가 더 많습니다. 사람들이 언론을 욕해도 질 좋은 리포트에 대한 수요는 분명히 있습니다. 그건 댓글을 보면 알 수 있어요. 잘 만들면 소비는 따라올 것입니다." 조민희 기자의 말이다. 신문사에서는 아이템을 놓고 '1면 용이냐, 사회면 용이냐?', '스트레이트냐 박스냐?', '원고지 몇 매짜리냐?'라는 식의 논의가 여전히 있다. 언젠가는 이런 지면 중심의 사고방식이 완전히 무의미해지는 대격변이 올 텐데, 그때 조직과 개인이 그 흐름을 잘 타는 게 관건이다. 그래서 조응형 기자는 지금보다 뉴스룸 변화의 속도가 조금 더 빨라지기를 기대한다.

＊ ＊ ＊

언론 신뢰도는 낮고, 기자 혐오는 극심하고, 워라밸은 안 되고, 급여가 적은데도 굳이 기자 일을 하는 젊은이들이 있다. 이들은 취재하고 글 쓰는 일상에서 재미를 느끼고 나름대로 의미도 찾는다. 이 장에서는 묵묵히 일하는 젊은 기자들이 기자라는 직업의 가치와 역할, 미래를 어떻게 보는지, 자기 일에 얼마나 만족하는지 또는 불안해하는지를 알아보고자 했다. 인터뷰했던 10명은 현재의 만족도에 대해 10점 만점에 7점 이상의 점수를 주었다. 그렇다고 이들이 마냥 만족하고 행복하지는 않을 것이다. 더구나 연차가 쌓이고 간부로 승진한 미래에도 이 만족도가 그대로 유지될지는 알 수 없다. 조소진 기자는 "'어떤 기자가 되고 싶은가?'는 영원한 고민거리다"라고 말했다. 좋은 기자가 될 수 있을지는 알 수 없지만, 적어도 부끄럽지 않은 기자가 되기 위해 무엇을 어떻게 해야 하는지를 항상 고민한다. 조민희 기자는 "매일 발제 압박받고, 술자리 갖고, 관습적으로 기사 만드는 일을 무한 반복하면서 몇 년을 보내고 나면 세게 '현타'가 올 것 같다"고 했다. "왜 고민이 없겠어요? 매일 있습니다. 매일 고민하고 있죠."

첫 인터뷰 대상자였던 이비슬 뉴스1 기자가 정치부로 발령받은 지 한 달 반이 지난 8월 30일 그와 다시 인터뷰했다. 원래 긴장을 잘 안 하는 편인데 출근 첫날 정치부장이 떨지 말라고 할 정도로 긴장을 많이 했다고 한다. 국회는 낯선 곳이지만, 다행히 지인 기자들의 도움을 받아 빨리 배우고 쉽게 안정됐다. 대개 정치부는 회의나 기자회견처럼 기자들에게 공개된 발생 사건을 취재한다. 이비슬 기자는 다음과 같이 말했다.

> 정치부는 모든 언론이 공동으로 취재하고 함께 굴러가는 것 같습니다. 현재까지는 저의 취재라고 해봐야 복도에서 정치인 따라

가며 몇 마디 물어보는 정도에 불과해서, 뭔가를 발굴하거나 파고드는 맛은 사회부보다 적은 게 사실입니다. 정치기사는 매우 정형화되어 있습니다. 옆 기자에게 어느 매체의 어느 기자가 기사를 잘 쓰냐고 물어보니 없다고 답했습니다. 문장과 표현이 조금 다를 뿐, 모든 기사가 다 똑같은 얘기를 합니다. 그래서 공평하게 경쟁하고 있다는 생각이 듭니다.

짧은 기간에 이비슬 기자가 내린 결론은 '정치부는 매력적이지만 단순하다'이다. 그러면서도 그는 이것이 어설픈 생각임을 알고 있다. 아직 본격적인 정치 시즌을 맞아보지 않았으며 정치인들의 '고공 언론 플레이'를 경험하지 않았다. 이비슬 기자에게 정치는 여전히 미지의 세계다. 하지만 그는 우보천리 신조를 되뇌며 또다시 안갯속을 꿋꿋하게 헤쳐나갈 것이다.

8장

기자는 무엇으로 사는가
종합일간지 기자의 보상 인식에 대한 탐색적 연구

김창숙

 저널리즘은 사람이 하는 일이다. 생성형AI, 로봇 저널리즘이 등장한 요즘의 미디어 환경에서도 마찬가지다. 새로운 기삿거리를 발굴하고, 현장을 취재하고 사실을 확인하는 등 저널리즘의 핵심적인 업무는 여전히 사람 기자가 수행한다. 그래서 좋은 인재를 기자로 선발하고, 그 기자가 좋은 기사를 쓸 수 있도록 지원·관리하는 일은 고품질 저널리즘을 실현하기 위한 전략적 차원에서 매우 중요하다. 역량 있는 좋은 기자가 많을수록 저널리즘의 수준도 높아지고, 건강한 공론장 형성에 도움이 되기 때문이다. 이에 기자들이 적절히 일할 수 있는 환경을 만들고 관리하는 일은 기업으로서 언론사가 수행해야 하는 역할일 뿐 아니라, 사회적으로도 관심을 가져야 하는 공공의 문제이다.

 최근 들어 기자직 지원 감소, 기자들의 심리적 탈진, 경제적 보상, 직무 이탈 등에 대한 문제가 부각되고 있다. 주요 방송사와 일간지 인사담당자를 대상으로 조사한 결과에 따르면 최근 5년 사이 언론사 입사 지원자 수는 거의 절반으로 줄었다(김창숙, 2022). 채용된 기자들이 입사 1년도 채 지나지 않아 그만뒀다는 이야기도 흔하다. 경향신문은 창간 70주년 기획으로 저연차 기자들을 중심으로 한 기자직 이탈의 심각성을 다루는 '기렉시트' 특집을 기획했다. 중견기자도 마찬가지다. 2015년 주요 중앙일간지 공채 수습기자 합격자, 즉 9년차 이상 기자 절반 이상이 현재 퇴사했다(김달아, 2023). 기렉시트의 원인은 여러 가지로 추정된다. 언론사 내부적으로는 디지털로 인해 기사 제작 부담이 가중되고 있지만, 이에 대한 경제적 보상은 미미해 각 언론사의 노보에는 낮은 임금에 대한 문제 제기 기사가 꾸준히 등장했다. 언론사 특유의 권위적인 편집국 분위기, 업무 처리 방식의 부당성도 제기된다. 언론사 외부적으로도 기자에 대한 인식과 대우는 팍팍해졌다. '기레기' 등 국내 기자에 대한 부정적 인식을 내포한 표현이 일상적으로 사용되고, '마이기레기닷컴'처럼 기자들의 신상을 무단 공개하는 사이트가 운영되고 있다. 이처럼 기자의 사회적 지위는 하락한 지 오래고 기자들에 대한 혐오성 발언, 이메일 댓글 공격이 일상화됐다. 언론인의 전문성을 인정받지 못한 채 언론인들은 자의·타의에 의해 샐러리맨화되고 있고, 국내 언론에 대한 불신이 확산되면서 무력감을 느끼며 기자직을 이탈하고 있다(표예인, 2021).

이러한 상황은 언론인이라는 인적자원에 대한 관리가 실패하고 있다는 것을 의미한다. 인적자원 관리는 조직 구성원이 자발적으로 조직의 목표 달성에 적극적으로 기여하도록 함으로써 조직의 발전과 함께 개인의 안정과 발전도 아울러 달성하도록 하는 것으로, 조직에서 사람을 다루는 철학과 그것을 실현하는 제도 및 기법의 체계를 의미한다(권순식, 2023). 인적자원 관리는 기업 활동의 성과를 좌우하는 핵심적인 영역으로, 기업의 성격에 따라 그 방식도 달라진다.

언론사의 인적자원 관리는 일반적인 기업의 그것과 다르다. 언론인은 자율적인 규범을 가진 전문직주의와 자본주의 관료주의적 이데올로기가 동시에 작동하는 이중적인 구조하에서 업무를 수행하고 있다 (Solosky, 1989). 또 언론인은 자신을 단순한 샐러리맨이 아닌 저널리즘에 종사하거나 문화예술을 담당하는 사람으로 인식하는 특수성이 있다. 이에 미디어 조직에서 인사 관리는 "예술과 과학의 중심잡기"(Redmond & Trager, 2004, p. 24)로 표현될 정도로 어렵지만, 또한 중요하다.

인적자원 관리에 있어서 핵심은 보상 관리다. 보상 관리는 "유능한 종업원을 유인attract하고, 동기를 부여motivate하며, 유지retain할 수 있는 보상 구조, 즉 근로자로부터 공정하다고 인식되는 보상 구조를 설계하는 것"을 의미한다(DeCenzo, Robbins, & verhulst, 2016). 직무에 대한 적절한 보상은 업무 집중도를 높이고 직무 만족도를 높이며, 탈진을 막고 이직 의도를 낮춘다. 특히 언론인의 업무 특성에 맞는 적절한 보상은 고품질 뉴스 생산 및 민주주의 성숙과 직간접적으로 관련된다. 직접적으로는 보상 구조가 좋은 품질의 뉴스를 생산하는 데 초점이 맞춰져 있는지, 또는 PVpage view, 광고 수주 등 경영적 성과에 초점이 맞춰져 있는지에 따라 기업의 경영적 이익과 사회적 책임을 동시에 수행하는 언론인의 '저널리즘 원칙 수행' 정도에 영향을 미친다. 간접적으로는, 언론인에 대한 적절한 보상은 좋은 품질의 뉴스를 생산하는 기반이 되고, 고품질 뉴스는 시민들이 성장하는 데 도움을 줌으로써 성숙한 민주주의를 이루는 것과 관련이 있다.

이처럼 언론인에 대해 적절한 보상이 이뤄지고 있는지 살펴보는 것은 매우 중요하지만 국내에서 언론사 경영 차원, 학계 차원, 사회적 차원에서 언론인을 인적자원 관리 관점에서 다룬 적은 없었다. 이 장에서는 주요 종합일간지 기자들을 인터뷰하여 기자직에 입문할 당시 기대했던 보상은 무엇인지, 현재 언론직을 수행하면서 받고 있는 과업적·조직적·사회적 보상에 대한 인식은 어떠한지 알아보았다. 그리고 기자들의 보상 인식과 현재 제공되는 보상의 차이를 파악하고, 언론사에서 제공하는 보상의 내용을 비판적으로 살펴봤다. 특히 언론사가 제공하는 조직적 보상이 시민의 신뢰 향상에 대한, 그리고 민주주의 사회의 발전에 대한 저널리즘 책무성과 어떠한 관계를 갖는지에 주목하여, '고품질 뉴스 제작을 기준으로 보상이 이뤄지고 있는지', '언론인의 전문성을 향상시키는 방향으로 설계되었는지' 알아보고 개선 방안을 제안했다.

1. 보상 개념과 언론인 보상 체계의 특성

보상은 조직 내에서 개인이나 그룹에게 주어지는 보상 체계와 그것이 가지는 의미에 관한 개념으로(권순식, 2019), 조직의 성과를 증진시키고 개인이나 그룹의 동기 부여를 촉진하기 위해 사용된다. 일반적으로는 급여나 보너스, 승진, 복지 제도, 상벌 제도 등을 의미하지만, 보다 큰 의미에서 보상은 해당 업무를 수행하면서 느끼는 모든 물리적·정신적 보상을 포괄한다. 보상은 개인이 업무 수행 중 느끼는 감정적인 부분인 성취감, 흥미, 직무의 중요성과 정체성, 자율성에 대한 인식인 '과업적 보상', 조직이 제공하는 임금, 승진, 작업 환경, 상벌 등을 의미하는 '조직적 보상', 업무 수행 과정의 상사·동료와의 관계에서 오는 인정, 평가 등의 '사회적 보상'으로 구분되며, 이 모든 보상이 모두 중요하게 다뤄질 필요가 있다(권순식, 2019).

미디어 기업의 경영 환경은 일반 기업과 다르다. 미디어 기업은 개별 구성원들의 조직 참여 동기와 재량권을 어느 정도 보장하면서 조직 구성원의 무한한 사명감과 자아정체감을 요구한다(곽규태, 2021). 비교적 적은 연봉과 낮은 복지 수준에도 불구하고 높은 수준의 조직 몰입과 충성도를 기반으로 조직 체계를 유지하는 것이다. 미디어 기업에 입사하려는 지원자 역시 일반 제조업이나 서비스업 입사자와 달리 특유의 사명감과 자아정체감을 갖고 있다. 상대적으로 높은 업무 강도, 과업과 성과의 불분명한 관계에도 불구하고, 자신들이 기획하고 생산한 콘텐츠나 서비스가 사람들의 생각을 바꾸고 또 다른 사회 트렌드를 형성한다는 사명감과 자부심이 이들의 근원적 동기인 셈이다. 따라서 미디어 기업의 인적자원 관리에서 가장 적극적으로 고려해야 하는 이슈는 개개인의 동기 관리다. 개인 업적 기반 평가를 통한 양적 보상 체계와 함께 개인의 동기 부여를 위한 질적 보상이 조화롭게 구성될 필요가 있다.

실제로 선행연구들은 기자들이 양적 보상 이상으로 질적 보상을 중요시하는 것을 일관되게 보여준다. 일례로 정재민과 김영주(2008)에 따르면, 국내 기자들은 보수나 승진과 같은 보상에 만족하지 못하더라도 자신과 조직의 적합도(자신이 조직의 가치와 문화를 존중하며 조직원으로서 필요하다고 인식하는 정도)가 높고 직무 및 동료, 상사에 대한 만족도가 높으면 조직 전념도도 높았다. 또 조직 적합도가 높고 직무 만족도와 동료 만족도가 높을수록 이직 의도는 낮았다. 승진과 보수도 이직의도와 관련이 있지만, 자기 직무에 대한 만족도나 동료 만족도보다 중요하지 않았다. 기자들의 심리적 탈진에 대한 연구에서 역시 업무량, 보수에 대한 불만 등 외적 요인도 영향을 미쳤지만, 취재보도의 자율권 침해가 심리적 탈진에 더 강력한 영향을 미쳤다(정재민·김영주, 2011). 이러한 결과들을 종합해보면 기자들에게는 단지 회사에서 제공하는 보상, 즉 조직적 보상뿐 아니라 스스로가 느끼는 과업적 보상, 업무와 관련된 인간관계에서 오는 사회적 보상이 중요하게 작동한다는 것을 알 수 있다.

다만 이러한 기자의 보상 인식은 직업 만족도나 직무 소진 등을 연구하면서 주변적인 변인으로 다뤄져 왔다. 보상 인식만 별도로 연구된 바는 없다. 앞서 살펴본 것처럼 미디어 종사자의 보상 인식이 일반 샐러리맨과 다르기 때문에 기자가 보상을 느끼는 요인이 무엇인지 알아보는 것은 기자의 직무 만족, 업무 집중, 직무 소진, 직무 이탈 등을 보다 정확히 이해하는 데 도움이 될 수 있다. 실제로 그동안 진행된 언론인의 직무 만족도 등과 관련된 연구들은 언론인의 보상 인식을 고려하지 않은 채 일반적인 보상 기준만을 언론인에게 적용한 경우가 대부분이었다. 이에 언론인에 대한 적절한 인적자원 관리 방법이 무엇인지 구체적으로 제시되지 못한 한계가 있다.

한편 조직이 언론인에게 제공하는 보상은 편집국 내에서 경영진이 무엇을 중요하게 여기는지를 보여주는 중요한 신호이다. 번스(Bunce, 2010)가 분석한 로이터통신의 케냐 나이로비 지국 사례는 경영진이 보상 체계를 활용해 의도에 맞는 뉴스를 제작하도록 하는 과정을 보여주고 있다. 로이터는 예전부터 빠르고 정확한 일반 뉴스를 제공하겠다는 목표, 그리고 수익 창출을 위해 비즈니스 고객을 위한 경제 서비스 및 경제 뉴스를 제공하겠다는 목표를 함께 가져왔다. 전통적으로 정치적인 사안, 갈등 사안 등, 앞서 언급한 일반 뉴스를 주로 다루던 이 지국은 경영진이 수익 창출을 위해 금융·비즈니스 관련 뉴스를 제작하는 것을 권장할 필요가 있었다. 이에 경영진은 칭찬과 비난을 선별적으로 사용하고, 경영진이 생각하는 좋은 뉴스에 대한 이용자 데이터를 소개하며, 영향력이 있는 위치에 경영진이 생각하는 적절한 언론인을 고용하고 승진시키는 등 다양한 보상 체계를 활용했다. 이러한 경영진의 보상을 통한 개입은 편집국 내에서 어떤 기자가 '좋은' 언론인으로 간주되는지에 대한 인식을 누적시켰고, 일부 언론인을 새로운 경영 우선순위에 동조시켰다. 동조하지 않는 언론인에 대해 '구식' 언론인이라는 비판적인 이름으로 명명하거나 영향력을 감소시키기도 했다. 이러한 보상 체계는 결국 경영진이 원하는 방식으로 편집국 전반에 변화를 가져왔다. 이런 측면에서 봤을 때, 언론사가 기자에게 제공하는 보상은 회사가 자본주의적인 경영과 민주주의 실현이라는 사회적 책무 사이에서 어떤 가치를 중요하게 여기는지 알아볼 수 있게 하는 한 방편이

된다. 또 기자들에게 저널리즘이 추구하는 여러 가치 중 회사가 지향하는 가치를 알려주는 신호로 작동하여 기자의 업무 내용과 수준을 결정하는 역할을 하기도 한다.

이에 이 연구는 국내 주요 종합일간지 기자들을 대상으로 보상에 대한 열린 질문을 통해 보상 인식을 탐색적으로 살펴봤다. 연구를 통해 밝혀진 기자들의 보상 인식은 현재 언론계에서 심각하게 대두되고 있는 기자들의 직무 소진 및 기자 이탈의 문제를 해결할 실마리를 제공하는 데 도움이 될 것으로 기대한다. 또한 언론사 조직에서 시행하는 보상 체계를 통해 국내 언론사의 인적자원 관리 실태와 그 함의를 알아볼 수 있을 것이다.

2. 기자의 보상 인식 탐색 연구 방법

기자의 보상 인식을 살펴보기 위해 종합일간지 기자들을 대상으로 심층 인터뷰를 진행했다. 인터뷰는 2023년 8~9월 두 달간 국내 주요 종합일간지인 경향신문, 동아일보, 중앙일보, 한겨레, 한국일보 중견기자 10명을 만나 진행했다(<표 8-1> 참조).[1] 인터뷰한 기자들은 모두 2개 이상의 부서에서 근무한 적이 있는 9~20년 차, 30~40대 취재기자다. 이 연차의 기자들은 취재와 보도뿐 아니라 편집국 구조와 언론사 경영, 언론인의 삶 등 언론 전반에 대한 이해가 깊기 때문에, 이들에게서 보상에 대한 유의미한 자료를 얻을 수 있을 것으로 판단했다. 방송사 기자, 통신사·인터넷 매체 기자는 신문기자와 업무 수행 방식이 다르기 때문에 보상 관념이 다를 수 있다는 점에서 배제했다. 또 5년차 이

---

[1] 연구를 위한 사전 조사에서 조선일보 기자의 경우, 보상 구조에서 사주의 금일봉 지급 등 타 매체에서 발견되지 않는 특이한 보상 구조가 강력하게 작동하는 것으로 파악되어 인터뷰 대상에서 제외했다.

이름	연차	성별	부서 경험
A	8년	여	사회부
B	9년	여	사회부
C	10년	남	사회부, 문화부
D	11년	여	사회부, 경제부
E	11년	남	사회부, 정치부, 경제부
F	13년	남	사회부, 탐사보도부
G	15년	남	사회부, 정치부, 탐사보도부
H	16년	남	사회부, 정치부, 국제부
I	16년	남	사회부, 탐사보도부
J	20년	여	사회부, 문화부, 경제부

하 젊은 기자들의 '탈언론'이 주를 이루고(곽희양, 2022), 20년차 이상 기자의 경우 에디터 직을 수행하면서 현장 기자와 다른 보상 관념을 가진다는 점도 고려했다.

인터뷰 대상 기자들은 필자가 지인을 통해 추천받거나 인터뷰한 기자에게 연달아 소개받는 방식으로 섭외했다. 인터뷰는 기자들의 근무지 또는 거주지와 가까운 카페에서 한 기자당 1시간~1시간 30분 정도 진행했다. 의도하지 않았지만 인터뷰한 기자 중 절반 정도는 타 매체에서 근무한 경험이 있는, 즉 언론사 이직 경험이 있는 기자였기 때문에 언론사별 보상의 차이와 이에 대한 기자들의 인식도 파악할 수 있었다. 다만 기자들이 부서 이름, 부서 경험, 연차 등을 통해 특정되는 것을 우려해 본문에는 인터뷰이를 특정할 수 있는 정보를 최소화하고 기자명은 익명으로 표기했다.

질문지는 인적자원 관리 중 보상과 관련된 선행연구를 참고하여 입사 전 기대와 현재의 보상에 대한 평가, 과업적·조직적·사회적 보상 등 구체적인 보상 유형을 언론직에 맞게 재구성하여 만들었다. 인터뷰 시작 전 기자에게 연구 배경과 연구에서 의미하는 보상 개념에 대해 충분히 설명한 후 본격적인 질문을 했다. 각 질문은 보상 유형별 중요도·만족도에 대한 인식을 추상적인 수준에서 물어본 후, 이것이 실제 보상으로 작동하는지, 구체적으로 그러한 보상을 받았다고 생각한 사례는 어떤 것이 있는지 알아보는 방식으로 진행했다. 또 각 보상 유형이 좋은 기사를 작성하는 데 어떠한 영향을 미치는지, 좋은 기사를 작성하기 위해서는 어떤 보상이 필요한지에 대해서도 질문했다.

구체적으로, '입사 전 기대와 현재의 보상'에 대한 평가는 기자가 된 동기, 입사 전 기대한 보상, 현재 받고 있는 보상에 대한 종합적인 평가, 추가적으로 필요한 보상 등에 대해 질문했다.

'과업적 보상'은 특정한 과업을 하면서 느끼는 심리적이고 내재적인 보상을 의미하며, 개인이 업무를 수행한 후 자신에게 부여하는 만족감, 자아성취감, 흥미, 직무 중요성과 정체성, 자율성에 대한 인식 등으로 구성된다. 이와 관련해 업무 수행 과정에서 느끼는 자아성취감, 업무 중요도에 대한 인식, 업무 수행 과정의 자율성에 대해 질문하고, 이러한 보상 감정을 느끼거나 느끼지 못한 구체적인 사례는 무엇인지, 또 어느 정도의 중요도를 갖는지, 이것이 보상으로 실제 작동하고 있는지 등을 질문했다. '조직적 보상'은 과업 수행에 동기를 부여하고 구성원들을 유지할 목적으로 조직이 제공하는 외재적 보상을 의미한다. 예를 들어 승진 기회, 평가 공정성, 임금 수준, 작업 환경, 임금 공정성 등이다. 이에 현재 임금 수준, 사내 수상 제도가 보상으로 적절한지, 승진 시 고려되는 사항과 승진이 보상으로 작동하는지 여부 등을 질문했다. '사회적 보상'은 직무와 관련해 직장 상사나 동료들과 상호작용에서 기원하는 외재적 보상으로, 동료의 직무와 관련된 도움이나 지원 정도, 상사의 지원·평가 등이 포함됐다. 이에 기자들에게 상급자 또는 같은 회사 동료 기자 또는 타 언론사 동료 기자에게 받는 평가, 기자의 사회적 지위와 영향력에 대한 인식을 질문했다. 또 기자의 사회적 역할을 고려할 때 이용자에게 받는 평가 역시 중요한 사회적 보상의 하나라고 판단하여, PV, 댓글 등에 대한 인식에 대해서도 질문했다. 준비한 질문지 외에 응답 과정에서 파생되는 질문이 있을 경우 자연스럽게 관련 질문을 추가했다.

3. 기자들이 기대했던 보상은 무엇인가

인터뷰한 기자들이 기대했던 핵심적인 보상은 사회에 좋은 영향력을 끼치는 것이었다. 이는 『언론인 의식조사』(한국언론진흥재단, 2021)에서 기자가 된 동기로 '좀 더 나은 사회를 만드는 데 기여하고 싶다'고 답한 기자가 가장 많았던 것과 같은 맥락이다. 인터뷰한 기자들도 "공익적인 일을 할 수 있는 직업이라는 생각"(C), "타인에게 좋은 영향력을 미쳐 사회를 변화시키고 싶은 마음"(B) 등을 공통적으로 얘기했다. 또 사회 각계각층의 다양한 사람들을 만나고 다양한 경험을 직접 해볼 수 있다는 기자직 자체가 갖는 특성들이 본인에게 보상으로 작용할 거라 기대했다. 본인이 주도적으로, 쓰고 싶은 기사를 쓸 수 있는 업무 환경(D), 나만의 콘텐츠를 만든다는 성취감(A), 쓰고 싶은 기사를 쓴다는 자율성(C)도 중요했다. 이러한 생각은 현직 기자가 대기업과 언론의 사회적 영향력을 비교하는 자조적 질문을 받고도(I), 또 몇 년 더 공부해 안정적인 교사가 될 수 있었음에도(B) 기자직을 선택할 정도로 강력한 것이었다.

경제적 보상에 대한 기대는 낮았다. 경제적 보상을 그리 중요하게 여기지 않을 만큼 젊고 경제 관념이 부족했던 탓도 있지만(A, C, D), 대체로 기자직의 경제적 보상에 대한 기대 자체가 적었다(B, E, F, G, J). 인터뷰한 기자 대부분이 기자가 돈을 많이 벌지 못하는 직업이라는 것을 이미 알고 있었고 '고정적이고 안정된 급여' 정도의 기대가 있었기 때문에 첫 월급을 받았을 때도 그리 실망하지 않았다고 했다. 기자들은 경제적으로는 '고정적이고 안정된 급여' 정도의 기대가 있는 경우가 대부분이었다. 경제적 보상보다 원하는 일을 하고 싶다, 가치 있는 일을 재미있게 하고 싶다는 과업적 보상 욕구가 더 강력하게 작용했다. 실제로 매체를 이직한 경험이 있는 기자 대부분이 연봉에 거의 차이가 없거나, 연봉이 줄어드는데도 원하는 기사를 쓸 수 있는 언론사로 이직했다. 연봉을 1,000만 원 가까이 적게 받으면서도 사회 관련 기사를 쓰고 싶어 경제지에서 종합일간지로 이직한 경우도 있었다(B, D).

언론사 조직에 대한 기대도 있었다. 대부분의 기자가 쓰고 싶은 기사를 쓸 수 있는 환경, 본인이 쓴 기사가 사회적 영향력을 적절히 발휘할 정도의 규모인지를 고려했다고 말했다. 그래서 언론사의 정치적 성향과 규모를 고려해 선별적으로 입사 지원을 했다고 했다.

사회적 지위에 대한 기대감도 어느 정도 갖고 있었다. 예전처럼 사회적으로 존경받지 못하는 직업이라는 것은 알고 있었지만, "부모님이 기자라고 했을 때 어디 가서 부끄럽지 않을 정도"(D)의 사회적 지위는 있다고 생각했다. 그래서 언론사의 네임 파워도 중요한 보상으로 기대했다.

4. 기자들은 과업적 보상에 대해 어떻게 인식하고 있나

기자들은 과업적 보상, 즉 일 자체에서 오는 만족감, 자아성취감을 가장 중요한 보상으로 여겼다. 입사 동기에 나타난 것처럼 기자직이 갖는 사회 공공적인 특성, 자신이 주도해 자신만의 콘텐츠를 만들어낸다는 인식 등은 보상으로 작동하고 있었다. 포털에 자신의 기사가 업로드되는 것, 지면, 특히 1면에 기사가 게재되는 것들은 모두 보상으로 작용했다. 스스로 공들여 취재한 기사, 길이가 긴 기사가 게재될수록 성취감은 더욱 높아졌다.

특정 부서에 대한 경험, 그리고 부서와 상관없이 문제를 지적하는 기사를 작성해 변화를 이끌어낸 경험은 "내가 뭔가 해내고 있다는 생각"(C)으로 이어져 기자직을 유지하게 하는 가장 큰 보상이 되고 있었다. 기자들은 공통적으로 잘못된 문화(악습)를 지적해 시정하게 만들거나 사회적 약자·소수자 이익을 대변했던 경험을 얘기했다. 예를 들어 신입 간호사들이 장기자랑을 하도록 하는 악습(C)이나 체육계에 만연한 폭력 문제(B)를 기사화해 개선한 경험은 효능감을 느끼게 했다. 이는 사회부 등 특정 부서에 한정된 경험은 아니었다. 예를 들어 금융 분야 담당이었던 F기자는 쌍둥이 태아가 보험에 가입되지 않는 문제를 지적한 후 금감원에서 정책을 바꾸겠다는 보도자료가 나왔을 때 "일할 만하다"는 생각이 들었다고 했다. 또 본인이 쓴 기사가 다른 매체에서 이슈가 되는 등 기사의 영향력이 클 때 성취감도 더 커졌다(C, J). 중요한 사안을 다루고 있다는 권력감도 하나의 보상으로 작동했다. 검찰 출입 경험이 있는 기자들은 이슈의 흐름 속에서 자신이 쓴 기사가 정치적으로 중요하게 거론될 때 권력감을 느낀 적이 있다고 했다(B, C, F). 이러한 경험들은 연차가 올라갔을 때 언론의 사회적 역할과 민주주의에 대한 인식의 영역으로 확장되어 더 큰 만족감과 성취감을 갖게 하기도 했다.

초년생 때는 잘 몰랐는데 요즘에는 (직업의 의미를) 더 많이 생각하는 것 같아요. 저널리즘이 민주주의를 지탱하는 근간이라고 생각을 하거든요. 권력 감시라든지. 언론이 일반 시민에게 우리 사회가 어떻게 돌아가는지 충분히 알고 선택할 수 있는 근거를 제공하는 거라고 생각해요. 만약 그 기능을 제대로 못하면 시민들이 선택을 하기 위한 필요 조건이 되는 사실들, 소식들, 정보들을 알 수 없게 되는 거잖아요. 그런 측면에서 저널리즘이 바로 서는 것은 반드시 필요하다고 생각을 하거든요. 그 일을 하고 있다고 생각을 하고요. 좀 더 좋은 기사를 쓰고 싶은 욕구나 동기가 되고 있어요. 그런 부분에 대해 고민을 하는 편이고 꼭 필요한 일을 하고 있다고 생각해요. (F)

해당 연차나 직급에서 경험하기 어려운 수준의 업무를 해냈을 때 느끼는 만족감과 성취감은 이후 자발적으로 업무 수준을 향상시키는 동인으로 작동했다(A, D, E). 예를 들어 D기자는 사내에서 젊은 기자로는 유일하게 칼럼진이 되었을 때 부담되고 힘들긴 했지만, 이 칼럼을 위해 일주일 내내 고민하고, 그 결과로 작성된 기사를 보면서 만족감이 매우 높았다고 말했다. A기자도 특정 주제에 대해 몇 개월 동안 심층적으로 다루는 팀을 경험하면서 "내가 월급을 받으면서 나만 좋은 일이 아니라 시민들에게도 뭔가 의미 있는 일을 하고 있구나" 하는 생각이 들었다고 했다. 사내 공모에서 당선되어 원하는 주제에 대해 팀을 이뤄 기사를 써본 E기자도 마찬가지였다.

제가 아이디어를 내고 총괄·완수했기 때문에 꽤 일적으로 보상감을 느꼈고, 그 활동을 하면서 기자로서 전달할 수 있는 거를 좋아하고, 영향력을 줄 수 있고 내가 잘할 수 있겠다는 것을 스스로 체득을 하는 계기가 돼서. 항상 만족하고 보람을 느끼고 살긴 어렵지만 그때 경험을 기반으로 어떻게 다르게 하지, 어떻게 좀 새롭게 하지, 어떻게 하면 잘 읽히지 하는 고민을, 조금 긍정적인 스트레스로, 좀 많이 하게 됐어요. (E)

자율성은 시간과 장소 등 근무 환경 선택에 자율성이 있는지, 또 기자로서 자신이 작성하고 싶은 기사를 원하는 방향으로 쓸 수 있는 보도의 자율성이 있는지, 두 측면에서 달리 평가됐다. 기자들은 근무 환경 선택 자율성이 중요한 보상이라고 여겼다. 출퇴근 시간과 근무 장소가 다른 직종에 비해 상대적으로 자유롭고, 자기가 어떤 발제를 하느냐에 따라 자기 자신의 그날 하루가 정해진다는 생각은 보상으로 인식됐다. 이직 제안이 왔을 때도 정시 출퇴근에 대한 부담으로 거절했다고 말했다(D). 특히 자녀가 있는 D·H·G기자의 경우 업무 시간과 공간의 자율성은 더욱 중요한 보상으로 작동했다. 이러한 자율성이 없다면 아이 양육에 더 큰 어려움을 겪을 것이라고 예상하거나(D, H), 이런 회사 분위기 때문에 육아 휴직을 쓰는 것이 가능했다고 답한 기자도 있었다(G).

제가 농반진반으로 이 직업의 거의 유일무이한 장점이라고 하는 게, 어디서 일해도 크게 상관 안 하고 내놓기만 하면 되고. (A)

보도의 자율성은 기자 생활의 "재미"(F)를 느끼게 하거나 이직을 생각하게 할 정도로(B) 중요한 보상으로 인식됐다. 기자들은 대체로 주제를 선택하거나 기사를 쓰는 방향을 정함에 있어 스스로 기획하고 판단하고 결정할 수 있는 자율성이 있다고 생각했다. 대체로 자율적으로 일할 수 있다는 전제하에 에디터에 의해 약간의 조절이 이뤄진다고 할 정도로, 자율성이 침해받지 않는다고 생각하는 수준이었다. A기자는, 광고주가 기사 방향과 비용에 대해 언급하려 하자 에디터가 정색을 하면서 "그런 얘기는 광고부와 하라"고 말해줘서 광고주 영향 없이 자율적으로 기사를 작성할 수 있다고 생각했다고 말했다. F기자는 연차가 올라가면서 광고주·정부 비판으로 인해 회사에 초래할 불이익과 부작용, 이에 대한 파급력을 고려하면서 스스로 검열을 하기도 했지만, 이는 용인할 수 있는 정도라고 했다. 이렇게 보도의 자율성을 보장받는다는 인식은 기자직을 유지하는 데 있어 중요한 보상이라고 응답자들은 공통적으로 답했다. 나아가 후배 기자들의 자율성을 더 보장해주기 위해 노력한 경우도 있었다.

전에 있던 회사에서 1년 동안 캡을 했었는데 팀원이 6~7명 됐어요. 그때 팀원들한테 제가 항상 물어봤어요. "너 무슨 기사를 쓰고 싶니? 무슨 기사를 쓰고 싶어서 기자가 됐니?" 그걸 적어놨다가 쓰고 싶은 기사 한 번씩 쓸 수 있게 판을 열어두자는 것이 제목표였거든요. 가급적 그렇게 하려고 했어요. 자기가 하고 싶은 거시키면 자발적으로 주말에도 취재하더라고요. 확실히 기자들은 급여나 이런 것만으로 움직이는 건 아니다. 그런 걸 많이 느꼈고 저도 마찬가지인 것 같아요. (…) 저연차 기자들은 많이 지쳐 있지만, 자율성을 주고 자기가 취재하고 싶은 거 취재할 수 있게 하고, 회사에서 정무적 개입을 안 하면 훨씬 열심히 취재해서 좋은 기사가 나올 가능성이 더 높아지는 거예요. (F)

보도의 자율성은 기자가 침해받았다고 생각할 때 이직을 고민하거나 실제 이직한 경험도 있을 정도로 민감하고 중요한 보상이었다. 예를 들어 F·I기자는 언론사주가 바뀌면서 기사 주제 선택에 대한 자율성을 침해받고, 성과 측정과 보상 방식 등 조직문화가 변화하자 다른 종합일간지로 이직했다. 경제지에서 종합일간지로 이직한 E기자도 회사를 옮기면서 자율성이 더 많아졌다고 평가했다. 검찰 출입을 하고 있는 B기자는 에디터에게 기사 작성의 자율성을 침해받고 있다고 생각했고, 이로 인한 스트레스가 많아 이직을 고려하고 있었다. 교육, 환경, 산업, 탐사 보도 등 상대적으로 정치와 거리가 있는 주제를 다루는 경우 보도의 자율성이 더 많다고 인식했다.

지금 있는 회사는 그나마 자율성이 높은 편이라고 생각을 해요.

경제 매체도 있어 봤는데 상대적으로 이 회사에서 윤리적인 판단, 저널리즘적 가치 속에서 기사에 대해 서로 논의·협의하려는 것들이 느껴지거든요. 제 의사와 다른 결과가 나와도 어쨌든 최선을 다해 협의하고 토론하는 과정이 있던 경우가 대부분이었어요. 만약 그 영역이 침범당하고 지금과 다른 문화가 된다면 전직이나 이직을 심각하게 고민할 것 같아요. (E)

아예 직종을 바꿔볼까 이런 고민이 들었던 것 같아요. 내 신념에 반하는 기사들이 내 이름으로 나갈 때 제일 스트레스 받는 것 같은데요. (…) 데스크나 윗선의 가치관, 방향성, 시그널 같은 것도 있으니까 그럴 때 내가 하고 있는 게 약간 헛짓이구나 이렇게 (느껴져요). 다 짜서 주면 사람이 소극적·수동적이 되더라고요. 위에서 또 다 알아서 하겠지 하면서 생각을 더 안 하게 되고. (보도의 자율성이) 되게 중요하고 제일 중요하게 생각하는 것 같아요. (B)

5. 조직에서 제공하는 보상에 대한 기자들의 인식은 어떠한가

조직적 보상은 연봉, 승진, 부서 배치, 사내 상 및 상금 등으로 구분해 알아보았다. 기자들의 연봉은 소속사에 따라 차이가 큰 편이었다. 인터뷰한 기자 중 연봉이 가장 적은 기자는 5,000만 원 정도였고, 가장 많은 기자는 9,000만 원 정도였다. 비슷한 연차에서도 3,000만 원 정도 차이가 있었다. 다만 앞서 언급한 것처럼 기자에게 있어 경제적 보상은 언론계에 진입할 때부터 크게 보상으로 기대하지 않은 항목이었다. 이에 경제지에서 연봉이 1,000만 원 정도 더 낮은 종합일간지로 이직할 때 괜찮다고 생각한 기자도 있었다. 연봉이 적은 언론사에 소속된 기자들의 경우 경제적 보상에 대해 불만이 많다고 얘기했지만, 자아성취감, 보도의 자율성보다 중요한 항목은 아니라고 말했다. 이는 미국 언론사 편집국에 대해 살펴봤던 브리드(Breed, 1955)의 연구부터 2023년까지 일관된 결과다.

그럼에도 불구하고 경제적 보상은 연차가 올라갈수록, 결혼과 출산 등 생애주기의 변화로 경제적 요인이 중요하게 등장했을 때 다른 직업으로의 이직을 고민하게 할 정도로 중요하게 작동했다. 특히 최근 5년간 급격히 상승한 부동산 가격, 대기업, 그리고 주요 IT 기업과 그 외 기업 종사자의 임금 격차 심화는 기자들의 경제적 보상 관념을 뒤흔들었다. 대부분의 기자들이 경제적 보상을 더 받을 수 있는 대기업이나 전문직이 될 능력이 있었기 때문에 아쉬움을 더 크게 느꼈다. 예를 들어 컴퓨터 프로그래밍을 전공한 F기자는 삼성, LG 등 주요 대기업, 네이버, 카카오 등 IT 기업에 다니는 친구와 비교했을 때 연봉이 2배 이상 차이가 난다고 하면서 "내가 이렇게 저축을 한다고 해서 좋은 집은 살 수 없는 거구나, 저축해서 돈은 많이 못 모으겠구나" 하는 생각이 든다고 했다. A기자는 "나이가 들수록 좀 더 공부해 변호사가 될 걸 하는 미련과 아쉬움이 더 커진다"고 했다.

> 회사가 지향하는 가치나 내가 쓸 수 있는 기사들에 대해선 만족하지만, 나머지는 처우건 연봉이건 전혀 만족하지 않습니다. 아주 불만이 많고 친구들이 받는 연봉 들으면 '나도 확 전향해버려?' 이런 생각이 안 들지 않죠. (C)

연봉제를 택한 언론사의 경우 그렇지 않은 회사에 비해 경제적 보상이 대체로 많았고, 성과에 따라 같은 연차 내에서도 경제적인 보상이 달랐다. 성과는 A, B, C 등급으로 나눠 평가되는데, A를 받을 경우 다음 해 임금 인상률이 더 크고, C를 받을 경우 연봉이 깎이기 때문이다.

계속 A를 받을 경우 같은 연차라도 1억 원 이상 차이가 날 가능성도 있다고 했다. 그렇지만 성과에 대한 평가는 '고생에 대한 보상', '연수 갈 사람에 대한 배려' 등 좋은 기사를 작성한 것과는 관련이 적고 공정성도 떨어진다고 인식됐다. 또 기자들의 문제 제기로 C 등급이 유명무실해지면서 연봉이 깎이지 않는 B-가 생겼고, 현재 대부분의 기자는 B를 받고 있다고 했다. 또 다른 연봉제 언론사의 경우에도 호봉제 성격이 강한 방식으로 운영되어 연봉이 좋은 기사 작성을 위한 유인으로 작동하지는 않았다.

말단 직원에서 시작해 임원이 되는 것은 대부분의 직장인이 꿈꾸는 '성공 신화'다. 오래전 연구이긴 하지만, 미국의 신문사나 방송사 편집국 기자들도 'aspiration'(열망, 포부, 염원)이라고 표현할 정도로 강력한 승진 욕구를 갖고 있고, 이를 위해 1면에 큰 기사를 싣는 것을 좋은 전략이라 여겼다(Breed, 1955). 그러나 인터뷰한 모든 기자들은 승진을 보상으로 여기지 않았다. 연차가 되면 자연스럽게 에디터가 될 수 있다고 얘기했고, 동기들에 비해 뒤처지고 싶진 않지만 먼저 되고 싶다는 생각도 없다고 했다. 오히려 승진은 기자들에게 부정적으로 인식되는 경향이 강했다. 승진하면 일반 기자의 기사를 관리해야 하니 자기만의 콘텐츠를 생산할 수 없다는 것이다. 또 승진에 따른 업무 증가에 비해 경제적 보상도 적다고 했다. 에디터를 경험해보고 싶긴 하지만, "행복해 보이지 않"고(J), "저 삶이 맞는 것인가"(D)라는 생각이 들 정도로 부서의 차장, 부장, 편집국장으로 승진하는 것을 부정적으로 인식했다. 실제로 누가 봐도 부장급 에디터로 승진이 예정된 기자가 더 늦기 전에 새로운 것을 해보겠다고 그만둔 경우를 얘기해주기도 했다. 이처럼 차장, 부장으로 승진하는 것은 언론사에 계속 근무하기 위해 한 번쯤 경험해야 하는 코스로 여겨지긴 했지만 보상으로 작동하지는 않았다.

기자들은 에디터로 승진하는 것보다 기사를 계속 쓸 수 있는 전문기자나 선임기자가 되는 것을 희망했다. 회사 내에 기사를 잘 쓰는 기자가 관리자가 아닌 저널리스트로 성장할 수 있게 하는 시스템이 갖춰져 있지 않은 점에 대해 아쉬움을 표하기도 했다(C, H).

저는 만나고 싶은 사람 만나 취재하고 싶은 걸 취재해서 쓰고 싶은 글을 쓰는 건데 데스크는 관리하고 지시하고 기사를 고치고 그러니까 자율성이 있는 일이 아니잖아요. (D)

에디터가 되지 않아도 저널리스트로서 회사 내에서 역량을 인정받고 계속할 수 있는 체계가 잘 갖춰져 있으면 그렇게 할 텐데, 보통의 언론사는 부장이 되지 않으면 평기자로 20년, 30년 하기가 어려운 구조다 보니까. 딜레마인 거죠. (H)

부서 배치는 기자들에게 회사나 에디터가 연봉 외 사용할 수 있는 유일한 보상이라고 여겼다. 다만 이 보상은 일반적인 보상, 즉 '고품질 기사'를 썼을 때 정치부, 사회부 등 영향력 있는 부서로 배치되는 방식이 아니었다. 국회, 검찰 등 업무 강도가 센 부서에서 '고생'했으니 단독 경쟁이 없고 다루는 아이템에 대한 위험이나 부담도 적으면서 워라밸을 지킬 수 있는 곳으로 옮겨주는 것이 보상이었다. 예를 들어 사회부에 9년간 근무하면서 최근 3년간 검찰 출입을 했던 C기자는 보상으로 문화부에 배치됐다고 했다. 정치부 등 권력과 가까운 부서로 배정되는 것도 여전히 보상으로 작동하는 분위기가 있지만, 이는 권력감을 좋아하는 일부 기자들에게 한정되었다.

검찰 출입 해봤자 일만 많이 하고 댓글로 욕 먹고 내부에서도 너무 친검 아니냐 이런 얘기 듣고…. 옛날에 검찰 출입은 진짜 잘하는 친구들만 뽑혀서 오는 느낌이었다면, 지금은 지원자가 많지 않고, 지원하면 갈 수 있고, 그리고 억지로 갔을 때 안 좋아할 수 있는, 끌려 왔다 싶은. 그리고 다들 빨리 나가고 싶어 하는 그런 분위기인 것 같습니다. (B)

제가 지금 맡고 있는 문화부 공연 담당은 우리 회사에서 최고 인기 부서예요. 여기는 단독이 아예 안 나오지는 않지만 경쟁이 없다고 봐야 되는 업계입니다. 아름다운 것을 보는 것이 일상적인 일이고 다른 부서보다 여유롭고 삶의 템포가 굉장히 느리고. (C)

원하는 기사를 쓸 수 있는 부서, 본인과 사회가 모두 인정할 만큼 좋은 기사를 쓰는 부서로 배정되는 것은 강력한 보상으로 작동했다. 특정 언론사에 한정된 경우이긴 하지만, 한 아이템에 대해 충분히 시간을 들여 완성도를 높이는 방식으로 일하는 동아일보 히어로콘텐츠팀을 경험한 두 기자는 이 경험이 과업적·조직적·사회적으로 강력한 보상이 되었다고 말했다.

오랜 시간을 들여서 사회적으로 의미 있는 주제를 고민하고, 취재도 충분히 길게 하고, 문장도 마음에 들 때까지 계속 고칠 수 있고, 팀원들끼리 충분하게 고민을 해서 내놓으니까 스트레스가 크긴 하지만 그만큼 뿌듯함도 컸어요. 그게 사실 사람들이 제일 원하던 방식의, 꿈꾸던 저널리즘의 모습이 아닌가 생각이 들어서 보상이 되게 컸었죠.[2]

모든 언론사는 사내 수상 제도를 운영하고 있었다. 수여 주기는 짧게는 2주에 한 번, 길게는 1년에 한 번 정도였다. 대체로 특종상, 좋은

---

2   인터뷰한 기자가 특정될 가능성이 높아 발화자를 표기하지 않음.

콘텐츠상, 우수기사상 등의 명목으로 특종·단독 기사를 대상으로 상을 주고, 온라인에서 이슈가 된 좋은 기사에 대해 디지털 콘텐츠상을 주거나 부서에 상을 주기도 했다. 그렇지만 사내 수상 제도는 과업적·경제적 측면에서 모두 보상으로 작동하지 않았다.

사내에서 상을 받는 건 의미는 있지만 외부에서 상을 받는 것만큼 중요하게 생각하지 않아요. 사회적 영향력은 없지만 단독 류의 기사에 대해 주는 경우도 있고 회사의 영향력, 매출, 수익에 이바지하는 기사가 인정받는 경우도 있기 때문에. (E)

예를 들어 한 언론사는 부서별로, 격주로 좋은 기사를 선발해 5만 원 상당의 문화상품권을 주는데, 기자들은 누가 상을 받았는지 아무도 신경 쓰지 않는다고 말했다(C). 이 외에도 기자들이 말한 모든 상금은 1인당 10~20만 원선 정도의 경제적 보상이어서 유인 효과가 적었다. 또 사내 수상 제도가 좋은 기사를 대상으로 상을 주기도 하지만, 언론사 내에서 중요하다고 생각한 기사에 주는 것이라는 인식도 있었다. 상이 암묵적으로 연차가 낮은 기자들을 격려하는 차원에서 활용되고(J), 상을 받아도 인사고과에 크게 작동하지 않으며(A), 상을 받을 정도로 좋은 기사를 쓴 기자라고 해서 회사가 더 지원해주는 시스템도 없기 때문에(C) 기자들에게 사내 수상은 거의 보상으로 작동하지 않았다. 그 결과 사내에서 수여하는 상을 받아 기뻤다고 말한 기자는 인터뷰한 기자 중 단 한 명이었다.

6. 사회적 보상에 대한 기자들의 인식은 어떠한가

기자의 사회적 위상이 떨어짐에 따라 사회적 보상은 꾸준히 감소하고 있다. 예전에는 기자라고 하면 험한 일도 유리하게 해결됐다면, 지금은 기자라고 밝히는 순간 약점으로 작용한다고 느낄 정도다(I). 굳이 멸칭을 언급하지 않더라도 기자라고 하면 의심과 경계심을 보이는 눈빛을 수시로 느끼고(E, F), 숨기고 싶고 부끄럽다고 하는 경우도 있었다(I). 자신이 좋은 기사를 써도 기자라는 이름 아래 도매급으로 묶이기 때문에 아쉬워하기도 했다. 기대한 사회적 보상과 현재 느끼는 사회적 보상의 차이로 인해 좌절이 있을 수도 있다고 예상했지만 기자들은 생각보다 담담했다.

아직까지 이 직업 자체에 대해서는 사회적으로 의미가 있다고 생각을 해요. 기성세대는 기자라고 하면 인정해주는 부분도 있고, 친구들도 되게 멋있는 직업이라고 생각해주기도 해요. (A)

자연스러운 현상이라고 생각해요. 옛날에는 몇몇 언론사들이 정보를 독점하고 있으니까 당연히 권력이 있을 수밖에 없지만 사회가 민주화되고 고도화될수록 정보가 널리 퍼져 있는 건 당연한 일이고 그에 따라서 기자 위상이 떨어진거죠. 슬프긴 하지만 일에 회의감을 느끼고 실망할 정도는 아닌 것 같아요. (C)

한국기자협회에서 수여하는 '이달의 기자상', '한국의 기자상'은 인터뷰한 모든 기자들에게 강력한 보상으로 작동했다. '이달의 기자상'은 "정말 받고 싶은 상"(D), "기자의 관문"(A), "하나의 자극제"(F), "일종의 희망회로"(E)로 평가됐다. 언론계에서 기자 개인이 객관적으로 실력을 공인받는 가장 간명한 기준이라는 것이 이유이다. 상금이 많지 않더라도 어느 정도 경제적인 보상도 되고, 기자직을 적절히 수행하고 있다는 것을 공식적으로 인정해주는 징표라고 생각했다(C). 또 이후 기자 생활에 자신감을 주고 활력소도 되기 때문에 후배들이 상을 받을 수 있도록 출품을 독려한다고 했다(F). 여러 기자가 함께 노력을 투입하는 경우, 특히 탐사보도팀이나 기획보도팀은 이달의 기자상을 목표로 삼아 일을 하는 경우도 종종 있었다(D, F).

> 우리나라 언론 보도 트렌드 지표나 상징 같은 거라고 생각해요. 상을 받았다는 것 자체가 심사위원들한테 인정을 받았다는 거잖아요. 심사위원들도 언론학 교수들도 포함이 돼 있지만 데스크들이 거의 대부분이고. 상을 받기 위해 기사를 쓰는 건 아니지만 새로운 기법을 적용하거나 새로운 내용, 기사 방향을 정하고, 어떤 방식으로 취재할 건지 연구를 많이 하게 되거든요. 그렇게 해서 보도를 했을 때 그 자체로도 의미가 있지만 이달의 기자상은 사회적으로 그리고 언론 선후배들한테 인정받는 첫 번째 관문이라고 생각해요. (F)

이달의 기자상 외에도 과학기자협회 등 각 분야별 기자협회에서 주는 상이나 인권보도상, 엠네스티상, 장애인협회·유통협회·조사보도학회 등에서 받은 상도 적절한 보상으로 작동했다. 그렇지만 좋은 기사를 쓰는 것은 직업상 의무라고 생각하기에 상이 더 좋은 기사를 쓸 유인으로 이어지진 않았다.

동료 기자들, 출입처, 관련 취재처의 인정도 중요한 보상으로 작동했다.

> 어쨌든 출입처가 내가 쓰는 기사를 신경 쓰고 있다는 건 꽤 중요하게 작용하는 부분인 것 같아요. (A)

인터넷상의 이용자 반응인 PV, 댓글도 기자에게 보상으로 작동했다. 실제로 기자들은 대부분 자신이 작성한 기사의 PV를 확인하고 신경을 쓰고 있었다. 예를 들어 이주 노동자의 비자 법령 문제 등 쓰기 어려운 기사, 공들여 쓴 기사의 PV가 적게 나오는 경우 힘이 빠지기도 했고(C), PV가 10만 건 이상 나온 기사는 "오늘 장사 잘했다"(D)는 생각에 보상을 느끼기도 했다. 그렇지만 부서별 기사 특성, 플랫폼의 특성, 이용자의 특성 등을 고려해 PV를 인식하고 있는 모습이 나타났다. 예를 들어 사회부 기사는 PV를 신경 쓰지만, 산업부 기사는 다른 언론사가 관련 기사를 추가로 썼는지, 관련 업계에서 기사를 언급하는지 등이 더 중요한 보상이었다.

PV는 기자에게 사회적 보상으로 작동하기보다는 조직적 보상의 근거로 작동했다. 예전에는 회사에서 PV가 높은 기사에 상을 주는 경우가 종종 있었지만, 요즘 종합일간지의 경우 PV 중심으로 상을 주는 경우는 거의 없다. 선정적이고 자극적인 기사에서 PV가 높게 나오는 경우가 많기 때문이다. 그렇지만 PV가 높게 나오려면 포털이나 자사 홈페이지 등에서 눈에 띄게 배치돼야 하기 때문에, 기자들은 회사가 해당 기사를 중요하게 생각하고 신경 써줬다는 점에서(A, D) 회사의 인정을 받은 것으로 생각했다. 비슷한 방식으로 지면, 1면, 포털 첫 화면에 기사가 실리는 것은 보상으로 작동했다.

댓글도 선별적으로 판단했다. 일상적인 기사에 대해서는 PV, 댓글 모두 신경 쓰지 않는다는 기자가 대부분이었고 정파를 드러내며 거칠게 표현한 댓글도 거의 신경 쓰지 않았다. 댓글을 통해 기사가 평가 절하되더라도 자신이 쓴 기사에 대한 확신만 있으면 욕설이 달려도 흔들리지 않는다고 했다(C). 또 네이버 포털, 다음 포털, 유튜브 등 플랫폼에 따라 댓글 내용이 달라지거나 '댓글 작업'을 하는 경우가 있다는 것을 알기 때문에 의미를 크게 두지 않았다(D, H). 이에 비해 공들여 쓴 기사에 대한 이용자 반응의 양과 질은 강력한 보상으로 작동했다(E).

독자의 반응을 보면서 제가 사회적으로 좋은 영향을 주는 느낌을 받았어요. 또 일반 독자와 언론계에서 "내일 신문이 기다려지고 내일 기사가 기다려지는 건 처음이다"라는 반응을 받았을 때 보람을 느꼈어요. (E)

7. 현 기자 보상 체계의 문제점과 개선 방안은 무엇인가

주요 언론사에 근무하는 기자들은 명실공히 인재들이다. 인터뷰한 기자들은 모두 서울 시내 주요 대학 출신이었고 학점, 입사 시 영어 성적, 한국어능력시험 성적도 좋은 편이었다. 이들은 변호사 등 전문직이 될 수도 있었고, 삼성·구글 등 세계적인 대기업에 입사하거나 행정고시를 통과해 고위 공직자가 될 수도 있었다. 그럼에도 자신만의 콘텐츠를 만들고 사회에 선한 영향력을 끼치고 싶다는 열망으로 기자직을 택했다. 기자들의 보상 인식에서도 이러한 부분은 명백하게 나타났다. 모든 기자들은 자아성취감, 만족감, 자율성 등 과업적 보상과 관련된 부분을 중요하게 여겼고, 자율적인 근무 환경 속에서 계속 자기만의 콘텐츠를 생산하며 전문성을 키워나가는 것이 중요한 보상으로 작동한다고 말했다. 이러한 결과는 선행연구에서 나타난 기자의 특성과 유사하다.

그렇지만 이 연구의 결과는 역설적으로 현재 기자에 대한 보상 체계가 개인적인 보상인 과업적 보상 외에는 거의 작동하지 않는다는 것, 즉 언론사가 적절한 인적자원 관리를 하지 못하고 있다는 것을 반증한다. 일반적인 기업 조직에서 보상으로 작동하는 연봉은 기자들의 업무 수준, 기자들이 선택할 수 있었던 타 직종에 비해 적은 편이었다. 2023년 국내 주요 대기업과 IT 기업의 초봉은 5,000만 원 정도고 평균 연봉은 1억 원이 넘는다. 미국 구인·구직 사이트인 '글래스도어Glassdoor'

에 따르면 2021~2023년 워싱턴D.C.와 뉴욕에서 근무하는 경력기자 월급은 1~3년차 5,500~8,100달러(약 700~1,000만 원), 4~6년차 7,700~9,500달러(약 1,000~1,200만 원), 7~9년차 7,900~13,300달러(약 1,000~1,700만 원)이다. 이와 비교하면 국내 종합일간지 기자의 연봉은 현저히 낮다. 특히 연봉이 낮은 일부 언론사 기자들에게는 연봉이 출산 등 기본적인 인간적 삶을 영위하는 것에까지 영향을 미쳤다. 대부분의 기자들은 능력과 업무량 대비 적은 보상 체계의 문제점을 인식하고 있었다. 1980년대부터 2000년대까지 미국 기자들이 언론계를 떠난 주요 이유가 급여와 복지 문제였다는 점(Weaver, Drew, & Wilhoit, 1986)을 고려하면, 국내 종합일간지 기자들이 평균적인 삶을 누리기 어려운 수준의 경제적 보상을 받는 것 역시 이직에 영향을 미치는 것으로 보인다.

사내 시상 제도 역시 좋은 기사를 생산하는 유인으로 작동하기에는 상금이 너무 적거나 충분한 명예가 되지 못했다. 격주로 주는 상은 상금이 너무 적어서 기자들의 관심조차 끌지 못했다. "어느 날 편집국에 갔더니 책상 위에 문화상품권이 놓여 있어서 상을 받은 줄 알았다"(C)고 할 정도다. 시상식을 진행해도 참석자가 별로 없고 사내 공지사항에 이름이 올라가는 정도니, 명예로운 감정은 온전히 개인이 느끼는 정도에 달려 있었다. 승진을 보상으로 인식하는 기자는 단 한 명도 없었고, J기자처럼 오히려 승진을 적극적으로 거부하기도 했다. 부서 배치 역시 더 좋은 기사를 쓸 가능성이 있는 부서, 전문성을 쌓을 수 있는 부서보다 워라밸이 가능한 부서로 배치되는 것을 보상으로 여겼다.

언론사 조직 내에 기자가 좋은 기사를 쓸 만한 보상 구조가 없다는 것은 연차가 높아질수록 부정적으로 작동할 것으로 보인다. 중견기자들이 더 좋은 기사를 작성하거나 기자직을 유지할 유인이 되는 보상이 거의 없기 때문이다. 젊을 때는 기자직이 사회에 선한 영향력을 미치는 멋진 직업, 또래보다 다양한 경험을 할 수 있는 직업으로 여겨졌지만,

나이가 들어서는 기자직에 오래 종사한다고 해서 더 좋은 기사를 쓰게 된다고 생각하지 않았고, 승진은 보상으로 작동하지 않으면서 경제적 보상은 타 직종에 비해 상대적으로 줄어들었다. 이로 인해 언론사와 언론직에 회의를 느끼거나, 언론계를 떠나는 것을 늘 생각하고 있다고 얘기한 기자가 절반 이상이었다.

온전히 개인한테만 의존해 있는 거죠. 레거시 미디어들이 세상 달라지는 걸 모르고 이전에 언론사 기자라는 명함 파고 다니는 거 하나만으로도 뭔가 자랑스럽고 내가 뭔가를 하고 있는 것처럼 느꼈던 사회적 위상, 이런 것들이 아직도 작동할 거라고 믿는 엄청난 착각 속에 있다고 봅니다. (J)

저희는 직무 상관없이 다 똑같은 돈을 받으니까 못하는 사람이랑 잘하는 사람이랑 똑같은 돈을 받아요. 엉망진창인 상벌 체계가 거의 작동하지 않는데 이런 회사에서는 당연히 열심히 일하고자 하는 욕구가 점점 떨어질 수밖에 없다고 생각합니다. (C)

회사는 기자들을 그냥 장기판의 말처럼 쓰는 거지 기자가 어떤 의지를 갖고 어떤 분야에 관심이 있는지 몰라요. (…) 강력한 의지가 있지 않다면 커리어 관리가 잘 안 돼서 내가 그냥 이렇게 소모되다 끝나는구나 싶어요. (A)

기자들이 원하는 보상을 질문했을 때 대부분의 기자들은 더 좋은 기사를 쓸 수 있는 환경, 저널리즘의 공적 가치를 잘 수행할 수 있는 환경을 만들어주길 원했다. 단순히 시간을 많이 달라거나 기사를 적게 쓰게 해달라는 방식이 아니라, 회사 시스템을 통해 누구나 원하는 수준의 좋은 기사를 쓸 수 있도록 시간을 확보해주길 원했다.

본인이 팀장급이 됐을 때 이런 방식을 실험한 경우도 있었다. 예를 들어 I기자는 가시적인 목표가 있어야 열심히 할 수 있다는 생각에 후배 기자들에게 상을 목표로 제시하면서 더 잘 써야 한다고 끊임없이 요구했다고 했다. 또 매일 써야 하는 기사, PV를 위한 기사는 본인이 작성하고, 부서원들에게는 더 좋은 기사를 쓸 수 있도록 시간을 줬다고 말했다. 이런 맥락에서 동아일보 히어로콘텐츠 팀은 기자들에게 하나의 "희망"으로 평가됐다. 5~6개월 동안 사회적으로 좀 더 의미 있는 기사를 쓸 수 있고 새로운 시도를 할 수 있다는 점에서 한 번쯤 꼭 가보고 싶은 부서로 자리 잡았다. 실제 인터뷰한 동아일보 기자에 따르면, 많은 주니어 기자들이 해당 부서에 어떻게 갈 수 있을지 고민하고 노력하고 있다고 했다.

또 기자들은 편집국에서 외적인 요인 때문에 기사를 삭제하거나 축소하지 않는, 기사 작성의 자율성을 보장해주는 분위기도 중요하다고 말했다(I). 기사 평가 기준이 다양해질 필요가 있다고 말한 기자도 있었다.

> 전통적으로 좋은 기자, 잘하는 기자의 범위를 좀 넓혀줘야 될 것 같아요. 지금은 기사를 빨리 완성도 있게 쓰고, 출입처에서 단독, 특종, 남들이 모르는 얘기를 가져왔을 때 영향력이 있고 좋은 기자라고 생각해요. 전달력 좋게 글을 쓰거나 다른 관점의 기획력도 필요한데, 여전히 단독 기사를 만들어낼 줄 아는 기자가 사내에서 좋은 고과를 받고 영향력을 발휘하기 때문에. 그쪽으로 자신이 없는 젊은 기자들은 이 업계에서 살아남을 수 있을까 고민을 많이 하는 것 같더라고요. (E)

기자들이 느끼는 보상 전반을 증가시키기 위해서는 언론사, 즉 조직적 보상 부분부터 개선돼야 한다. 조직적 보상이 좋은 기사 생산의 유인으로 작동할 수 있고, 좋은 기사를 통해 기자 개인이 과업적 보상과 사회적 보상을 느낄 수 있는 순환 구조이기 때문이다.

이를 위해, 첫째, 언론사는 뉴스 품질에 대한 더 높고 다양하고 투명한 기준을 제시하고 보상 체계에서 뉴스 품질이 강력한 요인으로 작동할 수 있도록 해야 한다. 현재 한국에서 생산되는 기사의 품질은 언론사별, 플랫폼별, 기자 연차별 차이가 거의 없다. 제품의 품질에 차이가 없는 상황에서는 차등적인 보상을 요구하는 것도 어렵다. 또 현재 운영되고 있는 언론사 내 수상 제도는 대체로 상금이 적고 주니어 기자에 대한 격려 차원으로 인식되는 경우가 많았다. 이에 한국기자협회가 선정하는 '이달의 기자상'이 좋은 기사의 공인 기준처럼 인식되고 있다. 이를 개선하기 위해서는 사내에서 시상 제도가 실질적으로 운영될 수 있도록 평가 기준을 투명하고 명확하게 제시하고 상금을 증액해 연차가 높은 기자들도 도전할 만한, 좋은 기사를 쓸 유인이 되도록 해야 한다.

또 현재의 단독, 특종 등 이슈 중심 수상 방식에서 '기사 형식을 혁신한 기사' 등 다양한 기사 품질 측정 방식이 반영된 평가 기준을 활용한 수상으로 변화해야 한다. 퓰리처상을 받은 대부분의 기사들은 모두 내러티브 형식으로 쓰였으며, 코로나 사망자 현황을 점으로 표현해 1면의 절반 이상을 그래픽으로 채운 기사 등은 모두가 인정하는 탁월한 기사였다. 즉 이슈 외에도 탁월한 기사에 대한 평가 기준은 얼마든지 있다. 또 기자가 사외에서 수상할 경우 회사의 브랜드 가치를 높인 것에 대한 보상으로 사내에서 인센티브를 추가 지급하는 방안도 적극 고려해야 한다. 이는 모든 기자들에게 더 좋은 기사를 작성하도록 하는 유인책이 될 수 있다.

일상적인 기사를 쓰는 기자도 3~6개월 등의 주기로 원하는 주제에 대해 수준 높은 보도를 할 수 있는 기회와 시간적 여유를 제공하는 것이 필요하다. 기자들은 이런 기회를 조직적 보상으로 여기고 있었고,

이런 기회를 통해 역량을 발휘한 경험은 "기자의 본질적인 업무"를 수행한 경험으로 간주되어 강력한 과업적 보상으로 작동하고 있었다. 또 이런 기사를 통해 상을 받은 경험도 과업적·사회적 보상으로 작동했다. 이러한 경험을 특정 부서 소속원이 아닌 모든 기자들이 경험할 수 있게 하는 체제를 만들어야 한다. 탐사보도부 소속인 F기자는 기획과 취재에 소요되는 시간에 비해 기사 생산량은 적기 때문에 타 부서에서 시기 어린 시선을 받고, 성과에 대한 압박도 있어 스트레스가 심하다고 했다. 인터뷰 기간에 만난 소위 "소 키우고 양치기"하는 기자는 본인도 그런 부서에 소속되어 있다면 얼마든지 주목받는 기사를 쓸 수 있는데 그렇지 못하다며 불만을 토로했다. 이처럼 특정 부서에서 기획 탐사보도를 생산하는 구조는 일부 기자들에게만 과업적·조직적·사회적 보상 기회가 주어지게 함으로써 기자 간 갈등의 씨앗이 될 수 있고, 기회를 얻지 못한 기자의 이탈로 이어질 수 있다. 이에 모든 기자들이 원하는 내용과 수준의 기사를 작성할 수 있도록 언론사가 주기적으로 기회를 주는 것이 필요하다.

연차가 높은 역량 있고 훈련된 기자들이 기자직을 계속 유지할 수 있도록 보상 체계를 개편할 필요도 있다. 10년 차 이상 기자들은 하후상박의 연봉 구조, 젊은 기자들에 대한 격려 차원으로 운영되는 수상 제도, 저널리스트의 전문성을 이어가기 어려운 승진 시스템 속에서 일하고 있다. 또 젊은 기자와 비교해 차별화된 품질의 기사를 생산하지 못하면서 전문성에 따른 권위도 인정받지 못하고 있다. 20년차 이상의 기자들이 대기업 홍보팀으로 이직하거나 정계를 기웃거리고 유튜버가 되는 현상의 바탕에는 이러한 이유도 작동하는 것으로 추정된다. 그러므로 10년차 이상 중견기자들이 성취감과 자기효능감을 느낄 수 있도록 재교육 체계를 갖추고, 이들이 차별화된 품질의 기사를 쓸 수 있도록 기회를 제공해야 한다.

또 인터뷰한 모든 기자들은 사내에서 에디터가 되는 것 외에 다른 모델을 찾지 못하고 있었다. 그렇지만 앞서 살펴본 것처럼 승진은 보상으로 작동하지 않았다. 그러므로 언론사는 관리자형 기자와 전문기자형 기자를 구분해 트랙에 따라 전문적인 경험을 할 수 있도록 인사 제도를 개편해야 한다. 일부 언론사에서 기자들에게 커리어 설계를 하도록 하는 것은 이런 측면에서 긍정적으로 평가할 수 있다. 이것이 실질적으로 작동하기 위해서는 각 트랙에 따른 별도의 관리와 교육이 뒤따라야 한다.

회사의 재정 상황으로 인해 연봉을 올리는 것이 어려울 수도 있다. 이러한 상황에서는 개인의 생애주기, 기자직의 생애주기에 따른 복지 제도 운영도 보상 차원에서 고려할 수 있다. 상대적으로 어린 연차의 기자들은 취재 과정, 이용자 댓글이나 이메일을 통해 받는 정신적 스트레스가 심하지만 회사에서 이런 부분은 지원해주지 않는다고 했다. 전문 상담이 가능하더라도 업무와 직접적으로 관련된 내용 외에는 지원하지 않는다고도 했다. 기사로 인해 뜻하지 않은 소송을 당했을 때도 언론사와 계약을 맺은 변호사에게 상담만 받고, 비용이 추가되니 법원에 같이 가지는 말라는 얘길 들은 기자도 있었다. 기자들에게 있어 연봉은 핵심적인 보상이 아닌 한편, 기자 업무 중 발생한 사안에 대해 회사가 비용을 아끼려 하고 기자 개인이 비용을 부담해야 할 때 느끼는 부정적인 감정은 언론계를 떠나고 싶게 만들 만큼 강력했다. 또 조직의 경제적 보상이 충분치 않은 상태에서의 개인 생애주기에 따른 비용 증가, 예를 들어 결혼·출산·육아에 필요한 비용 증가는 역량 있는 기자가 언론계를 떠나게 만드는 계기가 될 가능성이 높았다. 실제로 한국기자상 외에 사내외의 모든 상을 받은 적이 있다고 한 한 기자는 낮은 연봉으로 인해 출산을 포기하려 했다. 연봉 인상이 어렵다면 생애주기 맞춤형 지원 제도를 운영하는 등 보상책을 마련하고, 능력 있는 기자들이 기자직을 유지할 수 있게 하는 시스템을 마련해야 한다.

이처럼 언론사 내부 보상 체계는 과업적 보상 인식이 큰 기자직의 특성을 반영하여 더 좋은 뉴스를 생산할 때 더 많은 보상이 주어지는 방향으로 개선이 필요하다. 그래야 기자 개인이 성장하고, 좋은 기사를 통해 언론사의 신뢰가 회복되면서 언론사 경영도 개선될 수 있다. 또 장기적으로 언론 전반의 신뢰가 높아지면서 이용자가 증가하고 기자에 대한 사회적 보상이 커지면 언론계에 더 좋은 인재가 오는 선순환 구조가 만들어질 수 있다.

생성형AI시대에도 언론의 핵심인 사실 확인, 새로운 이슈나 숨겨진 사실에 대한 조명, 권력에 대한 견제와 감시 등은 전적으로 인간 기자에게 의존해야 한다. 그러므로 생존이 목표가 된 언론사의 경영 위기 속에서 역설적으로 언론사는 인적자원 관리 차원에서 기자의 역량을 끌어올릴 수 있는 보상 체계를 마련해 기자에게 더 많은 투자를 해야 한다. 이것은 언론사뿐 아니라 한국의 언론과 민주주의가 정상적으로 작동하는 데도 필수적이다.

이 연구는 앞서 언급한 것처럼 국내 주요 종합일간지 기자 10명을 대상으로 심층 인터뷰를 한 것으로 연구 결과를 일반화하기는 어렵다. 특히 조직적 보상의 경우 개인적인 환경, 즉 결혼 유무, 자녀 유무, 자가 보유 여부 등에 따라 연봉에 대한 평가와 이로 인한 직무 만족도, 이직 의도 등에의 답변에 차이가 있었고, 조직 규모에 따른 보상 차이도 큰 편이었다. 또 보상에 대한 인식은 소속 매체에 따라, 또 소속된 매체의 유형에 따라 달라질 가능성이 높았다. 예를 들어 방송사 기자의 경우 일반적으로 종합일간지 기자보다 금전적 보상이 높은 것으로 알려져 있고, 인터넷매체 기자의 경우 기사의 PV가 조직적 보상 중 경제적 보상과 관련되어 있으며 사회적 보상 중에서는 이용자에 대한 보상과 관련이 깊어 여타 매체 기자들과는 보상 인식이 확연히 다를 가능성이 있었다.

이 연구에서 다룬 보상과 관련된 다양한 내용들은 각 개념에 대해 보다 구체적인 하위 차원이 존재할 수 있으며, 각 개념 간 관계가 상호

조절 또는 매개되는 영향을 미치는 관계에 있는 경우도 있다. 그러나 이 연구는 심층 인터뷰를 통한 탐색적 연구로 진행됐기 때문에 이러한 관계에 대해서는 자세하게 알아보지 못했다. 추후 연구에서는 설문조사를 통해 각 변인별 영향에 대한 탐구가 이뤄질 필요가 있다.

9 장

한국 기자들의 사고습관

이완수

2015년 3월 5일 마크 리퍼트Mark Lippert 주한 미국대사 피습 사건이 발생했을 때 한국 언론이 보인 태도는 흥미로웠다. 한 시민이 면도칼로 리퍼트 대사의 얼굴에 심한 상처를 입힌 직후 한국 언론은 지체 없이 '종북몰이', '집단 테러', '추종 세력의 소행'과 같은 표현을 사용해 이 사건을 집단 범죄로 규정했다. 정치적 이념을 달리하는 보수언론과 진보언론 모두 어찌 된 일인지 같은 방향으로 보도했다. 하지만 이 사건을 다룬 미국 언론의 해석 방식은 달랐다. 미국 언론은 '개인 도발', '개인의 우발적 이탈 행동'으로 보도하면서 '개인적인' 범죄에 초점을 맞췄다. 국가적 이해관계로 따지면 한국 언론이 '단순한 개인의 폭력'으로, 미국 언론이 '집단적 정치 테러'로 보도하는 것이 더 맞았을 것이다. 하지만 이러한 예상과는 달리 한국 기자들은 집단성에, 미국 기자들은 개인성에 집중했다. 한국 기자들은 왜 이 사건을 개인 범죄가 아닌 집단 범죄로 규정해 보도했을까? 사회적 문제에 대해 사사건건 다르게 보도해오던 보수언론과 진보언론이 이 사건을 같은 방향으로 보도한 이유는 무엇일까? 같은 사건을 바라보는 한국 기자들과 미국 기자들의 시선은 왜 달랐을까?

기자라면 국가와 지역을 불문하고 '객관적 사실 보도'라는 저널리즘 규범을 관행으로 따른다. 뉴스를 생산하는 저널리즘 관행은 전 지구적 보편성을 지닌다. 직업적인 관행뿐 아니라 개별 국가의 사회문화적 공명共鳴에 의해서도 뉴스는 대체로 비슷하다(Hanitzsch, 2007). 뉴스는 관점의 차이는 있을망정, 본질적 내용은 크게 달라지지 않는다. 기자는 그가 어느 문화권에서 살든 비슷하게 사고한다. 어떤 문화권에 속하든 기자들은 '해석공동체interpretive community'로서 비슷한 방식으로 사고하고 해석한다는 연구도 있다(Zelizer, 1993). 정해진 취재 관행과 육하원칙을 바탕으로 보도하는 기자들의 사고방식이 다르다면 오히려 그것이 이상할 것이다. 하지만 저널리즘 규범과 원칙에 따라 취재하고 보도하는 기자들의 '생각 방식the ways of thinking'이 문화적 배경에 따라 다르다는 증거들도 상당하다(이완수, 2023). 각 국가 기자들의 사고습관은 국제적 공통성도 지니지만, 그들만의 고유한 문화적 특수성에 따른 차이도 있다(Hanusch, 2017; Kwon & Moon, 2009; Morris & Peng, 1994).

이 장에서는 특정 문화가 그 문화권에서 살아온 사람들의 생각 방식을 결정한다고 보는 '문화적 인지 편향성'의 문제를 다루는데, 특히 저널리즘에 국한하여 유교적 동양 문화에 익숙한 한국 기자들에게 그것이 어떻게 나타나는지 근거와 사례를 중심으로 살펴본다. 구체적으로 한국 기자들의 사고습관에 주목해 그들이 뉴스를 만들 때 머릿속에서 생각 방식이 어떻게 작동하는지, 이론적 근거와 함께 실증적 사실을 제시하고자 한다. 이를 위해 필자는 두 가지 연구 문제에 주목했다. 하나는 동양 문화에 익숙한 한국 기자들은 사건을 대할 때 과연 동양적 집단사고와 해석 방식을 보이는지에 관한 것이고, 다른 하나는 한국 기자들은 자신이 속한 매체의 정치적 이념과 관계없이 사회문화적으로 학습된 방식으로 일관되게 사고하고 해석하는지에 관한 것이다.

기자에 대한 이전의 논의들은 기자 개인 차원에서는 뉴스 가치 인식, 취재 관행, 교육적 배경, 윤리적 민감도, 프로페셔널리즘의 수준에, 그리고 조직 차원에서는 출입처 제도, 취재 시스템, 인력 운용 방식, 뉴스 생산 과정, 뉴스룸의 문화와 같은 저널리즘 규범의 문제에 주로 집중해왔다(박재영·이완수·노성종, 2009). 하지만 이런 전통적 접근 방식은 기사 작성 주체인 기자 개인의 판단과 사고, 그리고 내적 인지 방식이 기사 구현 과정에 어떻게 작동하는지에 대한 충분한 설명을 제공하지 못했다. 문화적 토대에 따라 고착되어온 기자들의 머릿속 인지 구조가 사물을 평가·구성·재현하는 과정에 차이를 만들어낸다는 점이 간과되어온 셈이다.

미국 언론학자인 스토킹과 그로스(Stocking & Gross, 1989)는 연구자들이 기자와 언론 조직의 규범에 치중하여 뉴스의 편향이나 왜곡을 설명하는 바람에 '기자와 에디터의 머릿속에서 정작 어떤 일이 일어나고 있는가'를 간과했으며, 따라서 그에 대해 별로 알지 못한다고 주장했다(박재영·이완수·노성종, 2009 재인용, p. 3). 이들 연구자들이 대안으로 제시한 핵심 개념이 바로 심리학자와 인지과학자들이 발전시켜온 '인지 과정cognitive processing'이다. 기자들은 뉴스를 만들기 위해 끊임없이 정보를 처리하는 사람들이다. 이들은 외견상으로만 보면 취재한 정보를 규범에 따라 재구성하는 것으로 보인다. 하지만 실제로는 기사 작성 과정에 문화적으로 학습된 요소들을 투입input해 인지처리 과정을 거쳐 뉴스라는 산물output을 생산한다. 세상에 대한 판단과 해석을 제약하는 '다양한 습관적 사고방식a variety of routine ways of thinking'이 뉴스 내용을 결정한다. 뉴스는 결국 기자들이 습득한 정보를 자신의 내적 인지 체계에 따라 재해석하는 일종의 문화적 산물인 셈이다.

하지만 문화적 배경이 서로 다른 기자들이 특정 사건을 대하는 내적 인지 체계나 사고습관의 차이를 논의한 선행연구는 별로 없다. 기자 집단에 대한 연구는 주로 뉴스 생산 관행이나 뉴스 생산 조직에 치중해 이루어져왔으며, '기자들은 어떻게 생각하는가'에 대한 내적 인지 체계에 대해서는 소홀했다. 기자의 판단을 제약하는 '문화적으로 학습된 사고습관'이 뉴스 구성 과정에 어떻게 투영되는지를 밝히는 일은 저널리즘 연구에서 매우 중요하다. 기자의 생각 방식은 특정 사건의 성격을 규정하는 동시에 그 사회의 문제에 대한 방향을 결정하기 때문이다. 예를 들어 동양 문화권 사회에서 흔히 발견되는 집단주의는 국내 주류 문화의 한 분파로서 기자의 의식 체계에 자연스럽게 스며든다. 기자들은 내면한 집단주의를 뉴스라는 공공정보로 바꾸며, 이 집단주의는 뉴스를 읽는 다수 수용자의 의식 체계로 다시 스며든다(이완수·허만섭, 2023). 다수의 뉴스 수용자는 자신의 기존 신념 체계와 합치하는 집단주의 사고를 자연스럽게 받아들이고, 이 집단주의는 주류 문화의 일원으로 유지된다. 그리고 그렇게 유지된 집단주의는 지속적인 뉴스화를 통해 한 문화권에서 계속 순환되고 후속 세대로 이어진다(이완수·허만섭, 2023).

리퍼트 전 미국대사 피습 사건을 사회적 집단 범죄로 기록한 한국 언론의 보도 태도도 집단주의 문화를 투영한 결과로 볼 수 있다. 기자들은 자신이 살아온 사회의 문화로부터 영향을 받아 형성된 그들의 내적 사고습관이나 해석 방식을 통해 사건을 규정한다. 기자들의 이런 인지 체계는 다시 그 사회 구성원들의 집단적 의식세계에 스며들고, 재차 기자들의 생각 방식에 순환적으로 영향을 미쳐 하나의 공고한 문화적 산물로 고착된다. 한국 기자들이 사건을 보도할 때 어떻게 생각하고 해석하는지를 알아보는 '머릿속 인지 구조'를 탐색하는 작업은 학술적으로는 물론 현실적으로도 가치가 있다고 하겠다.

1. 문화적 배경으로서 집단주의와 개인주의

집단주의는 개인주의와 더불어 한 사회 구성원들의 문화적 사고와 행동의 차이를 설명할 때 유용한 해석적 틀로 널리 인용되어왔다 (Hofstede, 1980; Triandis, 1988). 집단주의 사회의 구성원들은 상호 간 감정적 의존도가 높아 상황적 또는 맥락적 정보를 중시한다(Hofstede, 1980). 또, 어떤 문제를 다루면서 웬만해선 집단의 가치나 규범에 어긋나는 일을 하지 않는다. 그것은 문화적 토대가 그 사회 구성원들의 감정과 생각을 결정한다는 것을 의미한다. 전통적으로 삼강오륜 같은 유교 사상은 한국 사회에서 집단 내 위계와 조화를 중시하는 커뮤니케이션의 성격을 규정했으며, 집단주의의 이론적 토대를 제공해왔다(이완수·허만섭, 2023; Kim & Kelly, 2008). 이에 반해 개인주의 사회에서는 구성원 간 결합 관계가 상대적으로 느슨하며(Triandis, 1988), 사회 구성원들은 주변 상황을 의식하지 않고 독자적으로 문제를 평가하고 해석하는 편이다(Bochner, 1994). 문화적 배경은 이처럼 사람들이 다른 방식으로 생각하고 행동하는 요인으로 작용한다.

고전 인지심리학자들은 한 문화권의 인지 메커니즘이 다른 문화권에서도 동일하게 적용된다고 봤다. 추론, 기억, 범주화 같은 인식은 모든 문화권에서 유사한 형태로 나타나고 문화적 요인에 의해 크게 달라지지 않는다(Han, 2010; Ross, 2004). 하지만 사회심리학자나 문화심리학자들의 견해는 다르다. 이들은 문화적 차이가 기억, 언어, 자각, 자기현시, 예측 같은 인지처리 과정에 영향을 끼쳐 다른 사고습관을 만들어낸다고 가정한다(Nisbett, 2003; Nisbett, Choi, Peng, & Norenzayan, 2001). 다른 문화권에서 사는 사람들은 다른 인지처리 과정과 신경망 구조를 형성하며, 사물에 대한 해석 방식 역시 달라진다는 것이다. 연구자들은 동양 문화권에서 학습한 사람들이 서양 문화권 사람들과 달리 집단 속에서의 연결성을 중시하고 관계중심적으로 대상을 해석한다고 보았다(Wang & Chen, 2010; Yuki, 2003). 이처럼 한 개인의 사고 방식은 문화적 배경에 따라 다른 형태를 띤다. 이런 맥락에서 집단주의나 개인주의와 같은 사회문화적 환경 요인은 특정 사회 구성원들의 사고습관이나 인지 체계와 밀접한 관련성을 갖는다.

2. 동서양 문화와 사고습관의 차이

인지심리학자들은 전통적으로 지역이나 문화에 관계없이 개인의 기질이 모든 행동을 결정한다고 주장한다. 프리츠 하이더Fritz Heider(1958)와 다수의 후학 연구자들은 오랫동안 행위자의 행동을 개인의 속성에 맞춰 추론하는 명시적 이론implicit theory에 주목해왔다(Dweck, Chiu, & Hong, 1995; Reeder & Brewer, 1979; Schank & Abelson, 2013). 명시적 이론가들은 개인의 기질이나 특성에 기인하는 인간의 일반적인 인지 편향을 기본적 귀인오류fundamental attribution error로 명명했으며(Ross, 1977), 특정 문화와 관계없이 인간의 행동을 비슷하게 이해해왔다(Gilbert & Malone, 1995; Menon, Morris, Chiu, & Hong, 1999). 즉 사람들의 생각 방식은 문화적 배경과 관계없이 어디에서나 개인의 행위만으로 모두 설명이 가능하다고 본다.

그러나 개인의 기질이나 속성은 문화권마다 다르다는 반론도 적지 않다(Choi, Nisbett, & Norenzayan, 1999; Cole & Packer, 2019; Koo, Choi, & Han, 2018; Veissi re, Constant, Ramstead, Friston, & Kirmayer, 2020). 문화심리학자들은 사람들의 행동이 내적 속성, 또는 안정적인 속성으로 모든 문화권에서 같다고 해석하는 것이 타당한지에 대해 의문을 제기한다(Han, 2010; Nisbett & Masuda, 2003). 사람의 행동을 개인의 기질에 귀인하는 이런 인지 편향성은 개인주의 문화권인 서양 사회에서는 자연스럽게 수용된다(Jones & Harris, 1967). 하지만 집단주의적 성격이 강한 동양 문화권에서는 이러한 경향성이 확연히 줄어든다(Miller, 1984). 한 예로 같은 사회적 사건에 노출되었을 때 서양 문화권 사람들은 이를 '개인적 기질'에 더 편향해 귀인하지만, 동양 문화권 사람들은 '사회적 상황'에 주목하는 다른 귀인 방식을 보인다.

문화적 배경은 개인이 세상을 바라보고, 인지하고, 해석하는 방법에 광범위하게 영향을 미친다(Maddux & Yuki, 2006). 서양 문화권에서는 사람들에 대한 행동 귀인을 개인적 정향성으로 해석하는 반면에, 동양 문화권에서는 이를 사회적 또는 집단적 정향성으로 해석하는 경향에서도 잘 드러난다. 한국, 중국, 일본과 같은 동양 문화권 사람들은 사건의 원인을 집단적 상황과 맥락의 관점에서 접근한다. 이에 반해 미국이나 영국과 같은 서양 문화권 사람들은 사건을 대할 때 개인의 특성이나 기질의 관점에서 접근한다(Maddux & Yuki, 2006).

사물에 대한 인지 방식은 동서양 문화에 따라 대체로 다른 양상을 보인다. 서양 문화권 사람들은 중요한 대상에 초점을 맞추는 분석적 인지 방식을 선호하지만, 한국과 같은 동양 문화권 사람들은 주변 상황에 민감하게 조응하는 종합적 인지 방식을 더 두드러지게 보인다. 동양 문화권 지역에선 사회적 규범을 강조하는 집단주의가 강하기 때문에 사물에 대한 인지 방식도 그에 상응하는 집단적이고 종합적인 경향을 띤다. 서양 문화의 분석적·기계적 정향은 개별적 주체의 속성에 맞춰 행동을 귀인하고, 비서양 문화권(가령 동아시아 지역)의 종합적·맥락적 정향은 상황적 요인과 사회적 관계성을 더 고려해 행동을 해석한다(Shweder & Bourne, 1982). 사람들의 인지적 사고가 문화에 따라 차이를 보인다는 가설은 문화심리학자를 중심으로 여러 실험연구를 통해 입증되어왔다(Menon, Morris, Chiu, & Hong, 1999; Morris & Peng, 1994; Nisbett & Miyamoto, 2005; Nisbett, Choi, Peng, & Norenzayan, 2001 참조).

앞서 설명했듯이 사회적 책임이나 성과의 문제에 대한 내적 귀인 방식은 문화에 따라 상당히 다르다. 기독교 문화권인 미국에서는 사회적 책임을 개인의 고유한 속성에 귀인해 주목하지만, 유교 문화권인 동양에서는 사회적 책임을 집단에 더 귀인해 주목한다(Menon, Morris, Chiu, & Hong, 1999). 북미권 사람들은 행동을 파악할 때 개인의 내적 귀인 요소인 기질, 능력, 동기, 가치, 행동을 보다 중시하며(Markus & Kitayama, 1991, p. 224), 한국과 같은 유교 문화 사상이 지배하는 동양 사회에서는 반대로 집단의 가치와 관계를 더 강조하는 편이다. 동양 사회에서 개인의 행위는 흔히 가족, 학교, 직장, 나아가 사회와 같은 집단성 속에서 쉽게 설명된다(Nisbett, Peng, Choi, & Norenzayan, 2001). 따라서 사회적 규범은 집단이나 조직에 순응하는 쪽으로 강요된다. 북미권에서는 어떤 성과를 평가할 때 개인의 능력으로 설명하지만, 동양 문화권에서는 집단 전체 구성원의 노력에서 그 원인을 찾는 것도 같은 맥락이다(Earley, 1994). 북미권의 경우 개인의 잘못이나 성공을 개인 자신의 문제로 간주한다. 반면에 동양의 경우는 가족, 조직, 나아가 사회 전체의 잘못이나 성공과 동일시한다.

대상 간의 관계를 관찰하는 방식에서도 이런 문화적 차이는 발견된다. 서양 문화권 사람들은 사건을 이해할 때 개별적·독립적으로 접근하는 편이지만, 동양 문화권 사람들은 다른 사람과의 상호 관계 속에서 접근한다. 서양 문화권 사람들은 특정 대상을 바라볼 때 상황이나 맥락과 연결하는 데 익숙하지 않다. 대신 대상을 독립된 주체로서 이해하는 개별적·분석적 접근 방식에 익숙하다. 하지만 대상 간의 관계에 대한 동양 문화권 사람들의 해석 방식은 좀 다르다. 이들은 어떤 대상이 주변과 서로 어떻게 연결되어 있는가 하는 관계중심적·종합적인 인식 방식을 자연스럽게 받아들인다. 동양 문화권 사람들은 자신을 철저히 사회적 관계나 맥락 속으로 제한한다(Markus & Kitayama, 1991; Yuki, 2003). 예를 들어 동양 문화권 사람들은 상대방의 입장에서 사물을 주목하는 아웃사이더outsider 관점을 지향하는 편이지만, 서양 문화권 사람들은 자신의 입장에서, 또는 전달하고자 하는 주체를 이해관계를 달리하는 객체와 분리해서 접근하는 인사이더insider 관점을 더 지향하는 편이다(Nisbett, 2004).

생각이나 감정에 대한 해석 방식도 문화에 따라 다르다. 동양 문화권 사람들은 상대방이 자신의 생각이나 감정에 대해 특정한 반응을 보일 것이라는 가정을 전제로 하는 '관계중심적 투사relational projection'에 익숙하다. 하지만 서양 문화권 사람들은 자기 자신의 생각이나 감정에 지나치게 집중한 나머지 자신의 생각을 다른 사람과 동일시하는 '자기중심적 투사egocentric projection'에 더 집중한다(김명진, 2008). 따라서 동양 문화권 사람들은 전통적으로 상대방의 입장이나 생각을 우선적으로 고려해 사회 현상을 기술한다. 서양 문화권 사람들은 반대다. 그들은 타자 입장에서 설명하기보다는 자신의 생각이나 관점을 중심으로 사회 현상을 설명하려는 경향을 더 자주 보인다(Nisbett & Miyamoto, 2005). 문화는 이처럼 다른 어떤 요소보다 사회 구성원들의 생각·태도·행동에 광범위하게 영향을 미친다. 그러나 사물에 대한 이런 문화적 지각과 해석의 차이가 사실을 객관적으로 전달하도록 훈련받은 기자 집단에서도 나타나는지는 충분히 검증되지 않았다.

3. 해석공동체로서 기자의 보편적 사고

기자들은 평소 사회문제를 편향 없이 객관적으로 보도하도록 훈련받는다. 언론사 입사와 동시에 사실fact을 확인하고, 그 사실을 객관적이고 공정하게 규범적으로 기록하라는 주문을 받는다. 그들은 감정이나 가치를 가능한 한 배제하라는 보도의 규범성을 취재와 보도라는 직무 수행 과정에서 자연스럽게 학습한다. 저널리즘 규범성은 기자들이 속하는 어느 지역에서나 보편적으로 적용된다. 그들이 어떤 사회, 어떤 문화권에 살든 객관적 사실 전달이라는 저널리즘의 규범은 크게 바뀌지 않는다. 사실 전달이라는 저널리즘 규범에 따르면, 한국 기자와 미국 기자가 같은 사건을 서로 다르게 보도할 이유가 없다. 사건의 본질 자체가 규범을 이탈해 개인의 무작위적 의식에 의해 변형되거나 왜곡될 수 있다는 사실은 상정하기 어렵다. 이런 이유로 기자들은 저널리즘 규범이라는 관행에 따라 '해석공동체'로서 같은 사회문제에 대해 비슷한 의견과 방향을 제시하는 것으로 알려져 있다(Berkowitz & TerKeust, 1999; Zelizer, 1993).

국제 연구에서 기자의 전문적 역할 개념, 윤리적 관점, 편집 절차, 사회화 과정은 놀라울 정도로 유사하다(Hanitzsch, Anikina, Berganza, et al., 2010). 예컨대 뉴스의 객관성이나 불편 부당성은 직업적 규범의 확산과 전이를 통해 전 세계적으로 퍼져나간다. 그리고 이런 직업적 규범성은 많은 국가의 뉴스룸에서 공통적인 뿌리를 형성한다(Hanusch & Maares, 2020). 저널리즘의 규범이 어디에서나 비슷하게 나타나는 것은 저널리즘 관행이 문화에 따라 큰 차이가 없다는 사실을 보여준다. 뉴스 보도의 관행이나 전문직주의, 객관주의, 전문적 역할 인식, 윤리적 기준은 어떤 문화권에서나 큰 차이가 없다. 기자들은 어떤 문화권에서 살든 객관주의 보도를 추구하는 저널리즘 규범에서 크게 벗어나지 않는다. 특히 육하원칙으로 재구성하는 사실 보도의 경우 문화적 관행이 반영될 여지가 상대적으로 적다. 하지만 뉴스를 구성할 때 기자 개인의 주관적 가치와 문화적으로 학습된 인지 체계의 영향을 배제할 수는 없다. 사회 현상을 직업적 규범에 따라 뉴스로 재구성하는 기자들도 일반인처럼 사회화 과정을 거치기 때문이다.

4. 문화적 배경과 기자의 사고습관

문화는 사회적 관행, 의미, 신념, 상징, 규범을 공유하는 자원이며, 저널리즘은 그 사회의 문화적 토대와 떼어서 설명할 수 없다. 저널리즘은 문화를 계승하고 풍부하게 하며, 반대로 뉴스의 상당량은 문화적 요소로 채워진다. 하누쉬(Hanusch, 2016)의 말대로 뉴스는 문화의 산물이다. 뉴스 구성 과정은 일시적으로 그 사회의 문화와 무관하게 이루어질 수 있지만, 항상 그럴 수는 없다(Ettema, 2009; Rao, 2010). 한 국가의 주류 미디어의 특성은 그 국가의 주류 문화에 영향을 받고 문화심리적 맥락을 특별히 반영하며, 사회적 산물과 경험에 의미를 부여한다. 언론 시스템과 저널리즘이 그 사회의 문화에 종속된다는 주장(Gunaratne, 2000; Shoemaker & Reese, 1996)이 널리 받아들여지는 것도 이런 이유 때문이다.

뉴스는 특정 사회의 문화적 요소들로부터 영향을 받은 기자들의 습관적 인지 과정에 의해 생산된다. 뉴스가 그 사회문화의 토대 위에서 생산되듯이, 이를 수행하는 기자들 역시 사회문화적 학습화 과정을 벗어나기 어렵다. 규범에 따라 훈련된 기자들이더라도 사회적으로 오랫동안 학습된 인지 체계를 통해 사물을 관찰하고 해석할 수밖에 없다. 이러한 관점은 뉴스 연구가 특정 문화권에서 학습한 기자들의 차별적 사고습관이나 인지 체계를 들여다보는 쪽으로 확장되어야 한다는 점을 시사한다. 뉴스는 일반적으로 기자 개인의 가치관과 이데올로기에 따라 다르게 선별된다(Shoemaker & Reese, 1996).

그러나 기자의 개인적 가치관이나 이념적 성향만으로 뉴스 생산 과정을 다 설명할 수는 없다. 한 사회의 문화는 기자 개인의 가치관이나 이념적 성향을 지배한다. 문화가 기자의 생각 방식을 어떻게 추동하고 조절하는지 검토해봐야 하는 이유다. 예컨대 집단주의 문화 속에는 정치적으로 보수적인, 또는 진보적인 이념이 모두 포함된다. 기자 개인이 이념적으로 보수적이든 진보적이든 그가 살아온 문화적 환경과 다른 생각 방식을 보이기는 어렵다. 개인주의 사회에도 보수와 진보가 있고, 집단주의 사회에도 보수와 진보가 공존한다. 따라서 이념과 관계없이 문화적 토대와 배경은 기자들의 사고나 인지 방식에 영향을 미칠 수밖에 없다. 특정 사회에서 관행적으로 학습되어 스며든 기자의 사고방식은 문화라는 거시적인 환경의 영향을 직간접적으로 받기 때문이다. 기자의 생각 방식은 기자 개인의 가치, 조직 내부 관행, 이데올로기, 문화 요인에 의해 단계적으로, 또는 동시적으로 영향을 받는다(Shoemaker & Reese, 1996). 이 가운데 기자 개인의 가치, 조직 관행, 이데올로기는 기자들의 보도 규범성과 관계가 깊다. 이에 반해 문화적 요인은 사물을 어떻게 생각하고 해석할 것인가 하는 기자의 습관적 사고방식에 영향을 미친다.

기자가 어떤 대상을 취재하고 보도하는 과정에 그들의 머릿속에서 일어나는 인지와 오류, 편향의 문제는 잘 알려져 있지 않다. 미국 언론학자 스토킹과 그로스(Stocking & Gross, 1989)는 연구자들이 외형적으로 드러나는 저널리즘 규범 문제에만 관심을 기울인 나머지 정작 기자들의 머릿속에서 어떤 인지 기제가 작동하는지에 대한 사고방식의 문제는 알지 못했다고 말한다. 사건을 보도하는 기자들의 머릿속에 어떤 일들이 일어나는지 알기란 쉽지 않다. 기자들에게 물어봐도 '우리는 보고 들은 객관적 사실에 바탕을 두고 보도할 뿐'이라는 답이 돌아올지 모른다. 이에 대해 스토킹과 그로스는 아주 흥미로운 개념을 통해 보도 과정에서 기자들의 머릿속에 어떤 일들이 벌어지는지를 간접적으로 보여주었다. 이들은 '사전 신념initial beliefs' 개념을 적용해 '기자들은 객관적으로 보도하라는 지시를 받을 때조차 자신의 사전 인식을 확인하는 식으로 정보를 수집·선택한다'고 주장했다. 기자들은 자신이 사전에 이미 알고 있거나 자연스럽게 학습한 생각을 바탕으로 뉴스를 생산한다는 것이다.

저널리즘의 중요한 가치 가운데 하나가 사실을 바탕으로 기록하는 객관적 보도다. 하지만 객관적 사실 보도라는 것도 결국은 기자들의 내적 인식의 반영을 통해 이뤄진다. 뉴스의 객관성조차 기자 자신의 내면에 존재하는 생각이나 인지 구조와 무관할 수 없다. 미국의 저명한 언론학자인 리프만(Lippmann, 1922)도 일찍이 기자들이 뭔가를 보고 나서 아는 게 아니라, 이미 알고 있는 사실을 사후적으로 본다는 의견을 제시한 바 있다. 리프만의 이런 주장은 기자들이 자신의 머릿속에 이미 자동으로 저장되어 있는 인지 방식으로 사물을 보고 해석한다는 의미다. 외부의 조건이나 환경에 의해 그들의 근본적인 생각은 바뀌지 않는다. 스토킹과 그로스가 말하는 '사전 인식' 개념이나 리프만의 '이미 알고 있는 사실을 사후적으로 본다'는 관점은 모두 사회적 학습의 결과가 기자들의 생각 방식을 결정한다는 사실을 보여준다. 기자가 '사전에 이미 알고 있거나 자연스럽게 학습한 생각'은 사실 모두 그가 살아오면서 체득한 그 사회의 문화적 결정체다.

사회문화적 학습화가 기자의 생각하는 방식에 영향을 미치고, 그 결과 인지적 편향이 일어난다는 사실은 그동안 별로 주목받지 못했다. 뉴스나 기자 연구에서 저널리즘 규범과 원칙이 지나치게 강조된 나머지 기자들의 머릿속 생각 구조에 대한 관심이 적었기 때문이다. 연구자들은 기자들이 정해진 저널리즘 규범이나 원칙을 얼마나 잘 지키는지를 평가하는 데 몰입하느라 그들이 취재와 보도 과정에서 무엇을 생각하며, 또 어떻게 생각하고 해석하는가에 대한 인지적 절차를 무시해왔다. 그럴 수밖에 없는 이유도 있다. 취재와 보도의 산물인 뉴스에 대한 객관적 분석은 얼마든지 가능하다. 하지만 보이지 않는 기자들의 머릿속 인지 구조나 학습화된 내적 사고습관을 관측하기는 쉽지 않다. 일반인들을 대상으로 하는 정보처리나 인지 과정에 대한 편향 혹은 오류들은 심리학 연구들을 통해 확인되어왔다.

하지만 규범성을 강조하는 쪽으로 특별히 훈련받은 기자 집단의 사고습관이나 인지 방식에 대한 편향성 문제는 언론학자들이 거의 다뤄오지 않았다. 우리는 여기서 한 가지 문제를 제기해볼 필요가 있다. 뉴스는 누가, 그리고 어떻게 만드는가 하는 점이다. 뉴스는 기자들이 취재와 보도 과정에 그들의 생각과 해석이라는 인지 체계를 통합적으로 반영해 생산해낸 결과물이다. 기자들은 수집한 정보에 대해 자신의 내적 인지처리 과정을 거쳐 뉴스로 생산한다. 뉴스는 기술적으로는 사실의 재구성 과정을 거치지만, 인지적으로는 '기자의 학습된 사고습관의 산물'이라고 할 수 있다. '기자의 학습된 사고습관'은 문화적 요소이며, 이 문화적 요소는 뉴스 구성과 해석 방향에 영향을 미친다. 따라서 한국 기자와 미국 기자가 쓴 기사의 차이를 자국의 이해관계에 따른 프레임의 차이로만 보아서는 안 된다. 어떤 사건에 대한 국가 간 보도 차이에 대한 비교는 규범적인 접근 방식을 취한다. 하지만 이런 규범적 접근 방식으로는 기자들의 통상적인 사고습관을 관찰하기 어렵다.

그보다는 기자들이 특정 사회에서 살아오며 학습한 사고습관이 뉴스 생산 과정에 어떻게 다르게 투영되어 나타나는지 알아보는 일이 더 중요하다. 그들이 태어나 성장하면서 습득한 사고습관이 뉴스 생산 과정에 반영되고, 나아가 뉴스의 차이를 만들어내는 결정적인 요소로 작용하기 때문이다. 문화적 토대에 바탕을 둔 인지적 접근 방식의 예로, 집단적 사고에 익숙한 중국 기자들은 살인사건의 책임 귀인을 범인을 둘러싼 환경적 요인에서 찾는 반면, 개인적 자율성에 익숙한 미국 기자들은 범인의 개인적 기질이나 특성에서 찾는다는 연구 결과를 들 수 있다(Morris & Peng, 1994).

같은 사건에 대한 두 문화권 기자들의 해석 방식 차이를 단순히 프레임의 차이로만 설명할 수는 없다. 이는 기자들이 사회적으로 학습한 무의식적 사고에 의해 사건을 다르게 해석·보도한다고 보는 문화결정주의 시각이 무시될 수 있기 때문이다. 앞서 언급한 리퍼트 전 미국 대사 피습 사건도 같은 맥락에서 설명된다. 사건의 귀인에 관한 한국과 미국 기자들의 대조적인 해석 방식은 사회적 학습화가 기자들의 생각 방식을 어떻게 결정하는지를 잘 보여준다. 한국 기자들이 이 사건을 '개인 폭력'이 아닌 '집단 테러'로 규정한 것은 국가적 이해관계로 보면 합리적인 선택이 아니다. 단순히 개인의 범죄로 끝날 수 있는 문제가 국가적 범죄 문제로 비화될 수 있기 때문이다. 한국 기자들이 한국과 미국 간 분쟁의 빌미를 제공할 수 있는 사건을 집단적 범죄로 보도한 이유는 무엇일까? 그 이유는 정확히 알 수 없다. 다만 이 사건을 바라보는 한국 기자들의 문화적 사고습관을 무시할 수 없다. 한국 기자들에게는 범죄 행위를 개인이 아닌 집단의 문제로 귀인하는 것이 훨씬 자연스럽다. 사건에 대한 그들의 생각은 범인의 내적 기질이나 특성보다는 그를 둘러싼 주변의 환경이나 관계에 더 주목하는 쪽으로 이끌렸을 수 있다.

기자들의 이런 인지 편향의 과정에는 문화적으로 학습된 사전적 사고를 무시할 수 없다. 인지 편향성은 특정 문화의 영향으로 받아 생각의 패턴이 일정한 방향을 유지하는 형태로 나타난다. 예컨대 동양 사회 기자들은 집단적 사고에 치중되어 있고, 서양 사회 기자들은 개별적 사고를 지향한다(박재영·이완수·노성종, 2009; 이완수·박재영·신명환·전주혜, 2018; Kim & Kelly, 2008)는 귀납적 사실은 사회화를 거쳐 고착된 인지 패턴의 결과가 사건을 어떻게 해석하게 만드는지를 보여준다. 동양 사회 기자들이 사건을 종합적으로 해석하는 배경에는 모든 사건을 개별적이기보다는 관계중심적으로 바라보는 상황적 인식론이 있다. 반면에 서양 사회 기자들이 사건을 기술할 때 분석적 사고에 편향되는 것은 사건의 원인과 책임을 개인의 특성에서 찾는 개별적 인식론과 관련이 깊다. 문화적 학습화가 기자 개인의 생각 방식에 어떤 식으로든지 영향을 미치고 있음을 보여준다. 문화에 의해 체화된 생각 방식은 시간이 지났다고 갑자기 달라지지 않는다. 기자 개인의 생각은 자신이 살아온 그 사회문화 속에서 익힌 오랜 경험과 학습을 통해 자연스럽게 내재화된다. 따라서 저널리즘 규범에 따라 취재하고 보도하는 기자들조차 사회문화적으로 사전에 학습한 인지 체계를 통해 무의식적으로 사물을 지각하고, 인지하고, 해석할 개연성이 크다.

5. 문화 간 기자 인지 편향 사례

기자들의 보편적인 인지 편향성이나 사고 지향성은 국가 간에 차이가 있다는 비교연구도 적지 않다(Deuze, 2002; Weaver, 1998). 기자들의 전문적 역할 인식에 있어 실재적인 다양성이 발견된다(Patterson & Donsbach, 1996). 사회문제에 대한 분석, 당파성, 오락성, 권력에 대한 비판적 태도는 국가마다 다르다. 돈스바흐와 클레트(Donsbach & Klett, 1993)는 기자들을 대상으로 수행한 국가 간 비교연구에서 객관성 규범에 대한 문화적 인식의 차이를 발견했다. 기자들의 직업적 관행은 주로 그들이 일하는 문화적 맥락 안에서 결정된다(Weaver, 1998; Berkowitz & Liu, 2004). 문화적 영향은 왜 저널리즘이 국가에 따라 다르게 관행화되는지 이해하기 위한 실질적인 설명력을 제공한다(Hanusch, 2016). 문화는 넓은 의미에서 그 국가에 속하는 국민의 신념, 가치, 행동 규범으로 정의되며(Schein, 2010), 따라서 문화는 기자공동체의 규범적 산물인 뉴스 생산 관행에도 영향을 미친다(Hanusch, 2016).

이런 맥락에서 하니츠(Hanitzsch, 2007)는 저널리즘 문화를 크게 인지적 차원, 평가적 차원, 수행적 차원으로 구분한다. 이들 세 차원 가운데 수행적 차원은 기자들이 직무를 수행하는 과정에 있어서 그 사회에 내재된 문화를 반영하는 개념에 해당한다. 기자들은 결국 뉴스를 생산하는 과정에서 그 사회의 제도, 관행, 가치, 미덕과 같은 문화적 실체들을 무의식중에 반영하고, 나아가 다른 해석 체계를 통해 사건을 기록한다. 그러나 규범적인 보도원칙에 따라 작업을 수행하는 기자들의 머릿속에 무엇이, 어떻게 작동하는가 하는 문제는 제대로 설명되어오지 못했다.

이러한 한계는 문화에 따른 뉴스의 해석적 차이를 낳는 배경으로서 기자 개인의 인지적, 또는 평가적 특성에 주목할 필요성을 제기한다. 기자들은 대개 작업을 수행하면서 무의식중에 자신의 인지적·평가적 구조를 영속화하는 것으로 알려져 있다. 가령 한국 기자들은 조직의 조화와 집단의 질서를 추구하는 데 반해, 미국 기자들은 조직 안에서 개인의 개별성과 자율성을 추구한다(Nah & Craft, 2019). 한국과 미국의 사회문화적 차이는 이처럼 저널리즘 규범이나 관행의 차이를 만들어내는 데서 나아가 특정 대상에 대한 기자들의 인지와 평가의 차이로 나타난다. 한국과 미국 기자들은 저널리즘 규범에 따라 사회문제를 다르게 재구성하기도 하지만, 문화적 배경에 따라 사물을 근본적으로 다르게 인식하기도 한다(이완수·박재영·신명환·전주혜, 2018; Hanusch, 2016). 실제로 김영수와 켈리(Kim & Kelly, 2008)는 한국과 미국 사진 보도에 대한 비교연구를 통해 미국 사진기자들은 보도 과정에 해설적이고 개별적인 접근을 하는 반면, 한국 사진기자들은 기술적이고 집단적인 접근을 한다는 사실을 확인했다. 한국과 미국 간 사진보도의 이런 차이는 동서양 기자들이 문화적으로 학습한 자연발생적인 사고의 결과로 볼 수 있다.

미국 버지니아공대 총기사고 이슈를 보도한 한국과 미국 기자들의 보도 내용을 문화심리적 관점에서 비교한 연구(박재영·이완수·노성종, 2009)에서도 한국 신문기사들은 집단이나 사회에 초점을 맞추는 내러티브를 사용한 데 반해, 미국 신문기사들은 범인 개인에 초점을 맞추는 내러티브를 더 두드러지게 사용했음을 밝혔다. 세월호 재난사고 보도와 관련한 한국 언론의 문화심리적 편향성에 대한 연구(이완수·배재영, 2017; 이완수·허만섭, 2023)에서도 비슷한 현상이 관찰되었다. 이완수와 배재영에 따르면, 한국 기자들은 보도 과정에서 자신이 아닌 관찰 대상, 즉 타인을 중심에 두고 재난사고를 기록하는 아웃사이더 관점을 두드러지게 보였다. 이는 집단적 관계성에 익숙한 한국 기자들과 개인적 자율성을 중시하는 미국 기자들 사이에 존재하는 인식론적 차이를 보여주는 또 하나의 사례다. 이완수와 허만섭은 다른 연구(2023)에서 한국 기자들은 상황적 인식, 사후가정적 예측, 집단적 책임 귀인 같은 동양적 집단주의 사고습관을 공유한다고 주장했다. 이들 연구자들은 집단주의 사고 성향은 보수신문이든 진보신문이든 큰 차이 없이 비슷하게 나타났다는 점을 밝히면서, '문화적으로 학습된 사고가 사물에 대한 해석 방식을 결정한다'는 문화심리학 이론이, 보도 규범에 따라 작성되는 뉴스 구성에도 적용될 수 있다고 말한다.

기자들의 인지 편향성이 그 사회의 문화적 배경에 따라 다르다는 실증적 사례는 해외 연구에서도 간헐적으로 확인되어왔다. 모리스와 펑(Morris & Peng, 1994)은 미국 아이오와주립대학 대학원생이던 중국인 유학생 루강의 총기사건에 대한 중국 신문과 미국 미시건대학신문의 보도 관점을 분석했다. 그 결과 중국 기자들은 범인의 주변 환경과 관계(예: '지도교수와의 불화', '학교 안에서의 치열한 경쟁', '총기 구입이 쉬운 미국 사회의 제도적 문제', '중국 커뮤니티에서의 고립')에 초점을 맞춰 설명한 반면, 미국 기자들은 범인의 개인적 성격(예: '매우 다혈질적임', '성격이 사악함', '심리적 장애', '성공과 실패에 대한 과도한 불안')을 중심으로 보도해 차이를 보였음을 밝혔다. 모리스와 펑은 여기서 나아가 범인이 미국인인 또 다른 연구에서도 같은 결과를 얻었다.

미국 『뉴욕타임스The New York Times』와 중국 신문인 『월드저널The World Journal』이 총기사건 가해자인 미국 미시간주 우편배달부 토머스 매킬베인의 행위를 어떻게 보도했는지 분석한 결과를 보면, 뉴욕타임스는 범인의 내적 특성(예: '급한 성격이었다', '무술에 지나치게 빠져 있었다', '정신적으로 불안전했다')에 초점을 맞춘 반면, 중국 월드저널은 범인의 행동에 영향을 미칠 수 있는 상황적 요인들(예: '그는 최근에 해고당했다', '상사가 적대적이었다', '최근에 텍사스에서 발생한 살인사건에 영향을 받았을 것이다')을 중심으로 보도했다. 같은 총기사건의 원인에 대해 미국인 기자들은 범인의 개인적 기질 요인에, 중국인 기자들은 범인이 처해 있는 상황적 요인과 주변의 관계에 일관되게 초점을 맞추는 귀인 방식을 보인 것이다. 미국인 기자들은 총기 사건의 이유를 범인이 처한 상황적 요인에 귀인하는 중국인 기자들과는 달리 범인의 개인적 기질이나 성격 요인에 더 귀인하는 '기본적 귀인오류'를 더 자주 범했다. 양국 기자들이 같은 사건을 근본적으로 다르게 인식함을 볼 수 있다.

문화 간에 나타나는 이러한 '기본적 귀인오류'의 차이는 2007년 4월에 발생한 한국계 이민자 조승희가 저지른 미국 버지니아공대 총기사건에 대한 한국 신문과 미국 신문의 서술 방식을 통해서도 다시 한번 입증되었다. 당시 미국 언론들은 조승희가 일으킨 사고의 책임을 그의 개인적 정서 불안과 같은 성격적 요인으로 설명했지만, 한국 언론들은 반대로 그를 둘러싼 사회환경적 요인에서 원인을 찾았다(박재영 · 이완수 · 노성종, 2009). 미국 『워싱턴포스트The Washington Post』는 당시 모든 한국인이 미안하다고 사과했으며(Aizenman & Constable, 2007), 한국 정부도 이 총기사건에 대해 말할 수 없는 사과와 유감을 표시했다고 보도했다. 미국 국적자인 조승희가 한국인 핏줄이라는 이유 하나로 그와 전혀 관계없는 한국 사회 전체가 공동 사과하는 해프닝이 벌어진 것이다. 사건 직후 한국의 한 연구팀(박재영 · 이완수 · 노성종, 2009)은 언론의 이런 평가에 주목해 한국과 미국 언론이 보도한 버지니아공대 총기사고에 대한 내용분석을 수행한 결과, 미국 기자들은 사고의 책임을 조승희 개인의 성격 문제로 설명했음을 밝혔다. 하지만 한국 기자들은 상황적 요인 또는 개인과 상황이 결합된 상호작용적 요인으로 더 편향되어 기술하고 있음을 확인했다. 이 연구를 보면, 한국 신문들은 공동체중심적 서술이 개인중심적 서술보다 많았으며, 미국 신문들은 상대적으로 개인중심적 서술이 더 많았다.

폭력사선은 아니지만 미국과 일본 신문의 주식거래 사기 스캔들 보도 분석 결과에서도 양국 언론은 상반된 시각을 드러냈다. 미국 신문은 주식거래자 개인을 더 많이 언급한 반면에, 일본 신문은 조직을 더 많이 언급해 차이를 보였다(Menon, Morris, Chiu, & Hong, 1999). 이런 결과는, 사건의 개별성에 접근하는 미국 기자들은 사건 주체의 행위를 설명할 때 대체로 개인적 기질이나 성격 요인에 그 책임을 귀인함을 보여준다. 이에 반해 사건의 인과관계를 맥락이나 상황과 같은 관계성으로 접근하는 일본 기자들은 개인적 요인보다는 상황적 요인(예: 조직, 사회)을 통해 사건의 원인이나 책임을 더 귀인한다. 서양 문화권 기자들은 사건을 보도할 때 행위자의 성격이나 기질과 같은 개인의 문제에 책임을 돌리는 데 익숙하다. 하지만 동양 문화권 기자들은 같은 사건이라도 상황적·맥락적·사회적 요인에 책임을 더 쉽게 귀인한다.[1]

문화인지적 정향성의 차이에 따라 대상을 다르게 조명한다는 연구도 있다. 이완수와 배재영(2017)의 세월호 사진보도에 대한 문화심리학적 비교연구에 따르면, 한국 사진기자들은 자신의 입장에서 특정 장면을 조망하는 인사이더 관점보다는 피사체를 둘러싼 주위 환경을 보다 부각하는 아웃사이더 관점으로 접근했다. 반면 김영수와 켈리(Kim & Kelly, 2008)는 미국 사진기자들은 대체로 개별 피사체에 앵글을 집중하는 인사이더 관점을 현저하게 드러낸다고 말한다. 이러한 국내외

---

1 문화상대주의적 관점에서 기자들의 인지 비교를 수행한 국내 선행연구들은 숫자도 적지만 주제도 제한적이다. 대표적인 연구로는 총기사고와 같은 사회적 이슈에 대한 국가 간 비교연구(박재영·이완수·노성종, 2009; Kwon & Moon, 2009; Morris & Peng, 1994), 금융위기와 북한 핵 문제와 같은 정치경제적 이슈에 대한 한국과 미국 언론 비교연구(박재영·이완수·노성종, 2009), 세월호 침몰사고와 같은 재난사고에 대한 한국 기자들의 문화심리적 편향성 연구(권상희·이완수·황경호, 2015), 그리고 국가재난사고에 대한 동서양 기자들의 차별적 기록과 해석 방식에 대한 연구(이완수·박재영·신명환·전주혜, 2018) 등이 있다.

선행연구들은 자기 자신을 중심으로 대상을 바로 보는 서양 문화권 사람들과, 상대방의 관점에서 대상을 바라보는 동양 문화권 사람들의 인식 체계의 차이를 잘 보여준다(김명진, 2008). 이는 또한 동서양의 상이한 문화적 배경이 사회구조의 차이를 낳고, 두 지역에서 다른 사회화 과정을 경험한 기자들의 상이한 사고습관을 주조한다는 사실을 보여준다(박재영·이완수·노성종, 2009).

6. 집단주의와 한국 기자의 사고습관

문화심리학자들은 동서양의 문화적 학습 배경의 차이가 사회구조의 차이를 만들고, 그 속에서 사회화를 겪은 기자들이 서로 다른 사고습관을 주조한다고 주장한다(Morris & Peng, 1994). 기자들은 사회문화적으로 학습되고, 그에 따라 그들의 사고습관이 뉴스의 내용을 결정한다고 볼 수 있다. 서양 기자들은 개인주의 문화로부터, 동양 기자들은 집단주의 문화로부터 더 영향을 받아 그들의 사고습관이 만들어지며, 그 결과로서 뉴스가 생산된다(Winfield, Mizuno, & Beaudoin, 2000). 이런 관점은 여러 연구에서 공유돼왔다. 한국과 미국 기자들이 특정 기사를 보도하지 않는 이유를 분석한 한 논문을 보면, 미국 기자들은 정확성과 자율성에 관한 저널리즘 기준에 못 미치는 기사를 주로 배제했다 (Nah & Craft, 2019). 반면에 한국 기자들은 국가에 해롭거나 사회 구성원의 프라이버시를 침해하는 기사를 회피하는 편이었다. 한국 기자들은 미국 기자들과 달리 집단적 규범을 이탈한 내용은 뉴스 구성에서 가능한 한 배제한다. 이는 한국 기자들의 사고가 집단적 공동규범에 맞춰 코드화되어 있기 때문으로 해석된다. 그것은 외부의 규율이나 통제에 의해서가 아니라 자연발생적이고 무의식적인 사고를 통해 일어난다.

유교 문화의 사고체계를 뉴스 제작에 반영한 '저널리즘의 아시아적 가치Asian values in journalism' 개념이 좋은 예이다. 저널리즘의 아시아적 가치는 개인보다 국가공동체를 우선시하고 정부의 역할을 중시하며 사회 현상을 일차적으로 사회공동체의 구조적 문제로 해석한다(Xiaoge, 1988, p. 38). 저널리즘의 아시아적 가치는 오늘날에도 한국, 중국, 일본, 대만, 동남아시아의 뉴스 내용에서 보편적으로 나타난다(Romano, 2016; Wu, 2022). 이 논의를 확장하면, 아시아적 가치인 집단주의 문화는 한국 기자들의 인지 체계에 뚜렷하게 영향을 미친다고 볼 수 있다(Heo & Lee, 2023). 한국 기자들은 뉴스 생산 과정에 공동체중심 사고, 관계중심적 투사, 상황적 인식, 장 의존적field-dependent 사고, 사후 과잉 확신 편향hindsight bias, 가정적 사고, 상황적 인식을 보다 두드러지게 드러낸다. 이런 상황적 사고를 드러내는 이유는, 한국 기자들이 문화적으로 집단주의 가치에 익숙하고, 사건의 속성이나 귀인을 사회공동체나 관계중심적으로 해석하는 데 큰 거부감을 느끼지 않기 때문이다. 이완수와 허만섭(2023)이 대통령실 출입 기자들을 대상으로 인터뷰한 내용을 보면, 권력에 대한 비판보다 집단 내 화합, 권위에 대한 복종, 질서에 대한 순응, 그리고 국익에 대한 우선을 당연시했다. 대통령실 기자들의 이런 내부적 보도 관행은 집단적 가치와 사고가 한국 기자들의 의식세계를 보편적으로 지배하고 있음을 보여준다.

문화적으로 집단적 책임 귀인에 익숙한 한국 기자들은 어떤 사건이 발생하면 사회공동체의 문제라는 인식을 매우 자연스럽게 받아들인다. 하지만 '행하지 않은 과오에 대해선 책임지지 않는다'라는 개인주의 관점에서 보면 이는 합리적인 선택이 아니다. 특정 사건에 대한 집단적 책임 귀인은 희생자에 대한 '인간적 애도' 차원을 넘어 사건과 무관한 제삼자인 다수 시민에게 '죄책감', '수치심', '도덕적 책무'를 부과한다. 그리고 정부와 국가에는 '정책적·재정적 의무'를 부여함으로써 사건의 모든 원인과 책임, 그리고 문제 해결 주체로 전능화全能化하는 정치적 집단성을 강조한다(이완수·허만섭, 2023; Bennett, 2016). 한국 기자들 사이에 자주 나타나는 이런 '공동체 책임론'은 책임져야 할 사람을 명확히 특정 짓는 대신에 일부의 문제를 전체의 문제로 비화하거나, 아니면 양비론으로 적당히 타협하거나 절충하는 집단주의 관행으로 귀결된다. 개인주의에 익숙한 서양 기자들은 '한 주장이 다른 주장과 모순되면 둘 중 하나는 반드시 틀려야 한다'라는 비변증법적 논증을 따른다. 하지만 한국 기자들은 서로 대립하는 주장이 동시에 옳을 수 있다는 중용이나 화용론을 거부감 없이 받아들인다. 일종의 익명적 집단화를 통해 사건의 원인을 진단하고, 책임을 평가함으로써 개별적 책임 주체성이 사라진다.

한국 기자들이 집단으로서의 국가나 사회를 우선적으로 고려하는 편이라면, 이들은 뉴스 틀 짓기에서도 개인의 문제로 접근하는 일화적 프레임episodic frame보다는 사회적 문제로 접근하는 주제적 프레임 thematic frame을 더 선호한다고 가정해볼 수 있다. 아헹가(Iyengar, 1991) 는 기자가 특정 사건의 책임 귀인을 등장인물들의 개인적 문제로 돌리는 것을 일화적 프레임으로, 정부나 사회의 구조적 문제로 돌리는 것을 주제적 프레임으로 설명한다. 어떤 중대한 범죄 사건이 발생했을 때 일화적 프레임에 익숙한 기자는 범죄자 개인의 비윤리성과 범행 동기, 가정사에 주목하지만, 주제적 프레임을 중시하는 기자는 그러한 범죄를 잉태한 구조적 요인인 사회 빈곤층 확산과 치안 행정 공백을 문제시한다(이미나, 2015; Nusrat & Razib, 2023). 뉴스 미디어는 큰 사건을 여러 건의 기사로 나눠 종합적으로 해설하는 경향이 있으며, 일화적 · 주제적 프레임을 모두 동원하는 것이 일반적이다. 그러나 뉴스룸이 관계중심적이면서 집단주의 문화에 익숙한 환경에서는 개인주의 문화 환경보다 주제적 프레임을 더 자주 사용할 가능성이 크다(Romano, 2016). 한국 기자는 사회문제를 주제적 프레임으로 접근하는 경우에 속한다. 집단주의 문화에 익숙한 한국 기자들은 집단의 관점에서 사회 문제의 원인이나 책임 소재에 대해 문제를 자주 제기한다. 하지만 한국 기자들의 집단주의 사고 편향성이 모든 기사에서 동일한 수준으로 나타나는지는 알 수 없다.

7. 기사의 유형과 한국 기자의 사고 편향성

문화심리적 사고 편향성은 앞에서 설명한대로 문화적 배경에 따라 그 사회 구성원들의 인지 체계나 사고습관이 다르다는 가정에 바탕을 둔다. 이는 같은 사안을 두고 어떻게 지각하고 평가하는가에 대한 문제와 연결된다. 즉 내재적 지각과 생각의 영역이 커질수록 문화적 사고 편향성은 확장된다. 이런 명제를 뉴스 기사에 적용하면, 취재된 정보나 사실에 기초해 작성된 스트레이트성 기사보다는 작성자의 주관적인 의견이나 가치가 더 많이 반영되는 칼럼이나 사설과 같은 의견성 기사에서 문화심리적 편향성이 더 두드러지게 나타난다고 추정해볼 수 있다. 스트레이트성 기사와 같은 사실성 기사는 기자들이 취재한 정보를 일정한 규범에 따라 재구성하기 때문에 상대적으로 기자의 개인적 생각을 반영하는 데 제한적이다. 이에 반해 사안의 원인과 배경, 전망을 수집된 자료를 바탕으로 새로운 관점에서 보도하는 해설성 기사는 스트레이트성 기사보다 기자의 의견이나 생각이 좀 더 반영되기 쉽다. 이런 맥락에서 기자의 개인적 생각이나 의견, 가치와 신념을 상대적으로 더 많이 반영해 작성되는 칼럼이나 사설과 같은 의견성 기사에는 무의식적인 인지 체계가 더 확연히 반영되리라고 가정해볼 수 있다.

실제로 방송의 의견 프로그램은 스트레이트 뉴스보다 더 감정적이고 관계중심적이라는 연구도 있다(Rich, 2018). 의견성 프로그램은 시청자들을 당파적 관점에 노출시키며, 그날의 뉴스에 대한 해석을 통해 발화자의 생각을 제공한다(Bursztyn, Rao, Roth, & Yanagizawa-Drott, 2023). 이는 의견성 기사일수록 작성자의 개인적 가치와 신념, 해석이라는 인지적 요소들이 더 많이 반영된다는 사실을 의미한다. 따라서 의견성 기사는 작성 주체의 의견이나 생각을 비교적 자유롭게 반영하고, 이를 자신의 신념 체계로 변환할 수 있게 하기 때문에 '문화적 배경이 사고습관을 결정한다'는 문화심리적 논거를 좀 더 적극적으로 반영할 여지가 있다. 따라서 기사 작성 주체인 필자의 의견과 주장이 가장 적극적으로 반영되는 사설이나 칼럼과 같은 의견성 논평에는 기자의 개인적 인지 체계가 더 많이 반영될 수밖에 없다.

이런 논거는 이완수와 허만섭(2023)의 연구에서 잘 나타났다. 연구자들은 세월호 사고를 다룬 한국 기자들이 스트레이트성 기사, 해설성 기사, 의견성 기사를 작성할 때 사고 원인, 사고 예측, 책임 소재, 책임 귀인, 문제 해결 차원에서 문화심리적 사고 편향성이 어떻게 나타나는지 비교분석한 결과, 전체적으로 동양적 사고 편향성이 두드러짐을 발견했다. 그러나 기사의 유형에 따라 사건 해석에 대한 문화적 편향성은 불균형적 차이를 보였다. 사실에 근거해 육하원칙이라는 저널리즘 규범에 따라 작성하는 스트레이트성 기사보다 이를 바탕으로 기자의 주관적인 관점과 해석을 곁들여 작성하는 해설성 기사에서, 그리고 기자의 의견이나 생각이 상대적으로 더 많이 반영되어 작성되는 의견성 기사로 갈수록 동양적 사고 편향성이 점진적으로 강화되어 나타났다. 이런 결과는 기자들의 문화적 사고 편향성이, 생각이 더 많이 반영되는 영역일수록 더 자연스럽게 나타난다는 것을 시사한다.

이러한 사실은 곧 기사 작성자인 기자가 생래적으로 체득한 문화적 환경과 사회적 학습화 과정을 무시할 수 없음을 보여준다. 문화적으로 학습된 무의식적 사고방식은 자동 발생적으로 기사 유형에도 영향을 미친다. 이러한 연구 결과는 문화심리적 편향성이 단순히 동서양 기자가 작성한 기사에서 서로 차이를 보인다는 관점에서 나아가 기사 유형이 사실성 기사인지 의견성 기사인지에 따라 인지적 사고 편향성의 정도가 다르게 나타날 수 있음을 보여준다. 이는 문화심리적 편향성이 일반인이 아닌 저널리즘 규범에 따라 기사를 쓰는 기자들에게서도 나타난다는 점을 확인해준다. 기자의 의견이나 생각, 즉 내적 인지 과정이 더 많이 작동되는 의견성 기사 영역에서 이런 인지 편향성은 더 분명해진다. 따라서 우리는 단순히 문화적 배경 차이가 기자의 인지 편향성을 낳는다는 사실에서 나아가 인지적 사고과정을 더 많이 거치는 기사 텍스트일수록 이런 문화심리적 편향성이 더 강화되어 나타난다는 가설을 제시해볼 수 있다.

객관성과 공정성이 전범적으로 강조되는 사실성 기사 작성 과정에 문화적 사고습관이 작용한다는 점은 흥미롭다. 그동안 기자의 사고, 인지, 추론은 일반적으로 주관적 글쓰기인 칼럼이나 사설에 반영될 개연성이 큰 것으로 이해되었다. 하지만 기자가 사회문화적으로 습득하고 체화한 사고습관이 객관적 글쓰기에 속하는 일반 기사에서도 작동한다는 점을 확인한 점은 저널리즘 연구에서 문화심리적 요소를 고려할 필요가 있다는 사실을 시사한다. 특정한 문화적 배경 속에서 학습되고 경험된 결과가 기사 작성 과정에 반영될 수 있다는 사실은 저널리즘 객관주의가 보편적 개념이 될 수 없음을 보여준다.

8. 한국 기자의 이념 성향과 사고 편향성

한국 언론의 고질적인 병폐로 알려져 있는 정치적 이념성이 기자들의 문화심리적 편향성에서는 별로 영향력을 발휘하지 못한다는 사실은 흥미롭다. 이완수와 허만섭(2023)의 연구에 따르면 정치적 이념이 서로 다른 신문이라도 문화심리적 편향성에 있어서는 대체로 비슷한 경향을 보였다. 기자의 개인적 이념성은 문화적으로 학습된 사고습관에 의해 포용된다. 문화심리적 편향성은 그 사회의 문화적 학습의 결과와 연관되어 있기 때문에 특정 매체가 정치적으로 어떤 이념성을 지니고 있든 큰 차이를 보이지 않는다. 문화적 배경의 차이가 사고습관의 차이를 낳는다는 문화심리학 이론에 근거할 때, 매체의 이념성이 어떠하든 문화적 사고 편향성은 두드러지게 나타나지 않는다.

이념은 문화의 하위 개념으로, 이념의 차이가 문화적 속성을 뛰어넘기는 어렵다. 선행연구들은 한국 기자들이 정치적 이념에 따라 뉴스 구성 과정에 다른 방식을 보인다는 점을 지속적으로 확인해왔다. 하지만 이념적 보도 관행들이 문화적 요인에 의해 어떻게 변형되는지, 그리고 문화적 요인이 이념적 요인에 의한 뉴스 구성의 차이를 어떻게 상쇄하는지는 충분히 알려져 있지 않다. 또한 매체의 이념성에 따라 뉴스 내용과 프레임에 차이가 나타난다는 사실에 대한 논증은 많이 이뤄져 온 반면, 매체의 이념성과 문화심리적 편향성과의 상호 관계에 주목한 예는 드물다. 정치적 이념성에 따라 문화적 사고 편향이 근본적으로 크지는 않을 것이라고 가정해보지만, 여기서도 역시 그러한지는 확인된 적이 없다. 따라서 사회문화적 배경의 차이가 사고습관의 차이를 낳는다는 문화심리학 이론에 근거할 때, 각 매체의 이념성이 어떠하든 한 사회의 주류 미디어는 비슷한 문화심리적 사고습관을 공명할 가능성을 배제할 수 없다(Bedford & Hwang, 2003). 보수·진보 같은 이념이 동양 문화, 서양 문화 같은 문화 차원을 뛰어넘기는 어렵다. 선행연구는 국내 매체들이 자사의 이념적 선호도에 따라 뉴스를 다르게 틀 짓는다는 점을 반복적으로 확인해왔지만(양가희·임종섭, 2023), 문화적 요인이 이념적 프레임에 바탕을 둔 보도 관행을 어떻게 변형하는지, 이념적 요인이 뉴스 구성의 차이를 어떻게 포괄하는지는 알 수 없다.

국내 주류 미디어가 자신과 이념적으로 유사한 진영에 유리한 뉴스를 키우고 불리한 뉴스를 죽이는 방식으로 뉴스를 틀 짓는다는 사실은 반복적으로 입증돼왔다(양가희·임종섭, 2023). 또 일부 연구는 문화적 배경에 따라 기자의 인지 습관과 기사 내용이 달라진다고 주장한다(박재영·이완수·노성종, 2009; Kim & Kelly, 2008), 그러나 매체의 이념 성향 차이와 소속 기자의 문화심리적 인지 체계 차이 사이의 상관성을 논의한 예는 거의 없다. 기자의 문화심리적 인지 체계 차이는 주로 국가 간 비교를 통해 설명돼왔지만, 그것이 기자가 속한 매체의 이념성에 따라 어떤 양상으로 조절되는지는 확인된 바가 없다. 다시 말해 보수성향 미디어가 진보성향 미디어보다 동양적 집단주의 문화에 더 경도돼 있는 현상이나 그 반대의 현상은 잘 알려져 있지 않다. 일반적으로 한 사회 구성원들은 보수성향이든 진보성향이든 전승돼온 문화적 취향을 공유하는 경향성을 보인다. 이러한 가정을 수용할 경우 기자들 역시 소속 매체의 이념적 선호도와 무관하게 사회 구성원들이 공유하는 문화심리적 사고 편향을 보인다고 해석해볼 수 있다.

국내 주요 언론은 보수와 진보로 나뉘어 사회 현상을 정파적으로 보도하는 편이지만, 보수신문이든 진보신문이든 의견기사에서 동양 문화적 사고 편향을 보인 점은 흥미로운 발견이다. 매체의 정치적 성향과 관계없이 사건의 원인, 예측, 책임 귀인, 문제 해결 등 대부분의 차원에서 집단주의 성향이 뚜렷이 발견됐다는 사실은 주목할 만한 현상이다. 이러한 결과는 '문화는 이념을 포괄하는 개념으로, 이념적 지향성이 달라도 문화적 편향성은 크게 바뀌지 않는다'는 가설을 지지한다. 즉 같은 문화권의 미디어와 기자들은 정치적 이념과 관계없이 사건을 해석하고 공명하는 문화심리적 사고 틀을 공유하는 '해석공동체' 기능을 한다는 점을 시사한다.

* * *

많은 연구자가 기자들이 기사를 작성할 때 무엇을, 어떻게 생각하는지를 알고 싶어 했다. 기자들의 인지 과정과 사고습관은 일반 사람들과 다른지, 기자는 누구나 같은 사고와 인지 구조를 갖고 기사를 작성하는지, 그리고 문화심리적 편향성은 기자의 이념적 사고에 영향을 미치는지에 대해 궁금증을 가져왔다. 이 장에서는 이러한 문제의식에 따라 세상에 대한 기자의 판단과 해석을 제약하는 '다양한 습관적 사고'(Stocking & Gross, 1989)가 기자들의 기사 작성 과정에서 나타나는지를 다루었다. 구체적으로 다른 문화적 배경과 사회화 과정을 경험한 개인들은 다른 사고습관을 주조한다는 문화심리적 이론에 근거해 한국 기자들이 실제로 동양적 사고 편향성을 보이는지에 대한 이론적 근거와 실증적 예시를 제시했다. 특히 기자의 생각이나 의견이 상대적으로 많이 반영되는 기사 유형에서 문화적 인지 편향성이 더 두드러지게 나타나는지, 그리고 문화적 인지 편향성이 기자가 속한 언론 조직의 정치적 이념성과 관계없이 보편적으로 나타나는지에 대해서도 토론했다.

문화심리학자들은 서로 다른 사회에 거주하는 사람들은 태어나는 순간부터 특정한 사고습관을 가지도록 끊임없이 학습되고, 그 결과 서로 다른 사고습관을 가지게 된다고 주장한다. 인간의 사고가 문화에 따라 다를 수 있다는 주장은 심리학을 중심으로 폭넓게 탐구되어왔다. 하지만 인간의 생각, 태도, 행동과 같은 문화적 사고습관이 저널리즘 규범과 취재 관행에 따라 추적·보도하는 기자들에게도 나타나는지에 대해서는 충분히 다뤄지지 않았다.

저널리즘에 대한 미디어 시스템의 영향을 다룬 연구들은 내부적으로는 미디어 조직 문화에, 외부적으로는 정치적·경제적 결정요인에 주로 집중해왔다. 하지만 문화결정주의가 기사의 작성 주체인 기자의 사고습관에 미치는 영향에 관한 논의는 많지 않다. 기자들은 기사를 작성할 때 사회문화적 맥락을 특별히 반영하며, 일상생활에서 문화적 산물과 경험에 의미를 부여하는 역할을 수행한다. 기자들은 일반적으로 사건을 기록하면서 사고 원인, 사고 예측, 책임 소재, 책임 귀인 등을 저널리즘 규범에 근거해 제시하는 것으로 알려져 있다. 하지만 특정 사회의 기자들이 어떤 문화적 사고습관을 통해 관련 사건을 평가하고 해석하는지는 제대로 알려져 있지 않다. 이는 문화적 차이에 따른 기자들의 '생각 방식'이 뉴스 구성 과정에 심리적 편향성과 어떻게 연관되어 있는지 살펴볼 이유를 제기한다. 윈필드와 미즈노, 보두앵(Winfield, Mizuno, & Beaudoin, 2000)은 서양 언론이 작동하는 문화를 개인주의, 동양 언론이 작동하는 문화를 집단주의로 간주하고, 서양의 개별성과 동양의 집단성을 뉴스 내용 구성에 차이를 가져오는 개념으로 살펴볼 필요성을 제기한다.

이를 위해서는 먼저 동양과 서양의 상이한 문화적 배경이 사회구조의 차이를 만들어내고, 두 지역에서 사회화 과정을 겪은 기자들은 상이한 사고습관을 지닌다는 가설을 논의하는 데서 출발하는 것이 순서다. 뉴스가 기자 개인의 가치와 철학, 이데올로기에 따라 다르게 선별되고 구성된다는 관행 연구는 있었지만(Shoemaker & Reese, 1996), 뉴스 내용이 기자의 문화적 사고습관의 차이에 따라 편향적으로 주조된다는 점은 소홀히 다뤄져 왔다. 이 글은 이런 공백을 메우는 첫걸음이라고 할 수 있다.

앞의 논의를 바탕으로 한국 기자들에게서 발견되는 사고습관의 특징을 다음의 몇 가지로 정리해볼 수 있겠다. 첫째, 유교 문화권에 속하는 한국 기자들은 사건의 주체가 비록 개인이더라도 집단의 문제로 확대해 지각하고 추론하는 경향을 보인다. 이들은 사건에 대해 개인중심적 분석사고보다는 집단중심적 종합사고로 접근하는 편이다. 또한 한국 기자들은 사회문제를 주변 맥락과 연결해 해석하는 장 의존적 사고를 자주 보인다. 한국 기자들의 집단중심적 편향성으로 인해 사고의 원인을 특정인의 문제로 귀인하는 대신에 주변적 상황이나 사회공동체의 문제로 귀인하는 것이다. 이러한 귀인 방식은 사고 원인의 실체가 불명확해지고, 원인 규명 또한 모호해지는 문제를 만들어낸다.

둘째, 한국 기자들은 사건·사고의 결과에 대한 예측 가능성을 강조함으로써 그것을 사전에 막을 수 있었다는 결과론적 해석을 자주 내린다. 즉 사고 결과에 대해 '내 그럴 줄 알았다', '예고된 인재人災였다'는 식의 사후 과잉확신 편향을 보인다. 이런 사고 편향성은 사건·사고의 본질이 흐려지게 하는 문제를 만들어낸다. 이미 발생한 어떤 사건에 대해 그것을 으레 예측할 수 있었던 사실로 규정할 경우 사고의 인과관계를 밝히는 데 오히려 방해가 된다.

셋째, 한국 기자들은 사건·사고에 대한 책임 소재나 귀인에 대해 보도하면서 그것이 어느 한쪽에 있다는 식의 사고보다는 쌍방 모두에 있다는 양비론식 사고 편향성을 보인다. 이는 한쪽이 옳으면 다른 쪽은 틀려야 한다는 서양식 관점에서 보면 매우 모순적이다. 즉 한국 기자들은, 대상은 상황이 변해도 달라지지 않는다는 '동일률의 원칙'보다는 양자나 복수가 모두 옳거나 모두 그릇될 수 있다는 변증법적 논증을 수용한다. 이런 변증법적 인지 편향성은 어떤 쪽에도 책임이 없다는 '양시쌍비론兩是雙非論'을 낳아 사건·사고의 문제 해결을 적당한 선에서 타협하고 절충하는 쪽으로 끝나게 만든다.

요약하면 개인에게 귀인하여 기본적 귀인오류를 자주 범하는 서양 기자들과 달리 한국 기자들은 상황에서 귀인을 찾는 경향을 보인다. 이슈에 대한 입장에 있어서도 서양 기자들은 긍정적이든 부정적이든 양자택일의 단일 입장을 취하는 반면에, 한국 기자들은 양비론적 입장을 취하는 경향을 더 두드러지게 드러낸다. 즉 한 주장이 다른 주장과 모순되면 둘 중에 하나는 반드시 틀려야 한다는 비변증법적 논증보다는 복수의 주장이 동시에 옳을 수 있다는 변증법적 논증에 더 익숙하다. 또 한국 기자들은 처음부터 사건의 결과를 예측할 수 있었다고 확신하는 사후 과잉확신 편향을 더 자주 보인다.

이 장에서는 그간 심리학 연구에 주로 적용·설명되어온 문화심리학적 이론을 저널리즘 연구, 특히 기자들의 사고습관에 적용해 가설로 제시했다. 첫째, 문화적 배경은 사회구조의 차이를 낳고, 사회화 과정을 경험한 기자들은 상이한 사고습관을 보인다는 점을 가설로 제시했다. 이런 가설은 그 사회에서 학습한 기자들의 생각, 지각, 태도, 행동을 결정하고, 나아가 사회 관행, 제도, 정책에도 영향을 미친다는 시사점을 제시한다. 둘째, 기자들의 의견이 많이 반영되는 영역의 기사일수록 문화심리적 사고 편향성이 커진다는 가설을 제시했다. 객관적 사실에 바탕을 두고 작성되는 스트레이트성 기사와 같은 사실성 기사보다는 기자의 생각이나 인지 과정이 보다 많이 작동하는 의견성 기사에서 문화심리적 사고 편향이 더 뚜렷이 나타난다는 사실은 문화적 학습 배경이 사고나 인지 구조를 결정한다는 것을 보여준다. 셋째, 문화적 사고의 차이가 정치적 이념의 차이보다 우선한다는 사실을 가설로 제시했다. 이념의 차이(보수와 진보)는 통상 보도 규범의 차이로 나타나지만, 문화심리적 배경 속에서는 이런 이념 기제가 그다지 작동하지 않는다. 대신 문화가 비슷한 사회적 공간에서 학습한 기자들은 비슷한 방식으로 공명하고 사고하는 문화적 관성을 보인다.

이 글은 문화적 배경이 기자의 편향적 사고를 만들어내며, 결과적으로 사회적 진실을 다르게 기록하거나 묘사하는 원인이 될 수 있다는 점을 비판적 시각에서 제시했다. 우리는 기자들이 저널리즘 규범에 따라 객관적 관점에서 사실을 보도할 것으로 기대하지만, 결국 기자들은 문화적 사고습관에 기반해 사건을 지각·해석·기술하는 무의식적 행위를 벗어나지 않는다는 사실에 주목할 필요가 있겠다.

박선이

1. 첫 여성 기자와 여성 기자 1만 명 시대

세계의 사조는 각일각으로 추이함을 따라 우리 사회에도 광도와 갓치, 밀녀오는, 온갖, 변동 중, 아즉도 오인의, 만곡의 감루를 금치 못함은 부녀계의, 해방이 의연히, 구태를 부탈하고 청흑 중에 방황함이니⋯ 현숙박학한 숙녀의 책임잇는 노력에 재할 분 안이라 시세의 요구에 응하야 시에 부인 기자를 채용코저 하오니 좌기 요항에 의하야 본사로 내담 혹 서면으로 조회함을 위요.

1. 가장家長 잇는 부인
1. 연령, 20세 이상 30세 이하의 부인
1. 고등보통학교 졸업 정도 이상으로 문필의 취미가 유有한 부인[1]

1920년 7월 1일자 매일신보는 "미친 파도와 같이 밀려오는 세상의 변동"을 이유로 부인 기자 공채 광고를 냈다. 광고를 보고 찾아온 '부인들' 중 스물세 살의 이각경李珏璟(1897~1936)이 채용되었다. 한국 신문 역사상 최초의 여성 기자다. '입사의 변'에서 이각경은 "우리 사회는 예로부터 여자를 너무 멸시하고 무시하여 여자는 다만 남자의 종속적 물건으로 절대 복종하고 절대 무능한 것으로 생각한 것은 잘못이라고 말하고 신문사업에 나선 책임이 참으로 무겁다고 밝혔다."(정진석, 2021, p. 33). 이각경은 8개월 여의 기자 생활을 통해 "시부모여, 며느리도 당신의 자식이어늘 왜 그리 노예시 하는가", "조혼의 악습을 타파", "신구 절충주의, 혼례식은 이렇게 함이 좋아" 등 여성 지위와 생활 개선 기사를 주로 썼다.

이각경으로부터 103년. 한국의 언론은 여기자 1만 명 시대에 와 있다. 2021년 전국의 신문·방송·통신에서 취재·보도·논평 등 저널리즘 업무에 종사하는 여성은 전체 기자의 32%, 1만 708명[2]으로 집계되었다. 남성중심적 언론 조직 문화의 견고한 담장이 조금씩 무너져 내리며 그동안 여성 기자를 찾아보기 어려웠던 취재 부서나 고위 보직에 여성의 진출이 증가하고 있다. 2017년 전국 종합일간지인 서울신문과 경향신문, 세계일보, 중앙일보에서 동시에 여성 편집국장이 등장했고, 2019년에는 경향신문, 한겨레, 한국일보에서 한꺼번에 여성 정치부장이 나왔다. 2021년에는 중앙일보, 경향신문, 서울신문 논설실장이 모두 여성이었다. 정치부의 정당 취재, 대통령실 취재 현장에도 여성 기자들이 30% 가까운 비율로 참여하고 있다. 여성 기자의 증가와 함께

---

1 1920년 7월1일자 『매일신보』 사고는 일부 조사助詞와 접속사를 제외하고 모두 한자로 표기되었다. 여기에는 한자만 한글로 표기하고 당시의 구두점·맞춤법 표기를 그대로 살렸다.

2 『언론연감』(2022) 자료. 언론기관을 대상으로 전수조사 통계를 담은 『언론연감』(2022)은 여성 기자 비율을 전체의 31.5%, 언론인 전수를 모집단으로 표집한 『언론인 조사』(2022)는 전체의 32%로 집계했다.

뉴스 생산의 다양한 현장, 고위직에서 여성 기자들의 활동이 '어쩌다 우연'이 아니라 보편적인 현상으로 나타나고 있는 것이다. 이러한 2020년대의 여성 기자 현황에 선행한 것이 언론사들의 수습기자 공채로, 2004~2011년 여성 합격자가 50%를 넘겼다(송상근, 2012). 박근혜라는 여성 정치인의 한나라당 대표, 대통령 당선 같은 정치 현실에서 여성 리더십의 등장도 여성 기자의 핵심부서 배치와 고위직 승진에 일정 정도 영향을 미친 것으로 보인다(심재철·박성연·구윤희, 2013).

이러한 변화를 보며 몇 가지 질문을 던진다. 여성 기자의 숫자와 비율 증가, 취재 분야와 직급 다양화는 저널리즘 생산에서 어떤 의미를 갖는가? 여성 기자는 어떤 사실에 대해 남성 기자와 다른 기사를 쓸 수 있는가? 여성 기자의 증가는 뉴스의 다양성과 공정성, 포용성을 확대할 수 있는가? 지리멸렬해진 저널리즘의 본질을 회복하고, 시민에게 진실을 전달하는 좋은 저널리즘의 확산에 기여할 수 있는가?

이런 질문에 답하기 위해, 2017년 미국과 한국에서의 미투 보도를 먼저 살펴볼 필요가 있다. 2017년, 미국에서는 뉴욕타임스가 할리우드 최대의 거물 제작자 하비 와인스타인의 성폭행 사건을 터뜨렸다. 애슐리 저드, 안젤리나 졸리 등 여성 배우 수십 명과 영화사 직원 등에 대한 와인스타인의 지속적 성폭력을 '권력에 의한 성범죄'로 고발한 것은 뉴욕타임스 중견 여성 기자 조디 캔터와 메건 투히였다. 이들은 자신들이 여성이었기 때문에, 또 뉴욕타임스에서 십수 년간 직장 내 성폭력 기사를 써왔기 때문에 와인스타인에게 성폭행-성추행 당한 여성들에게 더 깊이 접근할 수 있었다고 말했다(Kantor & Twohey, 2019/2021). 한국에서도 같은 해 서지현 검사의 검찰 내 미투를 비롯해 유명 정치인, 문화예술계 인사들에 대한 미투 고발이 이어졌다. 하지만 한국의 미투 보도는 거물급 정치인의 부하 직원 성폭력이 권력의 범죄라는, 직장 내 성폭력의 본질에 대한 접근을 찾아보기 어려웠다. 그보다는 객관주의 원칙과 사실 확인을 이유로 사건에 대한 선정적 묘사와 가해자 중심 프레임이 강조되었다(장은미·최이숙·김세은, 2021; 홍주현, 2018). 이런 양상은 한국의 언론사에서 뉴스 생산의 주요 게이트키퍼가 50대 남성이며, 여성 이슈에 대한 남성 의사결정권자들이 지닌 인식의 한계에서 비롯된 것으로 파악되고 있다. 실제로 데스크 이상에 여성 기자가 배치된 언론사에서는 미투 이슈가 기획기사 등으로 훨씬 적극적으로 보도되기도 했다(김세은·홍남희, 2019). 이처럼 미국과 한국에서 일어난 미투 사건 보도의 차이를 보면, 언론 조직에서 여성 기자의 수와 취재 영역, 의사결정권을 지닌 고위직 여부가 좋은 저널리즘을 확대하는 데 필수적이라는 점을 알 수 있다.

　뉴스는 사실을 수집하여 기사로 만들어지는 과정에서 특정한 사회적 의미를 구성한다. 남성중심적 언론 조직과 취재보도 관행이 지배적인 상황에서 여성 관련 주제나 여성 취재원의 가치를 경시하는 경향은 여성에 대한 사회적 배제 효과를 낳는다(Entman, 1993)는 점을 고려하면, 최근 다양한 젠더 이슈가 중요한 사회 갈등 요인으로 두드러지고 있는 한국 사회에서 여성 기자의 존재는 역으로 이들 이슈에 대한 대안적 관점을 제시함으로써 뉴스의 다원적 가치를 확보할 수 있을 것이다. '역사상 가장 오래 차별받아온 존재, 여자'의 시각에서 장애인과 이주민 등 다른 약자의 형편을 헤아리는 더 가치 있는 언론의 역할에 기여할 것이라는 기대도 있다(제정임, 2017). 지난 20년간 한국 사회에서는 가부장적 국가 제도로 비판받아온 호주제가 폐지되고 양성평등고용법 등 남녀 모두에게 공정하고 평등한 기회를 주는 법제화가 활발한 한편으로, 결혼과 출산, 육아와 관련한 여성의 과중한 책임, 여성에 대한 혐오 범죄, 젠더 갈등, 직장 내 성폭력 등이 중요한 사회 이슈가 되었다. 미투 고발에 이어 강남역 여성 이상동기 살인 사건(일명 '묻지마 살인' 사건)을 '여혐 범죄'로 지목하고 수만 명의 여성들이 거리로 나선 혜화역 시위 등 언론이 주목할 수밖에 없는 젠더 이슈들이 뉴스 소재로 넘쳐났다. 문제는 이런 젠더 이슈를 보도하는 언론의 시각에 '다양성·공정성·포용성DEI'의 저널리즘 가치가 담겨 있는가 하는 것이다. 한국의 언론을 '갈등유발형 저널리즘'이라고 비판한 이재경(2008)은 갈등유발의 중요한 원인 중 하나로 기사가 지니는 관점의 다원성/다양성 부족을 지적한 바 있다.

이 연구는 여성 기자 1만 명 시대에 이들의 숫자와 업무 내용이 지닌 의미를 살펴보고 '좋은 저널리즘'의 확대에 여성 기자의 양적·내용적 특성이 어떤 과제를 던지는지 탐색하는 데 목적이 있다. 디지털미디어가 확산하고 저널리즘 환경이 급변하는 가운데 여성 기자의 수적 증가와 언론사 조직 내 여성 고위직의 증가, 다양한 부서 배치의 확대라는 외연적 특성은 '저널리즘의 위기'가 일상화된 한국 언론에서 '좋은 저널리즘'을 확대 발전시키는 데 어떤 역할을 할 수 있을까, 혹은 어떻게든 역할을 할 수 있을까 하는 문제의식에서 이 연구는 출발했다. 여성 기자 수의 증가와 고위직 진출 증가, 다양한 취재 영역 배치는 오랫동안 한국 언론 조직에서 문제되어온 여성의 주변부화가 상당히 해소되고 있다는 반가운 증좌로 보이지만, 여성 기자와 성차별 이슈, 젠더 이슈는 이제 막 공식적 관심의 대상이 되었다. 1989년부터 시작된 한국 언론인 의식조사에서 젠더 이슈는 여성 응답자 비율이 처음으로 30%가 넘은 2021년에 이르러서야 처음 포함되었다.

2. 여성 기자로 살아간다는 것

1) 한국의 언론 조직과 여성 기자: 주변부에서 벗어나기

한국의 언론사 조직은 편집국장을 중심으로 소수의 남성에게 권력이 집중된, 톱다운 방식의 위계질서가 강한 곳이다(김경희, 2017; 홍은희, 2010; 유선영, 2003). 수습기자 과정에서 사용하는 공식 언어[3]가 남성들에게 익숙한 군대 문화에 뿌리를 둔 것(홍지아, 2016)이라는 데서 보듯, 남성중심적 인력 구조와 조직문화를 기반으로 한 한국의 저널리즘이 성차별적 보도와 관련되어 있다는 지적도 꾸준히 이어져 왔다. 그동안 한국 언론 조직에서 여성 기자는 조직 내 성별 분업을 통해 소위 핵심 부서인 정치-경제-사회부가 아닌 문화-생활 부문이나 편집-교열 등 내근 부서에 배치되거나, 출산·육아 등을 이유로 한 경력 단절 때문에 고위직 진출이 어려운 문제 등을 겪어왔다.

여성 기자들이 경험하는 이러한 현실은 여성 기자의 주변부화를 낳는다고 논의되어왔다. 주변부화란 언론사가 편집 방침을 정하고 그 방침에 영향력을 행사할 수 있는 조직 내 위치로부터 벗어나 있는 상태로, 여성 기자들이 주로 맡고 있는 성별 분업적 취재 영역에 따른 수평적 주변부화, 그리고 승진이나 고위직 진출에서 제한된 적용을 받아 권력으로부터 멀어지는 것을 수직적 주변부화로 설명할 수 있다(김경희, 1998; Van Zoonen, 1994). 실제로 한국에서 여성 기자들은 1920년 이각경과 1924년 최은희 기자 이래 여성 문제, 가정 및 생활 정보, 문화와 오락 등을 주로 담당해왔다. 성별 분업에 따른 수평적 주변부화는 여성 기자의 고위직 진출을 막고 상대적으로 낮은 직급에 단시간 머무르게 하는 수직적 주변부화와 연관된다. 김경희(2017)는 여성 소외가 조직 차원과 취재 영역에서 나타난다고 지적했는데, 조직 차원에서 남성적 유대관계와 여성 기자에 대한 정형화 문제가 발생한다면, 취재 차원에서는 권위적이고 남성중심적인 정보 수집, 술자리 등 비공식적 커뮤니케이션 등이 여성 기자를 소외시키는 문제를 만든다는 것이다. 여성 기자의 주변부화와 소외는 언론이 뉴스 보도를 통해 가부장적 가치 재생산에 기여하는 한편 성폭력을 포르노화하는 문제를 낳는다. 홍

3　…습니다(입니다/합니다)나 …습니까?(입니까/합니까?)라는 종결어미를 사용하는 소위
　　'다, 나, 까' 화법을 사용하지 않는다고 기합을 받은 경험을 많은 여성 기자가 토로했다.

지아(2016)는 여성 기자들에 대한 인터뷰를 통해 남성적 취재 관행, 조직 문화에 개선이 필요하며 지금까지와는 다른 방식으로 뉴스 생산이 이뤄져야 한다는 요구가 높다는 것을 발견했다.

언론 조직 내 여성 기자의 수와 고위직 배치가 뉴스 내용에서 어떤 변화를 이끌어내는지에 대한 실증 연구는 많지 않다. 14개 언론사의 차장 이상 여성 기자 79명을 대상으로 한 임영숙과 엄정윤(2005)의 연구는 직급이 높은 여성 기자일수록 더 적극적으로 여성 이슈를 보도하고 있으며, 여성 관련 뉴스·해설에 나타나는 성차별적 요소를 제어하거나 여성 이슈 보도의 지면·시간을 더 확보하기 위해 노력하는 것을 발견했다. 이는 여기자 수가 많고 여성국장이 있는 언론사가 긍정적 내용을 보도하는 일이 많으며(Craft & Wanta, 2004) 여기자들이 사건 취재에서 경찰, 관료 등 관행적 공식 취재원 외에 개인, 가족, 시민단체 등 취재원이 더 다양한 경향을 보인다는 연구(Correa & Harp, 2011)와 일맥상통한다. 실제로 여성 기자 심층 인터뷰를 통해 한국 언론의 미투 운동 보도 양태, 저널리즘 관행을 연구한 김세은과 홍남희(2019)는 "미투 운동과 관련한 사안뿐만 아니라 최근 젊은 여성들에 의해 주도되고 있는 '혜화역 시위'나 '워마드' 등의 이슈가 50대 부서장이나 국장들이 보기에 너무나 먼 이슈"라는 현실을 확인하는 한편, 여성 기자 및 언론 조직 내 여성 상급자 비율 증가가 조직 문화는 물론 기사의 젠더 감수성과 다양성 확보에 기여하게 될 것이라고 보았다. 여성 상급자의 존재는 젠더 이슈뿐 아니라 다양한 사회적 이슈에 대해 형식적 객관주의를 넘어 타자의 목소리에 귀 기울이는 취재윤리 확대의 기반이 될 것이라는 기대도 있었다. 장은미와 최이숙, 김세은(2021)은 미투 이후 우리 사회와 언론 현장에 대두된 페미니즘이 젠더화된 뉴스 생산노동에 가져온 변화는 무엇이며, 향후 성평등한 보도를 위해 언론계가 어떻게 변화해야 하는가를 모색했다. 이들은 미투 이후 젠더 이슈에 대한 뉴스 가치가 이전 시기에 비해 상승했고, 일선 기자들의 젠더 문제에 대한 의식이 고양되었으며, 성인지적 보도에 대한 사회적 요구에 부응하여 몇몇 언론사에서는 젠더 데스크, 젠더 전담기자, 성평등 연구소 등 성인지적 보도를 위한 기구를 설치했다는 점을 지적했다.

2) '좋은 저널리즘'과 언론 조직 내 다양성·공정성·포용성: DEI 가치

뉴스룸 안에 여성 기자가 어느 분야에 얼마나 있느냐, 고위직 진출이 어느 정도 이루어져 있느냐는 것은 단순히 노동 시장 내 성평등의 문제를 넘어서는 이슈이다. 뉴스룸이 생산하는 저널리즘은 감시와 비판, 견제 기능을 수행함으로써 공공에 봉사해야 할 책무를 지니기 때문이다. 언론 조직과 여성 기자에 관한 연구들이 보여주듯, 언론의 다양성과 공정성을 확보하는 데 있어 여성 기자가 지니는 의미는 분명하다.

저널리즘에서 '다양성Diversity · 공정성Equity · 포용성Inclusion'을 의미하는 DEI 가치의 중요성이 뚜렷한 실천 방법과 함께 확대되고 있다. 애초에 DEI는 기업이 생산력 확대와 사회 기여를 위해 의도적으로 인력의 다양성을 확대하고 다양한 사람들이 일하기 좋은 곳으로 만들기 위한 전략적 가치로 개발되었다(성상현, 2022). DEI 가치의 실천은 채용과 교육 훈련, 배치 및 승진, 평가, 보상, 근무 방식에서 차별을 없애거나 방지하고, 다양한 인력이 능력을 발휘할 수 있도록 포용하는 것이다. 이 장에서는 한국 언론 조직에서 최근 발견되는 여성 기자의 수와 비율의 증가, 고위직 진출 확대라는 변화 양상을 살펴보고 이를 촉진하고 제도화하는 방안으로 외국 언론 기구, 언론사의 DEI 실천 방안을 살펴보고자 한다.

미국과 유럽 언론사에서는 정확하고 공감 범위가 넓은 저널리즘을 위해 '다양성·공정성·포용성', 즉 DEI 가치의 전략적 중요성에 주목하고 있다(Cherubini, Newman, & Nielsen, 2020). 저널리즘에서 DEI는 조직 내 다양성과 공정성, 포용성 확보를 통해 사회적 갈등 이슈 보도에서 편견과 편향성을 방지하고, 특히 디지털미디어 환경에서 일어나는 선택적 노출과 수용자에 영합하는 보도를 지양하는 가치로 활용될 수 있다. 미국 퓰리처센터는 "저널리즘을 통한 영향력과 독자의 참여를 만들어내는 우리의 사명은 내부와 외부를 막론하고 다양성·공정성·포용성을 통해서만 활발하게 육성될 수 있다"고 선언했다 (Pulitzercenter, 2023). 저널리즘에서 DEI 전략이 우선 주목하는 영역은 뉴스룸 인력 구성과 좋은 저널리즘의 강력한 상관 관계이다. '남성-백인-고학력 명문대 출신 엘리트' 위주의 뉴스룸 구성은 성폭력 사건과 인종 차별 문제, 사회경제적 소외 계층의 목소리를 제대로 전달하지 못하는 문제가 있으며, 지난 2017년 일어난 미투 운동을 언론이 적절하게 취재하거나 보도하지 못했던 원인 중 하나도 이와 같은 남성중심적인 뉴스룸 구성 문제라고 지목됐다(김선호, 2021).

미국에서 DEI에 가장 앞서가는 언론사는 뉴욕타임스다. 이들은 "다양하고 공정하며 포용적인 직장으로 만드는 것이 우리의 핵심 전략"이라고 선언하고, 2017년부터 미국 내 자사 직원 다양성 보고서를 출간하는 한편, 이를 바탕으로 한 개선 작업call to action을 발표해오고 있다. 2022년 뉴욕타임스 DEI 보고서에 따르면 여성이 차지하는 비율이 전 분야에서 50%를 넘어, 전체 직원 중 여성 비율은 2015년 45%에서 2020년 52%로 증가했고, 고위직 여성은 40%에서 52%로 더 크게 상승했다. 여성의 승진율은 2018년 9%에서 2022년 17%로 높아졌다. 흑인과 유색 인종 비율이 증가한 반면, 유색인종의 승진율·이직율은 여전히 격차를 보이고 있다는 점이 개선 목표로 보고되었다는 것도 주목할 부분이다.

영국에서는 방송통신미디어를 담당하는 정부기관 Ofcom이 2017년부터 BBC를 포함한 8개 주요 방송사의 EDI[4]를 조사하고 있다. 이들

---

4   영국에서는 Equity를 가장 앞에 두고, EDI로 표기하고 있다.

이 주목하는 다양성은 성별과 인종뿐 아니라 신체장애, 나이, 성적 지향과 종교 등 6개 분야이다. 2021~2022년 조사에서는 사회경제적 배경으로 방송인들의 부모 직업, 출신학교(사립 여부)까지 포함했다. 성별 조사에서 영국 경제활동인구의 48%가 여성인 것과 비교해 8개 방송사 임직원 중 여성 비율은 49%로 거의 비슷한 수준으로 나타났다. 장애인, 50세 이상, 종교를 가진 사람의 비율은 전국 평균보다 분포가 낮았고 LGB는 전국 평균 4%보다 높은 10%로 나타났다(Ofcom, 2022).

저널리즘 생산의 일원으로서 여성 기자들의 존재는 좋은 저널리즘을 성취하기 위한 언론 조직의 다양성과 공정성, 포용성을 증명하는 양적이고 질적인 의미를 지닌다. 한국 언론 조직에서 1920년부터 1980년대에 이르는 긴 시간 동안 뉴스룸의 '홍일점'으로 남아 있던 여성들이 1990년대 초·중반 처음 전체 기자의 10%를 넘기고 이제 30%를 넘어섰다. 부서 배치, 고위직 진출 등에서도 변화가 발견된다. 하지만 DEI 관점에서 보면 한국의 언론 조직에서 여성 기자들이 갈 길은 여전히 멀다. 무엇보다 고위직에서 여성 기자는 여전히 소수이다. 2022년 한국여성기자협회의 여성 보직 조사에 따르면 전체 기자 중 여성의 비율이 이미 30%를 넘긴 것과 달리, 부장 직급에서 여성 비율은 19.3%, 부국장 및 국장 이상 직급에서는 13.4%로, 근속 연한이 길고 고위직으로 갈수록 여성의 비율은 낮게 나타났다(강주화, 2022).

다양한 관점과 공정성을 지키고 소수를 포용하는 것이 좋은 저널리즘으로 가는 발걸음이라고 할 때, 언론사 조직에서 여성 기자의 숫자와 비율, 다양한 업무 분야를 확보하는 것이 중요하다는 기존 연구들, 그리고 저널리즘에서 DEI 가치의 확산이 필요하다는 문제의식을 기반으로 '여성 기자 1만 명 시대'의 의미를 찾고자 한다.

3. 한국 여성 기자 실태 연구 문제와 연구 방법

이 연구는 최근 한국 언론 조직에서 급속도로 확대되고 있는 여성 기자들의 수와 비율 변화를 확인하고 여성 기자들이 언론 조직에서 맡고 있는 보직의 양상, 또 여성 기자들이 속한 취재부서의 변화를 살펴보는 한편, 디지털미디어의 확산과 함께 여성 기자들이 저널리즘 생산 현장에서 겪고 있는 실제 경험을 통해 다음과 같은 연구 문제의 답을 찾고자 했다.

연구 문제 1. 여성 기자의 수적 증가가 보여주는 특성과 함의는 무엇인가?
연구 문제 2. 여성 기자의 고위직 진출 확대가 보여주는 특성과 함의는 무엇인가?
연구 문제 3. 여성 기자들의 취재 영역 다양화가 보여주는 특성과 함의는 무엇인가?
연구 문제 4. 여성 기자들의 젠더 정체성과 직업 정체성에서 나타나는 갈등은 무엇인가?

1) 통계자료 추출과 활용

여성 기자 수와 관련한 통계를 얻기 위해 한국언론진흥재단의 『언론연감』[5]과 『언론인 의식조사』[6]를 기본으로 활용했다. 『언론연감』은 1968

---

5 1968년 『한국신문연감』(한국신문협회 간), 1977년 『한국신문방송연감』(한국신문연구소 간), 2010년 『한국언론연감』(한국언론진흥재단 간)으로 제호를 바꾸어 이어지고 있다.
6 1989년 '전국기자 직업의식조사'로 출발, '전국 신문·방송·통신사 기자 의식조사', '전국 신문·방송·통신·인터넷 기자 의식조사', '언론인 의식조사' 등으로 이름을 바꿔가며 2년/4년 간격으로 조사했다.

년 첫 발간 뒤 9년간 발행이 중단되었다가 1977년부터 다시 발간되기 시작해 매해 꾸준히 발행되고 있다. 연감 항목 중 '전국언론종사자 현황'은 전국의 신문·방송·통신사의 편집·광고·제작·판매 부문 임직원 전수를 담고 있는데, 이 가운데 '편집국·보도국 종사자' 통계에서 여성 기자 숫자를 추출했다.[7] 언론인 의식조사는 1989년부터 시행되어 온 언론인 의식조사로, 전국의 신문·방송·통신·인터넷 언론사 기자들 가운데 무선표집을 통해 조사 대상을 추출한다. 여성 기자의 전수는 알 수 없으나 전체 중에서 차지하는 비율을 알아볼 수 있는 통계 자료이다. 분석 시기는 통계의 신뢰성을 강화하기 위해 『언론연감』과 『언론인 의식조사』의 시기를 맞추어 1989년부터 4년 간격으로 정했다. 이들 통계가 보여주지 않는 여성 기자의 취재 분야와 직급, 보직 관련 통계는 한국여성기자협회 자료로 보완했다.

2) 여성 기자 수상 내역

한국 언론에는 여성 기자에게만 시상하는 상들이 있다. 가장 오래된 상은 '최은희 여기자상'이다. 민간 신문 최초의 여성 기자로, 1924년부터 8년 동안 조선일보에서 큰 발자취를 남기고 이후 여성 운동에 앞장서 온 추계秋溪 최은희崔恩喜 여사가 맡긴 기금을 바탕으로 1984년 제정되었다. 취재보도 일선에서 활동하는 여성 기자를 대상으로 취재와 보도, 칼럼 등 기자 경력 전반에 걸친 역량을 평가하여 시상하는 이 상은 지금까지 40회에 걸쳐 43명이 수상했다. 한국여성기자협회가 2004년

---

7 2010년 이전 연감은 편집국·보도국 종사자로, 이후는 기자직 종사자로 구분하고 있다. 2010년 한국언론재단과 신문유통원이 통합된 이후 연감 구성이 이전과 달라진 부분도 있지만, 기본적 통계는 유사한 구성을 보인다. 2010년 이전에는 통계에서 여성 종사자의 수를 따로 공식 집계하지 않고 '( ): 여자'라는 방식으로 각 사별 통계 안에 표기했기 때문에 이 연구를 위해서 필요한 내용을 일일이 추출했다.

제정한 '올해의 여기자상'은 취재와 기획 2개 부문으로 나누어 그해 여성 기자가 취재보도한 기사 중 가장 뛰어난 기사를 쓴 사람에게 시상한다. 지금까지 19회에 걸쳐 모두 54명이 수상했다.

이들 수상자 자료를 통해 수상자들의 주요 취재 분야와 수상 공적을 살펴보고 시기에 따라 이들 내용에 어떤 변화가 있었는지, 이는 한국 언론에서 여성 기자의 수와 비율, 취재 분야의 변화를 어떻게 보여주는지에 대한 논의에 활용할 수 있었다.

3) 『저널W』 기고문 분석

『저널W』는 한국여성기자협회[8]가 년 1회 발간하는 간행물로, 1971년 여기자클럽이 발간한 『여성저널』이 모태다. 1990년 『여기자』로 재창간한 뒤 2021년부터 『저널W』로 제목을 바꿔 펴내고 있다. '발간사'와 '특집', '데스크칼럼', '특파원 리포트', '현장에서' 같이 여성 기자들이 필자인 고정 기획이 30년 이상 유지되어오면서, 시기별로 어떤 내용들이 집중적으로 주목받고 있는지 비교분석하는 데 매우 유용한 자료를 제공한다. 이 연구에서는 한 해 전국 일간지 4곳에 여성 편집국장이 배치되고, 여성 기자 비율이 29.8%(언론연감, 2018)로 한국 언론 조직에서 처음으로 여성 비율이 30%에 근접한 2017년호부터 가장 최근 발간된 2022년호까지 6개 호를 분석 대상으로 삼았다.

분석은 각 호마다 공통으로 싣고 있는 글 가운데 그해 가장 주목되는 이슈를 다루는 '특집', 부장 이상 보직 여성 기자들의 현실을 보여주는 '데스크칼럼', 취재 현장의 평기자들의 생생한 목소리가 담긴 '현장

---

8   1961년 전국지 기자와 방송기자로 활동하는 여성 기자를 회원으로 창립한 여기자클럽을 모태로, 2004년 사단법인 한국여기자협회로 변환했으며, 2020년 한국여성기자협회로 개명했다. 2023년 현재 신문(전국지)·방송·통신사 33개사를 회원사로 두고 있으며 회원은 1,700여 명이다.

에서' 등 3개의 기획에 실린 글의 주제를 연구자가 설정한 분류 키워드에 따라 구분하는 방식으로 진행했다. 분석 대상 기사는 총 66건이었으며, 분류 키워드는 업무 일반, 리더십, 소통, 출산 및 육아, 미투, 여성인식 등 6개로 글의 주제와 문제 제기가 분명하여 여성 기자들이 어떤 문제 의식을 갖고 무엇을 문제 삼고 있는지를 파악하는 데 어려움은 없었다.

4) 고위직 여성 기자 심층 인터뷰

연구에 사용한 각종 통계는 분명하게 여성 기자의 증가와 취재 영역의 다양화, 편집국을 포함해 언론사 조직에서 여성의 고위직 진출이 늘고 있는 현실을 보여주었다. 『저널W』에 실린 여성 기자의 글들도 여성 기자들이 언론 현실과 저널리즘 실천에서 겪는 도전과 성취, 한계를 뚜렷하게 드러냈다.

하지만 이들 문헌 자료만으로 알기 어려운 '숫자의 의미'와 '행간의 의미' 혹은 현장의 문제 의식을 파악할 필요가 있었다. 이를 위해 실제 연구 시기 동안 편집국 내 고위 보직을 지낸 인물 4명을 인터뷰했다. 이들은 전국 종합일간지와 지상파 방송사의 편집국장, 인터넷판 편집국장, 선임기자 등을 지낸 인물들로, 인터뷰는 2023년 7월 12일부터 26일까지 각 1시간~1시간 30분에 걸쳐 반구조화된 질문에 근거해 자유롭게 진행되었다. 질문은 여성 기자의 수적 증가와 취재부서 다양화, 언론사 조직 문화의 변화 여부, 남성중심적인 기존의 권력 부서 배치, 여성 리더십에 대한 평가, 여성 기자들을 위협하는 문제 등으로, 민감한 주제들에 대한 일선 종사자들의 경험과 의견을 들을 수 있었다. 인터뷰 내용은 별도로 노출하지 않고, 문헌에서 얻은 데이터들에 대한 해석을 보강하는 데 활용했다.

4. 한국의 여성 기자들, 숫자 늘고
   취재 영역 확대와 고위직 진출 뚜렷

1) 여성 기자의 수적 증가

여성 기자의 수가 늘었고, 비율도 늘었다는 추이는 분명했다. 하지만 언론 통계 중 여성 관련 통계는 시기와 통계 제작 주체에 따라 매우 임의적이었다. 이 연구에 필요한 여성 기자의 수적 증가와 내용적 변화 양상을 확인하고 이들이 지닌 함의를 논의하기에는 통계 조사 항목과 분석이 제각각이고, 여성 관련 통계를 따로 내지 않은 경우도 많았다. 때문에 한국언론진흥재단이 1977년부터 해마다 제작해온 『한국언론 연감』과 1989년부터 격년으로 시행해오고 있는 언론인 의식조사, 한국 여성기자협회가 간헐적으로 시행한 여기자 실태 조사 등에서 필요한 부분을 추출하고 조각조각 이어붙여야 하는 경우가 많았다. 산업에서 통계가 없다는 것은 통계적 의미가 없다는 것이고, 의미 부여가 필요 없다는 것이다. 따라서 여성 관련 통계가 없다는 것은 그동안 한국의 언론에서 성별 요소, 젠더 분석이 중요한 부분이 아니었다는 이야기도 된다.

남성중심적인 언론사 조직문화에서 다양한 '다른 목소리', '다른 관점'을 확보하는 데 여성 기자들의 존재가 분명한 의미를 지닌다는 것은 여러 선행연구들에서 확인된 바 있다. 김세은과 홍남희(2019)는 한국 사회에 큰 이슈로 등장했던 미투 운동 보도에서 언론사 내 여성 인력의 부족도 미투 운동의 지속적이고 심층적인 보도에 상당한 제약으로 작용했다는 것을 발견했다. 그렇다면 여성 기자의 숫자와 비율이 얼마나 되어야 성차별, 성 편향 보도 관행을 벗어나 다양성과 공정성, 포용성을 확보한 좋은 저널리즘에 접근할 수 있을까. 기업 내 여성 비율이 15% 이하일 때 여성들은 실질적인 힘을 갖지 못하고 명목적 지

위를 형성하게 된다(Kanter, 1977)는 연구를 고려할 때 적어도 2000년
대 초까지 한국 언론에서 여성 기자들의 목소리는 제한적으로만 나타
났다고 볼 수 있다. 1994년 여기자클럽이 주관한 세계여기자포럼에서
는 뉴스와 콘텐츠에서 성차별적 내용을 개선하고 언론 조직을 성평등
하게 변화시키는 임계질량으로 여성 기자가 최소한 25%에는 이르러
야 한다는 주장이 제기되었다.[9] 당시 여성 기자 비율이 8.2%(언론인 의
식조사)~11%(언론연감)였으니 25%는 매우 적극적인 목표였다. 실제로
여성 기자가 편집국 인원의 25%를 넘는 데는 1994년부터 20년이 걸
렸다. 하지만 30%를 넘기는 데는 10년이 채 걸리지 않았다(<표 10-1>
참조). 특히 2010년대 초부터 여성 기자의 수는 극적으로 증가했다. 비
율 증가 못지않게 절대 숫자의 증가도 두드러졌다. 여성 기자 비율이
처음 10%를 넘긴 1993년 전국에서 1,510명이던 여성 기자의 수는
20%를 처음 넘긴 2009년 5,034명으로 350% 증가했다. 30%를 처음

<표 10-1> 시기별 여성 기자 비율 및 수(단위: %, 명)

항목	년도	1989	1993	1997*	2001	2005	2009	2013	2017	2021
언론연감	여성 기자 비율	9	11	12.4	14.2	17.0	24.0	26.8	29.8	31.5
	여성 기자 수	705	1,055	1,352	1,510	1,706	5,034	7,331	9,675	10,708
	전체 기자 수	7,860	9,585	10,929	10,648	10,045	20,969	27,398	32,453	33,971
언론인 의식조사	여성 기자 비율	7.1	8.2	10.9	9.1	12.2	18.6	28.2	27.4	32.0

* 언론연감 통계는 1996년 숫자.

---

9 열역학에서 임계질량critical point은 어떤 물질의 구조와 성질을 다른 상태로 바꿀 때의
   온도와 압력을 말한다. 사회 현상을 설명할 때 종종 임계질량 개념을 적용하는 것은 하
   나의 비유이다.

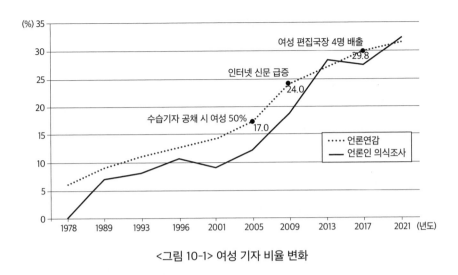

<그림 10-1> 여성 기자 비율 변화

넘긴 2021년에는 1만 708명으로 늘었다. 1989년에서 2021년까지 32년 동안 전체 기자 수가 4.3배 늘어나는 동안 여성 기자 수는 15.2배 증가해, 여성 기자 수와 비율이 동시에 크게 늘었다는 것을 볼 수 있다.

분석 시기 여성 기자의 수와 비율은 2000년대 중반까지는 매우 완만하게 증가하다 2009년부터는 절대 인원과 비율 모두 가파르게 증가했다(<그림 10-1> 참조). 2005년 1만 45명이던 전체 기자 수가 2009년에는 2만 969명으로 2배 가까이 증가한 것은 2005년 신문법 개정 이후 언론사로 법적 지위를 갖게 된 인터넷 신문사의 급증과 관련해 이해할 수 있다.[10]

인터넷 신문기자 통계는 2005년 9개사 287명(여성 64명)이었던 데서(언론연감, 2006) 2009년 813개사 4,583명으로 4년 만에 1,600% 급증했다(이하 <표 10-2> 참조). 이 가운데 여성 기자는 1,488명으로

10 2005년 1월 1일 '신문의자유와기능보장에관한법률'(이하 신문법)이 국회에서 통과되면서 인터넷 언론사들이 법적 지위를 갖게 되었다. 그해 10월까지 175개사가 등록했고 2006년 6월까지 총 414개 인터넷 언론사가 등록 절차를 마쳤다(언론연감, 2006).

<表 10-2> 시기별·언론산업별 여성 기자 비율 및 수(단위: %, 명)

항목	년도	2005	2009	2013	2017	2021
전체	비율	17.0	24.0	26.8	29.8	31.5
	수	1,706	5,034	7,331	9,675	10,708
종이신문	비율	18.2	23.2	27.4	27.7	30.0
	수	1,228	3,189	4,131	4,210	4,333
인터넷신문	비율	22.3	32.5	30.5	35.1	35.5
	수	64	1,488	2,439	4,384	5,049
방송	비율	13.5	13.5	15.2	20.4	25.5
	수	167	357	472	716	860
통신	비율	17.4	-	23.2	29.2	24.3
	수	91	-	289	365	466

* 언론산업별 성별 고용형태별 전수조사를 수행한 『언론연감』 통계 중 인터넷 신문을 통계에 넣기 시작한 2005년 통계(2006 연감)부터 비교했다. 2005년 통계는 인터넷 신문 9개사만 들어 있다. 2009년 통계(2010 연감)에는 통신사 부문이 빠져 있다.
* 출처: 언론연감(각년도).

32.5%를 기록, 분석 시기 전년도와 단순 비교했을 때 인터넷 신문에서 남성 기자가 1,390% 증가하는 동안 여성 기자는 2,325% 증가한 것을 볼 수 있다. 2005년 12.2%(언론인 의식조사)~17%(언론연감)였던 여성 기자 비율이 2009년 18.6%(언론인 의식조사)~24.0%(언론연감)로 증가한 데는 인터넷 신문의 여성 기자 급증이 중요한 몫을 차지했다는 것을 알 수 있다. 이러한 추세는 이후로도 계속 이어졌다. 인터넷 신문의 여성 기자 수와 비율은 2013년 2,439명, 30.5%를 차지했으며, 2017년에는 4,384명, 35.1%에 이르렀다.

2017년에 이르면 인터넷 신문의 여성 기자 수가 처음으로 전국의 신문사 여성 기자(4,210명)보다 많고, 전체 여성 기자의 45.3%에 이를 정도로 규모가 커졌다(여성 기자 100명 중 종이신문 기자가 43.5명, 인터넷 기자가 45명). 2021년에는 인터넷 신문 여성 기자가 5,049명(35.5%)으로 종이신문 여성 기자 수 4,333명(30.0%)을 훌쩍 넘어섰고, 비율로는 전체 여성 기자의 47.2%를 차지했다.

방송사의 여성 기자 수와 비율이 낮은 것은 특별히 주목해야 할 부분이다. 특히 공적자금인 수신료를 운영 기반으로 하는 공영방송 KBS의 여성 기자 비율은 1980~1990년대는 말할 것도 없고 언론 조직에서 여성 비율이 급증한 2000년대에 들어서도 가장 낮은 수준이다. 2001년 KBS(본사)의 여성 기자 비율은 8.1%로 같은 시기 언론사 평균 여성 기자 비율 14.2%보다 훨씬 낮았으며, 지상파 3사 평균 8.6%보다도 낮았다(언론연감, 2002). 2005년 방송 3사의 여성 기자 비율은 13.5%로 전 부문 평균 17%를 훨씬 밑돌았는데, KBS가 12.2%로 가장 낮았다. MBC도 14.2%로 민영방송인 SBS의 15.8%보다 낮았다(언론연감, 2006). 종합편성채널 등 새로운 방송사와 경쟁하게 된 2013년에도 공영방송의 여성 기자 비율은 11.2%(방송 부문 평균 15.2%)에 그쳤다. 2021년 공영방송 여성 기자 비율은 25.5%로 비로소 방송 부문 평균(25.5%)에 도달했으나, 종편/보도채널의 28.5%, 종교/특수방송의 28.8%보다 여전히 낮았다(언론연감, 2022). 수신료를 기반으로 운영되는 KBS의 여성 기자 비율이 이처럼 낮은 것은 다양성과 공정성, 포용성을 갖추어야 할 공영방송의 사회적 책임을 다하지 못한 것이라고 볼 수 있다.

2) 여성 기자의 고위직 진출

언론 조직에서 여성 기자의 직위는 뉴스 생산에서 얼마나 실제적인 권력을 행사할 수 있는가 하는 점에서 매우 중요한 요소다. 이용자들에게 최종 전달되는 뉴스는 취재 현장에서 일선 기자가 판단한 뉴스 가치에서 출발해, 뉴스의 중요성을 결정하고 방향을 정하여 최종 결과물을 생산하는 과정에서 언론 조직 내의 각급 직위에 따른 구체적인 권력 작용을 거친다. 때문에 단순히 여성 기자 수가 늘고 비율이 증가하는 것을 넘어, 언론 조직 내 위계의 사다리에서 여성 기자가 어느 위치에 얼마나 존재하는지는 다양한 이슈의 선택과 공정하고 균형 잡힌 접근, 포용적인 뉴스 제작에 매우 중요한 요소이다. 실제로 여성이 논설실장이 되면서 오피니언면에서 그동안 과소대표되어온 여성 필자 비율을 30%까지 끌어올리고 젊은 필진을 보강한 사례가 있다(문소영, 2021).

연구 시기에 여성 기자들의 고위직 진출은 뚜렷한 증가 양상을 보여주었다(<표 10-3> 참조). 이는 인터넷 신문의 급증 등 2000년대 중반 언론 환경에 일어난 변화와 함께 1990년대에 입사한 여성 기자들이 과거보다 다양한 취재 분야에서 경력을 쌓고 근무 연한을 쌓아가면서 차장, 부장 등 관리직을 거쳐 부국장, 국장 등 저널리즘 생산에서 중요한 위치로 배치되기 시작한 것을 보여준다.

<표 10-3>의 보직 비율은 한국여성기자협회 회원사의 해당 직급

<표 10-3> 연구 시기별 여성 기자 보직 비율(단위: %)

보직＼년도 매체 수	2003 21	2009 19	2013 23	2017 23	2019 27	2021 27	2022 32
차장(소규모팀장)	6.1	8.2	12.4	20.7	24.4	28.3	25.5
부장(에디터, 팀장)	4.2	5.3	7.5	12.9	14.6	16.1	19.3
부국장(부본부장, 에디터)	4.8	3.6	4.4	10.5	18.5	15.5	12.7
국·실·본부장	-	-	6.8	-	6.9	11.1	14.1
논설·해설위원	9.1	7.1	8.4	9.1	11.9	11.4	12.3
선임/전문기자	-	-	-	-	-	13.6	-
특파원	-	-	-	-	-	21.9	26.6
임원	-	-	-	-	-	5.1	5.9

* 2013년 부장 숫자는 부장 및 보직부장 합산.
* 출처: 한국여성기자협회 간행 『여기자』(2013)와 『저널W』(2019, 2021, 2022) 자료.

전체에서 여성 기자가 차지하는 비율이다.[11] 2003년 전체 기자 중 6.1%에 머물던 차장급은 2021년 28.3%, 2022년 25.5%로 증가했다. 언론사마다 다소 차이는 있지만 차장 승진은 근무 연한에 따라 자동적으로 이뤄지는 것을 고려하면, 여성 기자의 근속 기간이 늘어남에 따라 고위직 여성 비율도 자연스럽게 증가했다고 볼 수 있다. 주목되는 것은 보직 부장 및 부장 직급의 증가이다. 2003년 4.2%에 그쳤던 부장 보직자가 지속적으로 증가하며 2022년에는 19.3%가 되었다. 여성 기자가 30%를 넘긴 시기라는 점을 고려하면 부장 보직은 이보다 11% 포인트 이상 낮은 비율이지만, 부서 기자들을 지휘하고 뉴스 결정과 지면 제작에서 실무적인 결정권을 행사하는 부장 보직에 배치되는 여성 기자들이 지속적으로 늘고 있다는 것은 앞으로 여성 기자들이 더 높은 직위로 진출할 가능성을 열어둔다는 점에서 고무적이라고 할 수 있다. 참고로, 2002년까지 여성 기자의 보직 비율은 해당 직급 전체 중에서 여성이 차지하는 비율을 보여주는 것이 아니라, 시기별 전체 여성 기자 가운데 평기자와 차장, 부장, 국장 이상 직급의 분포 비율을 조사한 것이었다(<표 10-4> 참조). 전체 중 여성 보직자 비율을 추출할 만큼 사례 수가 많지 않아 그 같은 조사를 진행하지 않았던 것으로 보인다.

연구 시기 여성 기자 보직의 비율 변화는 또 하나의 시사점을 던진다. 여성 기자들 스스로 "취재 현장에서 여성 기자들의 활약이 늘어나고 사회적으로도 여성의 조직 내 위상에 대한 관심이 높아지는 데 비해 기초적인 공식 자료가 없는 것을 문제"(김영희, 2019)로 보고, 한국여성기자협회가 2019년부터 매년 회원사의 여성 보직 내용을 전수 조사하기 시작한 것이다. 이전까지 산발적인 조사가 있었지만 2013년 이전의 여성 기자 보직 조사는 여성 기자 전체를 모집단으로 놓고 이

---

11 서울에 있는 전국 일간지와 방송사, 통신사만을 회원으로 하기 때문에 전국적 현실을 반영하지 못한다는 약점이 있지만, 전체적 비율에서는 설명력을 갖는다.

<표 10-4> 시기별 여성 언론인 직급 분포 비율(단위: %)

직급 분포 \ 년도	1990	1995	1997	2002
사례 수	246	274	262	462
평기자	87.0	83.0	84.0	80.7
차장/차장급	9.0	10.8	10.7	10.3
부장/부장급	2.8	4.3	3.8	3.8
부국장 이상	0.8	1.8	1.5	3.4
위원	-	-	-	1.4
임원	-	-	-	0.4
계	100	100	100	100

* 출처: 여기자클럽 여기자 실태 및 언론인 의식조사 자료.

들 가운데 평기자-차장-부장-국장-위원-임원 분포를 살폈을 뿐이다. 그에 비해 2013년 이후부터의 조사는 다양한 직급에서 여성 기자들의 진출이 어느 정도 이뤄지고 있는지, 어떤 추이를 보이는지를 읽기 위한 작업으로, 여성 기자들의 보직 진출(승진)이 보편화된 현실을 반영하는 것이라고 평가할 수 있다.

3) 여성 기자들의 취재 영역 변화

여성 기자들이 담당하는 취재 분야에서도 뚜렷한 변화가 나타나고 있다. 2000년대 초까지 여성 기자들은 문화·생활부(20.7%)와 편집부(20.3%) 소속이 대다수였다(<표 10-5> 참조). 1920년 이각경 기자와 1924년 최은희 기자 시대로부터 70년 이상이 지났지만 한국 언론 조직에서 여성 기자의 역할은 여전히 성별 분업적 관점으로부터 크게 벗어나지 못했던 것이다.

그러나 2010년대 후반 이후에는 남성 기자들의 독점 지대처럼 여겨

<표 10-5> 1990~2002년 여성 기자 소속 부서 및 분포 비율(단위: %)

년도 순위	1990	1995	1997	2002
1	문화/생활/과학 24.4	문화/생활/과학/연예 30.1	문화/생활/과학/연예 31.0	문화/생활/과학 20.7
2	교열 17.1	편집 20.0	편집 18.3	편집 20.3
3	조사 14.6	교열 9.0	사회 8.8	경제 13.4
4	편집 6.9	사회 7.9	국제/외신 7.3	사회 12.7
5	외신/국제 6.5	조사 6.5	경제/경제과학 7.3	국제 3.3
6	사회 4.9	외신/국제 3.6	조사 5.3	정치 3.2
7	경제 2.0	경제/경제외신 2.9	독자 3.8	위원 2.8
8	정치 0.8	-	교열 3.1	체육 1.5

지던 국회와 대통령실에도 여성 기자 비율이 30%를 넘어섰다.[12] 정치부, 사회부와 해외특파원 등 그동안 남성을 중심으로 운영되던 주요 부서 혹은 보직에도 여성 기자들의 배치가 늘고 있다. 2021년에는 언론 조직에서 소위 '엘리트 코스'로 불리는 워싱턴특파원 가운데 여성이 11명으로 전체의 30% 가까이 된다(강아영, 2022). 이러한 변화는 언론사 내부 환경 변화와 외부 사회환경 변화가 동시에 작용한 결과로 보인다. 먼저 내부 변화로는, 2000년대 중반 이후 언론사 입사 채용에서 여성 비율이 50%에 육박하며 더 이상 여성 기자를 기존의 문화·생활 영역에 국한시키기 어려워졌다는 점이 있다. 이와 함께 중요한 요인으로 현실 정치에서 박근혜라는 '여성' 정치 리더십이 던진 자극에 주목할 필요가 있다. 2004년 박근혜 의원이 한나라당 대표가 되면서 각 언론사는 여성 기자를 정치부 정당 취재팀에 배치했고,[13] 대통령에 당

---

12 한국여성기자협회 자료
13 이 연구를 위한 고위직 여성 기자들의 심층 인터뷰에서 당시 상황을 확인할 수 있었다.

선하면서 청와대 담당 기자에 여성들이 배치되었다. 물론 여성 기자가 여성 정치인만을 담당하는 것은 아니지만, 국회와 청와대 등 현실 정치의 공간에 여성 리더십이 구체적으로 실재하면서 여성 기자들의 활동도 그만큼 자연스럽게 여겨졌다. 1990년부터 2002년까지 여성 기자들의 소속 부서 조사 자료(<표 10-5> 참조)와 비교해볼 때 여성 기자의 양적 증가, 고위직 진출 증가와 함께 앞으로 한국 언론 조직에서 여성 기자들의 위상이 어떻게 변해갈지 예측할 수 있는 부분이다. 하지만 2010년대 이후 여성 기자들의 취재 영역과 소속 부서를 파악할 수 있는 통계는 찾아보기 어렵다. 국회와 대통령실 기자의 상당수가 여성 기자라고 말하지만 실제 인원수를 파악한 공식 통계가 아니고, 출입처별로 부분적으로만 확인된 내용일 뿐이다. 때문에 이 연구에서는 여성 기자들에게 시상하는 2개의 주요 언론상 수상 내역을 통해 여성 기자들의 주 취재 영역이 다변화되는 양상을 살펴보았다.

2023년 40회 수상자를 낸 최은희 여기자상은 여성 기자 비율이 전체 기자 중 15%를 넘어선 2005년 이전과 이후 수상자들이 속한 부서 및 주요 업무에 상당한 변화가 있음을 보여준다(<표 10-6> 참조). 2004년까지 수상자 24명[14]의 62.5%가 문화·생활 등 한국의 언론 조직에서 여성 기자들이 주로 담당해오던 취재 분야에 속했고, 사회·정치·국제

<표 10-6> 최은희 여기자상 역대 수상자 취재 분야 및 수상 공적(단위: 명, %)

분야 \ 시기	1984~2004	2005~2023
전체	24(100)	19(100)
문화·생활·여성 분야	15(62.5)	5(26.3)
사회·정치·국제 분야	8(33.3)	11(57.9)
기명 칼럼	1(4.2)	3(15.8)

14 공동 수상이 3회 있어 수상자 수가 시상 횟수보다 많다.

등 남성 기자들이 압도적으로 많던 분야에서 수상한 경우는 33.3%에 머물렀다. 자기 이름을 걸고 칼럼을 쓰는 칼럼니스트로 수상한 경우도 1명밖에 없었다. 그러나 2005년 이후에는 이 분포가 역전된 것을 발견할 수 있었다. 전통적으로 여성 기자들이 많이 있던 문화·생활·여성 분야 수상자는 26.3%로 줄고, 사회·정치·국제 분야가 57.9%로 더 많이 나타났다. 기명 칼럼 필자도 3명으로 이전보다 많아졌다. 수상자의 공적 내용의 변화가 여성 기자들의 취재 영역 다양화를 직접적으로 증명하지는 못하지만, 전체적인 흐름을 보여주는 것은 분명하다.

2004년부터 한국여성기자협회가 시상해온 올해의 여기자상은 수상자 취재 분야와 경력(직위)에서 최은희 여기자상과 뚜렷한 차이가 나타났다(<표 10-7> 참조). 취재 부문에서는 전통적으로 여성 기자들이 많이 속한 문화·생활·여성 분야 수상자가 단 1명도 없었으며, 기획 부문에서는 문화·생활·여성 분야 수상자가 7명으로 사회·정치·국제 분야 수상자 수인 37명의 20% 이하였다. 시상이 시작된 2004년은 언론사 공개 채용에서 여성 비율이 50%를 넘기 시작하던 시기로, 이러한 결과는 여성 기자 수의 증가와 여성 기자들의 취재 영역 다양화가 일정한 관계가 있음을 방증한다.

<표 10-7> 올해의 여기자상 역대 수상자 취재 분야 및 수상 공적(단위: 명, %)

분야 \ 시상 부분	취재 부문	기획 부문
전체	27(100)	45(100)
문화·생활·여성 분야	0(0)	7(15.6)
사회·정치·국제 분야	27(100)	37(82.2)
기명 칼럼	0(0)	3(6.7)

4) 여성 기자들의 정체성과 갈등 요소

2017~2022년 6개년간 발행된 『여기자』(2021년부터 『저널W』로 개제)에서 이 연구의 분석 대상인 '특집'과 '데스크칼럼', '현장에서' 3개 항목에 실린 글은 총 66편이었다(대담자 포함 필자는 67명). 이 가운데 먼저 '특집'을 살펴보았다. 특집 기획은 어느 매체나 그 시기 최고의 관심사나 중요한 이슈를 다룬다. 그런 점에서 『여기자』의 특집은 여성 기자들의 문제의식을 잘 보여줄 것으로 여겼다. 연구 시기 동안 매 호마다 2개 안팎의 특집을 다뤘는데, 이 가운데 호마다 1개씩 특집을 골라 내용을 주제별로 구분했다(<표 10-8> 참조).

특집은 젠더 이슈가 담긴 주제와 일반 주제로 구분되는데, 분석 대상 특집 가운데 여성 정체성이 전혀 반영되지 않은 경우는 코로나19 취재 현장 관련 1건이었다. 특집은 전체적으로 여성 기자의 고위직 배치와 언론 조직의 변화 가능성, 언론 조직 내에서의 세대 이슈, 소통 문제, 성차별적 사회구조와 보도 관행의 문제를 주목했다. 개별적으로는 모두 다른 주제였지만, 그 안에 담긴 핵심 논의는 기존의 남성중심적인 언론 조직의 리더십 스타일, 취재보도 관행과 구별되는 여성의 리더십, 여성의 소통, 사회적 약자로서의 여성(젠더) 관련 보도 관행 개선 등으로 확인할 수 있었다. 여성 기자들이 직접 구축한 공론장에서 이러한 논의가 이루어지고 있다는 것은 언론 조직 내 여성 기자의 수적·내용적 확대가 언론의 기존 보도 관행을 개선할 수 있는 실제적인 힘으로 발전할 가능성을 보여준다. 스타이너(Steiner, 1998)는 남성중심적 저널리즘 문화에서 여성들이 기자로 성공하는 데 필요한 전문적 특성과 여성성이 빚어내는 모순으로 인해 정체성 갈등이 빚어진다고 보았다. 그러나 2010년대 이후 한국의 언론 조직에서 여성 기자 수가 늘고 여성 기자들의 취재 방식과 저널리즘 가치가 주류화하면서 그러한 갈등은 순화되는 한편, 여성 기자들 스스로 여성으로서의 경험과 약점까

<표 10-8> 『여기자』 특집 기사

년도	특집	주제	여성 정체성
2017	**여성 편집국장시대 열렸다** 제정임(기자니까, 여자니까) 황정미(유리천장이 아니라 유리동물원?) 김민아(국장이 되어 여기자 후배에게 하고 싶은 말) 김균미(여기자가 제대로 일하려면 온 가족이 필요하다)	여성 고위직 진출과 언론 조직의 변화, 여성 리더십과 소통	있음
2018	**미디어와 미투** 홍상지(미투는 진행형이다) 김지혜(미투, 얼마나 더 커질까) 최은지(부담, 두려움, 그리고 조심성) 김지훈(함께 악어를 향하여)	미투와 미투 보도	있음
2019	**미디어, 90년대생이 왔다** 김희연(리더십만큼 팔로우십도 중요하다) 허백윤(공정세대와 소통하는 리더십) 구본우(90년대생 남기자가 본 여성 리더십)	세대차와 여성 리더십	있음
2020	**코로나시대의 언론 현장** 이혜인(복지담당이 꽃보직이라고?) 김근희(코로나19가 앗아간 일상) 위은지(감성팔이 구호보다 절실한 것)	코로나19 보도 현장	없음
2020	**코로나가 바꾼 취재풍경** 문수정(꼬맹이랑 극한 재택근무) 남정미(친정 아랫집이 보복스피커를 틀던 날) 이민영(재택근무 두 달, 현장이 그리워)	코로나19 재택근무와 육아	있음
2021	**젠더 이슈 보도, 우리는 부끄럽다** 재즈, 젤리, 우즈, 치치(MZ세대 방담) 이혜리(남성 페미니스트 인터뷰)	성차별 보도 관행	있음
2022	**트라우마를 벗어라** 백소용(기자 트라우마, 이제는 바꿔봅시다) 곽아람(온라인 스토커는 구속됐지만…)	여성 혐오와 성차별 현실	있음

지 기존의 취재 방식에 대한 대안으로 인식하고 있는 것을 발견할 수 있다. 전국 종합일간지 4곳에서 동시에 여성 편집국장이 배출되었던 2017년, 『여기자』 특집에 나온 여성국장들의 목소리는 여성 기자들의 고위직 리더십의 가능성을 제시하고 있다.

남성 다수의 조직문화에서 빚어지는 '화성남자, 금성여자'류의
커뮤니케이션 문제도 있다. 국실장회의, 부장단 편집회의에서 여
성은 아직도 나 혼자다. (…) 더 많이, 널리 성공과 실패담을 공유
해 버팀의 에너지를 주고받으며 크리티컬 매스(임계질량)를 만들어
내길 바랄 뿐이다. (pp. 50-51)

여성이 리더로 더 적합한 시대가 오고 있다. 변화에 신축적으로
대응하는 유연성, 조직 구성원과 소통할 수 있는 공감능력이 리더
의 필수적 자질로 부각되고 있기 때문이다. (…) 가장 중요한 한 가
지가 남아 있다. '시각'이다. (pp. 54-55)

잘해도 눈에 띄지만 못하면 더더욱 눈에 잘 보이는 존재가 바로
여기자였다. 남자들과 비슷하면 여기자는 왜 뽑느냐는 말을 하는
사람들도 있었다. 괜히 뽑았다는 소리를 듣지 않으려 남자 동료보
다 1.5배, 아니 2배는 더 열심히 뛰었다. (…) 조급해하지 말고, 멀
리 내다보고 스스로를 설계하라고 권하고 싶다. (pp. 59-60)

『여기자』와 『저널W』에 실린 '데스크칼럼'과 '현장에서'는 세대와
관련해 흥미로운 차이를 드러냈다. 고위직으로 진입하는 첫 단계인 부
장급의 '데스크칼럼'은 16편 중 여성 기자로서의 정체성을 명시적으로
나 암시적으로 밝히지 않은 글이 7편(43.8%)인 데 비해 평기자들의 취
재보도 일상을 담은 '현장에서'는 27편 가운데 22편(81.5%)이 여성 정
체성을 전혀 드러내지 않았다. 이를 두고 젊은 세대 평기자들의 여성으
로서의 정체성이나 성차별 문제의식이 윗세대보다 낮다고 해석하는
것은 너무 단순한 접근일 수 있다. '현장에서'는 박근혜 대통령 탄핵시
위, 부동산 시장, 평창올림픽, 지방선거, 국회 취재, BTS, 청년 정치, 코
인 투기 등 일반적인 사회 현상이나 주요 이벤트 등을 취재한 내용들

이 주를 이루고 있는 데 비해 '데스크칼럼'은 뉴스 생산의 중요한 게이트키퍼로 관리직급에 오른 여성 기자들의 리더십 체험기라는 성격 때문이다. 그럼에도 불구하고 평기자인 여성 기자들이 여성 기자로서의 정체성을 뚜렷하게 보이지 않는다는 사실 자체는 예전부터 발견되어 온 현상이다. 김균과 이은주, 장은미(2008)는 여성 기자 인터뷰를 통한 연구에서 후배 그룹은 여성이라는 인식보다 기자로서의 전문성을 고민하는 반면, 선배 그룹은 여성에 대한 인식이 체화된 것을 발견했다. 이는 여성 기자들이 기자직을 수행하면서 "여성으로 산다는 것을 끊임없이 질문하고 스스로 정리해내야 하는 과제를 지니고 있"다는 것을 여성 기자의 정체성을 발견하고 현실의 모순을 인식하게 됨을 보여준다.

실제로 '현장에서' 중 여성 정체성이 담긴 5편 가운데 3편은 성범죄 취재기였으며, 다른 2편은 각각 지방선거를 여성주의 관점에서 본 글, 그리고 아직 여성이 여전히 소수인 카메라기자의 글이었다. 현재 평기자 세대는 2000년대 초·중반 공채 입사 때 이미 여성 비율 50%를 경험했고 부서 배치도 다양하게 이뤄지고 있어, 적어도 외양상의 성차별은 겪지 않고 있다는 것이 이들의 업무 체험에 여성 정체성이나 성차별 문제가 잘 드러나지 않는 이유로 추론할 수 있다. 그에 비하면 '데스크칼럼'은 여성 기자들의 고위직 진출 증가와 저널리즘의 다양한 가치 확산이 연결되는 지점을 잘 드러냈다. 분석 대상으로 삼은 16편의 필자들은 대부분 첫 부장 직급에 오른 이들로, 글의 명시적 주제는 '리더십' 9, '업무 일반' 6, '육아' 1로 구분된다. 리더십에 대한 논의 가운데에서는 (남성들과 다른) 소통 방식, 회식과 회의 문제 같은 기존의 남성 중심적 취재 관행을 여성·청년 친화적 방법으로 바꿔본 경험들이 많았다.

여성 보직자가 늘었다고 해도 여전히 남성이 중심이 되어 이루어지는 편집국장 주재 회의에서 여성의 관점과 목소리를 내야 하는 책임감도 무겁다.

> 십여 명의 남자 데스크들 사이에서 젠더 이슈뿐 아니라 육아와 교육 등 다방면에서 여자 데스크의 관점과 목소리가 더 많이 필요하고 이제 내가 그 자리에 왔음을 실감한다. (…) 여성의 관점과 젠더 감수성을 보다 적극적으로 표출하고 그것이 조직에 건강한 에너지원이 되는 사회가 되기 바란다. (『여기자』, 2020, p. 100)

하지만 시간을 온전히 '일'에 내줘야 하는 부장직의 특성상 엄마 역할을 하는 데는 가족의 지원이 필수다.

> 부장 인사 이후 남편은 귀가 시간을 당겨 저녁을 준비했다. 시어머니의 '따뜻한 보살핌'에서 독립한 지 석 달만에 결국 친정어머니를 소환했다. (…) 네 전화조차 받지 못하면서 일할 필요는 없어, 라며 언제든 전화하라고 했지만, 나는 아들의 전화를 번번이 못 받았다. (『여기자』, 2018, p. 106)

이러한 경험을 통해 이들은 스스로 답을 찾는다.

> 끝까지 견뎌보라고. 아이를 돌봐줄 사람이 없다면 1년 육아휴직에 아빠휴직까지 끌어다 쓰고 휴직을 해서라도 자신의 일자리를 지키라고 하고 싶다. (…) 유모차를 끌고 출근하거나 취재를 나가는 시대가 곧 올 것으로 확신한다. (『여기자』, 2017, p. 129)

5. 여성 기자 확대와 좋은 저널리즘의 가능성 : 다양성·공정성·포용성

2021년 기준, 기자 100명 중 30명이 여성이고, 부장 100명 중 19명이 여성이다. 국회 담당 기자 1,200명 중 400명이 여성이며 워싱턴특파원 중 여성이 11명으로 역시 30%에 이른다. 2017년에는 전국 종합일간지 4곳이 한꺼번에 여성 편집국장을 배출하기도 했다.

103년 전 단 1명의 여성으로 출발했던 한국 언론의 여성 기자 현주소다. 30%면 높은 것일까, 낮은 것일까? 지면 제작 회의를 여성 편집국장이 주재하고, 여성 부장이 2~3명 함께 앉아 있다는 것은 지면 회의에 여성 부장이 1명도 없던 시절, 홍일점 부장 시절과 얼마나 다를까? 뉴스 결정 및 지면 제작에 어떤 변화가 있을까?

이 연구는 언론 관련 통계와 여성 기자들의 글을 통해 여성 기자 1만 명 시대 한국 여기자들의 현실을 탐색해보았다. 2000년대 초까지 여기자들의 수와 비율은 여전히 제한적이었으며, 활동 영역도 문화·생활·여성으로 성별 분업화된 언론 조직 관행 아래 있었다. 좀 과장해서 말하면 1920년 한국 언론의 첫 여성 기자 이각경이나 1924년 민간신문 첫 여성 기자로 조선일보에서 8년 가까이 두각을 나타낸 최은희에게 주어졌던 '부인 기자'로서의 역할과 별로 다를 바 없는, 뉴스 제작의 중심으로부터 주변부화된 상태가 80년 이상 이어졌다. 그러나 2000년대 중반 종이신문, 지상파 방송 같은 전통 뉴스미디어가 기울고 인터넷을 활용한 온라인 미디어가 폭발적으로 증가하는 언론 환경의 급변 가운데 여성 기자의 수와 비율도 급속도로 증가했다. 하지만 여성 기자의 수적 증가와 언론사 조직 내 여성 고위직의 증가, 다양한 부서 배치의 확대라는 외연적 특성이 저널리즘 내용의 변화를 이끌어내고 있다는 증거는 찾아보기 어려웠다. 여성 이슈 등에서 다양한 관점과 사회적 소수의 목소리를 전달하는 통로로 여성 기자가 활용되고, 한편 이들이

'좋은 저널리즘'을 확대·발전시키는 역할을 할 수 있을까 하는 질문에 대해서는, 여성 기자들의 글을 통해 기존의 남성중심적인 취재 관행, 상명하복의 위계적 소통을 극복할 수 있다는 가능성을 답으로 얻었다.

한국 언론의 변화를 위해 다양성과 공정성, 포용성이라는 과제를 던지는 여성 기자의 역할은 이제부터 시작이다. 한국 사회는 지난 몇 년간 새로운 갈등 이슈의 등장을 목격했다. '미투 운동'이라고 이름 붙은 성폭력 범죄는 권력을 지닌 남성과 그 영향 아래 놓인 여성이 성폭력 가해자/피해자로 설정된 현상이다. 남성과 동등한 교육을 받고, 남성에게 양보하거나 희생하라는 사회적 규범으로부터 자유로워진 청년 여성과 남성의 갈등은 페미니즘을 거리의 대규모 시위 동력으로 키워 놓았다. 이런 사회 갈등을 정치적 이해에 활용하기 위해 만들어낸 이대남·이대녀라는 성별 적대감, 그리고 이러한 갈등의 중심에 젠더 혹은 성차性差가 있다.

여성 기자의 증가, 그리고 뉴스 생산에서 결정권을 행사할 수 있는 고위직으로 여성 기자들의 진출이 늘면서 기존의 남성중심적 취재 관행과 뉴스 결정에 변화와 개선의 실마리를 던지고 있었다. 데이터의 함의를 좀 더 깊이 있게 논의하기 위해 고위직 여성 기자와 진행한 심층 인터뷰에서 뉴스 방향과 지면 제작 때 여성 데스크의 의견을 적극 반영하는 일도 많아지고 있음을 확인했다. 선행연구들에 따르면, 아직 더디기는 해도 여성 기자들이 많은 언론사일수록, 또 여성 데스크와 고위직이 많을수록 다양한 시각과 기존 관행과 다른 취재 방식, 취재원 관계 등을 통해 차별된 방식으로 뉴스를 생산하고 있는 것으로 나타났다. 여성 기자들의 저널리즘 현장 경험을 담은 글을 통해 여성 데스크들이 뉴스룸 내 소통의 방식도 변화시키고 있는 것을 발견할 수 있었다. 데이터의 함의를 좀 더 깊이 있게 논의하기 위해 고위직 여성 기자와 진행한 심층 인터뷰에서는 뉴스의 방향을 정하고 지면을 제작할 때 여성 데스크의 의견을 적극 반영하는 일도 많아지고 있음을 확인했다.

이를 통해 더욱 다양하고 공정성을 갖춘 포용적인 시각이 도입될 수 있을 것이다.

그러나 이처럼 여성 기자의 숫자와 비율이 알아서 증가하기를 기다리는 것만으로는 부족하다. 이미 자연적으로 여성 기자를 비롯한 여성 인력의 비율이 50%를 넘어선 영국과 미국에서 저널리즘의 DEI 가치를 내걸고 언론 조직의 다양성·공정성·포용성을 제도적으로 강제하고 있는 것처럼, 우리도 DEI 가치를 적용한 적극적 정책이 필요하다. 영국의 Ofcom은 BBC를 포함한 8개 전국 텔레비전과 라디오 방송사를 대상으로 '공정성, 다양성, 포용성 연례보고서'를 내고 있다. 종사자의 성별, 인종, 장애 유무, 연령, 성적 지향, 종교 통계를 낼 뿐 아니라 종사자의 사립학교 학력 여부, 부모 직업, 출신 지역까지 조사해 실제 사회에서의 비율과 비교해 과소대표되었는지 혹은 과잉대표되었는지 자료를 확보하고 다양성과 공정성, 포용성을 충족하는 구조가 될 수 있도록 정책을 개발한다. BBC는 별도로 50:50 프로젝트를 도입해 여성과 다인종, 장애인 출연 비율을 우선 50%, 20%, 12%에 도달하게 하려는 목표를 운영하고 있다. 공영방송 KBS와 공영방송 체제로 운영되는 MBC가 민간 종합편성 텔레비전, 종교 방송 등 소규모 민영방송보다 여성 기자 수와 비율이 낮다는 것은 정책적으로 바로잡아야 할 부분이다.

DEI 가치의 도입 및 제도화와 함께 필요한 것이 성인지性認知 언론 통계이다. 성인지 통계는 젠더 감수성을 도입하여 통계 항목을 남녀로 구분하고, 성별에 따라 불평등한 현상을 드러내는 효과를 목표로 한다. 이를 토대로 성 불평등을 개선하는 정책 계발에 활용할 수 있다. 성인지 통계는 사실 법적 의무사항이기도 하다. 양성평등기본법 제17조(성인지 통계) ①항은 "국가, 지방자치단체 및 공공기관은 인적 통계를 작성하는 경우 성별 상황과 특성을 알 수 있도록 성별로 구분한 통계를 산출하고, 이를 관련 기관에 보급하여야 한다"고 규정하고 있다. 하지만 현재 우리나라에서 대표적 언론 통계를 작성하는 『언론연감』의 성인지 통계는 '고용 형태별 및 성별 기자직 현황'에 그친다. 보직, 근무기간, 부서별 통계에도 성별 통계가 이루어지면 언론 조직의 성별 특성을 이해하고 관련 정책을 개발하는 데 더 큰 효과를 얻을 수 있을 것으로 기대된다.

이 연구에서 연구 시기와 분석 대상 문헌 자료를 좀 더 확대하여 시계열적으로 해석하지 못한 한계는 아쉬움으로 남는다. 더불어 여성 기자들의 경력 차이에 따라 젠더 정체성이 다르게 나타나는 원인과 여성 기자들이 경험한 인터넷상의 혐오 공격 및 취재보도 현장에서 일어나는 성추행 등 젠더 기반의 위협적 요소들에 대한 연구가 추후 별도로 진행된다면 더 의미 있는 연구가 될 것이다.

방송기자들의 새로운 도전
디지털 환경 속 생존을 향한 그들의 치열한 이야기

이재훈

방송기자는 바쁜 직업이다. 취재와 기사 작성은 물론 리포트 제작에 중계차 생방송, 뉴스 스튜디오 출연 등 해야 할 일들이 많다. 리포트 제작만 하더라도 기사 작성과 오디오 더빙은 물론 자막과 CG, 영상편집 등도 기자가 챙겨야 한다. 업무 긴장도도 매우 높다. 마감 시간이 정해진 신문기자와 달리 방송뉴스는 사실상 24시간 긴장의 끈을 놓을 수 없다.[1] 큰 사건·사고나 대형 이슈가 터지면 즉각 특보 체제에 투입되기에 퇴근 후나 휴일에도 마냥 편안하지만은 않다.

하루하루를 뉴스 제작에 몰두하다 보니 대부분의 방송기자들은 숨

---

[1] 신문도 인터넷판이나 모바일기사 비중이 커지면서 사실상 마감시간이 없어졌다고 볼 수 있지만, 지면 마감은 여전히 신문기자들의 하루 일과 중 제일 중요한 시간이라 할 수 있다. 이에 반해 방송기자는 메인뉴스는 물론, 아침 뉴스, 저녁 뉴스 등 각 프로별로 마감을 신경써야 하고 대형 이슈가 생기면 즉각 특보 체제에 돌입하기에 긴장도가 훨씬 높다고 할 수 있다.

가쁘게 돌아가는 주변의 일들에 오히려 둔감한 경우가 많다. 출입처의 일 아니면 별 관심을 두지 않고, 뉴스 제작에 꼭 필요한 지식 아니면 무관심한 기자도 많다. 디지털과 뉴미디어가 밀려올 때도 선제적으로 대응하는 기자보다는 기존의 아날로그 방식에서 좀처럼 벗어나지 않으려는 기자들이 더 많았다. 방송사 건물은 첨단 테크놀로지로 가득 차 있지만, 정작 거기서 일하는 기자들은 오히려 변화에 둔감한 경우가 많았다.

주 52시간 근무제도 마찬가지다. 몇 년 전만 해도 방송기자들은 큰 일이 터지면 무한노동해야 한다는 생각이 당연시됐다. 자기 출입처에 대형 이슈가 생기면 밤새워 취재해야 하고 휴일에도 나가는 것이 당연시돼왔다. 2019년 7월부터 방송사에도 주 52시간 근무가 의무화됐지만 초반에는 진통이 적지 않았다. 방송기자의 특성을 고려해 4주 208시간 포괄근무라는 형태로 정리가 됐지만 '어떻게 52시간만 일하고 그 많은 뉴스를 만드냐'며 냉소적 반응이 많았다. 기자들이 먼저 나서서 자신의 권리를 찾으려 하기보다는 '때 되면 어떻게 되겠지'라는 분위기가 대세였다. 매일의 숨가쁜 업무가 기자들을 오히려 변화에 뒤처지는 집단으로 만든 것이다. 33년을 방송기자로 일한 필자의 경험 속에도 대부분의 방송기자들은 뉴스에 관한 일이라면 치열하게 매달리지만 그 외의 것들엔 별 관심 없는 사람들이 많았다.

이 같은 방송기자의 특성은 2015년을 고비로 이전과 매우 다른 양상을 띠기 시작했다. 디지털 시스템이 방송계에 자리 잡고 얼마 안 돼 2015년경부터 뉴미디어 바람이 거세게 불어닥친 것이다. 뉴미디어의 급성장은 방송사의 광고 매출 감소로 이어졌고, 전사적으로 뉴미디어에 진출하는 것은 선택이 아닌 필수가 되었다. 보도 부문도 예외가 아니었기에 기자들도 생존을 위해 뉴미디어에 뛰어들어야 했다. 하지만 대부분의 방송기자들은 뉴미디어가 정확히 무엇인지, 어떤 일을 어떻게 해야 하는지 제대로 아는 사람이 드물었기에 대충 겉핥기식 논의를 하다 그럴듯하게 구색을 맞추는 수준에 그쳤다.

선두주자는 SBS 뉴스였다. 2015년부터 <스브스뉴스>, <비디오머그> 등 본격적으로 뉴미디어 콘텐츠를 생산하면서 앞서가기 시작했다. SBS에 자극받은 MBC와 KBS 보도국도 경쟁에 뒤지지 않기 위해 뉴미디어 전선에 뛰어들었다. 이전에는 방송사끼리의 경쟁만 있었지만 이제는 신문·통신을 망라한 언론사는 물론, 모든 미디어 크리에이터와 경쟁하는 시대가 되었다. 누구도 피해갈 수 없는 파도가 밀려온 것이다.

주 52시간제도 기자들의 일상에 큰 변화를 가져왔다. 무한노동 관행에 익숙했던 방송기자들의 일상이 2019년 주 52시간 근무제 시행 이후에는 '워라밸'을 챙기는 분위기로 바뀌고 있다. 큰 뉴스가 터져도 자기 근무 시간이 끝나면 '쿨' 하게 바톤을 넘기고 퇴근하는 기자들의 모습이 낯설지 않다. 대신 업무 강도는 훨씬 세졌다. 예전처럼 출근해서 대충 시간을 때우던 모습은 사라졌다. 디지털 환경에서는 취재와 동시에 바로바로 기사를 생산해야 하기 때문이다. 예전 기자실에서 잠깐씩이나마 여유로움을 즐겼던 선배 세대들의 풍경은 이제 찾아보기 어렵게 됐다.

'MZ 세대' 기자로의 세대교체도 기자사회의 문화를 바꾸고 있다. 디지털 환경에 익숙한 MZ 기자들이 점점 늘면서 뉴스룸의 조직문화는 하루가 다르게 변화하고 있다. 기자집단의 전통적 위계질서는 점차 약해지고 대신 수평적 문화가 확산되고 있다. 고참 선배들과의 세대갈등은 피할 수 없는 문제지만 합리성과 자기주장이 강한 MZ 기자들의 목소리는 조직에 이전과는 다른 활력을 불어넣고 있다. 종합편성채널 등 방송사 증가와 이에 따른 기자들의 이직도 기자집단의 다양성을 높이고 있다.

이 장에서는 크게 달라진 미디어 환경 속에서 방송기자들이 어떻게 도전하고 적응하는지 새로운 변화의 모습을 현장 중심으로 들여다보고자 한다. 살펴볼 주제를 3개로 나누어보았다.

- 뉴미디어시대 방송기자들의 새로운 도전과 활약
- 주 52시간 근무제 시행 이후 방송기자들의 일상 변화
- 방송기자들의 조직문화는 어떻게 변하고 있나?

이 주제들을 체계적으로 고찰하기 위해, 우선 방송기자들과 인터뷰를 진행했다. 방송 현장의 모습과 각자의 일상 경험, 소속 조직과 업무에 대한 시각 등을 들어보았다. MBC의 10~20년차 현직 중견기자 3명과 20년차 영상기자 1명, KBS와 MBC, SBS의 10년차 미만 기자 각 1명씩을 인터뷰했다. 인터뷰는 대면과 비대면으로 2023년 6월부터 9월까지 진행했다. 질의응답 및 편안한 대화 방식을 병행했고 본인들의 요구로 익명 처리했다.

또한 방송기자들이 직접 만드는 저널 『방송기자』의 게재글들을 참고했다. 2010년 방송기자협회가 창간한 『방송기자』는 방송 저널리즘 현안을 비롯해 방송기자들이 현장에서 맞닥뜨리는 문제들을 다각도로 전하고 있다. 또 <미디어오늘>, <기자협회보>, 그리고 방송사 노조가 발행하는 노보와 성명서도 참고했다. 이와 함께 방송기자들이 직접 쓴 저서들도 참고했는데, 최근 방송 현장의 모습을 상세히 담은 책들을 주로 살펴보았다. 특히 뉴미디어 현장에서 직접 뛰고 있는 젊은 기자들이 쓴 책은 매우 유용한 정보를 제공해주었다.

마지막으로 공영방송 MBC에서 33년간 기자로 활동한 필자가 직접 관찰하고 체험한 상황들을 반영했다. 아날로그시대에 입사해 디지털 도입기를 거쳐 뉴미디어 전성기에 이르기까지 숨가쁜 변화의 현장을 관찰하며 직접 적응해온 당사자로서의 체험을 글 속에 녹였다.

1. 뉴미디어시대 방송기자들의 새로운 도전과 활약

뉴미디어시대 '영역의 융합과 파괴'는 방송기자의 업무 방식에 큰 변화를 몰고 왔다. 이전의 메인뉴스 집중 방식에서 벗어나 인터넷, 유튜브, SNS 등 새로운 많은 영역에서 다양한 활동이 가능해졌다. 33년을 MBC 기자로 일한 필자의 경험을 예로 들면, 2010년까지만 해도 보도국의 하루 일과는 '기-승-전-메인뉴스'라고 할 정도로 모든 역량이 <뉴스데스크>에 집중되는 구조였다. 기자가 특종을 하면 당연히 <뉴스데스크>에 넣어야 하고, <뉴스데스크> 리포트는 어떻게든 경쟁사보다 잘 만들어야 했다. <뉴스데스크> 외의 다른 뉴스 프로그램(<뉴스투데이>, <930뉴스>, <12시뉴스>, <저녁뉴스> 등)도 있지만 대부분이 메인뉴스에서 밀려난 아이템들이나 그날 발생한 스트레이트 위주로 채워지는 구조였다.

이렇다 보니 기자들이 취재하며 얻게 되는 다양한 뒷이야기나 유용한 정보들은 전달할 공간이 마땅치 않아 대부분 취재수첩에 사장되기 일쑤였다. 인터넷 홈페이지에 이런저런 타이틀의 '기자 코너'가 있긴 했지만 독자들 반응은 대부분 기대치 이하였다. 개성 있고 에너지 넘치는 기자들이 보도국에 가득했지만 <뉴스데스크>는 그들의 '끼'를 담기에 너무 적절치 않은 공간이었다.

지상파 3사 기자들의 뉴미디어 각축전

SBS는 2015년 <스브스뉴스>와 <비디오머그>를 공식 출범시키며 뉴미디어 선두주자로 나섰다. <스브스뉴스>는 SBS 보도본부 기자들이 유튜브, 인스타그램, 페이스북 등에 카드뉴스와 영상 같은 다양한 방식으로 뉴스를 전하는 뉴미디어 콘텐츠다. 기존 50대 남성 중심인 SBS <8시뉴스>의 주시청자층을 벗어나 10~20대 여성 시청자 층을 구축하는 데 성공했다(심석태·김민표, 2021). 이 무렵 국내 방송사와 신문사들도 이른바 '디지털 퍼스트'를 구호로 내세우며 뉴미디어 우선을 표방했지만, 대부분 뉴미디어의 특성을 충분히 이해하지 못해 일단 발만 걸쳐놓는 수준이었다. KBS나 MBC의 경우 기자들이 취재한 뉴스를 약간 가공해 인터넷 온라인판에 올리는 정도였다. 이에 반해 <스브스뉴스>는 기자와 디자이너, 에디터 등 뉴미디어 전문 직군들과 본격 협업을 통해 기존 뉴스 관행과 차별화되는 콘텐츠 제작을 시도했다. 다른 방송사들이 주저할 때 과감하게 창의적 실험에 나선 것은 긍정적으로 평가할 만한 도전이라고 할 수 있다.

<비디오머그>는 흥미로운 스토리텔링과 감각적인 영상으로 초반부터 주목을 받았다. 이전 뉴스 포맷으로는 전달하기 쉽지 않았던 다양한 취재 뒷이야기와 기자 개인의 생각 등을 팝업뉴스 같은 여러 입체적 방식으로 신선하게 전달했다. 단순히 보도본부 뉴스를 재가공하는 데

<사진 11-1> <비디오머그> 박수진 기자의 하노이 북미 정상회담 현장 중계
* 사진 출처: SBS.

<사진 11-2> MBC 사내벤처 <딩딩대학>의 양효걸·염규현 기자

* 사진 출처: MBC.

그치지 않고 뉴미디어 부서 기자들이 직접 현장에서 취재하고 제작하기도 한다. 2019년 하노이에서 열린 북·미 정상회담 때는 <비디오머그>팀 기자가 직접 하노이로 날아가 개성 있는 옷을 입고 실시간 현장 상황을 전해 화제를 모았다(박수진·조을선·장선이·신정은, 2022). 2020년 비디오머그에서 독립한 <스포츠머그>는 방송사 아카이브에 있는 희소성 높은 과거 영상을 활용해 스포츠와 관련된 흥미로운 영상과 스토리텔링을 전하는 스포츠 전문 콘텐츠로 자리 잡았다.

MBC는 SBS보다 출발은 늦었지만 젊은 기자들의 활발한 참여로 2023년 기준 뉴미디어 부문 조회수에서 1위를 달리고 있다. 조현용 기자의 <소비더머니>, 조승원 기자의 <주락이월드>, 양효걸·염규현 기자의 <딩딩대학> 등이 인기 콘텐츠로 자리 잡고 있다. <소비더머니>는 MBC의 대표적 뉴미디어 킬러콘텐츠로 국내외 기업들의 역사나 성공스토리를 맛깔나게 전하는 유튜브 영상물이다. 기존 경제뉴스와는 확연히 다른 스토리텔링으로 영상 조회수가 100만이 넘는 경우도 적지 않다. <딩딩대학>은 2022년 양효걸·염규현 두 MZ 기자가 사내 벤처 스타트업으로 출범시킨 뉴미디어 콘텐츠로 초·중등학생도 이해할 수 있는 수준의 교양수업 콘텐츠를 제작한다. 주 2, 3회씩 라이브로 방

<사진 11-3> KBS <댓글 읽어주는 기자들>

* 사진 출처: KBS.

영하는데 2023년 11월 기준 약 4만 명의 구독자를 보유하고 있다.

KBS는 선발주자 SBS나 MBC에 비해 출발이 늦긴 했지만 <댓글 읽어주는 기자들>, <크랩KLAB> 등이 대표 콘텐츠로 자리 잡고 있다. KBS는 디지털뉴스국을 별도로 두었다가 2018년 통합뉴스룸 산하 조직으로 흡수했다. 2018년 8월 출범한 <댓글 읽어주는 기자들>은 출입처 기자들이 유튜브에 출연해 KBS 기사에 달린 시청자 댓글들을 직접 읽으며 뉴스에서는 담지 못한 정보나 취재 뒷이야기를 전한다. 실시간으로 그날 이슈를 놓고 시청자들과 직접 대화하는 대표적 소통 콘텐츠라 할 수 있다. <크랩>은 한국 방송사들 가운데 가장 방대한 영상자료 아카이브archive를 보유하고 있는 KBS의 장점을 잘 활용한 뉴미디어 콘텐츠다. 풍부한 과거 영상자료를 재가공한 '크랩 뉴트로' 코너가 인기를 끌고 있다.

뉴미디어 공간에서의 기자들의 개성 발산

뉴미디어는 방송기자의 개성을 마음껏 드러낼 수 있는 공간이기도 하다. 이전에는 개성적으로 뉴스를 만들고 싶어도 차장-부장-국장으로 이어지는 위계적 데스킹 구조에 막히기 일쑤였다. 정규뉴스의 리포트는 통상 2분 이내로 제작해야 했고 기존의 격식을 파괴하려는 시도는 성공하기 어려웠다. 그러나 뉴미디어 영역에서는 정형화된 양식을 벗어나 얼마든지 자유롭게 콘텐츠 생산이 가능하다. 시간 제약도 없을 뿐더러 데스크들의 시각도 유연해져 개개인의 개성을 활짝 표출할 수 있게 된 것이다. 제작의 효율성도 높아졌다. 다음은 뉴스전문채널 YTN에서 뉴미디어 콘텐츠를 만들고 있는 조태현 기자의 말이다.

> 방송이라는 것이 원래 비효율적인 구조로, 2분짜리 리포트를 하나 만들기 위해 기자 몇 명, 차량에 장비, 보조자까지 필요하다. 하지만 유튜브는 완전히 다른 공간이다. 형식도 만듦새도 중요치 않다. 정제되고 깔끔한 멘트도 필요치 않다. 만들어낸 콘텐츠가 사람들에게 즐거움이나 정보를 줄 수 있다면 그것만으로도 주목을 받을 수 있고 채널을 한층 성장하게 할 수 있다. (조태현, 2023)

파격적 시도로 주목받는 콘텐츠 중 또 다른 하나는 MBC 조성원 기자의 <주락이월드>이다. 평소 술에 해박한 지식을 갖고 있는 조기자가

<사진 11-4> 조성원 기자의 <주락이월드>
* 사진 출처: MBC.

동서고금 술에 담긴 비하인드 스토리나 술 관련 팁 등을 흥미 있는 스토리텔링으로 제작한다. 2018년 7월부터 시작된 이 콘텐츠는 애주가는 물론 일반 시청자들로부터도 꾸준한 사랑을 받고 있다. 보도국에서는 발제조차 힘들었던 아이템이 지금은 MBC 뉴미디어국 콘텐츠 <14F>의 대표 브랜드로 자리 잡은 것이다. 시경캡과 사회부장을 거친 25년차 고참기자 조승원 부장의 과감한 변신은 기자사회의 신선한 충격이기도 하다.

기자들의 개성 발산은 기자 개인의 브랜드화로 이어진다. 정규 뉴스에서는 표출하기 힘든 끼와 장기를 마음껏 드러낼 수 있기에 때로는 기자가 예능 프로 출연자보다 재미있는 캐릭터가 된다. 보도국 경제부에서 근무하다 <소비더머니> 크리에이터로 변신한 MBC 조현용 기자는 경제부에서 쌓은 전문성과 경험을 바탕으로 자신의 끼를 유감없이 발휘하고 있다. 조 기자는 뉴미디어 쪽으로 방향을 전환한 이유에 대해 "내가 얼마나 경쟁력이 있는지 MBC라는 이름을 뗀 채 조직이 아닌 시청자로부터 평가받고 싶었다"고 말했다(조현용, 2023).

젊은 방송기자들이 뉴미디어 영역에서 왕성하게 활약하는 데 반해

<사진 11-5> <소비더머니> 조현용 기자

* 사진 출처: MBC.

시니어 방송기자들의 활동은 대체로 빈약하다. 신문사의 경우 한겨레, 조선일보, 한국일보 등에서 논설위원이나 선임기자들이 활발하게 유튜브 콘텐츠를 만드는 데 반해, 방송사 시니어 기자들은 풍부한 경험과 지식에도 불구하고 소극적이다. 이런 관점에서 SBS 윤춘호 해설위원의 활약은 주목할 만하다.

뉴미디어 플랫폼에서 <그 사람>이라는 인터뷰 콘텐츠를 50편 이상 제작해오고 있는 윤춘호 위원은 경제·정치·문화 분야 등에서 30년 이상 경력을 쌓은 SBS 최고참 기자다. 오랜 취재 경험에서 우러나온 내공을 바탕으로 화제의 인물들을 만나 깊이 있는 인터뷰 콘텐츠를 만들고 있다. 그는 "논설위원이 된 뒤 몰두할 수 있는 일이 있으면 좋겠다고 생각해 인물기사를 쓰기 시작했다. 뉴미디어에는 지면 제한이 없는 만큼 가급적 자세히 쓰기로 했고, 그러려면 인물을 만나 깊이 있게 취재해야 했다. 몰입의 행복이 대단히 크다"고 말하고 있다(박수진·조을선·장선이·신정은, 2022).

뉴미디어 부서와 기자들의 갈등

뉴미디어 부서에는 기자뿐 아니라 작가, 에디터, 영상편집자, 디자이너, 개발자 등 다양한 전문가들이 모여 있다. 기자가 아이템 선정이나 취재, 기사 작성 등에서 핵심적 역할을 하는 것은 맞지만, 이들 각 분야 전문가들과의 긴밀한 소통이나 협업 없이는 제대로 된 콘텐츠를 만들 수 없다.

> 기자만으로는 일이 돌아갈 수 없다. SBS 뉴미디어부만 봐도 기자 외에도 에디터팀, 영상편집팀, SNS 운영팀, UI·UX 기획개발팀, 홈페이지와 포털 큐레이션팀, 인코딩팀, 디자인팀, 보이스팀 등이 있다. 취재하고 기사 쓰는 기자들만으로는 다 할 수 없는 영역들이다. (…) 뉴미디어 기자들은 이 팀들과 무궁무진하게 협업함으

로써 새로운 콘텐츠를 기획하고 제작한다. 서로 다른 분야의 전문성 있는 사람들끼리 촘촘하게 협업이 이뤄질 때 하나의 근사한 콘텐츠가 탄생한다. (박수진·조을선·장선이·신정은, 2022)

입사 후 대부분의 시간을 보도국에서 보낸 기자들은 수직적 뉴스제작 시스템에 익숙하다. 아이템 발제부터 카메라기자의 영상 촬영, 영상 편집자의 그림 편집까지 모든 단계를 사실상 기자 혼자 책임지는 구조다. 데스크의 지시 외에는 귀를 잘 기울이지 않는다. 하지만 뉴미디어 부서에서 이 같은 독점적 의사결정은 아주 위험하다. 다양한 직군에 대한 이해와 배려 없이는 일이 돌아가지 않기 때문이다. 일부 기자들은 이런 시스템에 대한 이해가 부족해 잘 화합하지 못하고 갈등을 일으키기도 한다. '기자중심주의', '엘리트주의'를 벗어나지 못하고 뉴미디어 요원들을 협업의 대상이 아닌 업무 보조 정도로 여기기도 한다. 뉴미디어에 대한 이해도가 낮은 기자일수록 일방통행식 의사결정이나 상대를 무시하는 듯한 언행을 한다. 이런 기자들은 뉴미디어 부서를 잠시 쉬었다 가는 곳 정도로 인식하기에 대개 2년 정도 있다 보도국으로 돌아가는 경우가 많다(박서연, 2022; 박수진·조을선·장선이·신정은, 2022).

뉴미디어 요원 대부분이 비정규직이라는 점도 조직의 발전을 저해하는 요인이다. 고용의 안정성이 떨어지고 처우가 낮아 조직에 대한 충성도가 약하다. 그렇다 보니 창의적 아이디어나 양질의 결과물을 기대하기 어렵고 생산성도 떨어질 수밖에 없다. 이런 관점에서 SBS가 2017년 '디지털뉴스랩'이라는 자회사를 만들어 뉴미디어 직원들을 정규직화한 것은 의미가 있다. 본사 정규직과 상당한 임금 차이가 있긴 하지만 고용 안정화를 통해 조직에 대한 충성심을 높이고 업무 사기도 진작하게 된 것이다. 또 전문 인력을 안정적으로 확보할 가능성이 커졌다는 점에서도 SBS의 고용 안정화 시도는 뉴미디어의 장기적 성장에 긍정적이라 할 수 있다(금준경, 2017).

2. 주 52시간 근무제 이후 방송기자들의 일상 변화

주 52시간 근무제가 시행되기 이전 방송기자들은 장시간 근로를 당연시 여겨왔다. 1986년부터 방송기자로 일한 필자의 경험을 들면, 사회부나 정치부 등 바쁜 부서는 퇴근 시간이 따로 없었고 휴일에도 수시로 나와 일을 해야 했다. 육체적·정신적으로 힘든 건 물론이고 가정생활에도 지장이 많았다. 하지만 당시 사회 분위기가 서로 비슷했고 일 많이 하는 것을 오히려 자랑으로 알던 시절이었기에 크게 문제의식을 느끼지 않았다. 선배들은 며칠간 집에도 못 들어가고 '빡세게' 일했던 경험을 술자리에서 무용담처럼 자랑하기도 했다. 지금 MZ 세대 기준으로는 '라떼의 전설' 같은 이야기였다.

장시간 근로 외에 또 하나의 애로는 주기적으로 돌아오는 당직 야근이다. 당직 야근은 사회부 야근과 국제부 야근으로 나뉘는데, 사회부 야근은 연차가 낮은 기자들이, 국제부 야근은 국제부 소속 기자와 어느 정도 연차가 된 중견기자들이 한다. 각 2인 1조로 운용하는데, 대략 2주에서 3주 간격으로 순번이 돌아온다. 어느 쪽 야근이든 저녁부터 다음 날 아침까지 거의 밤을 새우는 '올나이트' 야근이다. 그냥 책상에 앉아 있는 게 아니라 일이 터지면 나가서 취재해야 하고, 라디오 정시 뉴스와 TV 마감 뉴스, 아침 뉴스 등을 빠짐없이 챙겨야 한다. 어쩌다 큰 뉴스라도 터지면 특보 체제로 돌입해야 하기에 그야말로 빡센 야간 노동이다. 야근한 다음 날은 거의 녹초가 되어 비몽사몽할 수밖에 없다. 지금처럼 평일 대휴도 없었기에 금요일이나 토요일 같은 주말에 야근을 하게 되면 그 주말은 그냥 허무하게 잠만 자다 보내는 경우가 많다. KBS 중견기자 이재강은 그의 저서에서 반복되는 보도국 야근의 어려움을 다음과 같이 토로했다.

40대 중반이 되면 야근의 피로감이 하루이틀 더 지속된다는 점을 몸으로 느끼게 된다. 방송기자들 사이에선 야근만 아니면 이 직업도 할 만하다는 말이 나올 정도다. (이재강, 2011)

'워라밸'이 가능해진 기자들

이 같은 상황은 2019년 '주 52시간 근무제'가 전격 시행되면서 크게 바뀌기 시작했다. 2019년 7월부터 300인 이상 사업장에 대해 주 52시간 근무가 의무화되자 업무 성격상 초과 근무가 다반사였던 방송사들은 이를 어떻게 적용해야 할지 혼란이 심했다. 기자 외에 PD, 엔지니어 등 업무 형태가 다양한 근로자가 혼재하는 방송사이기에 직종별·부서별 특성에 맞는 근무 시간을 놓고 노사 협의를 거듭한 끝에 결국 각 부서의 특성에 맞게 결정하기로 합의가 이뤄졌다. 업무 패턴이 가장 불규칙한 사회부·정치부 등 취재부서의 경우 4주간 최대 근로 시간을 208시간(52시간×4주)으로 정하고 어느 경우든 208시간 이상 근무할 수 없도록 했다. 불가피하게 초과근무를 하게 되면 반드시 휴가를 가도록 했다. 회사는 기자들의 불필요한 대기(일명 하리꼬미)나 과도한 새벽 출퇴근도 개선하도록 지시했다.

제도 시행 이후 대부분의 방송기자들은 저녁 6시경이면 퇴근한다. 특별한 일이 없으면 회사로 복귀하지 않고 취재 현장에서 바로 퇴근한다. 야근이 있는 날은 아침부터 집에서 쉬다가 저녁 6시 30분에 출근해 다음 날 아침 9시에 퇴근한다. 퇴근 후 그날은 당연히 쉬고 그 주 혹은 다음 주 중 평일 하루를 대휴로 쓴다. 주말이나 공휴일에 나와서 일한 기자들 역시 평일 하루를 대휴로 쓴다.

주 52시간 근무제 시행으로 가장 큰 변화가 생긴 곳은 사회부 사건기자팀이다. 전통적으로 강도 높은 장시간 노동으로 악명 높은 사건팀 기자들이 소박하나마 '워라밸'을 찾게 된 것이다. 지상파 방송 사건팀 D기자의 말이다.

사건기자가 시경캡에게 보고하는 시간은 아침 8시 30분이다(이전엔 7시). 예전에는 새벽부터 경찰서와 병원 등을 들러보고(일명 마와리) 캡에게 보고했지만 지금은 대부분 전화로 취재한다. 예전에는 일이 있든 없든 저녁에 회사로 들어와 캡 주재로 매일 회의를 했는데 지금은 특별한 일 없으면 현장에서 바로 퇴근한다. 회의가 크게 줄었다.

'워라밸'은 인력 충원이 없는 한 만성적 인력난으로 이어질 수밖에 없다. MBC의 경우 2023년 기준 사건기자팀은 시경캡을 포함해 18명으로 운용되는데, 야근기자와 대휴자 등을 빼고 일을 시켜야 하기에 늘 인력 부족에 허덕인다. 자연히 뉴스 제작 개수가 이전보다 줄었다.

부장 이상 간부들의 경우엔 관리자 특성상 월 208시간 근무 엄수가 현실적으로 어렵다. 큰일이 생기면 야근은 당연하고 휴일에도 나와야 한다. 대신 간부 업무 중 가장 부담이 큰 편집회의가 대폭 간소화됐다. MBC의 경우 아침 편집회의를 종전 8시 30분에서 10시로 늦췄다. 예전에는 통상 아침 7시에서 7시 30분경 출근해 밤 사이 뉴스를 체크하고, 부서 기자들과 통화하며 바쁘게 회의 준비를 한 뒤 8시 30분부터 보도국장 주재로 60분 가량 편집회의를 했다. 회의에서는 그날의 뉴스 방향과 리포트 주제 등을 정해야 하기에 가장 노동 강도가 센 시간이기도 하다. 오후에도 2시와 5시에 두 차례 편집회의를 해야 해서 쉴 틈이 거의 없었다. MBC 중견간부 A기자는 최근 뉴스룸(보도국)의 편집회의 변화를 이렇게 설명한다.

아침 편집회의를 10시에 하니 9시경에 출근하는 부장들도 있다. 아침회의는 10시 40분경 끝나는데 이전처럼 회의 후 리포트 제작을 지시하면 너무 늦다. 그래서 회의 전에 데스크가 자체적으로 판단해 기자들에게 리포트 제작을 지시한다. 편집회의 끝나고 일부 조정하는 식이다. 오후에는 2시 편집회의 한 번만 한다. 이후에 특별한 사안이 생기면 관련 부장들끼리만 모여 회의한다. 이전보다 피로도는 줄었지만 부서 책임자이기에 실제 208시간 이상 일하는 건 어쩔 수 없다. 규정은 지켜야 하기에 근무 시간 입력은 208시간만 한다.

일하는 시간은 줄었지만 뉴스는 예전대로

근로 시간 축소에도 방송뉴스 정상 제작이 가능해진 요인 중 하나로 NPSnetwork production system[2] 도입을 꼽을 수 있다. 예전에는 취재 → 리포트 기사 작성 → 데스킹 → 오디오더빙 → 영상편집 → 리포트 완제품 순의 선형식線型式 제작을 했으나, 2019년 NPS가 운용되면서부터는 동시同時 작업이 가능해졌다. 예전에는 리포트 제작을 위해 회사에 복귀하던 기자들이 지금은 현장에서 리포트 기사를 쓰고 노트북을 이용해 NPS로 송고한다. 영상기자가 취재한 영상도 현장에서 NPS로 송출한다. 이전처럼 거창한 송출 중계 장비가 없어도 LTE나 5G 인프라가 있는 곳이면 어디서든 휴대용 TVU[3] 장비로 즉시 송출이 가능하다. 이동할 필요가 없고 여러 작업이 동시에 가능해져 뉴스 제작 시간이 크게 단축된 것이다.

기자가 송고한 리포트 초고를 데스크가 수정해 '출고'를 클릭하면 기자는 현장에서 오디오를 읽어 NPS에 업로드한다. 회사 뉴스룸에서 대기 중인 영상편집자는 업로드된 오디오를 기사와 영상에 맞춰 곧바

---

2 각 방송사마다 명칭이 조금씩 다르지만(SBS는 NBC) 통상 네트워크 제작 시스템이라 불린다. NPS는 방송 제작과 관련된 모든 요소들(영상, 오디오, 기사, CG, 데이터 등)을 하나의 서버에 집결시켜 종합적으로 운용하는 제작 시스템이다.
3 TVU는 최신형 이동식 영상 송출 장비로, 한 사람이 휴대 가능할 정도의 작은 방송 장비다. 예전에는 생방송 뉴스를 하려면 커다란 중계차를 동원해 각종 중계 장비와 카메라, 그리고 3~5명의 중계 스태프를 동원해야 했지만 지금은 TVU 장비만 있으면 한두 명의 인력으로도 중계방송이 가능하다.

로 편집해 리포트를 제작한다. 숙련된 영상편집자라면 미리 초고 기사를 참고해 영상을 가편집해놓기도 한다. 리포트에 들어갈 CG와 인터뷰도 미리 가편집해놓는다. 이 같은 동시적 제작 시스템 덕분에 예전에 1시간가량 걸리던 리포트 제작이 지금은 20~30분 정도면 가능하다. MBC 뉴스룸의 영상기자 C팀장의 말이다.

숙련된 영상편집자는 10분 내 리포트 완제품을 끝내기도 한다. 제작 시간이 크게 단축되다 보니 기자들의 초고 기사가 점차 늦어지는 경향이 있다. 뉴스데스크가 7시 40분에 시작하는데 7시까지 기사가 출고되지 않는 경우도 있다. 아슬아슬하지만 기자의 오디오가 업로드되는 즉시 신속하게 그림 편집을 하기에 방송사고는 나지 않는다. 편집 완료된 리포트 완제품 파일을 NPS에 업로드하면 바로 온에어on air가 가능하기에 이전처럼 완제품 테이프를 들고 뉴스센터로 달려가는 모습은 볼 수 없다.

주 52시간 근무제 시행 이후 달라진 또 하나의 풍경은 메인뉴스 방송 때 뉴스룸에 남아 있는 기자들이 거의 없다는 것이다. 이전에는 리포트가 나가는 기자들은 물론이고 데스크, 부장, 국장들도 대부분 퇴근을 미루고 메인뉴스를 시청했다. 자기 리포트가 없어도 혹시 물먹은 기사가 있을까 경쟁사 뉴스를 모니터하는 기자들도 적지 않았다. 하지만 지금은 대부분의 기자가 미련 없이 퇴근한다. MBC 중견간부 B기자의 말이다.

저녁 7시가 지나면 뉴스룸이 휑하다. 야근자 말고는 기자들이 거의 없다. 기자들의 워라밸 의식이 높아지다 보니 선호 부서도 이전과는 많이 달라졌다. 늦게까지 일해야 하는 부서들은 인기가 없다. 탐사보도 같이 오랜 시간 힘들여 취재해야 하는 부서도 지원자가 별로 없다. 근무 시간이 규칙적이어서 인기 있던 편집부도 요즘은 별로다. 뉴스 챙기느라 여기저기 닦달하고 다니는 그런 불편한 상황을 피하려 한다. 일은 적고 규칙적으로 일할 수 있는 부서들이 인기가 많다.

워라밸이 커질수록 뉴스의 질이 하락하고 있다는 우려도 나온다. 근로 시간이 줄어드니 기자들의 아이템 발제가 줄고 자연히 리포트 개수도 적어지는 추세라는 것이다. 편집부에서 다년간 근무한 MBC 중견 기자 A부장은 아이템 발제가 예전처럼 나오지 않는다고 말한다.

어떤 날은 서울 본사 리포트만으로 뉴스데스크를 채우기 어려울 때가 있다. 지역 계열사가 올리는 리포트에 대한 의존도가 높아지고 있다. 예전에는 본사 기자들의 리포트가 넘쳐 아침 뉴스로 돌리는 경우도 많았다.

MZ 기자들의 생각은 어떨까? 주 52시간 근무제 도입 이후 업무 강도가 한층 높아졌다고 말한다. 취재하는 즉시 바로바로 기사를 써 인터넷과 모바일판에 보내야 한다. 출근해서 거의 쉴 틈이 없다는 것이다. 임금 수준도 불만이다. 특히 지상파의 경우 광고 수익 악화로 임금 수준이 수년째 제자리걸음이다. 선배 세대들이 가졌던 기자의 사회적 지위나 자부심도 이전 같지 않다고 말한다. 이런 가운데 MBC는 2023년 7월부터 방송사 가운데 처음으로 주 4.5일 근무제 시행에 들어갔다. 한 달 기준으로 둘째·넷째 금요일은 4시간만 근무하고, 불가피하게 일해야 하는 사람들은 실비 보상하기로 노사가 합의했다(문화방송노동조합, 2023). 더 높은 워라밸에 대한 기대가 커지고 있는 한편으로는 늘 바쁜 방송기자들에게 얼마나 도움이 될지 지켜봐야 한다는 시각도 있다.

3. 방송기자들의 조직문화는 어떻게 변하고 있나

한국의 방송기자를 분류하는 기준은 몇 가지가 있지만 대체로 '지상파 기자'와 '비지상파 기자'로 나누는 경우가 많다. KBS, MBC, SBS로 대표되는 지상파 방송은 전파라는 희소稀少 공공재를 사용하기에 타 방송들보다 많은 공적 규제를 받는다. YTN 같은 뉴스 전문 채널이나 TV조선, 채널A 같은 종편보다 규모도 크고 역사도 길다. KBS는 1947년, MBC는 1961년, SBS는 1991년 공식 출범했다. 기자 수도 타 방송들보다 많아 KBS는 대략 300명, MBC는 220명, SBS는 200명 정도 규모다. 이 같은 지상파의 특성은 타 언론과는 구별되는 고유의 조직문화를 형성하고 있다. 이 절에서는 지상파 3사를 중심으로 방송기자들의 조직문화를 살펴보고자 한다.

공채기수와 순혈주의

이재경(2013)은 우리나라 방송기자 조직문화의 특징으로 공채기수 중심의 관료적 순혈주의 문화를 꼽고 있다. 채용공고 → 서류전형 → 필기시험 → 실무테스트 → 최고경영자 면접으로 이어지는 엄격한 공채 과정은 선발된 기자들의 자부심을 높여준다. 공채기수 선후배 사이에는 엄격한 위계질서가 형성되고 이는 자연히 순혈주의로 이어진다. 순혈주의는 기자들의 자부심을 높이고 회사가 위기에 처할 때 단결된 힘을 과시하는 등 긍정적 요소도 많지만, '끼리끼리' 문화로 조직의 발전을 저해하는 집단 이기주의로 변질되기도 한다.

가장 많은 방송기자를 보유하고 있는 KBS는 타 방송사보다 순혈주의 문화가 강한 곳이라 할 수 있다. KBS는 1980년대부터 공채기수이면서 본사(서울) 근무자 출신을 중심으로 순혈주의 문화가 형성되기 시작했다.[4] 이들 가운데 일부는 스스로를 '성골'이라 부르며 서로 밀어주고 당겨주는 관행을 형성했다고 이화섭(2016, p.382)은 지적한다. 이들은 KBS의 주요 보직을 독점하고 주요 출입처와 특파원 선발 등에 영향력을 행사하기도 했다. 간부들은 인사철이 되면 자신의 계보에 있는 기자들을 잘나가는 출입처에 배정하려 노력하기도 했다.

KBS의 이런 순혈주의 문화는 1990년대 SBS와 YTN이 출범하고 2011년 종편이 등장하면서 점차 약화되었다. 순혈주의에서 소외된 KBS 기자들이 타사로 이직했고, 그 이직자들의 빈자리를 채우기 위한 타사 경력직 채용이 늘면서 구성원들이 점차 다양해진 것이다. 특히 정연주 KBS 사장 재임 시기에 경력기자를 많이 채용해, 정사장 재임 시기 3년(2006~2009년) 동안 공채기자와 경력기자 채용 비율은 68명 대 48명에 이르렀다. 그러나 경력기자 채용이 순기능만 있는 것은 아니어서, '어디 출신이냐'를 둘러싼 KBS 사내 갈등은 여전히 진행형이라 할 수 있다. 여기에다 정권 교체기마다 반복되는 사장 교체와 이로 인한 기자사회의 분열은 KBS 조직문화의 큰 갈등 요소로 자리하고 있다.

MBC도 기자들의 순혈주의가 강한 곳이다. 1963년부터 공채기자를 뽑아 공채 역사가 60년에 달한다. 1980년 전두환의 언론통폐합 때 KBS에 타사 출신 기자들이 많이 유입된 데 반해, MBC는 상대적으로 타사 출신 유입이 적었다. 공채기자들이 절대다수인데다 오랜 위계질서 전통과 순혈주의 문화가 결합하면서 기자 엘리트 의식이 형성됐다. 이로 인해 타 직종이나 타사 출신 기자들과 잘 화합하지 않으려 하는 조직문화가 생겼다. 보이지 않는 장벽을 만들고 공채기자 위주로 주요 보직을 독점하는 관행이 이어지기도 했다. 그러나 2000년대 들어 다양성 확대를 위해 경력기자 채용을 점차 늘리기 시작했고, 실력 있는 신문기자 출신들이 꽤 영입되기도 했다. 이들 중 상당수는 뛰어난 역량

---

4   KBS는 본사(서울) 근무 기자와 지역총국 근무 기자를 구분해 공채기자를 선발한다. 본사 근무 공채기자들은 2년간 지역 총국에서 근무한 후 서울로 복귀한다. 같은 KBS 공채기자라도 본사냐, 지역총국이냐의 구분이 존재한다. 이에 반해 MBC는 각 지역사별로 공채기자를 따로 뽑기에 KBS 같은 통합 공채는 존재하지 않는다.

으로 좋은 평가를 받았고, 조직 전반적으로 융합하는 분위기가 형성되었다.

어느 언론사보다 자부심과 유대의식이 강한 MBC 기자들이었지만 2010년대 들어 정권 교체기마다 벌어지는 내부 분열은 조직문화에 큰 상처를 주었다. 사장이 바뀔 때마다 조직에 회오리가 불면서 기자 사회의 유대가 깨지기 시작했다. 특히 2012년 언론노조의 170일간의 장기파업 중 진행된 '시용기자' 외부 수혈은 내부 갈등을 극대화시켰다. 이후에도 정권 교체 때마다 반복돼온 징계와 보복 인사의 악순환은 기자들을 갈수록 파편화시키고 있다. 공영방송의 정치적 종속을 근본적으로 해결하지 않는 한 해결하기 어려운 구조적 문제로 자리 잡은 것이다.

1991년 개국한 SBS는 여러 언론사 출신 경력기자들을 모아 보도국을 출범시켰기에 처음부터 다양성이 강했다. 출신 언론사별 갈등도 있었지만 초창기 멤버들은 거의 다 퇴사했고, 1991년 신입공채 1기를 시작으로 30년 이상 공채 선발이 이어져 지금은 공채기자들이 주류를 이루고 있다. 초기 몇 해는 신입공채만 뽑았지만 이후에는 신입공채와 경력공채를 병행해 KBS나 MBC보다는 상대적으로 순혈주의가 덜하다고 할 수 있다.

MZ 기자와 고참 기자

다른 직장과 마찬가지로 방송사도 세대 갈등을 비켜갈 수는 없다. 전통적으로 위계질서가 강하고 업무 집중도가 높은 기자 집단은 다른 직장인들과 구별되는 고유의 직업문화를 형성해왔다. 특히 방송기자는 뉴스 제작이라는 업무 전문성에다 언론인으로서의 자부심이 결합해 신문·통신 등 타 언론사와는 또 다른 정서가 있다. 세대 차이가 큰 선후배 간에도 술자리가 많고 소통이 활발한 한편 위계질서가 엄격한 정서로 요약할 수 있다. 하지만 이 같은 문화는 2000년대 들어 MZ 세대

기자들이 대거 입사해 방송사의 주류를 이루게 되면서 점차 변하기 시작했다. 특히 타 방송사에 비해 고참 기자들의 비중이 높은 지상파에서 세대 간의 갈등이 두드러지고 있는 추세다.

가장 먼저 거론되는 것은 소통 방식이다. 태생적으로 비대면 소통에 익숙한 MZ 기자들에 비해 고참 선배들은 대면 소통이 아직도 익숙하다. 국장이나 부장, 차장 데스크들은 업무 지시를 할 때 가능하면 대면, 혹은 최소한 전화 통화를 선호하지만 MZ 기자들은 비대면 소통을 압도적으로 선호한다. 특히 SNS 영역에서 고참과 MZ 기자 사이의 소통 격차는 따라잡기 힘들 정도다. 갈수록 복잡하고 다양해져 적응하기 벅차다는게 선배 기자들의 토로다. 『방송기자』에 익명으로 실린 한 방송사 부장의 글은 현재 뉴스룸의 소통 실태를 단적으로 보여준다.

> 물론 SNS를 통한 활발한 의견 교환은 조직에 큰 도움이 됩니다. 동료들이 가진 다양한 정보를 교환하거나, 대면으로 하기 힘든 말도 SNS를 통해 효과적으로 이뤄질 수 있습니다. 하지만 오늘도 그들만의 카톡방은 계속 만들어지고 있습니다. 언론사 각 부서원이 5명이라고 한다면 그 부서에는 4개의 카톡방이 있습니다. ① 전체 팀원 방, ② 부장만 뺀 방, ③ 부장과 데스크만 뺀 방, ④ 부장과 데스크만의 방. 이렇게 우리의 대화는 갈수록 파편화됩니다.
> (언제든지전화해, 2023)

코로나19 팬데믹 국면도 조직문화를 변화시켰다. 3년 넘게 지속된 비대면 취재가 관행이 되면서 부서 내에서의 접촉도 비대면으로 이루어지는 경우가 압도적으로 많아졌다. 회식은 거의 사라졌고 부서회의도 크게 줄었다. 부장이나 데스크와는 꼭 필요한 경우에만 최소한으로 소통하고 같은 세대나 부류끼리 주로 소통한다. 회식 문화도 빠르게 변화하고 있다. 예전의 폭탄주 같은 음주 풍경은 찾아보기 어렵고, 그런 것을 강요하는 선배들도 이제는 거의 없다. 『방송기자』에 익명으로 실린 한 선배 기자의 말이다.

> 고깃집 폭탄주가 대세였던 회식이나 술자리가 이탈리안 레스토랑이나 와인바로 바뀌었고 영화 관람이나 공연 관람 등으로 대체됐습니다. (…) 후배들이 선배 눈치를 보는 것이 아니라, 후배 중심으로 선배들이 후배들의 Needs에 맞춰야 하는 분위기가 된 것입니다. 이런 와중에 '코로나19 팬데믹'은 결정타를 날렸습니다. 회식이나 술자리 자체가 없어진 것입니다. 3년 가까이 코로나 유행이 이어지면서 재택근무가 일상화됐고 대면 접촉보다는 비대면으로 업무가 이루어지다 보니 선·후배, 동료 간의 교류도 거의 없어졌습니다. 어찌 보면 수평적이고 개인주의가 강한 MZ 세대들이 조직에 적응할 좋은 환경이 마련됐던 것 같기도 합니다. (라떼는말이야, 2023)

* * *

새로운 환경은 새로운 문화로 이어진다. 기자들은 정형화된 틀에서 벗어나 뉴미디어 공간에서 자유롭게 개성을 표출한다. 주 52시간 근무제는 워라밸과 함께 뉴스룸의 업무도 합리화시켰다. '일단 해봐' 같은 지시는 더 이상 통용되지 않는다. 이 글은 급속히 변하는 방송 환경에서 기자들이 어떻게 적응하고 변화하고 있는지 세 영역으로 나눠 살펴보았다. △ 뉴미디어, △ 주 52시간 근무제, △ 조직문화, 이 세 가지 주제는 모든 방송사가 직면하고 있는 과제라 할 수 있다. 선도적으로 변화하지 않으면 뒤처질 수밖에 없다.

앞의 세 주제 외에도 방송기자가 직면하고 있는 과제는 매우 많지만 현시점에서 하나를 더 꼽아야 한다면 '정치적 종속' 문제를 꼽지 않을 수 없다. 특히 두 공영방송, KBS와 MBC 구성원들을 파편화시키는 정치적 종속은 더 이상 미룰 수 없을 정도로 심각하다. 정치권과 학계에서 다양한 방안이 논의되고 있지만 여기에서는 기자 개개인의 '권력으로부터의 독립 의지'를 강조하고 싶다. 강준만(2019)이 지적했듯이 한국의 방송기자들은 유달리 폴리널리스트 문제가 심각하다. 권력 지향 기자들이 너무 많다는 지적이다. 현직 방송사 보도국 간부가 잠시의 유예 기간도 없이 바로 청와대 대변인이나 홍보수석으로 직행하는 행태가 반복되는 한 방송의 정치 종속 문제는 해결이 난망하다. 정치인들이 방송을 권력의 보조 수단으로 여기는 것도 문제지만 기자들이 방송을 권력 진출의 통로로 인식하는 것은 더 심각한 문제다. 기자들 스스로 권력 감시자로서의 의무를 다할 때에만 방송의 정치적 독립을 기대해 볼 수 있을 것이다.

이 장에서는 지면의 제한으로 지상파 기자 중심으로만 실태를 살폈기에 종편이나 케이블 등 타 방송기자에 대해서는 제대로 고찰하지 못했다. 인력과 자본 등 모든 인프라가 열악한 지역 방송사 기자들의 실태도 들여다보지 못했다. 또 허위·가짜뉴스가 최대 정치 이슈로 부상하는 현 시점에 방송기자들이 어떻게 공적 역할을 수행해야 할지에 대해서도 제시하지 못했다. 가장 중요하다고 할 수 있는 이 과제는 더 체계적인 관찰과 연구 후에 고찰해보는 기회를 갖고자 한다.

기자의 사명

• 이재경

모든 조건이 완벽하게 갖춰진 상태에서 취재하고 기사를 써내는 기자는 없다.

국가는 언론의 자유를 철저히 보장하고, 발행인은 편집국 및 보도국의 의사결정에 전혀 개입하지 않으며, 국장과 에디터들은 현장 기자들이 취재와 보도에만 집중할 수 있도록 지휘하고 보호해주는 언론사는 세계 어느 곳에도 없다. 당연히 모든 기자는 사회와 회사와 현장 취재 상황들이 가하는 제약을 다양한 모습으로 맞닥뜨리게 마련이다.

그렇기 때문에 저널리즘의 원칙들을 만들고, 윤리기준을 제정하고, 그러한 규칙들이 사회적으로, 또 회사 조직 내에서 일상적으로 존중될 수 있도록 관행을 체질화하는 일이 저널리즘에서는 대단히 중요하다. 안타깝지만 한국의 기자는 이러한 점에서 매우 불행했다. 독립신문의 창간부터 1980년대 말 민주화가 시작될 때까지, 한국 기자가 겪어온 취재 환경은 고난의 연속이었다.

이 책은 민주화 이후 진행되어온 한국 저널리즘 환경의 변화와, 그 속에서 취재하고 기사를 써야 하는 기자들이 마주하는 문제들을 체계적으로 분석하려는 시도였다. 연구자들은 한국 대학의 저널리즘 교육 문제를 지적하고, 기자 채용 방식의 문제, 한국 언론사 편집국 및 보도국 관행의 구조적 문제들을 여러 관점에서 제기했다. 개별 기자들의 저널리즘에 대한 인식의 문제, 취재보도 상황에서 발생하는 윤리의 문제들도 구체적 조사 결과를 가지고 제시했다. 당연히 열정적으로 일하는 현장 기자의 목소리들도 들었고, 디지털 세상이 열리며 새로운 환경에 성공적으로 적응하려는 젊은 기자들의 노력들도 이 연구서에 담았다.

걱정스러운 점은, 모든 연구자가 오늘날 한국 저널리즘 현장을 지키는 기자들을 분석하며, 미래를 위한 희망을 얘기하기보다 지켜지지 않는 저널리즘의 가치와 원칙의 문제를 더 많이, 더 강도 높게 제기하는 현실이다. 민주화가 진전되면서 국가 권력의 개입 문제는 어느 정도 극복 가능한 조건이 됐다고 생각한다. 그러면 남는 과제는 모두 언론사 내부의 문제와 기자들의 철학, 언론관, 전문직으로서의 직업 수행 능력 등으로 좁혀진다. 물론 간단한 문제들은 아니다.

내부 문제 가운데 첫 번째 문제는 발행인과 경영의 문제다. 한국 언론의 경영자와 발행인 가운데 편집의 자유를 보장해주려는 인물은 잘 보이지 않는다. 1960~1970년대 동아일보의 김상만 회장은 편집의 자유를 지켜주기 위해 최선을 다한 인물이었다. 그러한 전통이 있었기에 동아일보에서 남시욱 국장팀의 박종철 보도가 가능했다. 그러나 그 뒤 이 전통은 사라졌다. 저널리즘을 제대로 이해하는 발행인의 등장이 절실히 필요한 시점이다.

저널리즘 원칙에 투철한 편집 책임자의 모습도 찾아보기 어려운 것이 오늘날 한국 언론의 현실이다. 공영방송의 책임자들은 정파적 인물들로 채워져 있고, 그러한 인사 구조는 자연스레 기자와 프로듀서들의 인사 방향에도 정파화를 유도하고 있는 게 부인할 수 없는 현실이다. 신문의 편집자들은 독자 확보와 유지를 위해 뉴스의 정파화를 편집 정책으로 선택한 지 오래고, 임기를 마치면 곧바로 정계로 이동하는 일이 거의 관행화돼버렸다.

한국 언론계는 안타깝지만 기초부터 저널리즘 생태계의 틀을 새롭게 만들어가야 하는 과제를 마주하고 있다. 다행인 점은 그래도 젊은 기자들의 일부가 저널리즘에 대한 열정이 있고, 퀄리티 저널리즘에 대한 공부 의지도 충만하다는 사실을 확인할 수 있었던 점이다. 구한말부터 한국 저널리즘은 척박한 환경을 딛고, 외세의 압력과 일제강점기를 거치면서도 민족의 정체성을 지키는 데 앞장서왔다. 한국의 기자들은 국내외에서 다양한 매체를 활용해 목숨을 걸고 글을 써왔다. 이러한 기자들의 노력이 있었기에 대한민국은 민주 정부를 세울 수 있었고, 경제도 세계 10위권에 이르는 수준까지 성장시킬 수 있었다. 한국이 견고하게 선진국의 대열에 설 수 있으려면 뛰어난 저널리즘의 기반은 더 이상 미뤄서는 안 되는 과제이다. 현재의 저널리즘, 그리고 현재의 기자의식 및 윤리 체계로는, 한국 언론은 제대로 작동하는 민주주의를 뒷받침하기 어렵다.

박권상 선생은 이미 1980년 진실로 뛰어난 신문의 모습이 어떠한지를 영국의 『타임스The Times』 사례를 들어 설명했다(박권상, 1980).

> 사람이라면 누구나 혼이 있다. 마찬가지로 신문에는 신문이 가지는 혼과 성격이 있어야 한다. 이런 것이 편집 방침으로 불문율을 이루고 있어 보인다. (…) 예를 들어 런던의 『더 타임스』에는 『더 타임스』는 기록이다'는 전통이 있다. '오늘의 독자에 대해서뿐만 아니라 1세기 후의 독자까지 책임을 지는 신문'이 이 신문을 지배하는 에토스가 되어 있다.

박 선생은 이러한 정신이 명백한 이 신문의 편집 방침이라고 설명한다. 따라서 이 신문은 '미심쩍은 기사를 실을 바에야 24시간 보도를 중지하고 경쟁신문에 지는 것이 낫다'고 믿는다.

박 선생은 같은 글에서 『가디언The Guardian』의 전설적 주필인 찰스 프레스트위치 스콧Charles Prestwich Scott의 명구를 소개한다.

신문에 있어 제일 중요한 것은 뉴스를 수집하는 일이다. 그리고 뉴스를 때묻지 않게 정력을 다해 지켜야 한다. 왜냐하면 의견은 자유지만, 사실은 신성하기 때문이다.

지금의 우리 언론 경영인과 편집 책임자, 기자들이 깊이 새기고 실천해야 하는 가치들이다. 조작된 정보, 검증되지 않은 전언을 전파하는 매체가 넘쳐나서는 한국 민주주의에 미래는 없다. 우리 기자들이 만들어가야 할 퀄리티 저널리즘의 시작은 진실을 추구하는 기사를 위한 최선의 노력을 일상화하는 일이다.

참고문헌

· 프롤로그: 한국의 기자 인물사

고제경(1975). "인물론: 천리구 김동성", 『신문과방송』 1975년 11월호, 33-38.

관훈클럽50년사편찬위원회(2007). 『관훈클럽 50년사(1957-2007)』. 서울: 관훈클럽.

김덕형(1974). "인물론: 민세 안재홍", 『신문과방송』 1974년 9월호, 59-62.

김을한(1973). "한국신문의 창시자: 송재 서재필 박사", 『한국신문사화: 내가 만난 선구자들』(pp. 116-126). 서울: 탐구당.

_____ (편저)(1981). "천리구란 이름의 대기자를 추모함", 『천리구 김동성』(pp. 135-138). 서울: 을유문화사.

김진현(2018. 5. 21.). "한국 언론의 개척자, 이상협", 스토리오브서울. Retrieved from: http://www.storyofseoul.com/news/articleView.html?idxno=3014

유광렬(1965. 9. 22.). "신문 개척기의 귀재: 하몽 이상협", 중앙일보. Retrieved from: https://www.joongang.co.kr/article/1000088

이서구(1965). "신문인 평전: 하몽 이상협", 『신문과방송』 1965년 7월호, 70-72.

전봉덕(1979). "인물론: 송재 서재필", 『신문과방송』 1979년 8월호, 77-83.

정진석(2001). 『언론과 한국 현대사』. 서울: 커뮤니케이션북스.

_____ (2012). "말과 글을 무기로 일제와 싸운 언론인, 이승만, 박은식", 『신문과방송』 2012년 4월호, 80-87.

조용만(1975). "인물론: 하몽 이상협", 『신문과방송』 1975년 6월호, 64-68.

주요한(1975). "인물론: 소오 설의식", 『신문과방송』 1975년 8월호, 43-48.

중앙일보(1966. 4. 5.). "1920년대의 명 사회부장 - 하몽 이상협: 신문주간에 생각나는 사람", 중앙일보. Retrieved from: https://www.joongang.co.kr/article/1034079

천관우(1970). "보람 있게 사는 길", 『샘터』 1970년 6월호.

• 1장. 다시, 한국의 저널리즘 교육: 기자 교육의 현황과 문제점

강명구(2019). "언론학 교육 60년, 어디로 가고 있는가, 어디로 가야 하는 것일까?",
    『한국언론학보』 63권 5호, 7-37.

강상현(1999). "언론의 전문화와 언론인 교육·연수", 『언론사회문화』 7호, 17-51.

강현두(1994). "한국언론학사 재고", 『언론정보연구』 31호, 1-17.

김경모·신의경(2013). "저널리즘 환경 변화와 전문직주의 현실", 『언론과학연구』
    13권 2호, 41-84.

김영욱(2002). "기자의 전문직 능력과 전문성", 『관훈저널』 통권85호, 234-242.

김영희(2012). "우리나라 초기 언론학 교육의 출현과 그 성격", 『한국언론학보』 56
    권 1호, 132-155.

김용갑(2021). "미공개정보에 노출된 기자와 교육의 부재", 『방송기자』 5·6월호,
    35-37.

문선아·김봉근·강진숙(2015). "성폭력 범죄 보도 태도에 대한 근거 이론적 연구:
    언론사 사회부 기자들과의 질적 심층 인터뷰를 중심으로", 『한국방송학보』 29
    권 6호, 37-65.

서수민(2019). "미국, 기자 교육 이렇게 한다", 『관훈저널』 통권152호, 86-93.

서정우(1999). "언론학의 어제와 오늘", 『저널리즘 비평』 22호, 38-40.

송건호(1973). "특집: 바람직한 신문학과 교육", 『신문평론』 45호, 30-34.

양승목(2005). "초창기 한국언론학의 제도화와 정체성의 변화: 남정 김규환 소고",
    『커뮤니케이션이론』 1권 1호, 1-34.

윤석민·배진아(2018). "디지털 시대, 학부 미디어 전공교육의 개선방향", 『방송통신
    연구』 101, 90-119.

이민주·양승목(2008). "해방 후 10년(1945~1954) 한국 언론학의 연구 동향", 『한국
    언론학보』 52권 3호, 204-232.

이영희(2023). "예비 언론인 언론윤리 교육 현황과 문제점", 한국언론학회 봄철학술
    대회 미간행 자료집.

이재경(2005). "한국의 저널리즘 교육: 어떻게 바꿔야 하는가", 『한국언론학보』 49

권 3호, 6-29.

정태철(2005). "언론 전문직업인주의(professionalism)의 필요성: 1987년 민주화 이후 한국 언론의 문제와 개혁에 대한 논의", 『언론과학연구』 5권 2호, 417-454.

최석현·안동환(2012). "한국 신문 언론노동의 숙련구조 변동과 전문직화에 대한 탐색적 접근", 『한국언론정보학보』 통권57호, 84-108.

하종원(2017). "한국의 커뮤니케이션학 교육 실태에 관한 조사연구: 관련 학과의 교과과정 분석을 중심으로", 『사회과학연구』 28권 2호, 99-122.

Berkowitz, D., & Limor, Y. (2003). "Professional confidence and situational ethics: Assessing the social-professional dialectic in journalistic ethics decisions", *Journalism & Mass Communication Quarterly, 80*(4), 783-801.

Johnstone, J., Slawski, E., & Bowman, W. (1976). *The News People*. Urbana, IL: University of Illinois Press.

Sanders, K., Hanna, M., Berganza, M. R., & Aranda, J. J. S. (2008). "Becoming journalists: A comparison of the professional attitudes and values of British and Spanish journalism students", *European Journal of Communication. 23*(2), 133-152.

Voakes, P. S. (1997). "Social influences on journalists' decision making in ethical situations", *Journal of mass media ethics, 12*(1), 18-35.

Weaver, D. H., & Wilhoit, G. C. (1986). *The American Journalist*. Bloomington, IN: Indiana University Press.

Weaver, D. H., & Wilhoit, G. C. (1996). *The American Journalist in the 1990s: US News People at the End of an Era*. New York: Routledge.

Weaver, D. H., & Willnat, L. (Eds.). (2020). *The Global Journalist in the 21st Century*. New York: Routledge.

Willnat, L., Weaver, D. H., & Wilhoit, G. C. (2019). "The American journalist in the digital age: How journalists and the public think about journalism in the United States", *Journalism Studies, 20*(3), 423-441.

• 2장. 한국 방송기자 현실의 개선을 위한 대안 탐구:
미국과 일본의 방송기자 제도 비교연구

강명구(1994). "기자 전문화의 방향: 조직의 요구와 사회적 책임 요구", 『전문기자』 (pp. 11-30). 서울: 한국언론연구원.

김성호(1983). "특집/대기자, 전문기자, 유럽: '능력우대' 풍토의 소산", 『신문과방송』 1983년 6월호, 27-29.

박영상(2001). "채용, 교육, 인력교류 등 인사 제도 개선 통해 전문직화 바람직", 『기자통신』 2001년 5월호, 45회 신문의날 기념세미나 발제문.

성한용(2011). "떠나는 기자들을 잡아라", 『관훈저널』 통권118호, 3-7.

손광식(1983). "특집/대기자, 전문기자론", 『신문과방송』 1983년 6월호, 16-19.

신영철(1968). "대기자제도론", 『신문과방송』 1968년 3월호, 66-69.

오마타 잇페이(2010). "NHK 기자교육과 저널리스트 교육의 전망", 『Journalism』 2010년 3월호(일본어).

이광재(1988). "특집/자유경쟁시대 신문, 자유경쟁과 언론인 전문화: 자율규제 안지키면 언론인 전문화는 구두선", 『신문과방송』 1988년 4월호, 9-11.

이연(2006). 『일본의 방송과 방송문화사』. 서울: 학문사.

이재경(1994). "전문기자제: 현실과 과제", 『전문기자』(pp. 31-60). 서울: 한국언론연구원.

_____ (2003). "경력자 위주 상시채용, 지국, 부서 직접선발", 『신문과방송』 2003년 10월호, 42-46.

_____ (2005). "한국의 저널리즘 교육: 어떻게 바꿔야 하는가", 『한국언론학보』 49(3), 5-29.

임방현(1968). "전문기자론", 『신문과방송』 1968년 12월호, 24-27.

임영호(2007). "언론인의 직업모델과 전문성 문제", 『민주화 이후의 한국언론』(pp. 233-281). 서울: 나남.

최창봉·강현두(2001). 『우리방송 100년』. 서울: 현암사.

한국언론연구원(1994). 『전문기자』. 서울: 한국언론연구원.

_____ (1997). 『언론인의 전문성 제고방안: 연구보고서 97-1』. 서울: 한국언론연구원.

한국언론재단(2000). 『한국의 전문기자: 실태와 과제』. 서울: 한국언론재단.

_____ (2001). 『한국과 세계의 언론인 교육』. 서울: 한국언론재단.

한국언론진흥재단(2019). 『아세안 및 한·중·일 미디어 리포트』. 서울: 한국언론진흥재단.

Becker, L. B. (2003). "Introduction: Developing a sociology of journalism education". In R. Froehlich & C. Holtz-Bacha. *Journalism Education in Europe and North America* (2003, pp. xi-xvii). Cresskill, NJ: Hamton.

Blumler, J. G., McLeod, J. M., & Rosengren, K. E. (Eds.). (1992). *Comparatively Speaking: Communication and Culture Across Space and Time.* Newbury Park, CA: Sage.

Cronkite, W. (1996). *A Reporter's Life: Walter Cronkite.* New York: Ballantine.

Edelstein, A. (1982). *Comparative Communication Research.* Beverly Hills, CA: Sage.

Edwards, B. (2004). *Edward R. Murrow and the Birth of Broadcast Journalism.* New York: John Wiley & Sons.

Engelman, R. (2009). *Friendly Vision: Fred Friendly & The Rise and Fall of Television Journalism.* New York: Columbia University Press.

Finkelstein, N. H. (1997). *With Heroic Truth: The Life of Edward R. Murrow.* Lincoln, NE: iUniverse.

Froehlich, R., & Holtz-Bacha, C. (2003). *Journalism Education in Europe and North America.* Cresskill, NJ: Hamton.

Goldberg, R., & Goldberg, G. J. (1990). *Anchors: Brokaw, Jennings, Rather and the Evening News.* New York: A Birch Lane.

Halberstam, D. (1975). *The Powers That Be.* Urbana, IL: University of Illinois Press.

Hallin, D., & Mancini, P. (2004). *Comparing Media Systems: Three Models of Media and Politics.* New York: Cambridge University Press.

Hewitt, D. (2001). *Tell Me A Story: Fifty Years and 60 Minutes in Television.* New York: Public Affairs.

Klein, E. (2007). *Katie: The Real Story.* New York: Three Rivers.

Mudd, R. (2008). *The Place To Be: Washington, CBS and the Glory Days of*

Television News.* New York: Public Affairs.

Rather, D. (1994). *Dan Rather: The Camera Never Blinks Twice.* New York: William Morrow and Company.

Rooney, A. (2009). *60 Years of Wisdom and Wit.* New York: Public Affairs.

Schieffer, B. (2004). *Face the Nation: My Favorate Stories from the First 50 Years of the Award-Winning News Broadcast.* New York: Simon & Schuster.

Schorr, D. (2001). *Staying Tuned: A Life in Journalism.* New York: Pocket.

Sloan, W. D. (Ed.). (1990). *Makers of the Media Mind: Journalism Educators and Their Ideas.* Hillsdale, NJ: Lawrence Erlbaum.

Stahl, L. (1999). *Reporting Live.* New York: Touchstone Book.

• **3장. 기자의 탄생: 한·미 기자 채용과 수습 교육 비교연구**

강아영(2018. 12. 12.). "'아버지 회사는?' 블라인드 채용 비웃는 언론, 한숨 유발하는 구시대적 면접관", 한국기자협회. Retrieved from: http://m.journalist.or.kr/m/m_article.html?no=45352

고유찬·김예랑·박진성·박혜연·서보범·안준현·양승수·오유진·이민준·정해민·조재현(2023. 6. 17.). "차가운 머리와 따뜻한 심장을 가진 기자 되겠다", 조선일보. Retrieved from: https://archive.chosun.com/sabo/sabo_ReadBody_s.jsp?Y=2023&M=06&D=17&ID=202306170301

곽복산·고명식·김규환·박유봉·윤희중·이만갑·임근수(1965. 2.). "신문연구 좌담회: 저널리즘 교육의 현황과 문제점", 『신문평론』 10, 28-35.

김달아(2021). "[언론사 채용 프로세스 점검] 완성형 신입 찾겠다는 언론사와 그 과정이 가혹하다는 언시생", 『신문과방송』 2021년 8월호, 53-57.

_____. (2021. 5. 12.). "언론사 지망생 쥐어짜는 '채용 연계형 인턴'", 기자협회보. Retrieved from: http://m.journalist.or.kr/ezview/article_main.html?no=49389

김성후(2016). "언론사 경력채용 늘고 있다", 『관훈저널』 통권141, 75-81.

김창남(2015. 7. 8.). "시대에 뒤처진 수습공채…지망생에 '열정페이'만 강요", 기자협회보. Retrieved from: http://journalist.or.kr/news/article_print.html?-no=36904

김창렬·최준(1977). "신문방송학과의 현실과 문제점: 교수와 국장과의 대담", 『신문과방송』 1977년 8월호, 52-56.

김한나(2021. 3. 28.). "언론사 채용…고(高)학벌보다 '실무역량' 갖춘 인재 선발하는 블라인드 채용 확대", 대학지성 In & Out. Retrieved from: https://www.unipress.co.kr/news/articleView.html?idxno=3333

김효실(2015. 6. 2.). "저널리즘 없는 저널리스트의 탄생", 한겨레 21. Retrieved from: https://h21.hani.co.kr/arti/cover/cover_general/39635.html

문영은(2022). "쇠락해가던 저널리즘스쿨의 혁신 실험, 어떻게 성공했나: 애리조나 주립대 크롱카이트 저널리즘스쿨 사례", 『언론중재』 165, 86-93.

박재영(2014). "수습기자 교육 무엇이 문제인가", 『관훈저널』 통권132호, 95-101.

송상근(2019). "제작과 교육, 채용 개선 위한 '3 각협업'이 절실하다", 『관훈저널』 61(2), 18-25.

윤유경(2022. 6. 18.). "부당 대우에도 '평판 조회 나쁠까봐…' 인권 사각지대 놓인 인턴기자", 미디어오늘. Retrieved from: http://www.mediatoday.co.kr/news/articleView.html?idxno=304525

윤유경·박재령(2022. 10. 1.). "'내가 이러려고 기자를…' 언론사 포기하게 만드는 인턴 제도 문제", 미디어오늘. Retrieved from: http://www.mediatoday.co.kr/news/articleView.html?idxno=306017

천세익(2006). "[특집Ⅱ] 기자 채용 시스템의 변화: 사표내는 수습기자", 『관훈저널』 통권99호, 58-65.

황혜영(2023. 5. 15.). "사회 통합할 수 있는 저널리즘이 필요하다", 고양신문. Retrieved from: https://www.mygoyang.com/news/articleView.html?idxno=73108

Anderson, C. W., Glaisyer, T., Smith, J., & Rothfeld, M. (2011). "Shaping 21st century journalism: Leveraging a 'teaching hospital model in journalism education", *New America*. Retrieved from: https://www.academia.edu/1220873/Shaping_21st_Century_Journalism_Leveraging_a_Teaching_Hospital_Model_in_Journalism_Education

Daugherty, E. L. (2011). "The public relations internship experience: A comparison of student and site supervisor perspectives", *Public Relations Review, 37*(5), 470-477.

Fischer, S. (2023. 6. 13.). "Record number of media job cuts so far in 2023", *Axios*. Retrieved from: https://www.axios.com/2023/06/13/media-job-cuts-record

Freedman, E., & Poulson, D. (2015). "Real-world learning of public affairs and environmental journalism", *Journalism & Mass Communication Educator, 70*(2), 187-196. doi: 10.1177/1077695814555716.

Folkerts, J. (2014). "History of journalism education", *Journalism & Communication Monographs, 16*(4), 227-299. doi: 10.1177/1522637914541379.

Gardner, P. (2012). "Reaction on Campus to the Unpaid Internship Controversy", Michigan State University. https://ceri.msu.edu/_assets/pdfs/Internships/Unpaid-Internship-Controversy-Whitepaper.pdf

Granger, B. (1974). "Review of a sweet instruction: Franklin's journalism as a literary apprenticeship, by James A. Sappenfield", *Early American Literature, 9*, 204-205.

Greico, E. (2020. 4. 28.). "10 charts about America's newsrooms", *Pew Research Center*. Retrieved from: https://www.pewresearch.org/short-reads/2020/04/28/10-charts-about-americas-newsrooms

_____ (2020). "U.S. newspapers have shed half of their newsroom employees since 2008", *Pew Research Center*. Retrieved from: https://www.pewresearch.org/short-reads/2021/07/13/u-s-newsroom-employment-has-fallen-26-since-2008/

NBCU Academy (2023. 7. 3.). "What news reporters need in their demo reel", *NBCU Advancing Career Excellence in Journalism, Media & Tech*. Retrieved from: https://nbcuacademy.com/reporter-demo-reel/

Neidorf, S. M. (2008). "Wanted: A first job in journalism—An exploration of factors that may influence initial job-search outcomes for news-editorial students", *Journalism & Mass Communication Educator, 63*(1), 56-65.

Poindexter, P. (2014). "Raising awareness about the dirty side of internships",

AEJMC News, 47(3), 2-4.

Trout, T. (2021). "Zolan Kanno-Youngs: From captain to correspondent", *Sports Journalism Institute*. Retrieved from: https://www.sportsjournalisminstitute.org/latest-news/zolan-kanno-youngs-from-captain-to-correspondent

Tsymbal, N. A., Savchuk, N. M., Avramenko, V. I., Sichkar, S. A., & Denysiuk, I. A. (2020). "Mass media internships in vocational training of students majoring in journalism", *International Journal of Learning, Teaching and Educational Research, 19*(6), 238-250.

Valencia-Forrester, F. (2020). "Models of work-integrated learning in journalism education", *Journalism Studies, 21*(5), 697-712. doi: 10.1080/1461670X.2020.1719875.

Zhang, I. (2019. 7. 19.). "Northeastern university graduate Zolan Kanno-Youngs covers immigration and homeland security for The New York Times", *Northeastern Global News*. Retrieved from: https://news.northeastern.edu/2019/07/19/northeastern-university-graduate-zolan-kanno-youngs-covers-immigration-and-homeland-security-for-the-new-york-times/

Zheng, Y., & Bluestein, S. (2021). "Motivating students to do internships: A case study of undergraduate students' internship experiences, problems, and solutions", *Teaching Journalism & Mass Communication, 11*(1), 49-60.

• 4장. 기자 1987: 자율성 그리고 용기

권순택(2009). "한국 신문의 박종철 사건 보도 내용분석: <동아일보> <서울신문> <조선일보>를 중심으로", 연세대학교 언론홍보대학원 석사학위논문.

김충식(2022a). 『5공 남산의 부장들 1: 권력, 그 치명적 유혹』. 서울: 동아일보사.

_____ (2022b). 『5공 남산의 부장들 2: 권력과 함께 춤을』. 서울: 동아일보사.

남시욱(1997). 『체험적 기자론』. 서울: 나남.

_____ (2004). "박종철 고문치사사건 특종보도는 6월항쟁, 6·29 선언의 밑거름", 『신동아』 3월호(통권534호), 500-515.

_____ (2023). "삼양동 노인 사망 사건과 박종철 고문 치사 사건", 『관훈저널』 가을호(통권168호), 105-128.

동아일보사(1987). 『東友』 2월호(통권202호).

_____ (1996). 『東亞日報社史 券五』. 서울: 동아일보사.

_____ (2000). 『동아 80년사』. 서울: 동아일보사.

동아일보사노동조합(2013). "알림: 공보위광장 정례화", 『동고동락』 6월 11일(349호).

민주언론운동협의회(1986). "보도지침: 권력과 언론의 음모: 권력이 언론에 보내는 비밀통신문", 『말』 9월호.

_____ (1988). 『보도지침』. 서울: 두레.

송상근(2017). "저자와의 대화: 한국형 탐사보도의 바이블", 관훈클럽. Retrieved from http://www.kwanhun.com/page/brd_view.php?idx=40776&start-Page=15&listNo=5&table=cs_bbs_data&code=event17.

신성호(2012). "박종철 탐사보도와 한국의 민주화 정책변화", 고려대학교 대학원 박사학위논문.

_____ (2017). 『특종 1987: 박종철과 한국 민주화』. 서울: 중앙일보플러스.

6월민주항쟁계승사업회·민주화운동기념사업회(2007). 『6월 항쟁을 기록하다 3』. 서울: 6월민주항쟁계승사업회·민주화운동기념사업회.

이두석(2011). "사건기자 '못다 한 푸념'", 『관훈저널』 겨울호(통권121호), 90-111.

이채주(2003). 『언론통제와 신문의 저항: 암울했던 시절 어느 편집국장 이야기』. 서울: 나남.

전국언론노동조합 한겨레신문지부(2019). "조국 보도 난맥상 '사내 토론'으로 활로 뚫자", 『한소리』 9월 4일(122호).

전국언론노동조합 한국일보지부(2023). "경영진 침묵 속 YTN 인수 추진, 신뢰 정체성 훼손 '대탐대실' 우려", 『노조소식』 4월 18일(637호).

전국언론노동조합연맹(1993). 『특종』. 서울: 공간.

정구종(1992). "나의 사회부장 시절: '民主化의 새벽 연 民意의 함성 속에'", 『저널리즘』 겨울호, 146-160.

_____ (2017). "산업·민주·정보화시대 언론인으로 달려온 43년", 『관훈저널』 봄호(통권142호), 111-145.

정승화(1987).『12 · 12사건: 鄭昇和는 말한다』. 서울: 까치.

조갑제(1988).『趙甲濟의 대사건 추적 ① 軍部』. 서울: 조선일보사.

_____ (2013).『趙甲濟의 광주사태: 왜 총을 들고, 왜 총을 쐈나? 광주사태 루머와 싸운 30년 이야기』. 서울: 조갑제닷컴.

최승영(2019). "한겨레 주니어 기자들 국장단 '조국 보도 참사' 책임지고 사퇴하라", 한국기자협회. Retrieved from http://www.journalist.or.kr/news/article.html?no=46597

한국기자협회(2008). "1985년 8월, 동아 세 기자 '권력의 폭염'에 유린당하다",『기자협회보』9월 24일, 3면.

_____ (2010).『김기자 어떻게 됐어?』. 서울: 한국기자협회.

_____ (2012a). "자본에 쫓기고 권력에 치이고 편집국장 '수난시대'",『기자협회보』5월 2일, 1면.

_____ (2012b). "한국 편집국장 경질사태 수습국면",『기자협회보』5월 9일, 5면.

한국언론진흥재단(2021).『2021 한국의 언론인: 제15회 언론인 의식조사』. 서울: 한국언론진흥재단.

황호택(2017).『박종철 탐사보도와 6월 항쟁(2판)』. 서울: 동아일보사.

허용범(2000).『한국언론 100대 특종』. 서울: 나남.

• 5장. 한국 기자의 역할 수행 인식과 비윤리적 취재 관행

강명구(1991). "국회출입기자의 취재보도관행의 문제",『저널리즘비평』6, 30-41.

김경모 · 신의경(2013). "저널리즘의 환경변화와 전문직주의 현실",『언론과학연구』13권 2호, 41-84.

김선남 · 정현욱(2007). "지역 일간지 기자의 역할지향에 관한 연구",『한국언론학보』51권 4호, 136-154.

김옥조(2004).『미디어 윤리』. 서울: 커뮤니케이션북스.

김우룡(2002).『텔레비전 뉴스의 이해』. 서울: 커뮤니케이션북스.

김정기(1999). "언론윤리의 발상 전환",『관훈저널』가을호(통권72호), 183-199.

남재일(2010). "직업 이데올로기로서의 한국 언론윤리의 형성 과정",『한국언론정보학보』 50호, 73-93.

문선아 · 김봉근 · 강진숙(2015). "성폭력 범죄 보도 태도에 대한 근거 이론적 연구: 언론사 사회부 기자들과의 질적 심층 인터뷰를 중심으로", 『한국방송학보』 29권 6호, 37-65.

박기효 · 홍성완 · 신태범(2017). "'김영란법' 시행이 한국 언론윤리에 미친 영향에 대한 탐색적 연구", 『한국언론학보』 61권 5호, 165-203.

박영상 · 성병욱 · 유재천(2002). "[좌담] 기자 윤리 재무장하자", 『관훈저널』 43(1), 29-53.

배정근(2012). "국내 종합일간지와 대기업 광고주의 의존 관계 형성과 변화과정: 자원 의존 이론의 관점에서", 『한국언론학보』 56(4), 265-292.

신혜선 · 이영주(2021). "오보 문제에 대한 기자 인식", 『한국언론학보』 65권 4호, 239-272.

설진아 · 전승(2022). "탈진실시대 언론의 소셜미디어 인용 보도에 관한 연구: 검찰 개혁 보도 사례를 중심으로", 『언론과 법』 21권 2호, 47-83.

안수찬 · 박재영(2022). "원천 보도의 가치와 조건: 뉴스 관행 분석을 중심으로", 『언론과학연구』 22권 2호, 5-47.

엄기열(2010). "몰래카메라를 사용한 탐사 보도 프로그램의 법적 용인 범위에 관한 연구", 『언론과 법』 9권 1호, 231-251.

유수정(2021). "소셜미디어 취재원 인용에 대한 연구", 『미디어, 젠더 & 문화』 36권 3호, 5-46.

윤영철(2007). "방송저널리즘 프로그램 진행자의 의견개입에 관한 연구", 『언론정보연구』 44권 1호, 37-64.

이강형 · 남재일(2019). "디지털 저널리즘 현실에 대한 한국 기자들의 수용 태도: 저널리즘 원칙과 윤리의식 변화를 중심으로", 『한국언론정보학보』 93호, 7-37.

이승선(2001). "언론인 저작물에 나타난 취재행위의 형사법적 위법 가능성에 관한 연구", 『한국언론학보』 48권 1호, 344-387.

이은택(2002). "국내 언론인의 도덕발달단계에 돤한 연구", 『한국언론학보』 46권 3호, 289-316.

이재진(2005). "언론윤리에 대한 언론과 사법부 간의 인식 차이에 대한 연구", 『방송과 커뮤니케이션』 6권 1호, 6-32.

_____ (2020). "잠입 취재의 법 · 윤리적 현실과 쟁점", 『관훈저널』 62(2), 88-94.

이창근(1999). "기만적 취재 행위의 윤리적 문제에 대하여", 『한국언론학보』 44권 1호, 371-411.

전진오 · 김형지 · 김성태(2020). "21세기 국내 언론인의 정체성 인식에 대한 시계열적 연구: 2003년~2017년 '언론인 의식조사' 자료를 바탕으로", 『한국방송학회』 34권 6호, 401-452.

정동우 · 황용석(2012). "공정성 개념에 대한 신문기자들의 인식 차이 연구: 객관주의적 · 탈객관주의적 관점의 통합모형을 중심으로", 『언론과사회』 20권 3호, 120-158.

Beam, R. A., Weaver, D. H., & Brownlee, B. J. (2009). "Changes in professionalism of US journalists in the turbulent twenty-first century", *Journalism & Mass Communication Quarterly, 86*(2), 277-298.

Berkowitz, D., & Limor, Y. (2003). "Professional confidence and situational ethics: Assessing the social-professional dialectic in journalistic ethics decisions", *Journalism & Mass Communication Quarterly, 80*(4), 783-801.

Berkowitz, D., Limor, Y., & Singer, J. (2004). "A cross-cultural look at serving the public interest: American and Israeli journalists consider ethical scenarios", *Journalism, 5*(2), 159-181.

Christians, C. G., & Fackler, M. (2022). *Media Ethics: Cases and Moral Reasoning* (11th ed.). New York: Routledge.

Ferre, J. P. (1988). "Grounding an ethics of journalism", *Journal of Mass Media Ethics, 3*(1), 18-27.

Forsyth, D. R. (1980). "A taxonomy of ethical ideologies", *Journal of Personality and Social Psychology, 39*(1), 175.

Fry, D. (1989). "What do our interns know about journalism ethics?", *Journal of Mass Media Ethics, 4*(2), 186-192.

Janowitz, M. (1975). "Professional models in journalism: The gatekeeper and the advocate", *Journalism Quarterly, 52*(4), 618-626.

Johnstone, J., Slawski, E., & Bowman, W. (1976). *The News People*. Urbana, IL: University of Illinois Press.

Köcher, R. (1986). "Bloodhounds or missionaries: Role definitions of German and British journalists", *European Journal of Communication, 1*(1), 43-64.

Lee, A. M., Coleman, R., & Molyneux, L. (2016). "From thinking to doing: Effects of different social norms on ethical behavior in journalism", *Journal of Media Ethics, 31*(2), 72-85.

McMane, A. A. (1993). "Ethical standards of French and US newspaper journalists", *Journal of Mass Media Ethics, 8*(4), 207-218.

Newman, N., Fletcher, R., Schulz, A., Andi, S., Robertson, C. T., & Nielsen, R. K. (2021). *Reuters Institute Digital News Report 2021*. Oxford: Reuters Institute for the study of Journalism.

Patterson, T. E., & Donsbagh, W. (1996). "News decisions: Journalists as partisan actors", *Political communication, 13*(4), 455-468.

Plaisance, P. L. (2006). "An assessment of media ethics education: Course content and the values and ethical ideologies of media ethics students", *Journalism & Mass Communication Educator, 61*(4), 378-396.

Plaisance, P. L., & Skewes, E. A. (2003). "Personal and professional dimensions of news work: Exploring the link between journalists' values and roles", *Journalism & Mass Communication Quarterly, 80*(4), 833-848.

Plaisance, P. L., Skewes, E. A., & Hanitzsch, T. (2012). "Ethical orientations of journalists around the globe: Implications from a cross-national survey", *Communication Research, 39*(5), 641-661.

Reader, B. (2006). "Distinctions that matter: Ethical differences at large and small newspapers", *Journalism & Mass Communication Quarterly, 83*(4), 851-864.

Reese, S. D. (2001). "Understanding the global journalist: A hierarchy-of-Influences approach", *Journalism, 2*, 173-187.

Shoemaker, P. J., & Reese, S. D. (1996). *Mediating the Message: Theories of Influence on Mass Media Content* (2nd ed.). White Plains, NY: Longman.

Voakes, P. S. (1997). "Social influences on journalists' decision making in ethical situations", *Journal of Mass Media Ethics, 12*(1), 18-35.

Weaver, D. H., Beam, R. A., Brownlee, B. J., Voakes, P. S., & Wilhoit, G. C. (2009). *The American Journalist in the 21st Century: US News People at the*

Dawn of a New Millennium. New York: Routledge.

Weaver, D. H., & Wilhoit, G. C. (1986). *The American Journalist*. Bloomington, IN: Indiana University Press.

＿＿＿ (1996). *The American Journalist in the 1990s: US News People at the End of an Era*. New York: Routledge.

Willnat, L., Weaver, D. H., & Wilhoit, G. C. (2019). "The American journalist in the digital age: How journalists and the public think about journalism in the United States", *Journalism Studies, 20*(3), 423-441.

• 6장. 한국 언론인은 누구이며 무엇을 생각하는가

강인섭(1985). "기자 길러지는 과정 문제 있다", 『관훈저널』 40, 111-126.

김경희(2017). 『뉴스 안과 밖의 여성』. 서울: 이화여자대학교출판문화원.

김연식(2009). "방송 저널리스트의 공정성 인식 연구", 『한국언론학보』 53(1), 161-186.

김인경(2012). "지역방송사 종사자의 직업만족도 요인이 조직 전념에 미치는 영향", 『미디어와 교육』 2(1), 37-64.

남재일(2008). "한국 객관주의 관행의 문화적 특수성: 경찰기자 취재관행의 구조적 성격", 『언론과학연구』 8(3), 233-270.

남재일·이강형(2017). "좋은 저널리즘의 구성요소에 관한 기자 인식 변화 추이", 『언론과학연구』 17(2), 82-128.

배정근(2017). "언론의 권력감시 기능 발현에 영향을 미치는 요인에 관한 연구", 『한국방송학보』 31(3), 42-77.

이건혁·원숙경·정준희·안차수(2020). "디지털 충격과 전문직주의가 언론노동의 직무 만족에 미치는 영향 연구", 『한국언론정보학보』 101, 341-366.

이석호·이오현(2019). "취재 현장을 떠난 젊은 신문기자들의 직업적 삶에 대한 질적 연구", 『언론과 사회』 27(4), 152-214.

이정기(2019). "신문사, 방송사, 인터넷 언론사 언론인들의 직무 만족도 결정요인 연구", 『사회과학연구』 35(1), 1-22.

이재경(2005). "한국 언론의 사상적 토대", 『콜로키움 「한국 사회와 언론」 보고서』

(pp. 259-281). 서울: 한국언론학회.

장정헌 · 김활빈(2021). "언론 불신 시대 언론인의 직무만족도에 미치는 영향에 관한 연구: 추정된 미디어 신뢰도, 조직-기자 불일치, 직무소진의 영향력을 중심으로", 『사회과학연구』 60(3), 59-82.

전진오 · 김형지 · 김성태(2020). "21세기 국내 언론인의 정체성 인식에 대한 시계열적 연구: 2003년~2017년 '언론인 의식조사' 자료를 바탕으로", 『한국언론학보』 34(6), 401-452.

정재민 · 김영주(2011). "신문사 종사자의 탈진에 대한 연구", 『한국언론학보』 55(2), 252-276.

조수선 · 정선호(2017). "언론인의 직무스트레스에 영향을 미치는 변인 연구: 성별과 직위 간 차이를 중심으로", 『사회과학연구』 28(1), 215-234.

조재희(2019). "언론인의 이직 의도 결정요인 분석: 직무만족도와 직무피로도의 매개 효과를 중심으로", 『한국언론학보』 63(4), 83-119.

한국언론진흥재단(1989~2021). 『제1회~제15회 언론인 의식조사』. 서울: 한국언론진흥재단.

Carpenter, S., Boehmer, J., & Fico, F. (2016). "The measurement of journalistic role enactments: A study of organizational constraints and support in For-Profit and Nonprofit journalism", *Journalism & Mass Communication Quarterly, 93*(3), 587-608.

Chang, L. (1998). *Job Satisfaction, Dissatisfaction of Texas Newspaper Reporters*. Austin, TX: University of Texas at Austin.

Chan, J. M., Pan, Z., & Lee, F. L. (2004). "Professional aspirations and job satisfaction: Chinese journalists at a time of change in the media", *Journalism & Mass Communication Quarterly, 81*(2), 254-273.

Cohen, B. C. (1963). *The Press and Foreign Policy*. Princeton, NJ: Princeton University Press.

Domke, D., Watts, M. D., Shah, D. V., & Fan, D. P. (1999). "The politics of conservative elites and the 'Liberal Media' argument", *Journal of Communication, 49*(4), 35-58.

Gallup & Knight Foundation. (2020). *American Views 2020: Trust, Media and*

Democracy. New York: Gallup.

Gans, H. (1979). *Deciding What's News*. New York: Pantheon.

Janowitz, M. (1975). "Professional models in journalism: The gatekeeper and the advocate", *Journalism Quarterly, 52*, 618-626.

Johnstone, J. W. C., Slawski, E. J., & Bowman, W. W. (1976). *The News People; A Sociological Portrait of American Journalists and Their Role*. Urbana, IL: University of Illinois Press.

Lee, T. (2005). "The liberal media myth revisited: An examination of factors influencing perceptions of media bias", *Journal of Broadcasting & Electronic Media, 49*(1), 43-64.

McCombs, M., & Estrada, G. (1997). "The news media and the pictures in our head". In S. Iyenga & R. Reeves (Eds.), *Do the Media Govern? Politicians, Voters, and Reporters in America* (pp. 237-247). Thousand Oaks, CA: Sage.

Schudson, M. (2001). "The objectivity norm in American journalism", *Journalism, 2*(2), 149-170.

Shoemaker, P. J., & Reese, S. D. (1996). *Mediating the Message: Theories of Influence on Mass Media Content*. White Plains, NY: Longman.

Stamm, K., & Underwood, D. (1993). "The relationship of job satisfaction to newsroom policy change", *Journalism & Mass Communication Quarterly, 70*(3), 528-541.

Thurman, N., Cornia, A., & Kunert, J. (2016). *Journalists in the UK*. Retrieved from: https://reutersinstitute.politics.ox.ac.uk/sites/default/files/research/files/Journalists%2520in%2520the%2520UK.pdf

Tuchman, G. (1972). "Objectivity as strategic ritual: An examination of newsmen's notions of objectivity", *American Journal of Sociology, 77*(4), 660-679.

Weaver, D. H., Beam, R. A., Brownlee, B. J., Voakes, P. S., & Wilhoit, G. C. (2007). *The American Journalist in the 21st Century: U.S. News People at the Dawn of a New Millennium*. New York: Routledge.

Willnat, L., Weaver, D. H., & Jihyang Choi. (2013). "The global journalist in the twenty-first century", *Journalism Practice, 7*(2), 163-183.

Willnat, L., Weaver, D. H., & Wilhoit, G. C. (2019). "The American journalist in the digital age: Another look at U.S. news people", *Journalism & Mass Communication Quarterly, 96*(1), 101-130.

• 7장. 기자라서 기쁜 기자들

곽희양(2022. 10. 6.). "'기렉시트(기레기+탈출)' 탈출구는 공익·신뢰", 경향신문. Retrieved from: https://www.khan.co.kr/national/media/article/202210060600015

김동률(2009). "방송사 기자들의 심리적 탈진에 관한 연구: KBS, MBC, SBS 등 지상파 3사 취재기자를 대상으로", 『한국방송학보』 23권 1호, 7-49.

김영희(2020). 『언론인 '안깡' 안병찬』. 서울: 나눔.

김창숙(2022). "언론계 인재 수급에 '빨간불'", 『관훈저널』 통권165호, 83-90.

박재영·박성호·안수찬·이종명·민혜영·용미란·김지은·송유라·심해련·이승아·장금미·장바울·조명아·조유정·한성은(2016). 『저널리즘의 지형: 한국의 기자와 뉴스』. 서울: 이채.

변은샘(2023). "제3자였던 피해자가 당사자로 나아가기까지", 『신문과방송』 2023년 8월호, 50-53.

장덕진(2021). "특별방담: MZ세대는 왜 언론을 떠나나", 『관훈저널』 통권161호, 114-142.

정재민·김영주(2011). "신문사 종사자의 탈진에 대한 연구: 편집국과 비편집국 종사자의 비교를 중심으로", 『한국언론학보』 55권 2호, 252-276.

조재희(2019). "언론인의 이직 의도 결정요인 분석: 직무만족도와 직무피로도의 매개 효과를 중심으로", 『한국언론학보』 63권 4호, 83-119.

한국언론진흥재단(2021). 『2022 언론수용자조사』. 서울: 한국언론진흥재단.

허만섭·박재영(2023). "취업용 자기소개서에 관한 내용분석과 제언: 기자직 지원자를 중심으로", 『한국콘텐츠학회논문지』 23권 8호, 529-539.

곽규태(2021). "미디어 기업의 조직 및 인적자원 관리", 『미디어경영론 5.0』(박주연·장병희·이상우·이상원·홍성철·이문행·곽규태·김성철·정윤혁·모정훈·김민기·송지희 지음, 2021). 파주: 한울아카데미.

곽희양(2022. 10. 6.). "'기렉시트(기레기+탈출)' 탈출구는 공익·신뢰", 경향신문. Retrieved from: https://www.khan.co.kr/national/media/article/202210060600015

권순식(2019). 『인적자원관리』. 서울: 박영사.

김달아(2023. 1. 10.). "고생 끝에 6년차 넘었더니…이젠 회사가 나를 부리는 재미에 푹 빠졌네?", 한국기자협회보. http://m.journalist.or.kr/m/m_article.html?no=52886

김사승(2012). "취재현장과 뉴스룸 내부의 조직적 특성에 관한 일고찰", 『한국방송학보』 26(4), 7-46.

김창숙(2022). "언론계 인재 수급에 '빨간불'", 『관훈저널』 통권165호, 83-90.

임영호·김은미(2006). "사회자본이 방송 경력 기자의 직장 이동에 끼치는 영향: 연고 요인을 중심으로", 『한국방송학보』 20(1), 360-403.

정민경(2022. 9. 7.). "세계일보 기자들 불만 폭발 '차라리 치킨 회사가 사들이면 저임금에 시달리지 않을 것", 미디어오늘. Retrieved from: http://www.mediatoday.co.kr/news/articleView.html?idxno=305749

정재민·김영주(2008). "미디어 기업 종사자의 조직적합도와 직업만족도가 조직성과에 미치는 영향: 조직전념과 이직의도를 중심으로", 『한국방송학보』 22(3), 290-331.

＿＿＿＿＿ (2011). "신문사 종사자의 탈진에 대한 연구: 편집국과 비편집국 종사자의 비교를 중심으로", 『한국언론학보』 55(2), 252-276.

최영재(2022). "포털뉴스생태계와 기자직종의 위기: 기자는 무엇을 하고 있는가?", 『언론과사회』 30(3), 93-134.

표예인(2021). "당신은 기레기인가?: 기레기를 호명하는 뉴스 댓글에 대한 한국 기자들의 인식과 경험", 『한국언론정보학보』 109, 319-347.

한국언론진흥재단(2021). 『2021 한국의 언론인: 제15회 언론인 의식조사』. 서울: 한국언론진흥재단.

Breed, W. (1955). "Social control in the newsroom: A functional analysis", *Social Forces, 33*(4), 326-335.

Bunce, M. (2010). "'This place used to be a White British Boys' Club': Reporting dynamics and cultural clash at an international news bureau in Nairobi", *The Round Table: The Commonwealth Journal of International Affairs, 99*(410), 515-528.

DeCenzo, D. A., Robbins, S. P., & Verhulst, S. L. (2016). *Fundamentals of Human Resource Management.* Hoboken, NJ: John Wiley & Sons.

Herzberg, F. (1968). *One More Time: How Do You Motivate Employees.* New York: The Leader Manager.

Hovden, J. F., & Kristensen, N. N. (2021). "The cultural journalist around the globe: A comparative study of characteristics, role perceptions, and perceived influences", *Journalism, 22*(3), 689-708.

Redmond, J., & Trager, R. (2004). *Balancing on the Wire: The Art of Managing Media Organizations.* Cincinnati, OH: Atomic Dog.

Reinardy, S. (2019). "Reporting beyond the Basics". In V. F. Filak (Ed.), *Convergent Journalism: An Introduction*(3rd Ed., pp. 33-47). New York: Routledge.

Soloski, J. (1989). "News reporting and professionalism: Some constraints on the reporting of news", *Media Culture and Society, 11*(2), 207-228.

Weaver, D., Drew, D., & Wilhoit, G. C. (1986). "US television, radio and daily newspaper journalists", *Journalism Quarterly, 63*(4), 683-692.

• 9장. 한국 기자들의 사고습관

김명진(2008). 『EBS 다큐멘터리 동과 서』. 서울: 예담.

박재영·이완수·노성종(2009). "한미신문의 의견기사에 나타난 한국 기자와 미국 기자의 사고습관 차이", 『한국언론학보』 53권 5호, 268-290.

이미나(2015). "사회문제의 일화 vs. 주제적 프레이밍 방식에 따른 인지·정의적 효과 비교", 『시민교육연구』 47권 3호, 147-183.

이완수(2023). "문화적 차이와 기자들의 사고 편향성: '마크 리퍼트(Mark Lippert) 주한 미국 대사 피습사건'에 대한 한국과 미국 신문기사 분석을 통해", 『한국소통학보』 22권 2호, 269-306.

이완수·박재영·신명환·전주혜(2018). "국가재난사고에 대한 동·서양 기자들의 기록과 해석방식", 『한국언론정보학보』 91호, 151-187. doi: 10.46407/kjci.2018.10.91.151.

이완수·허만섭(2023). "집단주의 사고는 의견기사에 어떻게 투영되는가?: 신문기사 유형과 이념성향별 비교", 한국언론학회 2023년 가을철 정기학술대회 미간행 발제문.

양가희·임종섭(2023). "코로나19 시기 보수, 진보, 중도 신문의 중국 관련 보도의 주제와 프레임 특성에 관한 구조 토픽 모델링 접근", 『한국언론학보』 67권 2호, 153-205.

Aizenman, N. C., & Constable, P. (2007). "Every Korean person is so very sorry: From N. Virginia to Seoul, a plea to avoid stereotypes", *Washington Post*, A10.

Bedford, O., & Hwang, K. (2003). "Guilt and shame in Chinese culture: A cross-cultural framework from the perspective of morality and identity", *Journal for the Theory of Social Behavior, 33*(2), 127-144.

Bennett, W. L. (2012). "The personalization of politics: Political identity, social media, and changing patterns of participation", *Annals of the American Academy of Political and Social Science, 644*(1), 20-39.

Berkowitz, D. A., & Liu, Z. (2014). "The social-cultural construction of news: From doing work to making meanings", In R. S. Fortner & M. Fackler (Eds.), *The Handbook of Media and Mass Communication Theory* (pp. 301-313). Malden, MA: John Wiley & Sons.

Berkowitz, D., & TerKeurst, J. V. (1999). "Community as interpretive community: Rethinking the journalist-source relationship", *Journal of Communication, 49*(3), 125-136.

Bochner, S. (1994). "Cross-cultural differences in the self concept: A test of hofstede's individualism/collectivism distinction", *Journal of Cross-Cul-*

tural Psychology, 25(2), 273-283.

Bursztyn, L., Rao, A., Roth, C., & Yanagizawa-Drott, D. (2023). "Opinions as facts", *Review of Economic Studies, 90*(4), 1832-1864.

Cole, M., & Packer, M. (2019). "Culture and cognition", In K. D. Keith (Ed.), *Cross-Cultural Psychology: Contemporary Themes and Perspectives* (2nd ed., pp. 243-270). Malden, MA: Wiley-Blackwell.

Deuze, M. (2002). "National news cultures: A comparison of Dutch, German, British, Australian, and US journalists", *Journalism & Mass Communication Quarterly, 79*(1), 134-149.

Dweck, C. S., Chiu, C. Y., & Hong, Y. Y. (1995). "Implicit theories and their role in judgments and reactions: A word from two perspectives", *Psychological Inquiry, 6*(4), 267-285.

Ettema, J. S. (2009). "News as culture", In S. Allan (Ed.), *The Routledge Companion to News and Journalism* (pp. 289-300). London & New York: Routledge.

Gilbert, D. T., & Malone, P. S. (1995). "The correspondence bias", *Psychological Bulletin, 117*, 21-38.

Gunaratne, S. A. (2000). *Handbook of the Media in Asia*. London: Sage.

Han, S. (2010). "Cultural differences in thinking styles", In B. M. Glatzeder, V. Goel, & A. Müller (Eds.), *Toward a Theory of Thinking: Buildingblocks for a Conceptual Frameworks* (pp. 279-290). Heidelberg: Springer.

Hanitzsch, T. (2007). "Deconstructing journalism culture: Toward a universal theory", *Communication Theory, 17*(4), 367-385.

Hanitzsch, T., Anikina, M., Berganza, R., Cangoz, I., Coman, M., Hamada, B., Hanusch, F., Karadjov, C. D., Mellado, C., Moreira, S. V., Mwesige, P. G., Plaisance, P. L., Reich, Z., Seethaler, J., Skewes, E. A., Noor, D. V., & Yuen, K. W. (2010). "Modeling perceived influences on journalism: Evidence from a cross-national survey of journalists", *Journalism & Mass Communication Quarterly, 87*(1), 5-22.

Hanusch, F. (2016). "Journalism, culture, and society", In J. F. Nussbaum (Ed.), *Oxford Research Encyclopedia of Communication*. Oxford: Oxford University Press.

Heider, F. (1958). "Perceiving the other person", *The Psychology of Interpersonal Relations* (pp. 20-58). New York: John Wiley & Sons.

Heo, M., & Lee, W. (2023). "Rethinking Asian values in journalism: The case of the pressroom in the South Korean presidential office", *Asian Journal of Communication, 33*(5), 433-451.

Hofstede, G. (1980). *Culture's Consequences: International Differences in Work-Related Values.* Beverly Hills, CA: Sage.

Iyengar, S. (1991). *Is Anyone Responsible?* Chicago, IL: University of Chicago Press.

Jones, E. E., & Harris, V. A. (1967). "The attribution of attitudes", *Journal of Experimental Social Psychology, 3*(1), 1-24.

Kim, Y. S. (2018). "Visual Communication: Photojournalism and beyond", In D. Y. Jin & N. J. Kwak (Eds.), *Communication, Digital Media, and Popular Culture in Korea: Contemporary Research and Future Prospects* (pp. 341-362). Lanham, MD: Lexington.

Kim, Y. S., & Kelly, J. D. (2008). "A matter of culture: A comparative study of photojournalism in American and Korean newspaper", *International Communication Gazette, 70*(2), 155-173.

Koo, M. S., Choi, H. J., & Han, J. Y. (2018). "A parameterization of turbulent -scale and mesoscale orographic drag in a global atmospheric model", *Journal of Geophysical Research: Atmospheres, 123*(16), 8400-8417.

Kwon, K. H., & Moon, S. I. (2009). "The bad guy is one of us: Framing comparison between the US and Korean newspapers and blogs about the Virginia Tech shooting", *Asian Journal of Communication, 19*(3), 270-288.

Lee, F., Hallahan, M., & Herzog, T. (1996). "Explaining real-life events: How culture ad domain shape attributions", *Personality and Social Psychology Bulletin, 22*, 732-741.

Lomas. T., Diego-Rosell, P., Shiba, K., Standridge, P., Lee, M. T., Case, B., Lai, A. Y., & VanderWeele T. J. (2023). "Complexifying individualism versus collectivism and West versus East: Exploring global diversity in perspectives on self and other in the Gallup World Poll", *Journal of Cross-Cultural Psychology, 54*(1), 61-89.

Maares, P., & Hanusch, F. (2020). "Exploring the boundaries of journalism: Instagram micro-bloggers in the twilight zone of lifestyle journalism", *Journalism, 21*(2), 262-278.

Maddux, W. W., & Yuki, M. (2006). "The 'ripple effect': Cultural differences in perceptions of the consequences of events", *Personality and Social Psychology Bulletin, 32*(5), 669-683.

Markus, H. R., & Kitayama, S. (2003). "Culture, self, and the reality of the social", *Psychological Inquiry, 14*(3-4), 277-283.

Menon, T., Morris, M. W., Chiu, C., & Hong, Y. (1999). "Culture and the construal of agency: Attribution to individual versus group dispositions", *Journal of Personality and Social Psychology, 76*(5), 701-717.

Miller, J. G. (1984). "Culture and the development of everyday social explanation", *Journal of Personality and Social Psychology, 46*(5), 961-978.

Morris, M. W., & Peng, K. (1994). "Culture and cause: American and Chinese attributions for social and physical events", *Journal of Personality and Social Psychology, 67*(6), 949-971.

Nah, H., & Craft, S. (2019). "Unpublishing the news: An analysis of U.S. and South Korean Journalists' discourse about an emerging practice", *International Journal of Communication, 13*, 2575-2595.

Nisbett, R. E. (2003). *The Geography of Thought: How Asians and Westerners Think Differently … and Why*. New York: Free.

Nisbett, R. E., & Masuda, T. (2003). "Culture and point of view", *Proceedings of the National Academy of Sciences, 100*(19), 11163-11170.

Nisbett, R. E., & Miyamoto, Y. (2005). "The influence of culture: Holistic versus analytic perception", *Trends in Cognitive Sciences, 9*(10), 467-473.

Nisbett, R. E., Choi, I., Peng, K., & Norenzayan, A. (2001). "Cultural and systems of thought: Holistic versus analytic cognition", *Psychological Review, 108*(2), 291-310.

Nusrat, J., & Razib, M. H. (2023). "Child abusing news: Episodic and thematic media framing adapting the children act and UNICEF's principles in Bangladesh", *Athens Journal of Mass Media and Communication, 9*(2), 113-130.

Rao, U. (2010). *News as Culture: Journalistic Practices and the Remaking of Indian Leadership Traditions* (Anthropology of Media, 3). New York: Berghahn.

Reeder, G. D., & Brewer, M. B. (1979). "A schematic model of dispositional attribution in interpersonal perception", *Psychological Review, 86*(1), 61-79.

Rich, M. D. (2018). *Truth Decay: An Initial Exploration of the Diminishing Role of Facts and Analysis in American Public Life*. Santa Monica, CA: Rand.

Romano, A. (2016). "Development journalism: State versus practitioner perspectives in Indonesia", *Media Asia, 26*(4), 183-191.

Ross, N. (2004). *Culture and Cognition: Implications for Theory and Method*. Thousand Oaks, CA: Sage.

Schank, R. C., & Abelson, R. P. (2013). *Scripts, Plans, Goals, and Understanding: An Inquiry into Human Knowledge Structures*. New York: Psychology.

Schein, E. H. (2010). *Organizational Culture and Leadership* (Vol. 2). Hoboken, NJ: John Wiley & Sons.

Shoemaker, P. J., & Reese, S. D. (1996). *Mediating the Message: Theories of Influences on Mass Media Content* (2nd ed.). New York: Longman.

Shweder, R. A., & Bourne, E. J. (1982). "Does the concept of the person vary cross-culturally?", In A. J. Marsella & G. M. White (Eds.), *Cultural Conceptions of Mental Health and Therapy* (pp. 97-137). Dordrecht: D. Reidel.

Stocking, S. H., & Gross, P. H. (1989). *How Do Journalists Think?: A Proposal for the Study of Cognitive Bias in Newsmaking*. Bloomington, IN: Indiana University Press.

Triandis, H. C. (1988). "Collectivism vs. individualism", In G. Verna & C. Bagley (Eds.), *Cross-Cultural Studies of Personality, Attitudes and Cognition* (pp. 60-95). London: Macmillan.

Veissière, S. P., Constant, A., Ramstead, M. J., Friston, K. J., & Kirmayer, L. J. (2020). "Thinking through other minds: A variational approach to cognition and culture", *Behavioral and Brain Sciences, 43*, e90: 1-75. doi: 10.1017/S0140525X19001213.

Wang, G., & Chen, Y. N. K. (2010). "Collectivism, relations, and Chinese communication", *Chinese Journal of Communication, 3*(1), 1-9.

Weaver, D. H. (1998). "Journalists around the world: Commonalities and differences", In D. H. Weaver (Ed.), *The Global Journalist: News People Around the World* (pp. 455-480). New York: Hampton.

Winfield, B. H., Mizuno, T., & Beaudoin, C. E. (2000). "Confucianism, collectivism and constitutions: Press systems in China and Japan", *Communication Law & Policy, 5*(3), 323-347.

Wu, S. (2022). "An Asian version of data journalism?: Uncovering 'Asian values' in datastories produced across Asia", *Journalism* (IF 3.194), doi: 14648849221133298.

Yuki, M. (2003). "Intergroup comparison versus intragroup relationships: A cross-cultural examination of social identity theory in North American and East Asian cultural contexts", *Social Psychology Quarterly, 66*(2), 166-183.

Zelizer, B. (1993). "Journalists as interpretive communities", *Critical Studies in Media Communication, 10*(3), 219-237.

Zelizer, B. (2008). "How communication, culture, and critique intersect in the study of journalism", *Communication, Culture & Critique, 1*(1), 86-91.

Zhou, X. (2008). "Cultural dimensions and framing the internet in China: A cross-cultural study of newspaper's coverage in Hong Kong, Singapore, the US and the UK", *International Communication Gazette, 70*(2), 117-136.

강아영(2022). "여성 기자 이야기 많아지길 … 끝까지 우아하게 버티자, 우리", 한 국기자협회. Retrieved from: http://m.journalist.or.kr/m/m_article.html?-no=51077

강주화(2022). "여성부장 19%로 소폭 늘어도 논설·해설위원은 여전히 12%", 『저 널W』 통권31호, 44-50.

김경희(1998). "뉴스생산과정에서의 여성소외에 관한 연구", 『한국여성학』 제14권 1호, 145-183.

_____ (2002). "여성 언론인의 현실과 문제: 여성 언론인의 고위직 진출 현황을 중 심으로 본 여성 배제 기제", 『여기자』 제12호, 249-275.

_____ (2017). 『뉴스 안과 밖의 여성』. 서울: 이화여자대학교출판문화원.

김균·이은주·장은미(2008). "여기자 직무수행에 따른 경험과 인식에 관한 탐색적 연구", 『언론과학연구』 제8권 3호, 75-116.

김선호(2021). "다양성, 공정성, 포용성(DEI): 사회적 갈등 완화를 위한 저널리즘적 노력", 『미디어정책리포트』 2021년 4호.

김세은·홍남희(2019). "미투운동(#Metoo) 보도를 통해 본 한국 저널리즘 관행과 언론사 조직 문화: 여성 기자 심층 인터뷰를 중심으로", 『미디어, 젠더 & 문화』 34(1), 39-88.

김영희(2019). "2019 27개 언론사의 여성 기자 보직현황을 공개합니다!", 『여기자』 통권28호, 70-74.

김진경(2013). "여기자 간부 실태 및 리더십 탐색", 『여기자』 통권22호, 36-44.

문소영(2021). "오피니언 저널리즘과 필진찾아 삼만리", 『저널W』 통권30호, 77-80.

성상현(2022). "한국기업의 다양성 관리 현황과 발전 방향", 『인사조직연구』 30(3), 79-106.

송상근(2012). "기자가 되고 싶지만 현실은 쉽지 않네: 채용방식과 직업환경의 변 화", 『신문과방송』 2012년 8월호, 31-37.

심재철·박성연·구윤희(2013). "여기자의 현재와 미래: 젠더모델과 잡모델을 중심 으로 한 고찰", 『관훈저널』 통권128호, 297-316.

유선영(2003). 『미디어 조직과 성차별: 여성언론인 주류화 방안』. 서울: 한국언론 재단.

이재경(2008). "한국의 저널리즘과 사회갈등: 갈등유발형 저널리즘을 극복하려면", 『커뮤니케이션 이론』 제4권 2호, 48-72.

임영숙·엄정윤(2005). "언론사 간부직 여기자의 성인지 의식과 보도 태도 분석", 『미디어, 젠더 & 문화』 제3호, 144-181.

정진석(2021). 『한국의 여성기자 100년』. 서울: 나남.

제정임(2017). "기자니까, 여자니까", 『여기자』 통권26호, 42-46.

장은미·최이숙·김세은(2021). "우리는 더디지만 나아가고 있다: '미투 운동(#Me-Too)' 이후 성평등 보도를 위한 한국 언론의 실천과 과제", 『미디어, 젠더 & 문화』 제36권 제3호, 187-236.

최이숙·김은진(2019). "누구의 목소리를 어떻게 전했는가?: 인터뷰 기사를 통해 본 미투 운동 초기 TV 보도의 양상", 『미디어, 젠더 & 문화』 제34권 제2호, 147-189.

홍은희(2010). "언론사의 여성 리더십에 대한 탐색적 연구: 승진 및 리더십 인식을 중심으로", 『미디어, 젠더 & 문화』 제13호, 115-184.

홍주현(2018). "뉴스생산 환경에 따른 방송 보도의 선정성 네트워크 분석·프레임 분석: 유명인에 대한 미투운동 사례를 중심으로", 『한국콘텐츠학회논문지』 18(7), 103-119.

홍지아(2016). "여기자들이 경험하는 직업과 성/젠더의 관계와 양성평등적 뉴스 생산에 대한 인식", 『한국여성학』 제32권 3호, 27-59.

Cherubini, F., Newman, N., & Nielsen, R. (2020). "Changing Newsrooms 2020, Reuters Institute for the Study of Journalism", *Reuters Institute*. Retrieved from: https://reutersinstitute.politics.ox.ac.uk/changing-news-rooms-2020-addressing-diversity-andnurturing-talent-time-unprecedent-ed-change

Correa, T., & Harp, D. (2011). "Women Matter in Newsrooms: How Power and Critical Mass Relate to the Coverage of the HPV Vaccine", *Journalism and Mass Communication Quarterly, 88*(2), 301-319.

Craft, S., & Wanta, W. (2004). "Women in the Newsroom: Influences of Female Editors and Reporters on the News Agenda", *Journalism and Mass Communication Quarterly, 81*(1), 124-138.

Entman, R. M. (1993). "Framing: Toward clarification of a fractured para-digm", *Journal of Communication, 43*(4), 51-58.

Kanter, R. (1977). *Men and Women of the Coroporation*. New York: Basic.

Kantor, J., & Twohey, M. (2019/2021). 『그녀가 말했다(원제: She Said)』(송섬별 옮김), 서울: 책읽는수요일.

New York Times. (2022). "2022 New York Times Diversity and Inclusion Re-port", *New York Times*. Retrieved from: https://www.nytco.com/2022-new-york-times-diversity-and-inclusion-report/

Ofcom. (2022). "Equity, diversity and inclusion in television and radio: 2021-22", *Ofcom*. Retrieved from: https://www.ofcom.org.uk/_data/assets/pdf_file/0029/246854/2021-22-report-diversity-in-tv-and-radio.pdf

Pulitzercenter. (2023). "Pulitzercenter.org/about/diversity-equity-and-inclu-sion", *Pulitzercenter*. Retrieved from: https://pulitzercenter.org/about/diversity-equity-and-inclusion

Steiner, L. (1998). "Newsroom accounts of power at work", In C. Carter, G. Branston, & S. Allan, (Eds.), *News, Gender, and Power* (pp. 145–159). London: Routledge.

Van Zoonen, L. (1994). *Feminist Media Studies*. London: Sage.

• 11장. 방송기자들의 새로운 도전: 디지털 환경 속 생존을 향한 그들의 치열한 이야기

강준만(2019). 『한국언론사』. 서울: 인물과사상사.

금준경(2017. 12. 25.). "스브스뉴스가 SBS에서 독립한 이유", 미디어오늘. Retrieved from: http://www.mediatoday.co.kr/news/articleView.html?idxno=140452

라떼는말이야(2023. 6.). "[특집] '라떼'의 추억? MZ도 있지만 '젊꼰'도 있고 '케바케'", 『방송기자』 2023년 5·6월호 제72권, 21-23.

문화방송노동조합(2023. 8. 3.). "격주 4.5일제 보상실비 노사합의", 『문화방송 노보』 277호, 3면.

박서연(2022. 4. 3.). "뉴미디어에 뛰어든 SBS 기자들이 얻은 '교훈'", 미디어오늘. Retrieved from: http://www.mediatoday.co.kr/news/articleView.html?idxno=303237

박수진 · 조을선 · 장선이 · 신정은(2022). 『기자들 유튜브에 뛰어들다: 지상파 기자들의 뉴미디어 생존기』. 서울: 인물과사상사.

심석태 · 김민표(2021). 『새로 쓴 방송저널리즘』. 서울: 컬처룩.

언제든지전화해(2023. 6.). "[특집] SNS 대신 얼굴을 마주한 대화를", 『방송기자』 2023년 5 · 6월호 제72권, 30-31.

이재강(2011). 『반대방향으로 달려가라:그곳에 뉴스가 있다』. 서울: 모루와정.

이재경(2013). "미국(CBS)과 일본(NHK)의 방송기자 제도 비교연구", 『한국형 저널리즘 모델: 한국 저널리즘 선진화를 위한 성찰』(pp. 213-251). 서울: 이화여자대학교출판문화원.

이화섭(2016). 『한국방송 뉴스룸』. 서울: 나남.

조태현(2023. 4.). "좌충우돌 방송기자 유튜브 제작기", 『방송기자』 2023년 3 · 4월호 제71권, 18-20.

조현용(2023. 8.). "자신감을 가져야 할 때", 『방송기자』 2023년 7 · 8월호 제73권, 67-69.

• **에필로그: 기자의 사명**

박권상(1980). "신문에는 혼이 있어야", 『東友』 1월호(박권상기념회 엮음, 『박권상 언론학』, 2015, 고양: 상상나무, pp. 23-27에서 재인용).

찾아보기

<한국의 저널리즘>

한국의 기자

펴낸날 1판 1쇄 2024년 1월 30일
지은이 좋은 저널리즘 연구회 기획,
　　　　김경모·김창숙·문영은·박선이·박재영·배정근·송상근·이나연·이완수·이재경·이재훈
펴낸이 주소현
펴낸곳 이화여자대학교출판문화원
주소 서울특별시 서대문구 이화여대길 52(우 03760)
등록 1954년 7월 6일 제9-61호
전화 02) 3277-2965 (편집), 02) 362-6076 (마케팅)
팩스 02) 312-4312
전자우편 press@ewha.ac.kr
홈페이지 www.ewhapress.com
책임편집 이지예
디자인 정혜진

ⓒ 좋은 저널리즘 연구회, 2024

ISBN 979-11-5890-511-8 94300
　　　　979-11-5890-279-7 (세트)

값 32,000원